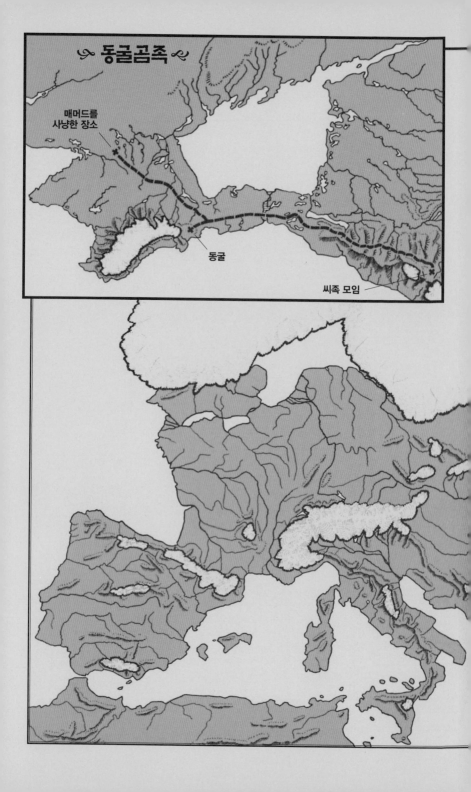

동굴곰족

매머드를
사냥한 장소

동굴

씨족 모임

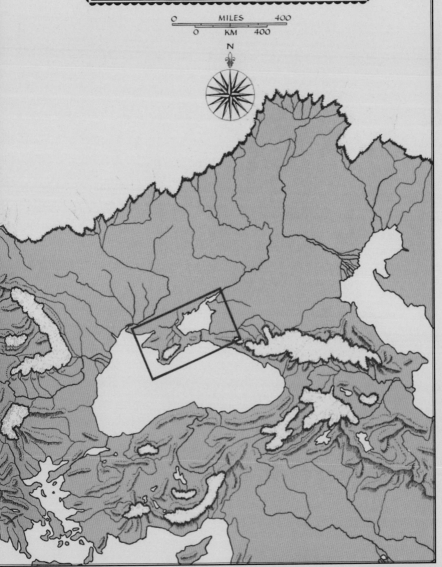

빙하기 선사시대의 유럽

홍적세 후기의 뷔름 빙기, 즉 지금으로부터 3만5천 년 전부터 2만 5천 년 전 사이에 간빙기가 찾아와 기후가 온난해지면서 1만 년에 걸쳐 빙하의 분포와 해안선에 변화가 생겼다.

대지의
아이들
I

동굴곰족

1

대지의 아이들

JEAN M. AUEL

진 M. 아우얼 지음

정서진 옮김

Ⅰ

동굴곰족 1

THE CLAN OF THE
CAVE BEAR

EARTH'S CHILDREN

검은숲

최악의 비평가이자
최고의 친구인
레이에게

감사의 말

한 권의 책이 출간되어 나올 때 어떤 책도 오롯이 작가 자신만의 작품은 아니다. 다양한 자료를 통해 여러 방식으로 도움을 받기 마련이다. 그러나 이 소설은 내가 한 번도 만난 적이 없고 앞으로도 만날 일이 없으리라 생각되는 분들에게도 도움을 받았다. 비록 얼굴을 알지는 못하지만 오리건 주 멀트노머 카운티의 포틀랜드 시민들에게 감사의 인사를 전하고 싶다. 그분들의 세금으로 운영되는 멀트노머 카운티 도서관의 참고자료가 없었다면 이 책을 쓸 수 없었을 것이다. 또한 고고학자와 인류학자를 비롯해 이 소설의 배경에 관한 정보를 수집하는 데 상당히 도움이 되었던 책들을 집필해준 여러 전문가들에게 감사한다.

이 외에도 더 직접적인 방식으로 도움을 준 사람들도 많이 있는데, 특별히 감사드리고 싶은 분들이 여럿 있다.

이 소설에 대한 아이디어를 처음 들어준 진 드캠프는 친구가 필요한 순간에 친구가 되어주었을 뿐 아니라, 열정을 가지고 두툼한 원고를 읽으며 매의 눈으로 오류를 찾아내고, 이 시리즈의 상징을 형상화해주었다. 글쓰기의 고통과 환희를 이해하는 친구이자 동료 작가인 존 드캠프는 뛰어난 직관력을 발휘해 내가 누군가와 이야기를 나누고 싶어 했을 때 귀신처럼 알고는 전화를 걸어주었다. 딸 카렌 아우얼은 초고를 읽으면서도 웃어야 할 부분에서 웃고, 울어야 할 부분에서 울어주어 그 누구보다 내게 큰 격려가 되었다.

캐시 험블에게는 무엇보다 그녀의 언어감각을 높이 평가한다는 이유로, 친구에게 할 수 있는 가장 무리한 부탁, 즉 정직한 비평을 부탁했다. 친구로서 그녀는 불가능하다고 생각했던 일을 해주었다. 그녀의 비평은 예리한 통찰력이 돋보이는 동시에 부드러웠다. 디아나 스테레트는 이야기에 흠뻑 빠져 있으면서도 꼼꼼하게 실수를 찾아 지적해주었다. 라나 엘머는 대단한 집중력으로 장시간에 걸친 논문에 가까운 설명을 귀 기울여 들어주고도 여전히 이 이야기를 좋아했다. 안나 바커스는 그녀만의 특별한 통찰력과 오타를 잡아내는 날카로운 눈으로 도움을 주었다.

이 책을 쓰기 위한 조사가 도서관에서만 진행된 것은 아니다. 남편과 나는 자연과 가깝게 살아가는 다양한 삶의 모습을 직접 배우기 위해 여러 차례 현지답사 여행을 떠났다. 직접적인 체험을 하는 과정에서 큰 도움을 주신 오리건 과학산업박물관의 극지생존전문가인 프랭크 헤일에게 특별히 감사의 마음을 전한다. 그는 눈 더미에 판 굴 속에 잠자리를 마련해주고 내가 그 안에서 누워보도록 했다. 나는 후드산 기슭에서 1월의 추운 밤을 견뎌냈고, 헤일 선생님에게서 생존에 관한 많은 것들을 배웠다. 다음번 빙하기가 찾아오면 가장 함께하고 싶은 사람으로 그를 꼽을 것이다.

또한 자연 환경에서 살아가는 데 필요한 특별한 지식을 알려준 앤디 반트 헐에게도 감사드린다. 그는 내게 성냥 없이 불을 피우는 법, 돌도끼 만드는 법, 힘줄과 생가죽을 손질하는 법, 힘줄을 꼬아 밧줄을 만드는 법과 바구니 짜는 법, 돌을 쪼개서 가죽이 버터라도 되는 양 쉽게 자를 수 있을 만큼 예리한 날을 만드는 법을 보여주었다.

뛰어난 능력으로 내 거친 상상력을 현실로 바꿔주고 더욱 좋은 소설로 거듭나게 해준 출판 대리인 진 나가르와 그 현실을 믿어주고 내가 최고의 기량을 발휘하도록 이끌어 더 좋은 작품으로 만들어준, 명민하고 예리하고 세심한 편집자 캐롤 바론에게 이루 말할 수 없는 고마움을 전한다.

마지막으로 내게 엄청나게 큰 도움을 주었지만 그 사실을 모르고 있는 두 분께 감사의 마음을 전하고 싶다. 우선 소설 쓰기에 대해 말해주신 선생님이자 작가인 돈 제임스는 직접 뵌 적이 있지만, 정작 그분은 내게 이야기를 들려준 것에 대해 알지 못한다. 그분은 그 자리에 모인 청중을 대상으로 이야기했겠지만 그 이야기들은 바로 나한테 필요한 것들이었다. 돈 제임스는 알지 못하겠지만 그가 아니었다면 나는 이 책을 마무리 짓지 못했을지도 모른다.

감사드리고 싶은 다른 한 분은 그의 저서 《샤니다르(Shanidar)》(Alfred A. Knopf, New York)를 통해서만 알고 있는 고고학자인 랄프 S. 솔레키 교수로, 나는 샤니다르 동굴의 발굴과 네안데르탈인 유골의 발견에 대한 글을 읽고 깊은 감동을 받았다. 그분의 저서가 있었기에 선사시대의 혈거인에 관한 관점을 정립하고 인간 본성의 의미에 대해 심도 깊게 이해할 수 있었다. 하지만 솔레키 교수에게는 감사뿐만 아니라 양해를 구해야만 한다. 그가 발견한 사실을 문학적 허용이라는 이름으로 소설 속에서는 다르게 구현했기 때문이다. 실제로 무덤에 꽃을 놓은 사람은 네안데르탈인이었다.

진 M. 아우얼

동굴곰족

• 에일라 •

어린아이였을 때 낯선 사람들의 세계에 홀로 남겨진 여주인공. 금발 머리에 키가 크고 호리호리하다. 동굴곰족 사람들보다 뛰어난 지능을 가진 주인공은 절대 어겨서는 안 되는 동굴곰족의 금기를 깨뜨리지만 기지를 발휘해 살아남는다.

• 브룬 •

동굴곰족의 족장. 얼굴에는 텁수룩한 수염이 덮여 있고, 턱 끝은 뒤로 쑥 들어가 있으며, 활처럼 휜 다리에 가슴은 탄탄하게 벌어져 있다. 그는 다른 종족에게서 태어난 여자아이의 운명을 결정하게 된다.

• 이자 •

동굴곰족 최고의 주술 치료사. 그들과는 전혀 다르게 생긴 이상한 아이를 발견한 뒤 사람이라는 것을 깨닫고, 굶어 죽을 뻔했던 아이를 구해준다.

• 크렙 •

목우르라 불리는 동굴곰족의 주술사. 씨족 전체를 통틀어 가장 존경받는 신성한 존재다. 하지만 그토록 높은 지위에 있으면서도 에일라가 알고 있는 것을 배워야 하는 입장에 놓이기도 한다.

• 브라우드 •

족장 브룬의 아들. 난폭하고 거만하다. 자신에게 쏟아져야 할 관심이 이상한 여자아이에게 집중되자 분개한다. 그가 취할 수 있는 육체적으로 가장 만족스러운 방식으로 그녀에게 복수하겠다고 다짐한다.

• 두르크 •

폭력적인 강간에 의해 태어난 아이. 어떤 종족에도 속하지 않은 아이지만 동굴곰족의 미래를 짊어진다.

THE CLAN OF THE CAVE BEAR

EARTH'S CHILDREN

1

벌거벗은 여자아이가 가죽을 덮어씌운 달개집에서 뛰쳐나와 작은 강이 굽이쳐 흐르는 돌투성이 물가를 향해 달렸다. 아이는 집을 뒤돌아보지도 않고 거침없이 앞으로 나갔다. 지금까지의 경험으로 보아 자기가 돌아올 때까지 집과 그 안에 있는 물건들은 제자리에 있을 것이 분명했다.

아이는 물속에 텀벙 뛰어들었다. 기슭이 가파르게 깎이는 지점에서 발 아래로 자갈과 모래가 푹 꺼지는 게 느껴졌다. 차가운 물속으로 잠수했다가 물을 내뱉으며 솟구친 아이는 건너편 가파른 기슭까지 안정된 자세로 팔을 저었다. 걸음마도 하기 전에 헤엄치는 법을 먼저 배운 아이였다. 다섯 살이 되자 물에서 노는 것이 어렵지 않았다. 헤엄을 치는 것이 강을 건너는 유일한 방법일 때가 많았다.

한동안 이리저리 헤엄을 치며 놀던 아이는 강 아래로 흘러가는 물의 흐름에 몸을 맡겼다. 아이는 강이 넓어지며 바위들 위로 포말이 부서지는 곳에서 일어났다. 얕은 여울을 걸어 강변으로 돌아온 아이는 조약돌을 모으기 시작했다. 예쁜 것들만 골라 쌓은 돌 더미 위에 조약돌을 하나 더 얹으려던 순간, 땅이 진동하기 시작했다.

아이는 조약돌이 저절로 굴러 떨어지는 것을 놀란 눈으로 바라 봤다. 곧이어 작은 사각뿔 모양으로 쌓아놓은 돌 더미가 흔들리며 와르르 무너지자 눈이 휘둥그레졌다. 그때서야 아이는 자신도 흔 들리고 있음을 알아차렸지만, 두렵다기보다는 어리둥절할 뿐이었 다. 아이는 자신을 둘러싼 세상이 어째서 알 수 없는 상황으로 변 했는지 이해하려고 사방을 둘러봤다. 땅은 원래 움직이지 않는 것 이었다.

조금 전만 해도 잔잔히 흐르던 강물이 거센 물살을 일으키며 강 기슭 너머까지 출렁거렸다. 강바닥은 요동을 치며 걷잡을 수 없이 솟아오르더니 밑바닥의 진흙을 퍼 올렸다. 상류 쪽 기슭의 덤불들 은 뿌리에서 시작된 보이지 않는 움직임에 파르르 떨렸다. 하류 쪽 뭉우리돌들도 예사롭지 않은 힘에 수면 위로 불쑥불쑥 떠올랐다. 그 너머, 개울이 흘러들고 있는 숲 속의 우람한 침엽수들은 기이 한 모습으로 휘청댔다. 강기슭 근처에 서 있던 거대한 소나무는 뿌 리를 드러낸 채, 격하게 흐르는 물살에 버티지 못하고 반대편 기슭 쪽으로 기울어졌다. 우지직 소리와 함께 나무는 바닥으로 쿵 하고 쓰러졌다. 탁해진 물 위로 다리를 놓아주듯 드러누운 소나무는 요 동치는 땅 위에서 계속 흔들렸다.

아이는 나무가 쓰러지는 소리에 소스라치게 놀랐다. 두려움이 마음 한 구석을 스치고 지나간 순간, 가슴이 철렁 내려앉으며 졸아 붙었다. 아이는 일어서보려 했지만 진저리쳐지는 땅의 요동에 균형을 잃고 넘어졌다. 가까스로 엉거주춤 일어나긴 했지만 한 발짝 내딛는 것도 겁이 났다.

강에서 멀찍이 떨어진 달개집을 향해 발을 떼려는 순간, 낮게 우르르 울리던 소리가 섬뜩한 굉음으로 변했다. 아침잠에서 깨어난 대지가 하품을 하며 지독한 구취를 풍기듯, 눅눅한 습기와 부패로 인한 악취가 지면의 갈라진 틈에서 퍼져 나왔다. 열에 녹은 지표면이 식으면서 엄청난 진동 속에서 땅이 갈라졌고, 아이는 영문도 모른 채 점점 커지는 틈 속으로 흙과 바위와 작은 나무들이 떨어지는 광경을 바라보기만 했다.

이 깊은 심연의 건너편, 가장자리에 자리 잡은 달개집은 그 아래 단단한 땅의 절반이 떨어져나간 탓에 기울어져 있었다. 가느다란 들보가 넘어질 듯 말 듯 흔들리더니 곧이어 쓰러지며 깊은 나락 속으로 사라졌다. 가죽 덮개와 그 안에 있는 모든 것을 쓸어간 것이다. 아이는 눈이 휘둥그레진 채 두려움에 몸을 떨었다. 악취를 풍기며 쩍 벌어진 구멍이 지금껏 살아온 다섯 해의 짧았던 삶에 의미와 안도감을 주었던 모든 것들을 집어삼킨 것이다.

"엄마! **엄마아아!**"

마침내 상황을 깨달은 아이가 울부짖었다. 바위가 갈라지는 우레 같은 굉음에 묻혀 아이는 귓전을 울리는 비명이 자신의 것인지도 몰랐다. 아이는 땅이 갈라진 깊은 틈을 향해 기어갔지만, 갑자기 땅이 솟아오르더니 아이를 내동댕이쳤다. 아이는 땅을 꽉 움켜쥔 채, 요동치는 지면 위에서 꼭 붙들 만한 것을 찾으려고 안간힘을 썼다.

이윽고 갈라진 땅이 닫히고, 굉음이 멈추고, 요동치던 땅이 조용해졌다. 하지만 아이는 그렇지 못했다. 땅을 뒤흔든 지진으로 거세게 휘저어져 푸석해진, 축축하고 부드러운 흙 위에 얼굴을 묻은 채 두려움에 온몸을 떨었다. 아이가 무서워하는 것은 당연했다.

풀이 무성한 초원과 드문드문 숲들이 형성된 황무지에 아이는 혼자 남았다. 북쪽 대륙에 접해 펼쳐진 빙하는 초원과 숲 쪽으로 냉기를 밀어 보냈다. 무수히 많은 초식동물과 그 동물을 먹이로 삼는 육식동물들이 광활한 대초원을 헤매며 다녔지만, 사람은 거의 없었다. 아이는 갈 곳도, 이곳으로 찾아와 자신을 돌봐줄 사람도 없었다. 아이는 혼자였다.

땅이 다시 뒤흔들리더니 곧 잠잠해졌고, 아이는 땅속 깊은 곳에서 꾸르륵대는 소리를 들었다. 한입에 집어삼킨 음식물을 땅속에서 소화라도 시키고 있는 듯했다. 아이는 땅이 다시 갈라지지 않을까 극심한 공포에 사로잡혀 벌떡 일어섰다. 달개집이 있던 곳을 바라보니, 남은 것이라고는 맨땅과 뿌리째 뽑힌 덤불이 전부였다. 아이는 눈물을 터뜨리며 다시 강가로 달려가 흙탕물 가까이에 털썩 주저앉아 흐느꼈다.

하지만 진창이 된 강기슭은 언제고 다시 요동칠지 모르는 세상에서 은신처가 되어주지 못했다. 또 한 번의 여진이, 이번에는 더 강렬하게 지축을 흔들었다. 차가운 물이 벌거벗은 몸으로 튀어 오르자, 놀란 아이는 숨이 턱 막혔다. 공포가 다시 찾아왔다. 아이는 벌떡 일어났다. 이 요동치는 무서운 곳에서, 걸신들린 듯 삼켜대는 이 땅에서 벗어나야 했다. 하지만 어디로 간단 말인가?

돌투성이 강가는 씨앗이 새싹을 틔울 만한 곳이 아니어서 덤불조차 자라지 않았지만, 상류 쪽 기슭은 이제 막 새순이 돋아난 관목들로 울창했다. 마음 깊은 곳에 자리한 본능이 아이에게 물가 가까이에 있으라고 말했지만, 뒤얽힌 가시나무 숲을 헤치고 나가는 것은 불가능해 보였다. 눈물이 그렁해 흐려진 시야로 아이는 키가 큰 침엽수 숲이 있는 반대쪽을 바라봤다.

개울 가까이 군집을 이룬 무성한 상록수의 겹겹이 뻗은 가지 사이로 가느다란 햇살이 비쳐들었다. 그늘진 숲 속에 키 작은 관목들은 거의 없었지만, 그나마 똑바로 서 있는 나무들도 많지 않았다. 몇 그루는 땅에 쓰러져 있었고, 다른 나무들은 아직 견고하게 땅에 뿌리박은 이웃 나무에 기댄 채 이상한 각도로 기울어져 있었다. 뒤엉킨 나무들 뒤로 보이는 북쪽의 아한대 숲은 어두컴컴해서 상류 쪽 덤불보다 마음을 더 끄는 것도 아니었다. 아이는 어디로 가야 할지 몰라 이쪽저쪽을 번갈아 보며 망설였다.

두리번거리던 아이가 하류 쪽을 바라보고 있던 순간, 갑자기 발밑에서 진동이 느껴졌다. 아이는 소스라치게 놀라며 발을 뗐다. 아이는 달개집이 아직 거기에 있을지도 모른다는 천진한 기대를 버리지 못한 채, 텅 빈 풍경을 향해 마지막으로 그리움이 담긴 눈길을 보내고는 숲으로 내달렸다.

땅이 자리를 잡으며 한 번씩 토해내는 소리에 떠밀리듯, 아이는 흐르는 물을 따라 내려갔다. 물을 마시려고 딱 한 번 멈추었을 뿐, 최대한 멀리 가는 것이 목적이었다. 지진으로 쓰러진 침엽수들이 땅 위에 널브러져 있었다. 아이는 둥그렇게 얽힌 얕은 뿌리들이 뽑혀 나가면서 파인 구덩이를 조심조심 피해 지나갔다. 땅 밖으로 드러난 뿌리 끝에는 여전히 축축한 흙과 돌들이 매달려 있었다.

저녁 무렵이 되자 지진의 흔적은 점점 줄어들었다. 뿌리째 뽑힌 나무나 힘에 밀려 튕겨 나간 바위들은 거의 보이지 않았고, 물은 맑았다. 더 이상 길이 보이지 않는 곳에 이르러 멈춰 선 아이는 기진맥진해져 숲 바닥에 주저앉았다. 움직이는 동안은 계속 몸을 써서 추운지 몰랐지만, 이제 차가운 밤공기에 몸이 떨려왔다. 양탄자처럼 두툼하게 떨어진 솔잎 속으로 파고 들어간 아이는 작은 공처럼 몸을 꼭 웅크리고는 덮개 삼아 솔잎 몇 움큼을 자신에게 뿌렸다.

몸은 피곤했지만 겁에 질린 어린아이에게 잠은 쉽게 오지 않았다. 낮 동안 개울 가까이의 장애물들을 피하느라 바빴던 아이는 마음 뒤편에 두려움을 밀어둘 수 있었다. 하지만 밤이 된 지금 두려움이 물밀 듯 아이를 덮쳤다. 아이는 꼼짝 않고 눈을 크게 뜬 채 어둠이 짙어지며 자신의 주위에서 얼어붙는 것을 지켜봤다. 아이는 움직이는 것은 물론 숨을 쉬는 것조차 두려웠다.

아이는 지금껏 혼자서 밤을 지내본 적이 없었다. 그리고 밤에는 미지의 어둠이 침식해오는 일이 없도록 항상 불이 타오르고 있었다. 마침내, 아이는 터져 나오는 울음을 참지 못하고 목 놓아 울었다. 아이의 작은 몸은 울음과 딸꾹질로 들썩였고, 마음속 응어리가 풀리고 나서야 잠 속으로 빠져들었다. 작은 야행성 짐승이 호기심에 조심스럽게 아이의 몸에 코를 비볐지만, 아이는 알아차리지 못했다.

아이는 비명을 지르며 깨어났다!

세상은 여전히 요동치고 있었고 저 아래 깊은 곳, 멀리서 들려오는 우르릉 소리가 끔찍한 악몽 속에서 아이의 공포심을 다시 한번 일깨웠다. 아이는 벌떡 일어나 달리고 싶었지만 눈을 아무리 크게 떠보아도 감은 것보다 나을 게 없었다. 처음에는 자기가 어디에 있는지조차 기억하지 못했다. 심장이 쿵쿵 뛰었다. 어째서 보이지 않는 걸까? 한밤중에 잠에서 깼을 때 자신을 얼러주던 따뜻했던 팔은 어디에 있을까? 천천히 의식이 또렷해지면서 자신이 처한 상황을 떠올린 아이는 두려움과 추위에 떨며 몸을 웅크리고는 솔잎이 두툼히 깔린 땅속으로 다시 파고들었다. 희미한 첫 새벽빛에도 아이는 잠든 채였다.

햇빛이 깊은 숲 속으로 서서히 밀려들었다. 아이가 눈을 떴을 때는 아침이 훨씬 지난 시간이었지만 짙은 그늘에 가려 아침인지 분간하기 어려웠다. 어제저녁 햇빛이 희미해지던 무렵, 개울에서 벗어나 헤매었던 탓에 주위에 나무 말고는 아무것도 보이지 않는 상황에 처하자 극심한 공포가 엄습했었다.

문득 갈증을 느낀 아이는 졸졸 흐르는 물소리를 듣고 그 소리를 따라가다가 개울을 다시 보게 되었다. 숲에 있을 때나 물가에 있을 때나 길을 헤매기는 마찬가지였지만, 무언가 따라갈 것이 있다는 것에 안심이 되었다. 그리고 물 가까이에 있는 한, 갈증을 달랠 수 있었다. 하지만 그렇다고 배고픔까지 달래주는 것은 아니었다.

아이는 풀과 뿌리를 먹을 수 있다는 건 알았지만, 무엇을 먹어도 되는지는 몰랐다. 처음 맛본 잎은 쓴 데다 입을 톡 쏘았다. 이파리를 뱉어내고는 물로 입안을 헹궜지만, 또 다른 잎을 맛보는 것은 망설여졌다. 잠깐이라도 배를 채우기 위해 물을 더 마시고는 다시 개울을 따라 내려갔다. 깊은 숲 속이 무서웠던 아이는 해가 밝게 비치는 물가 가까이에 머물렀다. 밤이 찾아오자 솔잎이 깔린 땅을 파헤쳐 다시 그 안에 몸을 웅크렸다.

혼자 지내는 두 번째 밤은 첫날 밤보다 나을 게 없었다. 춥고 두려웠으며 이제는 허기까지 더해졌다. 아이는 이토록 무서웠던 적이 없었다. 이토록 배고프고, 이토록 홀로였던 적도 없었다. 아이의 상실감은 너무도 고통스러운 것이었기에 아이는 지진의 기억과 그 이전의 삶에 대한 기억을 지워버리기 시작했다. 미래에 대한 생각들도 아이를 극심한 공포에 사로잡히게 했으므로, 그런 두려움들을 마음에서 쫓아내려고 애썼다. 아이는 자신에게 무슨 일이 생길지, 누가 자신을 보살펴줄지 생각하고 싶지 않았다.

아이는 그다음 장애물을 지나고, 그다음 지류를 건너고, 그다음 통나무를 타넘으며 오로지 눈앞에 닥친 순간을 살았다. 개울을 따라가는 것 자체가 목적이 되었다. 물을 따라가는 것이 어딘가로 아이를 데려다주어서가 아니라 개울만이 아이에게 어떤 식으로든 방향과 목적, 동기를 주었기 때문이었다. 아무것도 하지 않는 것보다는 그편이 나았다.

얼마 후 허기의 고통이 둔해지면서 머리까지 멍해졌다. 아이는 간혹 울음을 터뜨렸고, 터벅터벅 걸으며 흘린 눈물은 아이의 지저분한 얼굴에 희끗한 얼룩을 그려놓았다. 벌거벗은 작은 몸에는 때가 덕지덕지 묻어 있고, 비단처럼 곱고 부드러웠던 흰색에 가까운 머리칼에는 솔잎과 가지, 진흙이 엉겨 붙어 있었다.

상록수 숲이 탁 트인 초목지대로 변하면서 길을 헤치고 앞으로 나아가는 일이 더욱 어려워졌다. 솔잎이 수북이 쌓여 있던 길은 끝나고, 덤불이며 약초, 이런저런 풀과 낙엽수 아래에 자리 잡은 이끼 같은 지피식물들이 무성해지면서 길을 가로막았다. 비가 내리면 아이는 쓰러진 나무나 커다란 바위 옆, 혹은 툭 튀어나온 바위 아래쪽에 몸을 웅크리고 있거나, 아니면 그냥 진흙 속을 철벅철벅 걸으며 비를 맞았다. 밤이면 지난 계절, 나무에서 떨어진 마른 잎들을 쌓아 무더기를 만들어 그 안에 웅크리고 잠들었다.

마실 물이 충분했기 때문에 탈수증에 걸리지는 않았다. 탈수로 인해 체온이 떨어져 죽음에 이를 수도 있는 위험을 피하긴 했지만, 아이는 점점 약해지고 있었다. 허기를 느끼는 단계를 지나 둔통이 지속되었고, 때로 가벼운 현기증이 찾아왔다. 아이는 그런 느낌에 대해서도, 또한 개울 말고는 그 어떤 다른 것에 대해서도 생각하지 않으려고 애쓰며, 오로지 물가를 따라 걸었다.

나뭇잎 틈새로 스며든 햇빛이 아이를 깨웠다. 아이는 체온으로 따뜻해진 포근한 잠자리에서 일어나 물을 마시기 위해 개울로 내려갔다. 그 전날 비가 온 뒤라 파란 하늘과 햇빛이 반가웠다. 다시 걷기 시작한 지 얼마 안 되어 강기슭이 점차 높아지기 시작했다. 또 한 번 물을 마시려고 멈춰 섰을 때는 가파른 비탈이 물가와 아이를 갈라놓고 있었다. 아이는 조심스레 아래로 내려가다 발을 헛디디며 굴러 떨어졌다.

온몸이 까지고 멍이 든 아이는 강 근처 진흙탕에 꼼짝 않고 누
워 있었다. 몸은 기진맥진하고 머릿속은 끔찍한 기분으로 가득 차
손 하나 까닥할 수 없었다. 커다란 눈물이 솟구쳐 오르며 비 오듯
흘렀고, 구슬픈 울음소리가 공중을 갈랐다. 그러나 그 소리를 들어
줄 사람은 아무도 없었다. 울부짖던 소리는 누가 좀 와서 도와달라
고 애원하는 훌쩍임으로 변했다. 하지만 그곳으로 와주는 사람은
아무도 없었다. 절박하게 우는 아이의 어깨는 흐느낌으로 들썩였
다. 아이는 일어나고 싶지도, 계속해서 가고 싶지도 않았다. 진흙
탕 속에서 울며 거기 머무는 것 말고는 달리 뭘 할 수 있었겠는가?

울음을 그친 아이는 물가 가까이에 누웠다. 아이는 바닥에서 솟
은 뿌리 하나가 옆구리를 불편하게 찌르고, 입안에서 흙 맛 같은
게 느껴지자 일어나 앉았다. 그러고는 지친 몸을 일으켜 물가로 가
서 목을 축였다. 그리고 다시 아이는 악착같이 가지들을 밀어내고
이끼로 덮인 통나무를 타넘으며, 물가를 따라 철벅철벅 걸었다.

일찍 찾아온 봄의 홍수로 이미 수위가 높아진 강은 지류보다 두
배 이상 물이 불어 있었다. 멀리서 울려오는 굉음을 들은 지 한참
이 지나서야 높은 기슭에서부터 폭포가 쏟아지는 모습이 눈에 들
어왔다. 이제 곱절로 물이 불은 개울과 큰 강이 만나는 곳이었다.
폭포 너머로는 하나가 된 거센 물줄기가 바위에 부딪쳐 거품을 일
으키며 초원지대로 흘러가고 있었다.

우레같이 울리는 폭포는 높은 비탈의 가장자리를 돌진해 하얗
게 부서지며 너른 강물로 떨어졌다. 폭포는 그 아래 바위가 닳아
만들어진 웅덩이 속으로 쏟아져 내리며 끊임없이 물보라를 일으켰

다. 강들이 만나는 지점에서는 물살이 소용돌이쳤다. 멀고 먼 옛날에 강은 폭포 뒤로 깎아 지르는 듯한 단단한 절벽을 만들어놓았다. 물이 쏟아져 내리는 바위 턱은 절벽에서 툭 튀어나와 폭포수와 절벽 사이에 통로를 형성해놓았다.

아이는 안쪽으로 바싹 다가가 축축한 통로를 조심스레 들여다보고는, 쏟아지는 물의 장막 뒤로 발을 옮겼다. 균형을 잃지 않으려고 젖은 바위를 움켜잡았지만 끊임없이 콸콸 떨어지는 거센 물결에 아이는 어지럼증을 느꼈다. 귀청이 터질 것 같은 폭포 소리는 거센 물줄기 뒤편 돌 벽에 부딪쳐 되울렸다. 아이는 두려움에 차 위를 올려다보았다. 자기 머리 위에 물방울을 뚝뚝 떨어뜨리는 바위들 위로 물줄기가 쏟아져 내리는 것에 불안한 마음이 들었지만, 아이는 살금살금 앞으로 기어갔다.

아이가 거의 반대편에 닿았을 때, 통로는 점점 좁아지며 끝이 나더니 다시 가파른 벼랑이 나타났다. 절벽의 통로는 죽 이어진 것이 아니었다. 아이는 방향을 틀어 되돌아나가야 했다. 출발한 곳으로 돌아온 아이는 둑의 가장자리까지 격하게 출렁이는 물살을 바라보며 고개를 저었다. 다른 길은 없었다.

물속으로 걸어 들어가자 물은 차가웠고 물살은 거셌다. 강 중간까지는 헤엄을 치다가 그다음부터는 물결에 몸을 맡겼다. 폭포 주변까지 흘러갔을 때 아이는 몸을 틀어 그 너머 강폭이 넓어진 기슭까지 다시 헤엄쳤다. 헤엄으로 몸은 지쳤지만, 아이는 엉겨 붙은 머리만 제외하면 길에서 지내던 때보다 더 깨끗해졌다. 기분이 상쾌해진 아이는 다시 길을 나섰다. 하지만 그런 기분은 오래가지 못했다.

그 날은 늦봄 치고는 이상하리만큼 더웠다. 나무와 덤불이 사라지고 탁 트인 초원이 나타나면서 뜨거운 태양이 기분 좋게 느껴졌다. 그러나 불덩어리 같은 해가 더 높이 솟아오르자 작열하는 햇살은 아이에게 얼마 남아 있지 않던 힘마저 앗아갔다. 오후 무렵, 아이는 강과 가파른 절벽 사이에 난 좁은 모랫길을 휘청휘청 걷고 있었다. 반짝거리는 강물은 아이 쪽으로 눈부신 햇빛을 반사했고, 거의 흰색에 가까운 사암도 빛과 열을 반사해 강렬하게 번쩍였다.

강 건너 앞쪽으로 흰색, 노란색, 자주색 풀잎 모양의 작은 꽃들이 새 생명을 머금은 반쯤 자란 연초록 풀들과 섞여 지평선까지 뻗어 있었다. 하지만 아이는 순식간에 지나가는 아름다운 초원의 봄에 시선을 줄 수 없었다. 약해진 몸과 배고픔으로 아이는 정신을 잃어가고 있었다. 환각에 빠지기 시작했다.

"조심하겠다고 했잖아요, 엄마. 그저 조금 헤엄친 건데, 어디 간 거예요?"

아이가 투덜댔다.

"엄마, 우리 언제 먹어요? 너무 배고프고 더워요. 엄마를 불렀는데 왜 안 온 거예요? 아무리 불러도 안 왔어요. 어디 있었던 거야? 엄마? 엄마! 다시는 멀리 가지 마! 여기 있어! 엄마, 기다려! 가지 마!"

환영이 점점 희미해질 무렵, 아이는 절벽 기슭을 따라 신기루를 향해 달렸다. 하지만 절벽은 물가에서 멀어져 강과 다른 방향으로 이어지고 있었다. 아이는 물가에서 벗어나고 있었다. 맹목적으로 달리던 아이는 바위에 발가락을 부딪치며 세게 넘어졌다. 아이는 깜짝 놀라—거의—현실로 돌아왔다. 앉은 채로 발가락을 문지르며 제정신을 차리려고 애썼다.

삐죽삐죽한 사암 벽은 동굴 같은 어두운 구멍들이 여기저기 나 있었고, 길게 갈라진 금과 틈들이 줄무늬를 이루고 있었다. 혹독한 더위와 추위로 확장과 수축을 반복한 탓에 연한 암석들은 부서졌다. 아이는 절벽 아래쪽, 땅과 가까운 곳에 난 작은 구멍을 들여다보았지만, 비좁은 동굴은 아이에게 별다른 인상을 주지 못했다.

훨씬 인상적이었던 것은, 절벽과 강 사이 풀이 우거진 초원에서 한가로이 풀을 뜯고 있던 오록스 무리였다. 신기루를 따라 정신없이 달려온 아이는 커다란 굽은 뿔이 있고 어깨의 융기까지 높이가 2미터쯤 되는 그 거대한 야생 소 떼를 보지 못했던 것이다. 오록스가 눈에 들어온 순간, 갑자기 찾아온 두려움은 머릿속에 남아 있던 마지막 거미줄까지 걷어갔다. 아이는 벽 가까이로 뒷걸음을 치면서도 풀을 먹다 말고 자신을 응시하는 우람한 오록스에게서 시선을 떼지 못했다. 그러고는 뒤돌아 달리기 시작했다.

어깨 너머로 뒤를 힐끗 돌아본 아이는 재빠르게 움직이는 흐릿한 형체에 숨이 턱 막힌 채 그 자리에 얼어붙었다. 아주 먼 훗날 저 멀리 남쪽 대초원을 누비게 될 고양잇과 동물보다 몸집이 두 배는 더 큰 거대한 암사자가 오록스 무리 쪽으로 살며시 다가가고 있었다. 무시무시하게 큰 사자가 야생 소 한 마리를 향해 뛰어오르는 순간, 아이는 비명이 터져 나오려는 것을 간신히 참았다.

거대한 암사자는 날카로운 송곳니를 드러내고 으르렁거리며 발톱으로 가차 없는 공격을 퍼붓더니 육중한 오록스와 함께 거꾸러져 땅바닥을 뒹굴었다. 으드득 소리를 내며 강력한 턱이 물자, 소는 겁에 질려 울음소리 한 번 제대로 토해내지 못했다. 암사자가 소의 목덜미를 뜯어내자 피가 튀어 오르며 다리가 넷인 사냥꾼의 주둥이를 빨갛게 물들였다. 담갈색 털에 진홍색 피가 뿌려졌다. 암사자가 배를 갈라 붉고 뜨끈뜨끈한 고기 덩어리를 뜯어낸 순간에도 오록스의 다리는 발작적으로 경련을 일으켰다.

엄청난 두려움이 아이의 몸을 타고 흘렀다. 아이는 극심한 공포에 사로잡혀 내달렸다. 한편 이 모습을 조심스레 지켜보는 또 한 마리의 거대한 사자가 있었다. 아이는 동굴사자의 영역에 우연히 들어오게 된 것이었다. 보통 같으면 이 거대한 고양잇과 동물은 다섯 살밖에 안 된 작은 아이를 먹잇감으로 생각하지 않았다. 배고픈 동굴사자의 긍지를 만족시켜줄 만한 육중한 오록스나 덩치 큰 들소, 큰뿔사슴 쪽을 선호했다. 하지만 아이는 갓 태어난 새끼 사자 두 마리가 가냘프게 울고 있는 동굴을 향해 너무 가까이 다가가고 있었다.

암사자가 사냥을 나간 사이, 새끼들을 지키고 있던 수사자는 텁수룩한 갈기를 휘날리며 경고의 뜻으로 울부짖었다. 고개를 돌린 아이는 바위 턱에 앉아 금방이라도 튀어오를 듯 자세를 취하고 있는 거대한 사자를 본 순간, 숨이 턱 막혔다. 아이는 비명을 질렀다. 다리가 미끄러진 아이는 절벽 근처의 자갈밭에 넘어져 다리를 긁혔지만 기를 써서 몸을 돌리더니 훨씬 큰 공포에 쫓겨 왔던 길을 되짚어 내달렸다.

사자는 새끼들의 신성한 보금자리를 겁 없이 침범한 작은 침입자를 잡는 것쯤은 별것 아니라는 듯 유유히 뛰어올랐다. 사자는 서두르는 기색이 없었고—사자의 유연하면서 날쌘 움직임에 비해 아이는 너무 느렸다—마치 고양이가 쥐를 가지고 놀 때와 비슷한 모습이었다.

겁에 질린 아이가 절벽 밑 작은 구멍으로 뛰어든 것은 순전히 본능이 시킨 일이었다. 옆구리가 쑤시고 숨이 차 허덕거리면서도 아이는 자기 몸이 간신히 들어갈 만한 크기의 구멍 속으로 비집고 들어갔다. 틈새보다 크다고도 할 수 없는 작고 얕은 동굴이었다. 아이는 몸부림을 치듯 비좁은 틈 속으로 몸을 구겨 넣었다. 무릎을 꿇은 채, 단단한 바위 속으로 스며들기라도 할 것처럼 등을 바싹 대었다.

동굴사자는 구멍 가까이에 다가와 사냥이 제 뜻대로 되지 않으리란 것을 깨닫고 약이 올라 울부짖었다. 아이는 그 소리에 몸서리를 쳤다. 거의 혼이 나간 아이는 날카로운 갈고리 발톱을 한껏 뻗은 발이 작은 구멍 속을 휘젓는 것을 바라봤다. 도망갈 데가 없는 아이는 발톱이 다가와 왼쪽 허벅지를 할퀴고 지나간 순간, 끔찍한 고통에 날카로운 비명을 질렀다. 허벅지에 나란히 네 줄의 깊은 상처가 생겼다.

아이는 사자의 발이 닿는 곳에서 벗어나려고 몸부림을 치다가 왼쪽의 어두운 벽에 움푹 파인 작은 공간을 발견했다. 아이는 그곳으로 들어가 다리를 잔뜩 끌어당기더니 몸을 최대한 작게 웅크렸다. 다시 작은 구멍 속으로 사자의 발이 천천히 들어와 틈을 비집

고 들어오던 햇빛마저 차단했다. 발에 걸리는 게 아무것도 없자 동
굴사자는 노여움에 울부짖더니 구멍 앞을 이리저리 서성이며 또
한 번 길게 포효했다.

　아이는 다음 날 오후까지도 비좁은 동굴 안에 숨어 있었다. 퉁
퉁 부운 다리와 곪기 시작한 상처가 계속해서 아파왔지만, 거친 벽
으로 둘러싸인 동굴 안은 몸을 돌리거나 뻗을 수 없을 정도로 좁았
다. 아이는 그 시간 내내 배고픔과 고통으로 제정신이 아니었다.
지진과 날카로운 발톱, 외로움과 걷잡을 수 없는 두려움이 반복되
는 끔찍한 악몽에 시달렸다. 하지만 마침내 아이가 은신처에서 나
오도록 이끈 것은 상처도, 배고픔도, 햇볕으로 입은 따가운 화상도
아니었다. 그것은 갈증이었다.

　아이는 겁에 질려 작은 구멍 밖을 내다보았다. 강 가까이로는
바람에 제대로 자라지 못한 버드나무와 소나무가 듬성듬성 초저녁
의 긴 그림자를 드리우고 있었다. 아이는 한참동안 풀로 덮여 있는
땅과 그 너머 반짝거리는 물을 물끄러미 바라봤다. 그러고 나서야
용기를 내어 입구 쪽으로 움직였다. 아이는 바짝 마른 혀로 갈라진
입술을 핥으며 주변을 유심히 살폈다. 움직이는 것이라고는 세찬
바람을 맞으며 흔들리는 풀밖에 없었다. 자존심 강한 사자는 사라
지고 없었다. 새끼들이 걱정된 암사자가 새로운 보금자리를 찾아
떠났다. 동굴 가까이에서 나는 낯선 존재의 익숙하지 않은 냄새가
거슬렸던 것이다.

　아이는 구멍 밖으로 기어 나와 일어섰다. 머리는 욱신거렸고 눈

앞에는 점들이 어지러이 춤을 추었다. 한 걸음 뗄 때마다 통증이 물밀 듯 밀려왔다. 상처에서는 푸른색을 띤 누런 고름이 퉁퉁 부운 다리를 타고 흘러내렸다.

아이는 물가까지 걸어갈 자신이 없었지만, 갈증은 참으로 강렬한 것이었다. 아이는 무릎을 꿇고 털썩 주저앉았다. 마지막 몇 미터는 기어갈 수밖에 없었다. 배를 깔고 납작하게 누운 아이는 차가운 물을 허겁지겁 입으로 들이켰다. 갈증이 가시고 나서야 마침내 아이는 다시 일어서보려 했지만, 인내심은 한계에 달해 있었다. 눈앞에서 점들이 빙빙 돌더니 머리가 어지러워졌고, 모든 것들이 깜깜해지면서 아이는 땅바닥으로 쿵 쓰러졌다.

하늘에서 유유히 선회하고 있던 썩은 고기를 먹고 사는 새 한 마리가 움직이지 않는 형체를 발견하고는 가까이 보기 위해 빠른 속도로 급강하했다.

2

폭포를 지나 강폭이 넓어지자 얕은 물 위로 솟은 바위 주위에 거품이 일었다. 한 무리의 여행자들이 그 강을 건너고 있었다. 그들은 어린아이에서부터 노인들까지 스무 명이었다. 예전에 살던 동굴이 지진으로 무너지기 전까지는 모두 스물여섯 명이었다. 두 남자가 앞장 서 걸었고, 여자와 아이들 무리가 거리를 두고 뒤를 이었다. 몇몇 나이 든 남자들이 여자들 옆에서 걷고 있었고, 젊은 남자들은 뒤에서 따라오고 있었다.

그들은 넓은 개울을 따라 걸었다. 물길이 평탄한 초원지대를 가로지르며 구불구불 흐르기 시작할 무렵, 썩은 고기를 먹고 사는 새가 하늘을 선회하는 것이 보였다. 죽은 동물을 먹는 새가 날고 있다는 것은 그들의 관심을 끄는 것이 무엇이든 간에 아직 살아 있다는 뜻이었다. 선두에 있던 남자가 무엇인지 살펴보기 위해 걸음을 서둘렀다. 같은 생각을 하고 있는 네 발 달린 포식동물이 없다면, 상처 입은 동물은 사냥꾼에게 손쉬운 먹잇감이었다.

여자들의 맨 앞 쪽에는 첫 임신의 중반기에 접어든 여자가 걷고 있었다. 여자는 선두에 있던 두 남자가 땅을 흘끗 보고는 지나치는 것을 봤다. 고기를 먹는 짐승인 게 틀림없어, 여자는 생각했다. 이 씨족은 육식동물을 먹는 일이 드물었다.

여자는 140센티미터가 조금 못 되는 키에 뼈대가 굵고 다부진 체구를 하고 있었다. 다리는 휘었지만 근육이 발달한 강한 다리와 평평한 맨발로 직립보행하고 있었다. 몸에 비해 긴 편인 팔도 다리와 마찬가지로 활처럼 휘어 있었다. 부리 모양의 코는 컸고, 입 부분은 동물의 주둥이처럼 툭 튀어나왔지만 턱 끝은 거의 나오지 않았다. 뒤로 낮게 경사진 이마가 크고 길쭉한 머리통과 이어져 있었고, 그 머리를 받치고 있는 목은 짧고 굵었다. 뒤통수는 후두골이 툭 튀어나와 있어 가뜩이나 긴 머리통은 더 길어 보였다.

다리와 어깨에는 끝이 살짝 말리는 갈색의 부드러운 솜털이 덮여 있었다. 목덜미 아래에 나 있는 털은 머리 쪽에서 점점 굵어져 숱 많은 긴 머리털이 덥수룩해 보였다. 겨우내 창백하던 피부 빛은 어느새 여름 볕에 그을려 있었다. 툭 튀어나온 눈썹 뼈 아래 깊숙이 자리 잡은, 총기 어린 크고 동그란 갈색 눈은 호기심으로 가득 차 있었다. 남자들이 그냥 두고 지나간 것이 무엇인지 보려고 여자의 발걸음이 빨라졌다.

여자는 첫 임신을 하기에 꽤 늦은 나이로, 이제 곧 스물을 앞두고 있었다. 씨족 사람들이 아이를 낳지 못하는 여자라고 생각했을 즈음에 여자의 몸에는 생명이 깃든 표시가 나타나기 시작했다. 하지만 수태를 했다고 해서 여자가 들어야 하는 짐이 가벼워지지는 않았다. 등에는 커다란 바구니를 메고 있었는데, 바구니에 묶어놓은 꾸러미들이 아래로도 매달려 있고 바구니 위에도 쌓여 있었다. 연한 가죽으로 만들어 허리에 둘러 입은 두르개에는 물건을 넣을 수 있는 주머니가 있을 뿐 아니라 입구를 끈으로 졸라매는 자루가 여러 개 매달려 있었다. 그중에서도 특히 눈에 띄는 자루 하나가 있었다.

그 자루는 수달의 뱃가죽을 가르지 않고 목만 따내 구멍을 내고, 그 안의 내장과 살, 뼈를 제거해 입구를 졸라매 만든 것이어서 다리, 꼬리, 머리가 온전히 붙어 있었다. 목덜미 가죽에 붙어 있는 머리통은 자루의 덮개 노릇을 했다. 그리고 목 주위에 뚫어놓은 구멍들에 붉게 물들인 힘줄로 만든 끈을 꿰어 자루 입구를 꼭 조여서는 여자의 허리 두르개에 묶어놓았다.

남자들이 그냥 두고 지나친 것을 처음 봤을 때, 여자는 털 없는 동물처럼 보이는 게 무엇인지 갈피를 잡을 수 없었다. 호기심에 가까이 다가갔을 때 여자는 헉 소리를 내며 한 걸음 뒤로 물러섰다. 그러더니 목에 두른 작은 가죽 주머니를 움켜쥐었다. 미지의 정령들을 물리치려는 무의식적인 몸짓이었다. 여자는 가죽 주머니 안으로 손을 뻗어 보호를 빌며 부적 속에 있는 작은 물건들을 만지작거렸다. 여자는 조심스레 몸을 앞으로 수그려 더 가까이 다가가 살펴보았다. 그녀는 자신이 제대로 본 게 맞는지 눈으로 보고도 믿을 수 없었다.

여자의 눈이 잘못된 게 아니었다. 게걸스러운 새들을 불러 모은 것은 동물이 아니라 아이였다. 그것도 비쩍 마른 이상하게 생긴 아이!

여자는 근처에 뭔가 두려운 기운이 도사리고 있지나 않은지 주위를 둘러보았다. 그러고는 의식을 잃은 아이를 그냥 지나쳐 가려는데 신음 소리가 들렸다. 여자는 두려움을 잊은 채 멈춰 서더니 아이 옆에 무릎을 꿇고 앉아 살며시 아이를 흔들었다. 아이가 돌아눕자 발톱 자국이 선명한 곪은 상처와 퉁퉁 부은 다리가 보였다. 그 순간 주술 치료사인 여자는 수달가죽 자루로 손을 뻗어 끈을 풀었다.

선두에 섰던 남자가 뒤를 힐끗 돌아보다가 아이 곁에 앉아 있는 여자를 보았다. 남자는 여자와 아이에게로 되돌아왔다.

"이자! 어서 와!"

남자가 명령했다.

"동굴사자 흔적이다. 어서 가자."

"아이예요, 브룬. 다쳤지만 죽지 않았어요."

여자가 대답했다.

브룬은 높은 이마에 작은 코, 이상할 정도로 평평한 얼굴을 하고 있는 비쩍 마른 여자아이에게 시선을 던졌다.

"우리 씨족이 아니다."

우두머리인 남자는 퉁명스러운 손짓으로 말하더니 몸을 돌려서 가려 했다.

"브룬, 아이예요. 다쳤잖아요. 여기에 두고 가면 죽을 거예요."

손짓으로 뜻을 전하는 여자의 눈에 애원하는 빛이 서렸다.

작은 씨족의 족장은 간청하는 여자를 가만히 내려다보았다. 남자는 여자보다 체구가 훨씬 컸다. 키는 150센티미터가 넘었고 근육질의 다부진 몸에 탄탄하게 벌어진 가슴팍, 활처럼 휜 굵은 다리를 하고 있었다. 그의 생김새는 여자와 비슷했지만 신체적인 특징들은 더 두드러졌다. 눈썹 뼈는 더 두툼했고 코도 더 컸다. 다리와 배, 가슴, 등 위쪽은 갈색의 거친 털들로 덮여 있었는데, 동물의 털에 버금갈 정도였다. 아래 턱 끝은 뒤로 들어가 있고, 상대적으로 쑥 튀어나온 입 부분은 덥수룩한 수염에 가려 보이지 않았다. 남자의 두르개도 여자의 것과 비슷했지만 넉넉하지 않은 폭에 길이도 더 짧았고 묶는 방식도 달랐다. 또한 물건을 담는 주머니도 적었다.

남자는 별다른 짐을 지고 있지 않았다. 넓은 가죽 끈으로 경사진 이마를 둘러 묶어 등으로 늘어뜨린 털가죽 덮개를 걸치고 무기를 들었을 뿐이었다. 오른쪽 허벅지에는 문신 같은 거무스름한 흉터가 있었다. 끝이 바깥으로 불쑥 나온 U 자 비슷한 모양의 흉터는 그의 토템인 들소의 상징이었다. 그에게는 자신의 지위를 나타내는 표식이나 장신구가 필요하지 않았다. 그의 태도와 다른 사람들이 그에게 보이는 복종심이 그의 위치를 확고하게 드러냈다.

남자는 어깨에 메고 있던 기다란 말 앞다리로 만든 곤봉을 내리더니 손잡이 부분을 허벅지에 기대 땅에 세워놓았다. 이자는 그가 자신의 간청을 진지하게 생각하고 있다는 것을 알아차렸다. 여자는 그가 생각할 시간을 갖도록 자신의 요동치는 마음을 숨긴 채 조용히 기다렸다. 남자는 묵직한 나무 투창도 내려서는 날카롭게 갈아 불에 달군 뾰족한 끝이 위를 향하도록 어깨에 기대 세워놓았다. 그리고 부적과 함께 목에 두르고 있던 사냥돌을 매만져 둥근 돌덩이 세 개가 반듯하게 되도록 했다. 그러고는 허리 두르개에서 길고 가느다란 연한 사슴가죽을 잡아 뺐다. 양끝으로 갈수록 폭이 좁아지고 한가운데는 돌을 끼워 넣을 수 있게 불룩하게 튀어나와 있는 팔매질용 가죽 끈이었다. 그는 부드러운 가죽 끈을 손안에서 잡아당기며 생각에 잠겼다.

브룬은 자신의 씨족에게 영향을 미칠 수 있는 심상치 않은 일에 대해 성급한 결정을 내리고 싶지 않았다. 특히 지금처럼 거처 없이 떠도는 상황에서는 더욱 그러했다. 그는 즉시 거절하고 싶은 충동과 싸웠다. 이자가 그 아이를 거두고 싶어 하리란 걸 진작 눈치챘어야 했는데. 그는 생각했다. 그녀는 심지어 동물에게도, 특히 어린 새끼는 그냥 못 지나치고 주술 치료를 베풀고는 했다. 이 아이를 돕지 못하게 하면 마음이 상하겠지. 우리 씨족이든 아니든, 그런 건 그녀에게 문제가 되지 않으니까. 오로지 보이는 거라고는 아이가 다쳤다는 것일 테니. 음, 어쩌면 그런 심성 덕분에 그녀가 훌륭한 주술 치료사가 된 것인지도 모르지.

하지만 주술 치료사이든 아니든, 그녀는 한낱 여자에 지나지 않아. 마음이 상한다 한들 무슨 상관이야? 이자는 그런 감정을 내색할 만큼 어리석지 않지. 상처 입은 낯선 존재 말고도 우리에게는 충분히 문제가 많은데 말이지. 하지만 그녀의 토템은 알겠지. 모든 정령들은 알고 있을 테야. 그녀가 화가 나서 그들을 더욱 노하게 만든다면? 만일 우리가 새 동굴을 찾게 되면 이자가 동굴 의식을 위해 차를 만들어야 할 텐데 이자가 심란한 마음에 실수라도 하면 어쩌지? 성난 정령들이 의식을 망쳐버릴 수도 있어. 그들은 이미 충분히 노여워하고 있는데. 새 동굴을 위한 의식에 절대로 마가 끼어서는 안 돼.

그는 이자가 아이를 데려가도록 허락하자고 생각했다. 늘어난 짐을 이고 가는 것에 이자도 지칠 것이고, 게다가 계집아이는 빈사 상태에 놓여 있으니 자신의 피붙이인 이자의 주술이 강력하다 해도 그 애를 살릴 수 없을 거라 판단한 것이다. 브룬은 가죽 끈을 허리 두르개에 끼워 넣고 무기를 들더니 별말 없이 어깨를 으쓱해 보였다. 이제 결정은 이자에게 달려 있었다. 그는 몸을 틀어 성큼성큼 걸음을 옮겼다.

이자는 바구니에 손을 뻗어 가죽 덮개를 잡아 빼내더니 그것으로 아이를 감쌌다. 그러고는 의식이 없는 아이를 들쳐 업어 부드러운 가죽 끈으로 꼭 묶었다. 아이의 키에 비해 몸이 얼마나 가벼운지 놀랄 정도였다. 아이를 들어 올리는 순간, 아이가 신음을 내뱉었다. 이자는 달래듯 토닥거리고는 앞서가는 두 남자의 뒷자리로 돌아갔다.

다른 여자들은 가던 길을 멈추고 이자와 브룬이 마주 선 자리에서 주춤주춤 물러섰다. 주술 치료사인 이자가 무언가를 들어 올려 데려가는 것을 보더니 다들 호기심에 들썩였다. 대화를 위한 손동작이 날아갈 듯 빨라졌고, 간간히 목구멍소리까지 냈다. 수달가죽 자루를 제외하면 그들도 이자와 같은 차림새에 무거운 짐을 지고 있었다. 여자들은 지진으로 무너진 동굴에서 추려낸 씨족의 온갖 세간을 다 짊어지고 있었다.

일곱 아낙들 중 둘에게는 젖먹이 아기가 있었는데, 언제든 수유를 할 수 있도록 맨살이 닿는 두르개 안쪽에 품고 있었다. 브룬과 이자의 대화가 끝나길 기다리는 동안, 아래가 따끈하게 젖어오는 기색을 느낀 아낙이 재빨리 벌거벗은 아기를 두르개 자락에서 빼내더니 아기가 오줌을 싸는 내내 들고 서 있었다. 지금처럼 이동 중이 아닐 때는 아기를 부드러운 가죽 포대기에 감싸는 게 보통이었다. 그리고 오줌과 묽은 똥을 흡수하도록 이런저런 것들을 엉덩이에 대주었다. 야생 양이 털갈이를 할 때 가시덤불에 남기고 간 양털이나 새의 앞가슴 솜털, 혹은 섬유질 식물의 솜털이 그런 것들이었다. 그러나 이동 중일 때는 아기를 벌거벗겨 다니는 게 쉽고 간편했다. 걸음을 늦추는 법 없이 그냥 땅바닥에 일을 보게 하면 그만이었다.

그들이 다시 길을 나서게 되자 또 다른 아낙이 어린 사내아이를 들어 올려 가죽 포대기로 감싸 안았다. 얼마 후 사내아이는 몸을 꿈틀거려 아래로 빠져나가더니 저 혼자 달음박질을 했다. 아낙은 아이가 곧 제풀에 지쳐 돌아오리란 것을 알고는 그냥 내버려두었다. 아직 다 자란 여자라고는 할 수 없지만 다른 아낙만큼 짐을 지고 있는 소녀 하나가 이자 뒤에 선 아낙 뒤를 따르고 있었다. 소녀는 여자들 뒤에서 걷고 있는 성년 남자에 가까운 소년을 힐끗힐끗 뒤돌아보곤 했다. 소년은 자신이 어린아이가 아니라 뒤를 맡고 있는 세 명의 사냥꾼 중 하나로 보이고 싶은 듯 여자들 무리에서 멀찍이 거리를 두려고 애썼다. 소년은 자신도 사냥으로 잡은 짐승을 들고 갔으면 했다. 줄팔매질로 잡은 커다란 산토끼를 어깨에 턱 걸치고 여자들 옆에서 걷고 있는 노인에게조차 부러움을 느꼈다.

사냥꾼들만이 씨족의 식량을 구해 오는 것은 아니었다. 여자들이 더 많은 먹거리를 구해 올 때가 많았고, 여자들의 방식이 훨씬 안정적이었다. 아낙들은 무거운 짐을 들고 가는 와중에도 먹을거리를 채집했고, 그 솜씨가 어찌나 능숙한지 걸음을 늦추는 법이 없었다. 원추리가 무리지어 자란 땅을 지날 때는 재빨리 여린 싹과 꽃을 따고, 뒤지개로 땅속을 몇 번 쑤셔 부드러운 뿌리도 캤다. 늪지처럼 축축한 강의 후미 아래에서 뻗어 나와 있는 부들개지 뿌리는 훨씬 캐기가 쉬웠다.

그들이 이동 중이 아니었다면 키가 크고 줄기가 많은 식물의 위치를 기억하려고 애썼을 것이다. 나중에 제철이 되면 식용으로 쓸 줄기 끝의 부드러운 순을 따러 왔을 터였다. 그리고 더 나중에는 노란 꽃가루와 늙은 뿌리의 섬유질을 빻은 전분 가루를 섞어 누룩을 넣지 않은 말랑말랑한 빵 같은 것을 만들 수도 있다. 또한 줄기 끝이 마르면서 나오는 솜털을 모으기도 하고, 질긴 줄기와 잎으로는 바구니를 여러 개 만들었을 것이다. 지금처럼 눈에 보이는 것들밖에 모을 수 없을 때에는 무엇 하나 그냥 지나치는 법이 없었다.

아낙들은 토끼풀, 자주개자리, 민들레의 새싹과 어린 잎, 가시를 떼고 꺾은 엉겅퀴, 철 이른 산딸기와 열매를 모았다. 끝이 뾰족한 막대기인 뒤지개는 쓸모가 많았다. 여자들이 날랜 손으로 뒤지개를 몇 번 움직이면 뭐 하나 온전히 남아 있지 못했다. 뒤지개를 지렛대로 이용해 통나무를 뒤집으면 도롱뇽이나 맛 좋은 통통한 굼벵이를 찾을 수 있었다. 민물에 사는 소라나 고둥을 잡을 때도 뒤지개를 써서 손에 닿기 쉽게 개울가로 끌어 당겼다. 또한 뒤지개로 여러 식물의 알뿌리, 덩이줄기, 뿌리를 땅속에서 캐냈다.

이렇게 해서 모은 먹을거리는 두르개 주머니 속이나 바구니의 빈 구석으로 들어갔다. 크고 푸른 잎들은 물건을 감싸는 용도로 사용했는데, 우엉 같은 식물의 잎은 익혀서 먹기도 했다. 마른 나무, 잔가지, 풀, 그리고 초식동물의 배설물도 모았다. 여름이 깊어갈수록 먹을거리는 더 많아지겠지만, 지금도 어디를 찾아야 하는지 알기만 하면 먹을거리는 풍족하게 있었다.

그들이 다시 길을 나선 뒤 서른이 넘은 늙은 남자가 이자 곁으로 다리를 절뚝거리며 다가왔다. 이자는 고개를 들었다. 남자는 지팡이를 짚고 있을 뿐, 짐도 무기도 가지고 있지 않았다. 오른쪽 다리는 불구여서 왼쪽보다 짧았지만 놀랄 정도로 민첩하게 움직였다.

오른쪽 어깨와 팔 위쪽은 위축되어 있었고, 오그라든 팔의 팔꿈치 아래는 절단된 상태였다. 반면 왼쪽으로는 강인한 어깨와 팔, 근육질의 다리가 돋보이는 건장한 체구를 하고 있어서 좌우가 불균형해 보였다. 그의 거대한 두개골은 씨족의 다른 누구보다 훨씬 컸다. 그로 인한 난산 탓에 그는 평생 불구의 몸으로 살아가게 되었다.

남자는 이자와 브룬과 같은 배에서 태어났다. 첫째로 태어난 그는 불구만 아니었더라면 씨족의 우두머리가 되었을 터였다. 그는 남자용 가죽 두르개를 입고 있었고, 다른 남자들과 마찬가지로 잠잘 때 사용하기도 하는 따뜻한 털가죽을 등에 걸치고 있었다. 하지만 그의 허리 두르개에는 여러 개의 주머니가 매달려 있고, 등에는 여자들이 사용하는 것과 비슷한 덮개로 싸인 커다랗게 튀어 나온 뭔가를 지고 있었다.

　얼굴 왼쪽에는 소름 끼치는 흉터가 있었다. 왼쪽 눈알은 빠지고 없었지만, 온전한 오른쪽 눈은 총기로 반짝였고, 그 이상의 뭔가가 서려 있었다. 다리는 절고 있었지만 위대한 지혜와 씨족 내에서 차지하고 있는 지위에서 나오는 자신감 덕분에 거동에는 품위가 깃들어 있었다. 그는 목우르였다. 모든 씨족들 가운데 가장 강력한 힘을 지닌 주술사, 모든 이들로부터 경외와 존경을 받는 신성한 존재였다. 그는 씨족의 수장이 되기보다는 정령의 세계와 이어주는 중재자라는 역할을 맡기 위해 자신에게 불구의 몸이 주어진 것이라 믿었다. 여러 면에서 그에게는 어떤 지도자보다 강력한 힘이 있었고, 자신도 그것을 알고 있었다. 가까운 혈족만이 그가 태어날 때 받은 이름을 기억해 그 이름으로 불렀다.

　"크렙."

　이자가 그의 이름을 부르며 인사했다. 그가 자신 곁으로 와주어 기쁘다는 뜻을 전하는 몸짓으로 고마움을 표시했다.

　"이자?"

　그는 궁금하다는 듯 이자가 들쳐 메고 있는 아이를 향해 손짓했다. 이자가 덮개를 들추자 크렙은 불그레한 작은 얼굴을 자세히 들여다보았다. 그의 눈이 퉁퉁 부은 다리와 곪고 있는 상처까지 내려가더니 다시 주술 치료사인 이자의 눈에 떠오른 의미를 읽어냈다. 아이가 신음을 내뱉자 크렙의 표정이 부드러워졌다. 그는 고개를 끄덕여 찬성의 뜻을 표했다.

　"잘했다."

그가 말했다. 목 깊은 곳에서 나오는 듯 걸걸한 목소리였다. 그러더니 손짓으로 이렇게 말했다.

"이미 충분히 많이 죽었다."

크렙은 이자 곁에서 걸었다. 그는 씨족 내 사람들이 모두 이해하고 있는 각자의 위치와 지위를 정한 원칙에 따를 필요가 없었다. 그는 누구의 옆에서든 걸을 수 있었다. 원한다면 족장과 나란히 걸을 수도 있었다. 목우르는 씨족의 엄격한 위계구조를 뛰어넘는 존재였다.

브룬은 동굴사자의 자취에서 한참 떨어진 곳에 도달해서야 멈춰 서더니 주위 풍경을 자세히 살폈다. 강 건너 낮은 구릉지에서 저 멀리 망막한 푸른 평지로 이어지는 대초원이 끝없이 펼쳐져 있었다. 그의 시야를 가로막는 것은 없었다. 끊임없이 불어오는 바람에 제대로 자라지 못한 채 뭔가에 붙들린 형상을 하고 있는 비틀린 나무들만이 광활한 평지에 드문드문 서 있어 공허한 느낌을 더욱 자아낼 뿐이었다.

지평선 근처에서 일어난 먼지구름으로 보건대 그곳에 단단한 발굽이 있는 짐승들의 거대한 무리가 있는 게 분명했다. 브룬은 사냥꾼들에게 신호를 보내 무리를 뒤쫓게 하고 싶은 생각이 간절했다. 그의 뒤로는 광대한 대초원으로 인해 작아 보이는 낙엽수 숲 너머로 키가 큰 침엽수의 우듬지만이 보였다.

강 이편으로 멀찌막이 서 있는 절벽 앞에서 뚝 끊긴 초원은 앞쪽 개울에서 멀리 떨어진 곳에서 방향을 바꿔 이어지고 있었다. 빙하로 덮인 장엄한 산맥 기슭의 작은 산들 속에 묻혀 있던 가파른 절벽 암벽이 불쑥 모습을 드러냈다. 석양을 받아 분홍색, 자홍색, 보라색, 자줏빛으로 휘황찬란하게 빛나는 얼음 봉우리들은 산 정상에 거대한 보석을 얹어 놓은 것처럼 번쩍거렸다. 냉철한 우두머리인 브룬조차 그 장엄한 광경 앞에서 넋을 잃을 정도였다.

그는 강에서 몸을 돌려 씨족 사람들을 절벽 쪽으로 이끌었다. 절벽에는 동굴이 있을 가능성이 높았다. 그들에게도 거처가 필요했지만 더 중요한 이유가 있었다. 그들을 보호해주는 토템의 정령들이 아직 씨족을 떠나지 않았다면, 정령들이 쉴 안식처가 필요했다. 정령들은 화가 나 있었다. 여섯 명의 씨족 사람이 죽었고 그들의 터전이 파괴될 정도로 화가 나 있음을 지진이 보여주었다. 토템의 정령들이 오래 머물 안식처를 찾지 못한다면, 그들은 질병을 부르고 사냥감을 쫓아버리는 사악한 정령들의 처분에 내맡겨지게 될 터였다. 누구도 정령들이 왜 화가 났는지 알지 못했다. 그들의 분노를 가라앉히고 씨족 사람들의 불안을 잠재우기 위해 매일 밤 의식을 행하고 있는 목우르조차 그 이유를 알지 못했다. 씨족 사람들은 모두 걱정하고 있었다. 하지만 브룬보다 더 근심이 큰 사람은 없었다.

그는 씨족을 책임지고 있었고, 그 중압감을 가슴 깊이 느꼈다. 정령들, 헤아릴 수 없는 요구를 하는 보이지 않는 세력 때문에 그는 좌절감을 느꼈다. 사냥을 하고 씨족을 이끄는 물질적인 세계에서 그는 오히려 편안함을 느꼈다. 지금까지 그가 살펴본 동굴 중에는 적당한 곳이 없었다. 동굴마다 필수적인 조건이 하나씩 빠져 있었고, 그는 점점 애가 달았다. 돌아오는 겨울을 위해 식량을 비축하고 있어야 할 이 중요한 여름날에 새 거처를 찾아 헤매느라 시간을 낭비하고 있다니. 어쩌면 모든 조건을 갖추지 못하더라도 조만간 임시로 동굴에 거처를 마련하고 내년에 다시 새 동굴을 찾아야 할지도 모를 일이었다. 그렇게 된다면 육체적으로나 정신적으로 불안한 상황이 이어질 것이었다. 브룬은 그런 상황만은 피할 수 있기를 간절히 바랐다.

무리가 절벽 기슭을 따라 걷는 동안 그림자는 짙어져갔다. 암벽에 부딪히며 쏟아져 내리는 가느다란 폭포의 물보라가 긴 햇살을 받아 무지갯빛으로 어른어른 빛나는 곳에 이르자 브룬은 멈추라는 신호를 보냈다. 지친 여자들은 짐을 내려놓더니 나무를 찾기 위해 절벽 맨 아래 물웅덩이 주변과 폭포 물이 흘러나가는 물줄기를 따라 사방으로 흩어졌다.

이자는 털가죽을 펼쳐 그 위에 아이를 눕힌 뒤 서둘러 다른 아낙들을 도왔다. 이자는 아이가 걱정되었다. 숨소리는 얕았고 의식도 없었다. 신음 소리조차 점점 줄어들었다. 이자는 수달가죽 자루 안에 있는 말린 약초들을 머릿속에서 되짚어보며 어떻게 하면 아이의 목숨을 구할 수 있을까 생각에 잠겼다. 나무를 모으면서도 주위에 자라고 있는 식물을 유심히 살폈다. 이자에게 모든 식물들은 눈에 익은 것이든 아니든 약용이나 식용으로 가치가 있는 것들이었는데, 사실 그녀가 구별하지 못하는 식물은 거의 없었다.

작은 시내의 습지에서 이제 막 꽃을 피우려는 붓꽃의 기다란 줄기를 발견한 이자는 불현듯 생각이 떠올라 뿌리를 캐냈다. 나무를 휘감고 자라는 홉의 세 갈래 잎을 보고도 떠오르는 생각이 있었다.

하지만 솔방울처럼 생긴 홉 열매는 덜 익은 상태여서 자신이 가지고 있는 말린 홉 열매 가루를 사용하기로 했다. 이자는 물웅덩이 가까이서 자라는 오리나무의 부드러운 회색빛 껍질을 벗겨내 냄새를 맡았다. 강한 향이 느껴졌다. 그녀는 고개를 끄덕이더니 두르개 주머니 속에 그것을 넣었다. 서둘러 돌아갈 채비를 하는 와중에도 어린 토끼풀을 몇 움큼 뜯었다.

나뭇가지들이 모이고 불 피울 자리가 준비되자 브룬과 함께 선두에서 걷던 그로드가 나섰다. 그는 이끼에 싸서 속이 빈 오록스 뿔 끝에 넣어 둔 시뻘겋게 타오르는 숯을 꺼냈다. 새로 불을 피울 수도 있었지만 미지의 땅을 이동하는 동안에는 먼저 모닥불에서 피웠던 숯의 불씨를 잘 살려두었다가 다음 불을 피울 때 사용하는 게 나았다. 매일 밤 새로 불을 피우려다가 자칫 마땅한 땔감이 없어 낭패를 볼 수도 있기 때문이다.

그로드는 이동하는 내내 불씨가 살아 있는 잉걸불을 갈무리하느라 애를 썼다. 지난 밤 피운 불에서 가져온 뜨거운 숯은 그 이전 날 밤에 피운 모닥불의 뜨거운 숯으로 불을 붙인 것이었다. 이런 식으로 거슬러 올라가면 지진이 일어나기 전에 살았던 동굴의 입구에 피웠던 모닥불의 잔불에서 되살려낸 불씨가 시작점이었다. 새 동굴을 거처로 정해 살아가기 위한 의식을 치르기 위해서도 옛 거처에서 갈무리해둔 숯으로 불을 피워야 했다.

불씨를 간수하는 것은 지위가 높은 남자의 일이었다. 불씨가 꺼져버린다면 이는 그들의 수호 정령들이 그들을 버리고 떠났다는 확실한 징조가 될 터였다. 그렇게 되면 그로드는 씨족을 통솔하는 서열 2위의 자리에서 가장 낮은 지위로 내려가게 될 것이었다. 그것은 결코 겪고 싶지 않은 수치스런 일이었다. 불을 간수하는 그의 역할은 대단한 영예이자 막중한 책임감이 따르는 일이었다.

그로드가 타오르는 숯을 마른 부싯깃 위에 조심스레 올려놓고 입김을 불어 불을 지피는 동안, 아낙들은 다른 일거리로 눈을 돌렸다. 수 세대동안 전해져 내려오는 능숙한 솜씨로 사냥감의 가죽을 재빨리 벗겨냈다. 얼마 후 불이 활활 타오르자 날카롭게 잘라낸 생가지에 꽂아 두 갈래진 나뭇가지에 걸쳐놓은 고기가 지글지글 익었다. 뜨거운 열기에 구워진 고기는 육즙이 그대로 배어 있었다. 불길이 잦아들면서 혀를 날름거리던 불은 자작자작 타는 숯으로 변했다.

아낙들은 사냥감의 가죽을 벗기고 고기를 자를 때 썼던 날카로운 돌칼로 뿌리와 덩이줄기의 껍질을 벗겨 얇게 잘라냈다. 물이 새지 않게 촘촘하게 짠 바구니와 나무 그릇에 물을 채워 넣은 뒤 불에 달궈 뜨거워진 돌을 그 안에 넣었다. 돌이 식으면 다시 불 속에 넣고, 불에 달궈진 다른 돌을 넣어 물을 끓이면서 푸성귀를 익혔다. 통통한 굼벵이들은 바삭하게 구워냈다. 작은 도마뱀은 통째로 불에 굽자 질긴 가죽이 거무스레하게 타며 갈라지더니 잘 익은 맛좋은 살점들이 그 틈으로 비어져 나왔다.

이자는 끼니 준비를 도우면서 한쪽에서 따로 뭔가를 만들었다. 우선 여러해 전에 통나무를 파내어 만든 그릇에다 물을 끓이기 시작했다. 그러더니 물에 씻은 붓꽃 뿌리를 입속에 넣어 잘근잘근 씹어 연하게 만든 뒤 끓고 있는 물에 뱉었다. 큰 사슴의 아래턱으로 만든 물잔 모양의 다른 그릇에는 토끼풀을 넣어 찧었고 거기에 홉 열매 가루를 한 움큼 덜어내 뿌린 다음, 오리나무 껍질을 갈기갈기 찢어 넣고는 뜨거운 물을 부었다. 그러고는 비상식량으로 가지고 다니던 딱딱하게 마른 고기를 돌멩이 두 개로 빻고 나서 푸성귀를 넣어 끓인 물이 담긴 세 번째 그릇에 이 농축된 단백질을 쓸어 넣 었다.

이자 뒤에서 걷던 여자는 이자가 먼저 나서서 뭔가를 말해주지 않을까 기대하며 한 번씩 흘끗흘끗 보곤 했다. 다른 아낙들은 물론 남자들도 겉으로 표를 내지는 않았지만 호기심에 몸이 달아 있었 다. 이자가 여자아이 하나를 데려오는 것을 목격한 그들은 하룻밤 쉬고 갈 야영지를 만든 뒤에는 이런저런 구실을 만들어 이자의 털 가죽 근처에 가까이 가보려고 애썼다. 아이가 어쩌다 그곳에 있게 되었는지, 아이의 부족 사람들은 어디에 있는지, 그리고 대개는 어 째서 브룬이 다른 부족의 아이인 게 틀림없는 계집애를 이자가 데 려가도록 허락했는지, 온갖 억측이 난무했다.

에브라는 브룬이 느끼는 중압감을 누구보다 잘 알았다. 목과 어 깨 근육의 긴장을 마사지로 풀어주는 것도 그녀였고, 그녀의 짝 인 브룬이 드물기는 하지만 한 번씩 예민해져 성마른 성질을 드러 낼 때 고스란히 화를 받아내는 것도 그녀였다. 브룬은 냉정하고 자 제심이 강한 것으로 잘 알려져 있었다. 간혹 화를 내고 나서는 잘 못을 인정함으로써 화해를 하려고 드는 일은 없었지만 그 일로 그 가 후회하고 있다는 것을 에브라는 알았다. 하지만 그런 에브라조 차 브룬이 어째서 아이를 데려가도록 허락했는지는 도통 알 수가 없었다. 그것도 일탈 행동이 정령들의 화를 부추길 수도 있는 바로 이런 때에 말이다.

에브라는 아무리 궁금할지라도 이자에게 아무런 질문도 할 수 없었다. 다른 아낙들 또한 이자에게 질문을 한다는 것은 생각조차 못 할 일이었다. 누구도 주술 치료사인 이자가 주술을 행하고 있는 동안에는 방해하지 못했다. 이자는 한가하게 잡담을 나눌 기분이 아니었다. 그녀의 모든 관심은 자신의 도움을 필요로 하는 아이에 게로 집중되어 있었다. 크렙 또한 아이에게 관심을 가졌는데, 이자 는 그가 곁에 오는 것은 반가워했다.

주술사인 크렙은 발을 끌며 의식이 없는 아이에게 다가와 한동 안 생각에 잠겨 바라봤다. 그러더니 지팡이를 큰 바위에 기대어 세 운 다음, 한쪽 손을 아이를 향해 들더니 유려하게 움직이기 시작했 다. 자비로운 정령들에게 아이의 회복을 도와달라고 기원하는 손 짓이었다. 그동안 이자는 감사의 마음으로 말없이 그 모습을 지켜 봤다. 질병과 사고는 몸이라는 전장에서 정령들이 싸우고 있음을 불가해하게 드러내는 징후였다. 이자의 주술은 그녀를 통해 활약 하는 수호 정령에게서 오는 것이었지만, 신성한 주술사의 도움 없 이는 어떠한 병도 완전히 낫게 할 수 없었다. 치료사는 정령의 대 리인일 뿐이지만 주술사는 정령과 인간 사이에서 직접 중재하는 역할을 했다.

이자는 자신의 씨족과 이토록 다른 아이에게 왜 그리 관심이 가 는지 스스로도 알지 못했다. 하지만 아이를 살리고 싶었다. 목우르 가 기도를 마치자 이자는 아이를 안아 폭포 아래 작은 물웅덩이로 데려갔다. 아이의 머리만 물 위에 내놓고 몸을 물속에 담가 작고 여윈 몸에 덕지덕지 들러붙은 진흙과 때를 씻어냈다. 차가운 물에 들어가자 아이의 정신이 드는 것도 같았지만 의식이 완전히 깨어 난 것은 아니었다. 아이는 몸을 이리저리 뒤틀더니 이자가 지금까 지 한 번도 들어본 적 없는 소리로 뭔가를 외치고 웅얼거렸다. 이 자는 아이를 꼭 안아 가르랑거리는 듯한 소리로 부드럽게 달래 돌 아왔다.

이자는 부드러우면서도 능숙하고 세심한 손길로 아이의 상처를 치료했다. 붓꽃 뿌리를 끓인 뜨거운 물에 푹 담근 토끼가죽으로 상 처를 닦고 나서 부드럽게 만든 뿌리를 건져 상처에 얹은 뒤, 토끼 가죽을 덮었다. 가죽이 잘 고정되도록 부드러운 사슴가죽 끈으로 다리를 둘러 묶었다. 그러고는 두 갈래로 갈라진 나뭇가지를 이용 해 사슴턱뼈 그릇에 담긴 짓이긴 토끼풀과 잘게 찢은 오리나무 껍 질, 돌들을 건져내 버렸다. 우려낸 물이 담긴 그릇은 마른 고기를 갈아 만든 뜨거운 죽 그릇 옆에 식도록 놓아두었다.

크렙은 궁금하다는 듯 그릇들을 향해 손짓했다. 직접적인 질문 이라기보다는 관심을 표현한 것이었다. 목우르라고 해도 치료술에 관해 직접적인 질문을 하는 것은 관습에 어긋났다. 이자는 피붙이 인 크렙의 관심을 언짢아하지 않았다. 그는 누구보다 그녀의 치료 술을 잘 이해하고 있었다. 크렙은 이자가 사용하는 같은 약초를 다 른 용도로 사용하기도 했다. 다른 주술 치료사들과 함께 모이는 씨 족 모임을 제외하면 치료에 관한 전문적인 이야기를 나눌 수 있는 유일한 상대가 크렙이었다.

"병을 부르는 사악한 정령을 없애는 약이에요."

이자가 상처를 소독하기 위해 붓꽃 뿌리에서 우려낸 물을 가리키며 손짓으로 말했다.

"뿌리로 만든 찜질약은 독을 빼내고 상처가 낫도록 도와주고요."

그녀는 뼈로 만든 그릇을 들더니 손가락 하나를 집어넣어 물이 식었는지 확인했다.

"토끼풀은 심장을 튼튼하게 해 사악한 정령과 싸우도록 도와줘요. 심장의 기운을 북돋아주지요."

이자는 소리를 내서 몇몇 단어를 말하기도 했지만 주로 강조를 하기 위해 소리를 낸 것에 불과했다. 동굴곰족 사람들은 완벽하게 음성언어를 사용할 만큼 정확한 발음을 하지 못했다. 그들은 주로 손짓과 몸짓으로 대화했다. 그들이 손짓언어로 전달할 수 있는 의미는 매우 광범위했고, 미묘한 의미도 풍부하게 표현할 수 있었다.

"토끼풀은 음식이다. 어젯밤에도 다들 먹었지."

크렙이 한숨을 쉬며 말했다.

이에 이자가 고개를 끄덕이며 대답했다.

"오늘밤에도 먹을 거고요. 그런데 사용하는 방식에 따라 약이 될 수 있어요. 물 조금에 토끼풀을 한 다발 넣고 끓여서 토끼풀은 버리고 우려낸 물을 약으로 써요."

크렙이 이해가 된다는 듯 고개를 끄덕이자 이자는 계속 말을 이어갔다.

"오리나무 껍질은 피를 씻어내 맑게 해줘요. 피에 독을 퍼뜨리는 정령을 몰아내는 거지요."

"네 약자루에서도 뭔가 꺼내 쓴 것 같구나."

"잘 익어 잔털이 생긴 홉 열매를 빻은 가루요. 진정 효과가 있어 잠을 편하게 잘 수 있어요. 정령들이 싸우는 동안 아이에게는 휴식이 필요하니까요."

크렙이 다시 한 번 고개를 끄덕였다. 그는 홉 열매의 최면 효과에 대해 잘 알고 있었다. 부드러운 도취 상태에 빠지도록 돕는 열매였다. 그는 이자의 치료술에 늘 관심을 갖고 있었지만, 그가 약초에 관한 지식을 자진해서 이자에게 알려주는 일은 거의 없었다. 그러한 비밀스러운 지식은 오로지 목우르와 목우르를 도와 의식을 준비하는 제자에게만 전수되어야 했다. 여자는 아무리 주술 치료사라 할지라도 알아서는 안 되는 비밀이었다. 식물의 특성에 관해서는 이자가 그보다 더 많은 것을 알고 있었기에 크렙은 이자가 추측을 통해 너무 많은 것을 알아내지 않을까 우려했다. 그녀가 목우르의 주술에 대해 추측으로 많은 것을 알게 된다면 상당히 불길한 일이 될 터였다.

"그럼 저 다른 그릇은?"

그가 물었다.

"그건 그냥 죽이에요. 저 가엾은 것이 거의 굶어 죽을 뻔했어요. 이 아이한테 무슨 일이 있었던 걸까요? 어디에서 왔을까요? 아이의 부족 사람들은 어디에 있고요? 며칠을 혼자 헤맨 것이 틀림없어요."

"정령들만이 아실 테지."

목우르가 답했다.

"네 치료술이 이 아이에게도 효과가 있겠느냐? 우리 씨족 사람도 아닌데."

"그럴 거예요. 다른 종족도 같은 인간이니까요. 어머니께서 말해주신 팔이 부러진 남자 기억나세요? 어머니의 어머니가 도와주셨던 그 남자요? 동굴곰족의 치료술이 그에게도 도움이 되었다고 했어요. 잠자는 약을 써서 깨어나는 데 예상보다 오랜 시간이 걸리긴 했지만요."

"네가 우리 어머니의 어머니를 알지 못하는 게 안타깝구나. 참으로 훌륭한 주술 치료사셨지. 다른 씨족 사람들도 찾아올 정도였다. 네가 태어나고 얼마 안 되어 정령의 세계로 가신 게 참으로 아쉽다. 어머니의 어머니께서 직접 그 남자 얘기를 해주셨지. 내 선대의 목우르도 말씀하셨고. 그 남자는 회복하고 나서 한동안 우리와 머물며 사냥도 함께했다지. 그는 훌륭한 사냥꾼이었을 것이다. 사냥 의식에 참석하는 게 허락되었다고 하니. 그들도 인간인 것은 맞다. 하지만 다르기도 하지."

목우르는 말을 멈췄다. 이자는 눈치가 아주 빨라서 너무 많은 이야기를 했다가는 남자들만의 비밀 의식에 대해 미루어 판단을 내릴지 모를 일이었다.

이자는 그릇들을 다시 한 번 살펴보더니 아이의 머리를 무릎에 올려놓고 나무 그릇에 담긴 것을 조금씩 먹이기 시작했다. 죽을 먹이는 것은 수월했다. 쓴맛이 나는 약을 먹일 때는 알아들을 수 없는 말을 중얼거리며 도리질을 쳤지만, 의식이 혼미한 상태에서도 굶주린 몸은 간절히 음식을 원하고 있었다. 이자는 아이가 편한 잠에 빠질 때까지 안고 있다가 심장박동과 숨소리를 확인했다. 그녀로서는 할 수 있는 일을 다 한 셈이었다. 아이의 상태가 아주 위험한 지경에 이른 게 아니라면 살아날 가능성이 있었다. 이제는 정령들과 아이의 정신력에 달려 있었다.

이자는 브룬이 언짢은 눈초리를 하고 자기 쪽으로 걸어오는 것을 봤다. 그녀는 벌떡 일어나 식사 준비를 도우러 달려갔다. 브룬은 처음 고민한 이후로는 낯선 아이의 존재를 마음에서 지우고 있었지만, 이제는 다시 생각할 수밖에 없었다. 다른 이들이 이야기할 때는 쳐다보지 않는 게 도리였지만, 씨족 사람들이 하는 이야기에 신경이 쓰이기도 했다. 사람들은 그가 어째서 아이를 데려오도록 허락했는지 궁금해했다. 브룬은 스스로도 의아하게 생각했다. 그들 가운데 낯선 존재가 있어서 정령들의 화를 더 돋우면 어쩌나 걱정이 되기 시작했다. 그가 방향을 틀어 이자를 붙잡으려 하는데 크렙이 그를 보더니 길을 막아섰다.

"무슨 일인가, 브룬? 걱정이 있어 보인다."

"이자는 그 아이를 여기에 두고 떠나야 한다, 목우르. 그 애는 우리 씨족이 아니다. 우리가 새 동굴을 찾고 있는 와중에 그 애가 우리와 함께 있으면 정령들이 좋아하지 않을 것이다. 이자가 저 아이를 데려오도록 하지 말았어야 했는데."

"아니다, 브룬."

목우르가 그의 말에 반대하며 말했다.

"수호 정령은 자비로운 행동에 노하지 않으신다. 이자를 알지 않는가. 다친 생명을 보면 도와주어야 직성이 풀리지 않더냐. 정령들도 이자를 알 것이 아닌가? 이자가 아이를 도와주는 것을 원치 않았다면 이자가 가는 길에 그 아이를 놓아두지 않았을 것이다. 분명 이유가 있을 것이다. 브룬, 그 애는 죽을지도 모른다. 우르수스가 그 애를 정령의 세계로 불러들이고 싶어 한다면 그 결정은 우르수스에게 맡기도록 하지. 지금 우리가 간섭해서는 안 된다. 여기 그냥 둔다면 아이는 틀림없이 죽을 것이다."

브룬은 내키지 않았다. 그 아이의 뭔가가 마음에 걸렸다. 하지만 정령의 세계에 대해 더 많이 알고 있는 목우르의 판단에 마지못해 동의했다.

저녁을 먹고 난 크렙은 밤 의식을 시작하기 위해 다른 이들이 식사를 마칠 때까지 묵상에 들었다. 그 사이 이자는 크렙의 잠자리를 정리하고 내일을 위한 준비를 마쳤다. 목우르는 새 동굴을 찾을 때까지 남자와 여자가 함께 자는 것을 금했다. 남자들이 의식을 위해 기운을 한곳에 모으고 새 거처를 찾는 일에 모두가 노력하고 있다는 것을 느끼도록 하기 위해서였다.

이러한 금지령은 이자와는 상관없는 일이었다. 그녀의 짝은 동굴이 무너졌을 때 죽은 이들 중 하나였다. 그녀는 짝을 매장하며 예의를 갖춰 그의 죽음을 애도했다. 그렇게 하지 않았더라면 불운이 따를지 모를 일이었다. 하지만 그가 세상을 떠났다고 해서 헤어나올 수 없는 슬픔에 빠진 것은 아니었다. 이자의 짝이 난폭하고 요구사항이 많은 남자였다는 것을 누구나 알고 있었다. 둘 사이에는 따뜻한 정이 흐르지 않았다. 그녀는 이제 혼자가 된 자신에 대해 어떤 결정이 내려질지 알지 못했다. 누군가는 그녀와 뱃속의 아이를 부양해야 할 터였다. 그녀가 바라는 것이라고는 크렙을 위해 계속 요리하는 것이었다.

크렙은 처음부터 그들과 같은 터에서 살았다. 이자는 크렙이 자신의 짝을 자기보다 훨씬 더 탐탁해하지 않는다는 것을 느끼고 있었다. 그러나 크렙이 둘의 문제에 끼어든 적은 없었다. 그녀는 목우르를 위해 요리하는 것을 항상 자랑스럽게 생각했다. 하지만 무엇보다 그녀는 자신의 피붙이인 크렙에 대해 다른 여자들이 짝에게 느낄 법한 애정에 가까운 유대감을 키워왔다.

이자는 때로 크렙에게 연민을 느꼈다. 그도 원하기만 한다면 자신의 짝을 가질 수 있었다. 그러나 그의 위대한 주술과 고귀한 지위에도 불구하고 흉하게 변형된 몸과 끔찍한 흉터가 있는 얼굴을 아무런 반감 없이 볼 수 있는 여자는 없을 것이었다. 이자는 그러한 상황을 알고 있었고, 크렙 또한 그러리라 확신했다. 그는 한 번도 짝을 맞이한 적이 없었고 삼가는 태도를 유지했는데, 그로 인해 그의 덕망은 더욱 높아졌다. 브룬은 예외일지 모르나 남자들을 포함해 모두가 목우르를 두려워하거나 외경심을 갖고 대했다. 이자만이 태어났을 때부터 크렙의 자상한 성격과 섬세한 감성을 알고 있었다. 그가 여간해서는 잘 드러내지 않는 타고난 심성의 한 단면이었다.

그리고 그날 밤 묵상에 들었던 순간, 크렙의 그 같은 천성이 마음속에 가득 차올랐다. 그는 그날 밤 있을 의식이 아니라 어린 여자아이에 대해 생각하고 있었다. 그는 가끔씩 그 아이 종족에 대해 호기심을 느꼈지만 동굴곰족 사람들은 가능한 다른 종족을 피해 살았다. 한 번도 그들 종족의 어린아이를 본 적이 없었다. 아이가 혼자 남겨진 것이 지진과 관련 있을 거란 짐작은 갔지만 아이의 부족 사람들이 그들과 그토록 가까운 곳에 있었다는 사실이 놀라웠다. 그들은 보통 훨씬 먼 북쪽에 살고 있었다.

몇몇 남자들이 야영지를 떠나기 시작하자 크렙은 의식 준비를 총괄하기 위해 지팡이를 짚고 몸을 일으켰다. 의식은 남자들의 특권이자 의무였다. 씨족의 영적인 활동에 여자들이 참여하는 일은 거의 없었다. 하물며 이러한 의식에서는 철저하게 배제되었다. 여자가 남자들의 비밀스런 의식을 보는 것보다 더 큰 재앙은 없었다. 불운을 부르는 것은 물론 수호 정령을 멀리 몰아낼 수도 있었다. 씨족 전체가 죽을 수도 있는 일이었다.

그러나 그럴 위험은 거의 없었다. 이러한 중요한 의식에 감히 가까이 가보겠다는 생각 자체가 여자들 머릿속에 떠오르지 않았다. 그들은 오히려 남자들이 의식을 치르는 시간을 기다렸다. 남자들의 끊임없는 요구와 적절한 예의를 갖춰야 하는 부담감에서 벗어나서 쉴 수 있는 시간이기 때문이었다. 남자들이 하루 종일 가까이에 있다는 사실이 여자들로서는 견디기 어려웠다. 특히 요즘처럼 신경이 예민해져 툭하면 짝에게 성질을 부리는 때에는 더욱 그러했다. 보통 때 같으면 남자들은 사냥을 떠나 한동안 멀리 나가 있을 터였다. 여자들도 남자들만큼이나 간절히 새 거처를 찾길 원했다. 하지만 그들이 할 수 있는 일은 거의 없었다. 브룬이 이동경

로를 정했고, 여자들에게 조언을 구하는 일은 없었다. 감히 여자들
이 나서서 의견을 낼 수도 없었다.

여자들은 남자들이 씨족을 이끄는 책임을 떠안으며 중요한 결
정을 내리는 것을 믿고 따랐다. 씨족은 거의 수십만 년 동안 변화
된 것이 없었고, 이제는 변화를 받아들일 수도 없었다. 편의상 적
용했던 방식들이 유전적으로 결정된 것처럼 굳어졌다. 남자나 여
자들 모두 별다른 갈등 없이 자신의 역할을 받아들였다. 이미 생각
자체가 그렇게 굳어 있어 다른 방식을 택할 수 없었다. 그들의 관
계에 변화를 준다는 것은 팔 하나를 더 자라게 하거나 두뇌의 모양
을 바꾸는 일만큼이나 터무니없는 일이었다.

남자들이 떠나자 여자들은 에브라 주변으로 모였다. 이자가 와
서 그들의 궁금증을 풀어주었으면 했지만, 이자는 많이 지쳐 있는
데다 아이 곁을 떠나고 싶지 않았다. 이자는 크렙이 자리를 뜨자마
자 아이 옆에 누워 모피 덮개로 자신과 아이를 덮었다. 이자는 식
어가는 모닥불의 희미한 불빛으로 자고 있는 아이를 한동안 바라
보았다.

참 이상하게 생긴 아이로구나. 그녀는 생각했다. 어떤 면에서는
못생겼다고 할까. 평평한 얼굴에 이마는 높게 툭 튀어나오고, 콧방
울은 작고, 입 아래쪽에 튀어나온 뼈마디는 또 얼마나 이상한지.
몇 살쯤 되었을까? 처음에 생각했던 것보다는 어린 것 같다. 키가
커서 잘못 생각했던 거야. 그리고 얼마나 앙상한지 뼈가 다 만져질
정도야. 가엾은 것, 혼자 헤매면서 얼마나 오래 굶주렸던 것인지.
이자는 보호본능을 느끼며 아이를 팔로 감쌌다. 어린 새끼동물도

그냥 지나치지 못하고 도와주는 성품에 하물며 비쩍 마른 가엾은 아이에게 마음이 가는 것은 당연했다. 주술 치료사의 따뜻한 마음이 연약한 아이에게로 쏠렸다.

남자들이 하나씩 도착해 횃불로 둘러친 큰 원 안에 다시 작은 원 모양으로 배열된 돌 뒤편에 착석하는 동안, 목우르는 뒤로 물러나 있었다. 그들은 야영지에서 멀리 떨어진 탁 트인 초원에 모였다. 주술사는 모든 남자들이 자리에 앉을 때까지 기다렸다. 얼마 후 향을 풍기며 타오르는 나무 막대를 들고 목우르가 원의 한가운데로 걸어 들어왔다. 그는 지팡이를 놓아둔 빈자리 앞쪽에 작은 횃불을 꽂았다.

성한 다리로 원 한가운데에 우뚝 선 그는 앉아 있는 남자들의 머리 너머, 저 멀리 짙은 어둠 속을 응시했다. 꿈꾸는 듯 초점 없는 표정은 마치 다른 이들이 못 보는 세상을 한쪽 눈으로 보고 있는 듯했다. 좌우가 불균형하고 한쪽이 툭 불거진 몸을 동굴곰의 무거운 가죽 덮개로 감싸고 있는 그는 위풍당당하면서도 낯설게 느껴지는 비현실적인 존재였다. 그도 한 명의 사내였지만, 불구의 몸을 가진 탓에 온전한 남자라고 할 수 없는 남자, 그러나 우열을 말하기 힘든 다른 차원의 남자였다. 목우르가 의식을 진행할 때면 그 어느 때보다 불구의 몸 그 자체가 초자연적인 특징을 그에게 불어넣어주었다.

갑자기 주술사는 유려한 손놀림으로 두개골 하나를 꺼냈다. 그러더니 강인한 왼쪽 팔로 두개골을 자신의 머리 위까지 높이 들어 올려 완벽한 원을 그리며 천천히 돌았다. 그러자 남자들 모두가 크고 독특하게 생긴 이마가 넓은 두개골을 볼 수 있었다. 남자는 너울대는 횃불 빛을 받아 새하얗게 빛나는 동굴곰의 두개골을 응시했다. 작은 횃불 앞 땅바닥에 두개골을 놓고 그 뒤로 가서 앉자 원모양의 대형이 완성되었다.

그 옆에 앉아 있던 젊은이가 일어나 나무그릇을 들어 올렸다. 열한 살을 넘긴 구브라는 이름의 사내는 지진이 일어나기 얼마 전에 성인식을 치렀다. 구브는 작은 소년이었을 때 제자로 발탁되어 목우르를 도와 의식 준비를 행했다. 그러나 성인이 될 때까지 실제 의식에는 참여할 수 없었다. 구브가 처음 의식에 참여해 새로운 역할을 맡게 된 것은 그들이 동굴을 찾아 나선 이후였다. 때문에 그는 여전히 긴장감을 감추지 못했다.

구브에게 있어 새 동굴을 찾는다는 것은 특별한 의미가 있었다. 새 동굴을 거처로 정해 살아가기 위해 치르는 의식은 좀처럼 경험하기 어려운 일이었고, 말로 설명하기 어려운 대단한 의식의 세세한 부분을 위대한 목우르에게서 직접 배울 수 있는 기회였다. 어린 시절, 그는 목우르의 제자로 발탁되는 것이 영예로운 일임을 알면서도 주술사를 두려워했다. 하지만 얼마 후 그는 불구의 몸을 한 주술사가 모든 씨족 가운데 가장 유능한 목우르이며 그의 근엄한 얼굴 뒤에는 자비롭고 따뜻한 마음이 있다는 것을 알게 되었다. 구브는 그를 스승으로 존경하고 사랑했다.

브룬이 휴식을 외치자마자 구브는 그릇에 차를 준비하기 시작했다. 먼저 흰독말풀을 돌맹이 두 개를 가지고 통째로 찧었다. 사용할 나뭇잎과 줄기, 꽃의 양과 비율을 조절하는 것이 가장 어려웠다. 이렇게 찧어놓은 흰독말풀에 끓는 물을 부어 의식이 다시 시작될 때까지 잎과 꽃이 우려지도록 두었다.

목우르가 원 안으로 발을 내딛기 직전, 구브는 진하게 우려낸 흰독말풀 차를 특별한 의식용 그릇에 따른 뒤 손가락으로 감아쥐었다. 그리고 신성한 주술사가 만족스럽다는 뜻으로 고개를 끄덕이길 간절히 바라며 그릇을 들어 올렸다. 목우르가 한 모금 맛을 보더니 잘했다는 듯 고개를 끄덕이고는 차를 마셨다. 구브는 나직하게 안도의 한숨을 내쉬었다. 목우르가 차를 마신 후, 구브는 브룬을 시작으로 서열에 따라 차를 마시도록 그릇을 들고 돌기 시작했다. 남자들이 차를 마시는 동안, 각자 마셔야 하는 양을 조절해가며 그릇을 받쳐 들고 있는 것도 그의 역할이었다. 그리고 마지막 남은 차를 그가 마셨다.

목우르는 구브가 앉길 기다렸다가 신호를 보냈다. 그러자 남자들이 창의 손잡이 끝으로 땅을 박자에 맞춰 두드리기 시작했다. 쿵쿵 둔탁하게 땅을 두들기는 창 소리는 점점 커지는 듯 하더니 다른 모든 소리를 집어삼켰다. 그들 모두 규칙적인 박자에 사로잡혀 자리에서 일어나 리듬에 맞춰 움직이기 시작했다. 신성한 주술사는 두개골을 빤히 응시했다. 주술사가 명령을 내리기라도 한 듯 그의 강렬한 눈빛에 이끌려 다른 남자들도 성스러운 유물에 정신을 집중했다. 의식에서는 시간 조절이 관건이었는데, 목우르만큼 시간을 잘 조절하는 사람이 없었다. 그는 기대감이 최고조에 이를 때까지 충분히 기다린 뒤—자칫 더 오래 끌었다가는 절정의 순간이 사라질지 모를 일이었다—씨족을 이끄는 자신의 피붙이를 봤다. 브룬이 두개골 앞에 웅크리고 앉았다.

"들소의 정령, 브룬의 토템이시여."

목우르가 말을 시작했다. 실제로 소리 내 말한 것은 단 한 단어, "브룬"밖에 없었다. 나머지는 한 손을 써서 손짓으로 전했을 뿐, 입 밖으로 낸 말은 없었다. 그 뒤로 이어진 말들도 격식을 갖춘 손짓, 아주 오래전부터 정령이나 다른 씨족과 소통할 때 사용해온 고대의 손짓언어였다. 그것은 목구멍에서 내는 몇몇 소리나 일상적인 손짓과는 달랐다. 소리 없는 손짓언어를 통해 목우르는 들소의 정령에게 그들이 혹 노여움을 살 만큼 잘못 행동했다면 용서하고 도움을 베풀어달라고 청했다.

"이 사내는 항상 위대한 들소의 정령을 존경하고 씨족의 전통을 잘 지켜왔습니다. 이 자는 강인한 지도자이며 현명하고 공정한 지도자일 뿐 아니라 훌륭한 사냥꾼, 씨족을 잘 거두는 부양자입니다. 또한 자제심이 강해 강인한 들소에 어울리는 자입니다. 이 남자를 버리지 마소서. 이 지도자가 새 거처를 찾도록, 들소의 정령이 만족해하실 동굴을 찾도록 인도하소서. 우리 동굴곰족이 남자의 토템께 도움을 청합니다."

신성한 주술사의 기원이 끝났다. 그러고는 서열 2위의 남자에게 눈을 돌렸다. 브룬이 물러가자 그로드가 동굴곰의 두개골 앞에 웅크리고 앉았다.

어떤 여자도 의식을 볼 수 없는 이유가 바로 여기에 있었다. 냉정하고 강인하게 부족을 이끌어가는 남자들이 마치 여자가 남자에게 간청하는 것처럼 정령들에게 애걸하는 모습을 여자들이 보아서는 안 될 일이었다.

"갈색곰의 정령, 그로드의 토템이시여."

목우르는 다시 기도를 시작하며 앞서 했던 것과 유사하게 그로드의 토템에게 격식을 갖춘 기원을 올렸다. 그리고 다른 남자들의 토템에게도 차례대로 기도를 올렸다. 목우르는 기원을 드리는 내내 두개골에서 눈을 떼지 않았고, 남자들은 기대감이 계속해서 높아지도록 창을 두드렸다.

그들 모두 다음 순서를 알고 있었다. 의식의 과정은 변하지 않았다. 매일 밤 똑같은 의식이 이어졌지만 그들은 여전히 기대감으로 충만했다. 남자들은 목우르가 자신의 토템이자 모든 정령 중에서 가장 존경받는 우르수스, 위대한 동굴곰의 정령을 부르길 기다렸다.

우르수스는 단지 목우르의 토템만을 의미하지 않았다. 우르수스는 모두의 토템이자 토템 그 이상의 것이었다. 그들을 하나의 씨족으로 이끌어주는 것이 바로 최고의 정령이며 최고의 보호자인 우르수스였다. 동굴곰을 향한 숭배가 그들을 하나로 묶는 공통의 요소이자, 개별적으로 떨어져 자치적으로 살아가는 모든 씨족을 하나의 부족, 즉 동굴곰족으로 끈끈하게 이어주는 강력한 힘이었다.

외눈의 주술사는 때가 되었다고 판단하고 신호를 보냈다. 창으로 땅을 두드리던 남자들이 동작을 멈추고 각자의 돌 뒤에 앉았다. 그러나 둔탁하게 울리던 리듬은 그들의 혈류를 타고 거침없이 흘러 들어가 머릿속에서 여전히 둥둥 울려댔다.

목우르는 작은 주머니에 손을 넣어 말린 석송의 홀씨를 손가락으로 한 줌 집었다. 앞에 꽂혀 있는 작은 횃불 위로 손을 들어 올리더니 몸을 숙여 입김을 훅 부는 동시에 손에 쥔 홀씨들을 불꽃으로 날려 보냈다. 그러자 불이 붙은 홀씨가 휘황한 불빛을 내며 두개골 주변으로 쏟아져 내렸다. 번쩍이는 홀씨들은 새까만 어둠과 극명한 대조를 이루며 인상적인 분위기를 자아냈다.

흰독말풀의 효과로 정신이 한껏 고양된 남자들에게 불빛을 받아 빛나는 두개골은 살아 있는 것처럼 보였다. 근처 나무에 앉아 있던 올빼미는 명령이라도 받은 듯 사무치게 울어대어 으스스한 분위기를 고조시켰다.

"위대한 우르수스, 동굴곰족의 수호자시여."

주술사는 격식을 갖춘 몸짓으로 말을 이어갔다.

"과거 동굴곰의 정령이 우리 씨족을 동굴에서 살게 하시고 털가죽을 입게 해주신 것처럼 우리 씨족을 새로운 거처로 안내해주소서. 얼음산과 얼음산을 낳은 싸락눈의 정령, 그리고 그 짝인 눈보라의 정령으로부터 당신의 씨족을 보호해주소서. 동굴곰족 사람들이 거처 없이 떠돌 때 그 어떤 사악한 기운도 다가오지 못하도록 도와주시길 위대한 동굴곰의 정령께 기원합니다. 모든 정령 중에서 가장 존경받는 정령이시여, 당신의 씨족, 당신의 사람들이 태초의 기억으로 여행을 하는 동안 함께해주시길 우르수스의 정령께 비나이다."

그러고 나서 목우르는 그의 커다란 두뇌가 가진 힘을 활용했다.

그들은 전두엽이 거의 발달되어 있지 않고 미숙한 발성기관으로 인해 언어 사용도 제한된 원시인이긴 했지만, 독특하게도 커다란 두뇌를 가졌다. 당시에 살던 그 어떤 씨족이나 아직 태어나지 않은 후대의 인간보다도 큰 뇌였다. 그들은 두뇌의 뒤쪽, 시각과 신체 감각을 관장하고 기억을 저장하는 후두부와 두정엽이 발달된 인류로서, 당시 인류의 여러 종 가운데 진화의 정점에 서 있었다.

또한 그들의 기억이야말로 그들을 특별한 존재로 만들었다. 그들에게는 본능이란 이름으로, 조상의 습성에서 유래한 무의식적 지식이 발달되어 있었다. 커다란 두뇌 뒤쪽에 저장된 기억은 단지 그들 자신의 기억일 뿐 아니라 선조의 기억이기도 했다. 그들은 조상에게서 배운 지식을 불러올 수 있었고, 특별한 상황에서는 더 멀리 나아갔다. 종족의 기억은 물론 자신의 진화과정까지 기억했던 것이다. 마음속으로 저 아득한 과거까지 더듬어 돌이켜보면 텔레파시가 통하듯 누구에게나 동일하게 간직된 기억들이 결합되면서 하나가 된 마음에 닿을 수 있었다.

하지만 이러한 재능이 완벽하게 발현되는 곳은 흉하게 뒤틀린 몸을 한 주술사의 엄청나게 큰 두뇌를 통해서였다. 거대한 두뇌로 인해 불구의 몸으로 태어난, 순하고 수줍음이 많은 크렙은 목우르로서 두뇌의 힘을 활용하는 법을 배웠다. 그리하여 그의 주변에 둘러앉은 남자들의 개별적인 정신을 하나로 융합해 자신이 원하는 방향으로 이끌 수 있었다. 그는 씨족의 유산이 형성된 어떤 곳으로든 사람들의 마음을 데려갈 수 있었고, 선조의 마음속에 닿을 수 있었다. 그는 최고의 목우르였다. 그의 능력은 진정한 힘에서 오는 것이었다. 불꽃을 일으키는 기술이나 약의 힘을 빌려 도취 상태로 이끄는 게 전부가 아니었다. 오히려 그런 수단들은 그가 이끄는 방향으로 사람들을 따라오게 하기 위한 무대장치에 불과했다.

태곳적 별들이 빛나는 어둡고 괴괴한 밤, 몇몇 남자는 형언할 수 없는 환상을 경험했다. 그들은 단지 그 환상을 본 것이 아니라 그들이 그 환상의 주체였다. 그들은 자신을 둘러싼 주변의 감각들을 느꼈고 눈으로 보았으며 헤아릴 수 없는 태초의 기원을 기억했다. 마음속 깊은 곳에서 그들이 보게 된 것은 미성숙한 뇌를 가진 바다 생명체가 소금기가 있는 따뜻한 물속에서 떠다니는 장면이었다. 그들은 물 밖에서 처음 공기를 들이마시던 순간의 고통을 견뎌내고, 땅과 물에서 모두 살 수 있는 양서류가 되었다.

그들은 동굴곰을 숭배했기 때문에 목우르는 최초의 포유류, 그들 씨족뿐만 아니라 다른 종족들을 탄생시킨 선조를 불러냈다. 하나로 합쳐진 그들의 마음이 곰이 탄생하던 순간으로 녹아든 것이다. 그러고는 누대를 두고 내려가며 잇달아 조상들이 살던 순간으로 들어갔고, 다양한 모습을 한 선조를 감각으로 경험했다. 그러한 경험은 지상의 모든 생명체와 맺고 있는 관계에 대해 깨닫게 해주었다. 또한 그들이 죽여서 먹었던 동물에 대해서 경외심을 표하게 되었고, 그러한 마음가짐이 자신의 토템과 맺고 있는 영적인 유대감의 기반이 되었다.

하나가 되어 움직이던 마음들은 현재의 시간에 가까워져서야 제각각 갈라지며 직계 조상을 경험했고 마침내 자기 자신으로 돌아왔다. 마치 영겁의 시간이 걸린 것 같았다. 어떤 의미에서는 아주 오랜 시간을 거슬러 올라간 것이었지만 실제로는 찰나에 지나지 않았다. 다시 자기 자신으로 돌아온 남자들은 하나둘 조용히 일어나 각자의 잠자리를 찾아 떠났다. 그들은 이미 그날 밤의 꿈을 다 꾼 셈이었으므로 꿈 없는 깊은 잠에 빠져들었다.

목우르는 마지막까지 남았다. 혼자 남은 그는 조금 전의 경험에 대해 묵상하다가 익숙한 불편한 감정을 느꼈다. 그들은 영혼을 고양시킬 정도로 깊이 있고 장엄하게 과거를 경험하며 깨달을 수 있었다. 하지만 크렙은 다른 이들이 생각지도 못하는 한계를 체감했다. 다른 이들은 앞을 내다볼 수 없었고, 미래에 대해 생각조차 하지 못했다. 오로지 목우르만이 어렴풋이나마 미래라는 가능성에 대해 생각하고 있었다.

이들 씨족은 과거와 다른 미래를 상상할 수 없었다. 내일을 위한 혁신적인 대안을 궁리할 수도 없었다. 그들의 모든 지식이며 행동은 이전에 했던 것을 답습하는 것에 불과했다. 계절의 변화에 따라 식량을 저장하는 것조차 과거의 경험에서 비롯된 결과였다.

아주 오래전에는 혁신적인 변화가 쉽게 일어나던 때가 있었다. 깨진 돌의 날카로운 표면을 본 어떤 이가 일부러 돌을 쪼개 모서리를 날카롭게 만들겠다는 발상을 처음으로 떠올렸다. 나무 막대기를 비비면 끝이 따뜻해진다는 것을 발견한 어떤 이는 얼마나 더 따뜻해지는지 보려고 더 세게, 더 오래 막대기를 빙글빙글 돌리다가 불을 피울 수 있게 되었다. 하지만 점차 기억들이 쌓이면서 뇌의 저장용량을 확대해 가득 채우고 난 뒤에는 점점 변화가 어려워졌다. 기억 저장소에 새로운 생각을 저장할 공간이 더 이상 없었던 것이다. 이미 그들의 머리는 커질 대로 커져 있었다. 커진 두뇌로 인해 여자들은 아이를 낳을 때 고통을 겪었다. 두뇌를 더 키우면서까지 새로운 지식을 쌓을 여유가 더 이상은 없었다.

이들 씨족은 변하지 않는 전통에 따라 살았다. 태어나서부터 부름을 받고 정령의 세계로 돌아갈 때까지 삶의 모든 면면들이 과거의 전통에 얽매여 있었다. 그들 종족을 절멸에서 구하기 위한 필사적인 노력이 요구되는 경우가 아니라면, 전통을 따르는 삶이야말로 생존을 위한 무의식적이고 무계획적인 노력이었다. 하지만 결국 실패하게 되어 있는 경로이기도 했다. 그들은 변화를 막을 수 없었다. 변화에 맞서는 저항은 자멸의 길이자 생존에 역행하는 길이었다.

그들은 변화에 대한 적응이 느렸다. 발명은 우연히 이루어졌고, 그마저도 활용하지 못하는 경우가 많았다. 새로운 일이 생기면 그 경험을 지식으로 비축해둘 수는 있었지만 실제 변화가 이루어지려면 엄청난 노력이 뒤따라야 했다. 변화할 수밖에 없는 상황에서도 새로운 물결을 따르는 것에 완강할 정도로 거부감을 보였다. 이러한 태도를 바꾼다는 것은 극도로 어려운 일이 되고 말았다. 그러나 배울 여지도, 성장할 가능성도 없는 종족은 본질적으로 변화할 수밖에 없는 세상에서 도태되는 게 당연하다. 그들은 이미 다른 방식으로 발전할 수 있는 지점을 지나쳐버렸다. 또 다른 발전의 가능성은 더 새로운 존재, 자연의 또 다른 실험을 위해 남겨졌다.

목우르는 드넓은 평원에 홀로 앉아 횃불의 마지막 부분이 탁탁 소리를 내며 사그라지는 것을 지켜보며 이자가 발견한 낯선 여자아이를 생각했다. 그의 불편한 감정은 점점 커지더니 가벼운 통증이 되어 몸으로 전달되었다. 아이의 종족을 전에 마주친 적은 있었지만 최근에 들어서야 그들에 대해 구체적으로 생각하기에 이르렀다. 사실 그들과의 우연한 만남이 유쾌했던 것만은 아니었다. 그들이 어디에서 왔는지 전혀 알 수가 없었다. 그 아이의 부족은 그들의 땅에 새로 발을 들여놓은 자들이었고 그들이 온 이후로 많은 것들이 변하고 있었다. 그들이 꼭 변화를 몰고 온 것처럼.

크렙은 불편한 마음을 털어내고 동굴곰의 두개골을 조심스레 덮개로 감싸 안았다. 그리고 지팡이를 짚고 일어나 다리를 절뚝거리며 잠자리로 돌아갔다.

3

아이는 뒤척이더니 이내 몸부림을 치기 시작했다.

"엄마."

아이가 신음하듯 소리를 내뱉었다. 팔을 마구 흔들며 다시 한 번 더 크게 외쳤다.

"엄마!"

이자가 아이를 안아 부드럽게 속삭이듯 달랬다. 이자의 따뜻한 체온과 달래는 소리가 열에 들뜬 아이의 머리에 스며들며 아이를 진정시켰다. 아이는 밤새 잠을 설쳤다. 아이가 뒤척이며 끙끙대거나 고열로 헛소리를 할 때마다 이자는 잠에서 깼다. 그 소리는 낯설었고, 동굴곰족 사람들이 하는 말과도 달랐다. 아이가 내뱉는 소리는 한 음이 다른 음과 섞이며 물 흐르듯 연달아 이어졌다. 이자는 그 소리를 따라할 엄두조차 나지 않았다. 이자의 귀는 그렇게 섬세하게 변하는 소리를 듣는 것에 익숙하지 않았다. 하지만 어떤 특정 소리가 자주 반복되는 것으로 보아 이자는 그 소리가 아이와 가까웠던 누군가의 이름일 거라 짐작했다. 자신이 곁에 있어서 아이가 안심하는 것을 보니 누구인지 알 듯도 했다.

아직 어린 게 분명해. 이자는 생각했다. 먹을거리를 찾는 방법조차 모르니. 얼마나 오래 혼자 지냈던 걸까? 아이의 부족 사람들에게는 무슨 일이 일어난 것일까? 지진과 관련 있는 것이겠지? 그렇다면 그렇게 오랫동안 혼자 헤매고 다녔단 말인가? 그런데 어떻게 몇 군데 할퀸 상처만 입은 채로 동굴사자에게서 도망칠 수 있었을까? 이자는 이런 상처를 치료해본 경험이 많아서 거대한 맹수에게서 입은 상처라는 것을 직감했다. 강력한 정령들이 아이를 보호해주는 게 틀림없어. 이자는 그렇게 어림짐작했다.

새벽이 다가오고 있었지만 여전히 어두웠다. 아이의 열이 마침내 떨어졌고 아이는 땀으로 흥건히 젖었다. 이자는 아이를 꼭 끌어안아 따뜻하게 해주고는 덮개를 잘 여며주었다. 아이는 잠깐 눈을 뜨고는 자신이 어디에 있는 것인지 궁금해했지만 너무 어두워서 아무것도 보이지 않았다. 자기 곁에 누군가가 있어서 마음이 놓인 아이는 다시 눈을 감고 더 편안한 잠 속으로 까무룩 빠져들었다.

하늘이 밝아오면서 희미한 빛을 받은 나무들이 윤곽을 드러냈다. 이자는 따뜻한 모피 덮개에서 조용히 빠져나왔다. 불을 피운 뒤 땔감을 더 넣고는 작은 개울로 나갔다. 그릇에 물을 떠 오고 버드나무 껍질도 벗겨 오기 위해서였다. 그녀는 잠시 멈춰 서서 부적을 손으로 꼭 움켜쥐고는 정령들에게 버드나무에 대한 고마움을 표했다. 이자는 버드나무, 특히 어디에나 자라면서 고통을 진정시켜주는 약효가 있는 버드나무 껍질에 대해 감사한 마음을 가지고 있었다. 그녀는 사람들의 통증과 고통을 가라앉히기 위해 그간 얼마나 많이 버드나무 껍질을 벗겨 차로 만들었는지 이루 헤아릴 수 없었다. 더 강한 진통 효과가 있는 약초를 알았지만, 그러한 약초는 감각까지 둔하게 만들었다.

이자가 불가에 구부정하게 앉아 버드나무 껍질과 물을 담은 그릇에 뜨겁게 달군 작은 돌들을 넣고 있을 무렵, 다른 사람들도 하나둘 일어나기 시작했다. 버드나무 껍질 차가 준비되자 그릇을 들고 덮개가 깔려 있는 잠자리로 돌아왔다. 그 옆에 움푹 파놓은 구멍에 그릇을 조심스레 세워놓고는 덮개 속으로 들어가 아이 옆에 누웠다. 이자는 아이의 숨소리가 안정적으로 돌아온 것을 알아차리고는 아이의 독특한 얼굴에 이끌려 잠자고 있는 아이를 들여다보았다. 햇볕에 심하게 그을렸던 얼굴은 이제 연한 갈색으로 변해 있었고, 작은 콧마루 주변에만 피부 껍질이 벗겨져 있었다.

이자는 예전에 이 아이의 종족을 본 적이 있었지만 아주 먼 발치에서였다. 동굴곰족 여자들은 그들을 보면 항상 도망가거나 숨었다. 씨족 모임에서 동굴곰족과 타 종족이 우연히 맞닥뜨린 순간 벌어진 불쾌한 사건들에 대해 들었던 터라 그들은 다른 종족을 피해 다녔다. 더구나 여자들은 다른 종과 접촉하는 것이 허락되지 않았다. 브룬의 씨족으로서는 다른 종족과 접촉했던 경험이 특별히 나빴던 적이 없었다. 이자는 오래전 다른 종족의 남자가 우연히 그들의 동굴로 뛰어 들었던 이야기를 크렙에게서 들은 적이 있었다. 그는 팔을 심하게 다쳐 그 고통으로 거의 제정신이 아니었다고 했다.

그 남자는 동굴곰족의 언어를 조금 배우긴 했지만, 행실은 낯설었다. 그는 남자뿐만 아니라 여자들에게도 거리낌 없이 말을 걸었고, 치료사인 여인에게는 숭배에 가까운 깊은 존경심을 가지고 대했다. 그렇다고 해서 그가 씨족 남자들에게 제대로 된 예우를 받지 못한 것은 아니었다. 하늘이 점차 밝아지는 동안, 이자는 누운 채 아이를 바라보며 다른 종족에 대해 곰곰히 생각했다.

이자가 아이를 물끄러미 보고 있는 사이, 지평선에서 막 솟아오른 눈부신 불덩어리로부터 햇빛 한 줄기가 아이의 얼굴을 비췄다. 아이의 눈꺼풀이 바르르 떨렸다. 아이의 눈이 떠지더니 두툼한 눈썹 뼈 아래로 깊게 들어가 있는 커다란 갈색 눈과 마주쳤다. 아이 눈에 보이는 얼굴은 동물의 주둥이처럼 앞으로 툭 튀어나와 있었다.

아이는 와락 소리를 지르며 다시 눈을 질끈 감았다. 이자가 아이를 자신 쪽으로 가깝게 끌어당기자 뼈만 앙상한 아이의 몸이 두려움에 바들바들 떠는 게 느껴졌다. 이자는 부드럽게 어르는 소리를 냈다. 그 소리가 아이 귀에는 익숙하게 들렸다. 하지만 자신을 안아주는 따뜻하고 편안한 품이 더 친근하게 느껴졌다. 몸을 떨던 아이는 서서히 잠잠해졌다. 아이는 가늘게 눈을 뜨고는 이자를 다시 바라봤다. 이번에는 비명을 지르지 않았다. 그러고는 눈을 크게 뜨고 무섭고 낯설기만 한 얼굴을 빤히 쳐다보았다.

이자도 놀란 듯 아이를 응시했다. 전에는 푸른색 눈을 본 적이 없었다. 그녀는 잠시나마 아이가 혹 눈이 먼 게 아닌지 고민했다. 나이가 든 씨족 사람들 중에는 때로 눈에 막 같은 게 생겨 눈의 색깔이 흐려지고, 앞이 침침해진다고 하는 이들이 있었다. 하지만 아이 눈의 동공이 정상적으로 커지는 것으로 봐서는 아이가 그녀를 보는 것이 틀림없었다. 회색빛이 도는 푸른색이 본래 아이의 눈 색깔인가보다. 이자는 그렇게 생각했다.

아이는 미동도 않고 가만히 누운 채로 눈만 크게 뜨고 있었다. 이자의 부축을 받으며 앉을 때는 아픈지 몸을 움찔했다. 순간 아이의 머릿속으로 기억들이 물밀 듯 밀려왔다. 괴물 같던 사자가 떠오르고, 자신의 다리를 할퀴던 날카로운 발톱이 생생하게 그려지는 듯 몸서리를 쳤다. 아이는 공포와 다리의 통증까지 잊게 만든 갈증 때문에 개울에 닿으려고 안간힘을 다하던 일도 떠올랐다. 하지만 그 전의 일들은 전혀 기억나지 않았다. 배고픔과 두려움에 떨며 혼자 헤매던 일이나 끔찍했던 지진, 그리고 그로 인해 잃게 된 사랑하는 사람들까지, 모든 기억이 지워져버린 것이다.

이자는 물이 든 그릇을 아이의 입에 갖다 댔다. 아이는 목이 말라 한 모금 마시더니 쓴맛에 얼굴을 찌푸렸다. 하지만 이자가 그릇을 다시 입에 대자 아이는 너무 두려운 나머지 고개조차 돌릴 수 없어 다시 꿀꺽 삼켰다. 이자는 잘했다는 듯 고개를 끄덕여주더니 아침을 준비하는 다른 여자들을 돕기 위해 자리를 떠났다. 아이의 눈은 이자를 따라갔다. 이자와 비슷하게 생긴 사람들이 북적이는 야영지를 보더니 아이의 눈은 더욱 커졌다.

음식 익는 냄새에 아이는 지독한 허기를 느꼈다. 이자가 곡물과 고기를 넣은 묽은 죽을 작은 그릇에 담아 가져오자 아이는 게걸스럽게 벌컥벌컥 삼켰다. 주술 치료사인 이자는 아이가 아직 딱딱한 음식을 먹을 준비가 안 되었다고 생각했다. 쪼그라든 위를 채우는 데 많은 음식이 필요한 것은 아니어서 이자는 이동 중에 아이가 먹을 수 있도록 남은 죽을 가죽 부대에 넣었다. 아이가 다 먹자 이자는 아이를 눕힌 뒤 상처에 붙여놓은 찜질약을 떼어냈다. 상처의 고름은 다 빠져나갔고 붓기도 가라앉아 있었다.

"좋아졌다."

이자가 크게 말했다.

아이는 목구멍 깊은 곳에서 나오는 거친 소리에 소스라치듯 놀랐다. 여자가 말하는 것을 처음 듣는 아이 귀에 그 소리는 사람의 말이라기보다는 짐승이 그르렁대는 소리에 가까웠다. 하지만 이자의 행동은 동물과는 달랐다. 인간적이었고 인정이 느껴졌다. 이자가 짓이긴 뿌리를 다리에 붙여주고 있을 때, 몸이 한쪽으로 기울어진 불구의 남자가 다리를 절며 그들 쪽으로 다가왔다.

그는 아이가 지금껏 본 사람들 중 가장 무시무시하고 끔찍한 모습을 하고 있었다. 한쪽 얼굴에는 커다란 흉터가 있었고 한쪽 눈이 있어야 할 자리에는 살이 축 늘어져 있었다. 하지만 아이에게는 주변 사람들이 모두 이상하고 흉측하게 생겼으므로 그의 험악한 외모는 그저 정도의 차이에 불과했다. 아이는 그들이 누구이고 어쩌다 자신이 그들과 함께 있는지 알 수 없었지만 곁에 있는 여자가 자신을 돌봐주고 있다는 것을 알았다. 그녀는 음식을 줄 뿐만 아니라 상처에 약을 붙여 다리를 낫게 해주었다. 무엇보다 아이는 공포와 불안감에서 벗어나 저 깊은 무의식 속에서 안도감을 느꼈다. 그 사람들이 낯설고 이상하긴 해도 그들과 함께 있는 한, 적어도 혼자는 아니었다.

다리를 절던 남자가 편안히 앉더니 아이를 자세히 살펴봤다. 아이가 호기심 어린 눈으로 거리낌 없이 자신을 마주보자 크렙은 놀라고 말았다. 동굴곰족 아이들은 항상 그를 조금은 두려워했다. 어른들이 그에게 경외감을 갖고 있다는 것을 일찍부터 알았고 그의 냉담한 태도로 인해 친근함을 갖기도 어려웠다. 아이들이 잘못된 행동을 하면 어머니들이 목우르를 들먹이며 혼을 냈기 때문에 그에 대한 거리감은 더 커졌다. 아이들이 어른이 될 즈음이면, 특히 여자아이들은 그를 진심으로 두려워했다. 중년으로 접어들 나이가 되어서야 씨족 사람들은 그에 대한 두려움을 존경심으로 누그러뜨릴 수 있게 되었다. 크렙의 온전한 눈은 두려움 없이 자신을 구석구석 뜯어보는 이 낯선 아이에 대한 관심으로 빛났다.

"아이가 많이 좋아졌다, 이자."

그가 손짓하며 말했다. 여자의 목소리보다 저음인 그 목소리는 아이의 귀에 역시 말이라기보다는 짐승의 소리에 가까웠다. 아이는 그가 소리를 내는 동시에 손을 사용하고 있다는 것을 알아채지 못했다. 그들의 언어는 아이에게 아주 낯설어서 남자가 여자에게 뭔가 말을 했다는 것만 짐작할 수 있었다.

"오래 굶주려서 여전히 기운이 없어요. 하지만 상처는 많이 좋아졌어요."

이자가 말했다.

"꽤 깊게 할퀸 상처지만 다리를 못 쓰게 될 정도는 아니에요. 고름은 빠지고 있고요. 동굴사자의 발톱에 입은 상처예요, 크렙. 동굴사자가 몇 번 할퀴기만 하고 공격을 멈췄다는 얘기를 들어본 적 있으세요? 아이가 살아남은 게 놀라워요. 이 아이에게는 아이를 보호해주는 강력한 정령이 함께하나봐요."

이자는 거기까지 말하고는 얼른 덧붙여 말했다.

"하지만 제가 정령에 대해 뭘 알겠어요?"

목우르와 한 핏줄이라 해도 그 앞에서 정령에 대해 말한다는 것은 여자로서 감히 할 소리가 아니었다. 그녀는 스스로를 책망하며 자신의 주제넘음에 대해 용서를 구하는 몸짓을 했다. 그는 이자의 말에 수긍하지 않았고, 그녀 또한 그럴 것이라고 기대하지 않았다. 그러나 그는 강력한 수호 정령에 대한 이자의 말을 생각하며 더 깊은 관심을 갖고 아이를 살펴봤다. 그 역시 결코 인정하고 싶지는 않았지만 비슷한 생각을 하던 중이었다. 그는 이자의 의견을 가볍게 여기지 않았다. 이자의 말은 오히려 그의 생각에 확신을 더해주었다.

씨족 사람들은 서둘러 야영지를 정리했다. 바구니와 자루를 짊어진 이자는 아이를 들쳐 업고 브룬과 그로드의 뒤를 따랐다. 여자의 엉덩이에 걸쳐진 아이는 호기심 어린 눈으로 주위를 둘러보며 길을 걷는 이자와 다른 여자의 행동을 일일이 관찰했다. 아이는 특히 그들이 멈춰 서서 먹을거리를 모을 때 관심을 보였다. 이자가 종종 갓 망울진 꽃봉오리나 부드러운 새순을 건네줄 때면, 아이의 머릿속에는 그런 비슷한 것을 건네주던 어떤 여자에 대한 기억이 어렴풋이 떠올랐다. 그러나 이제 아이는 식물에 더 많은 관심이 있었고, 각각의 특징에 대해 알아차리기 시작했다. 배를 곯으며 헤매던 날들이 먹을거리를 찾는 방법을 배우고 싶다는 강렬한 열망을 불러일으킨 것이다. 아이가 어떤 풀을 가리키자 이자가 멈춰 서서 뿌리를 캐냈다. 아이는 그 모습에 기뻐했다. 이자도 기쁘기는 마찬가지였다. 빨리 배우는 아이로구나. 전에는 이런 풀에 대해 알지 못했을 텐데, 알았다면 먹었을 테지.

정오 무렵, 그들은 브룬이 동굴 하나를 살펴보러 간 사이, 잠시 걸음을 멈추고 쉴 수 있었다. 이자는 아이에게 가죽 부대에 담아 온 남은 죽을 먹이고 말린 고기 한 점을 씹어 먹도록 건네주었다. 그 동굴은 씨족 사람들이 필요로 하는 조건에 적합한 곳이 아니었다. 오후 느지막이, 버드나무 껍질의 효력이 떨어진 듯 아이의 다리가 욱신거리기 시작했다. 아이는 쉴 새 없이 몸을 들썩였다. 이자는 아이를 토닥이며 아이가 더 편한 자세를 취하도록 아이가 업혀 있는 쪽에 힘을 실어주었다. 아이는 여자에게 완전히 자신을 내맡기고 있었다. 이자를 전적으로 믿고 있다는 듯, 앙상한 팔을 이자의 목에 두른 채 자신의 머리를 넓은 어깨에 기댔다. 오랫동안 아이가 없던 그녀는 고아가 된 아이에게 마음 깊이 연민을 느꼈다. 아이는 기력이 쇠진한 데다 여전히 지쳐 있었기 때문에 이자의 규칙적인 발걸음에 안정을 찾은 듯 스르륵 잠이 들었다.

저녁이 다가올 무렵, 이자는 덤으로 지고 있는 아이의 무게 때문에 많이 지친 상태였다. 브룬이 정지 명령을 내리고 하룻밤 쉬어 가겠다고 알렸을 때야 이자는 안도하며 아이를 내려놓았다. 아이의 열이 다시 올라갔다. 뺨이 붉게 상기되고, 눈빛은 흐릿했다. 이자는 땔감을 찾으며 주변에 아이를 치료할 만한 풀이 있는지 살폈다. 이자는 무엇 때문에 아이의 상태가 나빠졌는지 원인을 알아내지는 못했지만 치료법은 알고 있었다. 여러 가벼운 질병의 치료법에 대해서도 이자는 두루 능통했다.

병을 치유하는 것은 주술에 의한 것이고 정령들의 뜻에 달려 있었지만, 그렇다고 이자의 약초가 효력이 없는 것은 아니었다. 오래 전부터 동굴곰족은 사냥과 채집으로 살아왔고, 수 세대에 걸쳐 야생 식물들을 이용해왔기 때문에 우연이든 실험을 통해서든 식물에 대한 정보를 축적해놓고 있었다. 잡은 짐승은 가죽을 벗겨 절단했는데, 짐승의 배에서 꺼낸 장기들을 관찰하고 비교하고는 했다. 잡아온 짐승으로 저녁거리를 준비할 때도 마치 해부를 하듯 잘라내며 지식을 활용했다.

이자의 어머니도 이자를 주술 치료사로 훈련하는 과정에서 내부의 장기들을 보여주며 각각의 기능에 대해 설명해주었다. 하지만 그러한 설명은 이미 이자가 알고 있는 것을 상기시키는 것에 불과했다. 이자는 명망 높은 주술 치료사의 핏줄을 타고났다. 치료술은 훈련보다는 더 신비스러운 방식을 통해 주술 치료사의 딸들에게 전해졌다. 아직 풋내기에 불과해도 걸출한 핏줄을 타고난 치료사가 경험은 많아도 평범한 어머니에게서 태어난 치료사보다 높은 대우를 받았다. 여기에는 그럴 만한 이유가 있었다.

이자의 뇌에는 태어날 때부터 선조들이 습득한 지식이 저장되어 있었다. 이자는 아주 오래전부터 주술 치료사로 활약한 모계 혈통의 직계후손이었다. 이자는 선조들이 알고 있는 지식을 모두 기억할 수 있었다. 자신의 경험을 떠올리는 과정과 별반 다르지 않았다. 일단 뇌가 자극을 받으면 그 과정은 자동적으로 이루어졌다.

물론 주로 자신의 기억을 떠올리기는 했다. 그 기억과 관련된 상황까지 기억할 수 있는 데다 그녀는 무엇이든 잊어버리는 법이 없었던 것이다. 하지만 자신의 기억 저장소에 저장된 지식을 떠올릴 수 있을 뿐, 지식을 습득한 과정에 대해서는 알지 못했다. 크렙이나 브룬이 같은 배에서 태어난 피붙이라고 해도 그들에게는 이자와 같은 치료술에 대한 지식이 없었다.

동굴곰족 사람들의 기억은 성별에 따라 분화되었다. 남자들에게 식물에 대한 기본적인 지식이 필요하지 않는 것처럼 여자들도 사냥에 대한 지식을 더 이상 갖출 필요가 없었다. 남녀의 뇌 차이는 자연의 섭리에 따라 생겨났지만 생활방식을 통해 더욱 공고해졌다. 종족의 생존을 연장하기 위해 뇌 크기를 제한하려는 자연의 시도이기도 했다. 반대쪽 성에 어울릴 만한 지식을 가지고 태어난 아이라 해도 어른이 될 무렵에는 적절한 자극이 주어지지 않아 뇌 속에 저장된 지식이 사라지기 마련이었다. 그들은 이성의 기술을 배우지 않아서 그와 관련된 기억도 저장되어 있지 않았다.

그러나 이들 종족을 멸절에서 구하려는 자연의 시도는 결국 스스로 실패를 초래할 수밖에 없는 요인을 가지고 있었다. 그들에게는 생식을 위해서뿐만 아니라 하루하루 살아가기 위해서도 반드시 남녀가 모두 있어야 했다. 남자든 여자든 이성이 없으면 오래 생존할 수 없었다.

그러나 이들 씨족 사람들의 눈과 뇌는 비록 사용되는 방식은 다를지라도 남녀 모두에게 예리하고 날카로운 시력을 부여했다. 이동 중에 주변 지형은 서서히 변해갔고, 그럴 때마다 이자는 무엇보다 식물에 주의를 기울이며 지나가는 풍경의 소소한 것들까지 머릿속에 무의식적으로 기록했다. 그녀는 아주 멀리에서도 나뭇잎 모양이나 줄기의 크기가 조금씩 달라지는 것을 구분했다. 때론 생전 처음 보는 풀이나 꽃, 나무, 덤불숲을 맞닥뜨릴 때도 있었지만 아주 생소하지는 않았다. 자신이 직접 경험한 기억은 아니지만, 그녀의 커다란 두뇌 뒤편에 잠자고 있던 지식을 끄집어낼 수 있었다. 그런데 그녀가 마음대로 이용할 수 있는 정보의 저장고가 그렇게 방대함에도 불구하고 최근에는 생소한 경치만큼 굉장히 낯선 식물들이 눈에 띄었다. 이동 중이 아니었다면 이자는 처음 보는 식물에 대해 자세히 알아보려 했을 것이다. 씨족의 여자들 모두 미지의 식물에 대해 호기심이 많았다. 새로운 지식을 얻는다는 의미도 있었지만 생존과도 직결되는 문제였다.

여자들 모두 낯선 식물을 실험하는 방법에 대해 어느 정도는 유전적으로 터득하고 있었다. 다른 여자들처럼 이자 또한 직접 미지의 식물에 대해 실험했다. 이미 알고 있는 식물과의 유사점을 찾아내 새로 발견한 식물을 같은 부류에 놓고 생각하기도 했다. 하지만 이자는 겉으로 나타나는 특징이 비슷하다고 고유의 성질까지 같으리라 짐작하는 게 얼마나 위험한지 알고 있었다. 식물을 실험하는 과정은 간단했다. 우선 한 입 베어 먹어보았다. 불쾌한 맛이 나면 즉시 뱉었다. 그런대로 괜찮으면 입안에 넣은 채 아리거나 혀가 얼얼해지는 느낌이 있지 않은지, 혹은 맛에 변화가 있는지 조심스레 관찰했다. 그런 느낌이 없으면 삼킨 다음 어떤 효과를 감지할 수 있는지 지켜봤다. 다음 날 좀 더 크게 베어 먹어본 뒤 같은 과정을 반복했다. 세 번째 실험에서도 어떤 부작용이 전혀 나타나지 않으면 새롭게 발견한 식물은 먹을 수 있는 것으로 간주하는데, 처음에는 소량만 먹었다.

그런데 이자는 어떤 식물에 두드러지는 효과가 있을 경우 더욱 관심을 가졌다. 약용으로 쓸 수 있는 가능성 때문이었다. 다른 아낙들도 먹을 수 있는지 실험을 해보다가 특이한 점을 발견하거나 독성이 있는 것으로 알려진 식물과 유사한 식물이 있으면 이자에게 가져다주었다. 이자는 세심한 주의를 기울이며 자신만의 방식으로 이러한 식물들의 효과를 실험했다. 하지만 이러한 실험에는 시간이 걸렸다. 이동 중일 때는 자신이 잘 알고 있는 식물만 사용했다.

그날 머물 곳 근처에서 이자는 길고 낭창낭창한 가느다란 줄기에 밝은색의 커다란 꽃들이 피어 있는 접시꽃을 발견했다. 색색의 꽃이 피는 접시꽃 뿌리는 붓꽃 뿌리와 유사한 약효가 있어서 찜질약으로 만들어 쓰면 염증과 붓기를 가라앉힐 수 있었다. 꽃을 차로 우려내 아이에게 마시게 하면 통증을 진정시키고 잠이 오게 할 터였다. 이자는 땔감을 모으면서 접시꽃도 캤다.

저녁을 먹고 나서 아이는 커다란 바위에 기대앉은 채 바쁘게 움직이는 주변 사람들을 지켜봤다. 배를 채우고 찜질약을 새로 갈아 기분이 좋아진 아이는 자신의 말을 못 알아듣는 이자에게 종알종알 떠들었다. 다른 이들은 아이 쪽을 향해 못마땅한 눈초리를 보냈다. 하지만 아이는 그런 표정을 전혀 읽지 못했다. 동굴곰족 사람들은 음성기관이 충분히 발달되어 있지 않아 정확한 분절음을 내는 것이 불가능했다. 그나마 그들이 강조하기 위해 사용하는 몇몇 소리들은 경고의 외침이거나 주의를 끌 필요가 있어서 발달한 것이었다. 간혹 소리를 내서 강조하는 것은 관습의 일부였다. 이들 부족이 주로 사용하는 의사 전달 수단—손짓, 몸짓, 자세, 그리고 친밀한 관계에서 오는 직관, 습관이 된 전례, 표정이나 자세를 간파하는 능력—으로 서로 소통은 가능했으나 한계도 있었다. 자신이 본 어떤 사물을 다른 이에게 구체적으로 묘사하는 일은 어려웠고, 추상적인 개념을 설명하는 것은 더욱 어려웠다. 쉴 새 없이 이어지는 아이의 말소리에 씨족 사람들은 당혹감을 느끼며 의혹에 싸였다.

동굴곰족 사람들은 아이들을 귀하게 여겨 어린 시절에는 부드러운 애정과 훈육으로 키우다가 아이들이 점차 나이가 들면 엄격하게 대했다. 성별에 상관없이 모든 어른이 아기들을 애지중지했고, 잘못을 하면 못 본 척 무시하는 정도의 태도를 취할 뿐이었다. 아이들은 자신보다 나이가 더 많은 아이나 어른의 서열을 인식하게 될 무렵부터 그들을 모방하며 아기에게나 어울릴 만한 행동을 자제했다. 청소년들은 일찍이 엄격한 관습의 범위 안에서 행동해야 한다고 배웠다. 그러한 관습 중 하나가 불필요하게 많은 소리를 내면 안 된다는 것이었다. 이자가 돌봐주고 있는 여자아이는 큰 키로 인해 실제보다 더 나이가 든 것처럼 보였는데, 그 나이에 그토록 소리를 많이 내는 것으로 보아 아이가 버릇없이 키워졌다고 씨족 사람들은 생각했다.

아이와 가장 가깝게 지내고 있는 이자는 아이가 보이는 것보다 어릴 거라고 짐작했다. 아이를 실제 나이에 가깝게 본 이자는 아이에게 더 부드럽게 대했다. 의식이 돌아오지 않은 상태에서 내뱉는 아이의 말소리를 들었을 때, 이자는 아이의 종족 사람들이 더 부드럽게 그리고 더 많은 상황에서 소리를 내 말한다는 것을 알아챘다. 이자는 제 목숨을 온전히 자신에게 맡기고 앙상한 작은 팔로 목을 감싸던 아이에게 마음이 끌렸다. 아이에게 제대로 된 예절을 가르칠 시간이 있을 거야. 이자는 생각했다. 그녀는 이미 아이를 자신의 아이로 생각하고 있었다.

이자가 접시꽃이 담긴 그릇에 뜨거운 물을 붓고 있을 때, 크렙이 다가와 아이 곁에 앉았다. 낯선 아이에게 계속 관심이 가던 그는 저녁 의식 준비가 아직 끝나지 않은 참에 아이가 얼마나 회복되었는지 보러 잠시 들른 것이었다. 불구의 몸을 하고 얼굴에 흉터가 있는 늙은 남자와 어린 소녀가 서로의 얼굴을 뚫어질 듯 바라보았다. 그는 아이가 속한 종족 사람들을 이렇게 가까이에서 본 적이 없었다. 하물며 다른 종족의 어린아이를 본 적은 한 번도 없었다. 아이로 말할 것 같으면, 동굴곰족 같은 사람들이 있다는 것조차 모르고 살았다. 갑자기 눈을 떠보니 자신이 그들 속에 있었다. 하지만 인종에 따른 특징보다 더 호기심을 끈 것은 그의 오그라든 피부였다. 아직 많은 경험을 한 나이는 아니었지만, 아이는 이토록 흉측한 흉터가 있는 얼굴을 본 적이 없었다. 아이는 충동적으로 손을 뻗어 크렙의 얼굴을 만졌다. 그저 어린애다운 거리낌 없는 행동이었다. 흉터의 느낌이 어떨지 궁금했던 것이다.

아이가 가볍게 그의 얼굴을 쓸어내린 순간, 크렙은 움찔 놀라고 말았다. 그의 씨족 아이들 가운데 누구도 그런 식으로 자신을 만진 적이 없었다. 어른들도 마찬가지였다. 그와 닿기만 해도 신체적 기형이 자기에게 옮아 오기라도 할 것처럼, 다들 피하기 일쑤였다. 겨울만 되면 심해지는 관절염을 치료해주는 이자만이 그런 반감을 갖지 않는 듯했다. 그녀는 불구의 몸이나 흉측한 흉터에도 거부감을 느끼지 않았으며 그의 능력이나 지위 앞에서도 위축되지 않았다. 어린 여자아이의 부드러운 손길이 오랜 세월 외로웠던 그의 마음을 어루만졌다. 아이와 의사소통이 하고 싶어진 그는 어떻게 시작하면 좋을지 잠시 생각했다.

"크렙."

그가 자신을 가리키며 말했다. 이자는 꽃이 우러나기를 기다리며 가만히 지켜봤다. 이자는 크렙이 아이에게 관심을 보여주자 기뻤고, 그가 가까운 혈족만이 아는 그의 이름을 말하는 것을 놓치지 않고 들었다.

"크렙."

그가 자신의 가슴을 두드리며 다시 한 번 말했다.

아이는 이해해보려는 듯 고개를 갸우뚱했다. 남자가 자신에게 뭔가 원하는 게 있었다. 크렙은 세 번째로 자신의 이름을 말했다. 갑자기 아이의 얼굴이 환해지며 곧추 앉더니 미소 지었다.

"그럽?"

아이는 남자의 소리를 흉내 내 'ㄹ' 발음을 굴리며 대꾸했다. 그는 고개를 끄덕였다. 아이의 발음이 비슷하게 들렸던 것이다. 그는 이제 아이를 가리켰다. 아이는 그가 무엇을 또 원하는지 이해가 가지 않아 살짝 얼굴을 찌푸렸다. 그는 자신의 가슴을 두드리며 이름을 다시 말했고, 그다음에는 아이의 가슴을 살짝 두드렸다. 이해했다는 듯 활짝 웃는 아이의 얼굴이 그의 눈에는 꼭 찡그린 표정처럼 보였다. 아이의 입에서 구르듯 연이어 나오는 여러 음의 소리는 따라 발음하기는커녕 알아들을 수조차 없었다. 그는 같은 동작을 반복하며 이번에는 더 잘 듣기 위해 몸을 숙였다. 아이가 자신의 이름을 말했다.

"에이—르르."

그는 더듬더듬 따라 해보곤 고개를 젓더니 다시 소리내보았다.

"에이—르아, 에이—라?"

그나마 가장 가깝게 따라 낼 수 있는 소리가 그 정도였다. 그만큼 가깝게 흉내 낼 수 있는 사람도 씨족 가운데 별로 없었다. 아이는 활짝 웃으며 고개를 위아래로 힘차게 끄덕였다. 아이가 말한 이름과 정확히 일치하는 소리는 아니었지만 아이는 그냥 받아들이기로 했다. 그가 자기 이름을 더 이상 정확히 소리 내기는 어려울 거라 짐작한 것이다.

"에일라."

크렙은 이름을 익히려는 듯 되풀이했다.

"크렙?"

아이는 주의를 끌기 위해 크렙의 팔을 잡아당기며 말했다. 그러고는 여자를 가리켰다.

"이자."

크렙이 말했다.

"이자."

"이이즈—사."

아이가 따라 말했다. 아이는 놀이를 하듯 즐거워했다.

"이자, 이자."

아이는 여자를 보며 되뇌었다.

이자가 진지하게 고개를 끄덕였다. 이름을 소리 내는 것은 매우 중요한 일이었다. 이자는 아이가 다시 한 번 자기 이름을 말해주길 바라며 몸을 숙여 크렙이 했던 것처럼 아이의 가슴을 두드렸다. 아이가 이름을 말했지만 이자는 그저 고개를 저을 수밖에 없었다. 이자는 아이가 아무렇지도 않게 연이어 내는 소리를 따라할 엄두가 나지 않았다. 아이는 실망했지만 크렙을 흘긋 보더니 그가 했던 대로 자기 이름을 말했다.

"아이—그하?"

여자가 따라서 소리를 내보았다. 아이는 고개를 흔들고는 다시 자기 이름을 말했다.

"아이야?"

이자가 다시 시도했다.

"아이가 아니고 에이, 에이."

크렙이 말했다.

"에—일—라."

크렙은 이자가 연이어 들리는 낯선 소리를 알아듣도록 매우 천천히 다시 말해주었다.

"에이—르아."

　여자는 크렙이 낸 소리와 비슷하게 내려고 애를 쓰며 조심스레 발음해보았다.

　아이가 미소 지었다. 자기의 원래 이름과 완전히 똑같지 않다는 것은 대수로운 일이 아니었다. 크렙이 자신에게 붙여준 것이나 다름없는 이름을 이자가 따라해보려고 애쓴다는 사실이 중요했다. 아이는 그 이름을 자기 이름으로 받아들였다. 이제 아이는 이들 씨족 사람들에게 에일라였다. 아이는 자연스레 팔을 뻗어 여자를 안았다.

　이자는 부드럽게 아이를 안아주고는 물러났다. 사람들이 많은 곳에서 애정 표현을 하는 것이 관습에 어긋난다고 가르쳐야겠다는 생각을 하면서도 싫지 않은 기분이 들었다.

　에일라는 기쁨을 감출 수가 없었다. 낯선 사람들 틈에서 어찌할 바를 모른 채 무척이나 외로웠던 참이었다. 자신을 돌봐주는 여자와 대화를 해보려고 갖은 애를 써보았지만 뜻대로 되지 않아 실망했던 터였다. 시작에 불과하긴 했지만 이제 적어도 여자를 부를 수 있는 이름이 있고, 자기에게도 누군가에게 불릴 이름이 생겼다. 아이는 처음 대화를 시도했던 남자에게로 돌아섰다. 그는 더 이상 전처럼 흉측해 보이지 않았다. 기쁨에 벅차오른 아이는 그에게도 따뜻한 감정을 느꼈다. 아주 어렴풋한 기억이긴 했지만 예전에 어떤 남자에게도 항상 그랬듯이 아이는 불구의 몸을 한 남자의 목을 팔로 감싸더니 그의 머리를 자기 쪽으로 끌어당겨 볼이 서로 맞닿도록 했다.

　아이의 애정 어린 몸짓에 남자는 마음이 흔들렸다. 함께 안아주고 싶은 마음을 억눌렀다. 가족이 생활하는 불터 밖에서 낯선 아이를 안아주는 모습이 다른 사람 눈에 띄기라도 하면 대단히 부적절한 일이 될 것이었다. 그러나 그는 수염이 덥수룩한 자신의 얼굴을 부드럽고 단단한 작은 뺨에 꼭 맞대는 아이를 바로 밀어내지는 못했다. 그는 조금 더 가만히 있다가 그의 목을 두른 아이의 팔을 부드럽게 풀어놓았다.

크렙은 지팡이를 짚고 일어났다. 절뚝거리며 자리를 떠나는 와중에도 그는 아이에 대해 생각했다. 아이에게 말하는 법을 가르쳐야겠어. 적절하게 소통하는 법을 배워야 해. 그는 혼잣말을 했다. 아이 가르치는 일을 여자에게만 맡겨둘 수는 없겠어. 그는 그 아이와 더 많은 시간을 보내고 싶어졌다. 자신도 모르는 사이에 그는 이미 아이를 씨족의 일원으로 생각하고 있었다.

브룬은 이자가 낯선 아이를 길에서 거두도록 허락한 일이 어떤 결과를 가져올지 깊게 생각하지 못했다. 이는 족장으로서 그의 과오일 뿐 아니라 종족의 결함이기도 했다. 그는 타 종족의 다친 아이를 길에서 만나리라고는 상상해본 적이 없었고, 아이를 구해준 일로 인해 당연히 따라올 결과에 대해서도 미리 예측하지 못했다. 아이의 목숨을 구해주었으니 아이를 그들과 함께 살아가도록 허락할 수밖에 없었다. 그게 아니라면 아이를 쫓아내 혼자 헤매도록 하는 방법밖에 없었다. 하지만 아이는 혼자서 살아남을 수 없을 것이었다. 그것은 깊은 생각을 요하는 일도 아니었다. 기정사실이었다. 아이의 목숨을 구해주고 난 뒤 다시 죽음이 기다리는 곳으로 내몰라고 한다면 이자가 순순히 그 말을 따를 리 없었다. 일개 여자로

서는 아무런 힘도 없었지만 이자 곁에는 강력한 힘을 지닌 정령들
이 함께했다. 그리고 이젠 크렙까지, 모든 정령을 불러내는 능력
을 지닌 목우르까지 아이 옆을 지키고 있었다. 브룬에게 있어 정령
들이란 강한 힘을 지닌 존재였고, 정령들과는 그 어떤 마찰도 일으
키고 싶지 않았다. 아무리 목우르를 전적으로 믿는다고 해도 그 아
이로 인해 일어날지도 모르는 만일의 경우에 대한 생각으로 브룬
은 골머리를 앓았다. 그조차도 그게 어떤 일일지 꼭 집어 표현할
수 없었지만 불안한 예감만큼은 뇌리를 떠나지 않았다. 그는 사실
자신의 씨족이 이미 스물 하나로 늘어났다는 사실조차 알아차리지
못하고 있었다.

　다음 날 아침, 에일라의 다리를 살펴본 이자는 상처가 많이 좋
아진 것을 확인했다. 주술 치료사인 이자의 능숙한 보살핌에 상처
의 곪은 자리도 좋아졌고 비록 흉터는 평생 안고 살아가야겠지만
네 줄로 나란히 할퀸 상처도 거의 아물었다. 이자는 더 이상 찜질
약이 필요 없을 거라 생각했지만 아이가 마시도록 버드나무 껍질
을 우린 차를 만들었다. 이자가 잘 때 덮어준 모피 덮개를 걷어내
자 아이는 혼자 서보려고 애를 썼다. 이자가 부축해주자 아이는 조
심조심 다리에 힘을 실어보았다. 아프긴 했지만 조심스레 몇 걸음
내딛자 아픔이 덜했다.

　똑바로 일어서자 아이는 이자가 생각했던 것보다 훨씬 키가 컸
다. 길고 가냘픈 다리에 무릎이 혹처럼 튀어나와 있었다. 게다가
모양도 곧았다. 이자는 아이의 다리가 기형은 아닐까 생각했다. 동
굴곰족 사람들의 다리는 바깥으로 활처럼 굽은 모양이었다. 하지

만 다리를 약간 절뚝거리는 것만 제외하면 아이는 걷는 데 문제가 없었다. 곧은 다리가 푸른색의 눈처럼 저 아이 종족에게는 정상인가보다고 이자는 결론지었다.

씨족 사람들이 다시 길을 나설 채비를 하자 이자는 덮개로 아이를 감싸 들춰 안았다. 아이의 다리가 완전히 나은 것이 아니라서 먼 길을 걷기에는 무리가 있었다. 중간에 쉴 때마다 이자는 아이를 내려놓고 잠시라도 혼자 걸어보도록 했다. 아이는 그간의 오랜 굶주림을 보충이라도 하려는 듯 끼니때마다 게걸스럽게 먹었다. 이자 눈에도 앙상했던 몸에 살이 오르는 게 보였다. 이자로서는 길을 가는 게 점점 힘들어지고 있었기 때문에 가끔씩 아이를 내려놓아야 한숨 돌릴 수 있었다.

씨족 사람들은 넓은 초원지대를 뒤로 하고 며칠 동안 점점 가팔라지는 구릉지를 가로질렀다. 산자락에 들어서자 빙설로 반짝이는 산꼭대기에 하루하루 가까워져갔다. 야트막한 산에는 아한대 숲의 상록수가 아니라 넓적한 초록 나뭇잎들로 가득 뒤덮이고 옹이가 많은 아름드리 활엽수림이 펼쳐져 있었다. 평소 계절이 진행되는 것보다 더 빨리 날씨가 따뜻해진 것에 브룬은 당황스러운 마음이 들었다. 더 짧은 두르개로 갈아입은 남자들은 상체를 맨살로 드러내놓고 있었다. 여자들은 아직 겨울 두르개를 입고 있었다. 짐을 지고 가다 보니 몸을 감싸주는 풍성한 두르개를 둘러야 짐에 살갗이 쓸리지 않았다.

예전 그들이 살던 동굴이 위치한 추운 초원지대와는 완전히 다른 지형이 나타나고 있었다. 이자는 자신의 기억보다는 아주 오래 전에 저장된 선조들의 지식에 점점 의존하고 있었다. 이제 이들 씨족은 짙은 그림자가 드리워진 협곡과 온대림이 덮여 있는 푸르른 둔덕을 지나고 있었다. 갈색의 아름드리 몸통을 한 졸참나무, 너도밤나무, 호두나무, 사과나무, 단풍나무들이 가느다랗고 곧은 줄기가 낭창거리는 버드나무, 자작나무, 서어나무, 사시나무와 섞여 자라고 있었다. 높게 자란 오리나무와 개암나무 덤불도 눈에 띄었다. 남쪽에서 불어오는 따뜻한 미풍을 타고 온, 코끝이 아릿한 냄새를 맡았지만 어떤 냄새인지 이자도 선뜻 알아낼 수 없었다. 나뭇잎이 무성한 자작나무에는 꽃송이들이 무리지어 달려 있었다. 분홍색과 흰색의 여린 꽃잎들이 하늘하늘 떨어지면, 꽃송이가 떨어진 자리에서는 과실을 맺을 준비를 하며 풍요로운 가을을 미리 약속하고 있었다.

무리는 빽빽한 숲의 덤불과 덩굴을 간신히 헤치고 나와 맨살을 드러낸 암벽을 올랐다. 바위투성이 산길 주변은 온갖 빛깔이 넘쳐나는 초록의 향연이었다. 산을 오르는 동안, 은빛 전나무와 함께 짙은 녹색의 소나무가 다시 나타났다. 더 높이 오르자 푸른빛의 가문비나무가 간간히 눈에 띄었다. 한층 짙어진 침엽수는 진한 원색의 녹색 옷을 입은 활엽수와 참피나무, 그리고 잎이 작은 싱그러운 연둣빛의 여러 나무들과 섞여 자라고 있었다. 무성하게 자란 나무와 수풀로 채워진 이 신록의 모자이크에 이끼와 풀들도 가세하며 초록빛을 더했다. 토끼풀처럼 생긴 괭이밥이며 자그마한 다육식물들이 촘촘히 암벽에 달라붙어 있었다. 숲 곳곳에는 하얀 연령

초, 노랑제비꽃, 옅은 붉은빛 산사나무 같은 야생화들이 흐드러지게 피어 있었다. 더 높은 초원지대에는 노랑수선화를 비롯해 파란색과 노란색의 용담꽃이 가득했다. 그림자가 짙게 드리워진 곳에서 늦게 피기 시작한 노랑, 자주, 흰색의 크로커스들은 당당히 고개를 들고 서 있었다.

무리는 가파른 산꼭대기에 이르자 휴식을 위해 걸음을 멈췄다. 저 아래로 나무가 우거진 산허리가 갑자기 뚝 끊기며 멀리 지평선까지 펼쳐진 초원지대가 보였다. 높은 곳에 올라 내려다보니 황금빛으로 물든 키가 큰 풀들을 뜯고 있는 짐승 무리가 보였다. 무거운 짐을 지고 가는 아낙들 덕분에 가볍게 이동하고 있는 발 빠른 사냥꾼들이 사냥감 중 하나를 표적으로 삼아 떠나기로 마음먹으면 오전이 가기 전에 당도할 거리였다. 드넓은 초원 너머 동쪽 하늘은 맑았지만 남쪽에서는 소나기를 잔뜩 머금은 비구름이 빠르게 몰려오고 있었다. 이대로 가다가는 북쪽으로 이어지는 산길에서 큰 비를 만나게 될지도 모를 일이었다.

브룬을 비롯한 남자들은 여자와 아이들과 멀찍이 떨어진 곳에서 회의를 했다. 하지만 걱정에 찬 표정과 손짓을 보면 그들이 모인 이유를 짐작하고도 남았다. 발길을 돌려야 할지 말아야 할지 결정해야 하는 순간이었다. 주변 지형도 낯설었지만 계속해서 이동하다가는 초원에서 너무 멀리 떨어질 터였다. 나무가 우거진 산속에서도 여러 짐승들이 언뜻 보이긴 했지만, 저 아래 초원의 풍족한 풀을 먹고 사는 거대한 짐승 떼에 비할 바가 못 되었다. 숲이 아닌 탁 트인 초원에는 짐승들이 숨을 만한 곳이 없으니 사냥하기가 수월했고, 네 발 달린 포식자와 마주칠 일도 드물었다. 초원의 짐승들은 대규모로 무리를 이루어 사는 편이었지만 숲 속 짐승들은 혼자 다니거나 작은 가족 무리로 다니는 게 전부였다.

이자는 오던 길을 되돌아갈 수 있겠다고 짐작했다. 가파른 산을 힘들게 올라온 것이 헛수고가 되는 셈이었다. 큰 비를 예고하며 몰려드는 구름은 먼 길을 걸어온 여행자들의 침울한 마음을 더욱 암담하게 했다. 회의가 끝나길 기다리는 동안 이자는 에일라를 내려놓고 무거운 짐에서 한숨 돌렸다. 여자에게 업혀만 있다가 한결 나아진 다리로 자유롭게 걸어 다니자 신이 났는지 아이는 여기저기를 살피며 돌아다녔다. 이자는 산마루의 툭 튀어나온 모퉁이 옆으로 사라진 아이를 눈으로 좇았다. 너무 멀리 떨어진 곳까지 가도록 내버려두면 안 될 일이었다. 당장에라도 회의가 끝날지 모르는데, 아이가 행여나 출발을 지연시키기라도 한다면 다른 사람들이 아이를 좋게 볼 리 없었다. 아이를 따라 산마루를 돌자 아이가 보였다. 그런데 아이 너머로 보이는 무언가에 그녀의 심장이 마구 뛰기 시작했다.

이자는 어깨 너머로 뒤를 흘깃흘깃 돌아보며 서둘러 돌아왔다. 감히 브룬과 남자들의 대화에 끼어들 수는 없었다. 이자는 회의가 파하길 초조하게 기다렸다. 브룬이 그녀를 보았다. 그는 아무런 표현도 안 했지만 이자가 무언가에 마음을 쓰고 있다는 것을 눈치챘다. 남자들이 흩어지자마자 이자가 브룬에게 달려가 그 앞에 앉더니 땅을 바라봤다. 그에게 뭔가 할 말이 있다는 자세였다. 그는 말을 하도록 허락할 수도 안 할 수도 있었다. 선택은 그의 몫이었다.

그가 시선을 돌려버리면 이자는 그에게 자신의 생각을 말할 수 없게 될 터였다.

브룬은 이자가 무슨 말을 하려는 것인지 궁금했다. 그는 계집아이가 여기저기 돌아다니는 모습을 이미 봐둔 터였다. 씨족에 관해서라면 그의 주의를 벗어나는 일이 거의 없었다. 하지만 지금 그에게는 더 시급한 문제들이 있었다. 저 계집에 대한 얘기겠지. 그렇게 짐작한 그는 얼굴을 찡그렸다. 그냥 이자의 청을 무시해버리고 싶었다. 목우르가 무슨 말을 했던 간에 그는 아이가 그들과 함께 동굴을 찾아 움직이는 게 마음에 들지 않았다. 위를 올려다보니 주술사가 그를 지켜보고 있었다. 외눈의 그가 무슨 생각을 하는지 가늠해보려고 했지만 무심한 그의 표정을 읽기는 어려웠다.

족장은 그의 발치에 앉아 있는 여인을 다시 내려다보았다. 자세를 보니 긴장한 채 잔뜩 흥분한 기색이 역력했다. 뭔가 정말 큰일이라도 있나보군. 브룬은 생각했다. 그는 무정한 사람이 아니었고 한 배에서 태어난 이자를 높게 평가하고 있었다. 짝과 문제가 있을 때도 그녀는 항상 바르게 처신했다. 그녀는 다른 여자들에게 모범이 되었으며 사사로운 요청 같은 것으로 그를 신경 쓰게 한 적이 거의 없었다. 이자가 말할 수 있는 기회를 줄 수도 있는 일이었다. 반드시 청을 들어주어야 하는 것도 아니니까. 그는 손을 아래로 뻗어 이자의 어깨를 두드렸다.

브룬의 손길에 이자는 돌연 입 밖으로 숨을 터뜨렸다. 자신이 숨을 참고 있는 줄도 몰랐다. 브룬이 말을 할 수 있도록 허락한 것이다! 그가 하도 오랜 시간 뜸을 들였기 때문에 그녀는 자신의 청

이 무시될 거라 확신했었다. 이자는 일어서더니 산등성이 방향을
가리켰다. 그러고는 단 한마디를 내뱉었다.

  "동굴!"

4

브룬은 휙 돌아서 산등성이를 향해 성큼성큼 걸어갔다. 툭 튀어 나온 모퉁이를 돌더니 그 너머 광경에 발걸음을 멈췄다. 흥분이 혈관을 타고 거세게 밀려들었다. 동굴! 그것도 굉장한! 동굴을 처음 본 순간, 그것이 바로 그가 찾아 헤매던 동굴이란 게 느껴졌다. 하지만 벅차오르는 기대감을 억누르며 감정을 억제하려 애썼다. 그는 마음을 가다듬고 동굴과 그 주변의 세세한 조건들을 관찰하는 데 집중했다. 모든 신경이 온통 동굴에만 쏠려 있어서 그 앞에서 어슬렁대고 있는 어린 여자애는 안중에도 없었다.

몇 백 미터 떨어진 곳에서 보아도 산의 회갈색 암반이 깎이며 만들어진 얼추 세모난 동굴 입구는 꽤나 커서 그 내부 또한 씨족이 살아가기에 충분히 클 것으로 보였다. 입구는 남향이어서 하루 종일 볕이 잘 들 터였다. 그 사실을 확인이라도 해주듯 구름 틈새로 한 줄기 햇빛이 비집고 내려와 동굴 앞 널찍한 평지의 붉은 흙을 비췄다. 브룬은 주변을 훑으며 여러 가지 조건들을 점검해보았다. 북쪽과 동남쪽의 절벽은 바람을 막아주고 있었다. 물이 가까이 있는 것도 유리한 조건이었으므로 머릿속 목록에 추가했다. 그는 막 동굴 서쪽의 완만한 경사지 아래에서 흐르는 개울을 목격한 참이었다. 그곳은 지금까지 살펴본 동굴 중 가장 조짐이 좋은 곳이었다. 그는 그로드와 크렙과 함께 동굴을 더 자세히 살펴보기 위해 그들에게 신호를 보냈다. 브룬은 그들이 오기를 기다리며 애써 흥분된 감정을 억눌렀다.

두 사람은 서둘러 족장에게로 발을 옮겼다. 이자는 에일라를 데려가려고 그 뒤를 따라왔다. 이자 역시 동굴을 탐색하듯 바라보더니 만족스러운 표정으로 고개를 끄덕였다. 그러고는 아이를 데리고 씨족 사람들이 들뜬 손짓을 주고받고 있는 곳으로 돌아갔다. 브룬이 감정을 자제하려는 모습 자체가 이미 뭔가를 알려주고 있었다. 씨족 사람들도 동굴을 찾았다는 사실을 알았고, 브룬이 찾던 좋은 조건을 갖춘 곳임을 눈치챘다. 좋은 소식을 간절히 기다리고 있는 씨족 사람들의 기분에 호응이라도 하듯 잔뜩 찌푸린 흐린 하늘을 뚫고 밝은 햇볕이 내리쬐며 주변 분위기를 기대감으로 채웠다.

세 사람은 동굴로 다가갔다. 브룬과 그로드는 창을 움켜쥔 채였다. 사람이 살던 흔적은 보이지 않았지만, 그렇다고 인적이 완전히 끊긴 곳이라고 장담할 수 없었다. 커다란 동굴 입구를 들락거리며 지저귀던 새들이 내려와 그들의 머리 위를 선회했다. 새는 길한 징조야. 목우르는 생각했다. 입구에 가까워지자 조심스레 발을 옮기며 가장자리에 섰다. 브룬과 그로드는 생긴 지 얼마 안 된 발자국과 배설물을 자세히 살펴봤다. 가장 최근의 것은 며칠밖에 되지 않았다. 어지러이 얽힌 맹수의 발자국들과, 바닥에 뒹구는 굵은 다리

뼈에 남은 커다란 이빨 자국으로 보아 한 무리의 하이에나가 이 동굴을 임시 거처로 삼은 게 분명했다. 썩은 고기를 먹는 육식동물의 무리가 늙은 다마사슴을 공격해 동굴까지 끌고 온 것으로 보였다. 비교적 안전하고 후비진 곳에서 여유롭게 먹어치우려고 말이다.

동굴 입구의 서쪽 끝에는 마구 엉겨 자라는 덩굴 식물과 덤불에 둘러싸인, 샘물이 흘러드는 웅덩이가 있었다. 웅덩이의 물은 다시 작은 시내가 되어 비탈을 따라 내려가 개울에 합류했다. 브룬은 두 사람을 기다리게 하고, 샘물이 시작되는 곳으로 거슬러 올라갔다. 동굴 옆쪽으로 돌들이 울퉁불퉁 튀어나와 있고 수풀이 제멋대로 자란 비탈진 곳에 이르자, 가까운 바위 틈새에서 샘이 솟아나오고 있었다. 동굴 입구 바로 밖에서 솟아오르는 물은 신선하고 맑았다. 브룬은 동굴의 장점 목록에 샘물을 추가하며 두 사람이 기다리고 있는 곳으로 돌아왔다. 주변 환경은 훌륭했지만 최종결정 여부는 동굴 내부에 달려 있었다. 두 사냥꾼과 주술사는 크고 어두운 동굴 안으로 들어갈 준비를 했다.

입구의 동쪽 가장자리로 돌아온 남자들은 세모난 입구의 높은 꼭대기를 올려다보고는 암벽에 뚫린 구멍 안으로 들어섰다. 온 신경을 곤두세운 채 동굴 벽에 바짝 붙어서 조심조심 안쪽으로 걸음을 옮겼다. 눈이 어둠에 익숙해지자 그들은 경이에 찬 눈으로 주변을 두리번거렸다. 반구형의 천장은 높이 솟아 있었고, 그들 씨족의 몇 배가 되는 사람들이 살 수 있을 만큼 내부 공간도 넓었다. 그들은 거친 바위벽을 따라 조금씩 움직이며 더 깊은 굴로 이어지는 통로들이 있는지 살폈다. 동굴 끝 쪽에 다다르자 동굴 벽에서 샘물이 배어나와 작은 웅덩이를 이루다가 그 너머 조금 떨어져 있는 마른 흙바닥으로 스며들었다. 웅덩이를 막 지나자 동굴 벽이 갑자기 입구 쪽으로 꺾였다. 입구로 향하는 서쪽 벽을 따라가다 보니 점차 빛이 많이 들어오면서 짙은 회색 벽 사이에 어둡게 갈라진 틈이 두드러져 보였다. 브룬이 신호를 보내자 다리를 절뚝거리며 따라오던 크렙이 걸음을 멈췄다. 그로드와 브룬은 길게 갈라진 틈에 다가가 안을 들여다보았지만 칠흑 같은 어둠만이 깔려 있었다.

"그로드!"

브룬이 그에게 손짓으로 해야 할 일을 지시했다.

서열 2위인 그로드는 황급히 밖으로 뛰쳐나갔다. 브룬과 크렙은 그 자리에서 긴장한 채 기다렸다. 밖으로 나간 그로드는 주위에서 자라는 초목 식물을 훑어보고는 키 작은 전나무가 서 있는 곳으로 향했다. 껍질 밖으로 배어 나와 딱딱하게 굳은 송진 덩어리가 나무 몸통에 반들반들 달라붙어 있었다. 그로드가 나무껍질을 벗겨내자 나무 속에서 갓 나온 끈적끈적한 수액이 하얀 나무 속살에 송골송골 맺혔다. 그는 푸른 솔잎이 달린 살아 있는 큰 가지 아래 말라비틀어진 채 매달려 있는 잔잔한 죽은 나뭇가지들을 꺾고는 두르개 주머니 속에서 돌로 만든 주먹도끼를 끄집어 살아 있는 푸른 가지를 쳐내고 빠르게 껍질을 벗겼다. 송진이 맺혀 있는 껍질과 마른 가지들을 질긴 풀줄기로 감싸 살아 있는 가지 끝에 묶은 다음, 허리춤에 차고 있던 오록스 뿔에서 조심스럽게 불씨를 꺼냈다. 그리고 불씨를 송진 가까이에 대고 입으로 바람을 불었다. 불이 활활 타오르자마자 그는 횃불을 들고 동굴 안으로 내달렸다.

그로드가 머리 위로 횃불을 높이 치켜들자 브룬이 앞장섰다. 브룬은 언제라도 후려칠 준비가 되었다는 듯 곤봉을 단단히 움켜쥐고 있었다. 둘은 어두운 틈새 속으로 들어갔다. 좁은 통로를 조용히 기어 들어가자 몇 발짝 안 되어 갑자기 방향이 바뀌어 통로는 동굴의 뒤쪽을 향하고 있었다. 방향이 바뀌는 그 지점 너머에 두 번째 동굴로 들어가는 입구가 있었다. 큰 동굴보다 훨씬 작고 모양은 원형에 가까웠다. 맞은편 벽 쪽으로는 깜박이는 횃불 빛을 받아 하얗게 빛나는 뼈 무더기가 쌓여 있었다. 자세히 보기 위해 가까이 다가선 브룬의 눈이 휘둥그레졌다. 그는 애써 감정을 다스리며 그로드에게 신호를 보냈고, 둘은 서둘러 동굴을 빠져나왔다.

목우르는 지팡이에 몸을 의지한 채 초조하게 기다리고 있었다. 브룬과 그로드가 어두운 틈새에서 나오자 목우르는 깜짝 놀랐다. 브룬이 그토록 동요된 모습을 보이다니 그답지 않았다. 브룬이 신호를 보내자 목우르도 두 남자를 따라 어두운 통로로 들어갔다. 작은 동굴에 다다르자 그로드가 횃불을 높이 치켜들었다. 목우르의 눈이 가늘어졌다. 뼈 무더기를 발견한 순간, 지팡이도 내던진 채 그 앞으로 달려들어 주저앉았다. 무더기를 뒤지자 타원형의 커다란 뼈가 눈에 들어왔다. 그는 다른 뼈들은 옆으로 밀어놓은 채 두개골 하나를 집어 들었다.

의심의 여지가 없었다. 이마가 높고 둥그런 해골은 목우르가 그의 덮개 안에 넣고 다니는 두개골과 아주 비슷했다. 그는 뒤로 물러나 앉아 커다란 두개골을 눈높이까지 들어 올리고는 까맣게 텅 빈 눈구멍을 믿지 못하겠다는 듯 경의에 차 들여다보았다. 우르수스가 이 동굴에서 지냈던 것이다. 쌓인 뼈로 보건대 동굴곰들이 여러 해의 겨울을 이곳 동굴에서 동면하며 지냈던 게 분명했다. 이제 목우르는 브룬이 왜 그토록 흥분했는지 이해했다. 이것은 그 무엇보다 최고로 상서로운 징조였다. 이 동굴은 위대한 동굴곰이 살았던 곳이었다. 동굴곰족이 가장 숭배하고 경외하는 이 거대한 동물의 정기가 바로 이 동굴 벽 곳곳에 스며 있는 것이다. 그곳에 사는 씨족에게는 복과 행운이 따라올 것임이 틀림없었다. 뼈의 상태로 보건대 이 동굴은 그들이 발견해주기를 기다리며 오랫동안 비어 있었던 것이 분명했다.

동굴은 완벽하기 그지없었다. 주변 환경도 좋았고 널따란 내부에 겨울과 여름에 비밀 의식을 진행할 수 있는 별도의 동굴도 따로 있었다. 이 작은 동굴은 무엇보다 씨족의 영적인 삶에 초자연적인 신비를 불어넣어줄 공간이었다. 목우르는 이미 의식의 장면을 마음속에 그려보았다. 이 작은 동굴은 그만의 영역이 될 터였다. 동굴을 찾는 여정이 끝나고, 씨족은 새로운 거처를 찾았다. 이제 첫 번째 사냥만 성공하면 될 일이었다.

세 사람이 동굴에서 나오자 동쪽에서 불어오는 강한 바람에 구름이 빠른 속도로 밀려가더니 햇빛이 밝게 비쳤다. 브룬은 날씨의 변화마저 좋은 징조라 여겼다. 아니, 천둥 번개를 동반한 큰 비가 한바탕 쏟아진다 해도 그 또한 길한 징조로 받아들였을 것이다. 그 무엇도 그의 의기양양하고 흡족한 기분에 찬물을 끼얹을 수 없었을 것이다. 그는 동굴 앞에 펼쳐진 빈터에 서서 저 멀리 전망을 살펴보았다. 두 개의 산봉우리 사이에 움푹 팬 골짜기 너머로 햇빛을 받아 일렁이는 넓은 바다가 보였다. 그는 바다가 이토록 가까이 있으리라고는 미처 알지 못했었다. 바다를 보자 급속도로 따뜻해진 기후하며 낯선 초목들이 떠오르면서 마침내 수수께끼가 풀렸다.

대륙의 중심부에는 육지로 둘러싸인 내해가 있었고, 그 바다로 툭 튀어나온 반도가 있었는데, 동굴은 바로 반도의 남쪽 끝에 이어진 산맥의 기슭에 위치했다. 반도는 대륙의 두 지점과 연결되어 있었는데, 북쪽으로는 드넓은 지협과 만났고, 동쪽으로는 바닷물이 드나드는 길고 좁다란 습지가 높은 산악지대와 만나고 있었다. 또한 습지는 반도의 북동쪽에 있는 더 작은 내해로 빠지는 수로이기도 했다.

그들 뒤로 버티고 있는 산맥이 북쪽 대륙의 빙하에서 시작되는 한겨울의 혹독한 추위와 맹렬한 바람으로부터 해안의 좁고 긴 땅을 지켜주었다. 얼지 않는 해수에서 불어오는 잔잔한 바닷바람 덕분에 산으로 둘러싸인 반도의 남쪽 끝에 좁은 온대 기후 지역이 형성되었다. 이렇게 기후가 충분히 습하고 따뜻하다 보니 한온대에서 잘 자라지 않는 낙엽활엽수림이 울창한 숲을 이루게 된 것이었다.

동굴은 이상적인 위치에 자리 잡고 있었다. 바다와 육지의 가장 좋은 장점을 모두 누리는 곳이었다. 기온은 주변 지역보다 따뜻했고 추운 겨울에도 땔감으로 쓸 나무가 풍부했다. 물고기와 각종 해산물로 가득한 너른 바다가 가까이에 있었고, 해안선을 따라 늘어선 절벽에는 바닷새들이 군집을 이루며 둥지를 틀고 알을 낳았다. 온대림에는 과일과 견과류, 산딸기 같은 열매, 씨앗, 푸른색 채

소들이 지천에 널려 있어 숲은 먹을거리를 채집하는 이들에게 낙원과도 같았다. 신선한 물을 얻을 수 있는 샘물과 개울도 가까이에 있었다. 그러나 가장 중요한 것은 탁 트인 초원이 쉽게 닿을 수 있는 거리에 있다는 것이었다. 드넓은 초원의 풀을 뜯으며 살아가는 어마어마한 무리의 짐승들에게서 고기를 얻을 수 있고 입을 거리와 도구를 만들 수도 있었다. 땅에 의존해 사냥과 채집으로 살아가는 이 작은 규모의 씨족에게 이곳은 먹을거리가 넘쳐나는 풍요의 땅이었다.

자신을 기다리는 씨족 사람들을 향해 걸어가는 브룬의 발걸음은 날아갈 듯 가벼웠다. 이보다 더 완벽한 동굴을 상상할 수 없었다. 정령들이 돌아왔어! 브룬은 그렇게 생각했다. 우리를 떠난 적이 없는지도 모른다. 어쩌면 우리가 더 넓고 더 좋은 동굴을 찾아내기를 원했는지도. 맞아! 틀림없어! 정령들은 오래된 동굴에 진력이 나서 새 거처를 원했던 거야. 그래서 지진을 일으켜 우리가 떠나도록 했던 거야. 죽은 이들은 정령의 세계에서 필요해 데려간 것이고. 죽은 이들에 대한 보상으로 정령들이 우리를 새 동굴로 이끈 것이지. 나를 시험하고, 내 지도력을 시험해본 게 틀림없어. 오던 길을 되돌아가야 할지 결정을 내릴 수 없었던 것도 바로 그 때문이야. 브룬은 자신의 지도력에 부족함이 없다는 사실이 밝혀져 기뻤다. 위신에 어긋나는 일만 아니었다면 그는 한달음에 달려가서 씨족 사람들에게 낱낱이 말하고 싶었다.

동굴에서 돌아오는 세 사람이 보였다. 씨족 사람들 누구에게도 그들의 방랑이 끝났다고 고할 필요가 없었다. 그들 모두 알고 있었다. 기다리는 사람들 중에 직접 동굴을 본 사람은 이자와 에일라뿐이었고, 이자만이 그 동굴을 알아봤다. 이자는 브룬이 그 동굴을 선택하리라고 확신했다. 이제 에일라를 내치지 못하겠지. 이자는 속으로 생각했다. 아이가 아니었다면 브룬은 동굴을 발견하지 못한 채 발걸음을 되돌렸을 테니까. 아이의 토템은 강력할 뿐 아니라 운도 좋은 게 틀림없어. 우리에게도 행운을 가져다주었으니. 이자가 옆에 있는 아이를 바라보았다. 아이는 자신이 불러일으킨 흥분의 분위기를 감지하지 못했다. 하지만 아이가 그토록 운이 좋다면 어째서 자기 종족 사람들을 잃게 된 것일까? 이자는 고개를 가로저었다. 내가 정령들의 뜻을 어찌 헤아리겠는가.

브룬도 아이를 바라보고 있었다. 이자와 아이가 눈에 들어오자마자 동굴에 대해 말해준 사람이 이자라는 것을 떠올렸다. 이자가 에일라를 뒤쫓아 가지 않았다면 그녀도 동굴을 보지 못했으리라. 브룬은 모두에게 기다리라고 말했는데도 아이가 혼자 돌아다니는 것을 보고 화가 났었다. 그러나 계집아이가 제멋대로 굴지 않았다면 동굴을 지나쳤을지도 모를 일이었다. 어째서 정령들은 저 아이를 동굴로 먼저 이끈 것일까? 목우르 말이 맞다, 그는 언제나 옳았으니까. 정령들은 이자가 베푼 자비에 노여워하지 않으시고, 에일라가 자신들과 함께 있는 것에 거리낌이 없으시다. 아니 오히려 아이에게 호의를 보이고 있다.

브룬은 불구의 몸만 아니었다면 자기 대신 족장 자리에 올랐을 목우르를 흘깃 보았다. 내 형이 우리 씨족의 목우르라서 다행이야. 이상하게도 한동안 그를 내 형이라고 생각하지 못했어. 어린아이

티를 벗고 나서부터 죽 그랬지. 브룬은 어린 시절에만 해도 크렙을
형이라고 생각했었다. 씨족의 남자가 되기 위해, 무엇보다 우두머
리가 될 몸으로 갖추어야 할 자제심을 키우기 위해 고군분투할 때
였다. 그보다 형인 크렙도 사냥을 하지 못하는 데서 오는 고통과
굴욕에 맞서 자신과의 싸움을 벌이고 있을 때라 브룬이 감정적으
로 허물어지는 순간을 잘 알고 있는 듯했다. 그런 순간에 몸이 불
편한 형의 부드러운 표정을 보면 브룬의 마음이 달래졌다. 크렙 옆
에 앉아 무언의 이해 속에서 위안을 받고 나면 브룬은 언제나 기분
이 한결 나아졌다.

　같은 여인에게서 태어난 아이들은 서로에게 피붙이였다. 그러
나 같은 성별의 아이들끼리만 형제나 혹은 자매로서 보다 친밀한
정을 나누었고, 그마저도 어린 시절에나 가능한 이야기였다. 형제,
자매라고 해서 특별히 가깝게 지내는 경우는 드물었다. 그러다 보
니 남자에게는 여자 형제가 없었고, 여자들에게도 남자 형제가 없
었다. 크렙은 브룬의 피붙이이자 그의 형이었지만 이자는 그저 피
붙이일 뿐이었고, 이자에게 따로 자매는 없었다.

　브룬은 한때 크렙에 대해 안됐다는 마음이 들기도 했지만, 그의
지식과 힘을 존경하게 되면서부터 그가 안고 있는 고통의 짐에 대
해서는 잊어버렸다. 그는 더 이상 크렙을 한 사람의 남자가 아니라
필요한 순간마다 현명한 조언을 해주는 주술사로만 여겼다. 브룬
은 형이 족장이 되지 못한 것에 대해 마음을 쓰리라고는 생각지 않
았다. 하지만 짝과 자식이 없다는 것에 대해서는 회한을 느끼지 않
을까 궁금했다. 여자들 때문에 때로 짜증나는 일도 없지 않았지만,

여자들이 남자의 불터에 따뜻한 온기와 기쁨을 불어넣을 때도 많았다. 크렙은 짝을 지어본 적도, 사냥을 한 적도 없었으며, 평범한 남자로서의 즐거움이나 책임감도 전혀 몰랐다. 그러나 그는 목우르였다. 위대한 목우르.

브룬은 주술에 대해서는 아무것도 몰랐고, 정령에 대해서도 거의 알지 못했다. 하지만 그는 족장이었고, 그의 짝은 훌륭한 아들을 낳았다. 그는 아들 브라우드를 생각하면 가슴이 기쁨으로 벅차올랐다. 훗날 자신의 대를 잇기 위해 훈련을 시키고 있는 아들이었다. 다음 사냥에 브라우드를 데려가야겠어. 브룬은 갑자기 그렇게 결정을 내렸다. 동굴 의식을 위한 사냥 말이야. 그의 성인식을 위한 사냥이 될 수도 있겠군. 첫 번째 사냥에 성공하면 동굴 의식을 거행하면서 그의 성인식도 함께 치를 수 있겠어. 에브라가 자랑스러워하겠군. 브라우드도 이제 남자가 될 나이지. 힘도 세고 용감하니까. 간혹 좀 지나치게 고집을 부릴 때도 있지만, 자신의 감정을 자제하도록 배우고 있으니까. 브룬에게는 사냥꾼이 더 필요했다. 씨족에게 새 동굴이 생겼으니 이제는 돌아오는 겨울을 나기 위한 준비를 할 때였다. 곧 열두 살을 앞둔 그의 아들은 성인이 되기에 충분한 나이였다. 브라우드는 새 동굴에서 처음으로 기억을 함께 나눌 수 있겠군. 브룬은 생각했다. 이번 의식은 특히 훌륭하게 치러야겠다. 이자에게 차를 만들도록 해야겠어.

이자! 이자를 어떻게 하면 좋을까? 그리고 저 아이는? 이자는 이미 아이에게 애착을 느끼고 있어. 저렇게 이상하게 생긴 아이한테 말이지. 오랫동안 아이 없이 살아와 그럴 테지. 하지만 곧 자기 아이를 낳을 것인데, 이제 사냥감을 구해다 줄 짝도 없으니 어쩌나. 걱정해야 할 아이가 둘로 늘 터인데. 이자는 더 이상 젊지도 않은데, 배 속에 아이도 있고. 그래도 이자에게는 치료술과 지위가 있으니 남자 입장에서는 명예가 되지 않겠는가. 저 이상한 아이만 없었다면 사냥꾼 중에서 누군가가 이자를 두 번째 짝으로 삼을 수도 있었을 텐데. 정령들이 호의를 베푸는 저 이상한 아이. 이제 와 저 아이를 쫓아버리면 정령들이 노여워할지도 몰라. 다시 지진을 일으킬지도 모를 일이지. 브룬은 몸서리를 쳤다.

이자가 아이를 키우고 싶어 하는 것은 이해가 돼. 동굴에 대해 말한 것도 이자이고. 그 부분에 대해서는 마땅히 공을 인정받을 만하지만, 눈에 띌 정도로 큰 치하를 해서는 안 돼. 아이를 곁에 두게 하면 포상은 될 테지만 저 아이는 우리 씨족이 아니다. 씨족의 정령들이 저 아이를 받아들이고 싶은 것일까? 그 애는 토템조차 없는데. 토템이 없는데 어떻게 저 아이를 우리 곁에 둘 수 있겠는가? 정령들! 정령들은 도대체 이해할 수가 없구나!

"크렙."

브룬이 외쳤다. 주술사는 브룬이 그의 어린 시절 이름을 부르는 소리에 흠칫 놀라며 돌아봤다. 브룬이 따로 긴히 할 말이 있다는 손짓을 보내자 크렙은 그를 향해 절뚝이며 다가갔다.

"그 아이, 이자가 거둔 아이 말이다. 알다시피 우리 씨족이 아니다, 목우르."

브룬이 어떻게 운을 떼어야 할지 망설이며 말문을 열었다. 크렙은 기다렸다.

"저 아이가 살아날지에 대해서는 우르수스에게 맡겨야 한다고 목우르가 말했다. 자, 우르수스는 이제 결정한 것 같은데, 이제 우리는 저 아이를 어떻게 하면 좋을까? 저 아이는 우리 씨족이 아니다. 그 애에게는 토템이 없다. 우리의 토템들은 동굴 의식을 치를 때 다른 종족에서 온 누군가가 있는 것을 받아들이지 않을 것이다. 그 동굴에서 살게 될 토템을 가진 이들만 허락할 것이다. 그런데 그 아이는 아주 어리고, 혼자서는 살아남지 못할 테지. 목우르도 알겠지만 이자는 그 아이를 키우고 싶어 한다. 하지만 동굴 의식은 어떻게 한단 말인가?"

크렙은 브룬이 먼저 입을 떼주길 바라고 있던 터였다. 그는 준비된 말을 했다.

"아이에게 토템이 있다, 브룬. 그것도 아주 강한 토템. 그게 무엇인지 모를 뿐이다. 아이는 동굴사자의 공격을 받았지만 몇 줄 할퀸 상처만 입은 게 전부다."

"동굴사자! 사냥꾼들도 그렇게 쉬이 동굴사자에게서 도망칠 수 없을 텐데."

"그렇지, 그 아이는 오랫동안 혼자 헤맸고, 굶어 죽을 뻔했다. 하지만 죽지 않았고 이자가 발견하도록 우리가 가는 길목에 누워 있었지. 그리고 잊지 말게, 자네도 막지 않았다, 브룬. 시련을 견디기에 아이는 어리다."

목우르는 계속 말을 이어갔다.

"하지만 아이의 토템이 그 아이가 살아날 가치가 있는지 시험해보고 있었다는 생각이 든다. 아이의 토템은 강할 뿐 아니라 운도

따른다. 우리 모두 아이의 운을 나눠 가질 수 있다. 어쩌면 이미 그
랬는지도 모른다."

"동굴을 말하는 것인가?"

"동굴은 아이 눈에 먼저 **띄었지**. 우린 돌아가려고 했다. 브룬,
자네가 그렇게 가까이 인도했는데도 우리는……."

"정령들이 나를 그곳으로 인도했다, 목우르. 그들이 새 거처를
원했던 것이다."

"그래, 물론 정령들이 자네를 이끌었다. 그렇지만 아이에게 먼
저 동굴을 보게 했다. 생각해보았는데, 브룬. 우리에게 자신의 토
템이 뭔지 모르는 아기가 둘이 있다. 동굴을 찾는 일이 더 중요해
서 토템을 알아낼 시간이 없었지. 동굴 의식을 할 때 아이들을 위
한 토템 의식도 함께 치를까 생각 중이다. 아이들에게 복을 가져다
줄 것이고, 그 어미들도 기뻐할 테지."

"그게 저 아이와 무슨 상관이 있다는 것인가?"

"두 아이의 토템이 무엇인지 묵상하는 동안, 그 아이의 토템도
물어볼 것이다. 아이의 토템이 스스로 내게 모습을 드러낸다면 그
아이도 동굴 의식에 함께할 수 있다. 그렇게 되면 그 아이에게 더
큰 시련을 안길 필요가 없을 것이다. 우리가 아이를 우리 씨족으로
받아들일 수 있을 터이니. 토템이 나타나면 아이가 우리와 사는 데
아무런 문제가 없을 것이다."

"아이를 씨족으로 받아들인다고! 아이는 우리 씨족이 아니다.
다른 종족에게서 태어났다. 아이를 씨족으로 받아들이겠다고 누가
그랬나? 그런 일은 있을 수 없어. 우르수스도 좋아하지 않으실 거

다. 이런 일은 전에 한 번도 없었다!"

브룬은 펄쩍 뛰며 말을 이었다.

"그 아이를 우리 일원으로 받아들인다는 생각은 애초에 없었다. 그 아이가 나이 들 때까지 우리와 함께 사는 것을 정령들이 허락하실지 그게 궁금했던 것뿐이다."

"이자가 아이의 목숨을 구했어, 브룬. 이제 이자가 아이에 깃든 정령의 일부를 나눠가지게 되었으니 그 아이도 씨족의 일부가 되는 것이지. 저 애는 저세상에 갈 뻔했다가 이제 살아남았다. 다시 태어난 거나 다름없다. 우리 씨족으로 태어난 것이지."

크렙은 그 생각을 탐탁지 않게 여기며 이를 악물고 있는 족장을 보더니 그가 입을 열기 전에 얼른 다시 설득했다.

"한 씨족이 다른 씨족과 합치기도 한다, 브룬. 이상한 일이 아니지. 여러 씨족의 젊은이들이 한데 모여 새로운 씨족을 만들기도 했다. 지난번 씨족 모임 때, 두 씨족이 하나로 합치기로 결정하지 않았더냐? 두 씨족 모두 계속해서 사람 수가 줄어들고 있었지. 아이들도 많이 태어나지 않고, 그나마 태어나도 한 해가 못 되어 세상을 떠났으니. 씨족이 새 사람을 받아들이는 것은 새삼스러운 일이 아니다."

"그렇지, 때로 씨족끼리 합치기도 하고. 하지만 그 아이는 우리 부족이 아니다. 그 아이의 정령이 목우르에게 말을 걸어올지조차 모르지 않은가. 그런다 한들 정령의 말을 이해할 수 있을지 어떻게 안단 말인가? 나는 그 애가 하는 말도 전혀 알아듣지 못하겠어! 정말로 할 수 있다고 생각하는 것인가, 목우르? 그 아이의 토템을 찾을 수 있다고?"

"노력해볼 뿐이다. 우르수스에게 도와달라고 부탁할 것이다. 정령들은 그들만의 언어를 가지고 있어, 브룬. 그 아이가 우리와 함께 살 운명이라면, 아이를 보호하는 정령이 그 뜻을 전할 것이다."

브룬은 잠시 숙고했다.

"하지만 아이의 토템을 찾는다고 해도 어떤 사냥꾼이 그 애를 부양하겠다고 나서겠는가? 이자와 아기만으로도 부담이 될 터인데. 게다가 우리에게는 사냥꾼이 그리 많지 않다. 지진으로 이자의 짝 말고도 많은 사람을 잃었다. 그로드의 짝이 낳은 아들도 죽었어. 젊고 힘 센 사냥꾼이었는데. 아가의 짝도 죽었지. 아가에게는 두 아이가 있고, 아가의 어미도 같은 불터에서 살고 있는데 말이다."

죽은 씨족 사람들을 생각하자 족장의 눈빛에 고통스러운 기색이 스쳤다.

"그리고 오가 말이다."

브룬이 말을 이었다.

"오가 어미의 짝이 먼저 짐승의 뿔에 받혀 죽었고, 얼마 뒤에는 오가 어미가 동굴이 무너질 때 죽었지. 에브라에게 그 아이를 맡으라고 일러두었다. 오가는 이제 여자가 거의 다 됐다. 나이가 차면 브라우드의 짝으로 맺어줄 생각이다. 브라우드도 마음에 들어 할 테고."

브룬은 잠시나마 여타 책임감에서 벗어나 다른 생각에 잠겼다.

"저 아이 말고도 남겨진 남자들에게는 이미 여러 짐들이 많아, 목우르. 저 아이를 씨족으로 받아들인다면 이자를 누구와 짝지어 준단 말인가?"

"저 아이가 자라서 우리를 떠날 수 있을 때까지 데리고 있으려고 했다면, 이자를 누구와 짝지어줄 생각이었지, 브룬?"

외눈의 주술사가 물었다.

브룬이 대답하기 곤란한 기색을 내비치자 크렙은 브룬이 뭐라 대꾸하기도 전에 계속 말을 이었다.

"이자나 아이에 대해서는 어떤 사냥꾼도 책임질 필요가 없다, 브룬. 내가 그들을 부양할 것이다."

"목우르가!"

"안 될 게 뭐 있겠는가? 다 여자들이다. 훈련시켜야 할 사내아이가 있는 것도 아니고, 적어도 아직까지는 말이다. 매 사냥마다 목우르도 자신의 몫을 받기로 되어 있지 않은가? 지금까지는 한 번도 내 몫을 주장한 적이 없지만 내게는 그런 권한이 있다. 사냥 꾼 한 사람에게 저들을 떠맡기는 게 아니라 사냥꾼들 전부에게 목 우르에게 할당된 몫을 바치라고 한다면 일이 훨씬 쉽지 않겠는가? 어쨌든 나는 새 동굴을 찾고 난 뒤, 누군가 이자를 원하지 않으면 내가 이자를 부양하기 위해 내 불터를 따로 만들겠다고 말할 생각 이었다. 오랫동안 내 피붙이와 한 불터에서 생활해왔으니 이제 와 서 바꾸는 것도 불편할 테고. 그리고 뼈마디가 쑤실 때마다 이자가 나를 도와주고 있다. 이자가 딸을 낳으면, 그 딸도 내가 맡겠다. 사 내아이가 태어나면, 음…… 그건 그때 가서 고민하도록 하자."

브룬은 목우르의 제안에 대해 곰곰이 생각했다. 그래, 안 될 게 뭐 있어? 그러면 모두가 다 편해질 텐데. 그런데 어째서 크렙이 나서서 짐을 떠맡겠다는 거지? 이자가 다른 불터에서 살게 되더라도 그의 통증을 계속해서 봐줄 텐데 이제 와서 굳이 어린애들과 복작이며 살겠다는 걸까? 왜 이상한 여자애를 가르치고 버릇을 길들여야 하는 책임을 떠맡겠다는 거지? 그래, 아마 책임감을 느껴서겠지. 브룬은 그 아이를 씨족의 일원으로 받아들인다는 생각이 마음에 들지 않았다. 애초에 이런 문제가 생기지 않았더라면 좋았을 성싶었다. 그러나 자기 종족이 아닌 누군가가 자신의 영역 밖에서 함께 살아가는 것은 더욱 싫었다. 아이를 받아들여 제 몫을 하는 여자가 되도록 적절히 훈련시키는 게 최선이라 여겨졌다. 그렇게 하면 씨족 사람들과 함께 사는 게 더 쉬울 듯했다. 게다가 크렙이 기꺼이 저들을 맡겠다는데 이를 허락하지 않을 이유가 없었다.

브룬은 마지못해 동의한다는 듯 손짓했다.

"좋아, 저 애의 토템을 찾아내면 우리의 씨족으로 받아들이겠다, 목우르. 목우르의 불터에서 저들이 함께 살 수 있다. 적어도 이자가 아이를 낳기 전까지."

브룬은 자신이 난생처음으로 곧 태어날 아이가 아들이 아니라 딸이길 원하고 있음을 깨달았다.

일단 그렇게 결정을 내리자 브룬은 안도했다. 그는 이자의 거취를 두고 오래 고민하다가 더 중요한 걱정거리 때문에 잠시 밀어둔 상태였다. 크렙의 제안은 씨족의 우두머리로서 결정을 내려야 하는 곤란하기 짝이 없는 문제뿐 아니라 훨씬 개인적인 고민도 함께

해결해주었다. 지진으로 이자의 짝이 죽은 이후로 아무리 고민해
봐도 자신이 이자와 태어날 아기를 거두는 것밖에는 다른 방도가
없었다. 어쩌면 크렙까지 자신의 불터에서 함께 살아야 할 판이었
다. 그는 이미 브라우드와 에브라를 부양하고 있었고, 이제는 오가
까지 떠맡았다. 이럴진대 자신의 불터에 그들까지 살게 하면 그가
경계를 늦추고 편히 쉴 수 있는 곳에서 갈등이 생길지도 모를 일이
었다. 그의 짝도 달갑게 생각하지 않았을 것이다.

　에브라는 브룬의 피붙이와 잘 지내왔다. 하지만 같은 불터에서
라면? 공공연하게 말한 적은 없지만 브룬은 에브라가 이자의 지위
를 시기하고 있다는 것을 알았다. 에브라는 족장의 짝이었다. 대다
수 씨족에서는 족장의 짝이 여자들 가운데 지위가 가장 높았다. 하
지만 이자는 씨족들 가운데서도 가장 존경받고 명망 있는 주술 치
료사의 모계혈통을 직접 이어받은 후손이었다. 그녀는 짝을 통해
서가 아니라 혼자 힘으로 자신의 지위를 얻었다. 이자가 아이를 거
두었을 때 브룬은 결국에는 자신이 맡게 될 거라 생각했다. 목우르
가 스스로 불터를 만들어 이자와 아이들까지 거두리라고는 생각지
도 못했다. 크렙은 사냥을 할 수 없었지만 여러 가지 경로로 먹을
것을 받았으므로 먹고살 걱정은 없다.

　문제가 해결되자 브룬은 씨족 사람들에게 가는 발걸음을 재촉
했다. 그들은 이미 짐작하면서도 족장의 입을 통해 확인받기를 간
절히 기다리고 있었다. 그가 손짓으로 말했다.

　"더 이상 이동은 없다. 동굴을 찾았다."

　"이자."

이자가 에일라에게 줄 버드나무 껍질 차를 우리고 있을 때 크렙이 말했다.

"오늘 밤은 먹지 않겠다."

이자는 알겠다는 뜻으로 고개를 숙였다. 그녀는 크렙이 의식을 준비하기 위한 명상에 들 것임을 알고 있었다. 그는 명상 전에 아무것도 먹지 않았다.

씨족 사람들은 동굴로 이어지는 완만한 비탈길 아래, 시내 옆에 임시 거처를 만들었다. 격식을 차려 동굴을 신성하게 하는 의식을 거행한 후에야 동굴에 들어갈 수 있었다. 지나치게 법석을 떨면 불길한 기운을 몰고 올 듯도 싶었지만, 다들 어떤 구실을 만들어서든 동굴 가까이 가보려 했다. 먹을거리를 채집하는 아낙들은 굳이 동굴 입구 근처를 돌았으며, 남자들은 여자들을 보호한다는 명목하에 그 뒤를 따랐다. 긴장과 흥분으로 들썩이는 가운데 즐거운 분위기가 감돌았다. 지진 이후로 줄곧 가슴을 짓누르던 불안은 사라졌다. 그들은 커다란 새 동굴의 외관이 마음에 들었다. 불을 켜지 않아 어둑어둑한 동굴의 저 안쪽을 볼 수는 없었지만 예전 동굴보다 훨씬 널찍하고 크다는 것을 알 수 있었다. 여자들은 동굴 바로 밖에 자리한 샘물이 솟는 잔잔한 못을 기쁜 표정으로 가리켰다. 이제 물을 긷기 위해 멀리 개울까지 가지 않아도 될 터였다. 아낙들은 여자들이 참여할 수 있는 몇 안 되는 의식 중 하나인 동굴 의식을 고대했다. 모두들 동굴에 들어갈 날을 손꼽아 기다렸다.

목우르는 부산한 야영지에서 벗어나 멀리 떨어진 곳을 찾아 나섰다. 어떤 방해도 받지 않고 생각에 잠길 수 있는 조용한 장소를 찾고 싶었다. 내해와 합류하는 지점까지 빠르게 흘러가는 개울을 따라 걷는 동안, 따뜻한 미풍이 다시 남쪽에서 불어와 그의 수염을 헝클어놓았다. 늦은 오후, 청명한 하늘에는 멀리 구름 몇 점만이 떠 있을 뿐이었다. 여기저기 길을 막고 있는 무성한 덤불을 피해 조심조심 걸어야 했지만, 목우르는 깊은 생각에 잠긴 나머지 거의 의식조차 못하고 있었다. 그때 근처 덤불에서 나는 소리에 그는 돌연 발길을 멈췄다. 이곳은 낯선 땅이었고 그의 유일한 방어 수단이라고는 견고한 지팡이뿐이었지만 그의 힘센 손에 들린 지팡이는 강력한 방어용 무기가 될 수 있었다. 그는 빽빽한 덤불에서 들려오는, 쿵쿵거리는 소리에 귀를 기울였다. 움직이는 방향으로 덤불의 가지들이 툭툭 부러지는 소리도 들렸다. 그는 여차하면 내리칠 기세로 지팡이를 꼭 쥐었다.

갑자기 짐승 한 마리가 무성한 덤불을 헤치고 불쑥 나타났다. 짧지만 다부진 다리가 크고 육중한 몸집을 받치고 있었다. 위험할 정도로 날카로운 송곳니가 주둥이 양옆으로 엄니처럼 튀어나와 있었다. 한 번도 본 적은 없었지만 그 짐승의 이름이 머릿속에 떠올랐다. 멧돼지. 그 야생 돼지는 그를 공격적인 눈빛으로 쏘아보더니 갈팡질팡하다가 그를 못 본 척했다. 그러더니 주둥이를 부드러운 흙에 파묻으며 덤불로 돌아갔다. 크렙은 안도의 한숨을 내쉬고 개울을 따라 계속 내려갔다. 그는 좁은 모래톱에서 발걸음을 멈추고 덮개를 펼쳐놓은 뒤 그 위에 동굴곰의 두개골을 놓고서 그것과 마주보는 자리에 앉았다. 그는 우르수스에게 도움을 청하는 격식을 갖춘 손짓을 했다. 그리고는 머릿속에서 다른 생각을 몰아낸 뒤 토템을 찾아주어야 할 아기들에게 온 생각을 집중했다.

아이들은 언제나 크렙의 관심을 끌었다. 그는 씨족 사람들 가운데 앉아 있을 때면 겉으로는 생각에 잠긴 듯 보였지만 누구도 알아차리지 못하게 아이들을 관찰하고 있을 때가 많았다. 그런 아이들 가운데는 태어난 지 반년쯤 된 우람하고 튼튼한 사내아이가 있었다. 태어날 때부터 우렁차게 울어대더니 툭하면 큰 소리로 울었다. 특히 배가 고플 때 울음소리는 커졌다. 태어나서부터 보르그는 항상 제 얼굴을 어미에게 들이밀며 부드러운 가슴에 얼굴을 파묻고 젖꼭지를 찾았다. 젖을 먹을 때면 기쁘다는 듯 작게 킁킁대는 소리를 냈다. 그러고 보니 방금 전에 마주친 멧돼지가 떠올랐다. 크렙은 부드러운 흙에 주둥이를 파묻으며 킁킁대던 멧돼지를 재미있다는 듯 떠올렸다. 멧돼지는 존중할 만한 동물이었다. 영리하고, 화가 나면 날카로운 송곳니로 심각한 상처를 입힐 수 있었다. 어떤 사냥꾼도 이러한 토템을 마다하지 않을 것이었다. 게다가 새로운 거처에도 그 토템은 잘 어울릴 뿐 아니라 토템의 정령도 새 동굴에서 편히 쉴 수 있을 터였다. 그는 멧돼지로 결정을 내렸다. 주술사는 자신이 멧돼지를 떠올릴 수 있도록 그 아이의 토템이 스스로 모습을 드러낸 것이라 확신했다.

목우르는 그 선택에 만족하며 다른 아기에게 관심을 돌렸다. 오나는 태어난 지 얼마 되지 않아 지진을 겪었고, 오나의 어미는 그 지진에 짝을 잃었다. 이제 오나의 피붙이인 보른만이 그 불터에서 유일한 남자였다. 오나의 어미인 아가에게 곧 다른 짝이 필요할 거라고 주술사는 생각했다. 아가를 데려가는 남자는 아가의 나이 든 어미도 데려가야 할 테지. 하지만 그런 일이야 브룬이 걱정할 일이다. 내가 생각해야 하는 것은 오나의 어미가 아니라 오나이다.

여자아이에게는 온화한 토템이 필요했다. 남자의 토템보다 더 강해서는 안 되었다. 남자의 토템보다 더 강할 경우, 수태의 기운을 쫓아내어 여자는 아이를 가지지 못할 것이었다. 그는 이자에 대해 생각했다. 그녀의 사이가산양이 너무 강해 그토록 오랜 세월 짝의 토템이 감당하지 못했던 것일까? 목우르는 한 번씩 그 점에 대해 의구심을 품었다. 이자는 사실 많은 사람들이 알아차리고 있는 것보다 주술에 훨씬 능통했다. 그리고 그녀는 자신의 짝을 마음에 들어 하지 않았다. 그래도 여러 모로 봤을 때 크렙은 이자를 탓하지 않았다. 이자는 항상 적절하게 처신을 잘했지만 그들 사이의 긴장은 눈에 띌 정도였다. 음, 이제 그는 세상을 떠났어. 크렙은 생각했다. 목우르는 짝이 아니면서도 그녀를 부양할 터였다.

한 어미에게서 나온 피붙이로서 크렙과 이자는 결코 연을 맺을 수 없었다. 그것은 모든 전통에 어긋나는 일이었다. 하지만 그는 이미 오래전에 짝을 맺고 싶다는 욕망을 잃었다. 이자는 훌륭한 동반자였다. 그녀는 그를 위해 요리를 했고 수년 동안 그를 보살펴주었다. 게다가 불가 주위에 끊임없이 감돌던 적대감마저 사라졌으니 분위기는 더 좋아질 것이었다. 에일라 또한 그들의 불가를 더욱 따뜻하게 해주리라. 아이가 작은 팔을 뻗어 자신을 안아주던 일이 떠오르자 크렙은 마음속에 부드러운 온기가 한가득 스며드는 것을 느꼈다. 그 아이는 나중에, 우선은 오나부터. 크렙은 속으로 생각했다.

오나는 조용하고 모든 것에 만족해하는 아기였는데, 종종 커다 랗고 동그란 눈망울로 그를 진지하게 쳐다보곤 했다. 아이는 그 무 엇도 놓치지 않겠다는 듯 모든 것을 조용한 관심 속에서 빤히 지켜 봤다. 아니 꼭 그렇게 보였다. 올빼미의 모습이 그의 마음속에 스쳐 갔다. 너무 강한가? 올빼미는 사냥하는 새지만, 작은 동물만 사냥 하지. 여자가 강한 토템을 가지면 여자의 짝은 더 강한 토템을 가 져야 했다. 약한 토템의 보호를 받는 남자는 올빼미를 토템으로 가 진 여자와 짝이 될 수 없었다. 하지만 이 아이는 강한 토템의 보호 를 받는 남자와 맺어질 필요가 있을지 모른다. 그렇다면 올빼미로 하자고 결정을 내렸다. 여자들은 모두 강한 토템을 가진 짝을 필요 로 했다. 그래서 내가 짝을 맺지 못한 것일까? 크렙은 생각했다. 노 루라는 토템이 한 여자를 얼마나 보호해줄 수 있겠는가? 이자의 토 템도 그의 것보다는 더 강하다. 크렙은 유순하고 수줍음이 많은 자 신의 토템을 오랫동안 잊고 지냈다. 노루 역시 멧돼지처럼 이 무성 한 숲 속에서 살고 있겠지. 그는 돌연 자신의 또 다른 토템을 떠올 렸다. 주술사는 두 개의 토템을 가지고 있는 몇 안 되는 사람 중 하 나였다. 크렙의 토템은 노루, 목우르의 토템은 우르수스였다.

우르수스 스펠라에우스, 즉 동굴곰은 잡식성 곰보다 키는 거의 두 배가 더 크고, 털로 텁수룩한 몸집의 몸무게는 세 배가 더 나갔 다. 지금껏 알려진 곰 중에 가장 크고 육중한 이 채식성 곰은 좀처 럼 화를 내는 경우가 없었다. 하지만 예민해진 암컷 동굴곰이 무방 비 상태였던 불구의 소년을 공격한 적이 있었다. 소년이 생각에 잠 겨 정처 없이 돌아다니다가 새끼 곰에게 너무 가까이 다가갔던 것이다. 온몸이 찢어진 채 피를 흘리는 소년을 발견한 사람은 바로 소년의 어미였다. 소년의 눈은 얼굴 반쪽과 함께 뜯겨 나가고 없었다. 소년의 어미는 그를 정성껏 돌봐 건강을 되찾게 했다. 하지만 거대한 동굴곰의 엄청난 힘에 팔꿈치 아래 쪽 팔은 부스러졌고, 소년의 어미는 더 이상 쓸 수 없는 마비된 팔을 잘라야 했다. 그 후로 얼마 되지 않아 선대 목우르가 불구의 몸에 흉터가 있는 소년을 제자로 삼았다. 그는 소년에게 우르수스가 소년을 택한 것이라 말해주었다. 우르수스가 그를 시험하고 그만한 가치가 있는지 확인한 뒤, 크렙이 우르수스의 보호 아래 있다는 징조로 그의 눈을 앗아간 것이라 했다. 그의 흉터는 자부심의 상징이어야 하며 새로운 토템의 표시라고 말해주었다.

우르수스는 그의 정령이 여인에게 삼켜져 아이가 태어나도록 하는 일은 결코 없었다. 동굴곰은 시험을 해본 후에 보호를 베풀었다. 선택받는 자도 드물었지만 시험에서 살아남는 자는 더욱 없었다. 자신의 눈을 잃는 큰 대가를 치렀지만 크렙은 개의치 않았다. 그는 위대한 목우르였다. 그가 지닌 것만큼의 힘을 가진 주술사는 지금껏 없었다. 크렙은 우르수스가 그토록 위대한 힘을 자신에게 주었다고 확신했다. 그리고 이제 목우르가 자신의 토템, 동굴곰에게 도움을 청하고 있었다.

그는 부적을 움켜쥔 채 위대한 곰의 정령에게 다른 종족에서 태어난 여자아이를 보호해줄 토템의 정령을 보여달라고 간청했다. 이것이야말로 그의 능력을 평가하는 진정한 시험대였지만 과연 자신에게 뜻이 전달될지 완전히 자신할 수 없었다. 그는 아이와 아이에 대해 얼마 알고 있지 않은 몇 가지 사실에 집중했다. 아이는 두려움이 없지. 그는 그렇게 생각했다. 그에게 드러내놓고 애정을 표현할 뿐 아니라 그의 앞이나 다른 씨족 사람들의 못마땅한 기색 앞에서도 두려워하지 않았다. 여자아이로서는 드문 일이었다. 다른 여자아이들 같으면 그가 나타났을 때 제 어미 뒤에 숨는 게 다반사였다. 그 아이는 호기심도 많고 빨리 배운다. 어떤 그림이 마음속에서 형상을 드러내기 시작했지만 그는 물리쳤다. 아니야, 말도 안 돼, 그 아이는 여자애야. 그건 여자아이의 토템이 아니야. 그는 마음을 비우고 다시 시도해봤지만 같은 그림이 나타났다. 그는 그림이 펼쳐지는 대로 가만히 기다리기로 했다. 어쩌면 다른 그림으로 이어질 수도 있는 일이었다.

그의 마음속에는 탁 트인 초원에서 뜨거운 여름 햇볕을 한가롭게 쬐고 있는 사자 한 무리가 그려졌다. 두 마리의 새끼 사자도 있었다. 한 마리는 키가 큰 마른 풀밭에서 장난스럽게 뛰어 놀다가 작은 설치 동물이 사는 구멍이 궁금하다는 듯 코를 박더니 공격하는 시늉을 내며 으르렁거렸다. 녀석은 암컷 새끼 사자였다. 훗날 암사자로 자라나 무리에서 주된 사냥꾼이 되는 것도, 사냥한 동물을 수사자에게 가져다주는 것도 이 새끼 사자였다. 새끼 사자는 텁수룩한 갈기를 한 수사자에게 올라가더니 같이 놀자고 졸라댔다. 그러더니 겁도 없이 앞발을 올려 수사자의 커다란 주둥이를 툭 쳤다. 거의 어루만지는 것에 가까운 부드러운 발짓이었다. 거대한 수사자는 새끼를 밀어 떨어뜨리더니 묵직한 발로 잡아두고는 길고 거친 혀로 새끼 사자를 핥기 시작했다. 동굴사자는 엄격한 훈련과 함께 애정으로 새끼를 키우는구나. 크렙은 어째서 사자 가족의 행복한 한때가 머릿속에 나타났는지 의아해하며 그렇게 생각했다.

목우르는 머릿속 영상을 지우려고 애쓰며 다시 한 번 여자아이에게 집중하려 했지만 그 영상은 꿈쩍도 하지 않았다.

"우르수스."

그가 몸짓으로 말했다.

"동굴사자라니요? 그럴 리가 없습니다. 여자가 그토록 강력한 토템을 가질 수는 없습니다. 어떤 남자가 그녀와 짝을 맺을 수 있겠습니까?"

그의 씨족 남자들 가운데 동굴사자 토템을 가진 이는 없었다. 씨족 전체를 통틀어 드문 일이었다. 그는 큰 키에 마른 몸, 곧게 뻗은 팔다리를 하고, 크고 튀어나온 이마를 가진 아이를 떠올려보았다. 창백하고 지친 얼굴, 눈동자마저 색이 너무 옅었다. 그 아이는 못생긴 여자가 될 것이다. 그게 목우르의 솔직한 생각이었다. 도대체 어떤 남자가 그 애를 원하겠는가? 그때 자신의 혐오스러운 모습이 머릿속을 스쳤다. 특히 그가 더 젊었을 때 여자들이 자신을 피하던 게 떠올랐다. 어쩌면 평생 짝을 짓지 못할지도 모르니 강력한 토템의 보호가 필요할지 모를 일이구나. 자신을 보호해줄 남자 없이 혼자 살아가야 한다면. 그래도 동굴사자라니? 그는 씨족 여자들 중에 그토록 거대한 고양잇과 동물을 토템으로 삼았던 여자가 있었는지 기억해보려 애썼다.

크렙은 그 아이가 자신의 씨족이 아니라는 것을 다시 한 번 상기했다. 아이를 보호해주는 토템이 강하다는 것은 의심의 여지가

없었다. 그렇지 않았다면 살아남지 못했으리라. 그 아이는 동굴사
자의 공격에 죽을 뻔했다. 그 순간 한 생각이 머릿속을 밝혔다. 동
굴사자! 동굴사자가 아이를 공격했지만, 죽이지는 않았다…… 아
니 공격을 하긴 한 것일까? 단순히 그 아이를 시험해본 건 아닐
까? 그러자 또 다른 생각이 퍼뜩 떠오르며 등골이 서늘해졌다. 모
든 의심이 그의 마음에서 송두리째 사라졌다. 그는 확신했다. 브룬
조차 토를 달지 못할 거라 생각했다. 동굴사자가 아이의 왼쪽 허벅
지에 길게 패인, 네 개의 평행한 상처를 남긴 것이다. 그것은 이제
그 아이가 평생 지녀야 할 흉터가 되었다. 성년식 때 목우르는 성인
이 된 자의 토템을 상징하는 표식을 몸에 새겨주었다. 그런데 **동굴
사자의 표식은 바로 에일라의 허벅지에 새겨진 네 개의 평행한 선
이었다!**

　남자의 경우, 토템을 상징하는 표식은 오른쪽 허벅지에 새겨졌
겠지만 아이는 여자였고 표식만큼은 똑같았다. 그렇구나! 왜 진작
깨닫지 못했을까? 우리 씨족이 이 아이를 받아들이기 어려워할 줄
알고 스스로 표식을 새긴 것이로구나. 그것도 이토록 선명하게, 누
구도 혼동하는 일이 없도록 말이야. 그러니까 동굴사자가 씨족의
토템 표식을 직접 아이에게 새긴 것이다. 동굴사자는 씨족 사람들
이 아이의 토템을 알길 원했던 거야. 이 아이가 우리와 함께 살기
를 바란 것이지. 이 아이가 우리가 함께 살아갈 수밖에 없도록 그
아이의 부족 사람들을 데려간 것이고. 하지만 어째서? 주술사는
불편한 느낌과 맞닥뜨렸다. 아이를 발견한 날 저녁 의식이 끝난 후
에 경험했던 것과 유사한 감정이었다. 그가 당시 그런 느낌에 대한

개념이 있어서 정확히 표현할 수 있었다면, 이상하게도 불안한 희망이 깃든 예감이라고 말했을 것이다.

목우르는 불안감을 떨쳐냈다. 지금껏 한 번도 이토록 강한 토템이 찾아온 적이 없었기에 불안한 느낌이 드는 것이라 생각했다. 동굴사자가 그 아이의 토템이었다. 동굴사자가 아이를 선택했다. 우르수스가 나를 선택한 것처럼. 목우르는 그 앞에 놓인 두개골의 어둡고 빈 눈구멍을 응시했다. 정령의 뜻을 깊이 받아들이고 그들의 뜻을 이해하고 나자 그들이 뜻을 이루는 방식에 경탄하게 되었다. 이제는 모든 게 분명해졌다. 그는 안도감을 느끼면서 더 나아가 격한 감정에 사로잡혔다. 이토록 작은 여자아이가 왜 그렇게도 강한 보호를 필요로 하는 것일까?

5

검은 잎을 한 나무들이 해질녘 불어오는 미풍에 춤추듯 가볍게 몸을 흔들며 어두워지는 하늘을 배경으로 그림자를 드리웠다. 야영지는 잠자리를 마련하느라 조용했다. 이자는 타고 있는 숯불의 희미한 불빛에 의지해 덮개 위에 가지런히 펼쳐놓은 여러 개의 작은 주머니 속을 점검하며 한 번씩 크렙이 사라진 방향을 올려다보았다. 이자는 방어할 무기도 지니지 않은 채 낯선 숲 속에 혼자 들어간 크렙이 걱정되었다. 아이는 벌써 잠들었다. 해가 이울수록 이자의 걱정은 커져만 갔다.

앞서 그녀는 동굴 주변에서 자라는 식물을 살펴보았다. 자신의 약전藥典을 다시 채우고 더욱 풍성하게 해줄 식물이 뭐가 있을지 알고 싶었던 것이다. 그녀는 수달가죽 자루에 특정한 약재들을 가지고 다녔다. 하지만 수달가죽으로 만든 약자루 속 작은 약낭에 담긴 말린 잎이나 꽃, 뿌리, 씨앗, 나무껍질은 응급치료를 위한 재료일 뿐이었다. 새 동굴에서는 더 다양한 종류와 더 많은 약초를 보관할 공간이 생길 터였다. 하지만 약자루 없이 먼 길을 떠나는 적은 결코 없었다. 그것은 두르개처럼 그녀의 일부나 마찬가지였다. 아니 그 이상이었다. 두르개가 아니라 약자루가 없을 때 그녀는 벌거벗은 것처럼 느꼈을 것이다.

마침내 노주술사가 다리를 절룩거리며 돌아오는 모습을 보고 이자는 안도했다. 그녀는 벌떡 일어나 그를 위해 남겨둔 음식을 불위에 데우고 그가 좋아하는 약초차를 우리기 위해 물을 끓이기 시작했다. 발을 끌며 걸어온 크렙은 약낭들을 큰 자루에 넣고 있는 이자 옆에 앉았다.

"오늘밤 아이 상태는 좀 어떤가?"

그가 손짓으로 물었다.

"편히 잘 자고 있어요. 통증도 거의 사라졌고요. 크렙에 대해 묻더군요."

이자가 대답했다.

크렙은 내심 기뻐하며 흐음 하는 소리를 냈다.

"이자, 내일 아침 그 애의 부적을 만들어라."

이자는 알겠다는 뜻으로 고개를 숙이더니 다시 벌떡 일어나 음식과 물을 확인하러 갔다. 그녀는 움직여야 했다. 너무나 기쁜 나머지 가만히 앉아 있을 수가 없었다. 에일라는 함께 살게 된 것이다. 크렙이 아이의 토템과 이야기를 한 게 틀림없어. 이자는 생각했다. 심장이 쿵쿵댈 정도로 흥분되었다. 그날 낮에 두 아기의 어미들은 부적을 만들었는데, 그런 일에 대해서 훤히 알고 있는 여인들은 아기들이 동굴 의식에서 토템을 받게 될 거라고 생각했다. 이는 아이들에게 길운의 전조가 되는 것이기 때문에 그 어미들은 자랑스레 한껏 뽐내며 다녔다. 그래서 크렙이 그렇게 오랜 시간 돌아오지 않았던 것일까? 토템을 찾는 일이 어려웠던 게 분명해. 이자는 에일라의 토템이 무엇인지 궁금했지만 물어보고 싶은 충동을 억눌렀다. 그는 어쨌든 이자에게 말하지 않을 테고 조금 있으면 그녀도 알게 될 터였다.

이자는 피붙이인 크렙에게 음식을 가져다주고 함께 마실 차도 내왔다. 그들은 함께 조용히 앉았고 둘 사이에는 편안하고 따뜻한 정감이 흘렀다. 크렙이 식사를 마쳤을 쯤, 깨어 있는 사람은 그 둘뿐이었다.

"사냥꾼들이 아침에 떠날 것이다."

크렙이 말문을 열었다.

"사냥에 성공하면 그다음 날 의식을 거행할 것이다. 준비가 되겠느냐?"

"자루를 확인했는데, 뿌리가 충분히 있어요. 차질 없이 준비할 것입니다."

이자가 약낭을 들어 올리며 몸짓으로 말했다. 그 약낭은 다른 것들과 달랐다. 동굴곰의 가죽을 손질하는 데 사용했던 곰 기름에 곱게 빻은 붉은 황토를 섞어 짙은 갈색이 도는 붉은 염료로 물들인, 곰가죽으로 만든 주머니였다. 씨족 사람들 모두 부적 속에 붉은 황토를 조금씩 넣어 가지고 다녔지만, 그토록 신성한 붉은색으로 물들인 물건을 가진 여자는 아무도 없었다. 그것은 이자가 소유한 가장 신성한 유물이었다.

"내일 아침에 몸을 깨끗이 씻으려고요."

다시 한 번 크렙이 흐음 하는 소리를 냈다. 그 소리는 남자들이 여자들의 말에 애매모호하게 대꾸할 때 흔히 쓰는 표현방식이었다. 여자들이 한 말에 지나치게 큰 의미를 두지 않으면서 무슨 말인지 알아들었음을 보여주는 정도의 표현이었다. 그들은 한동안 조용히 있었다. 얼마 후 크렙이 차가 담긴 작은 그릇을 내려놓고는 그의 피붙이를 보았다.

"목우르가 너와 그 아이, 그리고 네가 낳을 아이가 딸이라면 그 아기까지 책임질 것이다. 새 동굴에서는 나와 불터를 함께 쓸 것이다, 이자."

그는 그렇게 말하고는 지팡이를 짚고 일어나 잠자리를 향해 걸어갔다.

그의 말에 벼락을 맞은 듯 놀란 이자는 일어나려다가 풀썩 주저 앉았다. 전혀 예상치도 못한 일이었다. 그녀는 자기 짝이 죽고 난 뒤 다른 남자가 자신을 부양하리라는 것을 알았다. 그녀는 자신의 운명에 대해서는 생각하지 않으려고 애썼다. 자신의 감정과는 무관하게 결정될 일이었고, 브룬도 그녀와 상의하지 않을 것이었다. 하지만 때때로 앞으로의 일을 생각하지 않을 수 없었다. 몇 가지 가능한 선택들을 고려해봤지만 어떤 것들은 그녀 마음에 들지 않았고, 다른 것들은 이루어질 가능성이 없었다.

먼저 드루그가 있었다. 구브의 어머니가 지진에서 죽은 뒤 그는 이제 혼자가 되었다. 이자는 드루그를 존경했다. 그는 씨족 남자들 가운데 도구를 가장 잘 만들었다. 누구나 부싯돌을 깨서 주먹도끼나 긁개를 만들 수 있었지만 드루그에게는 타고난 재주가 있었다.

그는 미리 돌의 모양을 잡은 뒤 그가 원하는 크기와 모양으로 돌을 깨서 다듬었다. 그가 만든 칼이나 긁개 같은 도구들은 대단히 높게 평가되었다. 이자가 선택할 수 있다면 씨족 남자들 가운데 드루그와 짝을 맺고 싶었다. 그는 목우르의 제자인 구브의 어미에게 친절한 짝이었고, 둘 사이에는 참된 애정이 흘렀었다.

하지만 아가가 그의 짝이 될 가능성이 높다는 것을 이자는 알고 있었다. 아가는 자신보다 더 젊었고 이미 두 아이의 어미였다. 아가의 아들 보른에게는 조만간 그를 책임지고 훈련시켜줄 사냥꾼이 필요할 터였다. 딸 오나도 어른이 되어 짝을 맺을 때까지 그 애를 보살펴줄 남자 어른이 필요했다. 도구를 잘 만드는 드루그는 아가의 어머니 아바도 기꺼이 책임질 것이었다. 나이가 많은 아바도 딸처럼 새로운 불터가 필요했다. 이러한 모든 책임을 짊어져야 하는 일이 조용하고 정연하게 살아온 드루그에게 꽤 큰 변화가 될 터였다. 아가는 때로 까다로운 모습을 보일 때가 있었고, 구브의 어미 같은 이해심도 없었다. 하지만 구브는 곧 자신의 불터를 따로 만들어 살게 될 것이고, 그러니 드루그에게는 새로운 짝이 필요했다.

구브를 짝으로 삼는 것은 상상도 못 할 일이었다. 그는 너무 어렸다. 이제 갓 성인이 되었고 아직 한 번도 짝을 맺은 적이 없었다. 브룬은 그를 나이 든 여자와 짝을 맺게 하지는 않을 터였다. 이자는 그의 짝이라기보다는 어머니뻘에 가까웠다.

이자는 그로드와 우카, 그리고 그로드의 어머니와 짝이었던 주그와 함께 사는 것에 대해서도 생각해본 적이 있었다. 그로드는 완고하고 말수가 적은 남자였지만 성질이 사납지는 않았다. 브룬에 대한 충성심도 대단했다. 이자는 자신이 그의 두 번째 여자가 된다 해도 그와 사는 것이 싫지 않았다. 하지만 우카는 에브라와 자매였다. 그러다 보니 우카는 이자만 없으면 에브라가 여자들 중 가장 높은 자리에 올랐을 것이라는 생각을 하고 있었다. 게다가 아들이 불터에 들어가보지도 못하고 죽은 뒤로는 슬픔에 빠져 자기만의 세계에 갇혀 있었다. 그녀의 딸 오브라도 어미의 고통을 달래줄 수 없었다. 그 불터에는 마음 아픈 일들이 너무 많아. 이자는 그렇게 생각했다.

그녀는 크루그의 불터를 염두에 둔 적은 한 번도 없었다. 그의 짝이자 보르그의 어미인 이카는 솔직하고 다정한 성격의 젊은 아낙이었다. 하지만 바로 그 점이 문제였다. 그들은 둘 다 아주 젊었다. 그리고 이자는 현재 그들과 같은 불터에서 살고 있는, 이카의 어머니와 짝이었던 늙은 도르브와 잘 어울려 지낸 적이 없었다.

마지막 남은 가능성은 브룬이었지만, 그의 불터에서는 두 번째 여자로도 살 수 없었다. 그는 이자와 같은 어머니에게서 태어난 피붙이였다. 사실 이자는 짝을 짓는 일과 상관없이 스스로 지위를 갖고 있었다. 적어도 이번 지진으로 마침내 정령들의 세계로 건너간 가여운 노파와는 달랐다. 그 노파는 다른 씨족 출신이었는데, 오래전에 짝이 죽고 슬하에 자녀도 없어 이 불터, 저 불터를 전전하며 지냈다. 늘 짐이 되는 여자, 아무런 지위도, 가치도 없는 여자였다.

하지만 크렙과 한 불터에서 지내며 그가 자신을 부양한다는 가능성에 대해서는 전혀 고려해본 적이 없었다. 씨족 사람들, 남녀를 통틀어 이자가 그보다 더 좋아하는 사람은 없었다. 게다가 크렙은

틀림없이 에일라를 좋아하고 있었다. 정말이지 완벽한 해결책이
야, 내가 사내아이를 낳지만 않는다면. 사내아이는 사냥을 가르쳐
줄 남자와 살아야 하는데, 크렙은 사냥을 할 수 없었다.

아이를 지우는 약초를 먹을 수도 있어. 그녀는 잠시나마 그런
생각을 했다. 그러면 아들을 낳는 일도 분명 없을 텐데. 그녀는 배
를 톡톡 두드리며 고개를 저었다. 아니야, 너무 늦었어, 문제가 생
길 수도 있어. 그녀는 자신이 아기를 원하고 있다는 것을 깨달았
다. 이자는 나이가 들어 임신을 했지만, 아기는 별 탈 없이 배 속에
서 잘 자라고 있었다. 건강하고 정상인 아이를 낳을 가능성이 높았
고, 아이들은 가볍게 포기하기에는 너무나 소중한 존재였다. 딸을
낳게 해달라고 내 토템에게 다시 한 번 청을 드려야겠어. 내가 오
래전부터 딸을 소원해왔다는 것을 알고 계셔. 토템이 내게 딸을 점
지해주시면, 내게 오도록 허락된 아기가 건강하게 자랄 수 있도록
몸을 잘 돌보겠다고 약속드렸었지.

이자는 자기 또래의 여자가 임신을 하면 여러 가지 문제가 있을
수 있다는 것을 알았다. 그래서 아이를 가진 여자에게 도움이 되는
음식과 약초를 먹었다. 한 번도 아이를 낳아본 적은 없었지만 치료
사인 그녀는 대다수의 여자들보다 임신과 출산, 육아에 대해 더 많
은 지식을 지니고 있었다. 그녀는 씨족의 젊은 아낙들이 출산하는
것을 도왔으며 약초와 관련된 지식을 기꺼이 다른 여자들에게 알
려주었다. 그러나 어머니가 딸에게 전해주는 특별한 주술이 한 가
지 있었는데, 그것은 이자가 죽기 전까지 누구에게도, 특히 남자에
게 발설해서는 안 되는 아주 비밀스러운 것이었다. 그 주술에 대해

서 알게 되는 남자가 있다면 절대로 주술의 사용을 허락하지 않을 것이었다.

그 비밀이 유지될 수 있었던 유일한 이유는 남자나 여자 모두 공히 주술 치료사에게 주술에 대해 묻지 않아서였다. 직접적인 질문을 피하는 것은 아주 오래된 전통인 동시에 거의 법으로 자리 잡았다. 이자는 누군가 관심을 보이면 자신의 지식을 나눠줄 수 있었지만 결코 특별한 주술에 대해서는 이야기하지 않았다. 왜냐하면 남자가 물어온다면, 그녀는 대답을 피할 수 없었기 때문이다. 게다가 씨족 사람들이 거짓말을 하는 것은 불가능했다. 그들의 의사소통은 표정이나 몸짓, 자세를 통해 간신히 인지할 수 있는 미묘한 차이에 의존하고 있었기 때문에 조금이라도 다른 시도를 하면 즉시 간파되었다. 그들에게는 사실 거짓말에 대한 개념조차 없었다. 거짓말을 하는 것과 가장 가까운 시도라고 해봐야 말을 피하는 것이었다. 그런 방식이 그냥 넘어갈 때도 있었지만 대개 들키는 경우가 많았다.

이자는 어머니에게서 배운 주술에 대해 한 번도 언급한 적이 없었다. 하지만 그녀는 그 주술을 사용하고 있었다. 수태가 되지 않게 하는 이 주술은 남자 쪽 토템의 정기가 여자의 입으로 들어와 아기가 생기는 과정을 차단했다. 이자의 짝이었던 남자는 왜 그녀에게 아기가 생기지 않는지 물어볼 생각조차 하지 못했다. 남자는 이자의 토템이 여자치고는 너무 강해서라고 짐작했다. 그는 이자에게도 자주 그렇게 말했다. 다른 남자들에게도 자신의 토템이 이자의 토템 앞에서 맥을 못 추기 때문이라고 한탄하곤 했다. 이자가 수태를 막는 식물을 사용한 것은 짝의 체통을 깎기 위해서였다. 그녀는 그가 자신을 때릴지라도 자신을 수호하는 토템을 압도하기에는 남자의 토템에 깃든 수태의 기운이 너무 약하다는 것을 모두에게 보여주고 싶었다.

그가 폭력을 사용하는 이유가 이자의 토템을 굴복시키기 위해서라고 다들 생각했다. 하지만 이자의 짝은 폭력을 즐겼고, 이자도 그 사실을 알았다. 처음에 이자는 자신이 아이를 낳지 못하면 짝이 자신을 다른 남자에게 줄 거라 기대했다. 그녀는 그와 짝이 되기 전부터 거들먹거리는 허풍쟁이였던 그를 싫어했다. 자신의 짝이 누가 될지 알게 된 이자는 절망에 가득 차 어머니에게 매달렸으나 그녀의 어머니도 위로만 해줄 수 있을 뿐 그 문제에 관해서는 발언권이 없었다. 그런데 그녀의 짝은 이자가 아이를 갖지 못해도 저버리지 않았다. 이자는 치료사였고 씨족 여자들 가운데 가장 지위가 높았다. 그런 여자를 마음대로 할 수 있다는 사실이 강한 남자가 된 듯한 허세의식을 더욱 부추겨주었다. 그의 짝에게 아기가 생기지 않아 남자 쪽 토템이 가진 힘과 그의 남자다움이 의심받자 그는 그녀에게 물리적인 힘을 가해 위축된 기분을 보상받으려고 했다.

그들에게 아기가 생기기를 바라는 기대감에서 구타는 허용되었지만, 이자는 브룬이 자기 짝을 못마땅하게 여긴다는 것을 감지했다. 당시 브룬이 족장이었다면 그가 자기 짝이 되는 일은 없었을 거라고 이자는 확신했다. 여자를 정복하는 것으로 남자다움을 증명하지는 못한다는 게 브룬의 생각이었다. 여자들은 순종 말고는 다른 선택의 여지가 없었다. 자신보다 약한 상대와 힘을 겨루거나 여자로 인해 감정을 분출하는 것은 남자답지 못한 행동이었다. 여자들에게 명령하고 기강을 유지하고 사냥으로 가족을 부양하며, 감정을 통제하고, 고통을 느낄 때도 내색하지 않는 것이 남자의 의무였다. 여자가 나태하거나 결례를 범하면 손찌검을 할 수 있지만 분노나 쾌락 때문이 아니라 오직 기강을 세우기 위한 수단으로만 사용해야 했다. 일부 남자들은 다른 이들보다 더 많이 여자를 매질했지만 습관처럼 때리는 경우는 드물었다. 이자의 짝만이 상습적으로 폭력을 행사했다.

크렙이 불터에 들어온 이후로 이자의 짝은 이자를 포기하기가 더욱 망설여졌다. 이자는 치료사일 뿐 아니라 목우르를 위해 요리하는 여자였다. 이자가 그의 불터를 떠나면 목우르도 떠날 것이었다. 이자의 짝은 자신이 위대한 주술사에게서 비밀을 전수받고 있다고 다른 씨족 사람들이 생각하기를 원했다. 사실 크렙은 같은 불터에 있는 동안 예의를 갖춰 대했을 뿐, 대체로 눈길조차 주지 않았다. 특히 크렙이 이자에게서 짙은 멍을 발견했을 때는 아는 척도 하지 않았다.

이자는 폭력에 시달리면서도 약초를 이용해 아기가 생기지 않는 주술을 이어갔다. 하지만 임신했다는 것을 알게 되었을 때 운명에 체념하는 수밖에 없었다. 어떤 정령이 마침내 그녀의 토템과 주술을 압도한 것이었다. 어쩌면 그의 정령일지도 몰랐다. 그러나 그의 정령에 깃든 생명력이 마침내 이긴 것이라면 어째서 동굴이 무너졌을 때 정령이 그를 저버린 것일까? 이자는 의아해했다. 그녀는 마지막 희망의 끈을 잡았다. 태어날 아이가 딸이길 원했다. 짝과 사는 동안에는 아이를 낳느니 차라리 자기 대에서 주술 치료사의 명맥을 끊겠다고 마음먹은 적이 있었지만, 이제는 그가 다시 찾은 자신감에 흠집을 내고 치료사의 계보를 이을 수 있는 딸을 소원했다. 아들을 낳는다면 이자의 짝은 그간의 오명을 완전히 씻게 될 것이었다. 하지만 이제 이자는 더욱 더 딸을 소원하게 되었다. 망자가 된 짝의 체통을 꺾어놓기 위해서가 아니라 크렙과 살기 위해서였다.

이자는 약자루를 한쪽에 치워놓고 털가죽 속으로 기어들어가 평화롭게 자고 있는 아이 옆에 누웠다. 에일라는 운이 좋은 게 틀림없어. 이자는 그렇게 생각했다. 이 애가 새 동굴을 찾았고, 나와 함께 살 수 있게 되었고, 게다가 크렙의 불터에서 지낼 수 있게 되다니. 이 애의 좋은 운 덕분에 내가 딸을 낳게 될지도 몰라. 이자는 에일라에게 팔을 둘러 작고 따뜻한 몸을 꼭 끌어안았다.

다음 날 아침, 끼니를 때운 후 이자는 아이를 불러 개울의 상류로 올라갔다. 물가를 따라 걷는 동안 이자는 몇 가지 식물을 찾았다. 잠시 후 이자는 개울 저편에 빈터가 있는 것을 보고는 개울을 건넜다. 큰 나무가 없는 빈터에는 몇몇 풀들이 자라고 있었다. 키가 30센티미터쯤 되는 칙칙한 나뭇잎들이 달린 풀은 긴 줄기 끝에 작은 연두색 꽃송이를 조롱조롱 매달고 있었다. 이자는 뿌리가 붉은 털비름을 캐내고는 역류하며 느릿느릿 흐르는 개울 옆 습지에 가서 속새를 발견했다. 상류 쪽으로 한참 거슬러가서는 석회패랭이꽃을 찾아냈다. 이자의 뒤를 따라가며 관심 있게 지켜보던 에일라는 이자와 말이 통하면 얼마나 좋을까 생각했다. 에일라의 머릿속은 온갖 질문으로 꽉 차 있었지만 아무것도 물어볼 수 없었다.

그들은 야영지로 되돌아갔다. 에일라는 이자가 촘촘하게 짠 바구니에 물을 채운 뒤 가느다란 속새와 불에서 꺼낸 뜨거운 돌을 그 안에 넣는 것을 지켜봤다. 에일라는 이자 옆에 웅크리고 앉았다. 이자는 날카로운 돌조각으로 아이를 업고 다닐 때 사용하던 덮개를 둥그스름한 모양으로 잘라냈다. 기름을 먹여 손질한 가죽은 부드럽고 유연하면서도 질겼지만 돌칼로 쉽게 자를 수 있었다. 또 다른 돌로 만든 도구는 끝이 뾰족했는데, 이자는 그것으로 동그란 가죽의 가장자리에 구멍을 여러 개 냈다. 그러더니 키 작은 관목에서 벗겨낸 나무껍질의 질긴 섬유질을 꼬아서 끈 하나를 만들었다. 구멍을 따라 끈을 꿰어 잡아당기자 주머니 하나가 뚝딱 만들어졌다. 마지막으로 두르개에 꿰어 있는 가죽 끈을 에일라의 목에 둘러 재어본 뒤, 드루그가 만들어준 이자가 아끼는 칼을 꺼내 날랜 손동작으로 단숨에 끈을 잘랐다. 이 모든 과정이 순식간에 이루어졌다.

요리 바구니에 든 물이 보글보글 끓자, 이자는 물이 스미지 않는 고리버들 바구니에 덥혀진 물을 넣었다. 그러더니 모아 온 식물과 함께 그 바구니를 들고 다시 개울로 갔다. 그들은 모래톱을 따라 걷다가 경사가 완만해 물속에 들어가기 쉬운 곳에서 멈췄다. 손에 쥐기 편한 둥근 돌을 찾은 이자는 개울 가까이에 있는 크고 편평한 바위의 움푹 파인 곳에 물에 적신 석회패랭이꽃 뿌리를 놓고 돌로 찧었다. 그러자 뿌리에서 사포닌으로 가득한 거품이 일기 시작했다. 돌 도구와 다른 작은 물건들을 주머니에서 꺼낸 뒤 이자는 가죽 끈을 풀어 두르개를 벗었다. 목에 걸고 있던 부적도 머리 위로 들어 올려 빼낸 뒤 두르개 위에 조심스럽게 올려놓았다.

　이자가 에일라의 손을 잡고 개울 속으로 들어가자 에일라는 기뻤다. 에일라는 물을 아주 좋아했다. 그러나 이자는 에일라의 몸을 물에 완전히 젖게 하더니 들어 올려 바위 위에 앉혔다. 그러고는 지저분하게 엉겨 있는 머리칼을 포함해 에일라의 머리부터 발끝까지 뿌리에서 낸 거품으로 문질렀다. 차가운 물에 아이를 한 번 담그고 나서 이자는 몸짓으로 아이에게 눈을 감으라고 말했다. 몸짓을 이해하지는 못했지만 에일라는 이자가 하는 대로 흉내를 내었다. 그러자 이자가 고개를 끄덕였고, 그때서야 에일라는 이자가 자기 보고 눈을 감으라고 했다는 것을 알았다. 아이가 눈을 감으니 이자가 아이의 머리를 앞으로 숙이게 하고, 속새를 우린 따뜻한 물을 머리 위에 부었다. 아이가 머리를 긁적여 살펴보니 아주 작은 이가 기어 다니고 있었다. 이자는 이를 죽이는 성분이 있는 속새를 우린 물로 아이의 머리를 문질렀다. 차가운 개울물로 다시 한 번 헹구고는 털비름 뿌리를 그 잎과 같이 짓이겨 낸 거품으로 아이의 머리를 감겼다. 마지막으로 아이의 몸을 개울에 담가 헹궜다. 목욕을 끝낸 아이가 물에서 노는 동안, 이자는 아이가 한 것과 똑같은 순서로 몸을 깨끗이 했다.

　모래톱에 앉아 햇빛에 몸을 말리는 동안, 이자는 나뭇가지의 껍질을 이로 벗겨내 그것으로 물기가 말라가고 있는 아이의 엉킨 머리를 쓸어내렸다. 흰색에 가까운 에일라의 머릿결이 어찌나 곱고 부드럽던지 이자는 깜짝 놀랐다. 참으로 보기 드문 머리칼이지만 꽤 좋은 머릿결이라고 이자는 생각했다. 실은 아이의 외모 중에 가장 뛰어난 부분이었다. 이자는 아이가 눈치채지 않도록 아이를 찬찬히 살펴봤다. 햇볕에 그을리긴 했지만 아이의 피부는 이자보다 더 밝은 편이었다. 이자가 보기에 마르고 창백한 데다 옅은 색의 눈동자를 가진 아이는 사람임에는 틀림없었지만 놀랄 만큼 못난이었다. 가여운 아이로구나. 저런 모습으로 어떻게 짝을 찾을 수 있을까?

짝을 짓지 못하면 어떻게 지위를 얻는단 말인가? 지난 지진 때 죽은 노파처럼 될 수도 있겠다는 생각이 이자의 머릿속을 스쳤다. 이 아이가 진짜 내 딸이라면 내 지위를 물려받을 수 있을 텐데. 이 아이에게 내 주술 치료술을 가르치면 어떨까? 그러면 이 아이도 제 몫은 하게 될 터인데. 내가 딸을 낳으면 둘 다 치료술을 가르쳐야겠어. 만약 아들을 낳으면 내 대를 이을 여자가 없으니 언젠가 씨족은 새로운 치료사를 필요로 할 거야. 에일라가 주술을 알면 이 아이를 받아들일지도 몰라. 그 아이와 짝을 맺겠다는 남자가 나설지도 모를 일이고. 그렇게 되면 씨족의 일원이 되는 것이고. 또 그 애가 내 딸이 되지 못할 이유가 뭐 있겠어? 이자는 이미 아이를 자신의 딸로 여기고 있었고, 이런저런 사색을 하다 보니 또 다른 생각의 씨앗이 땅에 뿌려졌다.

고개를 들어 하늘을 보니 해가 아까보다 높이 걸려 있었다. 이러다가는 늦겠다. 부적도 마무리해야 하고, 뿌리로 차를 만들 준비도 해야 하는데, 돌연 해야 할 일들이 떠오른 이자는 혼잣말을 했다.

"에일라."

이자가 다시 개울로 향해 가고 있는 아이를 불렀다. 아이가 달려왔다. 아이의 다리를 보니 딱지가 물에 불어 있긴 했지만 잘 아물고 있었다. 이자는 서둘러 두르개를 두른 뒤 뒤지개와 그녀가 만든 작은 주머니를 챙겨서 아이를 데리고 산등성이를 향해 올랐다. 에일라가 동굴을 발견하기 전, 이자는 씨족 사람들의 발이 묶여 있던 근처 반대쪽 도랑에 붉은 흙이 깔려 있는 것을 눈여겨보았다. 도랑에 다다른 이자가 뒤지개를 흙 속에 찔러 넣자 작게 덩어리진 붉은 황토가 떨어져 나왔다. 이자는 작은 흙덩어리를 손으로 집어 에일라 앞에 내밀었다. 아이는 이자가 자신에게 뭘 어쩌라는 것인지 망설이며 흙덩어리를 보더니 머뭇머뭇 만져보았다. 이자는 작은 덩어리를 들어 주머니 속에 넣은 뒤 그 주머니를 두르개 속에 넣어두었다. 이자는 돌아가기 전에 저 멀리 아래를 내려다보았다. 평원을 가로지르며 움직이는 작은 형체들이 눈에 들어왔다. 아침 일찍 길을 나선 사냥꾼들이었다.

　아주 오래전, 브룬과 그의 다섯 사냥꾼들보다 훨씬 앞선 원시 시대에 살았던 인간들은 네 개의 다리를 가진 포식동물의 사냥 방식을 관찰하고 모방하여 그들과 사냥감을 두고 경쟁하는 법을 배웠다. 이를테면 늑대들이 서로 협동하여 그들보다 몇 배나 더 크고 힘센 먹잇감을 쓰러뜨리는 것을 지켜보았다. 얼마 후에는 발톱이나 송곳니가 아닌 도구와 무기를 사용해 힘을 합쳐 같은 영토에 살고 있는 거대한 짐승을 사냥하는 법을 터득했다. 이러한 일련의 과정이 그들로 하여금 진화의 여정을 걷도록 부추긴 것이었다.
　사냥감이 경계하지 않도록 침묵 속에 조심스럽게 접근해야 했기 때문에 그들은 사냥 때 주고받는 신호를 만들었다. 그리고 이러한 신호들은 서로의 뜻을 전달하는 데 사용하는 보다 정교한 손짓과 몸짓으로 진화해갔다. 경고의 외침은 높낮이와 어조를 달리해 더 많은 정보를 담아냈다. 여러 갈래로 뻗어 나간 인류 중에서 동굴곰족 사람들은 음성기관이 잘 발달되어 있지 않았지만, 그 때문에 사냥을 하는 능력에 문제가 생기지는 않았다.

여섯 명의 남자들은 동이 트자마자 길을 나섰다. 아래가 훤히 내려다보이는 산등성이 근처에 이른 그들은 태양이 정찰대처럼 빛줄기를 먼저 내보내고서 대지의 가장자리에서부터 서서히 떠오르다 완전히 그 모습을 드러내 천지를 장악하는 광경을 지켜봤다. 북동쪽으로는 휘어진 검은 뿔이 머리에 우뚝 솟아 있는, 갈색 털로 덮인 짐승의 무리가 물결치듯 이동 중이었다. 그 주위로 부드러운 황토 먼지구름이 거대하게 일어나고 있었다. 황금빛 푸른 평원의 외관을 어지럽히며 들소 무리가 느릿느릿 지나간 자리마다 풀은 완전히 사라진 채, 무리가 밟아 뭉갠 자국만이 넓게 남아 있을 뿐이었다. 여자나 아이들로 인해 걸음을 늦출 필요가 없어진 사냥꾼들은 빠른 속도로 평원에 닿았다.

그들은 산을 뒤로한 채 바람 부는 방향으로 이동 중인 짐승 무리를 향해 흙먼지를 삼켜 가며 종종걸음으로 다가갔다. 가까이 다가간 사냥꾼 무리는 키가 큰 풀 아래 몸을 낮게 웅크린 채 엄청나게 큰 짐승 떼를 주시했다. 뒤로 갈수록 좁아지는 옆구리와 융기가 솟아난 거대한 어깨가 털로 뒤덮인 어마어마하게 큰 머리를 떠받치고 있었고, 그 머리 위로는 다 자라면 1미터는 족히 되는 기다란 검은 뿔이 솟아 있었다. 빽빽이 모여 이동 중인 짐승의 땀 냄새가 코를 찌르고, 수천 개의 발굽이 땅을 차며 지축을 흔들었다.

브룬은 손을 눈 위로 들어 햇볕을 가리고 지나가는 짐승 하나하나를 면밀히 관찰했다. 가장 적절한 상황에서 목표로 삼기에 딱 좋은 사냥감이 나타나기를 기다리는 것이었다. 겉으로만 봐서는 족장이 견디기 힘든 긴장감을 엄청난 절제 속에 감추고 있다는 사실을 알아챌 수 없었다. 꾹 다문 턱 위로 고동치는 관자놀이만이 긴장감으로 쿵쿵대는 심장과 날 선 신경을 무심코 드러내고 있었다. 이번 사냥이야말로 그의 인생에서 가장 중요한 사냥이었다. 그를 성인의 지위에 올려주었던 첫 번째 사냥도 이번 사냥과는 비할 바가 아니었다. 이번 사냥의 성공이 새 동굴에 거주할 수 있는지의 여부를 판가름 짓는 마지막 조건이었기 때문이다. 사냥이 성공해야 동굴 의식의 일부인 잔치 때 필요한 고기를 가져다줄 수 있을뿐더러 그들의 토템이 새 거처를 마음에 들어 한다는 것을 확인하는 기회이기도 했다. 사냥꾼들이 첫 사냥에서 빈손으로 돌아간다면 그들의 수호 정령들이 더 좋아할 만한 동굴을 찾아 다시 길을 떠나야 할 터였다. 사냥에 실패하면, 이는 동굴이 불운하다는 것을 경고하는 토템의 방식이었다. 거대한 들소 떼를 본 순간, 브룬은 한껏 고무되었다. 그의 토템이 바로 들소였던 것이다.

브룬은 그의 신호를 초조하게 기다리고 있는 사냥꾼들을 힐끗 보았다. 기다림이야말로 늘 가장 어려운 부분이었지만, 섣불리 움직였다간 비참한 결과를 가져올 수 있었다. 인간의 힘이 미치는 범위 내에서 브룬은 이번 사냥을 그르치는 일이 없도록 온 신경을 곤두세우고 있었다. 그는 브라우드의 얼굴에 스친 걱정스런 표정을 읽었다. 아주 잠시나마 짝의 아들에게 사냥감을 죽이는 일을 맡기기로 한 자신의 결정이 후회됐다. 그때 성인식 사냥을 준비하라는 그의 말에 자부심으로 반짝거리던 아이의 눈이 떠올랐다. 아직 어린 나이에 긴장하는 게 정상이지. 브룬은 생각했다. 이번 사냥은 그의 성인식 사냥이기도 하지만 씨족의 새 거처가 그의 강인한 오른팔에 달려 있을지 모를 일이다.

브라우드는 브룬의 눈길을 알아채고 재빨리 자신의 얼굴에 드러난 동요를 꾹 눌렀다. 그는 살아 있는 들소가 이토록 거대한지 미처 알지 못했다. 육중하게 발을 내딛는 짐승이 바로 선다면 어깨에 난 융기까지의 키가 자신의 머리보다 30센티미터는 족히 더 컸을 터였다. 한데 뭉친 들소 떼가 얼마나 위압적일 수 있는지도 그때 처음 알았다. 그는 적어도 사냥감의 숨통을 끊는 데 도움이 될 만한 치명적인 상처를 제일 먼저 내야 했다. 사냥감을 놓치면 어쩌지? 창을 잘못 내리쳐서 도망이라도 간다면? 브라우드의 머릿속은 온갖 생각들로 시끄러웠다.

흠모의 눈빛으로 자신을 바라보는 오가 앞에서 사냥 연습을 하며 우쭐대던 사내아이의 우월감은 온데간데없이 사라졌다. 그는 오가의 시선을 모른 척했다. 그 애는 아직 아이일 뿐이야. 그것도 여자아이. 그러나 머지않아 그 아이도 여자가 될 것이었다. 브라우드는 오가가 어른이 되면 나쁘지 않은 짝이 될 거라 생각했다. 어머니와 어머니의 짝까지 죽고 없으니 오가에게는 자신을 보호해줄 강한 사냥꾼이 필요할 터였다. 브라우드는 오가가 그들의 불터에

서 살게 된 이후로 그의 시중을 들어주느라 애를 쓰는 모습이 싫지
않았다. 그가 아직 성인이 된 것도 아닌데 오가는 참으로 열심히도
그의 요구에 따라 움직여주었다. 하지만 내가 사냥감의 숨통을 끊
지 못하면 그 애는 날 어떻게 생각할까? 동굴 의식에서 성인이 될
수 없다면 어떡하지? 브룬은 또 어떻게 생각할까? 씨족 사람들 모
두가 무슨 생각을 할까? 이미 우르수스의 축복을 받은 이 아름다
운 새 동굴을 떠나야 한다면? 브라우드는 창을 더욱 꼭 틀어쥐고
부적에 손을 얹은 채 그의 토템인 털코뿔소에게 간청하는 몸짓으
로 자신에게 용기와 강인한 팔을 주십사 빌었다.

　브룬이 도와준다면 사냥감을 놓칠 확률은 적었다. 하지만 브룬
은 브라우드로 하여금 새 동굴의 거주 여부가 자신의 어깨에 달려
있다고 생각하도록 내버려두었다. 훗날 우두머리가 될 그가 그 위
치에서 느끼는 책임감의 무게를 배워두는 게 좋을 것 같았다. 그는
아들에게 기회를 주기로 결정했지만 여차하면 가까이에 있다가 자
신이 나설 준비도 하고 있었다. 하지만 브라우드를 위해서라도 그
런 일은 없기를 바랐다. 만일 그런 일이 생긴다면, 자존심이 강한
아이가 느낄 수치심도 대단할 터였다. 하지만 브라우드의 자존심
을 지켜주기 위해 동굴을 포기할 마음은 전혀 없었다.

　브룬은 몸을 돌려 들소 떼를 주시했다. 곧 어린 소 하나가 무리
에서 제멋대로 이탈하는 게 눈에 띄었다. 거의 다 자랐지만 아직
어리고 경험이 부족한 녀석이었다. 브룬은 그 들소가 안전한 무리
에서 벗어나 완전히 혼자가 될 때를 기다렸다. 마침내 그가 신호를
보냈다.

그 즉시 브라우드를 선두로 남자들이 흩어져 내달리기 시작했다. 브룬은 사냥꾼들이 일정한 간격으로 떨어져 달리는 것을 주시하며 길을 잃고 헤매는 어린 들소에게도 초조한 눈길을 떼지 않았다. 그가 신호를 보내자 사냥꾼들이 들소 떼를 향해 튀어나가더니 악을 쓰듯 비명을 내지르며 팔을 흔들었다. 무리의 끄트머리에 있던 들소 떼들이 혼비백산하여 무리의 중심부를 향해 내달리기 시작했다. 서로 흩어져 있던 들소들이 한데 모이더니 육중한 몸을 서로 밀치며 가운데로 몰려들었다. 바로 그때 브룬은 들소 무리와 어린 들소 사이로 돌진하여 사냥감을 무리에서 더 멀리 떨어뜨려놓았다.

주변에 있던 들소들이 겁을 먹고 떼를 지어 한가운데로 몰려들어 달리는 와중에, 브룬은 사냥감으로 찍은 들소를 쫓아 달렸다. 온몸의 힘을 쏟아부어 그의 두툼한 근육질의 다리가 낼 수 있는 최대의 속도로 들소를 몰았다. 들소들이 단단한 발굽을 구르며 초원의 마른 흙 위를 떼 지어 달리자 가늘고 고운 흙먼지가 일어나 허공을 가득 메웠다. 브룬은 코와 목구멍을 가득 메우는 먼지 때문에 기침을 해댔다. 소용돌이치는 흙먼지로 인해 시야마저 어두워졌다. 기진맥진하여 가쁜 숨을 몰아쉬는 찰나, 그로드가 사냥감을 몰아 달리는 모습이 눈에 들어왔다.

힘이 남아 있는 그로드가 전속력으로 몰아붙이자 들소는 다시 방향을 바꿨다. 다른 사냥꾼들이 합세해 들소가 도망가지 못하도록 커다란 원을 만들자 브룬도 숨을 헐떡이며 달려와 원의 한곳에 섰다. 엄청난 들소 떼는 우르르 앞다투어 달리며 초원을 가로지르고 있었다. 왜 달리는지 이유도 모른 채 내달릴수록 두려움은 더 커져만 갔다. 어린 들소 한 마리만 홀로 떨어져 자기보다 힘은 많이 약하지만 그 차이를 상쇄하는 지능과 결단력을 가진 인간에게 쫓기며 공포에 가득 차 달리고 있었다. 그로드는 쿵쾅대는 심장이 터질 것만 같았지만 포기하지 않고 전속력으로 들소를 쫓았다. 온몸을 뒤덮은 먼지 위로 땀이 비 오듯 흐르고, 어느새 수염은 회갈색을 띠고 있었다. 마침내 그로드가 발을 헛디뎌 넘어지자 드루그가 다음 차례를 넘겨받았다.

사냥꾼들의 뒷심도 대단했지만 힘이 넘치는 어린 들소도 지칠 줄 모르는 힘으로 내달렸다. 드루그는 씨족 사람들 가운데 키가 가장 커 다리도 조금 더 길었다. 들소를 앞으로 몰아붙이면서 전속력으로 접근해서는 놈이 멀어져가는 무리의 자취를 따라가기 위해 방향을 바꾸려고 할 때마다 드루그가 앞을 막았다. 크루그가 지친 드루그의 뒤를 이을 무렵, 놈은 눈에 띌 정도로 숨을 몰아쉬고 있었다. 아직 힘이 많이 남아 있는 크루그는 힘이 빠져가는 기색을 보이는 들소의 옆구리를 날카로운 창으로 쿡쿡 찌르며 놈이 마지막 기력까지 다 쏟도록 몰아붙였다.

구브가 크루그의 자리를 대신해 달려들자 털로 뒤덮인 거대한 들소의 속도는 점점 느려졌다. 들소는 바짝 따라붙는 구브에게 쫓겨 맹목적으로 끈질기게 달렸고, 구브는 젊은 들소의 마지막 남아 있는 힘까지 쥐어짜내기 위해 계속해서 창으로 찔러댔다. 브룬이 다가오는 것을 본 브라우드는 날카로운 비명을 내지르며 다음 차례를 이어받아 거대한 들소를 향해 내달렸다. 하지만 브라우드는 오랜 시간 전력질주를 할 필요가 없었다. 들소는 이미 기진맥진한 상태였다. 달리는 속도가 점차 줄어들더니 갑자기 멈춰 서서는 더 이상 움직일 기미를 보이지 않았다. 들소의 가죽은 땀으로 흥건했고, 머리는 아래로 처진 채 입에는 거품을 물고 있었다. 브라우드는 창을 높이 치켜든 채 지친 들소를 향해 다가갔다.

오랜 경험을 바탕으로 브룬은 재빨리 상황을 살폈다. 저 아이가 첫 사냥에 유난히 긴장하고 있는가, 혹 지나치게 겁을 먹고 있는 것은 아닌가? 저 들소는 완전히 힘이 빠진 것인가? 나이 든 들소 중에는 교활하게도 기진맥진해지기 직전에 멈췄다가 막판에 다가오는 사냥꾼을 공격해 죽이거나 치명적인 부상을 입히는 놈들도 있었다. 특히 경험이 없는 사냥꾼이 그런 공격을 당하는 수가 많았다. 사냥돌을 이용해 짐승의 발을 걸어 쓰러지도록 해야 할까? 머리가 땅에 거의 끌리고 있는 데다 옆구리가 들썩이는 모양으로 봐서 들소는 힘이 다 빠진 게 분명했다. 그가 사냥돌을 사용한다면 저 애가 첫 사냥에서 세운 공이 잘 드러나지 않을 터였다. 브룬은 브라우드가 완전한 영광을 누릴 수 있도록 하자고 결단을 내렸다.

들소가 숨을 돌릴 시간을 갖기 전에 브라우드는 재빨리 털로 뒤덮인 거대한 짐승 앞에 다가가 창을 높이 들었다. 그는 최후의 순간에 자신의 토템을 떠올리며 뒤로 물러났다가 바로 창을 내리꽂았다. 길고 육중한 창이 혈기왕성한 들소의 옆구리에 깊이 박히며 들어갔다. 불에 단련된 창끝은 그의 날렵하고 치명적인 손끝에서 질긴 가죽을 뚫고 단번에 들어가 갈비뼈를 부수었다. 고통으로 울부짖으며 다리가 푹 꺾이는 순간에도 들소는 자신을 공격한 쪽을 향해 돌아서며 뿔로 받으려고 했다. 브룬이 그 움직임을 포착하고는 곤봉을 들고 브라우드의 옆으로 냅다 달려와 강인한 근육에서 뿜어져 나오는 힘으로 들소의 커다란 머리통을 내리쳤다. 브룬의 타격에 들소는 그대로 무너졌다. 옆으로 넘어진 들소는 단말마의 고통에 날카로운 굽으로 허공을 몇 차례 긁더니 곧이어 조용해졌다.

브라우드는 순간 놀라서 어리벙벙해졌다가는 이내 허공에 대고 날카로운 비명을 지르며 승리를 부르짖었다. 그는 첫 사냥에 성공했다. 그는 남자가 되었다!

브라우드는 의기양양한 표정으로 옆구리에 깊숙이 박힌 채 곧추 서 있는 그의 창에 손을 뻗었다. 창을 홱 잡아당기자 얼굴 위로 뜨뜻한 피가 튀며 찝찔한 맛이 혀에 닿았다. 브룬은 자부심에 가득 찬 눈빛으로 브라우드의 어깨를 두드렸다.

"잘했다."

브룬은 손짓으로 말했다. 브룬은 그의 휘하에 강인한 사냥꾼 하나가 더 들어와 기뻤다. 강인한 사냥꾼은 그의 자랑이자 기쁨, 그의 짝이 낳은 아들이자 그의 마음의 아들이었다.

동굴은 이제 그들의 거처가 되었다. 동굴 의식을 통해 확고하게 결정될 것이지만, 브라우드의 사냥이 이를 극명하게 보여주었다. 토템들이 기뻐하고 있는 것이다. 다른 사냥꾼들이 그들 주변으로 달려오자 브라우드는 피 묻은 창을 높이 들어 올렸다. 쓰러진 짐승을 보고 달려오는 사냥꾼들의 발걸음에도 기쁨이 묻어났다. 브룬은 칼을 꺼내 배를 가를 준비를 했다. 동굴로 옮겨 가기 전에 들소의 내장을 꺼내는 작업이 먼저였다. 그는 간을 꺼내 여러 조각으로 나눈 뒤 사냥꾼들에게 하나씩 나눠주었다. 간은 남자들에게만 주어지는 가장 영양가 있는 부위로, 사냥에 필요한 근육에 힘을 주고 시야를 밝게 해주었다. 브룬은 거대한 들소의 심장을 도려내 근처 땅속에 묻었다. 자신의 토템에게 약속한 선물이었다.

브라우드는 뜨끈한 생간을 씹으며 성인이 된 첫 느낌을 만끽했다. 기쁨으로 심장이 터질 것만 같았다. 그는 새 동굴을 신성하게 하는 의식에서 성인으로 거듭날 터였다. 사냥춤을 이끌며 작은 동굴에서 거행되는 비밀 의식에도 참석할 것이었다. 브룬의 얼굴에 자랑스러운 빛이 도는 것을 보기 위해서라도 그는 기꺼이 자신의 목숨을 바쳤을 것이었다. 지금 이 순간이 브라우드에게 있어 최고의 시간이었다. 동굴 의식에서 그의 성인 의식이 끝나면 모든 관심이 그에게 쏟아질 것이고 씨족 사람들의 숭배와 존경을 한몸에 받게 될 것이었다. 그 자신과 사냥에서 보여준 위대한 기량에 대한 이야기가 넘쳐나리라. 그날은 그를 위한 밤이 되고, 오가의 눈은 말로 다 못하는 헌신과 존경에 가까운 흠모로 빛이 날 터였다.

남자들은 들소의 다리를 한데 모아 무릎 관절 위에서 꼭 동여맸다. 그로드와 드루그의 창을 한데 묶고, 크루그와 구브의 창을 묶어 네 개의 창은 더 단단해진 두 개의 장대가 되었다. 장대 하나는 앞다리 사이에, 다른 하나는 뒷다리 사이에 꿰어 거대한 들소 위를 수평으로 가로지르게 했다. 브룬과 브라우드는 털이 덥수룩한 머리 양옆에 서서 한 손으로는 뿔을 잡고 다른 한 손으로는 창을 들었다. 그로드와 드루그는 앞다리에 꿴 장대를, 크루그와 구브는 뒷다리를 꿴 장대를 각각 잡았다. 우두머리의 신호가 떨어지자 여섯 명의 사내는 동시에 힘을 주어 들소를 들어 올렸다. 반은 들고, 반은 거의 끌다시피 하며 초원을 따라 걸었다. 동굴로 돌아가는 여정은 동굴을 떠나올 때보다 훨씬 더 많은 시간이 걸렸다. 사냥꾼들이 엄청난 힘을 갖고 있긴 했지만, 무거운 들소를 나르며 초원을 가로질러 산기슭을 오르려면 그들도 안간힘을 써야 했다.

오가는 사냥꾼들이 돌아오길 기다리고 있다가 초원 저 아래에서 그들의 모습을 보았다. 그들이 산등성이에 가까워졌을 무렵에는 씨족 사람들 모두가 그들을 기다렸다가 조용히 환호를 보내며 동굴까지 가는 마지막 여정을 사냥꾼들 옆에서 함께 걸었다. 승리감에 도취된 남자들의 맨 앞에 브라우드가 서 있었다. 이는 누가 사냥감의 숨통을 끊었는지를 보여줬다. 무슨 일이 벌어지고 있는지 전혀 이해할 수 없는 에일라조차 공기 중에 뚜렷하게 감도는 흥분을 느낄 수 있었다.

6

"자네 짝의 아들이 잘 해냈군, 브룬. 훌륭하고 깔끔하게 잘 처리했어."

사냥꾼들이 거대한 짐승을 동굴 앞에 내려놓고 있을 때, 주그가 말을 건넸다.

"족장에게 자랑해도 좋을 새 사냥꾼이 생겼어."

"용기와 강한 팔을 보여주었습니다."

브룬이 손짓으로 대답하며 뿌듯한 얼굴로 브라우드의 어깨에 손을 얹었다. 브라우드는 애정 어린 칭찬을 한껏 즐겼다.

주그와 도르브는 경탄하며 혈기왕성했을 들소를 살펴보았다. 나이가 지긋한 두 남자는 거대한 짐승을 사냥하는 고된 모험에 따르기 마련인 위험이나 실망은 까맣게 잊은 채 사냥감을 추적할 때의 흥분과 성공했을 때의 희열에 대한 추억에만 젖어 있었다. 더 이상 젊은 사냥꾼들과 사냥을 할 수는 없었지만, 사냥에서 소외된 채 남아 있고 싶지 않았던 그들은 아침 내내 나무가 우거진 비탈을 다니며 작은 사냥감을 노렸다.

"주그와 도르브는 줄팔매를 능숙하게 사용하지 않으십니까. 산 중턱에서부터 고기 익는 냄새가 진동하더군요."

브룬이 말을 이어갔다.

"새 동굴에 자리를 잡게 되면, 줄팔매 연습을 할 만한 곳을 찾아보겠습니다. 다른 사냥꾼들도 줄팔매를 능숙하게 다루게 되면 씨족 모두에게 좋은 일이 될 테니까요, 주그. 머지않아 보른도 훈련을 받아야 하고요."

족장은 노인들도 여전히 씨족의 식량을 구하는 일에 도움이 된다는 것을 알고 있었고 그들의 자존심을 세워주고 싶었다. 젊은 사냥꾼들이 늘 사냥에 성공하는 것은 아니었다. 오히려 나이 든 사냥꾼들이 구해 온 고기로 버티는 경우가 더 많았다. 눈이 많이 내리는 겨울에 신선한 고기를 먹을 수 있는 것도 그들이 줄팔매로 잡아온 사냥감 덕분이었다. 겨울 내내 말린 저장고기에 질려 있는 참에 갓 잡은 고기는 반가운 별미였다. 특히 늦가을에 잡아 얼려둔 고기가 다 떨어져갈 무렵에는 그들이 사냥해 온 짐승이 큰 도움이 되었다.

"저기 놓여 있는 큰 들소에 비할 바는 아니나, 우리도 토끼 몇 마리와 살찐 비버를 잡았다네. 요리가 다 된 터라 사냥꾼들을 기다리고 있던 참이었다."

주그가 손짓으로 말했다.

"여기서 멀지 않은 곳에 나무가 없는 빈터도 하나 봐두었다. 연습을 하기에 좋은 곳이 될 것 같네."

짝이 죽은 이후로 그로드의 불터에서 살고 있는 주그는 브룬의 사냥꾼 대열에서 물러난 이후 줄팔매 기술을 연마하는 데 열심이었다. 줄팔매와 사냥돌은 씨족 남자들이 연마하기에 가장 어려운 무기였다. 근육질에 뼈가 두툼하고 약간 활처럼 휜 팔은 굉장한 힘을 낼 수 있었으며 돌을 쪼아 도구를 만드는 섬세하고 정교한 일도 할 수 있었다. 팔 관절의 발달, 특히 근육과 힘줄이 뼈에 연결된 방식 덕분이었다. 하지만 한 가지 결함도 있었다. 이런 식으로 발달된 관절은 팔을 움직이는 데 한계가 있었다. 팔을 둥그렇게 돌릴 수가 없다 보니 물건을 던질 때 제약이 따랐다. 지렛대 역할을 하는 팔의 관절 덕분에 엄청난 힘을 발휘할 수 있었지만 미세하게 팔의 방향을 조절하는 능력은 포기해야 했다.

그들이 사용하는 창도 멀리에서 던지는 투창이 아니라 근거리에서 맹렬한 기세로 찌르는 작살 창에 가까웠다. 창이나 곤봉으로 훈련하는 것은 근육을 강화하는 것이나 마찬가지였다. 하지만 줄팔매나 사냥돌의 사용법을 익히는 데는 다년간의 연습과 집중이 필요했다. 유연한 가죽을 길게 잘라 만든 줄팔매는 불룩하게 들어간 가운데 부분에 조약돌을 끼운 다음, 줄의 양 끝을 한데 잡고 머리 위로 빙빙 돌리다가 가속이 붙었을 때 돌을 던지는 사냥 도구였다. 그들로서는 줄팔매 기술을 연마하는 데 엄청난 노력이 필요했다. 주그는 원하는 방향으로 정확하게 돌을 던지는 자신의 기술에 자부심을 느끼고 있었다. 그는 브룬이 젊은 사냥꾼들에게 줄팔매 기술을 가르쳐달라고 청한 것에 대해서도 자부심을 느꼈다.

주그와 도르브가 줄팔매로 사냥하며 산비탈을 누비고 있을 때, 여자들도 산비탈에서 먹을거리를 채집하고 있었다. 음식이 익어가는 먹음직한 향기가 사냥꾼들의 식욕을 자극했다. 사냥이 얼마나 허기지는 일인지 그들은 새삼 깨달았다. 그러나 오래 기다릴 필요는 없었다.

남자들은 식사를 마치고 포만감을 느끼며 휴식을 취했다. 쉬는 동안에도 그들은 사냥에 성공한 기쁨을 되새기며 주그와 도르브에게 흥미진진했던 사냥 일화들을 들려주었다. 새롭게 얻은 지위와 동료 사냥꾼들의 진심 어린 축하에 상기된 브라우드의 눈에 감탄 어린 시선으로 자신을 빤히 보고 있는 보른이 들어왔다. 그날 아침까지만 해도 브라우드와 보른은 같은 위치에 있었다. 구브가 성인이 된 이후로 보른은 씨족의 아이들 가운데 유일하게 함께 놀 수 있는 사내아이였다.

브라우드는 지금 보른처럼 자신도 사냥에서 막 돌아온 사냥꾼들 주위를 맴돌던 것이 기억났다. 브라우드는 이제 자신에게 눈길도 안 주는 사냥꾼들의 이야기를 하나라도 더 들으려 간절한 눈빛으로 그 주위를 서성이는 일은 더 이상 없을 터였다. 어머니나 다른 아낙들이 그에게 자질구레한 심부름을 시키기 위해 불러내는 일도 없을 것이었다. 그는 이제 사냥꾼, 남자가 된 것이다. 성인의 지위에 오르기 위한 마지막 의식이 아직 남아 있었지만, 곧 있을 동굴 의식에서 성인식도 함께 치러질 예정이었다. 동굴 의식과 함께 치러지는 그의 성인식은 특별히 기억에 남고 길운이 깃들 터였다.

성인식을 치르고 나면 그는 남자들 중에 가장 낮은 서열일 테지만 그런 것쯤은 조금도 문제되지 않았다. 그의 서열은 정해진 대로 언젠가 바뀔 터였다. 그는 씨족장과 짝을 맺은 여인의 아들이었다. 언젠가는 그가 씨족을 다스리는 역할을 이어받게 될 것이다. 보른이 성가실 때도 있었지만 지금은 너그럽게 상대해줄 만한 마음의 여유가 있었다. 그는 만으로 네 살이 다 된 보른에게 다가갔다. 사냥꾼의 지위에 오른 그가 걸어오자 보른의 눈이 기대감으로 부풀어 반짝이는 것을 브라우드는 놓치지 않고 보았다.

"보른, 너도 이제 충분히 컸다고 생각한다."

브라우드는 더욱 남자답게 보이려고 애쓰며 다소 거만한 몸짓으로 말했다.

"내가 창을 만들어주겠다. 너도 사냥꾼이 될 훈련을 시작할 나이다."

보른은 기뻐서 몸을 배배 꼬았다. 그토록 열망하던 사냥꾼의 지위를 이제 막 얻은, 젊은 남자를 올려다보는 보른의 눈에는 어린애특유의 아첨이 담겨 있었다.

"네."

그는 동의한다는 뜻으로 힘차게 고개를 끄덕였다.

"나도 충분히 컸어요, 브라우드."

어린 소년은 수줍게 손짓으로 말했다. 그는 검붉은 피가 말라붙은 견고한 창을 가리키며 물었다.

"만져봐도 돼요?"

브라우드는 아이 앞으로 창끝을 내려주었다. 보른은 머뭇거리며 손을 뻗더니 지금은 동굴 앞 빈터에 놓여 있는 거대한 들소의 말라붙은 피를 만져보았다.

"무서웠어요, 브라우드?"

그가 물었다.

"브룬이 그러는데, 사냥꾼들은 누구나 첫 번째 사냥에서 긴장한대."

브라우드는 그가 느꼈던 두려움을 인정하기 싫은 듯, 그렇게 답했다.

"보른! 여기 있었구나? 그럴 줄 알았다. 오가가 나무 모으는 걸 돕기로 했잖아."

여자와 아이들 틈에서 몰래 빠져나온 아들을 본 아가가 말했다. 보른은 마지못해 제 어미 뒤를 따르며, 자신의 새로운 우상을 어깨 너머로 힐끗 돌아보았다. 브룬은 자기 짝의 아들을 만족스러운 듯 지켜보고 있었다. 브룬이 보기에 브라우드가 어린애라고 보른을 무시하지 않은 행동은 훌륭한 우두머리가 될 자질이었다. 언젠가 보른도 사냥꾼이 될 터였다. 브라우드가 우두머리가 되면, 보른은 어린 시절 브라우드가 자신에게 보여준 친절을 기억하게 되리라.

브라우드는 보른이 발을 질질 끌며 어미 뒤를 따라가는 모습을 지켜봤다. 그 전까지만 해도 에브라가 그에게 잔심부름을 시키던 일이 생각났다. 구덩이를 파고 있는 아낙들을 보자 그는 어머니 눈에 띄지 않도록 슬쩍 빠져나가고 싶은 충동을 느꼈다. 그런데 그 때 자기 쪽을 바라보는 오가가 보였다. 어머니는 더 이상 내게 이거 해라 저거 해라 할 수 없을 거야. 난 이제 아이가 아니야. 나는 남자야. 이젠 어머니도 내 말을 따라야 해. 브라우드는 이렇게 생각하며 가슴을 조금 펴보았다. 어머니도 그래야 하지, 그렇고말고. 게다가 오가가 바라보고 있다고.

"에브라! 물을 갖다주세요!"

그는 여자들 쪽으로 뻐기듯 걸어가며 고압적인 몸짓으로 말했다. 그는 반쯤은 어머니가 자신에게 땔감이나 구해 오라고 말할 거라 생각했다. 엄밀히 말해, 성인식 전까지는 남자가 된 것이 아니었다.

에브라가 그를 올려다보았다. 그녀의 눈에는 자랑스러움이 가득했다. 주어진 임무를 아주 훌륭히 수행한 그녀의 어린 아들, 성인의 자리에 오른 아들이었다. 에브라는 벌떡 일어나더니 빠른 걸음으로 동굴 가까이에 있는 샘에 가서 물을 떠왔다. 다른 아낙들을 보는 에브라의 눈빛이 마치 "내 아들을 봐라! 훌륭한 남자가 아니냐? 용감한 사냥꾼이 아니냐?"라고 말하는 것처럼 도도했다.

어머니의 즉각적인 반응과 자부심 넘치는 표정 덕분에 약간 위축된 기분을 느끼던 그가 다시 당당해졌다. 그는 남자들이 평소 여자들에게 애매모호하게 대꾸할 때 내는 흐음 하는 소리로 고마움을 표시했다. 그가 몸을 돌려 그 자리를 떠나던 순간 오가가 조심스레 고개를 숙이며 동경의 눈빛을 보낸 것만큼이나 그는 어머니의 그 같은 반응이 기뻤다.

오가는 어머니의 짝이 세상을 떠난 지 얼마 안 되어 어머니마저 죽자 큰 슬픔에 빠져 있었다. 두 사람의 외동딸이던 오가는 딸이었지만 살뜰한 사랑을 받으며 컸다. 오가가 족장 가족과 함께 살러 왔을 때 브룬의 짝은 오가에게 친절하게 대해줬다. 그들과 함께 끼니를 먹고 동굴을 찾아 이동 중에도 에브라의 뒤에서 걸었다. 하지만 오가에게 브룬은 무서운 존재였다. 그는 자기 어머니 짝보다 훨씬 엄격했고, 그의 어깨에 진 책임감도 막중했다. 에브라는 주로 브룬에게 신경을 쓰느라 동굴을 찾는 여정 내내 고아가 된 여자아이에게 많은 관심을 쏟지 못했다. 하지만 어느 저녁, 브라우드는 홀로 풀이 죽은 채 앉아 물끄러미 모닥불을 바라보고 있는 오가를 보았다. 전에는 오가에게 관심을 거의 보이지 않았던 그였지만 그날은 오가 옆에 앉아 한 팔로 그녀를 안아주었다. 오가는 나직하게 슬픔에 겨워 울며, 이제는 거의 남자라 할 수 있는, 자부심에 가득한 소년에 대한 고마움으로 가슴이 벅차올랐다. 그때부터 오가에게는 한 가지 바람이 생겼다. 여인으로 성장하면 자신이 브라우드의 짝이 되고 싶다는 바람이.

바람 한 점 없는 늦은 오후의 햇살이 따사로웠다. 나뭇잎을 흔드는 미풍 한 점 없었다. 먹다 남은 음식에 모여든 파리의 윙윙거리는 소리와 아낙들이 고기 굽는 구덩이를 파내는 소리만이 기대감으로 가득 찬 정적을 깨고 있었다. 에일라는 수달가죽 자루에서 붉은 주머니를 찾고 있는 이자 옆에 앉아 있었다. 아이는 하루 종일 이자 뒤를 졸졸 따라다녔지만 이자는 다음 날 치를 동굴 의식에서 중요한 역할을 맡고 있는 터라 목우르와 함께 준비해야 할 절차가 있었다. 지금이 바로 그때인 듯 그녀는 담갈색 머리를 한 에일라를 데리고 동굴 입구 가까운 곳에서 깊은 구멍을 파고 있는 여자들에게 갔다. 나중에 구멍을 다 파면 그 둘레에 놓은 뒤, 그 안에 밤새 활활 타오를 불을 피울 예정이었다. 아침에 들소의 가죽을 벗겨 토막 낸 고기를 나뭇잎으로 감싸 구덩이 속에 넣고, 그 위를 나뭇잎으로 수북이 덮은 뒤 흙을 얹어 불을 피워 그날 오후까지 고기를 익힐 것이었다.

구덩이를 파는 일은 느리고 지루한 과정이었다. 끝이 뾰족한 뒤지개로 퍼 올린 흙을 부수고, 가죽 덮개 위에 손으로 흙을 쓸어 모은 다음, 덮개를 끌어 올려 구덩이 밖으로 흙을 버리는 일이 반복되었다. 하지만 한번 구덩이를 파놓고 이따금씩 재를 치워주기만 하면 여러 번 재활용이 가능했다. 아낙들이 구덩이를 파는 동안, 오가와 보른은 아직 짝을 맺지 않은 우카의 딸, 오브라의 감시하에 땔감을 모으고 개울에서 돌을 주워왔다.

이자가 아이 손을 잡고 다가오자 아낙들은 하던 일을 멈췄다.

"나는 목우르를 뵈러 가야 해요."

이자가 손짓으로 말했다. 그러고는 에일라를 여자들 쪽으로 살짝 밀었다. 이자가 돌아서자 에일라는 바로 따라나서려고 했지만 이자가 고개를 가로저었다. 그녀는 아이를 여자들 쪽으로 다시 밀고는 서둘러 자리를 떠났다.

이자와 크렙을 제외하면 씨족 사람들과 처음으로 가까이서 만나는 자리였다. 곁에 있으면 마음이 놓이는 이자가 없으니 아이는 수줍어 어찌할 바를 몰랐다. 초조하게 자기 발을 쳐다보다 한 번씩 불안한 듯 얼핏 위를 올려다보았다. 씨족의 관습에 반하는 행동임에도 불구하고, 모두들 이상하게 생긴 아이를 빤히 쳐다봤다. 몸은 마르고, 다리는 길며, 평평한 얼굴에 이마는 툭 튀어나와 있었다. 그들 모두 아이에 대해 호기심을 가지고 있었지만 이렇게 가까이서 보는 것은 처음이었다.

마침내 에브라가 어색한 분위기에서 말문을 열었다.

"땔감을 모을 수는 있겠지."

족장의 짝인 에브라는 말없이 손짓으로만 오브라에게 지시를 내리더니 다시 구덩이를 파기 시작했다. 오브라는 나무들과 죽은 통나무가 있는 땅을 향해 걸어갔다. 오가와 보른은 차마 발길이 떨어지지 않는 모양이었다. 오브라가 두 아이에게 어서 따라오라고 연신 손짓으로 재촉하더니 다음에는 에일라에게 같은 손짓을 했다. 에일라는 그 손짓을 이해할 것도 같았지만 자신이 뭘 해야 하는 것인지 정확히는 알 수 없었다. 오브라가 다시 손짓하더니 몸을 돌려 나무를 향해 걸어갔다. 씨족 사람들 가운데 에일라와 나이가 엇비슷한 두 아이도 마지못해 오브라를 따라갔다. 에일라는 그들이 가는 것을 보더니 머뭇머뭇 아이들을 따라나섰다.

나무가 많은 곳에 이르자 에일라는 잠시 서서 오가와 보른이 마른 나뭇가지를 줍는 것을 지켜봤다. 오브라는 쓰러져 있는 제법 큰 나무를 돌로 만든 주먹도끼로 잘라내고 있었다. 나무를 쌓아놓는 구덩이 근처에 다녀온 오가는 오브라가 잘라놓은 통나무 더미를 향해 느릿느릿 걸어갔다. 에일라는 오가가 통나무를 들려고 씨름하는 모습을 보더니 도와주기 위해 다가갔다. 몸을 숙여 통나무의 양쪽 끝을 잡고 둘이 함께 일어서던 순간, 에일라는 오가의 까만 눈과 마주쳤다. 그들은 그대로 멈춰 서서 한동안 서로를 뚫어지게 바라봤다.

두 소녀는 매우 다르면서도 흥미로울 만큼 서로 비슷했다. 아주 오래전 같은 근원에서 태어나 공통의 조상을 가진 후손인 그들은 서로 다른 진화의 길을 걸어왔다. 서로 다른 점이 있긴 했지만 둘 다 지능이 매우 발달되어 있었다. 지능을 갖춘 동시에 한 시대의 지배적인 세력이었던 두 종족을 가르는 차이는 크지 않았다. 그러나 바로 그 미세한 차이가 그들의 운명을 완전히 갈라놓았다.

에일라와 오가는 힘을 합쳐 통나무를 구덩이 근처로 옮겨놓았다. 그들이 나란히 돌아가자 아낙들은 하던 일을 다시 멈추고 멀어져가는 뒷모습을 눈으로 좇았다. 둘의 키는 비슷했지만 키가 조금 큰 아이가 다른 아이보다 나이는 거의 두 배나 많았다. 하나는 몸이 가느다랗고 팔다리가 곧았으며 머리색이 옅었다. 다른 하나는 몸이 다부졌고 다리가 활처럼 휘었으며 머리색은 더 짙었다. 아낙들이 그들을 비교하는 동안, 두 소녀는 여느 아이들이 다 그렇듯 금세 서로의 차이를 잊어버렸다. 힘을 합치니 일은 쉬워졌고 해가 지기 전에 의사소통하는 방법도 찾아냈다. 허드렛일도 어느새 즐거운 놀이가 되었다.

그날 저녁에도 그들은 서로를 찾더니 함께 앉아 저녁을 먹고 또래 간의 즐거운 시간을 보냈다. 이자는 오가가 에일라에게 마음을 연 것을 흐뭇하게 바라봤다. 그녀는 어두워질 때까지 기다렸다가 에일라를 잠자리로 데려왔다. 그들은 헤어지는 순간에도 아쉬운 듯 서로에게서 눈을 떼지 못하더니 오가가 먼저 몸을 돌려 에브라 옆에 마련된 털가죽이 펼쳐진 잠자리로 걸어갔다. 여자와 남자는 아직까지도 따로 자고 있었다. 동굴로 들어가기 전까지 목우르의 동침 금지령은 계속 유지될 터였다.

이른 아침 햇살에 이자의 눈이 떠졌다. 새로운 하루에 인사라도 하듯 짹짹짹, 지지배배 여러 소리로 지저귀는 새들의 노랫소리를 들으며 이자는 여전히 누워 있었다. 이자는 머지않아 눈을 뜨면 동굴 벽이 보일 거라 생각했다. 날씨가 나쁘지 않다면 밖에서 자는 것도 큰 문제는 안 되었지만, 그래도 안락한 동굴이 그리웠다. 이런 생각들을 하고 있자니 그날 해야 하는 일들이 차례로 떠올랐다. 동굴 의식에 대해 생각하자 설레는 감정이 북받쳐 오는 것을 느끼며 이자는 조용히 일어났다.

크렙은 이미 깨어 있었다. 이자는 그가 잠자리에 들기나 한 것인지 의문스러웠다. 그는 어젯밤 이자가 마지막으로 봤을 때와 똑같은 자리에 앉은 채 불을 응시하며 조용히 명상에 들어 있었다. 이자가 물을 데워 박하와 자주개자리, 쐐기풀의 잎을 우려낸 아침 차를 크렙에게 가져다 줄 무렵, 에일라는 잠에서 깨어 크렙 옆에 앉아 있었다. 이자는 아이에게도 어젯밤 먹다 남은 음식을 아침으로 가져다주었다. 성인들은 남녀 모두 의식 후 잔치가 시작될 때까지 금식해야 했다.

늦은 오후가 되자 곳곳의 모닥불에서 음식 익는 냄새가 바람에 실려 와 동굴 주변이 맛있는 냄새로 그득했다. 지진으로 무너진 동굴에서 간신히 건져내 바리바리 짊어지고 왔던 온갖 살림도구들이 다 나와 있었다. 조금씩 다른 방식으로 엮어 질감과 모양은 다양했지만 촘촘하게 엮어 물이 스미지 않게 정교하게 만든 바구니들은 샘에서 물을 긷거나 요리를 하거나 음식을 담는 그릇으로 사용했다. 나무로 만든 그릇도 같은 용도로 사용했다. 갈비뼈는 음식을 저을 때 사용했고, 크고 평평한 골반뼈와 얇게 자른 통나무는 접시와 쟁반이 되었다. 턱과 머리뼈는 국자, 잔, 그릇으로 쓰였다. 자작나무 껍질과 단단하게 매듭을 지어놓은 힘줄을 나무의 끈끈한 수액으로 한데 붙여 여러 모양으로 접어놓은 도구도 다양한 용도로 쓰였다.

가죽끈으로 단단히 묶어 불 위에 매달아놓은, 동굴곰가죽으로 만든 부대 안에서는 죽이 맛있는 냄새를 풍기며 보글보글 끓고 있었다. 죽이 너무 졸아들지나 않는지 옆에서 지켜봐야 했는데, 끓고 있는 죽의 높이를 불꽃보다 높게 맞추기만 하면 가죽 솥의 온도가 낮게 유지되어 죽이 타는 일은 없었다. 에일라는 우카가 들소의 목에서 도려낸 고기 덩어리와 뼈를 솥에 넣어 잘 섞은 뒤 달래와 약간 짠맛이 나는 머위와 여러 식물을 넣는 모습을 지켜보고 있었다. 우카는 맛을 보더니 국물을 걸쭉하게 만들기 위해 껍질을 벗긴 엉겅퀴 줄기와 버섯, 원추리의 싹과 뿌리, 물냉이, 유액을 분비하는 풀의 싹, 다 자라지 않은 작은 참마, 예전 동굴에서 가져 온 덩굴월귤, 마지막으로 그 전날 따놓은 원추리의 말린 꽃을 넣었다.

섬유질로 이루어진 부들개지의 질긴 뿌리는 짓이겨서 섬유질을 제거했다. 예전에 살던 동굴에서 챙겨 온 들쭉나무의 말린 열매와 불에 볶아 곱게 빻은 곡물은 차가운 물이 담긴 바구니에 잘 풀어서 죽으로 만들었다. 누룩을 넣지 않은 납작하고 거무스름한 빵이 불 가까이에 놓인 뜨거운 돌 위에서 구워지고 있었다. 털비름 이파리와 명아주, 어린 토끼풀, 민들레 이파리는 머위로 간을 하여 다른 가죽 부대에서 끓고 있었다. 또 다른 불 위에서는 시큼털털한 말린 사과와 야생 꽃잎, 그리고 운 좋게 찾은 꿀을 넣은 부대가 김을 내뿜고 있었다.

이자는 주그가 초원에서 뇌조 한 마리를 사냥해 돌아오자 유난히 반가워했다. 몸이 무거워 낮게 날아다니는 뇌조는 명사수의 줄팔매질로 쉽게 잡을 수 있는 새였는데, 특히 크렙이 좋아하는 고기였다. 알을 품고 있던 배 속에 약초와 푸성귀를 채워 넣은 뒤 머루나무 잎으로 감싸 돌을 둘러놓은 작은 구덩이에 놓고 불에 굽기 시작하자 맛있는 냄새를 풍기며 익어갔다. 가죽을 벗겨 꼬챙이에 꿴 토끼와 비단털쥐 고기는 숯불에 구웠고, 작은 산처럼 쌓아놓은 막 따온 작은 산딸기들은 햇빛을 받아 탐스러운 붉은색으로 빛났다.

실로 특별한 의식에 걸맞은 잔치 분위기였다.

에일라는 가만히 기다릴 수가 없었다. 하루 종일 음식이 익고 있는 주변을 여기저기 서성였다. 이자와 크렙 모두 하루 종일 거의 보이지 않았고 곁에 있어도 둘 다 이런저런 일로 바빴다. 오가도 음식 준비를 하는 아낙을 돕느라 정신이 없었다. 누구도 에일라에게 신경을 써줄 여유가 없었다. 정신없는 아낙들이 몇 마디 거친 목소리를 내뱉거나 세게 밀쳐내는 통에 에일라는 가능한 멀찌감치 떨어져 있으려고 했다.

석양의 긴 그림자가 동굴 앞 황토에 드리워지자 기대감이 깃든 고요가 씨족 사람들에게 내려앉았다. 모두들 들소의 뒷다리와 허리 살이 익어가는 커다란 구덩이 주위로 몰려들었다. 에브라와 우카가 맨 위 뜨뜻하게 데워진 흙을 걷어내기 시작했다. 까맣게 타서 축 늘어진 나뭇잎을 걷어내자 군침을 돌게 하는 연기구름과 함께 희생된 들소 고기가 나타났다. 살이 얼마나 부드러운지 뼈에서 후드득 떨어져 나올 것만 같아 조심스레 잘 익은 고기를 들어 올려야 했다. 고기를 잘라 나눠주는 역할은 족장의 짝인 에브라가 맡았다. 맨 처음 도려낸 고기 한 점을 아들에게 건네주는 에브라의 얼굴에 뿌듯한 기색이 역력했다.

브라우드는 짐짓 사양하는 척도 하지 않고 앞으로 걸어 나와 냉큼 자기 몫을 받았다. 모든 남자들에게 고기를 나눠준 후, 여자들과 아이들에게 차례로 고기가 돌아갔다. 에일라는 맨 마지막이었지만 모두에게 돌아가고도 남을 만큼 양은 충분했다. 배고픈 씨족 사람들이 허겁지겁 먹는 것에만 집중하다 보니 또 한 번 정적이 내려앉았다.

누구나 먹고 싶은 만큼 먹을 수 있도록 넉넉하게 차려진 잔치였다. 자기 몫을 다 먹은 다음에는 들소 고기를 더 먹거나 자기가 좋아하는 음식을 한 번 더 가지러 가기도 했다. 음식 준비에 공을 들인 아낙들은 포만감에 젖은 씨족 사람들의 칭찬에서 보람을 느끼기도 했지만 앞으로 며칠간 음식 준비에 힘을 빼지 않아도 된다는 사실에 더 안도했다. 다 먹고 나서는 모두들 긴 밤을 준비하며 휴식에 들어갔다.

길어진 그림자가 다가온 어둠의 흐릿한 회색빛 속으로 녹아들 즈음, 한가로웠던 오후의 분위기가 미세하게 변하며 기대감으로 가득 찼다. 브룬이 눈짓을 보내자 여자들은 재빨리 잔치 때 남은 음식을 치운 뒤 동굴 입구에 마련된, 아직 불을 붙이지 않은 나뭇단 주위에 모였다. 아무렇게나 자리를 잡은 것처럼 보여도 각자의 지위에 따라 자리가 정해져 있었다. 여자들은 서열이 높은 순대로 섰다. 반대쪽에 모인 남자들도 씨족 내 위계에 따라 자리를 잡았지만 목우르는 보이지 않았다.

동굴 앞쪽에 가장 가까이 있던 브룬이 그로드에게 신호를 보내자 그로드는 위엄 있게 천천히 걸어 나와 오록스 뿔 속에서 시뻘겋게 타고 있는 숯을 꺼냈다. 무너진 동굴의 잔해에서 타오르고 있던 불에서 걸어와 지금껏 꺼뜨리지 않고 잘 간직해온 대단히 귀중한 불씨였다. 그 불씨가 지속된다는 것은 씨족의 생명이 지속됨을 상징했다. 동굴 입구에서 이 불씨로 불을 피운다는 것은 동굴을 그들이 소유하여 거처로 삼는다는 뜻이었다.

불은 추운 기후에서 살아남는 데 필요한, 인간이 다룰 수 있는 도구였다. 불을 피울 때 나는 연기에도 이로운 점이 있었다. 연기 냄새를 맡는 것만으로도 안전하고 안락한 느낌을 자아냈다. 불에서 솟아난 연기가 동굴 전체를 감돌다 서서히 올라가더니 높은 천장에 닿은 뒤 갈라진 틈이나 외풍이 들어오는 구멍으로 빠져나갔다. 연기는 씨족 사람들에게 보이지 않지만 해로운 기운을 걷어감으로써 동굴을 정화하고 그곳에 그들 인간의 정기를 배어들게 할 것이었다.

불을 피우는 것만으로도 동굴을 정화하고 동굴의 소유권을 주장하는 충분한 의식이 되었지만, 이와 함께 별도로 특정한 의식이 치러지기도 했다. 이러한 별도의 의식은 동굴 의식의 일부로 여겨졌는데, 그중 하나는 그들을 수호하는 토템의 정령들이 새 거처에 친숙해지도록 하는 의식으로, 이는 남자들만 지켜보는 가운데 목우르가 별도로 진행하는 게 보통이었다. 그리하여 이자는 남자들을 위해 특별한 차를 만들어야 했고, 남자들이 의식을 치르는 동안 여자들도 그들만의 의식을 치를 수 있었다.

토템들이 이미 이 동굴을 인정하고 있다는 것은 사냥의 성공을 통해 밝혀졌다. 그러나 사냥감으로 잔치를 베푸는 것이야말로 이 따금씩 장기간 동굴을 비워야 할 때가 있을지 모르나 이 동굴을 영원한 거처로 삼겠다는 뜻을 확고히 하는 것이었다. 토템의 정령들 또한 먼 곳으로 여행을 떠날 때도 있었지만 씨족 사람들이 부적을 가지고 있는 한, 토템은 씨족 사람들이 필요로 할 때 동굴에서부터 그들을 뒤쫓아 올 수 있었다.

동굴 의식에는 정령들도 함께할 터였기 때문에 다른 의식을 함께 치를 수 있고, 그렇게 하는 경우가 많았다. 새로운 거처에 정착하여 씨족의 영토를 공고히 하는 의식과 더불어 치러지는 의식은 어떤 것이든 간에 더욱 뜻깊은 행사로 기억되었다. 각각의 의식마다 결코 변하지 않는 전통적인 절차가 있었지만, 어떤 의식을 치르는지에 따라 의식에 들어가는 행사는 저마다 다른 특색을 지니고 있었다.

목우르는 보통 브룬과 상의해 어떠한 행사들을 결합해 전체적인 의식을 구성할 것인지 결정했지만, 그들이 생각하는 바에 달라질 수 있는, 유기적인 구성으로 이루어졌다. 이번 의식에는 브라우드의 성인식과 아기들의 토템을 정해주는 행사가 포함될 예정이었다. 앞으로 치러야 할 행사이기도 했고 이 행사를 통해 정령들을 기쁘게 해주고 싶은 소망도 담겨 있었다. 시간은 중요하게 고려할 요소가 아니었다. 시간이 많이 소요되면 소요되는 만큼 행사를 치루면 될 일이었다. 혹 짐승의 공격을 받거나 위험에 처한다 해도 단순히 불을 피우는 것만으로도 동굴은 그들의 소유가 되는 것이었다.

불을 피우는 일의 중대함에 걸맞은 엄숙한 태도로 그로드는 무릎을 꿇고 앉아 벌겋게 타고 있는 불씨를 바싹 마른 부싯깃 위에 올려놓고 후후 불기 시작했다. 씨족 사람들 모두 애타는 마음으로 몸을 앞으로 내밀었다. 마침내 일어난 불길이 부싯깃을 향해 혀를 날름대자 모두들 안도의 한숨을 내뱉었다. 불이 활활 타오르자 갑자기 어디선가 무시무시한 형체가 나타나더니 모닥불 가까이에 선 채 그 위용을 드러냈다. 세차게 타오르는 불꽃이 그를 감싸고 있는 듯 보였다. 으스스한 분위기의 새하얀 해골을 뒤집어쓴 붉은 얼굴은 마치 불 속에서 저 혼자 떠다니는 것처럼 보였지만, 거세게 날름거리는 덩굴손 같은 불길 속에서 흠집 하나 나지 않았다.

불에 타는 듯한 유령 같은 형체를 에일라가 뒤늦게 보고는 숨을 삼켰다. 이자가 아이를 안심시켜주기 위해 손을 꼭 잡아주었다. 에일라는 창끝이 지면을 쿵쿵 둔탁하게 두드리는 진동을 느꼈다. 그때 가장 최근에 사냥꾼 대열에 합류한 브라우드가 모닥불 앞으로 뛰어나갔다. 그와 동시에 도르브는 나무로 만든 커다란 통을 뒤집어 통나무에 기대놓고 리듬에 맞춰 격렬하게 두들겼다. 에일라는 그 소리에 화들짝 놀라 뒤로 물러났다.

브라우드는 웅크리고 앉아 먼 곳을 응시하며 있지도 않은 햇빛을 손으로 가렸다. 그때 다른 사냥꾼들도 뛰어들어 그와 함께 들소 사냥을 재연했다. 누대에 걸쳐 몸짓과 신호로 소통을 하며 갈고 닦은 솜씨로 생생하게 펼치는 무언극은 사냥하던 순간의 강렬한 감정을 그대로 되살려냈다. 다섯 살 된 이방인에 불과한 에일라조차 극적인 효과에 사로잡혔다. 극의 미세한 부분까지 이해할 수 있는 씨족 여자들은 어느새 먼지가 날리는 무더운 초원에 서 있었다. 그들은 지축을 뒤흔드는 우레 같은 발굽소리를 들었고, 숨을 턱 막히게 하는 먼지의 맛을 느꼈으며, 사냥감의 숨통을 끊던 순간의 전율을 경험했다. 이는 여자들에게 사냥꾼들의 신성한 삶을 엿볼 수 있는, 흔치 않은 특별한 시간이었다.

브라우드는 시작부터 사냥춤을 이끌었다. 사냥감을 죽인 주인공이었기에 오늘밤은 그를 위한 밤이었다. 그는 씨족 사람들이 사냥춤에 감정을 이입하고 있다는 것을, 그리고 여자들이 공포에 떨고 있다는 것을 느꼈다. 그는 더욱 열정적으로 강렬한 극적 효과를 연출하며 화답했다. 브라우드는 완벽한 배우의 모습을 보였고, 관심이 그에게 집중될 때 최고의 기량을 발휘했다. 그는 관객의 마음을 쥐락펴락했다. 그가 마지막 장면에서 사냥감을 찌를 때, 여자들의 몸을 타고 흐른 황홀한 전율에는 관능적인 느낌마저 깃들어 있었다. 불 뒤에서 지켜보는 목우르 또한 누구 못지않게 깊은 인상을 받았다. 남자들이 사냥에 대해 이야기하는 것을 본 적은 많았지만 이렇게 드물게 펼쳐지는 의식을 통해서만 그는 실제 사냥에서 느끼는 흥분과 비슷한 감정을 전부 느껴볼 수 있었다. 저 아이가 제법 잘하는군. 주술사는 불 앞으로 걸음을 옮기며 생각했다. 토템의 표식을 얻을 자격이 되는군. 좀 자랑할 만도 하겠지.

마지막 돌진 장면을 끝낸 브라우드는 강력한 힘을 가진 주술사의 바로 앞에 서게 되었다. 땅을 두드리는 둔탁한 소리와 날카롭게 울리던 북소리도 과장된 마지막 동작과 함께 끝이 났다. 목우르 또한 자신의 역할을 극적으로 펼치는 법을 잘 알았다. 시간 조절의 대가인 그는 사냥춤의 흥분이 가라앉고 기대감이 고조되도록 기다렸다. 묵직한 곰가죽 덮개로 가린, 한쪽으로 기운 그의 육중한 몸이 활활 타오르는 모닥불을 배경으로 검은 그림자를 드리웠다. 황토를 발라 붉은 얼굴 위로 자신의 형체가 어른어른 그림자를 드리웠다. 뭐라 형언하기 어려운 흐릿한 배경 속에서 그의 이목구비는 가려진 채 보이지 않았고 초자연적인 정령의 것 같은 불길한 외눈만이 반짝였다.

모닥불이 타닥거리는 소리와 나무를 스치는 바람 소리, 그리고 먼 곳에서 들려오는 하이에나의 울음만이 밤의 고요를 흐트러뜨리고 있었다. 브라우드는 번들거리는 눈으로 가쁜 숨을 몰아쉬었다. 열정적인 춤사위를 막 끝내서기도 했지만 또 한편으로는 흥분과 자부심 때문이었다. 하지만 서서히 온몸에 불안감이 차오르기 시작했다.

브라우드는 다음 차례가 무엇인지 알았다. 시간이 흐를수록, 그는 불안감에서 오는 으스스한 기분을 다스리기 위해 노력해야 했다. 오싹한 기운이 그를 덮치며 몸이 떨려오기 시작했다. 이제 목우르가 그의 몸에 토템의 상징을 새길 순서였다. 브라우드는 생각하지 않으려고 애썼지만 막상 그 순간이 되자 통증에 대한 두려움보다 더 큰 무언가에 덜컥 겁이 났다. 주술사가 뿜어내는 영적인 기운이 아직 어린 브라우드의 마음에 엄청난 두려움을 심어놓고 있었다.

그는 정령의 세계로 들어가는 문턱에 서 있었다. 그곳은 거대한 들소보다 훨씬 두려운 존재들이 에워싸고 있는 세계였다. 들소들은 그 크기와 엄청난 힘에도 불구하고 어디까지나 물질세계에 실재하는 피조물, 맞붙어 싸울 수 있는 생명체였다. 하지만 눈에 보이지 않으면서 지축을 흔들 만큼 강력한 힘을 지닌 정령은 전혀 다른 존재로 느껴졌다. 느닷없이 찾아온 지진에 대한 기억 때문에 몸서리를 치지 않으려고 애쓰는 이는 비단 브라우드만이 아니었다. 오로지 신성한 목우르만이 실체가 없는 세계와 대면할 수 있었다. 미신에 사로잡힌 젊은 브라우드는 목우르 중에 가장 위대한 목우르가 어서 그 일을 끝내주기를 바랐다.

브라우드의 말 없는 간청에 응답이라도 하듯, 주술사는 팔을 들고는 초승달을 올려다보았다. 그러고는 물 흐르듯 유려한 몸짓으로 간절히 기도하기 시작했다. 하지만 목우르가 대상으로 삼은 청중은 그를 보며 완전히 넋을 잃은 씨족 사람들이 아니었다. 그의 호소력 짙은 몸짓은 영묘한 정령들의 세계를 향해 있었다. 현실세계에서도 그러했지만 정령들에게 뜻을 전하는 손짓 또한 유려하기 그지없었다. 섬세한 기교가 담긴 몸짓, 미묘한 차이까지 전달하는 손짓으로 주술사는 외팔이라는 신체적 결함을 딛고 놀라운 화술을 펼쳤다. 그는 한 팔로도 두 팔을 지닌 보통의 사람들보다 더 풍부한 표현력을 자랑했다. 그가 기도를 마쳤을 무렵, 씨족 사람들은 자신들이 수호 정령과 수많은 미지의 정령들의 정기에 둘러싸여 있음을 감지했다. 브라우드를 타고 흐르던 전율은 어느새 그의 몸을 후들후들 떨게 만들었다.

그때 주술사가 돌연 아주 날랜 동작으로 두르개 주머니 속에서 날카로운 돌칼을 홱 뽑아 그의 머리 위로 높이 쳐들었다. 몇몇 사람들은 헉 하는 탄성을 내질렀다. 주술사는 브라우드의 가슴을 향해 날카로운 칼을 내리꽂을 듯 가져가더니 완벽하게 절제된 움직임으로 칼이 몸을 뚫고 들어가기 직전에 멈췄다. 그러고는 날쌘 손놀림으로 혈기왕성한 브라우드의 가슴에 두 개의 줄을 새겼다. 코뿔소의 거대한 굽은 뿔처럼 두 줄은 같은 방향으로 휘어지다가 한 점에서 만났다.

브라우드는 눈을 질끈 감았지만 칼이 피부를 가르는 순간에도 주춤 물러서지 않았다. 상처에서 솟은 피가 가슴을 타고 새빨갛게 흘러내렸다. 주술사의 옆으로 고약이 담긴 그릇을 들고 구브가 등장했다. 상처가 덧나는 것을 막아주는 고약은 정제된 들소의 기름에 물푸레나무의 재를 섞은 것이었다. 목우르는 검은 기름처럼 보이는 고약을 상처에 발라 흐르는 피를 멈추게 한 뒤, 검은색의 흉터가 생겼는지 확인했다. 검은색의 그 흉터는 이제 그를 지켜보는 모든 이들 앞에서 남자가 되었음을 선포하는 것이었다. 강력하고 예측 불가능한 털코뿔소 정령의 보호를 받는 남자가 된 것이었다.

브라우드는 그에게 쏟아지는 관심을 예민하게 의식하는 한편, 마음 깊이 즐기며 자기 자리로 돌아갔다. 이제 최악의 순간은 끝난 셈이었다. 그는 사냥에서 보여준 자신의 용기와 기량은 물론, 현장의 흥분을 그대로 재연해낸 사냥춤, 그리고 토템의 상징이 새겨질 때 의연하던 자신의 모습이 오래오래 사람들의 입을 통해 생생하게 전해질 거라 확신했다. 자신의 이야기가 전설이 될 거라고, 그리하여 춥고 긴 겨울 내내 동굴 속에 움츠린 채 자신의 이야기가 거듭회자될 것이라 믿었다. 또한 씨족 모임에서도 그의 이야기는 화제에 오를 것이었다. 내가 없었다면 우리는 이 동굴에서 살지 못했을 거야. 브라우드는 속으로 그런 생각을 하고 있었다. 내가 들소를 죽이지 못했다면 이런 의식을 치르기는커녕, 여전히 동굴을 찾아 헤매고 있었을 거야. 브라우드는 새 동굴은 물론 일련의 모든 의식들을 치를 수 있게 된 것이 모두 자기 덕분이라는 착각에 빠졌다.

에일라는 두려움과 강한 호기심에 사로잡혀 의식을 지켜봤다. 거대한 남자가 브라우드를 칼로 찔러 피가 흐르던 순간에는 몸서리를 치지 않을 수 없었다. 에일라는 이자가 곰가죽을 덮어 쓴 무시무시하게 보이는 주술사 앞으로 자신을 이끌자 멈칫했다. 그가 자신에게는 무슨 일을 할 것인지 두려워졌다. 오나를 안은 아가와 보르그를 안은 이카도 목우르에게 다가갔다. 에일라는 두 여자가 이자와 자신보다 앞줄에 있어 다행이라 생각했다.

이제 구브는 성스러운 붉은 황토가 담긴, 촘촘하게 짠 바구니를 들고 있었다. 황토를 고운 가루로 빻은 뒤 불에 녹인 동물의 기름과 섞어 진한 붉은색이 나도록 짓이긴 반죽이 담겨 있는 바구니는 오래전부터 사용된 탓에 붉게 물들어 있었다. 목우르는 그 앞에 서 있는 여자들의 머리 위로 떠 있는 은빛 달을 올려다보았다. 그는 무언의 몸짓을 하며 정령들에게 가까이 다가와 아기들을 굽어 살핀 뒤 아기들의 수호 정령을 보여주십사 청했다. 그러고는 붉은 반죽에 손가락 하나를 푹 찍어 사내아이의 엉덩이에 멧돼지 꼬리 같은 나선형 무늬를 그렸다. 씨족 사람들에게서 낮고 거친 웅성거림이 일었다. 그들은 손짓으로 그 토템이 아기에게 얼마나 잘 어울리는지 이야기하고 있었다.

"멧돼지의 정령이시여, 이 아이 보르그를 당신의 보호에 맡기옵니다."

주술사는 손짓으로 말한 뒤, 가죽 끈이 달린 작은 주머니를 아이의 목에 걸어주었다.

이카는 묵묵히 따른다는 뜻으로 머리를 숙여 인사했다. 이카의 몸짓에는 기뻐하는 태가 역력했다. 멧돼지는 강하고 존경을 받는 토템의 정령이었고, 그녀는 그 토템이 아들의 천성에 잘 맞는다고 느꼈다. 이카는 옆으로 물러났다.

주술사가 다시 정령을 부르며 구브가 들고 있는 붉은색 바구니에 손을 뻗었다. 그러고는 황토 반죽으로 오나의 팔에 동그라미를 그려 넣었다.

"올빼미의 정령이시여."

그가 손짓으로 외쳤다.

"이 아이 오나를 당신의 보호에 맡기옵니다."

목우르는 아기의 목에 아기 어미가 만든 부적을 걸어주었다. 다시 한 번 씨족 사람들 사이에서 웅성거리는 소리가 일었다. 여자아기를 보호해줄 강한 토템이라는 뜻의 손짓들이 빠르게 오갔다. 아기는 기뻤다. 자신의 딸이 충분한 보호를 받을 것이었고, 강한 토템을 가졌다는 것은 훗날 딸의 짝도 강한 토템을 가질 것이라는 의미였다. 다만 딸이 강한 토템으로 인해 아이를 수태하는 일이 어려워지지 않기를 바랄 뿐이었다.

아가가 옆으로 물러나고 에일라를 팔에 안은 이자가 앞으로 나가자 다들 관심을 보이며 앞으로 몸을 내밀었다. 에일라는 더 이상 겁에 질려 있지 않았다. 가까이 다가서자 얼굴에 붉은 칠을 한, 위엄 있는 존재는 다름 아닌 크렙이었다. 아이를 바라보는 그의 눈에는 따뜻한 빛이 서려 있었다.

이번에는 놀랍게도 의식에 함께하고 있는 정령들을 부르는 주술사의 손짓이 전과는 달랐다. 태어난 지 7일이 된 아이에게 이름을 붙여주는 의식에서 사용하는 손짓이었다. 이는 낯선 아이의 토템이 정해지는 것과 동시에 이 아이가 씨족의 일원으로 받아들여진다는 뜻이었다! 반죽에 손가락을 푹 찍은 목우르는 아이의 이마 한가운데, 눈 위에 돌출된 눈썹 뼈가 만나는 곳에서 작은 코끝까지 선 하나를 죽 그렸다.

"아이의 이름은 에일라입니다."

그는 씨족 사람들과 정령들이 아이의 이름을 똑똑히 알아들을 수 있도록 천천히 조심스럽게 발음했다.

이자는 몸을 돌려 에일라를 바라보고 있는 사람들을 향해 섰다. 에일라를 양녀로 들인다는 것은 이자로서도 다른 사람들 못지않게 놀라운 일이었다. 에일라는 이자의 심장이 빠르게 뛰는 것을 느낄 수 있었다. 그렇다면 이 애가 내 딸이라는 뜻이로구나, 내 딸, 내 첫째 아이. 이자는 그렇게 생각했다. 이름을 붙이고 씨족의 일원으로 받아들일 때 아이를 안고 있는 사람은 오로지 어머니여야 했다. 이 아이를 발견한 지 이레가 되었나? 확실히 모르겠으니 나중에 크렙에게 물어봐야겠다. 내 생각에도 그 정도 된 것 같은데. 이 아이가 내 딸이 되는 게 틀림없어. 나 말고 누가 이 아이의 어머니가 되겠어?

씨족 사람들은 다섯 살 난 아이를 아기처럼 품에 안고 있는 이자 옆을 줄지어 지나가며 아이의 이름을 따라 해보았지만, 정확한 발음과는 조금씩 다 달랐다. 사람들이 모두 지나간 후, 이자는 몸을 돌려 다시 주술사 앞에 섰다. 그는 높은 곳을 올려다보며 정령들에게 다시 한 번 모여주십사 청했다. 씨족 사람들은 기대감에 찬 눈빛으로 기다렸다. 목우르는 사람들의 관심이 최고조에 오른 순간을 알아차리고는 그 순간을 십분 활용했다. 의도적으로 천천히 움직이며 긴장감을 지속하기 위해 시간을 끈 뒤에야 기름이 섞인 붉은 반죽을 손가락으로 퍼 올렸다. 그러더니 사자가 할퀸 상처가 아물고 있는 에일라의 다리 위에 선 하나를 죽 그었다.

저게 무슨 의미지? 무슨 토템일까? 예의 주시하고 있던 씨족 사람들이 어리둥절한 표정을 지었다. 신성한 주술사는 다시 한 번 붉은 바구니 속에 손을 넣더니 그 옆의 상처 위로 두 번째 선을 그렸다. 아이는 이자의 몸이 떨리기 시작하는 것을 느꼈다. 누구 하나 미동조차 보이지 않았고, 숨소리 하나 들리지 않았다. 세 번째 선이 그려지자 브룬은 화가 나 잔뜩 찌푸린 얼굴로 목우르와 눈을 마주치려고 했지만 주술사는 일부러 시선을 회피했다. 네 번째 선이 그려졌을 때, 씨족 사람들은 그 토템이 무엇인지 알았지만 누구도 믿으려 하지 않았다. 게다가 토템의 표식이 그려진 다리는 오른쪽이 아니라 왼쪽이었다. 목우르는 고개를 돌려 브룬을 똑바로 바라보며 마지막 손짓을 이어나갔다.

"동굴사자의 정령이시여, 이 아이 에일라를 당신의 보호에 맡기옵니다."

격식을 갖춘 몸짓이 마지막 남은 의구심마저 모두 걷어갔다. 목우르가 아이의 목에 부적을 걸어주자 놀라움을 넘어 충격에 가득 찬 사람들의 손짓이 더욱 빨라졌다. 과연 저게 진짜란 말인가? 계집애의 토템이 남자들의 토템 중에서도 가장 강력한 것으로 정해질 수 있단 말인가? 동굴사자?

골이 잔뜩 난 형제의 시선을 똑바로 맞받아치는 크렙의 시선은 단호했고 타협의 여지가 없었다. 잠시 그들은 정적 속에서 신경전을 벌였다. 여자에게 그토록 강력한 정령의 보호가 주어진다는 것이 얼마나 타당하지 않은 일인지는 더 이상 상관이 없었다. 목우르는 이 아이의 토템이 동굴사자로 정해진 것은 돌이킬 수 없이 확고하게 결정된 일임을 알았다. 목우르는 그저 동굴사자가 스스로 결정한 일을 재차 확인하는 역할을 할 뿐이었다. 브룬은 지금껏 불구인 그의 형이 정령의 뜻을 전달받아 보여준 토템에 대해 의구심을 품은 적이 없었다. 하지만 지금은 어쩐지 주술사에게 속은 것 같은 느낌이 들었다. 그는 마음에 들지 않았지만, 그토록 분명하게 확인된 토템을 본 적이 없다는 사실 또한 인정해야만 했다. 시선을 먼저 뗀 것은 그였지만 여전히 심기는 불편했다.

낯선 아이를 씨족의 일원으로 받아들이는 것도 충분히 납득하기 어려운 결정이었는데 아이의 토템은 도를 넘어선 것이었다. 비정상적일 뿐 아니라 전통에도 어긋났다. 브룬은 질서가 잘 확립된 그의 씨족에게 이례적인 일이 발생했다는 사실에 영 마음이 불편했다. 그는 단호하게 입을 꾹 다물었다. 더 이상의 일탈은 없을 것이다. 저 아이가 씨족의 일원이 된 이상, 동굴사자든 아니든 간에 씨족의 관습에 순응해야 할 것이다.

이자는 정신이 아득해졌다. 여전히 아이를 안은 채 그 뜻을 받들겠다는 의미로 고개를 숙였다. 목우르가 결정하면, 그렇게 따라야 할 일이었다. 이자는 에일라의 토템이 강할 것이라 짐작하긴 했다. 하지만 동굴사자? 이자는 덜컥 두려움에 사로잡혔다. 여자아이의 토템으로 맹수 중에서도 가장 강력한 동굴사자? 이제 이자는 아이가 결코 짝을 맺지 못할 거라 확신했다. 아이 스스로 지위를 가질 수 있도록 에일라에게 치료술을 가르쳐야겠다고 다시 한 번 마음을 굳게 먹었다. 크렙은 이자가 아이를 안고 있는 동안, 아이에게 이름을 붙여주고 씨족의 일원으로 받아들이고 아이의 토템을 알려주었다. 그것이 에일라가 자신의 딸이 된 것을 뜻하는 게 아니라면 무엇이겠는가? 태어났다는 것 자체로 씨족의 일원으로 받아들여지는 것은 아니었다. 이자는 모든 게 뜻대로 잘 된다면 머지않아 갓난아기를 안고 다시 주술사 앞에 서게 될 것이었다. 오랜 세월 아이 없이 지내온 그녀가 곧 두 아이의 어미가 되는 것이었다.

충격에 휩싸인 씨족 사람들의 손짓과 소리로 한바탕 소란이 일었다. 이자는 사람들의 놀란 시선을 의식하며 그들 한가운데에 있는 자기 자리로 돌아갔다. 모두들 이자와 아이를 보지 않으려고 애썼다. 사람을 빤히 쳐다보는 것은 무례한 행동이었다. 그러나 단 한 사람은 관습에 상관없이 아이를 노려보고 있었다. 아니 단순히 노려보는 정도가 아니었다.

작은 여자아이를 향해 도끼눈을 하고 쏘아보는 브라우드의 증오에 찬 시선에 이자는 간담이 서늘해졌다. 이자는 자부심에 가득 찬 브라우드의 악의적인 눈길로부터 에일라를 가리기 위해 두 사람 사이에 자리를 잡았다. 브라우드는 자신이 사람들의 관심에서 어느새 비껴났다는 것을 깨달았다. 누구도 그에 대해 더 이상 입에 올리지 않았다. 동굴이 씨족 사람들의 거처가 되도록 공을 세운 그의 용감했던 행동은 사람들의 기억 속에서 잊히고 말았다. 경이에 가까웠던 사냥춤, 목우르가 그의 가슴에 토템의 표식을 새길 때 보여준 극기심도 모두 잊혔다. 소독제 겸 지혈용 고약을 발라놓은 상처는 칼로 긋던 때보다 통증이 더 심해져 여전히 쓰라렸다. 그런데도 그가 얼마나 용감하게 고통을 견뎌내고 있는지 아무도 알아주지 않는단 말인가?

그는 이제 관심 밖에 놓여 있었다. 소년이 남자가 되는 통과의례로서 성인식은 평소처럼 진행되었다. 훗날 족장이 될 소년의 성인식이라고 해서 특별한 것은 없었다. 목우르가 낯선 여자아이의 토템이라며 전혀 예상치 못했던 이례적인 토템을 보여주던 순간의 충격에 비하면 성인식은 별다를 게 없었다. 브라우드는 사람들이 그 동굴을 처음 발견한 게 여자아이였다고 상기하는 것을 보았다. 저 못생긴 계집애가 새 거처를 찾았다고! 그 애 토템이 동굴사자라는 게 뭐 대수라고? 브라우드는 화가 치밀어 올랐다. 저 여자애가 들소라도 잡았단 말이냐? 오늘밤은 그의 밤이어야 했다. 그가 주인공이어야 하고, 씨족 사람들의 감탄과 경외를 받는 대상이어야 했다. 그런데 에일라가 자신에게 올 관심을 다 가로챘다고 브라우드는 생각했다.

그는 계속해서 이상한 여자애를 노려봤다. 그러다 이자가 개울 옆 야영지를 향해 걸음을 빠르게 옮기자 그의 관심은 다시 목우르에게 향했다. 이제 곧 그는 남자들만의 비밀스런 의식에 참여하게 될 터였다. 그는 어떤 일들이 벌어질지 전혀 알지 못했다. 그가 비밀 의식에 대해 들었던 내용이라고는 진정한 기억이 무엇인지 처음으로 알게 된다는 것이었다. 그것은 그가 남자가 되는 마지막 관문이었다.

개울 가까이에 있는 모닥불 옆에서 이자는 신속하게 두르개를 벗고는 미리 준비해둔 나무 그릇과 말린 풀이 담긴 붉은색 주머니를 집어 들었다. 그리고 그릇에 물을 가득 담은 뒤 그로드가 땔감을 더 집어넣어 불길이 거세진 커다란 모닥불로 돌아왔다.

이자가 몸을 감싸고 있던 덮개를 벗자 오전 일찍 오랜 시간 모습이 안 보였던 이유가 드러났다. 주술사 앞에 선 이자는 목에 건 부적을 제외하면 완전히 벌거벗고 있었다. 온몸에는 붉은색 줄들이 그려져 있었다. 커다란 동그라미가 불룩 튀어나온 배를 더욱 도드라지게 했다. 양 가슴에도 동그라미가 그려져 있고, 양쪽 어깨 끝에 그린 줄무늬는 등의 잘록한 부분에서 V자를 그리며 만났다. 볼기 아랫부분에도 붉은 원이 하나씩 그려져 있었다. 이 불가사의한 상징의 의미를 알고 있는 이는 목우르뿐이었는데, 남자들은 물론 이자를 보호하기 위함이었다. 종교적인 의식에 여자가 참석한 것은 위험한 일이었지만 약차를 준비하는 이자 없이는 의식을 치를 수 없었다.

이자는 목우르 가까이에 섰다. 두툼한 곰가죽 덮개를 두르고 뜨거운 불 가까이에 서 있는 그의 얼굴에 맺힌 땀방울이 보일 만큼 가까운 거리였다. 다른 사람은 감지할 수 없을 만큼 아주 작은 손짓에 이자는 그릇을 높이 든 채 씨족 사람들을 향해 몸을 돌렸다. 그릇은 아주 오래전부터 내려오는 것으로, 수 세대에 걸쳐 특별한 의식 때만 사용하기 위해 잘 보존되어왔다. 아주 먼 옛날, 주술 치료사였던 한 여인이 오랜 시간 공을 들여 나무 둥치를 자르고 깎아 모양을 만든 뒤, 그보다 더 오랜 시간 모래와 둥근 돌로 그릇 표면을 부드럽게 문질러 만든 그릇이었다. 오랜 세월 의식 때마다 차를 담아 두는 용도로 반복되어 사용되다 보니 그릇 안쪽에는 그윽한 흰 빛이 배어 있었다.

이자는 마른 뿌리를 입에 넣고 침을 삼키지 않도록 조심하며 천천히 씹었다. 커다란 이와 강한 턱으로 뿌리의 질긴 섬유질을 자근자근 씹어 곤죽이 된 뿌리를 물이 담긴 그릇에 뱉은 다음 저었더니 뽀얀 흰색의 차가 완성되었다. 이자 직계의 주술 치료사들만이 강한 효능을 지닌 뿌리의 비밀을 알았다. 그렇다고 사람들이 이 식물을 모르는 것은 아니었으나 흔하게 찾을 수 있는 것은 아니었다. 갓 캐낸 뿌리에는 최면 효과가 거의 없었다. 뿌리를 말린 지 최소 2년은 되어야 최면 효과가 나타났다. 말릴 때에도 보통 약초는 뿌리를 위로 하는 것과는 달리 이 식물의 뿌리는 아래로 가게 했다. 주술 치료사만이 이 약차를 만들 수 있지만 오랜 전통에 따라 남자들만이 마실 수 있었다.

오래된 전설에 따르면, 식물의 최면 성분을 뿌리에서 농축하는 비법은 어머니에게서 딸에게로 비밀리에 전해 내려왔다. 아주 오래전만 해도 오로지 여자들만이 이 강력한 약차를 마셨다는 것이다. 하지만 남자들이 이 뿌리를 우린 차를 마시는 의식과 행사를 모두 독차지하게 되면서 여자들은 약차를 마시는 것이 금지되었다. 그래도 그 비법만큼은 빼앗아갈 수 없었다. 주술 치료사였던 여인들이 그 비법을 딸이 아니면 누구에게도 알려주지 않다 보니 아주 오랜 전통의 대를 이어받은 직계 후손인 이자만이 그 비법을 알고 있었다. 지금 그 순간에도 남자들이 이 차를 마시려면 그에 상응하는 가치 있는 무언가를 대가로 내줘야 했다.

차가 준비되자 이자가 고개를 끄덕였다. 그러자 구브가 주로 남자들을 위해 준비하는 흰독말풀 차가 담긴 그릇을 내밀었다. 이번에는 여자들을 위해 만든 것이었다. 엄숙하게 격식을 갖춰 두 사람이 그릇을 교환하자 목우르는 남자들을 이끌고 작은 동굴 안으로 들어갔다.

남자들이 떠난 후, 이자는 흰독말풀 차를 여자들에게 돌렸다. 이자는 흰독말풀을 마취제나 진통제 혹은 최면제로 쓸 때가 많았는데, 이번에는 아이들을 위한 진정제로 쓰기 위해 다른 방식으로 차를 만들었다. 아이들이 편안한 상태에서 어미를 찾지 않아야 여자들도 완전히 쉴 수 있었기 때문이었다. 여자들만의 의식이 허락되는 드물게 찾아오는 호사를 누릴 때면 이자는 차를 만들어 아이들이 깊은 잠에 빠지도록 했다.

곧이어 하나둘 나른해진 아이를 잠자리에 눕혀놓고 여자들이 모닥불로 돌아왔다. 에일라를 털가죽 속에 눕히고 돌아온 이자는 도르브가 사냥춤 때 악기로 썼던 뒤집어놓은 통 앞으로 가더니 천천히 일정한 리듬으로 두드리기 시작했다. 막대기로 통의 가장자리에 가까운 위쪽을 치면서 소리의 높낮이를 바꾸기도 했다.

처음에 여자들은 아무런 움직임 없이 가만히 앉아 있었다. 남자들 앞에서 조심스레 행동하던 것에 너무 익숙해진 탓이었다. 그러나 점차 흰독말풀 차의 기운이 몸에 퍼지는 것을 느낀 여자들은 남자들이 곁에 없다는 것을 의식하면서 위풍당당한 박자에 맞춰 몸을 움직이기 시작했다. 먼저 벌떡 튀어 오른 여자는 에브라였다. 그녀가 이자 주위를 돌며 복잡한 스텝으로 춤을 추자 북을 치는 이자의 손놀림은 더욱 빨라졌다. 그러자 여자들의 감정이 점점 더 고조되더니 곧이어 모두들 나와 족장의 짝과 함께 춤을 췄다.

리듬이 점점 빨라지고 복잡해지자 평소에는 유순하던 여인들이 두르개를 벗어 던지기 시작했다. 그러고는 무엇에도 구애받지 않은 채 노골적일 만큼 관능적으로 몸을 흔들었다. 그들은 이자가 연주를 멈추고 그들의 춤판에 끼어든 것도 알아채지 못했다. 여자들은 자신의 내부에서 흐르는 리듬에 빠져 춤을 추고 있었다. 일상에서 억눌린 채 갇혀 있던 감정들이 한꺼번에 풀려나오며 자유분방한 춤사위로 이어졌다. 자유의 카타르시스 속에서 몸속의 긴장이 다 흘러나갔다. 그러한 카타르시스를 통해 그들은 구속이 따르는 삶을 받아들일 수 있었다. 빙그르르 돌고, 뛰어오르고, 미친 듯이 발을 구르며 새벽이 올 때까지 춤을 추던 여자들은 제 풀에 지쳐 하나둘 쓰러지더니 그 자리에서 잠들었다.

다음 날 동이 틀 무렵, 남자들은 동굴에서 나왔다. 바닥에 널브러져 잠든 여자들의 몸을 넘어 잠자리를 찾아간 그들은 꿈 없는 잠속으로 곧 빠져들었다. 남자들의 카타르시스는 사냥에서 느끼는 긴장에서 오는 것이었다. 남자들의 의식은 여자들과는 다른 차원의 것이었다. 내면으로 침잠해 더욱 절제된 상태로 진행되는 의식은 그 유래가 훨씬 오래되었지만, 그렇다고 흥분감이 덜한 것은 아니었다.

해가 동쪽의 산마루 위로 떠오르자 크렙은 동굴에서 나와 여기저기 쓰러져 있는 사람들을 둘러보았다. 그는 호기심에서 여자들만의 의식을 지켜본 적이 있었다. 지혜로운 노주술사는 여인들도 해방감을 느낄 필요가 있을 것이라고 마음 깊이 이해했다. 남자들은 왜 여자들이 의식을 끝내고 그렇게 기진맥진해하는지 늘 궁금해했다. 목우르는 남자들의 궁금증을 알고 있었지만 자신이 본 것을 말하지 않았다. 여자들이 무엇에도 구애받지 않고 자유분방하게 풀어지는 모습을 본다면 남자들은 분명 큰 충격에 휩싸일 것이었다. 물론 평소 근엄한 남자들이 그들과 공존하는 눈에 보이지 않는 정령들에게 열에 들떠 애원하는 모습을 보면, 여자들 또한 충격을 받을 테지만.

목우르는 한 번씩 여자들의 정신을 태초의 기억으로 이끌 수 있다면 어떨까 생각해보곤 했다. 기억의 내용은 다르지만 그들에게도 고대의 지식을 상기할 수 있는 동일한 능력이 있었다. 그들에게도 종족의 기억이 있을까? 남자들과 함께 의식에 참여할 수 있을까? 목우르는 궁금했지만 그 궁금증을 풀자고 정령들의 분노를 살 수는 없는 노릇이었다. 신성한 의식에 여자들이 참여했다가 씨족이 절멸될지도 모를 일이었다.

크렙은 느릿느릿 야영지로 걸어가 털가죽을 깔아놓은 잠자리에 누웠다. 이자의 털가죽 위로 어지러이 흩어져 있는 가느다란 금빛 머리카락을 보니 옛 동굴이 무너지기 직전에 간신히 동굴을 빠져나온 이후 일어났던 일련의 사건들이 떠올랐다. 저 이상한 아이가 어떻게 그토록 빨리 그의 마음을 사로잡은 것일까? 한편 크렙은 브룬이 에일라에게 품은 반감이 떠올라 마음이 심란해졌다. 또한 브라우드가 에일라에게 보낸 악의에 찬 시선도 놓치지 않고 보았다. 하나로 굳게 맺어졌던 씨족에게 균열이 생기고 있었다. 그로 인해 동굴 의식에 오점을 남기고 만 것 같아 그의 마음은 다소 어수선해졌다.

크렙은 브라우드가 그러한 감정을 쉽게 떨쳐내지 못할 거라고 생각했다. 털코뿔소는 훗날 족장이 될 청년에게 참 잘 어울리는 토템이구나. 브라우드는 용맹할지 몰라도 고집불통에 자존심이 너무 강해. 침착하고 이성적이고 부드럽고 친절한 면을 보일 때도 있긴 하지. 하지만 그러다가도 한순간 사소한 이유로 맹목적인 분노에 사로잡혀 분별력을 잃기도 하니. 그가 에일라에게 반감의 날을 세우지 않길 바랄 수밖에.

어리석은 생각은 하지 말자, 그는 스스로를 나무랐다. 브룬 짝의 아들이 계집아이 하나 때문에 감정을 폭발시키는 일은 없겠지. 그는 장차 족장이 될 아이야. 게다가 브룬도 그런 태도를 용납하지 않을 테고. 이제 브라우드도 성인이 되었으니 자기 성질을 다스리는 법도 배울 테지.

절름발이 노주술사는 자리에 눕고 나서야 자신이 얼마나 피곤한지 깨달았다. 그는 지진 이후로 내내 신경이 날카로운 상태였지만 이제는 편히 쉴 수 있었다. 동굴은 이제 그들의 거처가 되었고, 토템들은 새 거처에 정착했다. 잠에서 깨면 씨족 사람들 모두 동굴로 들어갈 것이었다. 지친 주술사는 하품을 하고 몸을 쭉 뻗더니 눈을 감았다.

7

새 거처에 처음 발을 들여놓은 순간, 씨족 사람들은 천장이 높고 아주 널찍한 동굴의 규모에 압도당한 채 숨을 죽였다. 하지만 그것도 잠시 그들은 점차 새 동굴에 익숙해졌다. 옛 동굴과 새 거처를 찾아 애타게 헤매던 기억은 금세 희미해졌다. 새 동굴을 둘러싼 환경에 대해 하나둘 알아갈수록 그들의 기쁨은 더욱 커졌다. 이제 그들은 짧은 여름날의 일상으로 빨려 들어갔다. 과거의 경험으로 보건대 모든 게 꽁꽁 얼어붙는 길고 긴 겨울이 찾아올 터이니 그 긴 겨울을 나기 위해 사냥을 하고 채집을 하며 식량을 저장할 시간이었다. 눈앞에는 선택할 수 있는 먹을거리들이 참으로 풍족하게 널려 있었다.

콸콸거리며 흐르는 개울의 하얀 포말 속에는 은빛 송어들이 반짝였다. 끈질긴 인내심으로 기다리다가 조심성 없는 송어가 툭 튀어나온 수초 뿌리나 바위 아래서 쉬는 순간을 포착하면, 손으로 송어를 잡을 수 있었다. 개울 어귀에는 커다란 철갑상어와 연어가 헤엄쳐 다녔는데, 암컷을 잡으면 거무스름한 철갑상어 알이나 밝은 분홍빛의 연어 알이 덤으로 따라왔다. 거대한 메기와 은대구들은 내해의 바닥을 휩쓸고 다녔다. 내해의 큰 물고기를 잡을 때는 동물의 긴 털을 꼬아 만든 후릿그물을 사용했다. 물속에 들어가 그물을 던지고서 물고기들을 그물 안으로 후려 모아 끌어당기면 물고기들이 줄줄이 잡혔다. 종종 해안으로 10여 킬로미터까지 걸어 들어가 소금기 묻은 물고기를 잡아다가는 모닥불 연기로 말려 저장해두기도 했다. 연체동물과 갑각류는 살을 발라 먹고 남은 뼈나 껍데기를 모아서 국자, 숟가락, 그릇, 물잔 같은 용도로 사용했다. 험준한 절벽 위를 올라가 바다와 접하고 있는 바위 틈새에 둥지를 튼 여러 바닷새들의 알을 모으기도 했다. 가끔씩은 줄팔매질로 가다랭이잡이, 갈매기, 큰바다오리 같은 새들을 명중시켜 덤으로 가져오기도 했다.

여름이 완연해질수록 뿌리, 다육질의 줄기, 이파리, 덩굴식물의 열매, 콩류, 산딸기류의 열매, 과일, 견과류, 곡물 등 채집할 수 있는 식량이 늘어났다. 이파리와 꽃과 약초는 차와 향미료로 쓰기 위해 잘 말렸다. 한편 거대한 북쪽 빙하가 수분을 빼앗겨 바닷물이 빠진 탓에 해안선이 뒤로 물러나자, 메마른 모래가 뒤섞인 소금 덩어리들이 해변에 즐비했다. 그들은 소금 덩어리를 동굴로 가져가 겨우내 먹을 음식에 맛을 냈다.

사냥꾼들은 사냥을 하러 자주 떠났다. 다 자라지 못한 왜소한 나무숲 하나를 제외하면 무성하게 자란 풀과 약초로 뒤덮인 근처 초원지대에는 풀을 뜯어 먹고 사는 초식동물들이 넘쳐났다. 초원을 돌아다니며 사는 큰뿔사슴은 큰 놈의 경우 뿔의 길이만 11자가 되는 손바닥 모양의 거대한 뿔을 가졌고, 그에 못지않게 큰 뿔을 가진 거대한 들소도 초원을 누볐다. 초원에 사는 말은 멀리 남쪽까지 이동하는 일이 드물었지만, 나귀와 오나거—말과 나귀의 잡종—는 반도의 넓은 평원을 이곳저곳 배회하며 살았다. 이들과 사촌격인 크고 혈기 넘치는 숲말은 동굴 가까이 숲에서 혼자 살거나 작은 무리를 지어 살았다. 염소나 사이가산양 같은 저지대에 사는 초식동물들도 작은 무리를 지어 이따금씩 초원을 찾아와 머물다 가기도 했다.

대초원과 산기슭의 구릉지 사이에 놓인, 드문드문 수림이 있는 초원지대는 짙은 밤색이나 검은색을 한 야생소, 훗날 가축 소의 조상이 되는 오록스의 서식지였다. 훗날 열대지방에 서식하게 될, 잡목림의 잎을 뜯어 먹는 열대종과 관련이 있으나 한온대의 숲에 적응해 살아가는 숲코뿔소의 서식지는 수림 초원지대의 풀을 좋아하는 또 다른 코뿔소 종의 서식지와 거의 겹치지 않았다. 하지만 코에 위로 치솟은 짧은 뿔이 있고 평평한 머리를 하고 있는 이 두 종류의 코뿔소들은 털매머드와 함께 특정 계절에만 초원을 찾는 털코뿔소와는 또 달랐다. 털코뿔소는 겨울 목초지에서 눈을 밀쳐내기에 유용하도록 머리통이 아래쪽으로 완만하게 기울어져 있고, 머리통 앞에는 긴 뿔이 솟아 있었다. 두터운 피하지방과 겉을 감싼 진홍색의 긴 털, 텁수룩한 부드러운 속털 또한 추운 기후에 적응한 결과였다. 그들이 살아가는 서식지는 춥고 건조한 북쪽의 황토초원이었다.

황토초원은 빙하가 있는 땅 위에서만 형성될 수 있었다. 넓은 얼음층 위를 항상 덮고 있는 저기압이 대기로부터 수분을 빨아들여 빙하 주변 지역에는 눈이 적게 내렸지만 바람은 끊임없이 불었다. 그 때문에 빙하 가장자리의 부스러진 바위로부터 미세한 석회질 먼지와 황토가 끌어 올려졌다가 수백 킬로미터에 걸쳐 쌓였다. 짧은 봄이 찾아와서 얼마 되지 않는 눈과 영구 동토층의 꼭대기가 녹으면 풀과 목초들이 빠르게 뿌리를 내리고 싹을 틔웠다. 빠른 속도로 자라난 식물들은 그대로 말라 수백만 제곱미터에 걸친 건초밭이 되었고, 대륙의 혹한에 적응한 수백만 마리의 동물들에게 먹이가 되었다.

북쪽에 사는 털북숭이 짐승들이 반도의 대륙성 초원지대로 내려오는 것은 늦가을뿐이었다. 여름은 너무 더웠고, 겨울에는 폭설로 내린 눈을 헤쳐 가며 내려오기가 쉽지 않았다. 겨울이 되면 많은 동물들이 더 춥긴 해도 북쪽에 위치한 건조한 황토초원의 경계로 이동하지 않을 수 없었다. 하지만 여름이면 대다수 동물들이 다시 남쪽으로 돌아왔다. 덤불이나 나무껍질, 지의류를 먹고 사는 숲속의 동물들은 큰 무리를 짓고 살아가는 동물들에게서 떨어져 나무가 우거진 비탈에 숨어 살았다.

숲에 사는 말과 코뿔소 외에도 멧돼지와 몇몇 종류의 사슴들이 나무가 빽빽이 들어선 숲을 서식지로 삼았다. 훗날 다른 지역에서 엘크라고 불리게 된 붉은 사슴, 세 갈래진 단순한 뿔이 달린 수줍음 많은 노루, 몸집이 다른 종보다 큰 편이고 연한 황색 털에 흰 반점이 있는 다마사슴, 붉은 사슴을 엘크라고 부르는 이들이 무스라고 일컫는 엘크들 모두 나무가 우거진 환경에서 살았다.

산의 고지대에는 큰 뿔이 달린 양과 야생 양인 무플론이 고산지대의 목초를 뜯어 먹으며 우뚝 솟은 험한 바위와 노두에 붙어살았다. 그보다 더 높은 곳에는 산악지대에 사는 야생염소인 아이벡스와 영양이 벼랑과 벼랑 사이를 뛰어다녔다. 빨리 날아다니는 새들은 식량의 공급원이 되지는 않았지만, 숲에 생기와 노래를 더해주었다. 낮게 날아다니는 통통한 뇌조와 버들뇌조는 날쌘 돌멩이로 보다 수월하게 잡힌 덕분에 가끔씩 별미로 식단을 채워주었다. 가을이면 찾아오는 거위와 솜털오리는 산중 연못의 습지에 앉았다가 그물에 잡혔다. 맹금류와 썩은 고기를 먹는 새들은 상승 온난기류를 타고 유유히 하늘을 맴돌면서 그 아래 먹이가 넘쳐나는 평원과 숲지대를 훑었다.

동굴 가까이의 산과 초원에도 수많은 작은 동물들이 넘쳐나 식량과 모피의 공급원이 되었다. 그러한 동물들 중에는 밍크, 수달, 오소리, 어민, 담비, 여우, 흑담비, 너구리, 그리고 훗날 집에서 쥐들을 쫓게 될 작은 야생고양이 같이 사냥하는 동물이 있었다. 또한 다람쥐, 호저, 산토끼, 들토끼, 두더지, 사향쥐, 쥐의 일종인 코이푸, 비버, 스컹크, 생쥐, 들쥐, 나그네쥐, 얼룩다람쥐, 큰 날쥐, 비단털쥐, 새앙토끼와 그 밖에 이름이 붙여지기도 전에 멸종된 몇몇 동물같이 사냥 당하는 동물이 있었다.

큰 몸집의 육식동물들은 초식동물의 개체수를 줄이는 데 반드시 필요했다. 늑대와 그보다 사나운 동족인 승냥이가 있었고, 고양잇과 동물로는 스라소니, 치타, 호랑이, 표범, 산에 사는 눈표범, 다른 맹수보다 몸집이 두 배나 큰 동굴사자가 있었다. 잡식성 갈색

곰은 동굴 근처에서 사냥하며 살았지만, 훨씬 큰 사촌격인 초식성 동굴곰은 이제 그 근처에는 없었다. 도처에 있는 동굴하이에나도 야생동물 세계의 한 축을 차지하고 있었다.

그 땅에는 믿을 수 없을 만큼 수많은 생명체가 살고 있었다. 그 추운 고대의 에덴에서 살다가 죽는 다양한 생명체 중에서 인간은 아주 미미한 일부분에 지나지 않았다. 커다란 두뇌 하나를 제외하면 자연에서 받은 특출한 재능도 없이 미숙하게 태어난 인간은 사냥하는 동물들 가운데 가장 약한 존재였다. 하지만 송곳니나 발톱, 날쌘 다리나 도약하는 힘도 없는, 분명 나약한 존재임에도 불구하고 두 다리의 사냥꾼은 네 다리를 한 경쟁자들의 주의를 끌었다. 오랫동안 서로 아주 근접한 곳에서 살고 있을지라도 짐승들은 인간의 냄새만 맡아도 가던 길의 방향을 바꿨다. 인간보다 힘이 센 짐승들도 마찬가지였다. 능력 있고 경험 많은 씨족의 사냥꾼들은 공격은 물론 방어의 기술도 뛰어났다. 씨족의 안전이 위협받거나 자연이 내린 따뜻한 겨울 덮개가 필요할 때면, 그들은 아무런 의심 없이 사냥감을 쫓고 있는 짐승을 뒤에서 노렸다.

여름이 완연하게 자태를 드러낸, 햇빛이 밝게 비추는 어느 날이었다. 나무들 모두 잎을 틔웠지만 녹음이 완전히 짙어진 것은 아니었다. 게으른 파리들이 고기를 발라 먹고 버려진 뼈다귀 주위를 윙윙거리며 날아다녔다. 바다에서 불어오는 싱그러운 미풍에는 생명의 기운이 실려 있고, 바람에 이리저리 움직이는 나뭇잎들은 동굴 앞 해가 잘 드는 비탈길을 따라 그림자를 드리우고 있었다.

새 동굴을 찾는 고비를 넘기고 나자 목우르의 어깨에 멘 짐이 가벼워졌다. 그가 꼭 해야 하는 일이라고는 가끔씩 사냥 의식이나 행사를 치를 때 불길한 정령을 쫓거나 혹은 누가 다치거나 아프면 이자의 주술 치료에 도움이 되도록 자비로운 정령에게 청을 드리는 것뿐이었다. 사냥꾼들은 사냥을 떠나고 없었고, 몇몇 여자들도 그들을 따라가 한참 후에야 돌아올 예정이었다. 여자들은 사냥감이 죽은 후 그 고기를 손질하기 위해 따라갔다. 겨울철 식량을 비축하기 위해 미리 고기를 말려 동굴로 가지고 오는 것이 여러모로 수월했다. 길고 가느다랗게 잘라놓은 고기는 뜨거운 햇빛과 끝없이 불어오는 바람에 금세 건조되었다. 거기에다 말린 풀과 짐승의 똥을 태운 연기로 고기를 익혀 말리면 신선한 고기에 알을 슬어놓는 검정파리를 쫓아 고기가 썩는 것을 방지할 수 있었다. 그렇게 손질한 고기를 짊어지고 동굴로 돌아오는 일도 여자들의 몫이었다.

크렙은 동굴로 들어온 이후로 거의 매일 에일라에게 그들의 말을 가르치며 시간을 보냈다. 에일라는 씨족의 아이들이 어렵게 생각하는 기본적인 단어들은 쉽게 알아들었지만 몸짓과 신호로 이루어진 복잡한 체계에 대해서는 전혀 이해하지 못했다. 크렙은 손짓의 의미를 이해시키려고 애썼으나 다 허사였다. 둘 다 서로의 의사 전달 방식에 대한 기본 지식이 전혀 없는 데다 중간에서 둘의 뜻이 통하도록 말을 옮겨주거나 설명해주는 이도 없었다. 나이도 지긋한 그가 묘안을 찾기 위해 머리를 쥐어짰지만 아이에게 뜻을 전달한 방법이 요원했다. 에일라도 답답하기는 매한가지였다.

에일라는 자신이 뭔가 놓치고 있다는 것을 알았다. 또한 자신이 아는 몇 개의 단어만으로는 성이 차지 않았다. 아이도 대화가 하고 싶어 조바심이 났다. 씨족 사람들이 단순한 단어들 이상의 뭔가로 서로 이야기를 나누는 게 분명해 보였지만 어떻게 그렇게 하는지 도통 알 수가 없었다. 문제는 에일라가 손으로 주고받는 신호를 눈치채지 못한다는 것이었다. 그런 신호는 에일라에게 아무렇게나 움직이는 것에 불과할 뿐 의도가 있는 몸짓으로 보이지 않았다. 아이는 손짓으로 말을 한다는 개념 자체를 파악할 수 없었다. 그게 가능하다는 생각조차 들지 않았다. 아이로서는 전혀 경험해보지 못한 일이었다.

크렙은 아이의 문제가 뭔지 어렴풋이 알아차렸지만 믿을 수가 없었다. 손짓에 의미가 있다는 걸 모르는 게 틀림없어. 크렙은 그렇게 생각했다.

"에일라!"

크렙이 아이를 큰 소리로 불렀다. 햇빛에 반짝이는 개울을 따라 아이와 함께 걸으며 크렙은 생각에 잠겼다. 그렇다면 큰 문제로군. 만약 그런 게 아니라면 언어를 이해할 만큼 아이의 지능이 발달하지 않은 것일 테고. 하지만 그의 관찰에 따르면, 아이가 다르긴 해도 지능이 떨어진다고는 생각할 수 없었다. 간단한 손짓 정도는 분명 이해하고 있지 않은가. 그는 손짓에 대한 아이의 이해를 넓혀주면 될 일이라고 짐작했다.

사냥이며 채집, 낚시를 하기 위해 길을 나선 이들이 가장 무난한 곳을 골라 풀을 밟고 덤불을 헤치며 다니다 보니 어느새 오솔길 하나가 만들어져 있었다. 그들은 크렙이 좋아하는 곳인 녹음이 우거진 아름드리 오크나무가 가까이 있는 탁 트인 빈터로 갔다. 오크나무의 뿌리가 땅 위로 높이 돌출되어 있어 크렙은 땅바닥에 주저앉을 필요 없이 그늘이 드리워진 뿌리 위에 한결 편하게 앉을 수 있었다. 수업을 시작하며 그는 지팡이로 나무를 가리켰다.

"오크나무."

에일라가 재빨리 대답했다. 크렙은 고개를 끄덕이더니 이번에는 지팡이로 개울을 가리켰다.

"물."

아이가 말했다.

크렙이 다시 고개를 끄덕이고는 손짓을 하며 그 말을 반복해 말했다.

"흐르는 물, 강."

손짓과 함께 소리를 냈다.

"물?"

아이가 주저하며 말했다. 자기가 대답한 말이 맞았다고 고개를 끄덕였는데 다시 물어보자 당황한 터였다. 아이는 마음 깊은 곳에서 불안감이 올라오는 것을 느꼈다. 전에도 똑같은 일이 있었다. 그가 뭔가 더 원하는 게 있다는 것을 알았지만 그게 뭔지는 가늠할 수 없었다.

크렙은 고개를 저으며 틀렸다는 뜻을 전했다. 크렙은 아이에게 여러 번 비슷한 종류의 연습을 반복시켰다. 그는 아이의 발을 가리키며 다시 시도했다.

"발."

에일라가 말했다.

"맞아."

고개를 끄덕인 주술사는 소리를 들려주며 동시에 보여줘야겠다는 생각을 하게 되었다. 그는 지팡이를 두고 일어나 아이의 손을 잡고 몇 발자국을 걸었다. 그는 손짓과 함께 "발"이라고 말했다. "발을 움직인다, 걷기"가 바로 그가 전하고 싶은 뜻이었다. 아이는 그의 어조에서 혹시 자신이 놓치고 있는 게 없는지 들으려고 안간힘을 쓰며 귀를 기울였다.

"발?"

아이는 크렙이 원하는 답이 아닐 거라고 확신하며 떨리는 목소리로 말했다.

"아니, 아니, 아니! 걷기! 발을 움직인다!"

그가 아이의 눈을 똑바로 본 채 손짓을 크게 하며 다시 한 번 말했다. 그는 과연 아이가 말을 배울 수 있을지 의심이 들면서도 다시 아이를 앞으로 걷게 하고는 발을 가리켰다.

에일라는 눈물이 솟구쳤다. 발! 발! 발이 맞는데, 그는 왜 아니라고 고개를 젓는 걸까? 내 얼굴 앞에서 손 좀 그만 움직이면 좋겠다. 내가 뭘 잘못한 것일까?

크렙은 다시 아이를 앞으로 걷게 하면서 발을 가리킨 다음, 말과 함께 손짓을 해 보였다. 아이는 멈춰 서서 그를 지켜봤다. 새로운 단어를 가르치기라도 하듯 다시 과장되게 큰 동작으로 손짓을 하며 그 말을 반복했다. 그는 허리를 숙이고는 아이의 얼굴을 똑바로 쳐다본 채 아이의 눈 바로 앞에서 손짓을 했다. 손짓, 말. 손짓,

말.

나보고 어쩌라는 걸까? 내가 뭘 해야 하는 거지? 아이는 그의
말뜻을 알아듣고 싶었다. 그가 뭔가 자신에게 말하고 싶어 한다는
것을 알았다. 왜 손을 계속 움직이는 걸까? 에일라는 가만 생각해
보았다.

그러자 희미하게 떠오르는 생각이 있었다. 그의 손! 그는 계속
손을 움직이고 있어. 아이는 망설이며 손을 들어 올렸다.

"그래, 그렇지! 바로 그거야!"

마치 고함을 치는 것처럼 크렙이 힘차게 고개를 끄덕였다.

"손짓을 해! 움직인다! 발을 움직인다!"

그가 되풀이했다.

조금씩 뭔가 이해되기 시작한 아이는 그의 손짓을 주시하며 따
라하려고 애썼다. 크렙이 이거라고 말했어! 그가 원하는 게 바로
이거라고! 움직이는 것! 그는 내가 움직이기를 바라는 거야.

아이는 단어를 말하면서 다시 손짓을 했다. 그 손짓이 정확히 무
엇을 뜻하는지는 몰랐지만 적어도 그 말을 하면서 손짓도 같이 하
기를 크렙이 바라고 있다는 것을 눈치챘다. 크렙은 아이를 돌려 세
워 무거운 발을 이끌고 오크나무로 돌아갔다. 아이가 걸을 때 아이
의 발을 다시 가리키며 손짓과 말을 연결해 다시 한 번 보여줬다.

돌연 아이의 머릿속에서 섬광 같은 것이 번쩍였다. 드디어 아이
는 말과 손짓을 연결할 수 있게 되었다. 발로 움직인다! 걷기! 크
렙이 말하려는 게 이거였어! 그냥 발이 아니었어. '발'이라는 말과
함께 손짓을 한 게 걷는다는 뜻인 거야! 아이의 머릿속에 온갖 생

각들이 질주하듯 밀려 들어왔다. 씨족 사람들이 늘 손을 움직이던 게 떠올랐다. 기억을 떠올려보니 이자와 크렙은 서로 마주 보고 서서 계속 손을 움직이고 있었다. 말은 몇 마디 안 하면서 손을 계속 움직였다. 그게 말하는 거였나? 그게 바로 이곳 사람들이 서로에게 말하는 법이었나? 그래서 그렇게 말을 조금밖에 안 하는 거였나? 손으로 말을 하니까?

크렙은 나무에 앉았다. 에일라는 벅찬 감정을 추스르려고 애쓰며 그 앞에 섰다.

"발."

아이가 자신의 발을 가리키며 말했다.

"그렇지."

아이가 무슨 말을 하려는지 궁금해하며 그는 고개를 끄덕였다.

아이는 몸을 돌려 걷다가 다시 그를 향해 다가오며 손짓했다. 그러더니 "발"이라고 말했다.

"그래, 그래! 그거야. 바로 그거라고!"

그가 말했다. 아이가 해냈어! 이제 이해하는 것 같아! 아이는 잠시 멈추더니 몸을 돌려 그가 있는 반대편으로 내달렸다. 작은 빈터를 가로질러 돌아온 아이는 가쁜 숨을 몰아쉬며 그 앞에 다시 서서 기대감에 찬 눈빛으로 기다렸다.

"달리다."

그가 손짓을 해 보이자 아이는 주의 깊게 바라봤다. 좀 전과는 다른 움직임이었다. 처음과 비슷하긴 했지만 다른 손짓이었다.

"달리기."

아이가 머뭇머뭇 손짓을 따라했다.

아이가 드디어 이해하는구나!

크렙은 흥분했다. 손짓이 거칠기는 했다. 씨족의 어린아이들보다도 더 서툰 손놀림이었다. 하지만 아이가 이해하고 있었다. 그는 힘차게 고개를 끄덕이다가 에일라가 기쁨을 주체하지 못하고 갑자기 달려와 안기자 거의 주저앉을 뻔했다.

노주술사는 황급히 주위를 둘러봤다. 거의 본능에 가까운 행동이었다. 애정이 담긴 몸짓은 자신이 살고 있는 불터에서만 할 수 있는 것이었다. 그러나 그곳에는 두 사람 말고는 아무도 없었다. 주술사는 부드럽게 아이를 안았다. 전에는 한 번도 느껴보지 못한 따뜻하고 흐뭇한 느낌이 그를 감쌌다.

에일라에게는 완전히 새로운 방식으로 이해할 수 있는 세계가 활짝 열렸다. 아이에게는 모방에 타고난 재주와 소질이 있었다. 아이는 그러한 재질을 십분 활용해 크렙의 손짓을 따라하는 데 사력을 다했다. 하지만 한 손으로만 말하는 크렙의 손짓에는 불가피하게 두 손으로 하는 손짓과는 다른 점이 있었기 때문에 더 섬세한 부분을 가르쳐주는 것은 이자의 몫이었다. 에일라는 간단한 의사소통을 시작으로 아기처럼 말을 배워나갔지만 배우는 속도는 훨씬 빨랐다. 자기 뜻을 전달하는 데 아주 오랫동안 애를 먹었던 아이는 가능한 빨리 그동안 부족했던 소통을 메우겠다고 작심했다.

아이가 더 많은 말들을 이해하기 시작하자 씨족 사람들의 생활이 갑자기 생생하게 눈에 들어왔다. 아이는 주변 사람들이 이야기

를 나눌 때 넋을 잃고 유심히 바라보며 서로 무슨 이야기를 하는지
이해하려 애썼다. 처음에 씨족 사람들은 에일라를 아기처럼 생각
하면서 뚫어지게 바라보는 행동을 참아주었다. 하지만 시간이 흐
를수록 그러한 예의 없는 행동을 더 이상 용납하지 못하겠다는 듯
에일라를 향한 눈초리들이 못마땅해졌다. 뚫어지게 바라보는 것은
엿듣는 것과 마찬가지로 예의에 어긋나는 일이었다. 어느 여름 밤,
드디어 문제가 수면 위로 떠올랐다.

　씨족 사람들은 모두 동굴 안에 있었다. 다들 저녁을 먹고 각자
의 불터에 모여 있었다. 태양은 지평선 아래로 졌고, 마지막 남은
저녁놀의 희미한 빛이 미풍에 흔들리는 무성한 나뭇잎들의 짙은
윤곽을 비추었다. 불길한 정령과 호기심 많은 맹수, 그리고 습한
저녁 공기를 막기 위해 동굴 입구에 피워둔 모닥불이 가늘게 연기
를 피어 올리며 아른아른 열기를 내뿜고 있었다. 나무들과 그 너머
덤불의 검은 그림자들이 깜박거리는 불빛의 소리 없는 리듬에 맞
춰 춤을 추듯 동굴의 거친 벽에 너울거렸다.

　에일라는 돌멩이로 영역을 표시해놓은 크렙의 불터 안에 앉아
브룬의 가족을 빤히 건너다보고 있었다. 브라우드는 잔뜩 골이 나
서는 성인 남자의 특권을 맘껏 행사하며 어머니와 오가에게 화풀
이를 하고 있었다. 브라우드에게 그날은 시작부터 좋지 않더니 갈
수록 꼬이기만 하는 하루였다. 몇 시간이나 사냥감의 자취를 찾아
쫓아다녔지만 돌을 잘못 던지는 바람에 시간만 낭비하고 말았다.
오가에게 붉은 여우의 털가죽을 가져다주기로 호기롭게 약속했건
만, 그가 성급히 던진 돌에 여우는 겁을 먹고 무성한 덤불 속으로

사라져버렸다. 약속을 못 지킨 것을 다 이해한다는 오가의 표정이 그의 상처 난 자존심을 더욱 후볐다. 부족한 처신에 대해 용서를 베풀어야 할 사람은 오가가 아니라 바로 그여야 했던 것이다.

하루 종일 바쁘게 종종거린 여인들은 마지막 남은 일거리를 빨리 마무리하려고 부산했다. 그 와중에 브라우드가 끊임없이 잔심부름을 시키자 신경이 거슬린 에브라는 급기야 브룬에게 살짝 신호를 보냈다. 우두머리는 진작부터 고압적인 태도로 이런저런 요구를 하는 브라우드의 행동을 눈여겨보고 있었다. 그런 행동은 갓 성인이 된 남자의 권리이기도 했지만, 브룬은 브라우드가 다른 사람의 기분을 좀 더 세심하게 헤아려야 한다고 생각했다. 이미 충분히 정신없이 바쁘고 피곤한 여자들에게 온갖 요구를 다 해댈 이유는 없었다.

"브라우드, 여자들을 내버려두어라. 그들도 힘들다."

브룬이 손짓으로 소리 없이 그를 나무랐다. 브룬이 자신을 힐난하다니, 그것도 오가 앞에서. 브라우드는 지나치다는 생각이 들었다. 앵돌아진 그가 브룬의 불터를 표시한 경계석 가장자리까지 쿵쿵 걸어가는데, 자신을 빤히 보고 있는 에일라가 눈에 들어왔다. 에일라가 이웃한 불터에서 벌어지는 세세한 언쟁들을 속속들이 파악할 일은 없었으니 크게 문제될 것은 없었다. 그러나 브라우드로서는 어디서 굴러 들어온 작고 못생긴 계집애가 자신이 아이처럼 혼나고 있는 것을 목격한 것은 견딜 수 없는 일이었다. 그것은 그의 연약한 자아를 짓밟는 결정타나 다름없었다. 시선을 피하는 예의도 모르잖아. 브라우드는 그렇게 생각했다. 물론 그렇게 간단한 관습을 무시하는 것은 에일라만이 아니었다. 하루 종일 쌓인 온갖 불만이 폭발한 브라우드 또한 고의로 씨족의 관습을 어겼다. 그는 불터의 경계를 넘보면서까지 에일라를 향해 적의에 찬 시선을 보냈다.

동굴 안에 있는 사람들을 늘 예의주시하고 있는 크렙은 브룬의 불터에서 가벼운 승강이가 일어난 것을 알고 있었다. 대부분은 잡음처럼 그의 의식에서 걸러졌지만 에일라와 관련된 것은 무엇이든 예민하게 그의 주의를 끌었다. 그는 브라우드가 전 생애에 걸쳐 길들어진 관습을 뛰어넘으면서까지 다른 남자의 불터를 노려보고 있다는 것을 알아챘다. 그런 행동에는 고의성이 있었고, 지극히 악의에 찬 의도가 뒤따르고 있었다. 저 아이에 대한 브라우드의 적대감이 지나칠 정도로 크군. 크렙은 생각했다. 에일라를 위해서도 이제 몇몇 예법을 가르칠 때야.

"에일라!"

크렙이 날카롭게 불렀다. 에일라는 크렙의 어조에 깜짝 놀랐다.

"다른 사람을 보지 마라!"

그가 손짓했다. 에일라는 혼란스러웠다.

"왜 보지 말아요?"

아이가 물었다.

"보지 않는다, 빤히 쳐다보면 안 된다. 사람들이 안 좋아한다."

크렙은 브라우드가 곁눈질로 보고 있다는 것을 의식하며 설명했다. 브라우드는 에일라가 목우르에게 혼나는 모습을 보며 대놓고 고소해하고 있었다. 목우르가 저 애를 지나치다 싶을 만큼 예뻐

한단 말이지. 브라우드는 생각했다. 쟤가 우리 불터에 산다면 여자가 어떻게 행동해야 하는지 단번에 보여줄 텐데.

"말하는 것을 배우고 싶어서요."

에일라는 여전히 혼란스러운 표정을 한 채 손짓으로 말했다. 약간 상처를 받은 것 같기도 했다.

크렙은 아이가 왜 남의 불터를 지켜보는지 잘 알았지만 아이도 언젠가는 배워야 할 예법이란 게 있었다. 아이가 빤히 쳐다본 일로 혼이 나는 것을 브라우드가 본다면, 아이에게 품고 있는 그의 적대 감이 좀 누그러질지도 모를 일이었다.

"에일라, 빤히 쳐다보면 안 돼."

크렙이 엄한 표정으로 손짓했다.

"나쁜 거다. 남자가 말할 때 에일라는 말대꾸하지 않는다. 남의 불터에 있는 사람들을 보지 않는다. 나쁜 거야, 나쁜 거. 알겠느냐?"

크렙은 냉정했다. 크렙은 확실하게 뜻을 전하고 싶었다. 그는 브룬의 부름에 브라우드가 일어나 자기 불터로 돌아가는 것을 보았다. 확연히 기분이 좋아진 모습이었다.

에일라는 완전히 풀이 죽었다. 크렙은 한 번도 냉정했던 적이 없었다. 아이는 자신이 씨족의 말을 배울수록 크렙이 기뻐한다고 생각했다. 그런 그가 이제는 다른 사람들을 보며 말을 배우려고 노력하는 게 나쁘다고 말한 것이다. 마음에 상처를 받은 채 혼란에 빠진 아이의 눈에 눈물이 가득 고이더니 뺨을 타고 흘러내렸다.

"이자!"

걱정이 된 크렙이 소리쳤다.

"이리 좀 와봐라! 에일라의 눈에 문제가 있다."

씨족 사람들은 눈에 뭐가 들어가거나 감기에 걸렸을 때, 아니면 눈병이 나서 눈이 아플 때만 눈물이 고였다. 그는 기분이 안 좋아서 눈물이 넘쳐흐르는 것을 본 적이 없었다. 이자가 달려왔다.

"저걸 좀 봐라. 눈에서 눈물이 나온다. 불똥이 튀었는지 모르겠다. 네가 보는 게 좋겠다."

그가 다그쳤다. 이자도 걱정스런 생각이 들었다. 그녀는 에일라의 눈꺼풀을 들어 올려 아이의 눈을 유심히 들여다보았다.

"눈이 아프니?"

이자가 물었다. 주술 치료사인 그녀가 보기에 염증의 흔적은 없었다. 눈에는 아무런 문제도 없는 것 같았다. 그냥 눈물이 흐를 뿐이었다.

"아니요, 안 아파요."

에일라가 코를 훌쩍였다. 아이는 왜 자기 눈을 보고 걱정을 하는지 이해할 수 없었다. 하지만 크렙이 자기에게 나쁘다고 말했는데도 여전히 자신에게 관심을 보인다는 것을 깨달았다.

"왜 크렙이 화가 났어요, 이자?"

아이가 흐느끼며 물었다.

"배워야 하니까, 에일라."

이자가 진지한 표정으로 아이를 보며 설명했다.

"빤히 보는 것은 예의에 어긋난다. 다른 사람의 불터를 보는 것, 다른 사람의 불터에서 그 가족들이 하는 말을 보는 것은 예의에 어긋나는 거야. 에일라는 배워야 해. 남자들이 말할 때, 여자들은 아래를 본다. 이렇게."

이자가 직접 시범을 보였다.

"남자들이 말할 때 여자들은 이렇게 해. 물어보면 안 된다. 아주 어린애들이나 빤히 쳐다보는 거야. 아기들 말이야. 에일라는 큰 아이야. 빤히 보면 사람들이 에일라에게 화를 낸다."

"크렙이 화가 났어요? 나를 좋아하지 않아요?"

아이는 또 한 번 울음을 터뜨리며 물었다.

아이가 다시 눈물을 흘리자 이자는 얼떨떨했지만 아이가 혼란스러워한다는 것을 느낄 수 있었다.

"크렙은 에일라를 좋아해. 이자도 좋아한다. 크렙이 에일라에게 가르쳐주는 거야. 말하는 것 말고도 배워야 할 게 많다. 씨족 사람들의 예절을 배워야 해."

이자가 아이를 품에 안으며 말했다. 이자는 마음에 상처를 받아 울고 있는 에일라를 부드럽게 안아주고는 눈물이 고인 채 통통 부운 눈을 부드러운 가죽으로 닦아주었다. 그러고는 정말로 두 눈이 괜찮은 것인지 다시 한 번 들여다보았다.

"아이 눈이 어떻게 된 거냐? 어디 아픈 것이냐?"

크렙이 물었다.

"크렙이 자기를 좋아하지 않는다고 생각해요. 자기한테 화가 났다고. 그래서 아팠던 모양이에요. 그 아이처럼 옅은 색의 눈이 더 약한 건지도 모르고요. 눈에는 문제가 없어요. 아이 말로는 아프지 않대요. 슬퍼서 눈물이 나는 것 같아요."

이자가 설명했다.

"슬퍼서? 내가 자기를 좋아하지 않는다고 생각해서 그렇게 슬 픈 거라고? 그래서 아픈 거라고? 눈에 눈물이 날 정도로?"

그는 크게 놀랐다. 이자의 설명을 믿을 수 없었고, 이런저런 감 정이 복잡하게 그의 머릿속을 채웠다. 병약한 아이였던가? 건강한 듯 보였는데. 그가 좋아하지 않는다고 생각해서 아픔을 느꼈던 사 람은 그간 아무도 없었다. 이자 말고는 누구도 그런 식으로 그를 좋아하지 않았다. 사람들은 그를 두려워하며 그에게 경외감을 품 거나 그를 존경했지 누구도 눈물이 날 만큼 그가 자신을 좋아해주 길 바라지 않았다. 이자 말이 맞겠지, 눈이 약한가보군. 하지만 시 력은 좋던데. 어쨌든 예의 바르게 행동하는 법을 배우는 게 자신을 위해 좋은 것임을 확실히 알려주어야겠어. 씨족의 예절을 배우지 못하면 브룬이 저 애를 쫓아낼 테지. 그건 여전히 브룬의 권한이니 까. 한데 내가 저 애를 좋아하지 않는다는 뜻은 아니었는데. 나는 저 애를 정말이지 좋아하고 있어. 저 애가 이상하긴 하지만 저 애 가 마음에 들어. 그는 스스로 인정하지 않을 수 없었다.

에일라는 초초한 듯 발밑을 내려다본 채 천천히 발을 끌며 크렙 에게 다가왔다. 아이는 그 앞에 서더니 여전히 눈물에 젖은, 슬픈 동그란 눈으로 그를 올려다보았다.

"앞으로 빤히 보지 않을 거예요."

아이가 손짓으로 말했다.

"크렙이 화가 났어요?"

"아니."

그가 대답했다.

"화나지 않았다, 에일라. 하지만 너는 이제 우리 씨족 사람이다. 너는 내 사람이기도 하다. 말도 배워야 하지만 씨족의 예절도 배워야 한다. 알겠느냐?"

"내가 크렙의 사람? 크렙이 나를 좋아해요?"

아이는 물었다.

"그래, 에일라. 나는 너를 좋아한단다."

에일라는 활짝 웃음을 짓더니 손을 뻗어 그를 안았다. 그러더니 흉한 얼굴에 불구의 몸을 한 그의 무릎 위로 기어 올라가 폭 안겼다.

크렙은 늘 아이들에게 관심을 쏟아왔다. 목우르로서 역할을 수행하는 동안, 아이의 어머니가 아이에게 어울리는 것인지 선뜻 이해가 가지 않는 토템을 정해준 적이 거의 없었다. 씨족 사람들은 언제나 가장 잘 어울리는 토템을 정해주는 능력이 목우르의 주술적인 힘 때문이라 여겼지만, 그의 진짜 능력은 직관을 겸비한 관찰력에서 비롯된 것이었다. 그는 아이들이 태어난 날부터 주시하며 남자나 여자들이 아이를 안고 달래는 모습을 자주 지켜봤다. 하지만 불구의 몸을 한 노주술사는 자신의 팔로 아이를 부드럽게 안는 기쁨에 대해서는 전혀 모르고 있었다.

격한 감정에 시달리며 고단해진 아이는 잠에 떨어졌다. 아이는 모두가 무섭게 생각하는 주술사 품에서 편안히 잠들었다. 아이의 마음속에서 크렙은 무의식의 한 귀퉁이에만 존재하는, 아이가 더 이상 기억할 수 없는 한 남자를 대신하고 있었다. 크렙은 자신을 온전히 믿은 채 자신의 무릎에서 평온하게 잠이 든 이상한 얼굴을 내려다보았다. 그 순간 그의 영혼에서 아이를 향한 깊은 사랑이 싹을 틔웠다. 그 아이가 자신의 아이라고 한들 그보다 더 사랑할 수는 없을 것 같았다.

"이자."

그가 이자를 나직하게 불렀다. 이자가 잠든 아이를 크렙에게서 데려가기 전에 그는 잠시 아이를 꼭 안았다.

"아파서 지친 게지."

이자가 아이를 눕혀놓고 오자 그가 말했다.

"내일도 푹 쉬게 해라. 그리고 아침에 다시 한 번 눈을 살펴보는 게 좋겠다."

"그렇게 할게요, 크렙."

이자가 고개를 끄덕였다. 이자는 피붙이인 크렙을 사랑했다. 엄격한 겉모습 속에 숨겨진 온화한 그의 영혼을 이자만큼 잘 알고 있는 사람은 없었다. 이자는 그에게 사랑을 쏟을 누군가가, 그리고 그를 사랑해줄 누군가가 생겼다는 사실에 기뻤다. 그리고 그런 이유로 아이를 향한 이자의 마음도 더욱 굳건해졌다.

이자는 어린 시절 이후로 요즘처럼 행복했던 적이 있었나 싶었다. 한 번씩 찾아와 자신의 행복에 그림자를 드리우는 생각은 단 하나, 배 속의 아이가 사내아이면 어쩌나 하는 걱정이었다. 사내아이라면 그 아이는 사냥꾼에게 키워져야만 할 터였다. 이자는 브룬과 피붙이였다. 그들의 어머니는 브룬에게 대를 물려준 이전 족장의 짝이었다. 브라우드에게 무슨 일이 일어나거나 브라우드의 짝이 사내아이를 낳지 못하는 상황에서 자신이 아들을 낳는다면, 족장의 자리는 그 아이에게 돌아갈 것이었다. 브룬은 그녀와 아기를 사냥꾼 중 하나에게 맡기거나 본인이 직접 부양하려 할 것이었다. 매일 자신을 보호하는 토템에게 아직 태어나지 않은 아기가 딸이기를 빌면서도 이자는 쉽사리 걱정에서 벗어날 수 없었다.

여름이 무르익어가면서 크렙의 부드러운 인내심과 배우고자 하는 에일라의 적극적인 의지 덕분에 아이는 자신을 받아준 씨족의 말뿐만 아니라 관습에 대해서도 차츰 이해하기 시작했다. 씨족 사람들에게 유일하게 사적인 시간을 가능토록 해주는 '시선 피하기'를 배우는 일도 어려웠지만 그게 다가 아니었다. 타고난 호기심과 열정적인 기질을 억누르면서 순종하는 여자들의 관습을 익혀야 하는 것은 훨씬 더 어려웠다.

크렙과 이자도 아이에 대해 알아갔다. 가끔씩 에일라가 얼굴을 찡그린 채 입술을 끌어 올려 이를 다 드러내 보이고 거센 숨을 내뱉으며 독특한 소리를 낼 때가 있었다. 그럴 때는 적대감을 보이는 게 아니라 기분이 아주 좋다는 뜻이었다. 하지만 아이가 슬플 때 이상하게도 눈물이 고이는 눈에 대해서는 우려하지 않을 수 없었다. 이자는 색이 옅은 눈동자가 특별히 약하다는 결론을 내렸지만, 눈물이 나는 게 다른 종족에게 정상인 것인지 아니면 에일라의 눈만 그런 것인지 궁금했다. 어쨌든 이자는 걱정이 되어서 그늘진 깊은 숲 속에서 자라는, 푸른빛이 도는 하얀 식물의 맑은 수액으로 아이 눈을 씻어주었다. 그 식물에는 엽록소가 없어서 썩은 나무나 다른 식물에서 영양분을 얻었는데, 밀랍처럼 창백한 표면은 손을 대면 거무스름하게 변했다. 하지만 이자는 짓무르거나 염증이 생긴 눈에 이 식물의 줄기를 벗기면 나오는 차가운 수액보다 더 좋은 치료약을 알지 못했으므로, 아이가 울 때마다 눈에 수액을 발라주었다.

아이는 이제 자주 울지 않았다. 눈물이 당장에 관심을 끌긴 했지만 최대한 참으려고 노력했다. 자신이 사랑하는 두 사람이 눈물 때문에 걱정하기도 했고, 또 눈물은 자신이 씨족 사람들과 다르다는 징표였다. 아이는 씨족 사람들과 어울리며 그들의 일원이 되길 원했다. 사람들도 아이를 받아들이는 법을 배우고 있었지만 여전히 아이의 특이한 점들에 대해서는 경계하며 조심스러워했다.

에일라 또한 씨족 사람들에 대해 알아가며 그들을 받아들이고 있었다. 남자들도 에일라에 대해 호기심을 느꼈지만 아무리 이상하다 할지라도 여자아이에게 지나친 관심을 보이는 것은 자기 체면을 깎는 일이었다. 그런 이유로 남자들이 아이를 모른 척했기에 아이도 똑같이 무관심으로 대했다. 브룬은 다른 남자들보다는 관심을 보였지만 에일라에게 그는 무서운 존재였다. 그는 엄격했고, 크렙처럼 마음을 열고 다가오지도 않았다. 아이는 다른 씨족 사람들에게는 목우르가 브룬보다 훨씬 냉담하고 무서운 존재로 비춰진다는 사실을 알지 못했다. 사람들은 모두 두려움을 일으키는 주술사와 이상하게 생긴 여자아이 사이에 형성된 친밀감에 대해 크게 놀랐다. 에일라가 특별히 싫어하는 사람은 브룬의 불터에서 사는 젊은 남자였다. 브라우드가 아이를 바라보는 눈빛은 늘 사납기만 했다.

에일라는 아낙들과 먼저 친해졌다. 그들과 함께 보내는 시간이 더 많았기 때문이었다. 돌멩이로 경계를 표시해놓은 크렙의 불터 안에 있거나 씨족의 치료사인 이자와 함께 단둘이 약초를 캐러 갈 때를 제외하면, 에일라와 이자는 주로 아낙들과 시간을 보냈다. 처음에는 이자를 졸졸 따라다녔다. 그러다가 아낙들이 동물의 가죽을 벗겨 손질하고, 나선형 모양으로 잘린 가죽 끈을 반반하게 펴고, 바구니와 깔개와 그물을 짜고, 통나무에 홈을 파 그릇을 만들고, 숲에서 먹거리를 모으고, 음식을 만들고, 겨울을 나기 위해 고기와 푸성귀를 저장하고, 남자들의 시중을 드는 동안, 그들을 지켜봤다. 아이에게서 적극적으로 배우려는 의지를 본 아낙들은 아이에게 말뿐만 아니라 유용한 기술을 가르쳐주기 시작했다.

아이는 씨족 여자들이나 아이들처럼 힘이 세지는 않았다. 아이의 가냘픈 체형으로는 굵직한 뼈대 위에 강인한 근육이 붙어 있는 씨족 사람들의 힘을 따라갈 수 없었다. 하지만 아이는 놀랄 정도로 손재주가 비상하고 몸이 유연했다. 힘을 쓰는 일은 무리였지만 바구니를 짠다거나 가죽 끈을 일정한 너비로 자르는 일은 어린아이 치고는 아주 잘했다. 아이는 붙임성 좋은 이카와 금세 가까워졌다. 이카는 에일라가 아기에게 관심을 보이자 보르그를 업고 다니도록 해주었다. 오브라는 내성적이었지만 그녀와 우카는 특히 에일라에게 친절히 대해줬다. 지진으로 동굴이 무너질 때 피붙이를 잃은 슬픔을 겪었던 터라 그들 모녀는 가족을 잃은 아이가 더욱 가엾게 여겨졌다. 하지만 에일라에게는 함께 놀 또래친구가 없었다.

순식간에 친해졌던 오가와는 동굴 의식 이후로 소원해졌다. 오가는 에일라와 브라우드 사이에서 어쩔 줄 몰랐다. 에일라는 종족도 다르고 자기보다 어렸지만 또래 여자아이들의 생각을 나눌 수 있는 상대였고, 고아가 된 처지로서 동병상련을 느꼈다. 하지만 브라우드가 그 애에 대해 어떻게 생각하는지는 분명했다. 오가는 훗날 짝으로 맺어지고 싶은 남자의 뜻에 따라 어쩔 수 없이 에일라를 피하기 시작했다. 함께 일할 때를 제외하면 그들은 서로 어울리는 일이 드물었다. 에일라가 몇 번 가까워지려는 시도를 했지만 오가는 매번 모른 척했고, 결국 에일라도 더는 오가와 친해지려는 노력을 하지 않았다.

에일라는 보른과 노는 것을 좋아하지 않았다. 보른은 에일라보다 한 살 어렸는데, 그에게 놀이란 대개 성인 남자들이 여자들에게 지시하는 것을 흉내 내는 것이어서 에일라는 참아주기가 쉽지 않았다. 에일라가 보른의 지시에 퇴짜라도 놓으면, 남자든 여자든 모두 에일라를 탓했는데, 특히 보른의 어미인 아가는 더욱 에일라를 나무랐다. 아가는 자신의 아들이 "꼭 남자처럼" 행동하는 법을 배우는 모습에 기특해했고, 에일라를 향한 브라우드의 반감을 누구보다 예민하게 알아차리고 있었다. 언젠가 브라우드가 족장이 되었을 때 자기 아들이 브라우드에게 계속 환심을 산다면, 부족장이 될지도 모를 일이었다. 아가는 자기 아들의 지위를 높여줄 수 있는 기회라면 뭐든 잡으려 했다. 심지어 브라우드가 가까이에 있을 때는 일부러 에일라를 모질게 대했고, 브라우드가 있을 때, 에일라와 보른이 함께 있는 게 눈에 뜨이면 곧장 아들을 불러 에일라에게서 떼어놓았다.

에일라의 의사소통 능력은 특히 아낙들의 도움으로 빠른 진전을 보였다. 하지만 스스로 관찰해서 배운 손짓 하나가 있었다. 아이는 전처럼 눈에 띌 만큼은 아니어도 여전히 사람들을 지켜봤다. 주변 사람들에 대해 완전히 신경을 끄지는 못했던 것이다.

어느 오후, 아이는 이카가 보르그와 놀아주는 것을 지켜봤다. 이카는 아들에게 손짓 하나를 해 보이더니 같은 손짓을 반복했다. 아이가 여러 번 서툴게 손짓을 따라하다가 얼추 비슷하게 되자 이카는 다른 아낙들을 부르더니 아들의 손짓을 자랑했다. 얼마 후, 에일라는 보른이 아가에게 달려가 같은 모양의 손짓으로 인사하는 것을 봤다. 오브라도 우카와 이야기를 시작할 때면 똑같은 손짓을 했다. 그날 저녁 에일라는 수줍게 이자에게 다가갔다. 이자가 고개를 들어 보자 에일라는 손짓을 해보였다. 순간 이자의 눈이 번쩍 떠졌다.

"크렙, 애한테 나를 어머니라고 부르라고 언제 가르쳐주셨어요?"

이자가 물었다.

"난 가르친 적이 없다, 이자."

크렙이 답했다.

"혼자 배운 모양이다."

이자는 다시 아이를 돌아다봤다.

"너 혼자 배웠니?"

이자가 물었다.

"네, 어머니."

에일라가 다시 그 손짓을 하며 답했다. 아이는 손짓이 뜻하는 바를 정확히는 몰랐지만 막연하게나마 알 것 같았다. 그 손짓은 아이들이 자신을 보살펴주는 여자들에게 사용하는 것임을 에일라는 알고 있었다. 아이의 의식은 자신의 어머니에 대한 기억을 차단해버렸지만 마음만은 잊지 않고 있었다. 에일라가 한때 사랑했지만 이제는 잃어버린 여인의 자리에 이자가 들어와 있었다.

오랜 세월 아이 없이 살아온 이자는 뭉클한 감정이 솟아오르는 것을 느꼈다.

"내 딸."

겉으로 감정을 표현하는 일이 드문 이자가 충동적으로 아이를 안으며 말했다.

"내 아이. 처음부터 이 애가 내 딸이 될 거라는 걸 알았어요, 크렙. 제가 말하지 않았던가요? 정령들께서 이 애를 내 딸로 주신 게 분명해요."

크렙은 반박하지 않았다. 이자 말이 맞을지도 몰랐다.

그날 저녁 이후로 아이의 악몽은 줄어들었다. 하지만 이따금씩 찾아오는 악몽이 있었다. 주로 두 개의 악몽이 번갈아 나타났다. 하나는 날카로운 거대한 발톱을 피해 좁은 굴속에 숨어 있는 꿈이었다. 다른 하나는 어렴풋하지만 아이를 더 불안하게 하는 꿈이었다. 땅이 움직이고 저 깊은 곳에서 우르릉 흔들리는 느낌이 들더니 너무도 고통스러운 상실감이 마음을 덮쳤다. 아이는 이제 점차 사용하는 일이 줄어든 이상한 말들을 외치며 깨어나 이자의 품으로 파고들었다. 아이가 처음 씨족 사람들과 살게 되었을 때, 아이는 자기도 모르게 예전에 썼던 말들을 내뱉곤 했다. 하지만 씨족 사람들과 소통하는 법을 배울수록, 예전의 말들은 꿈속에서만 등장했다. 어느 정도 시간이 흐르자, 꿈에서도 그 말들은 더 이상 나타나지 않았다. 하지만 좀처럼 사라지지 않는, 땅이 무너지는 악몽에서 깨어날 때면 어김없이 커다란 슬픔이 아이를 에워쌌다.

짧고 무더운 여름이 지나가고 가을이 되자 아침에 묽은 서리가 내리면서 공기는 갑자기 차가워졌다. 초록의 숲은 어느새 붉은색과 황금색으로 화려하게 물들었다. 그러다 몇 차례 이른 눈발이 날리고 계절을 재촉하는 비가 세차게 내렸다. 비바람에 색색의 나뭇잎들이 떨어지며 다가오는 추위를 예고했다. 끈질긴 나뭇잎 몇몇만이 여전히 아름드리나무와 관목의 앙상한 가지에 매달려 있을 무렵, 잠깐 비추고 사라지는 밝은 햇살은 여름날의 열기를 마지막으로 떠올리게 했다. 혹독한 바람과 매서운 추위로 인해 바깥 활동을 그만두어야 할 때가 올 것이었다.

씨족 사람들은 햇볕을 쬐며 바깥에 나와 있었다. 동굴 앞 널찍한 공터에서 아낙들은 저 아래 초원에서 거둬들인 곡물을 키질하고 있었다. 세차게 부는 바람이 수없이 매달려 있는 마른 이파리들을 날려 보내자 풍요로웠던 여름의 흔적들은 꼭 살아 움직이는 것처럼 소용돌이쳤다. 아낙들은 거센 바람을 이용해 알갱이를 가려냈다. 넓고 얕은 바구니에 낟알들을 담아 쳐올려 쭉정이는 바람에 날려 보내고 무거운 알곡들만 모았다.

이자는 에일라를 앞에 낀 채 몸을 구부려 바구니를 쥔 아이의 손을 함께 잡고는 곡물을 하늘 높이 올려 쭉정이와 겉껍질들을 날려 보내는 법을 보여줬다.

에일라는 이자의 튀어나온 딱딱한 배가 등 뒤에 닿아 있는 것을 의식하고 있었는데, 배가 단단하게 뭉치던 순간, 이자는 갑자기 하던 일을 멈췄다. 그러더니 곧바로 아낙들 곁을 떠나 동굴 안으로 들어갔고, 그 뒤를 에브라와 우카가 따랐다. 에일라는 중간에 대화를 멈추고 눈으로 여자들을 쫓고 있는 남자들 무리를 걱정스러운 눈초리로 바라봤다. 아직 일이 남았는데 자리를 뜬 세 여자들을 남자들이 나무라지나 않을까 걱정이 된 것이다. 하지만 남자들은 이상하게도 별말이 없었다. 에일라는 남자들이 화를 낼지도 모를 일이지만 운에 맡기기로 하고 여자들을 따라나섰다.

동굴 안에 들어가자 이자는 잠잘 때 까는 털가죽 덮개 위에 누워 있고 에브라와 우카는 이자의 양옆에 앉아 있었다. 이자가 왜 한낮에 누워 있는 거지? 에일라는 이상했다. 어디 아픈가? 이자는 아이의 걱정스러운 표정을 보더니 괜찮다는 손짓을 했다. 하지만 에일라의 걱정은 가시지 않았다. 또 한 번 진통을 느낀 이자의 표정이 일그러지자 에일라의 걱정은 한층 더 커졌다.

에브라와 우카는 이자와 함께 저장해놓은 먹거리하며 날씨 같은 일상적인 것에 대해 이야기했다. 하지만 에일라는 그들의 표정이나 자세에서 그들도 걱정하고 있다는 것을 알아챘다. 뭔가 문제가 생긴 거야. 에일라는 확신했다. 에일라는 뭐가 잘못됐는지 알 때까지 이자 곁을 절대로 떠나지 않기로 마음먹고는 이자의 발치에 앉아 기다렸다.

저녁이 다가오자 이카가 보르그를 들쳐 업고 이자를 보러 왔다.

뒤이어 아가도 딸 오나를 데리고 왔다. 이카와 아가는 아기에게 젖을 먹이며 이자 곁에 앉아 힘을 북돋아주었다. 오브라와 오가도 걱정과 호기심이 섞인 얼굴로 이자를 보러 왔다. 우카의 딸인 오브라는 아직 짝을 맺지 않았지만 다 큰 여자여서, 곧 아기가 태어날 것임을 알고 있었다. 오가도 곧 성숙한 여자가 될 몸이었다. 둘은 이자가 겪고 있는 출산의 과정에 대해 관심이 많았다.

아바가 제 어미인 아가 곁에 앉은 것을 본 보른은 왜 모든 여자들이 목우르의 불터에 모여 있는지 궁금해졌다. 보른은 주변을 서성이다가 무슨 일이 일어났는지 보려고 자기 피붙이인 오나에게 젖을 물리고 있는 어미의 무릎 위로 기어갔다. 그러자 할머니인 아바가 보른을 들어 올려 자기 무릎 위에 앉혔다. 그가 보기에 흥미를 끄는 일은 하나도 없었다. 치료사인 이자가 그저 쉬고 있을 뿐이었다. 보른은 금세 자리를 떠났다.

얼마 후 여자들은 하나둘 저녁준비를 하러 떠났다. 우카가 이자 곁에 머물렀고, 에브라와 오가는 음식을 만들면서도 눈에 띄지 않게 흘끔흘끔 이자 쪽을 건너다보았다. 에브라는 브룬과 크렙에게 저녁을 차려준 뒤 우카와 이자, 에일라를 위해 음식을 가지고 돌아왔다. 오브라는 어머니의 짝인 그로드에게 저녁을 해준 뒤, 그로드가 크렙이 건너와 있는 브룬의 불터로 가자마자 오가와 함께 이자 곁으로 되돌아왔다. 뭐 하나도 놓치지 않고 보고 싶었던 둘은 자기 자리에서 꿈쩍도 않고 있는 에일라 옆에 앉았다.

이자는 겨우 차 몇 모금을 마셨다. 에일라도 전혀 배고픔을 느끼지 못했다. 음식을 집어 들긴 했지만 명치를 꼭 조이는 것 같은 느낌에 먹을 수 없었다. 이자에게 무슨 일이 생긴 걸까? 왜 일어나서 크렙의 저녁을 해주러 가지 않을까? 크렙은 왜 여기에 와서 정령들에게 이자를 낫게 해달라고 빌어주지 않을까? 그는 왜 다른 남자들과 브룬의 불터에 있는 거지?

이자의 진통은 더욱 심해졌다. 잠깐씩 빠르게 훅훅 숨을 쉬고는 두 여자의 손을 잡고 힘을 세게 주었다. 밤이 깊어갔지만 씨족 사람들 모두 뜬눈으로 지켜보고 있었다. 남자들은 족장의 불터에 모여 깊은 이야기를 나누고 있는 것처럼 보였다. 하지만 한 번씩 이자 쪽을 슬쩍 넘겨다보는 눈길로 보아 그들의 진짜 관심은 다른 곳에 있었다. 여자들은 주기적으로 드나들며 이자의 진행 상황을 보고는 한참을 머물렀다. 주술 치료사인 이자가 진통을 하는 내내 모두들 격려와 기대감으로 하나가 되어 새 생명의 탄생을 기다렸다.

어둠이 찾아오고도 한참이 지난 뒤였다. 갑자기 움직임들이 부산해졌다. 에브라가 가죽 한 장을 넓게 까는 동안, 우카가 이자를 일으켜 웅크리고 앉게 했다. 이자는 거칠게 숨을 몰아쉬며 온몸에 힘을 주더니 고통에 찬 소리를 질렀다. 오브라와 오가는 이자의 고통에 동화되어 함께 힘을 주며 신음 소리를 내뱉었다. 그들 사이에 앉아 있던 에일라는 온몸을 부들부들 떨었다. 이자가 깊은 숨을 들이쉬더니 이를 악물고 온 근육을 쥐어짜듯 길게 힘을 주자 양수가 터지며 아기의 동그란 머리가 보였다. 또 한 번 사력을 다해 힘을 주자 아이의 머리가 스르륵 빠져나왔다. 그다음부터는 순조롭게 진행되었다. 이자는 온몸이 젖은 채 꿈틀대는 아주 작은 아기를 낳았다.

마지막으로 힘을 주었을 때 핏덩어리가 쏟아져 나왔다. 기진맥진해진 이자가 다시 눕자 에브라가 아기를 들어 올려 손가락으로 입속에 고인 양수를 빼내고는 이자의 배 위에 올려놓았다. 에브라가 아기의 발을 때리자 이자의 첫 아기가 입을 열고 첫 숨을 쉬더니 큰 소리로 울어댔다. 에브라는 붉게 물들인 짐승의 힘줄 한 가닥으로 탯줄을 묶고 아직 태반에 연결되어 있던 탯줄을 이로 물어 자른 다음, 이자가 볼 수 있게 아기를 들어 올렸다. 그러고 나서 에브라가 일어나더니 이자가 아기를 무사히 낳았다는 소식과 아이의 성별을 전하기 위해 자신의 불터로 돌아갔다. 그녀는 브룬 앞에 앉아 머리를 숙였고, 어깨를 두드리는 느낌에 고개를 들었다.

8

"슬픈 소식을 전하게 되었습니다."

에브라가 슬픔을 뜻하는 손짓으로 말문을 열었다.

"이자가 딸을 낳았습니다."

하지만 그 소식을 슬프게 생각하는 사람은 없었다. 브룬은 내색하지 않았지만 안도했다. 크렙이 피붙이인 이자를 부양하고 무엇보다 에일라를 씨족으로 받아들이기로 합의한 이후로 모두가 별탈 없이 잘 지내고 있었다. 이런 생활에 갑자기 변화가 생기지 않길 바랐던 것이다. 목우르는 브룬이 기대했던 것보다 다른 종족의 아이를 훨씬 훌륭하게 가르치고 있었다. 에일라는 말뿐만 아니라 씨족의 관습을 익히고 있었다. 크렙은 그냥 안도하는 정도가 아니었다. 그는 몹시 기뻤다. 지긋한 나이가 다 되어서 처음으로 따뜻한 가족의 정을 맛보게 되었는데, 이자가 딸을 낳은 덕분에 계속 그렇게 지낼 수 있게 된 것이다.

이자 또한 새 동굴에 들어온 이후 처음으로 걱정에서 벗어나 안도의 한숨을 내쉬었다. 이자는 노산임에도 불구하고 무사히 아기를 낳아 다행으로 여겼다. 자기보다 훨씬 힘든 출산을 하는 여자들도 지금껏 많이 봐왔다. 출산을 하다가 죽을 고비를 넘기는 여자들도 있었고, 몇몇은 목숨을 잃기도 했다. 아기가 잘못될 때도 있었다. 이자가 보기에 아기의 머리가 어미의 산도보다 너무 큰 게 문제인 것 같았다. 사실 이자가 출산만큼이나 걱정했던 것이 아들이 나오면 어쩌나 하는 우려였다. 미래에 대한 불안은 씨족 사람들에게 견디기 어려운 것이었다.

이자는 털가죽 위에 누워 편히 쉬었다. 우카가 부드러운 토끼털로 만든 강보에 아기를 감싸 어미 품에 눕혀주었다. 에일라는 꼼짝하지 않고, 간절한 호기심이 담긴 눈으로 이자를 바라봤다. 이자는 아이를 보더니 불렀다.

"에일라, 이리 와라. 아기를 보고 싶으냐?"

에일라가 수줍게 다가서며 고개를 끄덕였다. 이자는 에일라가 아기를 볼 수 있게 강보를 들췄다.

이자와 꼭 닮은 아주 작은 아기였다. 머리에는 갈색의 곱슬곱슬한 솜털이 나 있고, 머리숱이 없어서 그런지 뒤통수의 후두골이 더 도드라져 보였다. 아기의 머리통은 어른들보다 조금 둥글긴 했지만 길쭉한 편이었다. 이마는 아직 덜 발달된 눈썹 뼈에서부터 수평에 가깝게 뒤로 경사져 있었다. 에일라가 손을 뻗어 아기의 부드러운 뺨을 만지자 아기는 손길이 느껴지는 쪽으로 본능적으로 고개를 돌리더니 작은 소리를 내며 젖 빠는 입모양을 했다.

"예뻐요."

에일라가 손짓했다. 두 눈에는 자신이 보고 있는 경이로운 존재에 대한 감탄이 가득 실려 있었다.

"말을 하려는 거예요, 이자?"

아기가 꼭 쥔 작은 주먹을 허공에 대고 흔들자 에일라가 물었다.

"아직은 아니지만 곧 하게 될 거야. 말을 가르쳐야지. 네가 도와줘야 해."

이자가 답했다.

"좋아요. 내가 말하는 걸 가르칠게요. 이자랑 크렙이 내게 가르쳐준 것처럼."

"넌 잘할 거야, 에일라."

어머니가 된 이자가 아기에게 강보를 다시 덮어주며 말했다.

이자가 쉬는 동안, 에일라는 이자와 아기를 보호하려는 듯 꼭 붙어 있었다. 에브라는 분만 직전에 깔았던 가죽으로 태반을 싸서 눈에 띄지 않는 곳에 숨겨두었다. 그렇게 해두면 나중에 이자가 밖으로 가지고 나가 자기만 아는 곳에 묻을 터였다. 아기가 만약 죽은 채 태어났다면 태반과 함께 묻고 누구도 다시는 출산에 대해 말하지 않을 것이었다. 어미는 겉으로 슬픔을 드러내지 않을 테지만 따뜻한 위로를 받게 되었을 것이었다.

아기가 기형으로 태어났거나 족장이 어떤 이유로 아기를 씨족의 일원으로 받아들이지 않겠다고 결정하면, 그 어미에게는 견디기 힘든 일이 기다리고 있었다. 아기를 멀리 데리고 가서 땅에 묻거나 비바람과 맹수에 노출된 허허들판에 버려두고 와야 했다. 기형으로 태어난 아이를 살려둘 때도 드물게 있었지만, 여자아이를 살려두는 일은 거의 없었다. 아기가 사내아이고 특히 첫째 아이일 경우, 여자가 원한다면 족장의 재량에 따라 태어난 첫 이레 동안 아기를 어미 곁에 두는 것이 허락되었다. 생존 능력을 시험해보는 것이었다. 이레 후에도 아기가 살아 있으면, 그들에게는 법적인 효력과 다를 바 없는 씨족의 전통에 따라 아기에게 이름을 지어주고 씨족의 일원으로 받아들였다.

크렙은 출생 직후 첫 며칠 동안, 바로 그러한 삶과 죽음의 갈림 길에 놓여 있었다. 그의 어머니는 출산을 하다가 거의 죽을 뻔했 다. 그녀의 짝이 족장이었기 때문에 갓 태어난 사내아이를 살려둘 것인지에 대한 결정은 순전히 그에게 달려 있었다. 하지만 족장은 난산으로 인해 기형적으로 생긴 머리에 팔다리가 움직이지 않은 채 태어난 아이보다는 그 어미를 생각해 결정을 내려야 했다. 아기 어미는 몸이 너무 약한 상태였고, 출혈이 심해 사지를 헤매고 있었 다. 그런 사람한테 아이를 버리라는 지시를 차마 내릴 수는 없었 다. 아기 어미는 몸을 움직일 수 없을 정도로 쇠약해져 있었다. 아 기 어미가 밖에 나갈 수 없는 상태이거나 혹은 죽었다면, 그 일은 주술 치료사의 몫이었다. 하지만 크렙의 어머니가 바로 씨족의 치 료사였다. 그리하여 크렙은 버려지지 않고 어미 곁에 있게 되었지 만 누구도 그가 살 수 있을 거라고 기대하지 않았다.

어미는 젖도 늦게 돌기 시작했다. 크렙이 온갖 악조건에도 불구 하고 간신히 생명의 끈을 붙잡고 있었을 때, 젖먹이 아이를 둔 다 른 아낙이 불쌍한 크렙을 가엾게 여겨 영양가 있는 젖을 먹였다. 이토록 미약한 생명의 터전에서 전 씨족 중에 가장 뛰어나고 강력하며, 가장 신성한 주술사인 목우르의 삶이 시작되었다.

불구의 몸을 한 주술사와 그의 형제 브룬이 이자와 아기에게 다가왔다. 브룬이 위압적인 손짓을 하자 에일라는 벌떡 일어나서 먼 발치로 물러나 곁눈질로 그들을 보았다. 이자가 일어나 앉더니 그들과 눈을 마주치지 않으려고 조심하면서 강보를 벗기고 아기를 들어 올렸다. 두 남자는 어미의 따뜻한 품에서 떨어져 동굴의 차가운 공기가 몸에 닿자 큰 소리로 울부짖는 아기를 자세히 들여다보았다. 그들도 이자를 보지 않으려고 조심하고 있었다.

"아이는 정상이다."

브룬이 엄숙한 손짓으로 선언했다.

"아기는 어미 곁에 있어도 좋다. 이름을 짓는 날까지 살아 있으면, 씨족의 일원으로 받아들인다."

이자는 브룬이 아이를 받아들이지 않을 거라는 걱정을 한 적이 없으면서도 족장이 공식적으로 선언을 하자 마음이 놓였다. 그래도 딱 하나 마음에 걸리는 게 있었다. 아기 어미에게 짝이 없으니 아기가 불운하다고들 생각할까봐 걱정이었다. 그나마 수태를 했다고 확신했을 때는 짝이 아직 살아 있었을 때이니 괜찮았고, 지금은 크렙이 그들을 부양하고 있으니 이제 자기 짝이나 다름없었다. 이자는 그런 걱정을 머릿속에서 밀어냈다.

앞으로 7일 동안, 이자는 태반을 버리기 위해 밖에 나가야 할 때를 제외하면 꼼짝없이 크렙의 불터 안에서 격리된 채 지내야 했다. 씨족의 누구도 공공연히 이자의 아기를 아는 척하지 않았고 이자 또한 같은 불터에 사는 사람들을 제외하면 누구하고도 만나지 않았다. 하지만 다른 아낙들은 이자가 쉴 수 있도록 먹을거리를 가져다주었다. 그때마다 잠깐씩 머물러서는 갓 태어난 아기를 슬쩍 보고 가곤 했다. 출산 후 7일이 지나 출혈이 멈출 때까지 산모는 정도는 덜해도 여자에게 내려진 저주를 받고 있는 것이었다. 월경을 할 때와 마찬가지로 산모가 접촉할 수 있는 사람은 여자들뿐이었다.

이자는 수유를 하고 아이를 돌보며 대부분의 시간을 보냈다. 충분히 쉬었다는 생각이 들면 크렙의 불터 경계석 내에 있는 먹거리 저장고, 조리하는 구역, 잠자리, 약초 보관 구역을 정리했다. 이제 이곳에는 세 명의 여자가 살고 있었다.

씨족 내에서 목우르가 차지하는 특별한 지위 덕분에 크렙이 살게 된 불터는 입지 조건이 매우 훌륭했다. 해가 들어올 만큼 동굴 입구에서 가까우면서도 매서운 겨울 외풍에 노출되지 않을 만큼 떨어져 있었다. 이자가 보기에 무엇보다 크렙을 위해 다행이라고 생각되는 또 다른 좋은 점은, 측벽으로 툭 튀어나온 암반이었다. 동굴 입구에 바람막이를 설치하고 계속해서 불을 피워두었지만 벽이 없는 곳에는 매서운 겨울바람이 들이닥치곤 했다. 노주술사의 류머티즘과 관절염은 겨울만 되면 동굴의 차갑고 눅눅한 기운 때문에 훨씬 심해졌다. 이자는 땅을 얕게 파서 짚과 마른 풀을 부드럽게 깐 뒤 그 위에 털가죽을 펴놓아 크렙의 잠자리를 만들었는데, 특히 겨울 외풍이 닿지 않도록 신경을 썼다.

남자들이 의무적으로 해야 하는 몇 안 되는 일 중에는 사냥 말고도 겨울에 바람막이를 짓는 일이 있었다. 땅에 말뚝을 박아 기둥을 세워 가죽으로 동굴 입구를 막아놓는 일이었다. 또한 비나 눈 녹은 물이 동굴 입구로 들어와 진흙탕을 만드는 일이 없도록 개울 에서 가져온 매끄러운 돌덩어리를 입구 주위에 깔아놓아야 했다. 각 불터의 바닥은 맨땅이었는데, 앉거나 음식을 차리는 곳에는 거 적을 펴놓았다.

크렙의 잠자리 옆에는 땅을 얕게 판 곳에 짚을 깔고 털가죽을 펴놓은 잠자리가 두 개 더 있었다. 맨 위에 덮어놓은 털가죽은 추 운 날씨에 따뜻하게 걸치는 덮개로도 쓰였다. 크렙의 곰가죽 옆에 는 이자의 사이가산양가죽과 만든 지 얼마 안 된 눈표범의 털가죽 이 깔려 있었다. 보통은 산의 고지대에 출몰하는 눈표범이 어쩌다 아래까지 내려와 동굴 가까이를 서성대고 있었는데, 구브가 이를 놓치지 않고 잡아다가 그 가죽을 크렙에게 바친 것이었다.

씨족 사람들은 자신의 수호 토템을 상징하는 동물에게서 나온 가죽을 덮개로 입거나 뿔이나 이빨 조각을 지니고 다녔다. 크렙이 생각하기에 털표범의 가죽은 에일라에게 잘 어울렸다. 에일라의 토템은 아니었지만 비슷한 맹수였고, 또 사냥꾼들이 동굴사자를 표적으로 삼을 가능성은 거의 없었다. 동굴사자 같은 거대한 맹수 는 초원에서 멀리 떨어진 곳까지 배회하는 일이 드물어서 숲이 우 거진 산기슭에 위치한 동굴에 사는 씨족 사람들에게 위협이 되지 않았다. 그렇다 보니 그렇게 거대한 맹수를 사냥할 이유가 없었다. 이자는 진통이 오기 전에 눈표범의 털가죽을 손질해 에일라의 새 신발까지 만들어주었다. 아이는 그 신발을 무척이나 좋아해 틈만 나면 밖에 나갈 구실을 찾았다.

이자는 젖이 잘 돌고 자궁이 원래 크기대로 수축될 때 따르는 통증을 완화하기 위해 세멘시나 차를 우려 마셨다. 올해 초 아이의 탄생을 기대하며 길고 가느다란 나뭇잎과 작은 연둣빛 꽃들을 따서 미리 말려둔 것이었다. 그녀는 에일라를 찾아 동굴 입구 쪽을 흘낏 보았다. 월경 때나 산후 출혈 때 생리혈을 흡수하는 가죽으로 만든 월경대를 막 갈았던 참이라 혈흔이 묻은 그것을 가까운 숲에 묻으러 가고 싶었다. 잠깐 그녀가 자리를 비운 사이에 잠든 아기를 지켜보게 하기 위해 에일라를 찾는 중이었다.

그러나 에일라는 동굴 가까이에 없었다. 아이는 개울가에서 작고 둥그런 돌을 찾고 있었다. 얼마 전 이자가 개울이 얼기 전에 조리할 때 쓰는 돌을 더 준비해야겠다고 말했던 게 기억난 에일라는 자신이 돌을 가져가면 이자가 기뻐할 거라 생각했다. 아이는 돌들이 많은 물가에 무릎을 꿇고 앉아 적당한 크기의 돌을 찾고 있었다. 그때 덤불 아래에 얼핏 하얀 털로 덮인 작은 덩어리 같은 게 눈에 들어왔다. 잎이 다 떨어지고 없는 덤불을 옆으로 제치고 보니 반쯤 자란 토끼 한 마리가 모로 누워 있었다. 부러진 다리에는 피가 말라붙어 있었다.

상처 입은 토끼는 갈증에 숨을 할딱댈 뿐 움직이지 못했다. 아이가 손을 뻗어 따뜻하고 부드러운 털을 쓸어주자 토끼가 불안한 눈빛으로 아이를 바라봤다. 이제 막 사냥을 배운 새끼 늑대가 토끼를 잡았다가 풀어준 것이었다. 새끼 늑대가 먹잇감을 향해 한 번 더 공격을 가하려던 참에 자기를 찾아 날카롭게 울부짖는 어미 늑대의 소리가 들렸다. 별로 배가 고프지 않았던 새끼 늑대는 어미의 부름에 답하며 발길을 돌렸다. 그 사이 토끼는 덤불 속에 뛰어들어 눈에 띄지 않길 바라며 꼼짝 않고 있었다. 이제 도망가도 될 만큼 안전하다는 생각이 들어 뛰어보려 했지만 다리가 움직이지 않았고, 물가에 누운 채 갈증으로 죽어가고 있었다. 토끼의 생명은 사그라지고 있었다.

에일라가 따뜻한 털로 덮인 토끼를 들어 올려 품에 꼭 안아주었다. 부드러운 토끼털로 만든 강보에 싸인 아기를 안은 적이 있어서 그런지 토끼가 꼭 아기처럼 느껴졌다. 에일라는 땅바닥에 앉아 토끼를 안고 흔들어주었다. 그때 피가 묻은 다리가 이상한 각도로 꺾여 있는 게 보였다. 가엾은 아기, 다리를 다쳤네. 에일라가 토끼를 보며 생각했다. 이자가 고쳐줄 수 있을 거야. 내 다리도 낫게 해줬으니까. 조리용 돌을 찾겠다는 생각은 잊은 채, 아이는 일어나 상처 입은 동물을 안고 동굴로 돌아갔다.

에일라가 불터로 걸어 들어올 때 이자는 깜박 선잠에 들어 있다가 발소리에 눈을 떴다. 아이는 치료사인 이자에게 토끼를 쑥 내밀며 상처를 보여줬다. 이자는 가끔 상처 입은 작은 동물들을 불쌍히 여겨 약간의 응급 처치를 해준 적이 있었지만 한 번도 동굴로 가지고 들어온 적은 없었다.

"에일라, 동물은 동굴에서 살지 못해."

이자가 손짓했다.

잔뜩 부풀어 올랐던 에일라의 기대감이 산산조각 났다. 아이는 토끼를 꼭 안고는 슬픈 얼굴로 고개를 숙였다. 막 돌아서는 아이의 눈에 눈물이 한가득 고였다.

이자는 아이가 실망한 것을 알아챘다.

"음, 가져왔으니 한번 살펴보는 게 낫겠다."

이자가 말했다. 한껏 표정이 밝아진 에일라가 토끼를 이자에게
건넸다.

"토끼가 목이 마르구나, 물을 조금 가져오렴."

이자가 손짓하자 에일라가 벌떡 일어나 커다란 물부대에서 맑
은 물을 떠서 물잔 가득 담아왔다. 이자는 부목으로 쓸 나무를 길
쭉하게 잘랐다. 막 자른 가죽 끈을 땅 위에 놓고 부목에 묶었다.

"물부대를 가져가서 물을 더 떠와라, 에일라. 물이 거의 떨어져
간다. 그런 다음 물을 데워야겠다. 상처를 씻어야 하니까."

이자는 지시를 내리더니 불을 뒤적이고는 그 안에 돌을 몇 개
넣었다. 에일라는 물부대를 낚아채 물웅덩이가 있는 곳까지 달렸
다. 물을 마시고 기운을 차린 작은 토끼는 에일라가 돌아왔을 때
이자가 준 씨앗과 알곡을 야금거리고 있었다.

얼마 후 돌아온 크렙은 이자가 수유를 하고 있는 곁에서 토끼를
안고 있는 에일라를 보고 깜짝 놀랐다. 토끼의 다리에 부목이 대어
져 있는 것과 함께 "제가 달리 어쩔 수 있었겠어요?" 하고 말하는
이자의 표정이 눈에 들어왔다. 아이가 살아 있는 인형에 폭 빠져
있는 동안 이자와 크렙은 소리 없이 손짓으로 대화를 나눴다.

"저 애가 토끼를 왜 동굴로 데려온 것이냐?"

크렙이 물었다.

"고쳐달라고 가져왔어요. 동굴에 동물을 가지고 오면 안 된다
는 것을 저 애는 몰랐어요. 하지만 저 애 생각이 나쁜 건 아니잖아

요. 저 아이에게 주술 치료사가 될 자질이 있는 것 같아요, 크렙."

이자가 잠시 머뭇거렸다.

"사실 저 아이에 대해 상의하고 싶은 말이 있었어요. 아시다시피, 저 애가 예쁘게 생긴 아이는 아니잖아요."

크렙이 흘끗 에일라 쪽을 봤다.

"사람을 끄는 구석은 있다만 네 말이 맞다. 예쁘지는 않다."

그도 인정했다.

"하지만 그게 토끼랑 무슨 상관이 있단 말이냐?"

"저 아이가 짝을 맺을 가능성이 얼마나 될까요? 저 아이를 감당할 만큼 강한 토템을 가진 남자가 저 애를 짝으로 받아들이는 일은 없을 거예요. 그런 남자라면 어떤 여자라도 선택할 수 있을 테니까요. 저 애가 자라서 여자가 되면 어떻게 될까요? 짝을 맺지 못하면 지위를 가지지 못할 거예요."

"나도 생각은 해봤다. 하지만 별다른 도리가 있겠느냐?"

"저 애가 치료사가 된다면 자기 지위를 가질 수 있어요."

이자가 자신의 생각을 말했다.

"저 애는 제게 딸이나 다름없어요."

"하지만 네 직계는 아니다, 이자. 네게서 태어난 것은 아니니까. 네 딸이 너의 대를 이을 것이다."

"알아요, 제게도 딸이 있어요. 그렇다고 에일라에게 가르치지 못할 이유는 없지 않을까요? 제가 아이를 안고 있을 때 저 아이의 이름을 지어주셨잖아요? 그리고 토템을 알려주셨고요? 그게 바로 제 딸이라는 의미지요, 그렇지요? 씨족의 일원으로 받아들여진 거예요. 우리 씨족인 셈이죠, 그렇지요?"

이자는 흥분해서 질문을 이어갔다. 행여 크렙이 부정적인 말을 할까 우려가 되는 게 사실이었다.

"제 생각에 저 아이에게는 타고난 재능이 있어요, 크렙. 관심을 보이고 있어요. 내가 주술 치료를 행할 때마다 늘 질문을 하고요."

"내가 만난 그 누구보다 질문을 많이 하는 애다."

크렙이 끼어들었다.

"뭐든 다 질문하지. 그렇게 질문을 많이 하는 게 예의에 어긋난다는 것을 배워야 한다."

그가 덧붙였다.

"하지만 저 애를 보세요, 크렙. 다친 동물을 보고는 고쳐주고 싶어 하잖아요, 그건 분명히 주술 치료사로서 자질이 있다는 징표예요."

크렙은 말없이 생각에 잠겼다.

"씨족의 일원으로 받아들였다고 해서 저 애 자신이 바뀌는 건 아니다, 이자. 저 애는 다른 종족에서 태어났는데, 어떻게 네가 가진 지식을 모두 배울 수 있겠느냐? 너도 알겠지만 그 아이에게는 기억이 없다."

"하지만 배우는 속도가 빨라요. 보셨잖아요. 얼마나 빨리 말을 배웠는지요. 저 애가 벌써 얼마나 많은 걸 배웠는지 놀라실 거예요. 게다가 손재주가 좋아요. 손놀림이 부드러워요. 제가 부목을 댈 때 에일라가 토끼를 잡고 있었어요. 토끼가 저 애를 믿는 것 같았어요."

이자가 앞으로 몸을 숙였다.

"우리 둘 다 더 이상 젊지 않아요, 크렙. 우리가 정령의 세계로 떠나고 나면 저 애는 어찌 될까요? 아이가 이 불터 저 불터를 전전하는 짐이 되길 바라세요? 가장 낮은 지위를 가진 여자가 되어서요?"

크렙도 같은 고민을 한 적이 있었지만 해결책을 생각해낼 수 없어 그냥 잊고 있던 터였다.

"네가 정말 저 아이를 가르칠 수 있겠느냐, 이자?"

그는 여전히 못 믿겠다는 듯 물었다.

"토끼부터 시작해볼게요. 저 아이에게 토끼를 돌보게 하고 어떻게 하는지 가르쳐주려고요. 기억이 없다 하더라도 질병이나 상처의 종류가 아주 많은 것도 아니고, 저 아이는 충분히 어리니까 다 배울 수 있어요. 타고난 기억이 꼭 필요한 것은 아니에요."

"생각해보겠다, 이자."

크렙이 말했다.

아이는 토끼를 안고 흔들며 흥얼대고 있었다. 아이는 이자와 크렙이 이야기하는 것을 보더니 이자의 주술 치료가 잘 되도록 크렙이 정령들에게 손짓으로 기원을 드리던 모습이 떠올랐다. 아이는 털로 덮인 작은 동물을 주술사에게 데려갔다.

"크렙, 토끼의 상처가 낫도록 정령들에게 부탁해줄래요?"

아이는 주술사의 발치에 토끼를 내려놓고 손짓했다.

목우르는 아이의 진지한 얼굴을 들여다보았다. 그는 동물을 낫게 해달라고 정령에게 기원을 드린 적이 없었다. 어리석은 짓이라는 생각이 들었지만 아이의 청을 거절하고 싶지 않았다. 그는 주위를 둘러보더니 빠르게 손을 움직였다.

"이제 좋아질 거예요."

에일라는 확신에 찬 손짓을 해 보이더니 수유를 끝낸 이자를 보며 물었다.

"아기를 안아봐도 돼요, 어머니?"

토끼는 에일라에게 아기 대신 안을 수 있는 따뜻하고 귀여운 존재였을 뿐이었다. 아기를 안을 수 있게 되자 아이는 토끼를 내려놓았다.

"안아봐라."

이자가 말했다.

"내가 가르쳐준 대로 조심히 안아야 한다."

에일라는 토끼에게 했던 대로 아이를 안고 흔들며 콧노래를 흥얼거려주었다.

"이름을 뭐라고 지을 거예요, 크렙?"

아이가 물었다.

이자도 궁금했지만 감히 물어볼 생각을 하지 못했던 터였다. 그들은 크렙의 부양을 받으며 그의 불터에서 살고 있었기 때문에 그의 불터에서 태어난 아이의 이름을 짓는 것은 크렙의 권리였다.

"아직 짓지 못했다. 그런데, 에일라, 너는 그렇게 많은 질문을 해서는 안 된다는 것을 배워야겠다."

크렙이 아이에게 주의를 주었다. 그러면서도 자신의 주술에 대한 아이의 믿음에 기분이 좋아졌다. 그 대상이 토끼였는데도 말이다. 그는 이자에게 몸을 돌려 덧붙였다.

"다리가 나을 때까지 여기 있어도 될 것 같구나. 해로운 동물은
아니니."

공손히 알겠다는 손짓을 하는 이자의 마음에는 따뜻한 기쁨이
넘쳐흘렀다. 크렙이 겉으로 동의를 해주지 않을지라도 에일라를
가르치는 일에 반대하지 않을 거라 이자는 확신했다. 다만 그가 혹
만류하지는 않을지 확인하고 싶었던 것뿐이었다.

"저 애는 어떻게 목으로 저런 소리를 낼까요?"

에일라의 콧노래를 들은 이자가 화제를 바꾸며 물었다.

"기분 나쁜 소리는 아니에요. 하지만 이상해요."

"그게 우리 씨족과 다른 종족과의 또 다른 차이다."

크렙이 자신을 우러러보는 제자에게 위대한 지혜 하나를 전하
는 태도로 말했다.

"기억을 가지고 있지 않거나 이상한 소리를 내는 것 같은 차이
말이다. 그래도 제대로 말하는 법을 배운 뒤로는 소리를 내는 일이
많이 줄었다."

오브라가 저녁 끼니를 가지고 크렙의 불터에 왔다. 토끼를 본
오브라는 크렙 못지않게 크게 놀랐다. 이자가 오브라에게 아기를
안아보게 하자 에일라는 다시 토끼를 들어 올리더니 아기라도 되
듯 마냥 흔들어주었다. 오브라는 그 모습에 더욱 놀랐다. 곁눈질
로 크렙을 보며 그의 반응을 살폈지만 그는 신경 쓰는 것 같지 않
았다. 오브라는 어서 어머니에게 가서 말하고 싶어 견딜 수가 없었
다. 세상에, 동물을 어미처럼 보살펴주다니. 어쩌면 저 애 머리가

정상이 아닌지도 몰라. 설마 토끼를 인간으로 생각하는 건가?

얼마 후 브룬이 성큼성큼 건너와 크렙에게 이야기를 하고 싶다는 신호를 보내왔다. 크렙은 기다리던 중이었다. 그들은 각각의 불터에서 떨어진 동굴 입구의 불가로 함께 걸어갔다.

"목우르."

족장이 머뭇거리며 말문을 열었다.

"말해보게."

"생각해봤는데, 목우르. 이제 짝짓기 의식을 할 때가 되었다. 오브라를 구브에게 주기로 결정했다. 그리고 드루그가 아가와 아이들을 맡기로 했다. 아바도 그와 함께 살 것이다."

크렙의 불터에 있는 토끼에 대한 이야기를 어떻게 꺼내야 할지 고민하며 그는 다른 용건부터 꺼냈다.

"자네가 언제 그들을 짝지어줄 것인지 궁금해하고 있었지."

브룬이 하고 싶어 하는 이야기를 알면서도 그 주제에 대해서는 전혀 언급하지 않고 크렙은 그렇게만 말했다.

"때를 봤다. 사냥하기에 한창 좋을 때에 짝을 맺으면 당장 사냥꾼 둘이 사냥에 참여할 수 없으니까. 언제가 가장 좋은 때라고 보시는가?"

브룬은 크렙의 불터 경계석 너머로 시선을 주지 않으려고 갖은 애를 쓰고 있었고, 크렙은 쩔쩔매는 족장의 모습을 은근히 즐기고 있었다.

"곧 이자 아기의 이름을 지을 것이다. 그때 그들을 맺어주면 되겠군."

크렙이 자신의 생각을 말했다.

"그들에게 그렇게 전하지."

브룬이 말했다. 그는 한 발에 힘을 주고 서 있다가 다른 발에 힘을 옮겨 실었다. 저 높이 둥근 천장에 시선을 주더니 다시 땅 밑을 보다가 저 깊은 동굴 벽으로, 그러고는 바깥으로 시선을 옮겼다. 토끼를 안고 있는 에일라가 있는 쪽만 빼고 이곳저곳을 바라보았다. 예의상 다른 남자의 불터를 들여다보면 안 될 일이었지만, 토끼에 대해 직접 확인하기 위해서는 확실하게 봐야 했다. 그는 그 이야기를 화제에 올릴 적절한 방법을 고민하고 있었다. 크렙은 기다렸다.

"크렙의 불터에 어째서 토끼가 있는가?"

브룬은 빠른 손짓으로 물었다. 그는 불리한 입장에 처해 있었고, 자신도 이를 알고 있었다. 크렙은 일부러 고개를 돌리더니 자신의 불터 안에 있는 이들을 보았다. 이자는 무슨 일이 벌어지고 있는지 잘 알고 있었다. 그녀는 그 문제에 자신이 개입되지 않길 바라면서 몸을 바삐 움직이며 아기를 돌봤다. 애초 이 문제를 일으킨 에일라만 이런 상황을 전혀 모르고 있었다.

"해가 안 되는 동물이다, 브룬."

크렙이 질문에서 빗겨나간 대답을 했다.

"하지만 어째서 짐승이 동굴에 있는 것인가?"

족장이 응수했다.

"에일라가 데려왔다. 다리가 부러져 이자가 고쳐줬으면 하더군."

크렙은 별일 아니라는 듯 말했다.

"지금껏 누구도 동굴 안에 짐승을 데려온 적이 없었다."

브룬이 대꾸했다. 더 강한 반박의 말을 찾지 못해 답답할 노릇이었다.

"하지만 무슨 해가 되겠는가? 오래 있지도 않을 테고. 다리가 다 나을 때까지만이다."

크렙은 그렇게 하는 게 합당하다는 듯 조용히 말했다.

크렙이 굳이 짐승을 동굴에 들이겠다고 하는데, 브룬은 짐승을 밖으로 내보내라고 고집할 적당한 이유를 찾지 못했다. 토끼는 그의 불터 안에 있었다. 동굴에 짐승을 들이지 못한다는 관습이 따로 있는 것도 아니었다. 다만 이제껏 그런 적이 없었을 뿐이었다. 그는 진짜 문제가 에일라임을 깨달았다. 이자가 저 아이를 데려온 이후로 그 아이와 관련된 예상치도 못한 별난 일들이 너무도 많이 발생했다. 하지만 에일라는 여전히 아이일 뿐이었다. 그런데 저 아이가 나이가 들면 그는 또 어떤 문제에 부딪히게 될까? 브룬은 경험이 없었으므로 저 아이와 관련된 어떤 규칙이랄 게 없었다. 하지만 그런 의심에 대해서 크렙에게 어떻게 말을 꺼내야 할지도 알 수 없었다. 크렙은 자신의 형제가 불편해한다는 것을 눈치채고 토끼가 자기 불터에 있어도 되는 또 다른 이유를 댔다.

"브룬, 씨족 모임을 여는 씨족은 동굴 안에서 동굴곰 새끼를 키우고 있다."

주술사가 그에게 상기시켰다.

"하지만 그건 다른 문제다. 그건 우르수스니까. 곰 축제를 위한 것이지. 동굴곰은 사람보다도 먼저 동굴에서 살았지만 토끼들은 동굴에서 살지 않는다."

"하지만 그 새끼 곰도 동굴로 데리고 온 것이었다."

브룬은 아무런 대꾸도 하지 않았다. 크렙의 대답이 지침이 되긴 했지만 저 아이는 애당초 토끼를 왜 동굴로 데려온 것일까? 저 애만 아니라면 이런 문제도 일어나지 않았을 텐데. 그 어떤 확고한 반대 이유를 생각해도 크렙 앞에서는 늪에 서 있는 것처럼 맥을 못 추는 브룬이었다. 결국 그는 그 문제를 보류해두었다.

이름을 짓는 의식 전날은 춥긴 했어도 햇볕이 좋은 날이었다. 그 사이 몇 번 차가운 돌풍이 불었고, 최근 크렙은 뼈마디가 시큰거려 고생하고 있었다. 그는 곧 큰 눈보라가 들이닥칠 거라고 확신했다. 그래서 본격적으로 눈이 내리기 전에 며칠 안 남은 맑은 날씨를 즐기고 싶어 개울가를 따라 걷고 있었다. 에일라도 새 신을 신어보고 싶어 따라나섰다. 이자는 오록스의 가죽을 둥그렇게 자른 뒤 가죽에 남아 있는 부드러운 속털을 정리한 다음, 물이 스며들지 않게 여분의 기름을 발랐다. 그러고는 주머니를 만들 때처럼 가장자리에 구멍들을 뚫어 끈을 꿴 다음 아이의 발목을 둘러 묶었다. 보온을 위해 신발 안쪽에 털가죽까지 깔아주었다.

새 겨울 신발에 신이 난 에일라는 크렙 옆에서 한껏 뽐내듯 다리를 높이 쳐들며 걸었다. 안에는 두르개를 입고 그 위에는 눈표범의 털가죽으로 만든 덮개를 걸치고 있었다. 털이 안쪽으로 가게 한 부드러운 토끼털 가죽을 머리부터 귀까지 덮어 쓰고, 한때 토끼

의 다리였던 가죽을 끈처럼 턱 아래에서 묶었다. 아이는 날쌘 걸음
으로 앞장 서 걷다가는 도로 달려왔다. 그러고는 들뜬 걸음걸이를
늦추고 발을 끌며 걷는 그의 발걸음에 맞춰 걸었다. 각자 자신만의
생각에 빠진 채 한동안은 편안한 침묵이 흘렀다.

이자의 아기 이름을 뭐라고 지으면 좋을까, 크렙은 고민하고 있
었다. 그는 자신의 피붙이를 무척 아꼈기에 이자가 좋아하는 이름
을 선택하고 싶었다. 이자 짝과 관련된 이름은 안 된다고 생각했
다. 이자의 짝이었던 남자를 생각하니 입에 쓴맛이 돌았다. 이자
가 받던 잔혹한 학대를 생각하면 크렙은 화가 났지만, 그런 분노는
꽤 오래 묵은 감정이었다. 크렙이 아이였던 시절부터 사냥을 하지
못한다는 이유로 그가 자신을 계집애라고 놀리던 게 떠올랐다. 그
가 놀림을 그만둔 것은 오로지 목우르의 주술력에 대한 두려움 때
문일 거라 짐작했다. 이자가 딸을 낳아 다행이야. 사내를 낳았다면
그의 체면을 세워주었을 테니.

눈엣가시 같던 그가 떠나고 없자 그의 불터는 예상했던 것보다
훨씬 큰 즐거움을 누리게 되었다. 자신만의 단출한 가족의 가장이
된다는 것, 그들을 책임지고 부양한다는 것이 전에는 경험하지 못
한 남성성을 그에게 선사했다. 그는 씨족 남자들도 예전과는 다른
존경심을 자신에게 보낸다는 것을 느꼈고, 자신이 받을 몫이 있었
기 때문에 사냥에 대해서도 더 큰 관심을 갖게 되었다. 전에는 사
냥 의식에 관심이 많았지만 이제는 먹여 살려야 할 식솔이 생긴 것
이다.

이자도 분명 더 행복해 보여. 그는 이자가 자신에게 아낌없이

쏟고 있는 관심과 애정에 대해 생각하며 마음속으로 혼잣말을 했다. 이자는 그를 위해 요리하고 보살펴주고 그가 말하기도 전에 미리 알아서 필요한 일들을 처리했다. 단 한 가지만 제외하면 그녀는 모든 면에서 그의 짝이나 다름없는 역할을 했고, 그의 곁에 가장 가깝게 두게 된 사람이었다. 에일라는 끊임없는 즐거움을 주었다. 그는 지속적인 관심을 갖고 아이에게서 그들과는 태생적으로 다른 점을 찾아냈다. 아이를 교육하는 일이 어려운 과제이긴 했지만, 타고난 선생이라면 누구라도 똑똑하고 열성적이며 범상치 않은 학생을 가르치는 일을 도전이라 여겼을 것이다. 갓 태어난 아기도 그의 관심을 끌었다. 맨 처음 이자가 아기를 그의 무릎에 눕혀주었을 때는 무척 긴장되었지만 몇 번 아기를 안고 나자 편안해졌다. 그는 아기의 아무렇게나 휘젓는 손짓과 초점 없는 눈을 넋이 빠진 채 바라봤다. 이토록 작고 미숙한 것이 어른으로 자라 여인이 된다니, 생각할수록 경이로웠다.

이 아이는 분명 이자의 대를 잇게 될 거야. 높은 지위를 얻을 만한 혈통이지. 이자와 크렙의 어머니는 씨족 전체를 통틀어 가장 명성이 자자한 주술 치료사였다. 다른 씨족 사람들도 찾아올 정도였다. 가능한 경우 환자를 데리고 오기도 하고, 약초만 받아가기도 했다. 이자도 어머니에 버금가는 명성을 떨치고 있었고, 이자의 딸도 그러한 명성을 얻을 가능성이 충분했다. 아주 오래된, 뛰어난 유산을 이어받아 명성을 누릴 자격이 있는 아이였다.

크렙은 이자의 혈통을 생각하다가 그들 어머니의 어머니였던 여인을 떠올렸다. 그녀는 늘 그에게 친절하고 온화했으며, 브룬이 태어난 뒤로는 어머니보다 더 많이 그를 보살펴주었다. 그녀 역시 치료술로 명성이 자자했는데, 한 번은 이자가 에일라를 치료했듯 다른 종족의 남자를 고쳐준 적이 있었다. 이자가 그녀를 직접 만나 본 적이 없다니 안타깝다는 생각이 들었다. 그때, 계속해서 이어지던 사색이 돌연 멈췄다.

바로 그거야! 아기에게 그분의 이름을 붙여줘야겠어. 떠오른 영감에 기뻐하며 그는 그렇게 생각했다.

아기의 이름을 짓고 나자 그는 짝짓기 의식으로 관심을 돌렸다. 우선 그의 충실한 제자인 청년에 대해 생각했다. 구브는 조용하고 진지한 청년이어서 크렙은 그가 마음에 들었다. 그의 오록스 토템 은 오브라의 비버 토템를 누를 수 있을 만큼 강했다. 오브라는 늘 성실해서 꾸중 들을 일이 거의 없었다. 그녀는 그에게 좋은 짝이 될 거야. 아이를 생산하지 못할 이유도 없고. 구브는 훌륭한 사냥 꾼이기도 하니까 오브라를 잘 부양할 것이고. 구브가 훗날 목우르 가 되면 사냥을 하기 힘들어질 테지만 목우르가 받는 몫으로 충분 할 터였다.

그가 강력한 힘을 지닌 목우르가 될 수 있을까? 크렙은 곰곰이 생각해보더니 고개를 저었다. 아끼는 제자이긴 했지만 크렙이 보 기에 구브는 자신만큼의 주술력을 갖추지는 못할 거란 생각이 들 었다. 크렙은 불구의 몸으로 태어나 사냥이나 짝짓기 같은 일상적 인 활동들을 하지 못했다. 그렇기 때문에 경이에 가까운 정신적 능 력을 뛰어난 주술을 연마하는 데만 쏟았다. 그것이 바로 그가 위 대한 목우르가 된 이유였다. 그는 씨족 모임 때 가장 신성한 의식을 이끌며 다른 모든 목우르들의 마음을 인도했다. 그는 자신이 속한 씨족 남자들의 정신이 공존하도록 이끌었지만 정신적으로 수련된 주술사들의 영혼을 하나로 융화시키는 일에는 비할 바가 아니었다. 그는 몇 년 뒤의 일이긴 하나 다음번 씨족 모임에 대해 생각했다. 씨족 모임은 7년마다 열렸는데, 마지막 씨족 모임은 동굴이 무너지기 직전의 여름에 있었다. 다음번 모임 때까지 내가 산다면, 마지막으로 참여하는 모임이 되겠군. 그는 갑자기 그런 생각이 들었다.

크렙은 다시 드루그와 아가를 이어줄 짝짓기 의식에 집중했다. 드루그는 오래전부터 자신의 실력을 입증해온 숙련된 사냥꾼이었다. 도구를 만드는 데서도 특출난 기량을 보였다. 그는 죽은 짝의 아들인 구브와 마찬가지로 조용하고 진지한 사람이었다. 그와 구브는 토템도 같았다. 다른 면에서도 비슷한 점이 많았는데, 크렙은 드루그 토템의 정령이 구브를 태어나게 했다고 확신했다. 드루그의 짝이 먼저 저세상의 부름을 받은 것은 안타까운 일이었다. 둘은 금슬이 아주 좋았는데, 드루그가 새로 짝이 될 아가와 예전 같은 정을 나누기는 어려울 성싶었다. 그래도 둘 다 새 짝이 필요한 상황이었다. 아가는 드루그의 첫 번째 짝보다 아이를 잘 낳는다는 것도 이미 보여주었으니 둘은 잘 어울리는 짝이었다.

각자 생각에 빠져 있던 크렙과 에일라는 오솔길을 휙 지나간 토끼 한 마리 때문에 깜짝 놀랐다. 순간 아이는 동굴에 있는 토끼가 떠올랐고, 곧이어 지금까지 줄곧 생각하고 있던 이자의 아기에 대한 궁금증으로 돌아갔다.

"크렙, 아기가 어떻게 이자 몸속에 들어갔어요?"

아이가 물었다.

"여자가 남자 토템의 정령을 삼킨 것이다."

크렙은 여전히 생각에 잠긴 채 무심히 손짓으로 답했다.

"남자 토템의 정령이 여자 토템의 정령과 싸운다. 남자 토템의 정령이 여자 토템의 정령을 이기면 그 일부를 몸속에 남겨 새 생명이 시작되는 것이지."

에일라는 어디에서나 존재한다는 정령에 대해 궁금해하며 주위를 둘러봤다. 아무것도 보이지 않았지만 크렙이 있다고 하니 믿는 수밖에 없었다.

"남자의 정령은 누구나 여자의 몸속에 들어갈 수 있어요?"

아이가 또 다른 질문을 이어갔다.

"그렇다. 하지만 남자의 정령이 더 강해야 여자 토템의 정령을 이길 수 있지. 여자와 짝인 남자의 정령이 다른 정령에게 도움을 청하는 경우도 많다. 그러면 다른 정령이 그 정기를 남겨도 되는 것이고. 하지만 가장 많이 시도를 하는 경우는 그 여자와 짝이 된 남자의 정령이다. 가장 가까이에 있는 남자니까. 하지만 도움이 필요한 경우도 있다. 사내아이가 제 어미의 짝과 토템이 같으면 운이 좋다는 뜻이다."

크렙이 신중하게 설명했다.

"여자들만 아기를 가질 수 있어요?"

아이는 더욱 열띤 관심을 가지고 물었다.

"그렇지."

그가 고개를 끄덕였다.

"여자가 아기를 가지려면 짝을 지어야 하고요?"

"꼭 그런 것은 아니다. 짝을 짓기 전에 정령을 삼키는 여자도 있지. 하지만 아기가 태어날 때 짝이 없으면 그 아이는 운이 없다 는 뜻이다."

"저도 아기를 가질 수 있어요?"

아이는 기대에 차 물었다.

크렙은 아이의 강력한 토템에 대해 생각했다. 아이의 토템이 가진 힘은 너무 강했다. 다른 정령의 도움을 빌릴지라도 여간해서는 이기기 어려울 것이었다. 하지만 머지않아 아이도 알게 되겠지. 그는 그렇게 생각했다.

"너는 아직 나이가 차지 않았다."

그는 직접적인 대답을 피했다.

"언제 나이가 차는데요?"

"네가 여자가 되면."

"언제 여자가 되는데요?"

크렙은 아이의 질문에 끝이 없을 거라는 생각이 들었다.

"에일라 토템의 정령이 다른 정령과 처음 싸우게 되면, 네 몸에서 피가 나온다. 그게 상처를 입었다는 신호다. 에일라의 정령과 싸웠던 남자 정령의 정기 중 일부가 네 몸에 남아를 가질 수 있게 준비시킨다. 가슴이 커지고 그 외에도 몸에 변화가 일어난다. 그런 다음 에일라 토템의 정령이 다른 정령들과도 주기적으로 싸우게 될 것이다. 피를 흘리는 시기가 오다가 어느 날 더 이상 피가 보이지 않는다면 네가 삼킨 남자 토템의 정령이 에일라 토템의 정령을 이겼다는 뜻이고, 마침내 새 생명이 시작되는 것이지."

"그런데 **언제** 내가 여자가 되는 거예요?"

"사계절의 주기가 여덟이나 아홉 번 정도 돌았을 때쯤이다. 여자아이들은 대부분 그 정도 시간이 흘러 여자가 된다. 이른 아이들은 일곱 번 만에 되기도 하지."

그가 대답했다.

"그런데 그게 얼마나 되는 시간인데요?"

아이는 고집스레 물었다.

인내심이 많은 노주술사도 한숨을 쉬었다.

"이리 와봐라. 어디 설명을 한번 해보자꾸나."

크렙은 그렇게 말하면서 나뭇가지 하나를 주운 뒤 주머니에서 돌칼을 꺼냈다. 아이가 이해할 수 있을지 미심쩍었지만 설명이라도 해야 아이의 질문이 멈출 것 같았다.

숫자는 씨족 사람들이 이해하기 어려운 추상적인 개념이었다. 너, 나, 그리고 또 한 사람, 이렇게 셋까지 헤아리는 게 전부였다. 이것은 지능의 문제는 아니었다. 이를테면 브룬은 스물두 명의 씨족 사람들 중 하나가 사라지면 즉각 알아차렸다. 씨족 사람들 하나하나를 생각하면 되는 일이어서 자기도 모르는 새 한 번에 알게 되는 것이었다. 하지만 각각의 개인을 '하나'라는 개념에 맞춰 생각하는 것은 엄청난 노력을 요하는 일이어서 아무나 터득하지 못했다. 보통 제일 먼저 하는 질문이 이런 것이었다.

"이 사람을 '하나'라고 봤는데, 다음번에는 어떻게 저 사람을

'하나'라고 할 수 있는가? 둘이 다른 사람 아닌가?"

합치거나 분리해서 생각할 수 없는 그들의 한계는 삶의 다른 영역에도 영향을 미쳤다. 그들은 모든 것에 이름을 붙였다. 오크, 버들, 솔 등 각각의 이름은 알았지만 그것을 통칭하는 '나무'라는 상위개념에 대해서는 전혀 몰랐다. 그들의 말에는 '나무'를 뜻하는 단어도 없었다. 모든 종류의 흙, 각각의 바위, 다양한 종류의 눈에 제각각 다른 이름을 붙였다. 씨족 사람들은 그들의 풍부한 기억 저장고와 무엇이든 기억에 저장할 수 있는 능력에 의지해 살았다. 그 무엇도 잊어버리는 일이 드물었다. 그들의 언어에는 색과 모양을 묘사하는 단어가 풍부했지만 추상적인 개념을 표현하는 단어는 거의 없었다. 그런 개념 자체가 그들의 천성과 관습, 그들이 형성해 온 생활 방식과 거리가 멀었다. 숫자를 헤아려야 하는 몇몇 일들이 있긴 했다. 씨족 모임이 열리는 때, 씨족 사람들의 나이, 짝짓기 의식 후 격리기간, 아이가 태어난 후 첫 이레를 헤아리는 경우처럼 셈을 해야 할 때는 모두들 목우르에게 의지했다. 숫자를 헤아릴 수 있는 능력 또한 그가 가진 위대한 주술의 힘 가운데 하나였다.

자리에 앉은 크렙은 발과 바위 사이에 나뭇가지를 단단하게 끼워 넣었다.

"이자가 말하길, 네가 보른보다 나이가 좀 더 많은 것 같다고 했다."

크렙이 말문을 열었다.

"보른은 태어난 해와, 걷는 해, 젖을 먹는 해, 젖 떼는 해를 다 넘겼다."

그는 각각의 해를 말할 때마다 나뭇가지에 빗금을 그었다.

"에일라의 경우, 여기에다 빗금 하나를 더 그어야 하지. 이게 지금 네 나이다. 내 손으로 이 빗금을 하나씩 짚어보면, 한 손으로 빗금 모두를 가리게 된다, 알겠느냐?"

에일라는 뚫어져라 빗금을 보더니 자기 손을 내밀었다. 그러고는 표정이 환해졌다.

"내 나이는 이만큼인 거예요!"

아이는 활짝 펼친 다섯 손가락을 크렙에게 보여주며 말했다.

"그런데 얼마나 더 지나야 내가 아기를 가질 수 있어요?"

아이는 나이를 셈하는 것보다 아이를 가지는 것에 더 큰 관심을 보이며 물었다.

크렙은 벼락을 맞은 듯 충격을 받았다. 이 아이는 어떻게 그토록 빠르게 셈을 이해한단 말인가? 아이는 심지어 빗금이 손가락과 무슨 관련이 있는지, 그런 것들이 햇수와 무슨 상관이 있는지 묻지 않았다. 이 정도의 셈을 구브에게 가르치는 데도 얼마나 많은 반복을 했는지 몰랐다. 크렙은 빗금을 세 개 더 긋더니 세 손가락으로 각각의 빗금을 짚었다. 그가 셈을 배울 때는 손이 하나밖에 없어서 특히 고생이 많았었다. 에일라는 다른 손을 보더니 즉시 엄지와 검지를 접고 세 손가락만 폈다.

"이만큼 더 있으면요?"

아이는 다시 여덟 손가락을 쫙 펼치며 물었다. 크렙은 그렇다고 고개를 끄덕였다. 아이의 다음 행동에는 완전히 놀라고 말았다. 자신도 터득하는 데 몇 년이 걸린 셈을 아이는 아무렇지도 않게 했다. 한 손을 접고는 세 손가락만 남겨놓았던 것이다.

"이만큼 더 있으면 아기를 가질 만큼 나이가 차겠네요."

아이는 자신의 뺄셈이 정확하다고 확신하며 손짓으로 말했다. 노주술사는 큰 충격을 받고 어안이 벙벙해졌다. 아이가, 그것도 여자아이가 이토록 쉽게 혼자 힘으로 셈을 터득하다니 상상도 할 수 없는 일이었다. 그는 너무 격한 감정에 휩싸인 나머지 아이의 예측에 대해 뭔가 의견을 덧붙이는 일마저 잊을 뻔했다.

"빠르면 그럴 수도 있다는 것이다. 이 정도 걸리거나 어쩌면 이렇게 많이 안 걸릴 수도 있다."

그러더니 나뭇가지에 빗금을 두 개 더 긋고 말했다.

"아니면 더 걸릴 수도 있다. 확실하게 아는 방법은 없다."

에일라는 얼굴을 살짝 찡그리더니 검지를 폈고, 뒤이어 엄지손가락도 폈다.

"이것보다 더 많이 걸리는 것은 어떻게 헤아려요?"

크렙은 믿어지지가 않아서 아이를 봤다. 크렙조차 어려워하는 범위에 들어선 것이다. 그는 애당초 이런 얘기를 꺼냈던 것이 후회되었다. 아이에게 이렇게 강력한 주술 능력이 있다는 것을 브룬이 알면 좋아할 리가 없어. 셈을 헤아리는 주술은 오직 목우르의 능력이니까. 하지만 아이의 능력이 호기심을 자극하기도 했다. 아이가 이런 고도의 지식까지 이해할 수 있을까?

"두 손을 가져다가 여기 표시한 빗금을 모두 짚어봐라."

크렙이 지시했다. 아이는 조심스레 손가락으로 모든 빗금을 짚었다. 크렙이 빗금을 하나 더 긋고는 자신의 새끼손가락을 빗금에 갖다 댔다.

"그다음 빗금은 내 손가락으로 짚었다. 자기 양손을 다 쓴 다음에는 다른 사람의 검지를 떠올려 수를 헤아리고, 그다음에는 그 사람의 또 다른 손가락으로 헤아리면 된다. 이해가 되느냐?"

그는 주의 깊게 아이를 살피며 손짓했다.

아이는 눈도 한 번 깜빡거리지 않았다. 자기 양손을 보더니 그의 손을 봤다. 그러고는 얼굴을 찡그렸다. 이제 크렙은 그런 표정이 아이가 기뻐할 때 나타나는 것임을 알고 있었다. 아이는 이해했다는 뜻으로 세차게 고개를 끄덕였다. 그러더니 크렙의 이해력을 능가하는 비약적인 질문을 던졌다.

"그러면, 그다음에는 다른 사람의 손, 그리고 또 다른 사람의 손, 그렇게 하면 되는 거죠?"

아이가 물었다.

그 질문이 가져온 충격은 어마어마했다. 온 머리가 흔들렸다. 크렙은 간신히 스물까지는 셀 수 있었다. 스물을 넘어선 숫자는 그저 아주 막연히 많은 정도로 인식했다. 에일라가 저토록 쉽게 이해한 개념을 그는 깊은 숙고를 해본 끝에야 그것도 어쩌다 가끔 어렴풋이 이해할 뿐이었다. 그는 나중에서야 겨우 고개를 끄덕였다. 돌연 아이의 정신과 자신의 정신 사이에 놓인 심연을 깨닫게 되자 그는 심하게 동요되었다. 그는 평정을 되찾으려고 부단히 애썼다.

"얘야, 이것은 이름이 뭐지?"

그는 화제를 바꾸기 위해 빗금을 그었던 나뭇가지를 들며 물었다. 에일라는 이름을 떠올리려고 애쓰며 나뭇가지를 빤히 바라봤다.

"버들, 버들인 것 같아요."

아이가 말했다.

"맞다."

크렙이 대꾸했다. 그는 아이의 어깨에 손을 올리더니 아이의 눈을 직시했다.

"에일라, 여기서 한 이야기들은 누구에게도 말하지 않는 게 좋겠다."

그는 나뭇가지에 표시된 빗금들을 쓰다듬으며 말했다.

"네, 크렙."

그렇게 하는 것이 그에게 얼마나 중요한 일인지 눈치챈 아이는 선뜻 대답했다.

아이는 이자를 제외하면 그 누구보다도 더 크렙의 몸짓과 표정을 잘 이해했다.

"이제 돌아갈 시간이다."

그가 말했다. 그는 혼자서 생각할 시간을 갖고 싶었다.

"꼭 가야 해요? 아직 바깥 날씨가 좋은데요."

아이가 간청했다.

"그렇다, 가야 한다."

그는 지팡이를 짚고 몸을 일으키며 말했다.

"남자가 결정을 내린 것에 토를 다는 것은 예의에 어긋난다, 에일라."

그는 부드럽게 나무랐다.

"네, 크렙."

아이는 배운 대로 알겠다는 뜻으로 고개를 숙이며 답했다. 동굴로 돌아가는 길에 아이는 크렙 옆에서 조용히 걸었다. 하지만 그것도 잠시, 어린아이 특유의 생기가 솟아난 듯 다시 앞으로 내달리기 시작했다. 그러더니 나뭇가지며 돌들을 가지고 다시 되돌아와 이름을 말하거나 기억이 안 나면 그에게 물었다. 머릿속이 혼란으로 가득 찬 그는 집중하기 어려운 듯 건성으로 대답했다.

새벽 여명이 동굴을 감싼 어둠을 흐트러뜨렸다. 신선하고 상쾌한 새벽 공기에는 조만간 몰아닥칠 눈보라의 냄새가 났다. 빛이 서서히 동굴 안으로 들어오는 시간, 이자는 잠자리에 누운 채 머리 위 동굴의 익숙한 윤곽이 조금씩 선명해지는 것을 지켜보고 있었다. 오늘은 딸이 이름을 받고 씨족의 완벽한 일원이 되는 날이었다. 아기가 생존 가능한, 살아 있는 인간으로 인정받는 날이었다. 이자는 지금의 격리 생활에서 벗어나기를 고대하고 있었다. 그렇다고 해도 산후 출혈이 멈출 때까지 이자가 접촉할 수 있는 사람들은 여자들뿐이었다.

여자들은 초경이 시작되면 첫 월경 기간 동안 씨족 사람들에게서 떨어져 지내야 했다. 겨울에 초경이 시작된 소녀라면 동굴 후미에 따로 마련된 구역에서 혼자 지냈다. 하지만 봄에 첫 월경을 시작하면 밖에서 혼자 지내야 했다. 씨족 사람들과 함께 지내며 그들의 보호에 익숙해진 어린 소녀가 자기를 지켜줄 무기 하나 없이 혼자 지내는 것은 무척 무섭고 위험한 일이었다. 그것은 소년이 첫 사냥에서 사냥감의 목숨을 끊어야 남자가 되듯이 소녀에서 여자가 되기 위해 겪어야 하는 시련이었다. 하지만 소녀가 동굴로 무사히 돌아온다고 해서 특별히 이를 기념하는 의식을 치르지는 않았다. 맹수의 접근을 막기 위해 불씨를 갖고 떠나긴 했지만 아예 돌아오지 못한 소녀들이 없지 않았다. 그러한 소녀들의 유해를 나중에 사냥꾼이나 먹거리를 채집하던 아낙들이 발견하기도 했다. 소녀의 어머니는 음식을 가져다주고 잘 있는지 확인하기 위해 하루에 한 번 소녀를 방문하는 것이 허락되었다. 하지만 소녀가 사라졌거나 죽었다고 해도 최소 며칠이 지나기 전까지는 그 일에 대해 언급할 수 없었다.

생명을 탄생시키기 위해 엄청난 분투를 벌이는 여자의 몸 안에서는 정령들끼리 싸움이 일어났다. 그래서 남자들에게는 여자의 몸이 대단히 불가사의하게 느껴졌다. 여자가 피를 흘릴 때는 토템의 정기가 강력해졌다. 여자를 수호하는 토템의 정기가 남자 토템의 정기를 압도할 만큼 강해져서 남자가 지닌 수태의 기운을 몰아냈다. 그 기간에 여자가 남자를 보면 남자의 정기가 질 수밖에 없는 싸움에 말려들지 몰랐다. 여자의 토템이 남자의 토템보다 힘이 더 약해야만 하는 것도 바로 그런 이유였다. 아무리 약한 토템이라도 여자 안에 잠재된 생명력으로부터 힘을 얻을 수 있기 때문이기도 했다. 여자들은 생명력을 활용해 새 생명을 탄생시키는 존재였다.

물리적인 세계에서는 남자가 몸집이 더 크고 강하며 힘도 훨씬 셌다. 하지만 눈에 보이지 않는 힘들이 존재하는 두려운 세계에서 여자들은 잠재적으로 더 큰 힘을 부여받았다. 여자들이 더 작고 약한 신체를 가진 것은 남자들이 여자를 지배할 수 있도록 힘의 균형을 유지하기 위한 것이라고 믿었다. 또한 어떤 여자도 자신이 가진 잠재력을 깨달아서는 결코 안 된다고 생각했다. 그랬다가는 균형이 깨질 수 있었다. 여자들이 씨족 남자들의 영적인 생활에 참여할 수 없는 것도 생명력이 부여한 힘에 대해 여자들이 깨닫지 못하도록 하기 위해서였다.

젊은 남자들은 성인식에서 여자가 남자들만의 비밀스런 의식을 엿보기라도 한다면 얼마나 비참한 결과를 초래하는지 주의를 들었다. 전설에 따르면 정령들의 세계를 중재하는 주술을 여자들이 지배하던 시대가 있었다고 한다. 남자들이 여자들에게서 주술을 빼앗긴 했지만 그들의 잠재력까지 없앨 수는 없었다. 이러한 여자들의 잠재력을 알게 된 많은 젊은 남자들은 여자를 새로운 시각으로 보곤 했다. 또한 매우 진지하게 남자로서의 책임을 맡았다. 남자는 여자를 보호하고 부양하며 완벽하게 지배해야 했다. 그렇지 않으면 물리적인 힘과 영적인 힘 사이의 미묘한 균형이 무너지면서 오랜 세월 이어져온 씨족의 존재가 절멸할 수 있었다.

여자들은 월경을 하는 기간에는 그 어느 때보다 힘이 훨씬 더 강력해졌기 때문에 격리될 수밖에 없었다. 월경을 하는 여자들은 다른 여자들과 지내면서 남자들이 먹게 될지 모르는 음식에 손을 대서도 안 되었다. 그 기간에는 땔감을 줍거나 여자들이 입게 될 가죽을 손질하며 보냈다. 남자들은 여자의 존재 자체를 인정하지 않고 완벽하게 무시했으며 여자를 질책하는 일조차 없었다. 남자의 시선이 우연히 여자에게 가 닿아도 마치 여자가 눈에 보이지 않기라도 하듯 못 본 척했다.

이러한 방식은 잔인한 형벌처럼 보였다. 여인의 저주는 죽음의 저주와 유사했다. 죽음의 저주란 중죄를 저지른 사람에게 가하는 최고의 처벌이었다. 족장만이 목우르로 하여금 악의 정령을 불러내 죽음의 저주를 내리라고 지시할 수 있었다. 죽음의 저주가 주술사와 씨족 전체에게 위험한 일일지라도 목우르는 족장의 지시를 거부할 수 없었다. 일단 저주를 받게 되면 씨족 사람들은 죄인에게 말을 걸지도 그를 보지도 않았다. 그를 못 본 척 외면했다. 그는 마치 죽은 듯 더 이상 존재하지 않는 이였다. 그의 짝과 가족은 그의 죽음을 애도할지언정 어떤 음식도 나누어주지 않았다. 몇몇은 씨족을 떠나 영영 볼 수 없게 되었다. 대다수는 그저 식음을 전폐하면서 그들 또한 철석같이 믿고 있는 자신에게 내려진 저주를 이행했다.

간혹 한정된 기간에 한해 죽음의 저주가 내려지기도 했으나 저주 기간 동안 죄인이 삶을 포기하는 바람에 치명적인 결과로 이어지기도 했다. 하지만 그가 죽음의 저주가 내려진 일정 기간 동안 죽지 않고 살아 있으면, 다시 씨족의 일원으로 완전히 돌아올 수 있었다. 이전의 지위를 되찾기도 했다. 그는 죗값을 치렀으므로 그가 저지른 죄는 기억 속에서 잊혔다. 그런데 씨족 사람들이 죄를 저지르는 일은 거의 드물었으므로 이러한 형벌이 가해지는 일도 많지 않았다. 여인의 저주로 인해 여자는 일시적으로 배척을 당하긴 했지만 오히려 여자들은 이 기간이 돌아오는 것을 좋아 했다. 남자들의 끊임없는 요구와 감시의 눈초리에서 한숨 돌릴 수 있는 기간이기 때문이었다.

이자는 작명 의식 이후 여러 사람들과 만날 생각에 마음이 설렜다. 크렙의 불터에서만 지내는 것이 지루해진 참이었다. 겨울 눈보라가 들이닥치기 전, 이자는 마지막으로 화창한 며칠 동안 동굴 입구로 파고드는 햇살을 열망하는 눈빛으로 바라보곤 했다. 그녀는 준비가 다 되어 씨족 사람들이 모두 모였음을 알리는 크렙의 신호가 떨어지길 간절히 기다리고 있었다. 작명 의식은 해가 뜬 직후, 아침을 먹기 전에 거행되었다. 이 시간대에는 밤새 씨족을 수호해주던 토템들이 아직 가까이에 머물고 있었다. 크렙이 손짓하자 이자는 서둘러 사람들이 모인 곳으로 갔다. 목우르의 앞에 선 이자는 땅을 바라보며 아기를 감싼 강보를 풀었다. 이자가 아기를 들어 올리자 목우르는 아기의 머리를 내려다보더니 손짓을 통해 정령들에게 의식에 임해달라고 청했다. 그러고는 유려한 손짓으로 작명 의식을 시작했다.

목우르는 구브가 들고 있는 그릇에 손가락을 담근 뒤 아기의 눈썹뼈가 만나는 지점에서 코끝까지 붉은 황토 반죽으로 선을 그렸다.

"우바, 아기의 이름은 우바다."

목우르가 말했다. 햇볕이 드는 동굴 앞 공터에 갑자기 차가운 바람이 휙 지나가자 벌거벗은 아기는 우렁찬 울음소리를 터뜨렸다. 그 소리에 씨족 사람들은 만족스럽다는 듯 웅성거렸다.

"우바."

이자가 오들오들 떠는 아이를 품에 꼭 안으며 따라 말했다. 완벽한 이름이야. 이자는 생각했다. 선대 주술 치료사였던 우바의 이름을 따서 아기 이름을 지었으니 그분이 살아 계실 때 직접 뵈었더라면 좋았을 텐데. 씨족 사람들이 줄줄이 이자 앞을 지나가며 아이의 이름을 따라해보았다. 본인들도 이름에 익숙해지고 그들의 토템이 새로 씨족의 일원이 된 아기에 친숙해지도록 하는 절차였다. 이자는 자신의 딸을 씨족의 한 사람으로 인정하러 온 남자들과 무심코 눈이 마주치는 일이 없도록 조심하며 고개를 숙이고 있었다. 모두 지나가자 이자는 아기를 따뜻한 토끼털 가죽으로 감싸 두르개 안쪽, 자신의 살과 맞닿게 안았다. 아기는 젖을 물자마자 울음을 뚝 그쳤다. 이자는 여자들 사이에 위치한 자기 자리로 물러갔다. 이제 짝짓기 의식이 치러질 순서였다.

짝짓기 의식에서는 황색 황토를 신성한 고약으로 사용했다. 구브가 목우르에게 누런 고약이 담긴 그릇을 건네주자 목우르는 잘린 팔과 허리 사이에 단단히 꼈다. 구브가 자신의 짝짓기 의식에서 목우르의 제자로 의식을 도울 수는 없는 노릇이었다.

그는 신성한 목우르 앞에 서서 그로드가 자기 짝의 딸을 데리고 나오길 기다렸다. 우카는 여러 감정이 뒤섞인 표정으로 그들을 지켜봤다. 자기 딸이 좋은 짝을 만나 뿌듯하면서도 딸을 불터에서 떠나보내는 게 서운했다. 새 두르개를 입은 오브라는 그로드 뒤에 가까이 붙어 자신의 발밑을 보며 걸어 나왔지만, 얌전히 숙이고 있는 얼굴은 기쁨으로 빛이 났다. 자신의 짝으로 정해진 남자가 싫지 않은 게 분명했다. 그녀는 눈을 내리깐 채 구브 앞에 책상다리를 하고 앉았다.

말없이 격식을 갖춘 몸짓으로 목우르는 정령들을 불렀다. 그리고 가운데 손가락을 진한 황색 반죽이 담긴 그릇에 찍더니 구브의 토템 표식이 흉터처럼 남아 있는 자리 위에 오브라의 토템 문양을 겹쳐 그렸다. 그들의 정령이 하나로 결합된다는 의미였다. 다시 고약에 손을 찍은 목우르는 오브라의 토템 표식 위에 구브의 토템을 그려 넣었다. 그러고는 오브라의 흉터 윤곽선을 따라 손가락을 움직이더니 그녀의 문양을 흐릿하게 만들었다. 남자가 여자를 지배한다는 표시였다.

"오록스의 정령, 구브의 토템이시여, 당신의 표식이 오브라의 토템, 비버의 정령을 넘어섰습니다."

목우르가 손짓했다.

"우르수스께서 이들의 결합이 늘 이렇게 지속되게 해주시기를. 구브, 이 여인을 받아들이는가?"

구브는 오브라의 어깨를 두드리는 것으로 대답을 대신했다. 그러고는 그를 따라 작은 돌들로 새롭게 경계를 구분해놓은 동굴 안 불터로 가자고 손짓했다. 이제 그곳이 구브의 불터였다. 오브라는 벌떡 일어나 짝이 된 그를 따랐다. 여자는 선택권이 없을뿐더러 남자를 받아들이겠냐는 질문도 받지 않았다. 둘은 열나흘 동안 격리된 채 그들의 불터에서만 지낼 터였지만 그 기간 동안 잠은 떨어져 자야 했다. 격리 기간이 끝나면 둘의 결합을 굳게 다지기 위한 남자들의 의식이 작은 동굴에서 열릴 예정이었다.

그들 씨족에게 두 남녀의 결합은 전적으로 영적인 행사였다. 전체 씨족원들 앞에서 그들의 결합을 알리기는 하지만 남자들만이 참여하는 비밀 의식을 통해 짝짓기는 완성되었다. 이러한 원시 사회에서 성교는 잠을 자거나 먹는 것처럼 자연스럽고 억제되지 않는 행위였다. 아이들은 어른을 보면서 여러 기술이나 관습을 배우 듯, 성교하는 법을 알게 되었다. 어린 시절부터 놀이 삼아 어른들 을 흉내 내며 성행위에 익숙해졌다. 사춘기에 이르렀지만 아직 첫 사냥에 나가지 못하고 아이와 어른 중간에 속한 소년들은 간혹 초 경을 치르지도 않은 소녀의 몸에 성기를 밀어 넣기도 했다. 그러다 보니 어린 나이에 처녀막이 손상되는 경우도 있었다. 피가 나오면 소년들은 살짝 겁을 집어먹고 아무 일도 없었던 것처럼 금세 소녀 를 모른 척하곤 했다.

어떤 남자이건 자신의 욕구를 해결하고 싶으면, 오랜 전통에 따 라 한 배 피붙이인 여자만 아니면 언제라도 아무 여자나 취할 수 있었다. 보통 짝을 맺은 남자는 다른 남자의 소유물에 대한 존중의 의미에서 자기 짝에게 충실한 편이었다. 그러나 남자로서 욕구를 느꼈을 때 가까이에 여자가 있는데도 욕구를 억누르는 것이 더 남 자답지 못한 행동으로 여겨졌다. 남자가 접근해 욕구를 표시하는 경우, 여자는 그를 받아들인다는 뜻으로 수줍은 태도를 보이면서 도 거리낌 없이 미묘한 손짓을 했다. 이들 씨족은 어디에나 존재하 는 토템의 정기를 통해 새 생명이 잉태된다고 믿었다. 성적인 행위 와 생명의 잉태를 연결 지어 생각하지는 못했다.

드루그와 아가의 짝짓기 의식이 이어졌다. 둘 역시 씨족 사람 들과 격리되어 보내야 했지만 드루그의 불터에서 함께 사는 사람 들은 자유롭게 드나들 수 있었다. 두 번째로 짝짓기를 맺은 남녀가 동굴로 들어가자 여자들이 이자와 아이 주변으로 몰려들었다.

"이자, 아이가 아주 완벽하구나."

에브라가 기쁘게 말했다.

"이자가 임신한 걸 알았을 때 늦은 나이 때문에 사실 조금 걱정했어."

"정령들께서 나를 굽어살펴주셨어요. 일단 굴복하면 강력한 토템은 건강한 아이가 태어나도록 도와주시니까요."

이자가 몸짓으로 말했다.

그러자 아바가 말했다.

"나는 저 아이의 토템이 행여 나쁜 영향이라도 줄까 걱정이 되더라. 우리랑 너무 다르게 생겼고, 또 저 애 토템이 무지 강하잖아. 아기가 기형이 되면 어쩌나 했지."

이자는 에일라가 아바의 손짓을 보지나 않았는지 확인하며 바로 아바의 말에 반박했다.

"에일라는 운이 좋은 아이예요. 내게 행운을 가져다주었어요."

에일라는 아기를 안고 있는 오가를 보고 있었다. 오가와 아기 옆에 꼭 붙어선 에일라는 우바가 마치 자기 딸이라도 되는 양 얼굴에 뿌듯함이 넘쳐흘렀다. 에일라가 아바의 말을 알아채지 못했어도 이자는 그런 생각을 공공연히 내비치는 게 마음에 들지 않았다.

"저 아이가 우리 모두에게 행운을 가져다주지 않았던가요?"

"하지만 사내아이를 낳을 운은 못 되었지."

아바가 꼭 집어 말했다.

"저는 딸을 원했어요, 아바."

이자가 대꾸했다.

"이자! 어떻게 그런 말을 할 수가 있어!"

아바는 충격을 받았다. 그들은 좀처럼 딸이 더 좋다는 말을 입에 담지 않았다.

"나는 이자를 탓할 마음이 없어요."

갑자기 우카가 이자를 두둔했다.

"아들이 있다고 쳐요. 그 아들을 보살피고 젖을 먹이고, 키워놓으면 어느새 다 자라서 떠나버리죠. 사냥으로 죽지 않는다고 해도 이런저런 일들로 죽고 말아요. 남자들 중 반이 청년일 때 죽잖아요. 그래도 딸인 오브라는 더 오래 살 거예요."

그들 모두 동굴이 무너질 때 아들을 잃은 우카가 얼마나 큰 슬픔에 빠졌었는지 잘 알았다. 에브라가 요령껏 화제를 돌렸다.

"여기 새 동굴에서는 겨울을 잘 나게 될지 모르겠네요."

"사냥도 잘 되었고 먹거리도 충분히 저장해두었잖아요. 사냥꾼들은 오늘도 나간대요. 아마 마지막 사냥이 될 듯해요. 식량을 얼려놓을 수 있게 저장할 자리가 충분하면 좋겠지요."

이자가 말했다.

"그나저나 이러다가 남자들의 인내심이 바닥나겠어요. 어서 가서 끼니를 챙겨줘야겠어요."

여자들은 마지못해 이자와 아기를 남겨두고 아침 끼니를 준비하러 일어났다. 에일라는 이자 곁에 앉았다. 이자는 한 손으로 아기를 안고 다른 손으로 에일라의 어깨를 둘렀다. 이자는 행복한 기분이 들었다. 공기는 차갑지만 화창하고 상쾌한 초겨울 날, 오랜만에 바깥 공기를 쐬어서 기분이 좋았다. 아기가 건강하게 태어난 데다 딸이어서 기뻤고, 새로 살게 된 동굴하며 크렙이 자신을 부양하기로 한 결정에 대해서도 기뻤다. 옅은 금발 머리를 한, 마르고 이상하게 생긴 아이가 곁에 있는 것도 기뻤다. 그녀는 우바를 보고 나서 에일라를 봤다. 내 딸들, 둘 다 내 **딸이야.** 이자는 문득 그런 생각이 들었다. 우바가 치료사가 될 것임은 누구나 다 알지만 에일라도 그렇게 될 거야. 그렇게 될 거라고 자신해. 누가 알겠어, 그 애가 훗날 위대한 주술 치료사가 될지.

9

"가루눈의 정령이 싸락눈의 정령을 짝으로 맞아 얼마 후 먼 북쪽에 얼음산을 하나 낳았다. 태양의 정령은 번쩍거리는 그 아이가 점차 자라면서 풀 한 포기도 못 자라게 자신의 열기를 쫓아내며 영역을 넓혀가는 게 못마땅했지. 태양은 얼음산을 없애기로 작정했지만 싸락눈의 피붙이인 폭풍 구름의 정령이 얼음산을 죽이려는 태양의 계획을 알게 되었다. 태양의 힘이 가장 강해지는 여름에, 폭풍 구름의 정령은 얼음산의 목숨을 구하려고 태양과 싸웠단다."

에일라는 우바를 무릎에 올려놓고 앉아 도르브가 손짓으로 전해주는 유명한 전설을 넋을 잃고 보고 있었다. 아이는 그 이야기를 외울 정도로 잘 알았지만, 가장 좋아하는 이야기여서 보고 또 봐도 질리지 않았다. 하지만 에일라의 품에 안긴 부산한 두 살배기 아기는 에일라의 긴 금발 머리에 훨씬 더 관심을 보이며 통통한 손으로 머리카락 한 줌을 잡아당겼다. 에일라는 이야기를 전해주는 노인에게서 눈을 떼지 않으며 우바의 움켜쥔 주먹에서 머리카락을 빼냈다. 불가에 서서 인상적인 무언극을 펼치는 도르브의 이야기를 씨족 사람들 모두가 열심히 지켜보았다.

"어떤 날에는 태양이 싸움에서 이겼더랬지. 햇빛을 내리쬐 딱딱하고 차가운 얼음이 녹아 물이 되도록 하면서 서서히 생명을 앗아갔어. 하지만 폭풍 구름이 이기는 날도 많았어. 태양의 얼굴을 가려서 열기가 얼음산을 녹이지 못하게 막은 거지. 여름이면 얼음산이 배를 곯아 크기가 줄었지만 겨울에는 그 어미가 짝이 가져온 양분을 먹여 건강을 되찾게 했다. 여름마다 태양은 얼음산을 없애려고 갖은 애를 썼지만, 폭풍 구름이 나서서 그 전 겨울에 어미가 양분을 먹여 키워놓은 얼음산이 태양 때문에 다 녹는 일이 없도록 힘을 써주었지. 다시 겨울이 찾아올 때마다 얼음산은 이전 겨울보다 조금씩 더 커졌단다. 해가 지날수록 점점 크게 자라서 더 멀리 퍼져 나가 더 넓은 땅을 덮어버렸다.

그런데 얼음산이 자라자 엄청난 추위가 찾아왔다. 거센 바람이 울부짖고 눈이 소용돌이치는 가운데, 얼음산은 뻗어 나갔어. 그러더니 사람들이 사는 곳까지 슬금슬금 다가오게 된 거야. 씨족 사람들은 눈이 내리는 동안 불가에 웅크리고 앉아 덜덜 떠는 수밖에 없었지."

그때 동굴 밖에서는 음향효과라도 넣는 듯 바람이 헐벗은 나뭇가지들을 스쳐 지나며 웅웅거렸다. 이야기에 푹 빠진 에일라의 등골이 서늘해졌다.

"씨족 사람들은 어떻게 해야 할지 몰랐다. '우리 토템의 정령들이 어째서 더 이상 우리를 보호해주지 않는 걸까? 우리가 무슨 잘못이라도 해서 정령들을 화나게 한 걸까?' 목우르는 정령을 찾아이야기해보겠다며 혼자 길을 나섰지. 그는 오랫동안 돌아오지 않았어. 많은 사람들이 목우르가 돌아오길 기다리며 불안해했지만 젊은 사람들은 더욱 안절부절못했지.

그런 젊은이들 가운데 두르크는 더욱 조바심을 냈단다. 그가 사람들한테 이렇게 말했지. '목우르는 결코 돌아오지 않을 것입니다. 우리 토템들은 추위를 싫어해 멀리 떠났습니다. 우리도 떠나야 합니다.'

그러자 족장이 나섰어. '우리의 거처를 떠날 수는 없다. 우리 씨족이 대대로 살아온 곳이며 우리들 토템의 정령이 사는 터전이기도 하다. 그들은 떠나지 않았다. 정령들이 우리에게 불만을 품고 있다 해도 그들이 살던 터전을 버리고 익히 알고 있는 곳을 떠나는 게 싫으실 것이다. 우리는 떠날 수 없다. 정령들을 모시고 어디로 간단 말이냐?'

'우리의 토템들은 이미 떠났습니다.'

두르크는 주장을 굽히지 않았어.

'더 좋은 거처를 찾으면 정령들도 돌아올 겁니다. 가을에 추위가 찾아오면 이곳을 떠나는 새들을 따라 남쪽으로 가면 됩니다. 아니면 태양의 땅인 동쪽으로 갈 수도 있고요. 얼음산이 천천히 다가오고 있습니다. 우리는 바람처럼 달릴 수 있으니 얼음산이 우리를 잡지는 못할 것입니다. 여기 계속 머물면, 얼어 죽고 말 거예요.'

'안 된다. 우리는 목우르를 기다려야 한다. 그가 돌아와서 어찌하면 좋을지 말해줄 것이다.'

족장이 명령했어. 하지만 두르크는 그의 지당한 충고를 받아들이지 않으려 했다. 그는 사람들에게 호소하며 자기주장을 고집했다. 몇몇은 마음이 흔들렸다. 그들은 두르크와 떠나기로 결정했다.

'떠나지 마라.'

다른 사람들이 애원했다.

'목우르가 돌아올 때까지 그냥 있어라.'

두르크는 다른 사람들의 말을 귀담아듣지 않았지.

'목우르는 정령들을 찾지 못할 겁니다. 그는 결코 돌아오지 않을 거예요. 우리는 지금 떠나겠어요. 우리와 함께 얼음산이 살 수 없는, 새로운 거처를 찾아 떠나요.'

'아니, 우리는 기다릴 테다.'

그들도 굽히지 않았지.

먼 곳으로 떠나기로 한 젊은 남녀들의 어미와 짝들은 그들이 곧 죽게 될 운명이라 확신하며 큰 슬픔에 잠겼지. 남은 이들은 계속 목우르를 기다렸다. 하지만 여러 날이 지나도 목우르는 여전히 돌아오지 않았어. 그들도 흔들리기 시작했어. 두르크와 함께 떠났어야 했던 게 아닐까 의구심이 들었던 게지.

그러던 어느 날, 씨족 사람들은 낯선 짐승 하나가 다가오는 것을 봤다. 불을 두려워하지 않는 짐승이었다. 사람들은 겁에 질려 놀란 채 주시했다. 그런 짐승을 본 적이 한 번도 없었으니까. 하지만 그 짐승이 점점 더 가까이 다가왔을 때 그것이 짐승이 아니란 걸 알게 되었지. 바로 목우르였던 거야! 그는 동굴곰의 털가죽을 덮고 있었지. 그가 마침내 돌아온 거야. 그는 사람들에게 위대한 동굴곰의 정령인 우르수스에게 들은 바를 전해주었단다.

　우르수스가 이르시길, 동굴에서 살며 짐승의 털가죽을 걸치라 하였다. 여름에 짐승을 사냥하고 먹거리를 모아서 겨울을 나기 위한 식량을 저장해두라고 전하셨다. 씨족 사람들은 우르수스가 말한 것들을 항상 잘 기억했단다. 얼음산이 사람들을 거처에서 내쫓으려고 애를 썼지만 그럴 수가 없었다. 얼음산이 자기보다 앞서 매서운 추위와 엄청난 눈을 아무리 날려 보내도 사람들은 꿈쩍 하지 않았지. 얼음산이 다가와도 떠나지 않았던 거야.

　마침내, 얼음산은 포기했다. 샐쭉해져서는 더 이상 태양과 싸우려고 하지 않았다. 얼음산이 싸울 생각이 없자 폭풍 구름은 화를 내면서 더 이상 그를 도와주지 않았다. 얼음산은 그 땅을 떠나 북쪽에 있는 자기 터전으로 돌아갔다. 그와 함께 혹독했던 추위도 물러났지. 태양은 승리에 기뻐하며 얼음산을 쫓아 멀리 북쪽까지 갔단다. 아주 오랫동안, 겨울은 오지 않고 길고 긴 여름이 지속되었다.

　한편 싸락눈은 아이를 잃어 큰 슬픔에 빠졌고, 슬픔 때문에 나날이 여위어갔지. 가루눈의 정령은 자기 짝이 아들 하나를 더 낳았으면 싶었다. 그래서 폭풍 구름의 정령에게 도움을 청했지. 폭풍 구름은 자기 피붙이인 싸락눈이 가여워 가루눈을 도와 기운을 회복하도록 자양분을 보내주었단다. 폭풍 구름이 태양의 얼굴을 가리고 있는 동안, 가루눈은 그 근처를 맴돌며 자신의 정기를 흩뿌렸지. 싸락눈이 삼킬 수 있도록 말이야. 싸락눈은 다시 얼음산 하나를 더 낳게 되었어. 하지만 사람들은 우르수스의 가르침을 잊지 않았어. 그래서 얼음산은 씨족 사람들을 그들의 거처에서 결코 몰아내지 못했다.

그런데 두르크와 그를 따라 떠난 사람들은 어찌 되었을까? 누구는 그들이 늑대와 사자에게 잡아 먹혔다 하고, 또 다른 누구는 거대한 물을 만나 익사했다고도 했지. 그들이 태양의 땅에 도착했다고 말하는 이들도 있었어. 하지만 두르크와 그의 사람들이 태양의 땅을 원하자 태양이 화가 나서 불덩이를 보내 그들을 집어삼켰다고 하더구나. 그들은 그렇게 사라졌고 누구도 그들을 다시 보지 못했지."

"그것 봐, 브룬."

에일라는 아가가 자기 아들에게 손짓하는 것을 보았다. 두르크의 전설을 들을 때마다 아가는 아들에게 늘 똑같은 말을 했다.

"항상 어머니 말을 잘 들어야 해. 드루그와 브룬, 목우르의 말은 말할 것도 없고. 절대로 그들의 말을 어겨서는 안 된다. 씨족을 떠나서도 안 되고. 안 그럼 너도 영영 돌아오지 못할 거야."

그때 에일라가 곁에 앉아 있던 주술사에게 질문을 던졌다.

"크렙, 크렙은 두르크와 그를 따라나선 사람들이 새 거처를 찾았을 거란 생각은 안 해봤어요? 사라지긴 했지만 누구도 죽은 걸 본 건 아니잖아요? 살았을 수도 있겠지요, 안 그런가요?"

"누구도 그가 죽은 걸 보지는 못했지, 에일라. 하지만 겨우 두세 명의 남자가 사냥에 성공하는 것은 무리란다. 여름에는 작은 짐승들을 잡았을 수도 있지만 겨울을 나기 위해 큰 짐승을 잡아 저장해두는 것은 그들로서는 훨씬 힘들고 위험한 일이었을 게다. 게다가 태양의 땅에 도착하기 위해서는 여러 번의 겨울을 지내야 했을 텐데 말이다. 토템들은 머물 터전을 원하지. 그러니 아마 집 없이 방랑하는 사람들을 떠났을 것이다. 너도 네 토템이 너를 버리길 원하는 건 아니겠지, 안 그러냐?"

에일라는 자기도 모르게 부적으로 손이 갔다.

"하지만 내 토템은 나를 버리지 않았어요. 내가 혼자인 데다 머물 곳도 없었는데요."

"그건 토템이 너를 시험하려고 했던 거다. 그래서 그가 너에게 거처를 찾아주지 않았더냐? 동굴사자는 강한 토템이란다, 에일라. 그가 너를 선택했다. 너를 선택했으니 늘 너를 보호해주기로 작정했을 것이다. 하지만 토템들은 모두 머물 곳이 있을 때 더 좋아한단다. 토템의 말에 귀를 기울이면, 그가 너를 도울 거다. 무엇이 가장 최선인지 네게 알려줄 것이다."

"내가 어떻게 알아요, 크렙?"

에일라가 물었다.

"동굴사자의 정령을 본 적이 없는데요. 토템이 뭔가 말해주려고 할 때 크렙은 그걸 어떻게 알아요?"

"토템은 너의 일부이기 때문에 토템의 정령을 볼 수는 없다. 그렇지만 너에게 말을 해준다. 다만 네가 토템의 말을 이해할 수 있게 되어야 하지. 네가 뭔가 결정을 내려야 할 때 그가 너를 도울 것이다. 네가 올바른 결정을 내리면 그가 네게 징표를 줄 것이고."

"무슨 징표요?"

"설명하기 어렵구나. 보통은 특별하거나 독특한 것이다. 전에는 한 번도 본 적 없는 돌멩이일 수도 있고, 네게 의미가 있는, 특별하게 생긴 뿌리일 수도 있지. 네 눈과 귀가 아니라 네 머리와 마음으로 이해하는 법을 배워야 한다. 그러면 알게 된단다. 오직 너만이 네 자신의 토템을 이해할 수 있어. 누구도 방법을 설명해줄 수 없지. 하지만 때가 되어 네 토템이 남기고 간 징표를 찾게 되면, 그걸 네 부적 속에 잘 넣어두어라. 그게 너에게 행운을 가져다 줄 것이다."

"크렙의 부적 속에 토템이 남기고 간 징표가 들어 있어요?"

에일라가 주술사의 목에 걸린 불룩한 가죽 주머니를 보며 손짓했다. 아이는 자기 무릎에 앉아 있던 아기가 바둥거리자 이자에게 가도록 내버려두었다.

"그렇다."

그가 고개를 끄덕였다.

"하나는 내가 목우르의 제자가 되도록 선택되었을 때 동굴곰이 내게 남기고 간 이빨이다. 그것은 턱뼈에 꽂혀 있지 않았다. 내 발치의 돌 위에 있었지. 앉아 있을 때는 보지 못했던 것이었다. 썩지도 닳지도 않은 완벽한 이빨이었다. 그것이 내가 옳은 결정을 내렸다는 것을 보여준, 바로 우르수스의 징표였던 거야."

"토템이 나한테도 징표를 줄까요?"

"아무도 모르지. 네가 중요한 결정을 내려야 할 때, 그때가 되면 알게 되겠지. 토템이 너를 찾을 수 있도록 네가 부적을 잘 간직하기만 한다면. 부적을 잃어버리지 않도록 조심해라, 에일라. 네 토템이 밝혀졌을 때 받은 부적 말이다. 거기에 네 정령의 일부가 담겨 있어서 토템이 너를 알아보는 것이란다. 그게 없으면 토템의 정령이 잠시 여행을 떠났다가 돌아오는 길을 찾지 못하게 된다. 길을 잃게 되면 토템은 정령의 세계에 있는 그의 거처를 찾게 되겠지. 부적을 잃어버리고 빨리 찾지 못하면 너는 죽게 된다."

그 말에 에일라는 몸서리를 치며 튼튼한 가죽 끈으로 묶어 목에 걸어놓은 작은 주머니를 만지작거렸다. 그러면서도 자신의 토템이 언제 징표를 줄지 궁금해졌다.

"두르크가 태양의 땅을 찾아 떠나기로 결정했을 때도 두르크의 토템이 그에게 징표를 줬을까요?"

"아무도 모를 일이다, 에일라. 그건 전설의 일부가 아니니까."

"새 거처를 찾으려고 하다니 내 생각엔 두르크가 용감한 것 같아요."

"용감했을지는 모르나 어리석었다."

크렙이 대꾸했다.

"그는 씨족과 조상들의 터전을 떠나는 큰 위험을 무릅썼다. 무엇 때문에? 뭔가 다른 것을 찾기 위해서겠지. 그는 머무는 것에 만족하지 못했으니까. 일부 젊은이들은 두르크가 용감하다고 생각할지 모르지. 하지만 나이가 들고 더 지혜가 생기면 그들도 알게 된다."

"나는 그가 다른 사람과 달라서 좋은 것 같아요."

에일라가 말했다.

"두르크의 전설이 가장 마음에 들어요."

에일라는 저녁 준비를 하기 위해 여자들이 일어나는 것을 보더니 벌떡 일어나 그들을 따라갔다. 크렙은 아이를 눈으로 좇으며 고개를 저었다. 에일라가 씨족의 관습을 잘 받아들이고 이해하고 있다고 생각할 때마다 에일라는 매번 뜻밖의 말과 행동을 해서 그를 당황하게 만들었다. 뭔가 그릇되고 나쁜 행동은 아니었다. 하지만 씨족답지 않은 행동이다. 그 전설은 옛 관습을 변화시키려는 행동이 얼마나 그릇된 것인지 보여주기 위해 내려오는 이야기인데, 에일라는 새로운 것을 찾아 떠난 젊은 남자의 무모에 가까운 용기에 감탄했다. 저 아이가 과연 씨족답지 않은 생각을 떨쳐낼 수 있을까? 그는 의구심이 들었다. 그래도 뭐든 빨리 배우는 아이니까. 그 점은 크렙도 인정하는 바였다.

씨족의 소녀들은 일고여덟 살 무렵이면 성인이 된 여자들이 하는 일을 곧잘 따라할 것으로 기대되었다. 그때쯤이면 많은 여자아이들이 나이가 차서 얼마 후 짝을 맺었다. 홀로 남겨진 채 스스로 먹을거리를 찾지 못해 빈사 상태로 처음 발견된 에일라는 그 후로 2년이 지나자 먹을거리를 찾는 것은 물론 조리와 저장하는 법까지 배웠다. 아이는 다른 중요한 기술에서도 나이가 있는 숙련된 아낙들만큼은 아니지만 또래 여자아이들과 엇비슷하게 능숙한 솜씨를 보여주었다.

에일라는 가죽을 벗겨 손질해 두르개, 덮개, 다용도로 사용되는 주머니를 만들 수 있었다. 가죽 하나를 나선형으로 길게 잘라 폭이 고른 가죽 끈을 만들 수도 있었다. 아이는 동물의 긴 털, 힘줄, 섬유질을 꼬아서 용도에 따라 굵고 튼튼한 밧줄을 만들거나 가늘고 촘촘한 밧줄을 만들 줄 알았다. 질긴 풀과 뿌리껍질을 짜서 만든 바구니와 깔개, 그물은 특히 솜씨가 훌륭했다. 작은 부싯돌로 만든 거친 주먹도끼하며 칼이나 긁개로 사용하기 위해 날이 날카롭도록 떼어낸 돌조각들은 드루그도 감탄할 정도였다. 또한 에일라는 통나무의 속을 파낸 뒤 표면이 매끄럽도록 손질해 주발을 만들기도 했다. 불을 피울 줄도 알았다. 나무판 위에 뾰족하게 깎은 나무막대를 대고 양손바닥으로 비비면서 뜨거운 숯으로 마른 부싯깃에 불을 피워 올렸다. 일정한 힘을 주면서 막대를 계속 돌려야만 하는 지루하고 어려운 일이었기 때문에 보통은 두 사람이 번갈아가면서 하는 일이었지만 에일라는 혼자서 척척 해냈다. 하지만 더욱 놀라운 것은 소질을 타고난 듯, 대대로 내려오는 이자의 치료술을 잘 배우고 있다는 것이었다. 이자의 말이 맞았어. 기억이 없어도 잘 배우고 있어. 크렙은 그렇게 생각했다.

에일라는 모닥불 위에 걸어놓은 가죽 부대에서 끓고 있는 죽 속에 참마를 넣으려고 얇게 자르고 있었다. 썩은 부위를 잘라내자 남은 게 많지 않았다. 식량을 저장해놓는 동굴 안쪽은 시원하고 건조했지만 겨울이 끝자락에 이르자 푸성귀들이 무르면서 썩기 시작했다. 다가올 봄에 대한 설레는 몽상은 얼음으로 꽁꽁 얼었던 개울에서 물이 졸졸 흐르는 것을 보기 전부터 시작되었다. 곧 얼음이 풀릴 거라는 첫 번째 징조였다. 에일라는 푸릇푸릇 새싹이 돋는 봄이어서 오기를 몹시 바라고 있었다. 나무껍질에 칼자국을 내면 스며나오는 달콤한 단풍나무 수액 생각이 간절했다. 단풍나무 수액을 모아 커다란 가죽 부대에 넣고 걸쭉해질 때까지 끓여서 끈적이는 시럽이나 설탕 같은 결정을 만들어 자작나무 껍질로 만든 그릇에 담아 두었다. 자작나무에서도 달짝지근한 수액이 나왔지만 단풍나무만큼 달콤하지는 않았다.

긴 겨울 내내 동굴에만 갇혀 있는 지루한 생활에 온몸을 들썩이는 사람은 에일라만이 아니었다. 전날 아침에는 몇 시간 동안 남풍이 불어와 바다에서부터 따뜻한 공기를 실어 날랐다. 삼각형 모양의 동굴 꼭대기에 매달린 기다란 고드름이 녹아 물이 떨어졌다. 그러다가 바람의 방향이 바뀌어 다시 동쪽에서 으스스한 돌풍이 불어 닥치자 겨울 내내 자란 뾰족한 고드름은 반들거리며 점점 더 굵고 길어졌다. 그래도 따뜻한 공기 덕분에 겨울이 끝나가고 있음을 실감하게 되었다.

여자들은 음식을 준비하면서도 손을 재빠르게 움직이며 대화를 이어갔다. 겨울이 끝자락에 이르러 비축해둔 식량이 점점 줄어들자 남은 재료를 합쳐 공동으로 음식준비를 했지만 특별한 경우를 제외하면 여전히 각자의 불터에서 따로 먹었다. 겨울에는 동굴 속에만 갇혀 지내는 생활 중에 기분 전환을 위해 잔치를 많이 열긴 했지만 겨울이 끝날 무렵에는 차려낼 수 있는 음식도 변변찮았다. 그래도 그들에게 식량은 충분히 남아 있었다. 눈보라가 치지 않는 날에는 사냥꾼들이 작은 짐승이나 나이 든 사슴을 잡아왔다. 말려놓은 고기가 아직 충분히 있어 꼭 필요하지는 않았지만 신선한 고기는 별미로 환영받았다. 여자들은 여전히 옛날이야기에 빠져 있었다. 이번에는 아바가 한 여자의 이야기를 들려줬다.

"……그런데 아기가 기형으로 태어난 거야. 아기 어미는 족장이 명한 대로 사내아이를 데리고 나갔지만 차마 죽게 내버려둘 수 없었지. 그래서 아기를 꼭 안고 나무 위로 높이 올라가 고양이도 닿을 수 없는 가장 꼭대기 나뭇가지에 묶어놓았다. 어미가 떠나자 아기는 울어댔지. 밤이 되어 배가 고프니 늑대처럼 울부짖었단다. 누구 하나 잠을 잘 수 없었어. 그는 밤낮으로 울었고, 족장은 그 어미에게 화가 났어. 하지만 어미는 아기가 울부짖는 한 아직 살아 있다는 것을 알 수 있었지.

이름을 짓는 날 아침, 어미는 아이를 묶어놓았던 나무에 다시 올라가봤어. 그런데 아들이 아직 죽지 않고 살아 있을 뿐 아니라 기형이었던 몸이 정상으로 돌아와 있었어! 정상인 데다 건강했지. 족장은 그녀의 아들을 씨족의 일원으로 받아들이고 싶지 않았지만 아기가 여전히 살아 있었기 때문에 이름을 지어주고 받아줬지. 그 아기는 장차 자라서 족장이 되었어. 그리고 그 무엇도 그를 해칠 수 없는 곳에 놓아두었던 어머니에게 늘 감사한 마음을 가지고 살았지. 짝을 지은 후에도 매번 사냥감의 일부를 떼어 어머니에게 갖다 바쳤대. 자기 어머니를 때리거나 야단치는 일도 없었고, 늘 존경하는 마음으로 예의를 다해 어머니를 대했지."

아바가 이야기를 마쳤다.

"어떻게 갓난아이가 젖을 먹지 않고 며칠이나 살 수 있어요?"

오가가 이제 막 잠이 든 자신의 건강한 아들, 브락을 바라보며 물었다.

"그리고 어떻게 그 어미가 족장의 짝도 아니었고, 훗날 족장이 될 남자의 짝도 아니었는데 그 어미의 아들이 족장이 될 수 있고 요?"

오가는 갓 태어난 아들을 자랑스러워했다. 브라우드는 짝을 지은 후 얼마 안 되어 자기 짝이 사내아이를 낳자 전보다 더 자부심이 넘쳐흘렀다. 평소 냉정하고 위엄 있는 브룬조차도 아기가 가까이에 있으면 절로 긴장이 풀렸다. 훗날 대를 이어 씨족을 책임지게 될 아기를 안고 있을 때면 그의 눈길이 부드러워지곤 했다.

"네가 브락을 낳지 않았다면 누가 다음 족장이 될까, 오가?"

오브라가 물었다.

"만약 네가 아들이 없고 딸만 있다면? 어쩌면 그 어머니가 서열 2위인 남자와 짝이었는지도 모르지. 그리고 족장한테 무슨 일이 일어났고."

오브라는 자기보다 어린 오가를 조금 시기하고 있었다. 그녀는 오가와 브라우드가 짝을 맺기 전에 구브와 짝을 지었지만 아직 아기가 없었다.

"음, 그렇다 해도 기형으로 태어난 아기가 어떻게 갑자기 정상으로 돌아오고 건강해질 수 있나요?"

오가도 지지 않고 다시 물었다.

"그 이야기는 기형으로 태어난 아들이 있는 어미가 지어낸 게 아닌가 싶다. 자기 아들이 정상이 되길 바라는 마음에서."

이자가 말했다.

"이자, 그래도 그 이야기는 대대로 전해 내려오는 전설이야. 오래전에는 그런 일이 일어났는지도 모른다. 지금은 불가능하지만 말이다. 우리가 어떻게 확실히 알 수 있겠니?"

아바는 자기가 들려준 이야기를 옹호하듯 말했다.

"오래전에는 달랐을지도 모르지요, 아바. 하지만 오가 말이 옳은 것 같아요. 기형으로 태어난 아기가 갑자기 정상으로 돌아오지는 못해요. 젖을 안 먹고 이름을 짓는 날까지 살아 있을 수도 없고요. 하지만 옛날이야기이니까요. 그 안에 일말의 진실이 숨어 있는지도 모르지요."

이자가 한 발 물러나며 말했다.

음식 준비가 끝나자 이자는 다 된 음식을 들고 크렙의 불터로 돌아갔다. 에일라는 튼실한 아기를 들어 올려 이자의 뒤를 따랐다. 이자는 예전보다 더 말랐고, 기력도 많이 떨어져 있었다. 주로 에일라가 우바를 안고 다녔다. 우바와 에일라 사이에는 특별한 애정이 싹텄다. 우바는 어디를 가든 에일라를 따라다녔고, 에일라도 그런 아기를 좋아했다.

식사를 마치고 우바는 젖을 먹기 위해 제 어미에게 갔지만 곧 칭얼대기 시작했다. 이자가 기침을 시작하자 아기는 더 가만히 있지 못했다. 결국 이자는 칭얼칭얼 우는 소리를 하는 아기를 에일라에게 넘겨주었다.

"아이를 좀 데려가렴. 오가나 아가가 젖을 줄 수 있나 알아봐라."

이자가 발작적으로 마른기침을 하며 짜증 섞인 손짓으로 말했다.

"괜찮아요, 이자?"

에일라가 걱정스러운 표정으로 손짓했다.

"그냥 나이가 들어서 그렇다. 아기를 갖기엔 내가 나이가 너무 많았던 게지. 젖이 말라붙은 것뿐이다. 우바는 배가 고파 저러고. 아가가 마지막으로 우바에게 젖을 주었을 때 오나가 이미 젖을 먹은 뒤라 양이 충분치 않았나보다. 오가는 젖이 많이 남아돈다고 하니 오늘밤에는 오가에게 데려가라."

이자는 크렙이 자신을 유심히 주시하다가 에일라가 아기를 안아 오가에게로 향하자 눈길을 돌리는 것을 봤다.

에일라는 브라우드의 불터에 이르자 예의 바르게 고개를 숙인 채 걸음걸이에 매우 신경을 썼다. 사소한 실수만 해도 젊은 브라우드의 화를 돋울 것이었다. 에일라는 그가 툭하면 자기를 혼내거나 때릴 구실을 찾고 있다고 확신했다. 행여 자신의 어떤 행동으로 그가 우바를 그냥 데려가라고 말하지 않도록 조심했다. 오가는 기꺼이 이자의 딸에게 젖을 나눠주었지만 브라우드가 지켜보고 있었기에 에일라와는 한 마디 말도 섞지 않았다. 우바가 제 몫을 다 먹자 에일라는 아기를 안고 돌아갔다. 에일라는 앉아서 아기를 앞뒤로 흔들며 아기가 잠들 때까지 작은 소리로 부드럽게 노래를 흥얼거렸다. 이렇게 하면 늘 아이가 편하게 잠드는 것 같았다. 에일라는 동굴곰족 사람들에게 처음 왔을 때 사용했던 말을 오래전에 잊었지만 아기를 안고 있을 때면 여전히 콧노래를 흥얼댔다.

"에일라, 내가 어느새 짜증을 잘 내는 늙은이가 되었구나."

에일라가 아기를 눕히고 있을 때 이자가 말했다.

"아기를 낳기엔 나이가 너무 많았어. 벌써 젖도 다 말라가고 있어. 우바는 아직 젖을 뗄 나이가 아니다. 아직 걷는 해를 다 지나지 않았지만 어쩔 수 없겠다. 내일 아기들을 위한 특별한 음식을 만드는 법을 보여줄게. 우바를 다른 여자에게 주는 것만은 정말로 싫구나."

"우바를 다른 여자에게 주다니요! 어떻게 우바를 다른 사람에게 줄 수 있어요? 우바는 우리 불터에 사는 아이잖아요!"

"에일라, 나도 아기를 주고 싶지 않다. 하지만 충분히 젖을 먹어야 하는데, 나는 우바한테 젖을 주지 못한다. 내 젖이 부족하다고 해서 이 여자 저 여자에게 계속 젖을 동냥할 수도 없단다. 오가의 아기가 아직 어려서 오가가 그렇게 젖이 많은 거란다. 하지만 브락이 더 크면, 딱 먹을 만큼 젖의 양도 줄어들겠지. 아가처럼 오가가 아기를 하나 더 낳아 젖을 먹어야 하는 상황이 아니라면 젖이 충분히 나오지 않을 거란다."

이자가 설명했다.

"내가 젖을 먹일 수 있으면 좋으련만!"

"에일라, 넌 키는 거의 다 큰 것 같아도 아직 여자가 되지는 않았다. 게다가 곧 여자가 될 조짐도 없고. 나이가 찬 여자들만이 어머니가 되고, 어머니들만이 젖을 만들 수 있다. 우바에게 우리가 먹는 음식을 줘보고 잘 먹나 보도록 하자. 네가 뭘 해야 하는지 알려주겠다. 아기를 위한 음식은 특별한 방식으로 조리해야 한다. 아기를 위해 모두 다 부드럽게 만들어야 하지. 젖니로는 잘 씹지 못하니까. 곡물은 조리하기 전에 매우 곱게 갈아야 한다. 말린 고기도 잘 짓이겨서 물을 약간 넣고 걸쭉하게 만들어라. 그리고 생고기는 질긴 힘줄을 다 발라내 써라. 야채도 짓이겨야 한다. 도토리가 아직 남았더냐?"

"지난번에 봤을 때는 한 무더기가 있었는데, 쥐랑 다람쥐가 훔쳐가기도 했고, 또 많이 썩었어요."

에일라가 답했다.

"찾을 수 있을 만큼 찾아봐라. 쓴맛을 우려내 곱게 갈아서 고기 죽에 넣을 거다. 참마도 아기에게 좋을 거다. 작은 조개껍질들을 어디에 두었더라? 그게 작아서 아기 입에 딱 맞을 텐데. 이제 우바 는 그걸로 먹는 법을 배워야 한단다. 그래도 겨울이 끝나가서 다행 이다. 봄이 오면 다양한 재료를 구할 수 있으니까."

이자는 에일라의 진지한 얼굴에서 걱정이 가득 차오르는 것을 보았다. 특히 이번 겨울을 나면서 에일라의 적극적인 도움에 이자 가 고마움을 느낀 게 한두 번이 아니었다. 이자는 자기가 너무 늦 은 나이에 아기를 가져서 에일라가 아기의 두 번째 어머니 역할을 하기 위해 자기에게 온 게 아닌가 생각할 때도 있었다. 이자를 힘 들게 하는 것은 단지 나이 때문은 아니었다. 이자는 건강 상태가 나빠지고 있는 징조에 크게 신경 쓰지 않았다. 가슴에서 느껴지는 통증이나 한 번씩 발작적으로 찾아오는 기침을 할 때 나오는 피에 대해서도 전혀 말하지 않았다. 하지만 크렙은 이자가 겉으로 표현 하는 것보다 훨씬 아프다는 것을 눈치채고 있었다. 그도 이제 나이 들었어. 이자는 문득 그런 생각이 들었다. 그도 이번 겨울을 나기 가 무척 힘들었을 거야. 몸을 따뜻하게 해줄 거라고는 작은 횃불밖 에 없는 작은 동굴에서 그토록 오래 앉아 있었으니.

노주술사의 텁수룩한 머리털이 희끗희끗 세고 있었다. 한쪽 다 리를 저는 데다가 관절염까지 있다 보니 그에게는 걷는 일이 참으 로 고역이었다. 물건을 들 때마다 잘려나간 한쪽 팔을 대신해 수년 간 치아를 사용했더니, 이제는 이마저 쑤셔오기 시작했다. 하지만 크렙은 오래전에 고통이나 통증과 함께 살아가는 법을 터득했다. 그의 정신력만큼은 그 어느 때보다 강했으며 직관도 더 발달했다. 그러다 보니 그는 오히려 이자를 걱정했다. 그는 이자와 에일라가 아기 음식을 만드는 법에 대해 이야기하는 것을 보다가 문득 이자의 튼튼했던 몸이 얼마나 쇠약해졌는지 알게 되었다. 얼굴은 여위었고, 눈은 푹 꺼져 있어서 튀어나온 눈썹 뼈가 더 도드라져보였다. 팔도 가늘었고, 머리는 잿빛으로 변하고 있었다. 하지만 가장 신경이 쓰이는 것은 끊이지 않는 기침이었다. 겨울이 끝나야 마음이 놓이겠어. 그는 생각했다. 이자에게는 따뜻한 공기와 태양이 필요해.

겨울이 마침내 대지를 꼭 붙들고 있던 얼어붙은 손을 풀었다. 따뜻한 봄날은 억수 같은 비를 몰고 왔다. 동굴 주변에 쌓였던 눈과 얼음이 다 녹아 없어진 이후에도 오랫동안 저 멀리 높은 산꼭대기의 얼음 덩어리들이 불어난 개울을 타고 떠내려 왔다. 그간 쌓인 눈이 녹아 흐르자 동굴 앞의 흠뻑 젖은 땅이 질퍽질퍽하고 미끄러운 진흙탕으로 바뀌었다. 땅 위에 흥건한 물이 땅속으로 스며들 동안, 입구에 돌들을 깔아놓아서 그나마 동굴은 어느 정도 건조하게 유지됐다.

하지만 발이 푹푹 빠지는 진창도 씨족 사람들을 동굴에 묶어둘 수 없었다. 긴 겨울 내내 동굴에 갇혀 있던 사람들은 따뜻한 봄의 첫 햇살을 맞이하러 쏟아져 나왔다. 눈이 다 녹기 전인데도 차가운 진창을 맨발로 철벅철벅 다녔다. 물이 스며들지 말라고 기름을 덧바른 신발을 신어도 진흙탕에 흠뻑 젖은 채 무거운 발을 이끌며 걸어 다녔다. 이자는 혹독한 추위의 겨울보다 따뜻해진 봄날에 감기 환자들을 치료하느라 더 바빴다.

봄이 완연해지고 태양이 대지의 수분을 빨아올리자 씨족 사람들의 생활에 다시 속도가 붙었다. 옛날이야기를 하고 소문을 옮기고, 기구나 무기를 만들거나 소일거리로 시간을 때우며 천천히 조용하게 흐르던 겨울은 가고 이제 분주하고 활력이 넘치는 봄이 시작되었다. 아낙들은 처음으로 고개를 내민 새싹과 봉오리를 따러 숲으로 갔고, 남자들은 다가오는 사냥철을 준비하기 위해 연습에 들어갔다.

우바는 젖을 떼기 위한 새 음식에 잘 적응해 무럭무럭 자랐다. 습관적으로 또는 따뜻하고 편안한 어미 품이 그리울 때만 젖을 찾았다. 이자는 기침을 덜하긴 했지만 기운이 거의 없고 몸도 약해진 상태라서 멀리까지 나다니기가 힘들었다. 크렙은 에일라와 함께 개울을 따라 산책을 다니기 시작했다. 에일라는 그 어느 계절보다 봄을 가장 좋아했다.

이자는 대부분의 시간을 동굴 가까이에서만 지냈기 때문에 에일라가 이자의 약전을 채우기 위해 약초를 찾아 언덕을 돌아다니게 되었다. 이자는 아이 혼자 다니는 게 불안했지만 다른 아낙들은 먹을 것을 찾아다니느라 바빴고, 식용으로 사용하는 푸성귀와 약초가 같은 곳에서 자라는 것도 아니었다. 이자는 가끔씩 에일라를 따라나섰다. 아이에게 새로운 식물을 보여주기도 하고 아직 다 자라지 않은 단계에서 비슷하게 보이는 식물들을 구분하는 법을 가르쳐 나중에 어디에서 그 식물을 찾으면 되는지 알려주기 위해서였다. 에일라가 우바를 안고 다녔는데도 이자는 한두 번 나가는 것마저 힘에 부쳐서 마지못해 에일라를 혼자 내보내는 일이 점점 많아졌다.

에일라는 이곳저곳을 마음대로 다니는 혼자만의 시간이 얼마나 즐거운지 깨달았다. 늘 자신을 지켜보는 사람들의 눈에서 벗어나 자유로움을 만끽했다. 아이는 아낙들과 같이 먹을거리를 찾아 나설 때도 있었지만 가능하면 자기가 해야 할 일을 서둘러 마치고 약초를 찾으러 혼자 숲으로 가는 시간을 만들었다. 아이는 알고 있는 식물뿐만 아니라 이자에게 물어보기 위해 낯선 식물도 가져오곤 했다.

브룬은 에일라의 그런 행동에 드러내놓고 반대를 하지는 않았다. 그도 누군가가 이자를 대신해서 주술 치료에 쓰일 약초를 찾아와야 한다는 것을 알고 있었다. 그도 이자의 병세를 눈치채고 있었다. 하지만 틈만 나면 혼자 돌아다니려는 에일라가 못내 마음에 걸렸다. 씨족 여자들은 혼자 있는 것을 좋아하지 않았다. 이자만 해도 특별한 재료를 찾으러 나갈 때면 걱정스럽고 약간 두려워하는 모습을 보였다. 부득이 혼자 나가야 할 때면 가능한 서둘러 돌아오곤 했다. 에일라는 한 번도 자신이 할 일을 회피한 적이 없고 늘 바르게 행동했다. 브룬이 잘못했다고 꼬집을 만한 행동은 하나도 없었다. 하지만 아이의 태도나 방식, 생각들이 틀렸다는 게 아니라 뭔가 다르다는 느낌이 브룬의 신경을 거슬리게 했다. 아이는 밖에 나갔다 올 때마다 항상 두르개 주머니와 바구니를 가득 채워 돌아

왔다. 아이가 약초를 캐올 수밖에 없는 상황인 이상, 브룬도 반대
할 수 없었다.

간혹 에일라는 식물이 아닌 것을 가져오기도 했다. 씨족 사람들
은 한 번씩 별난 행동으로 사람을 놀래주는 에일라에게 어느 정도
면역이 되어 있었다. 하지만 아이의 기행에 익숙해진 것 같다가도
아이가 상처 입거나 아픈 동물을 보살펴주기 위해 동굴에 데려올
때면 여전히 놀랐다. 우바가 태어나고 얼마 안 돼 아이가 데려온
토끼는 시작에 불과했다. 에일라는 동물들을 잘 다루었다. 아이가
도와주고 싶어 한다는 것을 동물들이 느끼기라도 하는 것 같았다.
한 번 동물을 데려오는 것이 용납되자 브룬은 그러한 선례를 번복
하는 것이 내키지 않았다. 하지만 에일라가 새끼 늑대를 데려왔을
때는 유일하게 안 된다는 말을 들었다. 늑대는 사냥꾼들과 경쟁 상
대인 육식동물에 속한 짐승이었다. 사냥꾼들이 상처를 입은 사냥
감의 뒤를 쫓아 막 손에 넣으려는 순간, 발 빠른 맹수에게 빼앗긴
적이 한두 번이 아니었다. 브룬은 언젠가 씨족의 사냥감을 훔칠 수
도 있는 짐승을 도와주는 일만큼은 허락하지 않았다.

한 번은 에일라가 무릎을 꿇고 뿌리를 캐고 있는데, 뒷다리가
살짝 휜 토끼 한 마리가 덤불에서 튀어나오더니 에일라의 발에 코
를 대고 킁킁댔다. 아이는 섣불리 움직이지 않고 가만히 있다가 서
서히 손을 뻗어 토끼를 쓰다듬어주었다. 네가 내 우바 토끼니? 에
일라는 속으로 생각했다. 크고 건강한 수토끼로 자랐구나. 그때 큰
일 날 뻔했던 일로 이제는 더 조심할 줄 알게 되었니? 사람들도 조
심해야 돼. 자칫하면 불 위에서 네 목숨이 끝날지도 몰라. 아이는

토끼의 부드러운 털을 쓰다듬으며 생각을 이어갔다. 그때 뭔가에 놀랐는지 토끼가 갑자기 튀어 올라 한 방향으로 무턱대고 돌진하더니 갑자기 방향을 바꿔 왔던 방향으로 사라졌다.

"엄청 빠르구나. 누가 널 잡을 수 있겠어. 어떻게 그리도 빨리 방향을 바꾸니?"

아이는 토끼가 쏜살같이 사라진 방향을 향해 손짓하며 웃었다. 갑자기 아이는 실로 오랜만에 자신이 크게 웃었다는 것을 깨달았다. 아이는 씨족 사람들이 주위에 있을 때는 거의 웃지 않았다. 웃음소리가 나면 다들 못마땅한 표정을 지었기 때문이다. 그날 아이에게는 재미난 일들이 많이 생겼다.

"에일라, 이 벚나무 껍질은 오래 되었다. 더 이상 좋은 상태도 아니고."

이자가 아침 일찍, 손짓으로 말했다.

"오늘 나가서 벚나무 껍질을 새로 구해 오지 않으련? 개울 건너 서쪽에 있는 빈터 근처에 벚나무가 있다. 어디를 말하는지 알지? 가서 속껍질을 벗겨 가져와라. 이맘때가 가장 좋을 때란다."

"네, 어머니. 어디 있는지 알아요."

아이가 대답했다.

아름다운 봄날 아침이었다. 흰색과 자주색을 한 그해의 마지막 크로커스들이 처음으로 노란 꽃을 피운 수선화의 길고 우아한 줄기 옆에 자리 잡고 있었다. 촉촉한 흙을 뚫고 작은 잎을 틔우기 시작한, 듬성듬성 나 있는 연두색 풀들은 빈터와 언덕의 짙은 갈색

대지 위에 엷은 수채화물감을 칠해놓은 듯 보였다. 덤불과 나무의 헐벗은 가지 곳곳에도 푸릇푸릇 새순이 돋으며 새로운 생명을 틔우기 위해 열심이었다. 버들강아지 가지에는 동물의 부드러운 털 같은 하얀 솜털이 뒤덮고 있었다. 포근한 햇살이 봄의 새로운 시작을 북돋으며 대지를 밝게 비추었다.

씨족 사람들의 시선이 미치는 곳에서 벗어나자 얌전한 자세로 조신하게 걷던 에일라의 발걸음이 가벼워지며 거침없이 땅을 누볐다. 평탄한 경사지를 뛰듯이 내려가더니 다른 쪽 경사지를 뛰어올랐다. 마음대로 움직일 수 있다는 자유에 자기도 모르게 입가에 미소가 번졌다. 무심히 식물들을 보고 지나치는 것 같았지만 머릿속은 활발하게 돌아갔다. 훗날 참고하기 위해 성장하고 있는 식물들의 모습을 담아두면서 용도별로 구분하는 중이었다.

자리공이 새로 돋았네. 에일라는 지난 가을에 자주색 자리공 열매를 땄던 늪지를 지나며 생각했다. 동굴로 돌아갈 때 뿌리를 좀 캐야겠다. 저 뿌리가 크렙의 류머티즘에 좋다고 이자가 말했으니까. 새 벚나무 껍질로 이자의 기침을 멈추게 하면 좋겠어. 나아지고 있긴 하지만 이자는 너무 말랐어. 우바가 점점 크고 무거워지니 이자는 아이를 들어 올릴 수도 없고. 다음번엔 우바를 데리고 나와야겠다. 우바를 오가에게 주지 않아도 돼서 정말 다행이야. 이젠 말도 하기 시작했고. 조금 더 커서 함께 나오면 재미있을 거야. 저 버들강아지 좀 봐. 저렇게 작은데 꼭 진짜 털 같아. 곧 푸르게 자라겠지. 오늘 하늘은 정말 파랗구나. 바람에서는 바다 냄새를 맡을 수 있어. 언제 바다낚시를 갈까 궁금하다. 곧 헤엄을 칠 정도로 물도 따뜻해지겠지. 왜 다른 사람들은 헤엄치는 것을 좋아하지 않을까? 개울과는 다르게 짠맛이 나지만 바다에서는 내 몸이 참 가볍게 느껴져. 어서 바다로 물고기를 잡으러 가면 좋겠어. 난 바다 물고기를 제일로 좋아하는 것 같아. 새알도 좋고. 알을 가지러 절벽 위에 올라가는 것도 재밌어. 절벽 높은 곳에서 바람을 맞으면 기분이 얼마나 좋던지. 저기 다람쥐가 있네! 나무 위를 오르는 것 좀 봐. 나도 나무를 탈 수 있으면 좋겠다.

에일라는 오전 나절이 될 때까지 숲이 우거진 언덕을 헤매고 다녔다. 그러다 갑자기 얼마나 시간을 허비했는지 알아차리고는 이자가 말한 벚나무 껍질을 구하기 위해 빈터 쪽으로 발길을 돌렸다. 벚나무가 있는 공터에 가까워지자 사람들이 움직이는 소리가 들렸다. 간간히 목소리도 섞여 들렸다. 곧 공터에 있는 남자들이 눈에 들어왔다. 에일라는 발길을 돌리려다가 벚나무 껍질을 기억하고는 잠시 결정을 내리지 못한 채 주춤 서 있었다. 내가 여기 주변에 있는 걸 알면 남자들이 좋아하지 않을 거야. 아이는 생각했다. 브룬은 화를 낼 테고 다시는 나 혼자 못 돌아다니게 하겠지. 하지만 이자에게 벚나무 껍질을 가져다주어야 하는데. 남자들이 오래 있지는 않겠지. 그런데 뭘 하는 걸까? 아이는 몸을 웅크린 채 조용히 다가가 커다란 나무 뒤에 몸을 숨겼다. 그러고는 앙상한 가지들이 엉켜 있는 덤불 사이로 그들을 훔쳐보았다.

남자들은 사냥을 위해 만든 무기들을 가지고 훈련 중이었다. 그들이 새 창을 만들던 모습이 떠올랐다. 그들은 곧고 가늘면서 잘 휘는 어린 나무를 도끼로 베어 가지들을 다 쳐내고 한쪽 끝을 불에 그슬린 다음, 불에 탄 부분을 튼튼한 돌 긁개로 뾰족하게 만들었다. 불로 끝부분을 단단하게 만들면 창이 쪼개지거나 닳는 것을 방지할 수 있었다. 웅크리고 있던 에일라는 일전에 나무창 하나를 만졌다가 큰 소동이 벌어졌던 일을 떠올렸다.

여자들은 무기나 무기를 만드는 데 사용하는 어떠한 도구에도 손을 대서는 안 된다고 했다. 하지만 에일라는 줄팔매를 만들기 위해 가죽을 자르는 칼과 덮개를 만들기 위해 가죽을 자르는 칼이 뭐가 다른지 구분하기 어려웠다. 아이가 손을 대 부정을 탔다는 이유로 새로 만든 창은 불태워졌다. 그 창을 만들었던 사냥꾼은 불같이 화를 냈다. 크렙과 이자는 에일라의 행동이 얼마나 불경스러운 행동인지 아이의 머릿속에 심어주기 위해 한참이나 주의를 주었다. 여자들은 에일라가 감히 그런 짓을 할 생각을 했다는 것만으로도 경악을 금치 못했다. 브룬의 불쾌한 표정도 그가 어떤 생각을 하는지 극명하게 드러내고 있었다.

하지만 무엇보다도 에일라는 온갖 꾸중이 자신에게 쏟아질 때 고소해하던 브라우드의 얼굴이 싫었다. 심술궂게도 즐거워하는 표정을 짓고 있었다.

아이는 덤불 뒤에서 조마조마한 마음으로 연습장에 있는 남자들을 지켜봤다. 창 옆에는 다른 무기들도 있었다. 도르브와 그로드, 크루그만이 저쪽 끝에서 창과 곤봉을 비교하며 각각의 장점에 대해 논하고 있었고, 다른 남자들은 모두 줄팔매와 사냥돌로 연습 중이었다. 보른도 그들과 함께 있었다. 브룬은 이제 어린 보른에게도 줄팔매의 기초를 가르칠 때가 되었다고 판단했다. 브룬의 요청에 주그는 소년에게 기초적인 기술을 설명하고 있었다.

남자들은 보른이 다섯 살이 되던 해부터 그를 연습장에 데리고 다녔지만 주로 작은 창으로 부드러운 땅이나 썩은 나무 그루터기를 찌르면서 창을 다루는 감각을 키웠다. 보른은 연습에 낄 수 있다는 것만으로도 늘 기뻐했는데, 이번에는 처음으로 훨씬 어려운 기술인 줄팔매질을 배우게 된 터였다. 땅에 말뚝이 하나 박혀 있고, 멀지 않은 곳에는 오는 길에 개울에서 주워온 매끈한 둥근 돌들이 쌓여 있었다.

주그는 보른에게 가죽으로 만든 줄팔매의 양쪽 끝을 어떻게 함께 잡는지, 그리고 줄팔매의 한가운데 불룩 들어간 자리에 어떻게 돌을 끼워야 하는지 보여줬다. 브룬이 아이의 훈련을 지시하기 전까지만 해도 주그는 낡은 줄팔매가 오래 되어 버리려고 했었지만 마음을 바꿨다. 보른의 작은 키에 맞춰 짧게 잘라 사용하면 아직 더 쓸 수 있을 터였다.

그 광경을 지켜보던 에일라는 자기도 모르는 사이, 훈련에 빠져들고 있었다. 보른만큼이나 온 신경을 집중해 주그의 설명을 듣고 시범을 지켜봤다. 보른이 처음 던진 돌은 줄이 엉키면서 바로 떨어지고 말았다. 돌을 멀리 던지는 데 필요한 원심력을 얻기 위해서는 팔로 줄팔매를 휘둘러야 했는데, 그 요령을 터득하는 일이 보른에게는 어려웠다. 오목하게 들어간 곳에 끼워놓은 돌이 떨어지지 않을 만큼 충분히 속도를 내기도 전에 돌은 계속 떨어지기만 했다.

브라우드는 한쪽에 떨어져서 그들의 훈련을 지켜보고 있었다. 보른은 브라우드를 아주 잘 따르는 아이였고, 브라우드는 보른에게 늘 선망의 대상이었다. 아이가 어디를 가든, 심지어 잠자리까지 들고 가는 작은 창을 만들어준 사람도 브라우드였고, 창을 쥐는 법을 보른에게 가르쳐준 사람도 브라우드였다. 젊은 사냥꾼은 사내 아이가 자신과 동년배라도 되는 듯 균형을 잡거나 찌르는 법에 대해 얘기를 나눴다. 하지만 이제 보른의 선망하는 눈빛은 나이 든 사냥꾼에게 향하고 있었고, 브라우드는 소외감을 느꼈다. 그는 자기가 보른에게 모든 것을 가르치는 사람이 되고 싶었다. 브룬이 주그에게 돌팔매를 가르치라고 지시했을 때 그는 화가 났다. 보른이 계속해서 실패를 거듭하자 브라우드가 훈련에 끼어들었다.

"자, 내가 어떻게 하는지 보여주지, 보른."

브라우드가 노인을 한쪽으로 밀치며 손짓했다.

주그는 물러나면서 오만하기 짝이 없는 젊은이에게 날카로운 시선을 던졌다. 모두가 하던 일을 멈추고 주시했다. 브룬 역시 노려보고 있었다. 그는 씨족 최고의 명사수를 대하는 브라우드의 무신경한 태도가 마음에 들지 않았다. 그가 보른의 훈련을 부탁한 사람은 주그였지 브라우드가 아니었다. 어린 녀석에게 관심을 보이는 한 방식이겠지만 그래도 도가 지나쳤다. 보른은 당연히 최고의 기술을 가진 이에게 배워야 했다. 브라우드 스스로도 그가 가장 잘 다루는 무기가 줄팔매가 아니라는 것을 알고 있었다. 훌륭한 족장이 되려면 모든 이들의 기술을 활용할 줄 알아야 한다는 것을 브라우드가 배워야겠군. 브룬은 생각했다. 주그는 가장 뛰어난 기술을 가지고 있을뿐더러 다른 남자들이 사냥을 나가고 없을 때 소년을 가르칠 시간도 충분히 있지. 브라우드는 점점 고압적으로 변하는군. 너무 오만해. 저 아이의 판단력이 좋아지지 않는다면 어떻게 더 높은 지위를 물려줄 수 있겠는가? 장차 족장이 될 거라는 이유 만으로 저절로 자신이 대단한 사람이 되는 건 아님을 배워야겠어.

브라우드는 보른에게서 줄팔매를 받아 들더니 돌멩이 하나를 주웠다. 줄팔매의 오목한 곳에 그 돌멩이를 끼워 넣은 뒤 말뚝을 향해 던졌다. 돌은 표적에 미치지 못하고 떨어졌다. 줄팔매질을 할 때 씨족 남자들 누구나 흔히 하는 실수였다. 문제는 그들의 팔 관절 구조상 팔을 완전히 휘두를 수가 없었고, 그 부분을 보완해야 돌을 목표에 던질 수 있다는 것이다. 브라우드는 표적을 놓치자 화가 났고 스스로 바보처럼 느껴졌다. 그는 자신을 지켜보는 시선을 의식하며 황급히 다른 돌을 집어 들더니 그가 할 수 있다는 것을 보여주고 싶어 성급하게 돌을 던졌다. 줄팔매는 평소 그가 쓰던 것보다 짧았다. 돌은 왼쪽으로 멀리 날아가긴 했지만 여전히 표적에 미치지 못하는 곳에 떨어졌다.

"보른에게 가르치겠다는 거냐, 아니면 너도 한 수 배워보겠다는 거냐?"

주그가 비꼬듯 손짓했다.

"말뚝을 더 가까이 옮겨주랴?"

브라우드는 이를 악물고 화를 억눌렀다. 그는 주그의 놀림감이 되는 것도 싫었고, 잘할 수 있을 것처럼 나서놓고 돌이 연속으로 빗나가자 화가 치밀어 올랐다. 다시 돌을 던졌지만 이번에는 힘을 너무 많이 줬는지 말뚝보다 더 멀리 날아갔다.

"보른의 훈련이 다 끝날 때까지 기다려주면, 네게도 한 수 가르쳐주지."

주그가 심하게 빈정대는 손짓으로 말했다.

"사용할 줄은 아는 듯 보이니까."

자존심이 센 주그는 그렇게 말하고 나니 자기 체면이 서는 것
같았다.

"보른이 이렇게 썩어빠진 낡은 줄팔매로 어떻게 배운단 말입니
까?"

브라우드가 변명이라도 하듯 거칠게 손짓하더니 넌더리를 내며
가죽 끈을 내동댕이쳤다.

"누구도 저 따위 오래된 줄로는 돌을 던지지 못할걸. 보른, 내
가 새 줄팔매를 만들어줄게. 노인네의 낡아빠진 줄로는 배울 수 없
을 거다. 더 이상 사냥도 못 하는 사람에게 말이야."

이제 주그도 화가 치솟았다. 사냥꾼의 대열에서 물러난다는 것
은 남자의 자존심에 큰 상처가 되는 일이었다. 주그는 어려운 무기
를 연마해가며 사냥꾼으로서의 역량을 유지하기 위해 최선을 다했
다. 그도 짝의 아들처럼 한때 부족장이었기 때문에 그의 자존심은
특히 상처받기가 쉬웠다.

"자기가 남자라고 생각하는 사내아이보다는 차라리 늙은이가
낫지."

주그는 브라우드의 발치에 떨어져 있는 줄팔매에 손을 뻗으며
맞받아쳤다.

브라우드는 자신의 남자다움이 공격을 받은 이상 더는 참을 수
없었다. 그것은 최후의 결정타나 다름없었다. 그는 더 이상 자제하

지 못하고 노인을 거칠게 떠밀었다. 주그는 느닷없는 공격에 균형을 잃고 넘어졌다. 그는 넘어진 자리에 다리를 펴고 털썩 주저앉은 채 크게 놀란 눈으로 위를 올려다봤다. 한 번도 예상하지 못했던 일이었다.

동굴곰족 사냥꾼들은 절대 서로를 공격하지 않았다. 그러한 폭력은 말로 나무라는 게 더 이상 통하지 않을 때 여자에게나 쓰는 것이었다. 젊은 남자의 넘치는 혈기는 사냥 기술을 연마하는 데 도움이 되는 씨름, 달리기와 창 찌르기, 혹은 줄팔매나 사냥돌 대회에서 소모해야 했다. 그리고 이런 시합들은 모두 철저한 통제 아래 이루어졌다. 사냥 기술뿐 아니라 자제심은 생존을 위해 협동해야 하는 그들 씨족에게 남자다움을 보여주는 척도였다. 브라우드 또한 자신의 경솔한 행동에 주그만큼 놀랐다. 스스로 한 짓을 깨닫자마자 당황한 그의 얼굴이 새빨개졌다.

"브라우드!"

화를 억누르던 족장이 그의 이름을 크게 내뱉었다. 고개를 든 브라우드는 순간 움찔했다. 그는 브룬이 그토록 화가 난 모습을 본 적이 없었다. 족장이 한 발, 한 발 힘을 줘 걸으며 그에게 다가왔다. 그의 손짓은 단호하고 엄격하기 그지없었다.

"어린아이처럼 성질을 내는 것은 용서받지 못할 행동이다! 네가 본래 가장 낮은 서열의 사냥꾼이 아니었다면, 당장 너를 그 자리로 끌어내렸을 거다. 애당초 누가 너에게 보른의 훈련에 끼어들라고 시켰더냐? 내가 보른을 훈련시키라고 너에게 말했더냐, 주그에게 말했더냐?"

족장의 눈에서 불같은 화가 일었다.

"그러고도 네가 사냥꾼이라고 할 수 있겠느냐? 남자라고도 말할 수 없을 것이다! 보른도 너보다는 더 자기감정을 자제할 줄 안다. 여자도 그보다는 자제심이 강하다. 너는 장차 족장이 될 사람이다. 이런 식으로 어디 사람들을 이끌 수 있겠느냐? 자기 자신도 통제를 못하는데 어떻게 씨족 전체를 다스리겠어? 브라우드, 네 미래를 자신하지 마라. 주그 말이 맞다. 너는 네가 남자라고 생각하는 어린애에 불과하다."

브라우드는 굴욕감을 느꼈다. 이토록 창피한 적이 없었다. 그것도 다른 사냥꾼들과 보른 앞에서라니. 그는 어디로든 도망가 숨어버리고 싶었다. 무엇으로도 자신이 저지른 짓을 만회할 수 없을 터였다. 그는 브룬의 화난 얼굴을 마주 대하느니 차라리 돌진하는 동굴사자와 맞붙는 게 나을 것 같았다. 브룬은 좀처럼 화난 모습을 보이지 않았지만 드물게 화를 내야 할 때도 있었다. 절제된 위엄, 훌륭한 지도력, 흐트러짐 없는 자제력으로 씨족을 이끄는 족장의 꿰뚫어 보는 듯한 날카로운 시선만으로도 남녀 할 것 없이 모두 기꺼이 복종하는 마음이 되었다. 브라우드는 순순히 고개를 떨구었다.

브룬은 태양 쪽을 힐끗 보더니 떠나자는 신호를 내렸다. 브룬이 브라우드를 거세게 비난하는 장면을 불편한 마음으로 보고 있던 다른 사냥꾼들은 안도하며 떠날 준비를 했다. 그들은 동굴을 향해 빠르게 발걸음을 옮기는 족장의 뒤를 따랐다. 가장 끝에 선 브라우드의 얼굴은 여전히 새빨간 채였다.

에일라는 그 자리에서 못 박힌 것처럼 꼼짝 않은 채 웅크리고 있었다. 감히 숨조차 쉴 수 없었다. 아이는 혹 그들이 자기를 보지 않을까 겁에 질려 있었다. 아이도 자기가 목격한 장면이 결코 여자가 봐서는 안 되는 것임을 알았다. 여자가 있었다면 브라우드는 그런 식으로 크게 야단맞지 않았을 것이다. 아무리 화를 불러일으키는 행동을 했더라도 여자들이 있을 때면 남자들은 연대감으로 뭉친 형제애를 유지했다. 하지만 그날의 사건은 에일라로 하여금 지금껏 전혀 알지 못했던 남자들의 다른 세계에 눈뜨게 해주었다. 남자들이라고 모든 것을 유능하게 해내는 게 아니며, 그들이 벌을 받지 않는 자유로운 존재가 아님을 알게 된 것이다. 그들 역시 명령을 따라야 하고, 야단을 맞을 수 있었다. 브룬만이 최고의 자리에서 군림하는 전능한 인물로 보였다. 아이는 씨족의 다른 누구보다 브룬이 훨씬 많은 구속을 받고 있다는 사실을 알지 못했다. 그는 씨족의 전통과 관례, 자연의 힘을 관장하는 헤아릴 수도 예측할 수도 없는 정령들, 그 자신의 막중한 책임감에 늘 시달리고 있었다.

에일라는 남자들이 연습장을 떠나고 한참이 지났는데도 그대로 몸을 숨기고 있었다. 혹 그들이 돌아오지나 않을까 겁이 났다. 아이가 마침내 용기를 내 나무 뒤에서 한 걸음 나왔을 때도 불안한 마음은 그대로였다. 아이가 새롭게 간파한 씨족 남자들의 본질이 갖는 의미에 대해 완전히 이해한 것은 아니었지만 그래도 한 가지 분명해진 점이 있었다. 아이는 브라우드가 여자처럼 순종하는 모습에 기분이 좋아졌다. 에일라는 가혹할 만큼 자신을 못살게 구는 거만한 브라우드를 싫어진 터였다. 에일라가 어떤 행동을 잘못인지 알고 했든 모르고 했든, 그는 무조건 조그만 꼬투리만 잡아도 아이를 꾸짖었다. 그가 급한 성질을 못 이기는 바람에 에일라의 얼굴에 멍이 드는 날도 많았다. 에일라는 자신이 아무리 노력해도 그를 기쁘게 할 수는 없을 것 같았다.

에일라는 그 사건에 대해 곱씹으며 공터를 가로질러 걸었다. 말뚝 근처에 다다랐을 때, 브라우드가 홧김에 집어던진 줄팔매가 땅 위에 그대로 놓여 있는 게 보였다. 떠나기 전에 누구도 줄을 챙겨 갈 생각을 하지 못했던 것이다. 아이는 물끄러미 줄팔매를 바라봤지만 만지기는 겁이 났다. 그것은 무기였다. 브룬을 무서워하는 아이는 브라우드에게 화를 냈던 것처럼 그를 화나게 할 행동에 대해 생각하는 것만으로도 몸이 떨려왔다. 아이의 머릿속은 방금 목격했던 장면들을 하나하나 되짚고 있었다. 축 늘어진 가죽 끈을 보자 주그가 보른에게 가르쳐주던 내용과 보른이 어려워하던 모습들이 떠올랐다. 그게 진짜 그렇게 어려운가? 주그가 내게 가르쳐주면, 난 할 수 있을까?

아이는 자신이 얼마나 무모한 생각을 했는지 깜짝 놀라더니 혼자인지 확인하기 위해 주위를 둘러봤다. 행여 누가 자기를 본다면 자신의 생각을 들키기라도 할까봐 겁이 났다. 심지어 브라우드도 못 했잖아. 아이는 기억을 떠올렸다. 말뚝을 맞히려고 애쓰던 브라우드와 그의 실패에 고소한 듯 손짓하던 주그에 대해 생각하자 아이의 얼굴에 미소가 스쳤다.

자기가 하지 못하는 것을 내가 해내면 브라우드가 엄청 화를 내겠지? 무슨 일로든 브라우드보다 잘할 수 있는 게 있다면 좋겠다. 아이는 다시 한 번 주위를 둘러보더니 불안한 눈빛으로 줄팔매를 바라봤다. 그러고는 몸을 숙여 그것을 집어 올렸다. 손에 낡은 줄 팔매의 연한 가죽이 느껴지자 문득 행여 누구라도 줄팔매를 든 자신을 본다면 어떤 벌을 받게 될까 겁이 났다. 그러자 손에 힘이 빠지면서 하마터면 줄을 떨어뜨릴 뻔했다. 아이는 남자들이 사라진 쪽을 힐끗 돌아봤다. 아이의 눈이 닿은 곳은 돌무더기였다.

궁금해, 내가 할 수 있을까? 브룬이 알면 엄청 화를 내겠지. 그가 어떤 벌을 줄지 모르겠다. 그리고 크렙도 내가 나쁘다고 말할 테고. 이미 줄팔매를 만진 것만으로도 나는 나쁜 아이인데. 대체 가죽 끈 좀 만지는 게 뭐가 그리 나쁘단 말이지? 단지 돌을 던지는 데 사용된다는 이유만으로? 브룬이 알면 나를 때릴까? 브라우드는 때리겠지. 내가 만진 걸 알면 좋아할 거야. 나를 때릴 구실이 생겨서. 또 내가 뭘 봤는지 알면 엄청나게 화를 내지 않겠어? 이미 화가 많이 났는데, 내가 이걸 한번 해본다고 화를 내봐야 얼마나 더 내겠어? 어차피 이미 나쁜 짓을 저질렀으니, 안 그래? 내가 말뚝을 맞힐 수 있나 궁금해.

에일라는 줄팔매질을 한번 해보고 싶은 마음과 절대로 해서는 안 된다는 판단 사이에서 갈팡질팡했다. 에일라는 그것이 잘못된 행동이라는 것을 알았다. 하지만 한번 해보고 싶었다. 나쁜 짓을 하나 더 한다고 얼마나 큰 차이가 있겠어? 누구도 알지 못할 거야. 여기 나 말곤 아무도 없잖아. 아이는 다시 한 번 죄책감이 서린 눈빛으로 주위를 둘러보더니 돌무더기를 향해 걸음을 옮겼다.

에일라는 돌멩이 하나를 집어 올리더니 주그의 가르침을 떠올렸다. 조심스레 줄의 양끝을 잡아 단단하게 쥐었다. 가죽 줄이 고리모양으로 축 늘어졌다. 많이 닳은 오목한 곳에 돌을 어떻게 끼워야 할지 몰라 어설픈 기분이 들었다. 줄팔매를 휘두르려고 하기도 전에 돌이 떨어지는 게 다반사였다. 아이는 집중해서 주그가 시범을 보이던 모습을 머릿속에 그려보았다. 다시 시도해보자 거의 돌아갈 것 같더니만 줄이 축 늘어지며 돌은 땅바닥으로 떨어졌다.

다음 시도에서는 약간의 추진력을 얻어 돌멩이가 몇 발자국 앞에서 떨어졌다. 한껏 고무된 에일라는 돌 하나를 또 집어 들었다. 처음 돌을 놓는 과정에서 몇 번 실수를 했다. 돌 한 무더기로 연습을 한 후 두 번째로 다시 시작할 때는 마침내 돌을 던지는 것까지 성공했다. 그러더니 몇 번의 시도를 거듭한 끝에 돌멩이 하나가 멀리 날아갔다. 표적에서 빗나가긴 했지만 말뚝과 꽤 가까운 거리에 떨어졌다. 아이는 슬슬 요령을 터득하고 있었다.

무더기로 쌓였던 돌을 다 던지고 다시 돌들을 주워와 던지는 연습을 세 차례나 반복했다. 네 번째로 돌을 모아 왔을 때는 돌을 땅에 떨어뜨리지 않고 날리는 횟수가 많았다. 에일라가 발밑을 보니 땅에 떨어져 있는 돌이 세 개밖에 되지 않았다. 돌 하나를 집어 들어 줄팔매에 끼우고 머리 위로 줄을 휘둘러 던지자 드디어 돌이 멀리 날아갔다. 그러더니 탁 하고 말뚝에 정면으로 부딪치고 튕겨 나왔다. 아이는 성공했다는 기쁨에 전율을 느끼며 공중으로 펄쩍 뛰어올랐다.

내가 해냈어! 내가 말뚝을 맞혔어! 순전히 우연이었고, 운이 좋았던 것일 수 있으나 그렇다고 기쁨이 반이 되지는 않았다. 다음에 던진 돌은 표적을 빗나가 말뚝보다 멀리 떨어졌다. 마지막으로 던져본 돌은 몇 발자국 앞에서 떨어졌다. 하지만 한 번은 말뚝을 맞혀봤으니 아이는 다시 할 수 있을 거라 자신했다.

　돌을 다시 주워 모을 무렵, 해가 어느새 서산에 걸려 있는 게 눈에 들어왔다. 순간 아이는 이자에게 벚나무 껍질을 가져다주어야 한다는 걸 생각해냈다. 어쩌다 이렇게 늦은 거지? 내가 오후 내내 여기 있었다는 거야? 이자가 걱정하겠다. 크렙도 걱정할 테고. 아이는 서둘러 줄팔매를 두르개 안주머니에 꽂아 넣은 뒤 벚나무를 향해 달렸다. 돌칼로 겉껍질을 벗긴 다음 안쪽의 부름켜를 길고 가늘게 벗겨냈다. 그러고는 있는 힘을 다해 동굴 쪽으로 달리다가 개울 근처에 다다라서야 속도를 늦추고 여자답게 조신하게 걸었다. 이렇게 늦게까지 밖에 있었던 것만으로도 야단이 나지 않았을까 걱정스러운데, 더 이상 누구의 화도 돋울 만한 행동은 하고 싶지 않았다.

　"에일라! 어디에 갔었던 거냐? 걱정돼 죽는 줄 알았다. 짐승한데 공격이라도 받았나 했다. 크렙에게 청을 해 브룬에게 널 찾으러 사람을 보내달라고 할 참이었어."

　이자는 아이를 보자마자 꾸짖었다.

　"뭐가 자라기 시작했나 보려고 여기저기 다니다 보니, 저 아래 공터까지 가고 말았어요."

　마음 한편이 찔리면서도 아이는 그렇게 말했다.

　"시간이 이렇게 늦어졌는지도 몰랐고요."

　그것은 사실이었다. 전부 다는 아니었지만.

　"여기 벚나무 껍질이오. 작년에 자리콩이 자라던 자리에서 이제 싹이 올라오고 있어요. 그 뿌리가 크렙의 류머티즘에 좋다고 했지요?"

"그래, 하지만 통증을 가시게 하려면 뿌리를 우려내 그 물을 통증 부위에 발라야 하는 거다. 열매는 차로 만들고. 열매를 짠 즙은 부기와 부스럼에도 좋다."

주술 치료사는 아이의 질문에 자동적으로 답하며 설명을 시작하다가 멈췄다.

"에일라, 치료술에 대해 물으면서 이야기를 딴 곳으로 돌리는구나. 밖에서 그렇게 오랜 시간을 보내면 안 된다는걸 알면서 나를 걱정하게 만들다니."

이자가 손짓했다. 아이가 안전하다는 것을 확인했기 때문에 이자의 화는 누그러졌다. 그래도 에일라가 다시는 혼자서 그렇게 오래 나다니지 않겠다는 것을 확실하게 다짐받고 싶었다. 이자는 에일라가 나갈 때면 언제나 걱정이 되었다.

"다시는 말도 없이 그렇게 늦지 않을게요, 이자. 저는 그렇게 늦었는지 몰랐어요."

둘이 동굴 안으로 들어오자 하루 종일 에일라를 찾았던 우바의 눈에 마침내 에일라가 들어왔다. 우바는 에일라를 향해 활처럼 휜 오동통한 다리로 뛰어오다가 에일라에게 닿기 직전에 발부리에 걸려 넘어질 뻔했다. 에일라는 아기가 넘어지기 전에 번쩍 들어 올려 빙글빙글 돌렸다.

"가끔 우바를 데리고 나가도 돼요? 오래 나가 있지 않을게요. 아이에게 이러 저런 것들을 가르치려고요."

"아직 뭘 이해하기엔 너무 어리다. 이제 말을 배우기 시작했잖니."

이자는 그렇게 말하면서도 둘이 함께 즐거워하는 모습을 보더니 덧붙였다.

"가끔씩 친구 삼아 데리고 가도 좋아. 너무 멀리만 가지 않는다면."

"오, 좋아요."

에일라가 품에 안은 아기와 이자를 동시에 안으며 말했다. 에일라는 아기를 높이 들어 올리며 큰 소리로 웃었다. 우바는 선망이 담긴 반짝이는 눈빛으로 에일라를 빤히 바라봤다.

"재미있을 것 같지 않아, 우바?"

에일라는 아이를 내려놓으며 말했다.

"어머니가 널 데리고 가도 좋대."

저 아이는 대체 어찌 된 셈일까? 이자는 생각했다. 저렇게 흥분한 모습을 한동안 본 적이 없었는데. 오늘은 공기 중에 이상한 정령들이 있는 게 틀림없어. 먼저 남자들이 일찍 돌아왔고. 평소처럼 둘러 앉아 이야기를 나누지 않고 각자 자기 불터로 돌아가더니 여자들한테 눈길도 거의 주지 않고 있어. 누구를 야단치는 남자도 없었고. 브라우드마저 공손해 보이는 태도를 취했지. 그러더니 에일라는 하루 종일 밖에 있다가 활기가 넘쳐 돌아와서 보는 사람마다 안아주고 있어. 도통 이해가 안 가는구나.

10

"뭐냐? 무슨 볼일이냐?"

주그가 짜증나는 손짓으로 물었다. 초여름치고는 이상하게 더운 날이었다. 주그는 태양 아래에서 땀을 뻘뻘 흘리며 작업에 열중하고 있었다. 사슴가죽이 마르는 동안 무딘 긁개로 그 커다란 가죽을 손질하고 있던 주그는 목도 마르고 몸 여기저기도 불편했다. 그는 누구의 방해도, 특히 납작한 얼굴을 한 못생긴 여자아이의 방해를 받을 기분은 더더욱 아니었다. 아이는 그의 가까이에 앉더니 고개를 숙인 채 그가 자기를 봐주길 기다리고 있었다.

"물을 드시지 않겠습니까?"

에일라는 그가 자신의 어깨를 두드리자 얼굴을 들고 공손히 손짓했다.

"샘물에 갔다가 사냥꾼께서 뜨거운 태양 아래 일하시는 모습을 봤습니다. 사냥꾼께서 목이 마르실 것 같았습니다. 방해할 생각은 없습니다."

아이는 사냥꾼에게 말을 건넬 때와 같은 예절을 갖추어 말했다.

그러더니 자작나무 껍질로 만든 잔을 건네고는 산양의 위장으로 만든, 물이 뚝뚝 떨어지는 시원한 물자루를 들어 올렸다.

주그는 좋다는 뜻으로 으흠 소리를 내었다. 아이가 잔에 차가운 물을 따르는 동안, 그는 내심 사려 깊은 아이의 행동에 놀라고 있었다. 그는 물을 마시고 싶다는 뜻을 전하고 싶었지만 어떤 아낙과도 눈을 맞추지 못했다. 그렇다고 그 순간 직접 물을 뜨러 가고 싶지도 않았다. 가죽이 거의 말라가고 있었다. 가죽 손질을 제대로 마치려면 그가 생각하는 만큼 가죽의 상태가 유연하고 부드러울 때 계속 작업하는 것이 매우 중요했다. 그의 시선은 아이를 따라갔다. 아이는 물자루를 근처 그늘진 곳에 놓더니 질긴 풀과 물에 적신 나무뿌리를 가져다가 바구니를 짜기 시작했다.

짝이 낳은 아들의 불터로 옮겨와 살게 되면서 우카가 항상 공손하게 그의 요구를 들어주긴 했지만 자기 짝이 죽기 전에 그랬던 것처럼 알아서 척척 시중을 들어주지는 못했다. 우카가 가장 관심을 쏟는 사람은 자기 짝이 된 그로드였다. 그러다 보니 주그는 헌신적이었던 짝이 자기에게 쏟던 소소한 정성들이 그리웠다. 주그는 이따금씩 근처에 앉아 있는 에일라를 힐끗 바라봤다. 아이는 조용히 자기 일에 집중하고 있었다. 목우르가 아이 교육을 잘 시켰군. 그가 생각했다. 그는 축축한 가죽을 잡아 늘리고 긁개로 손질하는 자신을 아이가 곁눈질로 보고 있다는 것을 알아채지 못했다.

그날 저녁 늦게, 주그는 먼 곳을 응시하며 동굴 앞에 홀로 앉아 있었다. 사냥꾼들은 사냥을 나가고 없었다. 우카와 다른 두 아낙들도 사냥에 동반했다. 주그는 오브라가 사는 구브의 불터에서 저녁을 먹었다. 우카의 품에 안겨 있던 시절이 그리 옛날 같지도 않은데, 어느새 다 자라 짝을 맺은 오브라를 보고 있자니 새삼 지나간세월이 실감났다. 세월과 함께 남자들과 더불어 사냥을 나가던 그의 힘도 사라진 것이다. 그는 저녁을 먹고 바로 불터에서 나왔다. 그가 동굴 앞에서 사색에 빠져 있는데 에일라가 버들가지로 짠 통을 들고 그를 향해 다가오는 것이 보였다.

"소녀가 우리 불터 사람들이 먹을 수 있는 것보다 더 많이 딸기를 땄습니다."

그가 어깨를 두드려주자 아이가 말했다.

"딸기가 버려지는 일이 없도록 사냥꾼께서 드셔주시겠습니까?"

주그는 에일라가 건네는 통을 받았다. 이번에는 굳이 기쁜 표정을 숨기지 않았다.

에일라는 주그가 과즙이 많은 달콤한 산딸기를 맛있게 먹는 동안, 예의를 갖춰 조금 떨어진 곳에서 조용히 앉아 있었다. 그가 다 먹은 통을 돌려주자 아이는 바로 그 자리를 떠났다. 왜 브라우드가 저 아이 보고 무례하다고 말하고 다니는지 모르겠군. 그는 아이가 떠나는 모습을 지켜보며 생각했다. 뭐 하나 잘못된 점을 찾을 수가 없는데. 얼굴이 아주 못생긴 것만 빼면 말이야.

다음 날, 에일라는 주그가 작업을 하는 동안 시원한 샘에서 물을 떠왔다. 그러고는 근처에서 채집 바구니를 만들 재료들을 정리했다. 얼마 후 목우르가 주그에게 다가왔다. 주그는 부드러운 사슴 가죽에 기름을 먹이는 작업을 거의 끝내가고 있었다.

"태양 아래에서 가죽을 손질하는 것은 참 고된 일이로군요."

목우르가 손짓했다.

"남자들을 위해 새 줄팔매를 만들 거라네. 보른에게도 새것을 만들어주기로 약속했지. 줄팔매에 쓸 가죽은 아주 유연해야 하지. 가죽이 마르는 동안 계속 손질을 해야 기름이 완전히 가죽에 배어 들어간다네. 그러니 태양 아래서 일을 하는 게 최선이지."

"사냥꾼들이 새 줄팔매를 받으면 무척 기뻐하겠습니다."

목우르가 말했다.

"줄팔매에 있어서만큼은 주그가 최고라고 잘 알려져 있습니다. 보른에게 기술을 가르치시는 것도 봤어요. 주그 같은 스승을 두었으니 보른은 운이 좋습니다. 참으로 연마하기 어려운 기술이니까요. 줄팔매를 만드는 데도 기술이 필요할 테고요."

주술사의 칭찬에 주그는 기분이 좋아졌다.

"내일 마름질을 할 거라네. 남자들에게 줄 것은 길이를 알지만 보른은 그 애 팔에 맞게 길이를 맞춰야 하지. 힘을 제대로 줘서 정확하게 표적을 맞히려면 사냥꾼의 팔 길이에 맞아야 하니까."

"지난번 주그께서 목우르의 몫으로 잡아다 주신 뇌조를 이자와 에일라가 요리하고 있어요. 이자가 아이에게 제가 좋아하는 방식으로 요리하는 법을 가르쳐주고 있지요. 괜찮으시다면, 오늘밤 목우르의 불터에서 함께 식사를 하지 않겠습니까? 에일라가 여쭤보라고 하더군요. 저희 불터에 와주신다면 저도 기쁘겠습니다. 가끔은 남자들끼리 대화가 하고 싶습니다. 제 불터에는 여자들밖에 없으니."

"주그는 목우르와 식사하겠네."

주그는 기쁨이 역력한 표정으로 답했다.

사람들이 다 함께 잔치를 벌여 먹는 경우도 많았고, 특별히 혈연관계인 경우에는 두 가족이 함께 식사를 하는 경우도 잦았다. 하지만 목우르가 그의 불터에 다른 가족을 초대한 경우는 거의 없었다. 자신만의 불터를 꾸린다는 게 여전히 그에게는 낯설게 느껴지는 일이었고, 그는 여자들과 함께하는 생활에 편안함을 느꼈다. 하지만 그는 어린 시절부터 주그를 알고 지냈고, 늘 그를 좋아하고 존경해왔다. 노인의 얼굴에 드러난 기쁜 표정을 보니 목우르는 진작 그를 자신의 불터로 초대했어야 했다는 생각이 들었다. 에일라가 먼저 말을 꺼내주다니 고마운 생각이 들었다. 게다가 뇌조를 그의 불터에 갖다 준 것도 바로 주그였다.

이자는 손님맞이에 익숙하지 않았다. 걱정에 사로잡힌 이자는 조바심을 내면서도 전에 없이 맛있는 음식을 차려냈다. 약초에 대한 지식은 치료술뿐 아니라 맛을 내는 방법과도 연결되어 있었다. 이자는 음식의 맛을 돋우는 데 필요한 어울리는 조합과 미세한 간 조절에 대해서도 잘 알고 있었다. 음식은 참으로 맛있었고, 에일라도 눈에 띄지 않게 손님을 잘 배려했다. 목우르는 이자와 에일라 모두에게 흡족함을 느꼈다. 남자들이 배불리 먹고 나자 에일라가 캐모마일과 박하를 우려낸, 은은한 약초차를 내왔다. 소화에 도움이 된다는 것을 알고 이자가 만들어준 차였다. 이자와 에일라가 가까이서 시중을 들고, 통통하고 귀여운 아기는 그들의 무릎을 왔다 갔다 기어 다니며 수염을 잡아당기고 싶어했다. 그러다 보니 그들은 다시 젊어진 기분이 들었다. 나이 지긋한 두 남자는 편히 앉아 지나간 시간에 대해 이야기를 나눴다. 주그는 노주술사가 자신이 직접 꾸리는 불터라고 말하는 이곳의 단란한 분위기에 감탄했고, 또 약간은 부러운 마음도 들었다. 목우르는 삶이 이보다 더 행복했던 때가 없었다고 느꼈다.

다음 날 주그가 보른의 팔 길이에 맞춰 가죽 끈을 마름질할 때, 에일라는 가까이에서 지켜보고 있었다. 왜 양쪽 끝이 점점 가늘게 되어야 하는지, 왜 너무 길거나 너무 짧아도 안 되는지 설명하는 주그의 손짓을 집중해서 보았다. 물에 젖은 둥근 돌을 고리 한가운데 올려놓아 돌을 메길 자리가 오목하게 되도록 가죽을 늘려야 하는 것도 눈여겨봐두었다. 에일라가 물을 들고 왔을 때, 그는 여러 개의 줄팔매를 만들고 남은 가죽 쪼가리를 모으던 중이었다.

"남은 쪼가리를 어디 다른 곳에 쓰십니까? 가죽이 무척 부드러워 보입니다."

에일라가 손짓했다.

주그는 배려할 줄 알고 자신을 존경하는 아이 앞에서 마음이 너그러워졌다.

"남은 조각들은 내게 필요 없다. 가지고 싶으냐?"

"주시면 감사하겠습니다. 몇몇 조각들은 꽤 큰 편이어서 쓸모가 있을 것 같습니다."

아이는 고개를 숙이며 손짓했다.

다음 날 주그는 옆에서 일을 하다가 자신에게 물을 떠다주던 에일라가 보고 싶었다. 하지만 그의 작업은 끝이 났다. 줄팔매가 모두 완성된 것이다. 그는 아이가 새로 만든 채집 바구니를 등에 메고 손에는 뒤지개를 든 채 숲으로 걸어가는 모습을 봤다. 이자에게 갖다 줄 약초를 구하러 가는 모양이군. 브라우드를 대체 이해할 수가 없단 말이야. 주그는 젊은 브라우드를 그다지 좋아하지 않았다. 얼마 전 자신을 공격했던 일을 그는 잊지 않았다. 그 녀석은 왜 저 아이한테 사사건건 시비를 거는 것일까? 성실하고 어른 공경할 줄 알고, 목우르의 자랑거리인 아이를 말이야. 곁에 이자와 저 아이를 둔 목우르는 운도 참 좋지. 주그는 위대한 주술사와 함께한 유쾌했던 저녁시간을 떠올렸다. 그는 입 밖으로 꺼내지는 않았지만, 자신을 저녁식사에 초대하라고 목우르에게 청을 한 사람이 에일라였다는 것을 기억하고 있었다. 그는 키가 크고 다리가 곧게 뻗은 여자아이의 멀어지는 뒷모습을 물끄러미 봤다. 저리도 못생겼다니 안타까운 일이야. 그는 생각했다. 언젠가 좋은 짝이 될 아이인데.

에일라는 주그에게 받은 가죽 조각으로 새 줄팔매를 직접 만들었다. 지난번에 주운 줄은 마침내 완전히 닳아서 새 줄이 필요했던 참이었다. 아이는 줄팔매를 연습할 만한, 동굴에서 멀리 떨어진 장소를 찾아야겠다고 마음먹었다. 행여 누구의 눈에 띄지 않을까 아이는 늘 조마조마했다. 아이는 동굴 가까이에 흐르는 물길을 거슬러 올라가다가 지류를 따라 산을 오르기 시작했다. 빽빽한 덤불을 헤치고 나아가야 하는 길이었다.

아이는 작은 개울이 폭포처럼 물보라를 일으키며 쏟아지는 가파른 바위벽 앞에 멈춰 섰다. 물줄기는 무성한 초록의 이끼가 도톰

하게 깔려 있는, 튀어나온 바위 표면에 부딪혀 튀어 올랐다가 물안 개를 이루더니 길고 가는 물줄기가 되어 다시 떨어졌다. 폭포 아래, 얕은 바위 웅덩이에 거품을 일으키며 떨어진 물은 다시 아래로 흐르며 더 큰 물길에 합류했다. 바위벽은 개울과 평행을 이루고 병풍처럼 서 있다. 동굴을 등지고 바위벽 아래를 따라 걷자, 가파르긴 하지만 올라갈 수 있는 비탈이 나왔다. 비탈 꼭대기에 이르자 평평한 땅이 펼쳐져 있었다. 계속 걷다 보니 지류의 상류를 거슬러 가게 되었다.

높이 올라갈수록 소나무와 가문비나무가 울창한 숲을 이루고, 회색빛을 띤 초록의 촉촉한 이끼가 덮여 있었다. 다람쥐들이 키 큰 나무 위를 쏜살같이 오르거나 다채로운 색의 이끼로 뒤덮인 땅을 가로질렀다. 옅은 노랑에서 짙은 초록에 이르는 다양한 색의 이끼류들이 흙이며 돌, 쓰러진 통나무를 온통 뒤덮고 있다. 저 앞으로는 상록수 숲 사이를 비집고 들어오는 밝은 햇빛이 보였다. 지류를 따라 걷자 상록수들이 점차 줄어들며 간간이 낙엽수들이 섞여 있었고, 얼마 후 덤불을 지나자 나무가 없는 개활지가 나왔다. 숲에서 나오니 작은 들판이 펼쳐져 있었다. 들판의 저 멀리 끝에는 회갈색 암반이 자리 잡고 있는데, 높이 매달린 듯 자란 나무들이 드문드문 눈에 띄었다.

목초지를 구불구불 흐르는 지류는 바위와 맞닿은 개암나무 수풀 근처 바위벽에서 샘물이 콸콸 솟아오르고 있었다. 산맥은 벌집처럼 구멍이 뚫린 틈새들과 비탈진 수로로 이루어져 있어 빙하에서 녹은 물이 지하로 흘러갔다가 다시 빛을 받아 반짝이는 맑은 샘물로 솟아올랐다.

에일라는 높은 산 위의 들판을 가로질렀다. 차가운 샘물을 들이켜고 난 뒤, 걸음을 멈추고 초록색 가시로 뒤덮인, 설익은 개암을 두세 개씩 품고 있는 송이들을 살펴봤다. 송이 하나를 따서 겉껍질을 벗기고 이로 부드러운 안쪽 껍질을 깨물자 반밖에 자라지 않은 열매의 하얀 속살이 드러났다. 아이는 완전히 익어 땅에 떨어진 열매보다 설익은 열매를 좋아했다. 설익은 맛이 아이의 식욕을 돋웠다. 아이는 열매 송이를 몇 개 따서 바구니 속에 넣었다. 열매 송이에 손을 뻗던 아이의 눈에 무성한 나뭇잎 뒤로 어두운 공간 하나가 들어왔다. 아이는 조심스레 가지들을 옆으로 밀쳐냈다. 그러자 무성한 개암나무 수풀 뒤에 감춰진 작은 동굴이 보였다. 아이는 수풀 옆쪽을 비집고 들어가 조심스레 안을 들여다보았다. 동굴 안으로 발을 내딛자 한쪽으로 밀쳐져 있던 나뭇가지가 제자리로 팅겨 돌아갔다. 나뭇잎 사이를 뚫고 들어온 햇살이 한쪽 벽에 빛과 그림자의 무늬를 아롱아롱 새기며 안쪽을 희미하게 밝혀주었다. 작은 동굴은 깊이가 열두 자 정도, 너비는 그 반쯤 되었다. 몸을 일으키자 머리가 입구 꼭대기에 거의 닿으려고 했다. 천장은 동굴의 중간까지는 완만하게 낮아지다가 뒤쪽으로 갈수록 마른 흙바닥 쪽으로 가파르게 경사져 있었다.

그것은 산의 암벽에 뚫린 작은 구멍에 지나지 않았지만 아이가 편안하게 돌아다닐 수 있을 정도로 넓었다. 아이는 동굴 입구 근처에서 썩은 개암열매 무더기와 다람쥐 똥을 보았다. 큰 짐승이 동굴에서 지낸 흔적은 없었다. 에일라는 동굴을 발견한 것이 무척 기뻐 큰 원을 그리며 춤을 췄다. 마치 자신을 위해 만들어진 동굴 같았다.

아이는 밖으로 나와 작은 개활지를 내다보고는 맨 바위를 올라갔다. 노두 주위로 구불구불 나 있는, 간신히 발을 디딜 만한 좁은 바위 턱 위에서 한 발 한 발 조심히 걸음을 옮겼다. 저 멀리 두 개의 봉우리 사이로 햇볕에 반짝이는 내해가 보였다. 발아래를 내려다보니 가느다란 띠처럼 흐르는 은빛 개울 근처에 아주 작은 사람의 형체가 보였다. 아이는 씨족 사람들이 사는 동굴의 거의 바로 위에 서 있었다. 아이는 바위 아래로 내려와 개활지 주변을 걸었다.

정말이지 완벽한 곳이야. 에일라는 생각했다. 여기 들판에서 연습하면 되겠어. 근처에 마실 물도 있어. 비가 오면 동굴 속으로 들어가면 되고. 동굴에 내 줄팔매를 숨겨놓으면 되겠다. 그러면 크렙이나 이자가 줄팔매를 발견할까봐 조마조마할 일도 없을 거야. 게다가 개암나무 수풀도 있잖아. 나중에 겨울을 대비해 열매를 모아 갈 수도 있겠다. 남자들은 사냥하러 이렇게 높은 곳까지는 올라오지 않아. 이곳은 나만의 장소가 될 거야. 개활지를 가로질러 개울로 달려간 에일라는 새 줄팔매를 시험해보기 위해 매끄럽고 둥근 돌을 찾기 시작했다.

에일라는 틈만 나면 팔매질을 연습하러 비밀 장소로 올라갔다. 아이는 산속 작은 들판으로 통하는 더 가파르지만 한층 가까운 길을 찾아냈다. 가끔씩 풀을 뜯고 있던 양이나 샤모아, 수줍은 사슴들이 에일라의 등장에 놀라기도 했다. 하지만 높은 목초지에 자주 나타나는 에일라의 존재에 동물들도 곧 익숙해져 아이가 오면 반대편 풀밭으로 건너갈 뿐이었다.

줄팔매의 기술을 터득할수록, 말뚝을 맞히는 일에 흥미를 잃자 아이는 더 어려운 표적을 정하기 시작했다. 주그가 보른에게 가르치는 내용을 잘 주시했다가 혼자 연습할 때 그 조언과 기술을 적용해보기도 했다. 팔매질은 아이에게 게임과도 같은, 재미있는 놀이였다. 또 보른과 비교해 자신의 실력이 얼마나 향상되었는지 확인하는 것도 즐거움을 더해주었다. 줄팔매는 보른이 좋아하는 무기가 아니었다. 그 무기는 노인들이 쓰는 사냥도구라는 인상이 배어 있었다. 그는 젊은 사냥꾼의 무기인 창에 관심이 더 많았고, 뱀이나 호저 같이 느리게 움직이는 작은 사냥감을 창으로 죽이기도 했다. 그는 에일라만큼 팔매질 연습에 열중하지 않았다. 사실 그에게는 다루기 어려운 무기이기도 했다. 에일라는 자신이 보른보다 팔매질을 더 잘한다는 사실에 자부심과 성취감을 느꼈고, 그로 인해 아이의 태도에는 미묘한 변화가 생겼다. 브라우드는 그러한 변화를 놓치지 않고 주시하고 있었다.

여자들은 자고로 유순하고 고분고분하며 나서지 않고 자신을 낮춰야 하는 존재였다. 남들 위에 서길 좋아하는 브라우드는 자신이 다가가도 몸을 움츠리는 기색이 없는 에일라에게 모욕을 당한 기분이 들었다. 에일라의 그러한 태도는 그의 남성성에 위협이 되었다. 그는 계집아이의 달라진 점을 찾기 위해 에일라를 예의주시하고 있었다. 그 여자애 눈에 두려움이 지나가는지 혹은 겁을 먹고 움츠리는지 단지 확인하기 위해 브라우드는 걸핏하면 에일라를 때렸다.

에일라는 예의 바르게 응대하려고 노력하면서 할 수 있는 한 빨리 그가 지시하는 모든 것을 다 따랐다. 하지만 숲과 들판을 쏘다니는 사이 자기도 모르게 발걸음에는 자유분방함이 깃들었다. 어려운 기술을 연마하고 다른 누구보다 그 기술을 잘 사용한다는 것을 알게 되자 아이의 태도에는 자부심이 가득했다. 표정에서도 자신감을 읽을 수 있었다. 하지만 에일라 스스로는 그러한 사실을 깨닫지 못하고 있었다. 브라우드도 에일라가 왜 이토록 자신의 화를 돋우는지 그 이유를 알 수 없었다. 그것은 말로 설명하기 어려운 것이었다. 그것은 눈의 색깔을 변화시킬 수 없는 것처럼 에일라가 변화시킬 수 없는 어떤 것이었다.

그가 에일라에게 반감을 갖는 이유 중에는 그의 성인식 날 에일라가 자신이 받아야 할 관심을 빼앗아갔던 일에도 있었다. 하지만 본질적인 문제는 에일라가 씨족 사람이 아니라는 데 있었다. 그 아이에게는 헤아릴 수 없이 긴 세월동안 세뇌되어온 복종심이 없었다. 에일라는 다른 종족의 아이였다. 더 새롭고, 더 젊은 종족, 생명력이 넘치고 더 역동적인 인간이었다. 두뇌에 기억으로 새겨져 있는, 완고한 전통의 지배를 받지도 않았다. 아이의 두뇌는 다른 경로를 따랐다. 높게 튀어나온 이마에 위치한 전두엽 덕분에 미래를 상상할 수 있는 아이는 다른 관점에서 사물을 이해했다. 에일라는 새로운 것들을 받아들이고 그것을 자신의 의지에 따라 새로운 형태로 빚어 씨족 사람들은 상상도 못 할 생각들로 변화시켰다. 자연의 섭리에 따라 에일라의 종족이 멸망해가는 옛 인류를 대체할 운명이었다.

브라우드는 무의식의 깊은 곳에서부터 두 종족의 정반대되는 운명을 감지했다. 에일라는 그의 남성성을 위협하는 존재 이상이었다. 에일라는 그의 존재 자체를 위협하고 있었다. 에일라에 대한 그의 반감은 새 인류에 대한 옛 인류의 반감이자 혁신적인 것에 대한 전통적인 것의 반감, 살아 있는 것에 대한 죽어가는 것의 반감이었다. 브라우드의 종족은 전혀 변하지 않은 채 늘 제자리였다. 그들은 자신들이 이룰 수 있는 발달의 최고치에 도달했다. 더 이상 성장할 여지가 남아 있지 않았다. 에일라는 자연의 새로운 실험 중 일부였다. 아이는 씨족 여인들을 거울삼아 행동하려고 노력했지만 그것은 생존을 위해 체득한 겉치레이자 허울일 뿐이었다. 에일라는 표현의 길을 추구하는 깊은 욕구에 부응하여 이미 그러한 허울을 둘러가는 길을 찾아냈다. 게다가 남을 지배하길 좋아하는 젊은 남자의 비위를 맞추려고 최선을 다하면서도 속으로도 어느새 반기를 들고 있었다.

유난히 힘들었던 어느 날 아침, 에일라는 물을 뜨러 샘에 갔다. 남자들은 동굴 입구의 반대편에 모여서 다음 사냥을 계획하고 있었다. 그 말인즉슨, 브라우드가 한동안 동굴을 비운다는 뜻이었으므로 에일라는 기뻤다. 아이는 손에 물잔을 든 채 잔잔한 샘 옆에 앉아 생각에 잠겨 있었다. 왜 나한테만 늘 그렇게 못되게 구는 걸까? 왜 나만 못살게 구는 거지? 다른 남자들은 누구도 브라우드처럼 나를 괴롭히지 않는데. 제발 나를 혼자 내버려두면 좋겠어.

"아야!"

갑자기 날아온 브라우드의 주먹에 에일라는 깜짝 놀라 저도 모르게 소리를 내질렀다. 남자가 때렸다는 이유로 얼마 후면 여자가 될 아이가 그렇게 소리를 질러서는 안 되는 것이었다. 아이는 당황해서 얼굴이 붉어진 채 자신을 때린 브라우드를 향해 고개를 돌렸다.

"멍하니 먼 산만 바라보더라, 게으른 계집 같으니라고!"

브라우드가 손짓했다.

"차를 가져오라고 시켰는데, 넌 나를 무시했다. 어째서 했던 말을 또 하게 만드는 거냐?"

솟아오르는 분노가 에일라의 얼굴을 훨씬 더 빨갛게 물들였다. 아이는 소리를 지른 것이 창피했다. 그것도 씨족 사람들 앞에서 그랬다는 것에 더 수치심을 느꼈다. 무엇보다 이런 상황을 초래한 브라우드에게 화가 치밀었다. 아이는 일어섰다. 하지만 평소처럼 그의 지시에 복종하기 위해 벌떡 일어선 게 아니었다. 천천히, 무례할 정도로 느긋하게 일어나 브라우드에게 혐오감이 담긴 차가운 시선을 던지고는 차를 만들기 위해 자리를 떠났다. 지켜보고 있던 사람들 모두가 숨이 턱 막힐 정도였다. 저 애는 대체 어떻게 저렇게 뻔뻔할 수가 있는 거지?

브라우드의 화가 폭발했다. 그는 한달음에 쫓아가 아이를 돌려 세우고는 주먹으로 얼굴을 강타했다. 아이가 자기 발치에 쓰러지면 또 한 번 주먹을 날렸다. 브라우드가 연신 때리는 동안, 에일라는 팔로 머리를 감싼 채 몸을 둥그렇게 말았다. 이렇게 심한 폭력을 당할 때는 굳이 침묵을 지켜야 하는 게 아닌데도 에일라는 아무런 소리도 내지 않으려고 갖은 힘을 다했다. 브라우드는 때리면 때릴수록 화가 더욱 치솟는 것을 느꼈다. 그는 에일라가 비명을 지르길 원했다. 걷잡을 수 없는 분노에 사로잡힌 그는 인정사정 볼 것 없이 마구 주먹을 날렸다. 에일라는 이를 악물고 고통을 참았다. 브라우드가 만족하는 모습을 결단코 보이지 않을 거라 작정했다. 얼마 후에는 비명을 지를 수도 없는 상태였다.

눈앞에 붉은 안개처럼 희미한 것이 어려 있을 때, 에일라는 주먹질이 그쳤다는 것을 깨달았다. 이자가 자기를 일으켜 세우는 것이 느껴졌다. 에일라는 이자에게 몸을 완전히 기댄 채 거의 몽롱한 상태로 휘청거리며 동굴로 돌아왔다. 아무런 감각도 느끼지 못하는 인사불성의 상태를 넘나드는 와중에도 한 번씩 엄청난 통증이 밀려왔다. 에일라는 상처를 진정시키는 차가운 고약이 몸에 닿던 느낌과 쓴맛이 도는 차를 마시기 위해 이자가 자신의 머리를 받쳐 주던 것 정도만 어렴풋이 알아차렸다. 얼마 후에는 약 기운에 잠속으로 빠져들었다.

에일라가 눈을 떴을 무렵에는 동트기 전의 어슴푸레한 여명과 꺼져가는 모닥불의 은은한 빛이 동굴 속 익숙한 물건들의 형체를 희미하게 드러내고 있었다. 몸을 일으키려고 하는 순간, 온몸의 근육과 뼈마디가 아우성을 쳤다. 입술 사이로 신음이 터져 나왔다. 얼마 후 이자가 에일라 곁으로 다가왔다. 이자의 눈이 모든 것을 말하고 있었다. 그녀의 눈에는 고통과 근심이 가득 서려 있었다. 어떤 남자도 그렇게 심하게 누군가를 때린 적은 없었다. 최악이었던 그녀의 짝도 이자를 이토록 심하게 때리진 않았다. 멈추라는 명을 받지 않았더라면, 브라우드는 에일라가 죽을 때까지 때렸을 거라고 이자는 확신했다. 그것은 이자가 보게 되리라고는 상상도 못했던 장면이었고, 결코 다시는 보고 싶지 않았다.

사건에 대한 기억이 떠오르자 에일라는 두려움과 혐오감에 휩싸였다. 아이는 그렇게 버릇없이 굴지 말았어야 했다는 것을 알고 있었지만, 그렇다고 그토록 심하게 매질을 당한 이유를 찾을 수가 없었다. 에일라의 어떤 점이 브라우드를 그토록 분노에 떨게 만드는 것일까?

브룬도 화가 나 있었다. 그의 조용하고 차가운 분노로 인해 씨족 사람들 모두가 숨을 죽이고 걸으며 가능한 그를 피해 다녔다. 브룬 또한 에일라의 무례함에 언짢았지만 브라우드가 보인 반응에 대해서는 큰 충격을 받았다. 여자아이를 혼낸 것은 정당한 일이었지만 브라우드가 가한 폭력은 도를 넘어선 짓이었다. 그는 심지어 족장의 멈추라는 지시도 따르지 않았다. 브룬이 그를 밀쳐내야만 했다. 더 최악인 것은 그가 자제력을 잃은 상대가 여자라는 점이었다. 그는 한낱 계집아이 하나에게 자극을 받아 남자답지 못하게 자제력을 잃고 만 것이다.

지난번 브라우드가 사냥 연습장에서 부아를 낸 이후로 브룬은 젊은 브라우드가 다시는 자제력을 잃지 않을 거라 확신했다. 하지만 그는 어린애보다도 못 하게 분노를 터뜨리고 말았다. 이제 그가 강인한 힘을 가진 다 자란 남자라는 점에서 그러한 분노는 더욱 용납하기 어려운 것이었다. 처음으로 브룬은 브라우드가 장차 족장이 될 지혜를 갖추고 있는지 심각하게 고민하기 시작했다. 냉정한 판단을 내려야 하는 그로서는 그러한 의구심을 인정해야만 했기에 더욱 마음이 아팠다. 브라우드는 그의 짝이 낳은 아이이면서 아들 그 이상의 존재였다. 브룬은 브라우드를 탄생케 한 것이 자신의 정령이라 확신했으며 목숨보다 더 그를 아꼈다. 그는 브라우드의 부족한 점에 대해 마음을 에이는 죄책감을 느꼈다. 그의 결점이 모두 다 그의 탓이라 여겨졌다. 어디서부턴가 그가 잘못한 것이었다. 그를 제대로 키우지도, 제대로 교육하지도 못하고 지나치게 총애만 한 탓이었다.

브룬은 며칠을 기다리고 나서야 브라우드에게 입을 열었다. 그는 모든 것에 대해 찬찬히 생각할 수 있는 충분한 시간을 갖길 원했다. 브라우드는 불터를 거의 떠나지 않고 불안한 상태로 초조하게 시간을 보냈다. 마침내 브룬이 그에게 손짓했을 때 차라리 안도의 마음이 들었다. 하지만 브룬의 뒤를 따라 걷는 그의 심장은 두려움에 쿵쿵댔다. 브룬의 분노만큼 그가 무서워하는 것은 세상에 없었지만 전혀 화가 난 기색을 보이지 않는 브룬의 태도야말로 그가 하고 싶은 말을 통렬하게 전하고 있었다.

브룬은 간단한 손짓과 조용한 어조로 브라우드에게 자신이 생각하고 있는 바를 명확하게 전달했다. 그는 브라우드의 결점을 자기 탓으로 돌렸다. 젊은 브라우드는 어느 때보다도 더 큰 부끄러움을 느꼈다. 그는 전에는 깨닫지 못했던 방식으로 브룬의 애정과 그의 괴로움을 이해하게 되었다. 그는 브라우드가 늘 존경하고 두려워하던, 자부심에 가득 찬 족장의 모습이 아니었다. 그 앞에 서 있는 족장은 그를 사랑했기에 더욱 그에게 깊이 실망한 한 남자였다.

브라우드는 후회로 가슴이 저며왔다.

그때 브라우드는 브룬의 눈에서 결연한 눈빛을 보았다. 브룬은
비통한 심정이었지만 씨족의 이익을 우선 생각해야 했다.

"다시 한 번 분노를 터뜨릴 경우, 브라우드, 행여 그러한 기색
을 보이기라도 한다면, 너는 더 이상 내 짝의 아들이 아니다. 지금
은 네가 나를 이어 족장에 오를 자리에 있지만, 자제력이 없는 남
자에게 씨족을 맡기느니 너와 의절하고 네게 죽음의 저주를 내릴
것이다."

말을 이어가는 내내 족장의 얼굴에는 어떠한 감정도 떠오르지
않았다.

"네가 진정한 남자가 되었다는 조짐을 확인하기 전까지는 너에
게 씨족을 지도할 능력이 있다고 기대할 수 없다. 너를 지켜보겠
다. 동시에 다른 사냥꾼들도 지켜볼 것이다. 나는 네가 분노를 밖
으로 표출하지 않고 자제하는 모습을 봐야겠다. 네가 남자라는 것
을 확인해야겠다, 브라우드. 내가 다른 사람을 후대 족장으로 선택
할 경우, 너는 가장 낮은 서열로 떨어질 것이다, 그것도 영원히. 알
아들었느냐?"

브라우드는 믿을 수가 없었다. 의절? 죽음의 저주? 다른 사람
을 족장으로 택한다고? 언제까지나 가장 낮은 서열로 살아가게 된
다고? 진심일 리가 없어. 하지만 브룬의 꽉 다문 입과 결연하고 냉
엄한 표정에는 의심의 여지가 없었다.

"알겠습니다, 브룬."

브라우드가 고개를 끄덕였다. 그의 얼굴은 잿빛으로 변해 있었다.

"다른 사람들에게 이 일에 대해서는 아무 말도 하지 않을 것이다. 그러한 변화를 받아들인다는 게 그들에게는 어려운 일이다. 불필요한 걱정을 끼치고 싶지 않다. 하지만 내가 말한 대로 행한다는 것에는 의심의 여지가 없느니라. 족장은 자신의 이익보다 씨족의 이익을 늘 우선시해야 한다. 그것이 네가 제일 먼저 배워야 할 점이다. 자제심이 족장에게 중요한 이유도 바로 그래서이다. 씨족의 생존이 바로 그의 어깨 위에 달려 있다. 브라우드, 족장은 여자들보다 자유를 누리지 못한다. 족장은 하고 싶지 않은 많은 일들도 해야만 한다. 필요하다면 그의 짝이 낳은 아들과도 의절해야 한다. 알겠느냐?"

"알겠습니다, 브룬."

브라우드가 답했다. 하지만 사실 그는 자신이 이해했는지 확신할 수 없었다. 어떻게 족장이 여자들보다 자유가 없다는 것이지? 족장은 무엇이든 할 수 있잖아. 남녀 할 것 없이 모두에게 명령을 내릴 수도 있고.

"가봐라, 브라우드. 혼자 있고 싶다."

에일라가 일어날 수 있기까지는 여러 날이 걸렸다. 아이의 몸을 뒤덮고 있던 자줏빛 멍들이 누르스름하게 옅어지다 완전히 사라지기까지는 훨씬 더 오래 걸렸다. 처음에 에일라는 너무 무서운 나머지 브라우드의 근처에 가는 것도 꺼려졌다. 그의 모습만 봐도 소스라치게 놀랐다. 하지만 몸의 통증이 완전히 가셨을 무렵, 아이는 그에게서 나타난 변화를 눈치챘다. 그는 더 이상 아이를 괴롭히지

도, 못살게 굴지도 않고 아이를 피했다. 에일라는 통증을 잊고 나
자 구타를 당했던 일이 그만한 가치가 있다고 생각하기에 이르렀
다. 그 이후로는 브라우드가 자신을 가만 내버려둔다는 것을 깨닫
게 된 것이다.

끊임없이 지속되던 그의 괴롭힘이 사라지자 에일라의 삶은 편
해졌다. 그로 인해 받았던 압박감이 사라지고 나서야 에일라는 자
신이 얼마나 억눌려 살아왔는지 깨달았다. 여전히 다른 씨족 여자
들처럼 에일라의 생활에는 제약이 따랐지만 예전과 비교하면 자유
롭다는 느낌을 받았다. 아이의 걸음걸이에는 활기가 배고, 때때로
흥분해서 내달리거나 기분이 좋아 펄쩍펄쩍 뛰기도 했다. 고개를
높이 들고 다니고 팔을 자유롭게 휘두르기도 했고, 심지어 큰 소리
로 웃기까지 했다. 자유에 대해 느끼는 에일라의 감정이 행동에도
그대로 반영되었다. 이자는 아이가 행복해한다는 것을 알았지만
아이의 행동이 심상치 않아서 걱정이었다. 주위 사람들에게 못마
땅한 시선을 받을 때가 많았던 것이다. 아이는 지나칠 만큼 활기로
가득 차 있었는데, 그것은 씨족의 관습에 어긋나는 일이었다.

씨족 사람들의 눈에도 브라우드가 에일라를 피하는 게 분명하
게 보였다. 다들 이런저런 추측을 하며 궁금해했다. 손짓으로 오가
는 대화들을 무심한 척 지켜본 에일라는 여러 이야기를 짜 맞춘 끝
에, 그가 자신을 또 때릴 경우, 끔찍한 결과를 초래하게 될 거라고
브룬이 경고했으리란 생각이 들었다. 에일라는 브라우드의 부아를
돋웠는데도 그가 모른 척하자 그런 생각을 더욱 확신하게 되었다.
처음에 에일라는 타고난 성향을 자유롭게 풀어놓으며 조심성이 약

간 없는 정도였다. 하지만 얼마 후에는 교묘하게 무례한 행동을 하기 시작했다. 브라우드의 폭력을 야기했던, 뻔뻔한 무례함은 아니었다. 그를 자극하기 위해 의도적으로 작고 사소한 술책들을 쓰는 것이었다. 에일라는 밉살맞은 브라우드에게 앙갚음을 해주고 싶었다. 게다가 자신이 브룬의 보호를 받고 있다는 생각마저 들었다.

동굴곰족은 작은 집단이었다. 브라우드가 에일라를 아무리 피하려고 해도 일상적인 생활을 하다 보면 아이에게 뭔가를 시켜야 할 때도 있었다. 그러면 아이는 으레 브라우드의 심부름을 일부러 천천히 하곤 했다. 누구도 보고 있지 않다고 생각할 때면 눈을 추켜올려 자신만이 할 수 있는 찡그린 표정을 지어 보이며 그가 감정을 억누르는 모습을 빤히 쳐다봤다. 아이는 다른 사람들이 주위에 있을 때, 특히 브룬이 있을 때는 조신하게 행동했다. 에일라는 족장의 노여움을 사고 싶은 마음은 없었다. 하지만 여름이 깊어갈수록 에일라는 분노에 찬 브라우드를 멸시하며 더욱 드러내놓고 그의 자제심을 시험했다.

우연히 악의에 찬 증오의 눈빛과 마주쳤을 때야 아이는 자신의 영악스러운 행동에 스스로 놀랐다. 그의 적의로 가득 찬 눈빛은 대단히 강렬해서 꼭 주먹질을 당한 것처럼 소름끼쳤다. 브라우드는 자신이 불안정한 위치에 놓이게 된 것을 모두 에일라 탓으로 여겼다. 저 계집아이가 무례하게 굴지만 않았어도 그토록 화가 나지 않았을 것이었다. 저 아이만 없었다면 죽음의 저주에 대한 걱정이 머리를 짓누르는 일도 없었을 것이었다. 그는 감정을 자제하려고 부단히 노력했지만 아이가 행복에 겨워 호들갑을 떠는 모습이 몹시 거슬렸다. 에일라의 행동이 충격적일 만큼 불손하다는 것은 누가 봐도 분명했다. 다른 남자들은 어째서 저 모습을 보지 못하는 걸까? 왜 저렇게 버릇없이 굴도록 보아 넘기는가? 그는 그 어느 때보다 더 깊이 아이를 증오했다. 하지만 브룬이 주위에 있을 때는 아이에 대한 증오심을 드러내지 않으려고 조심했다.

둘 사이의 싸움은 표면적으로 드러나지 않았지만 훨씬 치열하게 계속되고 있었다. 하지만 에일라는 자신이 생각한 만큼 교묘하지 못했다. 씨족 사람들 모두가 둘 사이의 긴장감을 알아차리고 있었고, 모두들 왜 브룬이 그냥 보아 넘기고 있는지 궁금해했다. 남자들은 족장의 태도를 따라 둘 사이에 끼어드는 일을 삼갔고, 심지어 평소보다 에일라에게 더 많은 자유를 허락했다. 그렇지만 남녀 할 것 없이 모두 그러한 상황에 불편해하고 있었다.

브룬 또한 에일라의 행동을 괘씸하게 여겼다. 에일라가 교묘한 재간이라고 믿고 있는 행동들을 하나도 놓치지 않고 눈여겨보고 있었다. 그도 브라우드가 아이의 불손한 행동을 용납하는 게 마음에 들지 않았다. 불손함과 반항은 누구에게도, 특히 여자라면 더욱 용납할 수 없는 태도였다. 그는 에일라가 남자의 의지를 시험하며 대드는 모습에 충격을 받았다. 씨족의 여자는 감히 누구도 그런 생각을 하지 않았다. 그들은 자신의 처지에 만족하고 있었다. 그들에게 주어진 지위는 문화라는 허울을 쓰고 있는 게 아니라 자연 상태나 다름없었다. 여자들은 씨족의 존속에 있어 그들의 역할이 얼마나 중요한지 본능적으로 깊이 이해하고 있었다. 여자들이 남자들의 사냥 기술을 배울 수 없는 것처럼 남자들도 여자들의 기술을 배우지 못했다. 남자들에게는 여자들의 기술에 관한 기억이 없었다. 상황이 그러할진대, 무엇 때문에 자연적인 상태를 변화시키려고 여자가 투쟁을 한단 말인가? 먹지 않고, 숨 쉬지 않으려고 투쟁하는 것과 뭐가 다르단 말인가? 만약 에일라가 여자아이라는 것을 분명히 알지 못했다면, 브룬은 그 아이의 행동만을 보아서는 남자라고 믿었을 것이었다. 하지만 에일라는 여자의 기술을 배웠고, 이자의 치료술을 배우는 소질마저 보여주었다.

아이의 불손한 행동이 거슬리긴 했지만 그는 브라우드가 감정을 조절하기 위해 애쓰는 모습을 확인하기 위해 중간에 끼어드는 것을 자제했다. 브라우드가 자기의 불같은 성질을 이기는 연습을 하는 데 있어 에일라의 반항이 도움이 되었다. 감정을 조절하는 단련은 미래의 족장에게 굉장히 중요한 자질이었다. 그는 자신의 대를 이을 새 후임자를 찾는 것에 대해서도 심각하게 고려했지만, 자기 짝의 아들과 관련된 일인 만큼 팔이 안으로 굽을 수밖에 없었다. 브라우드는 두려움을 모르는 사냥꾼이었고, 브룬은 그의 용맹함을 자랑스러워했다. 브라우드가 자신의 분명한 결점을 다스리는 법만 배운다면 훌륭한 족장이 될 거라고 브룬은 생각했다.

에일라는 자신을 둘러싼 긴장감을 완전히 눈치채지 못했다. 아이는 지금껏 기억하는 어떤 여름보다 행복한 나날을 보냈다. 아이는 약초를 채집하며 혼자서 돌아다닐 수 있는 늘어난 자유 시간을 마음껏 만끽했고, 틈틈이 팔매질도 연습했다. 에일라는 자신에게 주어진 허드렛일을 태만히 하지 않았지만—물론 소홀히 하는 것이 허락되지도 않았다—이자가 필요로 하는 식물을 가져다주는 것은 에일라의 중요한 일 중 하나였다. 그러다 보니 약초를 채집하는 일이 불터를 벗어나 밖으로 나갈 좋은 핑계거리가 되었다. 기온이 올라가는 여름이 되자 이자의 기침이 많이 잠잠해졌지만 기력까지 회복된 것은 아니었다. 크렙과 이자는 둘 다 에일라에 대해 걱정했다. 이자는 지금 같은 상황이 계속되어서는 안 된다는 것을 인식하고 있었고, 아이와 함께 약초를 구하러 나간 김에 따로 이야기할 기회를 만들어야겠다고 생각했다.

"우바, 이리 와, 어머니도 준비되셨다."

에일라는 걸음마를 하기 시작한 아이를 덮개로 단단히 들쳐 업었다. 그들은 비탈길을 걸어 내려가 서쪽의 개울을 건너 짐승들이 지나간 자리를 따라 숲 속으로 들어갔다. 이따금씩 사람들도 지나다니는 곳이어서 길은 오솔길처럼 넓어져 있었다. 탁 트인 들판에 당도하자 이자는 걸음을 멈추고 주위를 둘러보더니 과꽃을 닮은, 키가 크고 눈부시게 노란 꽃들이 자라고 있는 곳을 향해 걸어갔다.

"이건 목향이란다, 에일라."

이자가 말했다.

"보통 들판이나 탁 트인 곳에서 자라지. 잎은 큰 타원형이고, 끝이 뾰족하단다. 윗면은 짙은 녹색인데, 그 아래에는 솜털이 나 있다. 보이지?"

이자는 무릎을 꿇고 앉아 잎을 든 채 설명했다.

"가운데 줄기는 두툼하고 다육질이다."

이자는 줄기를 부러뜨리더니 속을 보여주었다.

"네, 어머니, 알겠어요."

"사용하는 건 뿌리란다. 해마다 같은 뿌리에서 자라지만, 두 번째 해 늦여름이나 가을에 캐는 게 제일 좋다. 그때 뿌리가 속도 꽉 차 있고 부드럽지. 뿌리는 잘게 잘라 뼈 잔으로 한 잔 물을 넣고 반으로 졸아들 때까지 끓이면 된다. 식혀서 하루에 두 잔씩 마시면 된다. 그러면 가래를 나오게 하고 특히 피가 나오는 폐병에 좋다. 또 땀이 나게 하고 소변이 잘 나오도록 하는 데 효과가 있어."

이자는 뒤지개로 땅을 파서 뿌리를 보여주고는 땅바닥에 앉은 채로 손을 빠르게 놀리며 설명했다.

"뿌리는 말려 가루로 빻아 사용해도 된다."

이자는 뿌리를 몇 개 캐더니 바구니에 넣었다.

작은 둔덕을 하나 넘었을 때 이자가 다시 멈춰 섰다. 우바는 에일라의 포근한 등 뒤에서 잠들어 있었다.

"깔때기 모양의 노란 꽃 보이지? 가운데가 자주색이고."

이자가 다른 식물을 가리켰다.

에일라는 발치 높이의 식물을 만졌다.

"이거요?"

"그래. 그건 사리풀이다. 주술 치료사에게 매우 유용한 식물이지. 하지만 절대 먹어서는 안 된다. 음식으로 사용하면 독성이 강해 위험하다."

"어느 부분을 쓰나요? 뿌리요?"

"다 쓸모가 많다. 뿌리, 잎, 씨 전부. 잎은 꽃보다 크고 줄기 양쪽에서 엇갈리며 자란다. 자세히 봐라, 에일라. 잎사귀는 흐릿한 연두색에 끝은 뾰족뾰족하다. 가운데를 따라 자라는 긴 털이 보이느냐?"

이자는 에일라가 자세히 들여다보는 동안 가느다란 털을 만졌다. 그러더니 이자는 잎사귀 하나를 꺾어 손으로 짓이겼다.

"냄새를 맡아봐."

이자가 지시하자 에일라는 냄새를 들이마셨다. 잎에서는 강한 마약 냄새가 났다.

"말리면 냄새는 사라진다. 얼마 후에는 작은 갈색 씨앗들이 많이 생길 거다."

이자는 땅을 파더니 갈색의 겉껍질에 주름이 잡혀 있는, 참마처럼 생긴 굵은 뿌리를 캐냈다. 갈라진 쪽으로 하얀 속살이 드러났다.

"부위마다 쓰임새가 다르다. 하지만 대부분 다 통증에 좋단다. 차로 만들어 마실 수도 있지만 너무 강해 많이 마시면 안 된다. 물에 섞어 피부에 바르는 약으로도 쓴다. 근육경련을 멈추게 하고 몸을 편안하게 해주어 잠이 오게 하지."

이자는 몇몇 식물들을 채집하더니 화려한 접시꽃들이 활짝 펴있는 근처로 걸어가 기다랗고 소박한 줄기에서 선홍색, 자주색, 흰색, 노란색 꽃들을 땄다.

"접시꽃은 염증과 인후염, 긁히거나 할퀸 상처를 달래는 데 좋단다. 꽃을 차로 우려내 마시면 통증을 줄여주고 잠이 오게 한다. 뿌리는 상처에 좋다. 네 다리에도 접시꽃을 썼었다, 에일라."

손을 뻗어 허벅지에 평행하게 난 네 줄의 흉터를 만져보던 에일라는 문득 이자가 아니었더라면 지금쯤 자신은 어디에 있을까 하는 생각이 들었다.

그들은 따뜻한 햇볕과 함께 있는 편안함을 즐기며 한동안 말없이 걸었다. 하지만 이자의 눈은 끊임없이 주변을 훑고 있었다. 탁 트인 들판에서 가슴 높이까지 자란 풀들은 황금빛으로 물들어 있고, 그 속에는 낟알이 여물고 있었다. 이자는 잘 익은 낟알의 무게에 고개를 숙인 채, 따뜻한 미풍에 물결치듯 부드럽게 흔들리는 들판을 죽 살펴보았다. 그러더니 뭔가를 보고는 기다란 줄기를 헤치며 성큼성큼 걸어가다가 보랏빛이 도는 검은색으로 변색된 호밀이 있는 곳에 멈춰 섰다.

"에일라."

그녀가 줄기 하나를 가리키며 말했다.

"이것은 호밀이 제대로 자란 게 아니다. 씨앗에 병이 생긴 것인데, 이걸 발견하다니 운이 좋구나. 이걸 맥각병이라고 한다. 냄새를 맡아보렴."

"끔찍해요, 오래된 생선냄새가 나요!"

"그렇지만 이 병든 씨앗에는 특히 임신한 여자들에게 도움이 되는 신비한 힘이 있단다. 여자가 오랜 시간 진통할 때, 이걸 먹으면 아이가 빨리 나오는 데 도움이 된다. 수축을 일으키는 것이지. 진통을 유도하기도 하고. 초기에 아기를 지우는 데도 쓸 수 있다. 조산의 위험이 있거나 아직 수유 중인 여자들의 경우에 말이지. 여자는 터울이 너무 가깝게 아기를 가져서는 안 된다. 여자에게 힘든 일이지. 임신을 해서 젖이 마르면, 누가 이미 태어난 아기에게 젖을 먹일 수 있겠느냐? 너무도 많은 아기들이 태어날 때 죽거나 첫

해를 넘기지 못하고 죽지. 어미는 이미 살아서 잘 자랄 가능성이 많은 아이부터 보살펴야 한다.

필요하다면 임신 초기에 아기를 지울 수 있는 다른 식물들도 있다. 맥각병에 걸린 호밀은 그중 하나일 뿐이다. 이건 출산 후에도 좋단다. 묵은 피를 밀어내고 자궁이 원래 크기로 돌아오도록 도와주지. 맛은 나쁘지만 냄새만큼 고약하지 않다. 잘 쓰면 약이 되지. 너무 많이 쓸 경우, 심각한 경련이 오거나 구토를 하거나 심지어 죽을 수도 있어."

"사리풀이랑 비슷하네요. 해로울 수도, 이로울 수도 있어요."
에일라가 말했다.

"그런 경우가 많단다. 아주 강한 독성을 가진 식물이 가장 효과가 좋은 약이 될 때가 많지. 쓰는 방법만 잘 안다면 말이야."

개울로 돌아가는 길에 에일라는 멈춰 서더니 높이가 한 자쯤 되는 푸른빛이 도는 자주색 꽃을 가리켰다.

"히솝풀이 있어요. 감기에 걸렸을 때 차로 우려내 마시면 기침에 좋은 거지요?"

"그래, 어느 차에 넣건 좋은 향기를 더해주지. 좀 따가는 게 어떨까?"

에일라는 뿌리째 몇 포기를 뽑더니 걸어오며 길고 가는 잎사귀들을 뜯어냈다.

"에일라."
이자가 말했다.

"그 뿌리에서 매년 새 풀이 돋는단다. 뿌리째 뽑아오면 내년 여름에는 거기에서 풀이 자라지 않는다."

"거기까지는 생각 못 했어요."

에일라는 뉘우치며 말했다.

"다시는 그렇게 하지 않을게요."

"뿌리를 쓴다고 해도, 한 자리에서 뿌리를 전부 캐오지 않는 게 좋다. 다음 해에 다시 자라도록 항상 뿌리를 조금 남겨두어라."

그들은 개울로 되돌아갔다. 개울가의 축축한 땅에 다다랐을 때, 이자는 또 다른 식물을 가리켰다.

"이건 창포란다. 붓꽃처럼 생겼지만 같은 게 아니란다. 뿌리를 끓인 물은 불에 덴 상처를 달래는 데 좋다. 뿌리를 씹으면 치통에도 도움이 되지. 하지만 임신한 여자에게 쓸 때는 조심해야 한다. 창포 즙을 마시고 유산한 여자들도 몇 있었다. 아이를 지우려는 여자한테 이 창포를 쓴 적이 있었는데, 운이 없었는지 효과는 없었다. 배탈이 났을 때도 좋고, 특히 변비에 효과가 있다. 여기 이렇게 다 자란 것을 보면 뭐가 다른지 알 수 있겠지."

이자가 또 다른 식물을 가리켰다.

"이건 구경이라는 거다. 이건 냄새가 더 강하단다."

그들은 걸음을 멈추고 개울 근처에 서 있는, 잎사귀가 넓은 단 풍나무 그늘에 앉아 쉬었다. 에일라가 나뭇잎 하나를 떼어내 원뿔 모양으로 말아 밑을 접고 엄지와 검지 사이에 끼운 다음 물을 담아 이자에게 건네주었다.

"에일라."

이자가 나뭇잎 잔에 담긴 물을 다 마시더니 말문을 열었다.

"너는 브라우드가 시키는 대로 해야 한다. 그는 남자다. 그는 너에게 명령을 내릴 권리가 있어."

"저는 그가 하라는 대로 다 하고 있어요."

아이가 변명하듯 대꾸했다. 이자는 고개를 저었다.

"하지만 올바른 태도로 하지는 않지. 너는 그에게 반항하고 그의 부아를 돋우고 있어. 언젠가 후회하게 될지도 몰라, 에일라. 브라우드는 장차 족장이 될 테니까. 모든 남자들이 시키는 대로 해야 한다. 너는 여자다. 너에겐 선택권이 없다."

"어째서 남자들이 여자들에게 명령할 권리를 갖고 있는 거죠? 그들이 여자보다 나은 게 뭔데요? 남자들은 아기도 못 가지잖아요!"

반항심이 솟아오른 아이는 씁쓸한 표정으로 손짓했다.

"그것이 세상의 이치란다. 씨족 사람들은 늘 그렇게 살아왔다. 너도 이제 씨족 사람이야, 에일라. 너는 내 딸이다. 씨족 여자아이들처럼 행동해야 해."

에일라는 잘못했다고 생각하며 고개를 숙였다. 이자 말이 옳았다. 에일라는 브라우드의 화를 돋우고 있었다. 이자가 자신을 발견하지 못했다면 어떻게 되었을까? 브룬이 머물러도 된다고 허락하지 않았다면? 씨족의 일원이 되도록 크렙이 힘써주지 않았다면? 아이는 이자를 바라봤다. 아이가 기억할 수 있는 유일한 어머니인 이자도 이제 나이가 들었다. 그녀의 몸은 여위었고 얼굴은 핼쑥했다. 한때 탄탄한 근육이 붙어 있던 팔뚝의 살은 축 늘어져 있고 갈색 머리는 거의 회색빛으로 변했다. 크렙은 처음 봤을 때부터 나이가 꽤 들어 보였지만 거의 변한 게 없었다. 이제 늙어 보이는 사람은 이자였다. 이자는 크렙보다 나이가 더 들어 보였다. 걱정된 에일라가 이자의 건강에 대해 뭔가를 말하려고 할 때마다 이자는 다른 이야기로 말을 돌리곤 했다.

"어머니 말씀이 옳아요."

아이가 말했다.

"브라우드에게 올바른 태도로 대하지 않았어요. 그의 마음에 들도록 더 노력할게요."

에일라가 업고 있던 아기가 꿈틀대기 시작했다. 아이는 갑자기 눈을 반짝 뜨더니 위를 올려다봤다.

"우바, 배고파."

아기는 통통한 주먹을 입속에 넣는 손짓을 했다.

이자는 하늘을 힐끗 봤다.

"늦겠구나. 우바가 배고프다고 하니 이만 돌아가는 게 좋겠다."

이자가 손짓했다.

이자가 나랑 더 자주 나올 수 있을 만큼 기력을 회복하면 좋으련만. 에일라는 동굴로 서둘러 돌아가며 혼자 생각했다. 그러면 둘이서 더 많은 시간을 보낼 수 있을 텐데. 더 많은 것들을 배울 수도 있고.

에일라는 브라우드의 마음에 들도록 하겠다는 결심을 지키려고 노력했지만 생각만큼 쉽지 않았다. 아이는 브라우드에게 주의를 기울이지 않는 게 습관이 되어 있었다. 에일라는 자신이 빠르게 움직이지 않으면 그가 다른 사람을 찾아 고개를 돌리거나 아예 스스로 해버린다는 것을 알았다. 그의 험악한 표정도 에일라에게 더 이상 두려움의 대상이 아니었다. 그가 분노해도 아이는 더 이상 위험을 느끼지 않았다. 에일라는 의도적으로 그의 부아를 돋우는 일은 그만두었지만 무례한 태도는 습관이 되었다. 아주 오랫동안 아이는 고개를 숙이는 대신, 그를 올려다보았고 그의 지시를 따르기 위해 종종걸음을 치는 대신 모른 척 지나갔다. 브라우드는 자신을 화나게 하려는 에일라의 시도보다 오히려 무의식적으로 그를 경멸하는 태도에 더욱 심한 불쾌감을 느꼈다. 에일라에게는 그를 받드는 마음이 손톱만큼도 없었다. 하지만 그 아이가 잃어버린 것은 브라우드를 받드는 마음이 아니라 그를 두려워하는 마음이었다.

강풍과 폭설이 씨족 사람들을 다시 동굴 안으로 몰아넣는 시기가 다가오고 있었다. 에일라는 가을의 화려한 장관에 늘 매혹되었지만 나뭇잎들이 색색으로 물들어가는 모습에 서운한 생각이 들었다. 풍요로운 수확의 계절이 돌아오자 여자들은 열매와 견과류를 따느라 바쁜 한철을 보냈다. 가을철의 막바지 수확물을 저장하느라 한창 분주한 시기가 오자 에일라는 자신만의 비밀 장소로 올라갈 시간이 거의 없었다. 하지만 시간이 너무도 빨리 흘러간 탓에 아이는 가을이 끝나갈 때까지도 그것을 알아차리지 못했다.

마침내 바쁘게 돌아가던 일상의 속도가 느려진 어느 날, 아이는 바구니를 등에 메고 뒤지개를 든 채 개암나무 열매를 주워 올 생각으로 한 번 더 비밀 장소로 올라갔다. 그곳에 도착하자마자 바구니를 등에서 벗어놓은 뒤 줄팔매를 가지러 동굴 속으로 들어갔다. 아이는 자신만의 놀이집이 된 동굴 안에 직접 만든 노구들과 털가죽으로 만든 낡은 잠자리 덮개를 가져다놓았다. 두 개의 큼직한 바위 위에 걸쳐놓은 납작한 나무판 위에서 버드나무 껍질로 만든 잔을 집어 들었다. 그 나무판 위에는 조개껍질 접시 몇 개와 돌칼, 견과류를 깰 때 사용하는 큰 돌도 놓여 있었다. 잔을 집은 아이는 줄팔매를 보관하는 뚜껑 달린 고리버들 바구니에서 줄팔매를 꺼냈다. 샘에 가서 목을 축인 다음, 돌멩이를 찾기 위해 개울을 따라 달렸다.

아이는 연습 삼아 돌을 몇 번 던졌다. 보른도 나만큼 표적을 잘 맞히지 못해. 아이는 자신이 목표한 곳으로 돌이 떨어지자 기뻐하며 생각했다. 얼마 후 팔매질에 싫증 난 아이는 줄팔매와 남은 돌멩이 몇 개를 한쪽에 치워둔 후, 옹이가 진 늙은 개암나무가 빽빽이 들어선 덤불 아래 흩어져 있는 열매들을 줍기 시작했다. 아이는 삶이 얼마나 경이로운지 감탄했다. 우바는 무럭무럭 잘 자라고 있었고, 이자의 건강도 훨씬 좋아졌다. 크렙의 통증도 따뜻한 여름이면 훨씬 잠잠해져서 에일라는 그와 함께 개울을 따라 천천히 산책하는 시간을 무척 좋아했다. 줄팔매를 가지고 노는 것은 아이가 가장 좋아하는 놀이였고, 실력은 나날이 늘어갔다. 아이가 표적으로 삼은 말뚝이나 바위, 가지를 맞히는 것은 이제 아주 쉬운 일이었다. 하지만 금지된 무기를 가지고 논다는 것 자체가 아이에게는 흥분된 일이었다. 그리고 무엇보다 브라우드가 더 이상 아이를 전혀 괴롭히지 않았다. 채집 바구니에 개암나무 열매를 가득 따면서 아이는 그 무엇도 자신의 행복을 망칠 수 없을 거라 생각했다.

나무에서 떨어지는 갈색의 마른 잎들이 상쾌한 바람에 붙잡혀 춤을 추듯 맴을 돌다 땅 위로 사뿐히 떨어졌다. 그렇게 떨어진 나뭇잎들은 실한 열매로 무르익게 해준 나무 아래 흩어져 있는 견과류 열매를 덮었다. 겨울을 나기 위한 식량으로 선택되지 않은 열매들은 헐벗은 가지 위에서 무르익은 채 무겁게 매달려 있었다. 동쪽의 초원으로는 잘 여문 낱알이 알알이 박힌 풀들이 포말이 부서지는 남쪽의 회색빛 바다처럼 바람이 지날 때마다 황금빛으로 출렁였다. 과즙이 터질 듯 속이 꽉 차고 둥그스름한 달콤한 포도송이들은 마지막으로 누군가 따주기를 기다리며 유혹의 손길을 보내는 것 같았다.

남자들은 평상시처럼 모여 앉아 마지막 사냥여행 계획을 짜고 있었다. 이른 아침부터 모여 누군가 제안한 여행에 대해 의논 중이었다. 중간에 아무 여자에게나 마실 물을 떠오게 하려고 브라우드를 내보냈다. 그는 동굴 입구 가까이에서 막대기와 가죽 끈들을 펼쳐놓고 앉아 있는 에일라를 발견했다. 아이는 포도를 매달아 건포도로 말리기 위해 틀을 짜고 있었다.

"에일라! 물 가져와라!"

브라우드는 손짓을 하고 뒤돌아섰다.

아이는 아직 완성되지 않은 틀을 몸으로 받치고서 가장 중요한 부분을 짜고 있었다. 그때 움직이면 지금까지 했던 게 다 망가지면서 처음부터 다시 시작해야 할 터였다. 아이는 망설이다가 주변에 다른 여자가 없는지 살펴봤다. 그러더니 한숨을 쉬고는 마지못해 천천히 일어나 커다란 물부대를 찾으러 갔다.

브라우드는 보란 듯이 꾸물거리는 에일라의 행동 때문에 치솟는 화를 가라앉히려고 애쓰고 있었다. 터질 것 같은 분노를 애써 누르며 자기의 지시를 재빨리 따라줄 여자가 없는지 주위를 보더니 갑자기 마음을 바꿨다. 브라우드는 막 일어나는 에일라를 뒤돌아보더니 눈을 가늘게 떴다. 도대체 저 애가 저렇게 불손할 권리가 어디 있단 말이냐? 나는 남자가 아니더냐? 저 계집애는 내 말에 복종해야 하는 처지가 아니더냐? 브룬은 저런 무례한 태도까지 허용하라고 말한 적이 없다. 저 계집이 당연히 해야 할 일을 시켰다고 해서 그가 내게 죽음의 저주를 내릴 리 없다. 어떤 족장이 자신에게 반항하는 여자를 그냥 내버려두겠는가? 순간 그의 내부에서 뭔가가 터져 나왔다. 저 계집의 뻔뻔한 태도는 너무도 오래 계속되었어! 이제는 그냥 봐주지 않겠다. 나한테 복종하도록 **만들겠다!**

순식간에 그런 생각이 들자 그는 세 걸음 만에 에일라에게 당도했다. 에일라가 막 일어나는 순간, 그는 불시에 무자비한 주먹을 날려서 여자아이를 나가떨어지게 했다. 아이의 놀란 표정은 금세 분노로 변했다. 아이는 주변을 둘러보다가 브룬이 지켜보고 있는 것을 발견했다. 하지만 그의 표정 없는 얼굴에는 그에게 도움을 기대하지 말라고 경고하는 기색이 서려 있었다. 브라우드의 눈에 담긴 격렬한 분노를 본 순간, 에일라의 분노는 두려움으로 바뀌었다. 그는 에일라의 얼굴에서 순간적으로 스치는 분노를 보았고, 그 때문에 아이에 대한 증오심이 더욱 불타올랐다. 감히 남자에게 반항을 해!

에일라는 다음번 주먹이 날아오는 것을 피해 재빨리 그 자리에

서 벗어났다. 물부대를 찾기 위해 동굴 쪽으로 내달렸다. 브라우드
는 주먹을 꼭 쥔 채 눈으로 에일라를 좇으며, 자신의 분노가 밖으
로 터지는 일이 없도록 안간힘을 쓰고 있었다. 그는 남자들 쪽을
힐끗 봤다. 브룬은 무표정한 얼굴을 하고 있었다. 그의 표정에는
부추기는 기색도 없었지만 언짢아하는 빛도 없었다. 에일라가 서
둘러 물웅덩이에 가서 부대에 물을 채우고 무거운 물부대를 등에
지는 모습을 브라우드는 주시했다. 그는 에일라가 재빠르게 움직
이는 것이나 그가 다시 주먹을 들어 올렸을 때 아이의 얼굴에 스치
던 두려운 표정을 놓치지 않고 봤다. 그 때문에 화가 조금은 누그
러진 상태였다. 내가 저 계집애한테 너무 무르게 보였던 거야.

에일라가 물이 가득한 부대의 무게에 짓눌려 몸을 굽힌 채 브라
우드 곁을 지나던 순간, 브라우드가 아이를 거칠게 밀치는 바람에
하마터면 다시 넘어질 뻔했다. 아이는 화가 나서 얼굴이 빨개졌다.
아이는 허리를 펴면서 증오심에 가득 찬 눈빛으로 그를 휙 보고는
걸음을 늦췄다. 그가 다시 에일라를 좇아왔다. 아이가 머리를 수그
리자 날아온 주먹은 어깨에 내리꽂혔다. 이제 씨족 사람들 모두 주
시하고 있었다. 아이는 남자들 쪽을 바라봤다. 아이의 발걸음을 재
촉한 것은 브라우드의 주먹이 아니라 브룬의 냉랭한 눈빛이었다.
아이는 종종걸음으로 달려가 무릎을 꿇고는 고개를 숙인 채 잔에
물을 따르기 시작했다. 브라우드는 브룬의 반응을 걱정하며 천천
히 뒤따라왔다.

"크루그가 북쪽으로 이동하는 짐승 떼를 보았다고 한다, 브라
우드."

브라우드가 무리에 다시 끼자 브룬이 무심하게 손짓으로 말했다.

괜찮은 거였어! 브룬이 화나지 않았어! 당연하지, 왜 화를 내겠어? 나는 옳은 일을 했는데. 혼나 마땅한 계집애를 혼내준 것뿐인데 뭐라 하시겠어? 브라우드가 안도하며 내뱉은 한숨이 다른 남자들의 귀에까지 들릴 정도였다.

남자들이 물을 다 마시자 에일라는 동굴로 돌아왔다. 대다수 사람들도 하던 일로 돌아갔지만 크렙은 여전히 입구에 선 채 에일라를 지켜보고 있었다.

"크렙! 브라우드가 나를 또 때렸어요."

아이는 그에게 달려오며 손짓했다. 아이는 자신이 사랑하는 노주술사의 얼굴을 올려다봤지만 그의 얼굴에서 한 번도 본 적이 없는 표정과 맞닥뜨린 순간, 아이의 얼굴에 떠오른 미소도 사라졌다.

"네가 맞을 만한 짓을 했겠지."

그는 단호한 눈빛으로 쏘아보며 손짓했다. 그의 눈은 냉랭했다. 그는 아이에게서 등을 돌리더니 다리를 끌며 불터로 돌아갔다. 크렙이 왜 내게 화를 낼까? 아이는 궁금했다.

그날 저녁 늦게 에일라는 수줍게 노주술사에게 다가가 두 팔을 벌려 그의 목을 감쌌다. 이렇게 하면 언제나 그의 마음을 풀 수가 있었다. 그런데 그는 아무런 반응을 보이지 않았다. 굳이 아이를 뿌리치려고도 하지 않았다. 그는 차갑고 냉담한 표정으로 그저 먼 곳을 응시할 뿐이었다. 아이는 움츠러들었다.

"성가시게 하지 마라. 가서 네 할 일이나 찾아 해라. 목우르는 명상 중이다. 불손한 여자아이에게 내줄 시간이 없다."

그는 퉁명스럽고 짜증이 섞인 손짓으로 말했다.

아이의 눈에 눈물이 한가득 고였다. 아이는 마음에 상처를 받았고 갑자기 노주술사가 조금은 무서워졌다. 그는 더 이상 아이가 알고 있던, 아이가 사랑하던 크렙이 아니었다. 그는 목우르였다. 씨족 사람들과 함께 살게 되고나서 처음으로 아이는 왜 다른 사람들이 위대한 목우르와 거리를 두고 경외심과 두려움으로 그를 대하는지 알게 되었다. 그는 아이에게서 떨어진 채 자기 안에 침잠해 있었다. 그는 눈빛과 몇몇 손짓만으로도 아이가 지금껏 느꼈던 그 어떤 것보다 강한 불만과 거부감을 전달했다. 그는 더 이상 아이를 사랑하지 않았다. 아이는 그를 안고, 사랑한다고 말하고 싶었지만 두려움이 밀려왔다. 아이는 힘없이 발을 끌며 이자에게 갔다.

"크렙이 나한테 왜 저렇게 화났어요?"

아이가 손짓했다.

"전에도 말했지, 에일라. 브라우드가 시키는 대로 해야 한다고. 그는 남자다. 그에게는 네게 명령을 내릴 권리가 있어."

이자가 부드럽게 말했다.

"하지만 나는 그가 시키는 대로 전부 다 했어요. 거역한 적이 없어요."

"넌 그를 이기려 들고 있어. 반항도 하고. 너도 네가 불손하다는 것을 알고 있다. 너는 잘 자란 여자아이처럼 행동하고 있지 않아. 그런 행동은 크렙과 내 얼굴에 먹칠을 하는 것이다. 크렙은 지신이 너를 제대로 가르치지 못해서 그런 거라 생각하고 있어. 네게 너무 많은 자유를 주었다고. 네 마음대로 그를 대하게 했더니 모든 사람에게 다 네 마음 내키는 대로 행동하고 있다고. 브룬도 너를 못마땅하게 여기고 있다. 크렙은 알고 있어. 네가 늘 뛰어다니는 것도. 아이들이나 뛰어다니는 거다, 에일라. 너 정도로 큰 여자아이들은 뛰지 않아. 너는 목으로 큰 소리를 낸다. 어떤 일을 하라고 시켜도 빠르게 움직이지 않고. 모두가 너에 대해 좋지 않게 생각하고 있어. 네가 크렙을 부끄럽게 한 것이다."

"내가 그렇게 나빴는지 몰랐어요, 이자."

에일라가 손짓했다.

"나쁘게 굴려고 했던 게 아니라 그런 생각을 해보지 못했을 뿐이에요."

"하지만 생각해야 한다. 아이처럼 행동하기에는 이제 너도 다 컸다."

"브라우드가 늘 나를 못살게 굴어서 그랬던 것뿐이에요. 그때도 그렇게 심하게 나를 때리고요."

"그가 못살게 굴든 아니든 그런 건 별로 중요하지 않다. 그는 자기가 원하는 만큼 못되게 굴 수 있다. 그게 그의 권리다. 그는 남자니까. 아무 때나 얼마든지 너를 세게 때릴 수도 있다. 그는 언젠가 족장이 될 거야, 에일라. 너는 그에게 복종해야 해. 그가 말하면 무조건 그가 하라는 대로 해야 된다. 너에게는 선택권이 없어."

이자는 설명하면서 고통으로 일그러진 아이의 얼굴을 봤다. 왜 이런 것들이 이 아이에게는 이토록 어려운 것일까? 이자는 궁금했다. 삶의 당연한 현실을 이렇게 받아들이기 어려워하는 아이를 보자니 마음이 짠해지며 연민이 느껴졌다.

"늦었다, 에일라. 가서 자거라."

에일라는 잠자리로 갔다. 하지만 잠들기까지 오랜 시간이 걸렸다. 아이는 몸을 뒤척이며 잠을 설치다가 간신히 잠이 들었다. 아침 일찍 눈을 뜬 아이는 바구니와 뒤지개를 들고 아침도 먹기 전에 동굴을 나섰다. 아이는 혼자 조용히 생각하는 시간을 갖고 싶었다. 비밀 들판으로 올라가 줄팔매를 집어 들었지만 연습하고 싶은 마음이 들지 않았다.

전부 다 브라우드의 잘못이야. 아이는 생각했다. 왜 그는 늘 나만 못살게 구는 거지? 내가 무슨 짓을 했다고? 난 그의 마음에 들었던 적이 없어. 그가 남자라는 게 뭐 어쨌다는 거야? 남자라고 더 나은 게 뭐가 있지? 그가 족장이 된다 한들 그게 무슨 상관이야. 뭐 그리 대단한 사람도 아닌데. 그는 팔매질도 주그보다 못 하잖아. 나는 주그만큼 잘할 수 있어. 이미 보른보다 실력이 앞섰고. 그 애는 나보다 더 못 맞히니까. 브라우드도 아마 그럴걸. 보른 앞에서 잘난 척하며 나섰을 때도 실수 연발이었지.

아이는 화가 나서 팔매질을 했다. 돌 하나가 덤불 속으로 날아갔고, 그 바람에 졸고 있던 호저 한 마리가 구멍에서 후다닥 튀어나왔다. 사냥꾼들은 여간해서 그 작은 야행성 동물을 사냥하는 법이 없었다. 보른이 호저 한 마리를 잡아왔을 때 다들 대단하다고 야단이었지. 아이는 생각했다. 나도 마음만 먹으면 할 수 있어. 호저는 가시를 길게 뻗은 채 개울 가까이에 있는 모래 언덕을 느릿느릿 기어오르고 있었다. 에일라는 가죽 줄팔매의 불룩 튀어나온 부분에 돌을 끼워 넣고 겨냥한 뒤 돌을 던졌다. 천천히 움직이던 호저는 쉬운 목표물이었다. 호저는 돌에 맞고 땅바닥으로 떨어졌다.

에일라는 신이 나서 그 짐승을 향해 뛰어갔다. 하지만 쓰러진 호저에 손을 댄 순간, 호저가 죽은 게 아니라 기절했을 뿐이라는 것을 깨달았다. 짐승의 심장이 뛰고 있는 게 느껴졌다. 머리의 상처에서는 피가 흐르고 있었다. 에일라는 갑자기 다른 상처 입은 동물들에게 그랬듯이 다친 호저를 동굴로 데려가 치료해주고 싶은 충동을 느꼈다. 아이는 더 이상 신이 나지 않았다. 끔찍한 기분이 들었다. 내가 왜 이 녀석을 다치게 했을까? 다치게 하고 싶은 마음은 없었는데. 동굴로 데려갈 수도 없어. 이자는 이 짐승이 돌에 맞았다는 걸 단박에 알아차릴 거야. 팔매질에 죽은 동물을 많이 봤으니까.

아이는 상처 입은 짐승을 물끄러미 바라봤다. 난 결코 사냥을 할 수 없어. 아이는 깨달았다. 내가 짐승을 죽인다 한들, 동굴로는 절대 가져가지 못할 테니까. 팔매질을 연습하는 게 다 무슨 소용이람? 크렙은 지금도 무척 화가 나 있는데 그가 이 사실을 알면 어떤 반응을 보일까? 브룬은 또 어떻고? 무기를 만져서도 안 되는데, 하물며 직접 사용까지 했으니. 브룬은 나를 쫓아내려고 할까? 죄책감과 두려움이 에일라를 덮쳤다. 내가 갈 데가 어디 있어? 이자와 크렙, 우바를 떠날 수는 없어. 누가 나를 보살펴주겠어? 난 떠나고 싶지 않아. 아이는 눈물을 터뜨리며 생각했다.

내가 나빴어. 내가 너무 나쁘게 굴었어. 그래서 크렙이 내게 그렇게 잔뜩 화가 난 거야. 나는 크렙을 사랑해. 크렙이 나를 싫어하

지 않았으면 좋겠어. 오, 그는 내게 왜 그렇게 화가 난 거지? 아이
는 마음이 아팠다. 아이의 얼굴 위로 눈물이 비 오듯 쏟아졌다. 아
이는 땅바닥에 드러누운 채 슬픔에 겨워 흐느꼈다. 큰 소리로 울만
큼 울고 나자 일어나 앉더니 손등으로 코를 닦았지만 또 울음이 터
져 나와 어깨를 들썩이며 흐느꼈다. 이제 다시는 나쁘게 굴지 않을
거야. 오, 정말로 착해질 거야. 그게 뭐든 간에 브라우드가 하라는
대로 다 하겠어. 그리고 다시는 줄팔매를 만지지 않을 거야. 제 결
심을 굳히기라고 하려는 듯 아이는 줄팔매를 덤불 아래로 집어 던
졌다. 그러고는 바구니를 집어 들고 급하게 동굴로 돌아갔다. 에일
라를 찾고 있던 이자가 동굴로 돌아오고 있던 아이를 봤다.

"어디 갔었니? 아침 내내 없더니만 바구니도 텅 비어 있구나."

"생각을 하고 왔어요, 어머니."

에일라는 진지한 표정으로 이자를 보며 손짓했다.

"어머니 말이 옳아요. 내가 나빴어요. 이제 다시는 나쁘게 굴지
않을 거예요. 브라우드가 시키는 대로 다 할 거예요. 그리고 올바
르게 행동할게요. 뛰거나 하지도 않을 거예요. 내가 아주, 아주 착
하게 행동하면, 크렙이 다시 나를 사랑해줄까요?"

"당연하지, 에일라."

이자는 아이의 등을 가볍게 두들기며 대답했다. 또 그 병이 도졌
구나, 크렙이 자기를 사랑하지 않으면 눈에서 눈물이 나오는 병. 이
자는 눈물로 얼룩진 아이의 얼굴과 벌겋게 부은 눈을 보며 생각했
다. 이자는 마음이 아팠다. 저 아이에게는 더 어려운 일이겠지. 우
리와 다른 종족의 아이니까. 하지만 아마 이세부터는 나아질 거야.

11

에일라에게서 나타난 변화는 믿을 수 없을 정도였다. 그 아이는 다른 사람이 되었다. 잘못을 뉘우치고 유순해졌으며 브라우드의 지시에 곧바로 움직였다. 브라우드가 단단히 혼쭐을 냈기에 에일라가 변한 거라고 남자들은 확신했다. 그들은 알 만하다는 듯 고개를 끄덕였다. 그 아이는 그들이 항상 고수해온 믿음, 즉 남자들이 너무 관대하면 여자들이 게을러지고 불손해진다는 믿음을 보여주는 살아 있는 증거였다. 여자들은 강한 손아귀로 단단하게 휘어잡을 필요가 있었다. 그들은 연약하고 남자들과 같은 자제심을 발휘할 수 없는, 제멋대로인 존재였다. 씨족의 생산적인 일원으로 생존에 기여하기 위해서는 남자들이 여자들에게 명령을 내리고 남자들의 통제하에 두어야 했다.

에일라가 여자아이에 지나지 않는다거나 사실상 씨족에서 태어난 아이가 아니라는 사실은 문제 되지 않았다. 에일라는 이제 성숙한 여자가 될 정도로 나이가 찼으며 대다수 여자들보다 이미 키도 컸고, 무엇보다 여자였다. 남자들이 그러한 믿음을 다시 한 번 마음에 새기자 여자들도 당장 그 영향을 느꼈다. 씨족 남자들은 여자들에게 관대하게 행동하면서 죄책감을 느끼고 싶지 않았다.

하지만 브라우드는 남자들의 신조와 함께 복수심도 마음에 새겼다. 그가 오가를 더 심하게 단속하긴 했지만 에일라에게 가하는 폭행에 비하면 아무것도 아니었다. 그가 전에 에일라에게 심하게 굴었다면 이제는 그보다 곱절로 에일라를 괴롭혔다. 그는 끊임없이 에일라를 따라다니며 못살게 굴고 괴롭혔다. 자신의 명령에 따라 에일라가 벌떡 일어나도록 온갖 사소한 구실들을 찾아냈다. 아주 작은 트집을 잡아서라도 에일라를 때렸으며 특별한 일이 없어도 손이 올라갔다. 브라우드는 폭력을 즐기고 있었다. 에일라는 그의 남성성에 위협이 되었던 까닭에 이제 보복을 당할 차례였다. 그 아이는 너무도 여러 번 그를 이기려 들었고, 너무도 자주 그에게 반항했다. 그 또한 너무도 여러 번 그 아이를 때리지 않기 위해 참아야 했다. 이제는 그가 마음껏 앙갚음을 할 차례였다. 그는 에일라를 자기 뜻에 따르게 굴복시켰고, 그런 상태를 앞으로도 유지할 작정이었다.

에일라는 브라우드의 마음에 들기 위해 할 수 있는 것은 무엇이든 했다. 그가 원하는 것을 지레짐작해 미리 하려다가 야단을 맞는 역효과를 내기도 했다. 에일라가 크렙의 불터 경계 밖으로 나오자마자 그는 언제든 아이를 부려먹을 준비가 되어 있었다. 아이는 이유 없이 주술사의 영역으로 표시된 불터 안에 머물 수가 없었다. 겨울나기를 위한 막바지 준비로 가장 바쁜 가을의 끝 무렵이었다. 그러다 보니 빠르게 다가오고 있는 추위로부터 씨족을 안전하게 지키기 위해 해야 할 일들이 너무도 많았다. 이자의 약초도 필요한 것은 다 갖춰져 있어서 에일라에게는 동굴 주변을 벗어날 구실이 거의 없었다. 브라우드는 에일라가 녹초가 되도록 하루 종일 심부름을 시켰다. 아이는 밤이면 기진맥진해져 잠자리에 쓰러졌다.

이자는 에일라가 마음을 바꾼 이유가, 브라우드가 생각하는 것처럼 그를 무서워해서가 아니라고 확신했다. 그것은 브라우드에 대한 두려움 때문이 아니라 크렙에 대한 에일라의 사랑 때문이었다. 이자는 노주술사에게 에일라가 그의 사랑을 받지 못하는 것 같아서 그 아이만의 독특한 병이 도졌다고 말해주었다.

"그 아이의 행동이 도가 지나쳤다는 것을 너도 알 것이다, 이자. 내가 나서야 했어. 브라우드가 그 애를 다시 벌하지 않았더라면 브룬이 그렇게 했을 것이다. 그랬다면 상황은 더 심각해졌을 테지. 브라우드는 에일라의 삶을 끔찍하게 만들 뿐이지만 브룬은 그 애를 쫓아낼 수 있다."

대답은 그렇게 했지만 크렙은 사랑의 힘이 두려움의 힘보다 더 큰 것은 아닐까 생각하게 되었고, 여러 날 동안 명상을 하는 내내 그 생각이 머릿속을 떠나지 않았다. 얼마 안 되어 에일라를 대하는 크렙의 태도는 부드러워졌다. 애초에 그가 무관심하고 퉁명스러운 태도를 유지하는 것 자체가 쉬운 일이 아니었다.

처음 내린 가벼운 눈발은 저녁이 되어 기온이 떨어지자 진눈깨비로 바뀐 차가운 비에 씻겨 내려갔다. 아침이 되자 더 큰 추위를 예고하듯 물웅덩이에는 살얼음이 끼었다. 하지만 남쪽에서 변덕스러운 바람이 불어오고, 머무적대던 태양이 위세를 떨치기로 마음

먹자 살얼음은 이내 녹아버렸다. 늦가을에서 초겨울로 넘어가며 날씨가 오락가락 하는 시기 내내, 여자답게 순종하겠다는 에일라의 결심은 결코 흔들리지 않았다. 아이는 브라우드의 온갖 변덕을 다 받아주고, 지시가 떨어지기 무섭게 벌떡 일어났으며, 순종하는 태도로 머리를 숙였다. 걷는 방식을 조심하는 것은 물론, 결코 웃지도 않았고 미소조차 짓는 일이 없었다. 반항하는 기색이라고는 전혀 없었지만 에일라에겐 결코 쉽지 않은 일이었다. 투쟁이라도 하듯 자기가 나빴다고 스스로를 납득시키고, 고분고분 말을 잘 듣자고 자신을 다그치다가도, 구속당하는 삶을 생각하면 더 이상 못 견딜 것 같은 순간이 왔다.

아이는 체중이 줄고 식욕을 잃었으며 조용해졌다. 크렙의 불터에서도 기분이 늘 가라앉아 있었다. 우바조차도 아이를 미소 짓게 할 수 없었다. 밤에 불터로 돌아오자마자 우바를 데려가 안아주고는 둘이 함께 잠드는 게 고작이었다. 이자는 에일라가 걱정되었다. 차가운 비가 내린 뒤 밝은 햇볕이 내리쬐던 어느 날, 이자는 겨울이 완전히 찾아오기 전에 에일라에게 조금이라도 한숨 돌릴 수 있는 시간을 주기로 마음먹었다.

"에일라."

이자는 에일라와 함께 동굴 밖으로 나와서 브라우드가 첫 심부름을 시키기 전에 얼른 큰 소리로 이름을 불렀다.

"약초를 살펴봤더니 배앓이에 좋은 인동덩굴이 하나도 없구나. 알아보기 쉬울 거다. 잎이 다 떨어지고 하얀 열매로 덮인 덩굴이다."

이자는 배앓이에 쓸 다른 약초들이 많다는 사실을 말하지 않았다. 에일라가 채집 바구니를 가지러 서둘러 동굴로 들어가자 브라우드는 얼굴을 찌푸렸다. 하지만 브라우드는 이자의 치료에 쓸 식물을 채집해 오는 것이 그에게 마실 물이나 차, 고기 한 조각을 갖다 주거나, 그가 일부러 안 가지고 나온 털가죽을 가져와 다리를 싸매라고 하거나, 덮개나 사과 한 알을 가져다주거나, 동굴 근처에 있는 돌맹이 중에는 마음에 드는 게 없으니 견과류를 깰 때 필요한 돌 두 개를 개울가에서 가져오라거나 하는 것 같은 사소한 잔심부름을 하는 것보다 더 중요한 일임을 잘 알고 있었다. 에일라가 바구니와 뒤지개를 들고 동굴에서 나오자 브라우드는 성큼성큼 그 자리를 떠났다.

에일라는 혼자 있는 기회를 준 이자에게 고마워하며 숲으로 달려갔다. 걷는 내내 주위를 둘러보긴 했지만 마음은 인동덩굴에 있지 않았다. 아이는 어느 방향으로 가고 있는지 의식조차 못 하고, 자신의 발길이 물안개에 싸여 있는 이끼 덮인 폭포로 향하고 있다는 것도 알아차리지 못했다. 아무 생각 없이 가파른 비탈길을 오른 아이는 자신이 동굴 위 고산지대의 들판에 와 있다는 것을 깨달았다. 지난번 호저에게 상처를 입힌 이후로 한 번도 오지 않았던 곳이었다.

아이는 개울 근처 모래톱에 멍하니 앉아 물속으로 돌을 던졌다. 날은 추웠다. 전날 내린 비가 높은 지대에서는 눈으로 내린 모양이었다. 탁 트인 빈터와 눈꽃이 핀 나무들 사이의 땅에 눈이 수북이 쌓여 있었다. 바람 한 점 없는 대기는 참으로 청명했다. 무수히 많은 조그만 눈의 결정체들, 푸르다 못해 거의 자줏빛으로 보이는 하늘 위에 뜬 태양, 햇빛을 받은 눈이 내뿜는 밝은 빛이 서로 어우러져 있었다. 하지만 에일라는 초겨울의 고요하고 아름다운 풍경을 음미할 여유가 없었다. 아이의 머릿속에 떠오르는 생각이라고는 곧 추위가 닥쳐와 씨족 사람들 모두 동굴 안에 갇힌 채 지내게 될 거라는 것, 그래서 자신은 봄이 될 때까지 브라우드에게서 벗어나지 못할 것이라는 우울한 예감뿐이었다. 태양이 하늘 높이 떠오르자 나뭇가지에 쌓여 있던 눈이 느닷없이 땅 아래로 툭 하고 떨어졌다.

날이면 날마다 브라우드가 자신을 따라다니며 괴롭히게 될 길고 추운 겨울이 스산하게 다가오고 있었다. 어떻게 해도 브라우드를 만족시킬 수 없어. 아이는 생각했다. 내가 어떻게 하든, 얼마나 노력하든 아무런 상관이 없어. 모두 다 소용없어. 뭘 더 어쩌란 말이지? 아이는 우연히 맨땅이 드러난 곳에 눈길을 주었다가 군데군데 썩은 가죽과 가시 몇 개가 흩어져 있는 것을 보게 되었다. 호저가 남긴 것들이었다. 하이에나나 오소리에게 걸렸나보구나. 아이는 아릿한 마음의 가책을 느끼며 호저를 돌멩이로 맞힌 날을 떠올렸다. 팔매질하는 법을 배우지 말았어야 했어. 잘못된 일이었어. 크렙이 알면 화를 내겠지. 브라우드는…… 브라우드는 화를 내지 않을 거야. 오히려 기뻐하겠지. 나를 때릴 구실이 또 하나 생긴 거니까. 아니, 그는 알지 못해, 앞으로도 알 수 없고. 브라우드가 알면 자신을 쥐 잡듯 잡을 텐데. 아이는 그가 모르는 일을 줄곧 해왔다는 생각에 기분이 좋아졌다. 아이는 좌절된 반항심을 해소하기 위해 팔매질 같은 뭔가가 하고 싶어졌다.

아이는 덤불 속으로 줄팔매를 던진 게 기억 나 그것을 찾기 시작했다. 근처 덤불에서 가죽 조각을 알아보고는 들어 올렸다. 젖어 있긴 했지만 비바람에 노출되었던 것에 비해 큰 손상은 없었다. 아이는 부드럽고 유연한 사슴가죽을 잡아 늘이며 손에서 느껴지는 감촉을 즐겼다. 처음 줄팔매를 잡았던 날이 떠올랐다. 그러자 주그를 쓰러뜨려 화가 난 브룬 앞에서 겁을 잔뜩 먹고 있던 브라우드가 떠오르며 입가에 미소가 번졌다. 브라우드를 화나게 한 사람은 에일라만이 아니었다.

하지만 그는 오직 나한테만 화풀이를 하지. 에일라는 쓸쓸하게 생각했다. 내가 단지 여자이기 때문에. 브라우드가 주그를 밀쳤을 때 브룬은 정말로 화가 났어. 하지만 그가 아무 때나 나를 때려도 브룬은 상관하지 않았어. 아니, 꼭 그런 것만은 아니었지. 에일라는 자신의 생각이 틀렸음을 인정했다. 이자 말로는 브라우드의 폭행을 멈추게 하려고 브라우드를 끌어낸 사람이 브룬이었다고 했어. 브룬이 있을 때는 나를 심하게 때리지 않더군. 가끔씩 나를 혼자 있게 내버려둔다면, 때리더라도 상관하지 않을 텐데.

아이는 돌멩이들을 주워 개울 속으로 던지더니 아무 생각 없이 줄팔매에 돌을 올려놓았다. 아이는 미소를 짓더니 작은 나뭇가지 끝에 마지막으로 매달려 있던 메마른 잎사귀를 표적 삼아 돌을 던졌다. 날아간 돌을 맞고 나무에서 잎사귀가 떨어지자 가슴 깊이 만족감이 차올랐다. 아이는 돌을 몇 개 더 집어 일어나더니 들판 한가운데까지 걸어가 팔매질을 했다. 여전히 원하는 대로 표적을 맞힐 수 있어. 아이는 그렇게 생각하다가 이내 얼굴을 찌푸렸다. 그래봤자 무슨 소용이람? 지금껏 움직이는 걸 맞혀보려고 한 적이 없잖아. 호저는 해당이 안 되지, 거의 멈춰 있었으니까. 하지만 내가 할 수 있는지조차 모르잖아. 내가 사냥을 배운다면, 내가 진짜 사냥을 할 수 있다면, 그런다 한들 그게 다 무슨 소용이야? 사냥감을 동굴로 가져갈 수도 없는데. 내가 잡은 것들은 늑대나 하이에나, 오소리들의 먹잇감이 되기 쉬워. 그러지 않아도 그것들이 우리 식량을 훔쳐가고 있는데.

사냥을 해서 죽인 짐승은 씨족에게 대단히 중요했고, 그것을 경쟁자인 다른 포식동물들한테서 지키기 위해 끊임없이 경계해야 했다. 커다란 고양잇과 동물이나 이리 떼, 하이에나들이 사냥꾼들이 다 잡아놓은 짐승을 채갈 뿐 아니라 살금살금 돌아다니는 하이에나나 교활한 오소리들은 고기를 말리는 동안 주변을 어슬렁거리다가 저장소까지 침입할 때도 있었다. 에일라는 그런 경쟁자들의 배를 채워줄 수는 없다는 생각에 고개를 흔들었다.

브룬은 다친 새끼 늑대를 동굴로 가지고 들어오는 것도 허락하지 않았었는데. 사냥꾼들은 가죽이 필요한 것도 아닌데 그런 짐승을 여러 번 죽였더랬지. 포식동물은 우리에게 폐만 끼치는 존재들이니까. 그런 생각이 머릿속에 떠오르자 이번에는 또 다른 생각이 형태를 갖추기 시작했다. 포식동물들, 그래, 고기를 먹고 사는 짐승도 아주 큰 것만 아니면 팔매질로 죽일 수 있다고 했어. 주그가 보른에게 그렇게 말했었지. 가까이 다가갈 필요가 없으니까 때론 줄팔매로 잡는 게 나을 때도 있다고.

에일라는 주그가 가장 능숙히게 다루는 무기의 장점에 대해 칭찬을 늘어놓던 날이 떠올랐다. 사실 줄팔매를 사용하면 날카로운 송곳니나 발톱에 가까이 갈 필요가 없었다. 하지만 사냥꾼이 던진 돌이 빗맞을 경우, 자신을 보호해줄 별다른 무기마저 없다면 늑대나 스라소니의 공격을 받을 수도 있다는 말은 하지 않았다. 그저 큰 짐승을 공격하는 것은 현명한 처사가 아니라는 것을 강조했을 뿐이었다.

포식동물만 사냥하면 어떨까? 에일라는 생각을 이어나갔다. 우린 포식동물을 먹지 않으니까 식량을 낭비하는 일도 아닐 테고. 그냥 썩은 고기를 먹는 짐승들이 처리하도록 내버려둬도 될 테고. 사냥꾼들도 그렇게 하고 있잖아.

내가 무슨 생각을 하는 거지? 에일라를 고개를 흔들며 머릿속에 떠오른 불미스러운 생각을 쫓아내려고 했다. 난 여자야, 나는 사냥을 하면 안 돼, 무기조차 만져서는 안 되는 걸. 하지만 나는 줄팔매를 사용할 줄 알아! 무기를 사용해서는 안 된다고 해도. 아이의 생각은 대담해졌다. 도움이 될지 몰라. 오소리나 여우 같은 것들을 죽이면 더 이상 우리가 잡은 고기를 훔쳐갈 수 없을 테니까. 무엇보다 그 흉측한 하이에나들도. 그런 것들을 잡으면 얼마나 도움이 될지 생각해봐. 에일라는 교활한 포식자들의 뒤를 쫓는 자신을 상상해보았다.

아이는 여름 내내 줄팔매질을 연습해왔다. 그것은 아이에게 단지 놀이에 지나지 않았지만 줄팔매질의 진짜 목표는 표적을 맞히는 데 있는 게 아니라 사냥하는 것임을 알 만큼 무기에 대해 잘 이해하고 있었다. 아이는 말뚝, 바위에 그린 표시, 나뭇가지를 맞히는 것이 더 이상 어렵지 않다 보니 또 다른 도전이 없다면 그런 것들도 곧 시시해질 거라고 직감했다. 그리고 설사 그 시대에 경쟁을 위한 경쟁이 가능했다 치더라도, 그러한 도전은 지구가 문명에 의해 길들여져 더 이상 생존을 위해 사냥을 할 필요가 없어졌을 때가 되어서야 완전히 자리를 잡게 될 개념이었다. 씨족 내에서의 경쟁은 생존 기술을 연마하기 위한 목적으로만 한정되어 있었다.

아이 스스로 자신이 느낀 기분을 이런 식으로 분명하게 알아차릴 수는 없었지만, 에일라가 그간 쓰라린 기분을 맛보았던 것은 자신이 향상시켜왔고 앞으로 더 발전할 수 있는 기술을 포기한 것과도 관련이 있었다. 아이는 자신의 능력을 마음껏 펼치며 손과 눈의 협응력을 연마하는 것이 재미있었다. 또한 스스로 줄팔매질을 배웠다는 것에 자부심을 느꼈다. 이제 아이는 더 큰 도전, 즉 사냥을 할 준비가 되어 있었다. 하지만 아이에게는 자신의 생각을 합리화할 구실이 필요했다.

맨 처음, 그저 놀이 삼아 돌을 던질 때에도 아이는 자신이 사냥하는 모습은 물론, 자신이 죽인 사냥감을 들고 돌아왔을 때 씨족 사람들이 놀라 기뻐하는 표정까지 머릿속에 그려보곤 했다. 아이는 돌멩이로 호저를 맞히고 나서야 그러한 몽상이 얼마나 허무맹랑한 것인지 깨달았다. 아이는 절대 사냥한 짐승을 가지고 돌아갈 수 없었으며 자신의 실력을 인정받을 수도 없었다. 에일라는 여자였다. 동굴곰족의 여자는 사냥을 하지 않았다. 하지만 씨족 사람들의 경쟁자인 포식동물을 죽인다면 인정받지는 못한다 해도 그들이 고마워하지 않을까 하는 막연한 생각이 들었다. 그렇다면 이제 아이는 사냥을 할 이유가 생긴 것이었다.

아이가 이에 대해 생각할수록 육식동물을 사냥하는 것이, 비록 비밀리에 해야 할지라도 해결책이라는 확신이 들었다. 그러나 죄책감을 완전히 떨쳐낼 수는 없었다.

아이는 양심의 가책에 시달렸다. 크렙과 이자 모두 여자가 무기를 만지는 것이 얼마나 그릇된 행동인지를 아이에게 설명해주었다. 하지만 이미 무기를 만지는 것보다 더한 짓을 했잖아. 아이는 생각했다. 그 무기로 사냥을 한다고 해서 얼마나 더 나빠지겠어? 아이는 손에 든 줄팔매를 보더니 갑자기 잘못하고 있다는 느낌을 억눌러버리고는 마음을 정했다.

"하겠어! 해낼 거야! 사냥하는 법을 배울 거야! 하지만 고기를 먹는 짐승만 죽일 거야."

아이는 자신의 결심을 확고하게 굳히려는 듯 힘주어 손짓했다. 흥분으로 달아오른 아이는 돌맹이를 찾기 위해 개울로 달려갔다.

적당한 크기의 둥그렇고 매끈한 돌을 찾던 중 아이의 눈에 독특하게 생긴 물체가 들어왔다. 돌맹이 같기도 했고, 해변에서 발견되는 조개껍질 같기도 했다. 아이는 그것을 들어 올려 조심스레 살펴보았다. 돌이네, 조개껍질처럼 생긴 돌이야.

참으로 이상하게 생긴 돌이야. 아이는 생각했다. 이렇게 생긴 돌은 처음 봐. 그때 불현듯 크렙이 해준 말이 떠오르며 번쩍 하고 스치는 생각이 있었다. 아이는 벅차오르는 감정에 휩싸였다. 등골에 전율이 흐르면서 온몸에서 피가 빠져나가는 것 같았다. 몸이 심하게 떨리고 무릎에 힘이 빠진 아이는 주저앉을 수밖에 없었다. 두 손으로 조개의 화석을 감싸 쥔 채 아이는 그것을 뚫어져라 바라보았다.

어떤 결정을 내릴 때 토템이 도와줄 거라고 했던 크렙의 말이 떠올랐다. 그 결정이 옳은 것이라면 토템이 징표를 보여줄 거라고. 그 징표는 매우 특별한 어떤 것이고, 누구도 그게 징표인지 말해줄 수 없다고 크렙은 말했었다. 머리와 마음의 소리를 듣는 법을 배워야 한다고, 그러면 우리 안에 살고 있는 토템의 정령이 알려줄 거라고 했었다.

"위대한 동굴사자시여, 당신이 주는 징표가 바로 이것인가요?"

아이는 격식을 차린 손짓으로 조용히 토템에게 물었다.

"제가 옳은 결정을 내렸다고 말해주시는 건가요? 제가 여자아이지만 사냥을 해도 좋다고 허락해주시는 건가요?"

아이는 손안에 쥔 조개껍질 모양의 돌을 빤히 쳐다보며 조용히 앉아 크렙이 하는 것처럼 명상에 잠겨보려고 했다. 아이는 자신이 동굴사자의 토템을 가졌다는 이유로 별나게 여겨진다는 것을 알고 있었다. 하지만 전에는 그런 것에 대해 생각을 해본 적이 별로 없었다. 아이는 두르개 아래로 손을 뻗어 다리에 나 있는 네 개의 평행한 흉터를 느껴보았다. 동굴사자가 왜 나를 선택했을까? 동굴사자는 남자들이 갖는 강력한 토템이야. 그런데 왜 여자애를 선택했을까? 분명 어떤 이유가 있을 거야. 아이는 줄팔매와 그것을 사용하는 법을 배운 일에 대해 생각했다. 어째서 내가 브라우드가 던져버린 그 낡은 줄팔매를 집었던 것일까? 다른 여자들 같으면 손댈 생각도 못 했을 텐데. 도대체 뭣 때문에 내가 그랬던 걸까? 내 토템이 원해서였을까? 내가 사냥하는 법을 배우길 원한 걸까? 오직 남자들만 사냥을 하지. 하지만 내 토템이 남자의 토템이잖아. 그거야! 틀림없어. 나는 강한 토템을 가지고 있으니까, 내 토템은 내가 사냥하기를 원하는 거야.

"오, 위대한 동굴사자시여, 정령의 뜻은 제게 낯설기만 합니다. 왜 제가 사냥을 하도록 선택하셨는지 모르겠습니다. 하지만 이렇게 징표를 주셔서 기쁩니다."

에일라는 손안에 쥔 돌을 다시 뒤집어보았다가 목에 걸린 부적을 빼냈다. 작은 가죽 주머니를 졸라맨 매듭을 푼 아이는 주머니 속 붉은 황토 조각 옆에 화석을 넣어두었다. 다시 끈을 꼭 졸라묶고 머리 위로 올려 목에 걸었더니 부적의 무게가 달라져 있었다. 마치 토템이 자신의 결정에 허락을 내리며 힘을 실어주는 것처럼 느껴졌다.

아이의 죄책감은 사라졌다. 아이는 사냥을 하도록 예정되어 있었다. 아이의 토템이 그러기를 원하고 있었다. 자신이 여자라는 사실은 중요하지 않았다. 나는 두르크와 비슷해. 아이는 생각했다. 모두가 잘못된 결정이라고 하는데 그는 씨족을 떠났어. 나는 그가 얼음산이 닿지 못하는, 더 좋은 곳을 찾았을 거라 믿어. 그래서 새로운 씨족을 꾸려나갔을 거야. 그도 강한 토템을 가졌던 것이 틀림없어.

크렙이 말하길, 강한 토템을 가진 사람들은 사는 게 힘들다고 했지. 또 뭔가를 주기 전에 그만한 가치가 있는 사람인지 확인하기 위해 시험한다고도 했어. 이자가 나를 발견하기 전에 내가 죽을 뻔했던 것도 바로 그 때문이라고 했고. 두르크의 토템도 그를 시험했 겠지. 동굴사자가 나를 다시 시험하려는 걸까?

하지만 시험이 어려울 수도 있어. 내가 그만한 가치가 있는 아 이가 아니면 어쩌지? 내가 시험받고 있다는 것을 어떻게 알 수 있 겠어? 내 토템이 내게 내린 어려운 일이 무엇일까? 자신의 삶에서 무엇이 힘든지 생각하던 아이의 머릿속에 돌연 떠오르는 생각이 있었다.

"브라우드! 브라우드가 내 시험이야!"

아이는 손짓으로 혼잣말을 했다. 겨울 내내 브라우드를 상대하 는 일보다 더 힘든 일이 어디 있겠어? 하지만 내가 그만한 가치가 있다면, 내가 그 시험을 잘 이겨낸다면, 내 토템이 내가 사냥하는 것을 허락해줄 거야.

동굴로 돌아오는 에일라의 걸음걸이는 어딘지 모르게 달라져 있었다. 정확히 어디라고 꼭 집어 말할 수는 없었지만 이자도 그 것을 눈치채고 있었다. 예의에 어긋난다기보다는 전처럼 긴장하 지 않고 어딘가 편해진 모습이었다. 브라우드가 다가오는 것을 지 켜보는 아이의 얼굴에도 현실을 받아들이겠다는 표정이 담겨 있었 다. 체념이라기보다는 달게 받겠다는 태도였다. 하지만 아이의 부 적이 더 불룩해졌다는 것을 알아챈 사람은 바로 크렙이었다.

겨울이 다가오자 이자와 크렙은 브라우드의 이런저런 요구에도 불구하고 에일라가 원래의 모습을 되찾자 기뻐했다. 아이는 자주 피곤해하긴 했지만 우바와 놀아줄 때면 크게 웃는 것까지는 아니 더라도 미소가 돌아왔다. 크렙은 에일라가 어떤 결정을 내리고 토템에게서 징표를 받았으리라 짐작했다. 아이가 씨족 내에서 자신의 위치를 받아들인 모습을 보고 그는 안도했다. 크렙은 아이의 내면에서 일어나고 있는 갈등을 눈치챘지만, 아이가 브라우드의 뜻에 따라 스스로를 굽혀야 할 뿐 아니라 그러한 내면의 갈등조차 끊어야 한다는 것을 알고 있었다. 에일라 역시 자제하는 법을 배워야 했다.

에일라의 여덟 번째 해가 시작되는 겨울 동안, 에일라는 다 자란 여인이 되었다. 하지만 신체의 변화는 크지 않았다. 아이의 몸은 여전히 쭉 뻗은 채 여자의 몸매가 드러나지 않았고, 변화가 생길 조짐도 보이지 않았다. 그러나 에일라가 유년 시절을 벗어나게 된 것은 바로 그 길고 추운 겨울 동안이었다.

에일라는 한 번씩 삶이 견딜 수 없을 만큼 힘들어 자신이 이대로 계속 살아가길 원하는지 자신하지 못할 때도 있었다. 어떤 날 아침에는 눈을 떠 머리 위 맨 바위벽의 익숙한 거친 결을 보다가 다시 잠들어 영영 깨어나지 않았으면 하는 생각을 하기도 했다. 하지만 더 이상 참지 못하겠다는 생각을 하다가도 부적을 움켜쥐면 나중에 넣은 돌이 손안에 느껴지면서 또 하루를 이겨낼 힘을 얻었다. 하루하루 견디고 살아내면 두껍게 쌓인 눈과 매서운 칼바람이 물러가고 푸르른 초원과 바다의 미풍이 돌아와 다시 자유롭게 들판과 숲을 누비고 다닐 날이 점점 다가올 터였다.

브라우드는 그의 토템인 털코뿔소처럼 종잡을 수 없이 사납고 때론 고집불통이었다. 전형적인 동굴곰족 사람답게 일단 어떻게 행동하기로 결정하면 결코 그 방침을 벗어나는 일 없이 고수했다. 그런 점에서 브라우드는 끊임없이 에일라를 괴롭히는 데 몰두하고 있었다. 씨족 사람들 모두가 에일라가 겪고 있는 시련을 다 알고 있었다. 에일라는 매일매일 브라우드의 매질과 욕설, 끊임없는 구박에 시달렸다. 에일라가 어느 정도 매질과 꾸중을 듣는 것에 대해서는 다들 마땅하다고 생각했다. 하지만 브라우드가 그토록 오랫동안 에일라를 괴롭히는 것에 대해 괜찮다고 여기는 사람은 거의 없었다.

브룬은 여전히 브라우드가 그 아이로 하여금 자신의 성질을 돋우도록 내버려두고 있는 게 아닌가 걱정하고 있었다. 하지만 그가 분노를 자제하는 모습을 보여준 뒤로 족장은 그것을 분명한 발전이라고 느꼈다. 하지만 브룬은 자기 짝의 아들이 스스로 보다 온건한 태도를 취하기를 바라면서 상황이 흘러가는 대로 두고 보자고 결정했다. 겨울이 더디게 흘러가는 사이, 브룬은 선뜻 인정하긴 싫지만 그 낯선 아이에게 존경 비슷한 감정을 품게 되었다. 그의 피붙이인 이자가 짝의 폭력을 견딜 때 느꼈던 비슷한 종류의 감정이었다.

이자와 마찬가지로 에일라는 여자다움의 모범을 보이고 있었다. 여자들이 으레 그래야 하듯 불평 없이 감내하고 있었다. 아이가 잠깐씩 멈춰 부적을 움켜쥘 때면, 씨족 사람들이 그토록 두려워하며 중시하는 정령들을 경외하는 태도를 보이는 것이라고 브룬을 포함해 많은 사람들이 생각했다.

부적은 아이가 믿고 의지하는 것이었다. 정령들을 이해하게 되면서 아이는 진심으로 정령들을 존경하게 되었다. 에일라의 토템이 아이를 시험하고 있었다. 아이에게 그만한 가치가 있다는 것이 증명되면, 아이는 사냥을 배울 수 있을 것이었다. 브라우드가 자신을 괴롭힐수록 봄이 오면 사냥을 배우겠다는 결심은 더욱 확고해져갔다. 아이는 브라우드보다, 심지어 주그보다 더 뛰어난 실력을 쌓을 작정이었다. 아이는 자신 말고는 누구도 알지 못하겠지만 씨족에서 가장 뛰어난 줄팔매 사냥꾼이 되겠다고 마음먹었다. 아이는 그와 같은 생각에 매달리고 있었다. 불가에서 피어오르는 따뜻한 공기와 바깥의 찬 공기가 만나는 동굴 입구의 꼭대기에서 생겨난 길고 가는 고드름이 겨울 내내 묵직하고 투명한 얼음 장막으로 자라나듯이 아이의 결심은 더 단단하게 굳어갔다.

의도적인 것은 아니었지만 아이는 이미 스스로 배우고 있었다. 브라우드와 더 가까이 대면해야 한다는 사실에도 불구하고, 아이는 남자들이 긴긴 겨울날 둘러앉아 지난 사냥 이야기를 하거나 향후 사냥 전략에 대해 의논하는 동안, 자기도 모르게 남자들의 이야기가 잘 들리는 곳에서 일거리를 찾아내곤 했다. 특히 관심을 끈 것은 도르브나 주그가 줄팔매질로 사냥을 한 이야기를 들려줄 때였다. 아이는 주그에게 다시 관심을 보이면서 그가 원하는 것들을 여자다운 태도로 들어주곤 했다. 아이는 나이 지긋한 사냥꾼에게 진심 어린 호감을 갖게 되었다. 그는 크렙과 비슷한 면이 많았다. 자부심이 강하고 엄격했지만 이상하고 못생긴 여자아이의 작은 관심과 따뜻한 마음 씀씀이에 기뻐했다.

주그는 그가 지금의 그로드처럼 부족장이었던 시절의 지나간 영광들을 이야기할 때 그 아이가 관심을 보인다는 사실을 모르지 않았다. 에일라는 아무 말이 없었지만 이야기에 푹 빠져 감탄하며 보았고, 늘 조신한 태도로 존경심을 표하고 있었다. 주그가 보른을 불러 사냥감을 추적하는 기술이나 사냥 기술에 대해 설명하기 시작할 때면, 아이가 가능한 한 근처에 앉아 있으려고 하는 것을 알면서도 모르는 척했다. 아이가 자신의 이야기를 좋아한다고 해서 무슨 큰 해가 되랴 생각했던 것이다.

내가 더 젊었다면, 그리고 식구를 부양하는 사냥꾼이었다면, 저 애가 여자가 되었을 때 짝으로 받아들일 텐데. 주그는 그런 생각을 하기에 이르렀다. 저 애도 언젠가 짝이 필요할 테고. 한데 그리도 못생겼으니 짝을 찾는 게 쉬운 일은 아닐 터. 하지만 저 아이는 젊고, 강하고, 공손해. 그래, 다른 씨족에 내 혈족이 있지. 다음 씨족 모임에 갈 만큼 내가 아직 정정하면, 가서 저 아이에 대해 말해야겠다. 브라우드가 족장이 되고 나면, 저 애도 여기 머물고 싶지 않겠지. 그 애가 뭘 바라든 간에 그 애를 탓하지 않겠어. 나라도 그런 일이 벌어지기 전에 저세상으로 가버리면 좋겠구먼. 주그는 브라우드가 자신을 밀쳤던 일을 잊지 않고 있었으며 브룬의 짝이 낳은 아들을 싫어했다. 그는 훗날 족장이 될 브라우드가 에일라에게 터무니없을 만큼 심하게 대한다고 생각했다. 그가 애정 어린 시선을 갖게 된 에일라도 여자로서 버릇을 길들여야 한다는 것은 당연했지만, 거기에도 적당한 선이라는 게 있었다. 하지만 브라우드는 이미 그 선을 넘었다. 에일라는 주그에게 불손한 태도를 보인 적이 한 번도 없었다. 남자가 나이가 들어 현명해져야 여자 다루는 법도 알게 되는 것이지. 그래, 내가 저 애를 위해서 말을 해놓아야겠다. 내가 가지 못하면, 전갈을 보내야겠다. 저렇게 못생기지만 않았어도. 그는 깊은 생각에 잠겼다.

에일라에게 힘든 날들이 지속되긴 했지만, 그렇게 나쁜 것만은 아니었다. 겨울이 되자 바빴던 일상에 여유가 생기면서 허드렛일도 줄어들었다. 그렇게 많은 심부름을 시켜대던 브라우드조차 이제는 딱히 부려먹을 일이 없었다. 시간이 흐르면서 그는 다소 지루해지기도 했다. 더 이상 에일라에게 저항하는 기색이 없다 보니 아이를 맹렬히 괴롭히는 일도 시들해졌다. 에일라가 그 겨울을 나기가 참 만하다고 느낀 데는 또 다른 이유도 있었다.

처음에 이자는 아이를 크랩의 불터 안에 머물게 할 그럴듯한 이유를 찾아내기 위해 그간 에일라가 채집해온 약초와 식물을 약으로 만들어 사용하는 방법에 대해 가르치기로 결심했다. 에일라는 자신이 치료술에 엄청난 흥미를 갖고 있음을 깨달았다. 아이가 관심을 보이자 이자는 본격적으로 아이를 가르치기 시작했다. 이자는 양녀로 받아들인 에일라의 두뇌가 그들 씨족과 얼마나 다르게 기능하는지 완전히 깨닫고는 좀 더 일찍 시작했어야 했다는 후회가 들기도 했다.

에일라가 친딸이었다면 이자는 약초를 사용하는 법에 익숙해지도록 그 아이의 머리에 저장된 기억을 일깨우기만 하면 되었다. 하지만 에일라는 우바가 태어나면서부터 가지고 있던 지식을 암기하기 위해 안간힘을 써야 했다. 에일라의 기억력은 그들만큼 좋지 않았다. 이자는 아이에게 반복적으로 가르치고 같은 약재에 대해 여

러 번 설명하면서 그 아이가 제대로 이해하고 있는지 끊임없이 확
인해야 했다. 이자는 자신의 경험은 물론 기억 속에서 정보를 끄집
어내며 스스로도 자신이 가지고 있는 방대한 지식에 놀랐다. 그녀
는 한 번도 그러한 기억에 대해 진지하게 생각해본 적이 없었다.
이자의 기억은 필요한 순간에 언제나 머릿속 그 자리에 있었다. 그
러다 보니 이자는 에일라에게 자신이 알고 있는 것을 전부 가르쳐
서 그 아이를 제대로 된 치료사로 키우는 일에 낙담하게 될 때가
있었다. 하지만 에일라가 계속해서 열의를 불태우고 있었기 때문
에 이자는 자신의 양녀가 씨족 내에서 확실한 지위를 가지도록 해
야겠다고 결심했다. 주술 치료사가 되기 위한 수업은 매일 계속되
었다.

"화상에는 뭐가 좋지, 에일라?"

"생각 좀 해볼게요. 히솝풀 꽃을 미역취와 세잎국화꽃과 같은
양으로 말려 빻은 거요. 그 가루를 물에 개어 고약으로 만든 다음
화상 부위에 바르고 붕대로 감아요. 고약이 마르면 붕대 위에 차가
운 물을 부어서 다시 축축하게 하고요."

아이가 급하게 말을 마치더니 잠시 머뭇거리며 생각을 하다가
말을 이어갔다.

"말린 수레박하 꽃과 잎도 불에 덴 상처에 좋아요. 손바닥에 놓
고 물에 적셔서 화상 부위에 얹어요. 창포 뿌리를 달인 물은 화상
을 소독하는 데 쓰고요."

"잘했다, 또 뭐가 있지?"

아이는 기억을 더듬었다.

"배초향이오. 갓 따낸 잎과 줄기를 씹어서 고약으로 만들거나 말린 잎을 물에 개어서 사용해요. 그리고…… 아, 맞다, 노란 가시가 달린 엉겅퀴 꽃을 물에 달여서 식힌 것을 소독약으로 발라요."

"그건 피부 상처에도 좋단다, 에일라. 그리고 속새를 태운 재에 기름을 섞은 것도 화상 연고로 좋다."

에일라는 이자의 지시에 따라 본격적으로 요리를 하기 시작했다. 아이는 크렙의 끼니를 요리하는 등 허드렛일을 맡게 되었다. 하지만 아이에게 그 일은 허드렛일이 아니었다. 아이는 곡물을 곱게 갈아 크렙이 좋지 않은 이로 편안하게 씹을 수 있도록 정성을 다해 음식을 준비했다. 견과류는 노주술사를 위해 잘게 다졌다. 이자는 크렙의 류머티즘을 완화하는 데 도움이 되는 진통 성분이 있는 차와 고약을 만드는 법도 가르쳐주었다. 에일라는 노인들의 통증을 치료하는 데 특히 관심을 보이고 뛰어났다. 차가운 암벽 동굴 속에서 갇혀 지내다 보면 노인들의 지병이 심해지는 경우가 많았다. 그해 겨울, 에일라는 처음으로 주술 치료사 곁에서 치료를 도왔는데, 첫 번째 환자는 크렙이었다.

때는 한겨울이었다. 폭설이 내려 동굴 입구를 몇 자 높이로 가로막고 있었다. 두텁게 내려앉은 눈이 단열재 역할을 해서 불가의 온기가 커다란 동굴 안을 돌고 있었지만, 쌓인 눈 위로 뚫린 커다란 구멍을 통해 여전히 바람은 들이닥쳤다.

그날따라 유난히 심기가 불편한 크렙은 기분이 널을 뛰었다. 말없이 있다가도 불평을 늘어놓고 다시 미안한 기색을 보이다가 입을 다물어버렸다. 그 때문에 에일라는 당황스러웠지만 이자는 그 이유를 짐작했다. 크렙은 치통을, 그것도 유난히 고통스러운 치통을 앓고 있었다.

"크렙, 제가 이를 한번 보게 해주시면 어떨까요?"

이자가 청했다.

"별거 아니다. 그냥 치통이야. 약간 아플 뿐이다. 넌 내가 이 정도 아픈 것도 못 참을 줄 아느냐? 이 정도 통증도 못 느껴본 줄 아느냐? 치통이 뭐 대수라고."

크렙이 퉁명스레 되받아쳤다.

"알겠어요, 크렙."

이자가 고개를 숙이고 대답했다. 크렙은 이내 미안한 기색을 보였다.

"이자, 네가 도우려고 그랬다는 거 안다."

"한번 보게 해주시면 제가 뭐라도 해드릴 수 있을 것 같아요. 못 보게 하시는데 제가 어떻게 도와드릴 수 있겠어요?"

"뭘 보겠다는 거냐?"

그가 손짓했다.

"상한 이는 다 거기서 거기다. 버드나무 껍질 차나 만들어다오."

크렙이 툴툴대며 손짓하고는 잠자리 위에 앉더니 멍하니 허공을 응시했다.

이자는 고개를 저으며 차를 만들러 갔다.

"이봐!"

크렙이 금세 소리를 내질렀다.

"버드나무 껍질 차는 어디 있느냐? 뭘 이리 꾸물거리고 있어? 이래서 내가 어디 명상에 들겠냐? 집중을 할 수가 없구나."

그는 짜증이 섞인 손짓으로 말했다.

이자는 에일라에게 따라오라는 신호를 보내며 뼈로 만든 잔을 들고 서둘러 왔다.

"막 가져오는 길이었어요. 그렇지만 버드나무 껍질이 큰 도움은 안 될 거예요, 크렙. 제가 한번 보도록 할게요."

"그래, 좋다, 이자. 자, 봐."

그는 입을 벌리고 아픈 이를 가리켰다.

"검은 구멍이 얼마나 깊이 파였는지 보이지, 에일라? 잇몸이 부었고, 이는 다 썩었구나. 안타깝지만 이를 뽑아야 할 것 같아요, 크렙."

"뽑는다고! 그냥 한번 본 다음에 알아서 해준다고 했지, 뺀다고는 안 했잖아. 뭘 어떻게 좀 해보라고, 이 여자야!"

"네, 크렙."

이자가 말했다.

"우선 여기 버드나무 껍질 차예요."

에일라는 놀란 표정으로 두 사람의 손짓을 바라봤다.

"버드나무 껍질 차가 별 도움이 안 될 거라며?"

"그 무엇도 큰 도움은 안 될 거예요. 창포 뿌리 조각을 썹으면 도움이 될지 모르겠지만, 그것도 확실치는 않고요."

"무슨 이런 치료사가 다 있어! 치통 하나 못 고치고."

크렙이 역성을 냈다.

"통증이 있는 곳을 불로 지져볼 수는 있어요."

이자가 무덤덤하게 말하자 크렙은 움찔하며 말했다.

"뿌리를 씹겠어."

다음 날 아침, 크렙의 얼굴은 퉁퉁 부어 있었다. 흉터로 가득한 외눈의 얼굴이 더욱 험상궂어 보였다. 잠을 못 자서 눈은 빨갛게 충혈되어 있었다.

"이자."

그가 신음하며 말했다.

"이 치통을 어떻게 좀 해볼 도리가 없겠나?"

"어제 이를 뽑도록 허락하셨으면 지금쯤 통증이 다 가셨을 텐데요."

이자는 손짓하더니 곱게 갈아 볶은 곡물이 들어간 죽을 다시 젓기 시작했다. 눈은 천천히 부글부글 끓어오르기 시작하는 거품에 못 박혀 있었다.

"이 여자야! 왜 그리도 무정하단 말이냐? 나는 밤새 한숨도 못 잤다!"

"알아요. 크렙 덕분에 저도 계속 깨어 있었어요."

"그러니 어떻게 좀 해보라고!"

그가 버럭 화를 냈다.

"알았어요, 크렙."

이자가 말했다.

"하지만 부기가 가라앉아야 뽑을 수가 있어요."

"네가 생각하는 치료라는 게 그기밖에 없느냐? 뽑아내는 것밖에?"

"한 가지 다른 방법이 있긴 해요, 크렙. 하지만 그렇다고 이를 그대로 둘 수는 없을 것 같아요."

그녀가 안됐다는 듯 손짓했다.

"에일라, 지난여름에 벼락 맞은 나무를 쪼개 모아둔, 검게 탄 지저깨비 다발을 가져와라. 이를 뽑기 전에 우선 부기가 가라앉도록 잇몸을 절개해야겠다. 통증을 불로 지지는 게 좋을지 확인해봐야겠어."

크렙은 이자가 아이에게 내리는 지시를 듣고 진저리를 쳤지만 이내 어깨를 으쓱했다. 설마 치통보다 더 아프겠어. 그는 그렇게 생각했다.

이자는 지저깨비 다발을 자세히 살펴보더니 두 개를 골라냈다.

"에일라, 이 지저깨비 끝을 불에 벌겋게 달구어 오거라. 불이 붙은 숯처럼 보이겠지만 단단해서 부러지지 않을 거다. 모닥불을 헤쳐 숯 하나를 찾아서 그 숯 옆에다 지저깨비를 대고 있으면 연기가 날 거다. 우선은 잇몸을 절개하는 법부터 보거라. 크렙의 입을 벌려다오."

에일라는 이자가 시키는 대로 했다. 크게 벌린 크렙의 입속을 들여다보니 오래 써서 다 닳은 두 줄의 큼직한 이들이 보였다.

"단단하고 날카로운 지저깨비로 피가 날 때까지 썩은 이 아래 잇몸을 찌르는 거다."

이자가 손짓하더니 시범을 보였다.

크렙은 주먹을 꼭 쥐었지만 아무런 소리도 내지 않았다.

"자, 이제 피가 나고 있으니까 어서 가서 지저깨비를 불에 달궈

오너라."

에일라는 재빨리 모닥불로 뛰어가더니 한쪽 끝에 불이 붙어 연기가 피어오르는 검게 그을린 지저깨비를 들고 돌아왔다. 이자는 그것을 받아들고 자세히 살펴보더니 고개를 끄덕인 다음, 에일라에게 다시 그의 입을 벌리라고 손짓했다. 이자는 구멍이 난 잇몸에 벌겋게 달궈진 지저깨비 끝을 집어넣었다. 지글거리는 소리가 나며 크렙의 이에 난 커다란 구멍에서 가느다란 김이 피어오르는 동안, 에일라는 크렙이 갑자기 움찔하는 것을 느꼈다.

"자, 됐다. 이제 통증이 없어지는지 기다려보자. 그래도 통증이 있으면 이를 뽑아야 한다."

이자는 그렇게 말하고 제라늄과 감송뿌리 가루의 혼합물을 손가락 끝으로 찍어 상처 난 잇몸에 발라주었다.

"치통에 아주 좋은 버섯이 하나도 없다니 안타깝구나. 버섯 중에는 신경을 죽여서 이가 저절로 빠지게 하는 것도 있거든. 그러면 이를 뽑을 필요도 없을 텐데. 버섯이 신선할 때 사용하는 게 효과가 가장 좋지만 말린 것도 괜찮다. 여름이 끝날 무렵에 채취해야 하지. 내년에 찾게 되면 네게 보여주마, 에일라."

다음 날, 이자가 크렙에게 물었다.

"아직도 이가 아프세요?"

"좋아졌다, 이자."

크렙이 기대에 차서 대답했다.

"하지만 여전히 아프시다는 거지요? 통증이 완전히 사라진 게 아니라면 다시 부을 거예요, 크렙."

이자가 딱 잘라 말했다.

"음, 글쎄다, 아직 아프긴 해."

크렙도 순순히 말했다.

"하지만 많이 아픈 건 아니야. 진짜 어제만큼은 아프지 않다. 하루 정도 더 기다려보는 게 어떠냐? 내가 아주 강력한 주술을 걸어놓았다. 통증을 일으키는 나쁜 정령을 없애달라고 우르수스에게 부탁해놓았어."

"통증을 없애달라고 이미 여러 번 우르수스에게 부탁하지 않으셨어요? 제 생각엔 통증을 없애주시기 전에 크렙이 이 하나를 바치길 원하시는 것 같아요, 목우르."

이자가 말했다.

"계집이 위대한 우르수스에 대해 감히 무얼 안다고?"

크렙이 화가 나서 따져 물었다.

"이 계집이 주제넘었습니다. 이 계집은 정령들의 뜻에 대해서는 아무것도 모릅니다."

이자가 고개를 숙이며 대답했다. 그러더니 자신의 피붙이인 크렙을 올려다보며 단호한 손짓을 이어갔다.

"하지만 치료사인 이 계집은 치통에 대해서는 압니다. 이를 빼야 통증이 멎을 것입니다."

크렙은 등을 돌리더니 다리를 절뚝이며 그 자리를 떠났다. 그는 눈을 감은 채 잠자리 털가죽 위에 앉았다.

"이자?"

얼마 후 그가 불렀다.

"네, 크렙?"

"네 말이 옳다. 우르수스는 내가 그 이를 그만 놓아주길 원하신다. 당장 시작해라. 바로 끝내버려라."

이자가 그에게 걸어갔다.

"여기요, 크렙. 이걸 마셔요. 그러면 아픈 게 덜할 거예요. 에일라, 지저깨비 다발 옆에 작은 못과 기다란 힘줄 하나가 있다. 그걸 이리로 가져와라."

"어떻게 알고 이 차를 미리 준비했냐?"

크렙이 물었다.

"목우르를 아니까요. 이를 없애는 게 쉬운 일은 아니지만, 우르수스가 원하시면 목우르는 그렇게 하실 테지요. 목우르는 우르수스를 위해 이보다 훨씬 큰 희생을 치른 분이니까요. 강력한 토템을 지니고 살아가는 게 쉬운 일은 아니지요. 하지만 크렙이 그만한 가치가 있는 사람이 아니었다면 크렙을 선택하지 않으셨을 거예요."

크렙은 고개를 끄덕이더니 차를 마셨다. 이건 내가 남자들의 기억을 상기시킬 때 사용하는 그 식물로 우린 차로구나. 그는 속으로 생각했다. 하지만 이자는 그걸 넣어 끓이는 것 같던데. 이자는 그 약초를 그냥 우리는 게 아니라 오래 달여서 쓰는군. 그럼 물에 우려서 마시는 것보다 효과가 더 강하겠어. 참으로 쓸모가 많은 식물이구나. 흰독말풀은 틀림없이 우르수스가 내린 선물일 거야. 그는 서서히 마취효과를 느끼기 시작했다.

이자는 에일라에게 노주술사의 입을 다시 벌리라고 지시했다. 이자는 썩은 이 아랫부분에 조심스레 나무못을 갖다 댔다. 그러더니 손에 들고 있던 돌로 나무못을 세게 쳐서 이를 헐겁게 했다. 크렙은 화들짝 놀랐지만 생각했던 것보다 아프지 않았다. 이자는 헐거워진 이에 힘줄을 묶은 다음, 에일라에게 그 줄의 한 끝을 땅에 깊이 박힌 말뚝에 단단히 묶으라고 일렀다. 그 말뚝은 약초를 널어 말리는 틀의 일부였다.

"자, 힘줄이 팽팽할 때까지 크렙의 머리를 뒤로 당겨라, 에일라."

이자가 아이에게 말한 뒤, 날랜 동작으로 힘줄을 홱 잡아당겼다.

"여기 있다."

이자가 말하면서 묵직한 어금니가 매달려 있는 힘줄을 들어 올렸다. 그리고 나서 피가 나는 구멍에 말린 제라늄 뿌리의 가루를 뿌린 다음, 발삼수지가 묻은 나무껍질과 말린 나뭇잎을 우린 소독액에 흡수성이 좋은 토끼가죽 조각을 흠뻑 적셨다. 그러더니 축축해진 가죽으로 크렙의 턱을 싸맸다.

"이를 받으세요, 목우르."

아직 마취에서 깨지 않아 멍한 주술사 손에 썩은 어금니를 쥐어 주며 이자가 말했다.

"다 끝났어요."

그는 손안에 든 그것을 꼭 움켜쥐더니 드러누우면서 땅에 떨어뜨렸다.

"우르수스에게 드려야 한다."

그는 정신이 혼미한 상태에서 웅얼거렸다.

씨족 사람들은 에일라가 치료사인 이자의 구강 수술을 거든 후에 크렙의 상태가 얼마나 잘 회복되는지 눈으로 확인했다. 별다른 합병증 없이 그의 입이 빠르게 아물자 씨족 사람들은 에일라가 있다고 해서 정령들이 멀리 떠나지 않는다는 것을 더욱 확신하게 되었다. 이자가 치료를 행할 때 에일라가 돕는 것에 대해서도 점점 거리낌이 없어졌다. 겨울이 깊어갈수록 에일라는 화상, 베인 상처, 타박상, 감기, 인후염, 배앓이, 귀앓이와 그 밖에도 씨족 사람들이 일상생활을 하면서 입게 되는 작은 부상이나 잘 걸리는 질환의 치료법을 배웠다.

얼마 후 씨족 사람들은 가벼운 질환에 대해서는 이자에게 치료를 받는 것만큼이나 에일라의 치료를 편안하게 생각했다. 그들은 에일라가 이자를 위해 약초를 채집해오고 이자에게 가르침을 받는 모습도 봤다. 그들 또한 이자가 점점 나이가 들고 건강도 좋지 않은 데다 우바는 아직 너무 어리다는 것을 인지하고 있었다. 이제 씨족사람들은 그들 사이에 있는 낯선 아이에게 익숙해졌으며 다른 종족 태생의 아이가 언젠가 그들의 치료사가 될지도 모르겠다는 생각을 받아들이기 시작했다.

오브라의 진통이 시작된 것은 동지가 지나고 봄이 다가와 얼음이 풀리기 전, 한 해 중 가장 추울 때였다.

"너무 이른데."

이자가 에일라에게 말했다.

"봄이 될 때까지 아이가 나오면 안 되는데, 최근에는 태동도 느끼지 못했다더라. 출산이 순조롭지 않을 것 같다. 아기를 사산할 것 같아."

"오브라가 이 아기를 얼마나 원했는데요, 이자. 임신한 걸 알고

서 굉장히 기뻐했어요. 어떻게 해볼 수 없을까요?"

에일라가 물었다.

"우리가 할 수 있는 일을 다 해봐야지. 하지만 어쩔 수 없는 일들도 있단다, 에일라."

주술 치료사가 대답했다.

구브의 짝인 오브라가 때 이른 진통을 느끼자 모두들 걱정했다. 여자들은 마음을 모아 힘을 전해주고자 했고, 남자들은 근처에서 초조하게 기다렸다. 지진 때 씨족 사람들 여럿이 세상을 떠났기 때문에 그들 모두 새 씨족원이 늘어나기를 고대하고 있었다. 아기가 새로 태어난다는 것은, 브룬의 사냥꾼들과 채집을 해야 하는 아낙들에게 먹여 살릴 입이 더 늘어남을 뜻했다. 하지만 시간이 흐르면 아기들이 자라 그들이 나이 들었을 때 그들을 부양할 터였다. 개인이 생존하기 위해서는 씨족의 존속과 생존이 절대적으로 중요했다. 그들은 서로를 필요로 했으며, 따라서 오브라가 살아 있는 아기를 낳지 못할 것이라는 말에 모두들 낙심했다.

구브는 아기보다는 짝에 대해 더 걱정하며 그가 할 수 있는 일이 있으면 좋겠다고 생각했다. 그는 무엇보다 불행한 결과 말고는 달리 기대할 수 없는 상황에서 오브라가 고통을 겪는 모습을 보고 싶지 않았다. 오브라는 아이를 원했다. 씨족 아낙들 중 유일하게 아이가 없다는 생각에 늘 자신이 부족하다고 여겼다. 치료사인 이자가 나이가 많은데도 불구하고 아기를 순산하자 그런 생각에 더욱 시달렸다. 그러다 마침내 임신을 하게 되자 오브라는 기뻐서 어쩔 줄 몰랐는데, 이제 구브는 아이를 잃은 오브라를 위로할 방법이 있기를 바랄 뿐이었다.

드루그는 누구보다 그 젊은이를 잘 이해할 수 있을 것 같았다. 그도 구브의 어미에 대해서 비슷한 감정을 느낀 적이 있었다. 나중에 다행스럽게도 그녀가 구브를 낳긴 했지만 그 전에 아기를 잃었던 것이다. 드루그는 새롭게 꾸린 가족들에게 익숙해지고 나자 그들과의 생활이 즐겁다는 것을 인정하지 않을 수 없었다. 그는 심지어 보른이 도구 만들기에 관심을 보이지 않을까 기대했고, 오나는 그에게 순수한 기쁨을 주었다. 이제 젖을 뗀 오나는 여자아이 특유의 애교 띤 모습으로 여인들을 흉내 내기 시작했다. 드루그는 예전 불터에서 여자아이를 키워본 적이 없는 데다 그가 아가와 짝으로 맺어졌을 때, 오나는 아주 어렸기 때문에 마치 그 아이가 원래 자기 불터에서 태어난 것처럼 느꼈다.

이자가 약을 만드는 동안, 에브라와 우카는 오브라를 측은히 여기며 곁에 앉아 있었다. 우카 역시 딸이 아기를 낳을 거라 기대하며 오브라가 진통을 하는 내내 손을 잡아주고 있었다. 오가는 브라우드의 저녁식사와 함께 브룬과 그로드의 저녁을 챙기러 가며 구브에게도 저녁을 함께 들자고 청했다. 이카가 도와주겠다고 나섰지만 구브가 저녁을 사양하자 오가는 이카의 도움을 거절했다. 구브는 별로 먹고 싶은 생각이 없었지만 드루그의 불터에 들렀다가 아바가 하도 옆에서 부추기는 바람에 억지로 몇 입 먹는 둥 마는 둥했다. 오가는 오브라를 걱정하느라 정신이 딴 곳에 가 있다 보니 이카의 도움을 괜히 거절했다는 생각이 들기 시작했다. 오가는 어쩌다가 그렇게 됐는지 알아차릴 세도 없이 뜨거운 죽이 담긴 그릇을 남자들에게 건네주다가 그만 넘어지고 말았다. 펄펄 끓는 뜨거운 죽이 브룬의 어깨와 팔 위로 쏟아졌다.

"으아악!"

화상을 입을 정도로 뜨거운 죽이 쏟아지자 브룬은 외마디 비명을 질렀다. 그는 고통에 이를 악물고 주위를 펄쩍펄쩍 뛰었다. 모두가 그를 보며 숨을 죽였다. 침묵을 깬 사람은 브라우드였다.

"오가! 이 멍청하고 칠칠맞지 못한 계집 같으니라고!"

그는 자기 짝이 그런 짓을 저지르자 당황함을 감추려고 화가 난 손짓으로 말했다.

"에일라, 가서 브룬을 살펴봐라. 지금은 내가 갈 수 없으니."

이자가 신호를 보냈다.

브라우드는 두 주먹을 불끈 쥔 채 금세라도 때릴 기세로 짝에게 갔다.

"아니다, 브라우드."

브룬이 손을 뻗어 브라우드를 막으며 손짓했다. 죽에서 떨어진 뜨거운 기름이 여전히 몸에 들러붙어 있었지만 그는 자신이 느끼는 통증을 표내지 않으려고 안간힘을 쓰고 있었다.

"그 애도 어쩔 수 없는 일이었다. 때려봐야 무슨 도움이 되겠느냐."

오가는 브라우드의 발밑에 쿵 하고 바짝 엎드린 채 창피함과 두려움에 몸을 떨었다.

에일라는 걱정스러운 마음이 들었다. 지금껏 족장을 치료해본 적이 없었고, 그에게 커다란 두려움을 느끼고 있었기 때문이다. 아이는 크렙의 불터로 달려가 나무 주발을 집어 들고 다시 동굴 입구로 달렸다. 주발로 눈을 한 무더기 떠 담아 족장의 불터로 가서는 그의 앞에 무릎을 꿇고 앉았다.

브룬이 에일라에게 말을 해도 좋다고 허락하자 아이는 그에게 물었다.

"지금은 이자가 오브라를 떠날 수 없는 상황이라 대신 저를 보냈습니다. 이 계집이 족장님을 돕도록 허락해주시겠습니까?"

브룬이 고개를 끄덕였다. 그는 에일라가 씨족의 치료사가 될 수 있을지 의심을 품고 있었지만 이런 상황에서는 그 아이가 자신을 치료하도록 내버려두는 수밖에 없었다. 아이는 떨리는 마음으로 차가운 눈을 빨갛게 성난 화상 부위에 발랐다. 차가운 눈 덕분에 통증이 약해지면서 긴장으로 딱딱해진 브룬의 근육이 다소 편안해지는 게 느껴졌다. 아이는 다시 크렙의 불터로 급히 돌아가서 말린 수레박하 잎을 찾아 뜨거운 물을 붓고 우렸다. 나뭇잎이 부드러워지자 빨리 식게 하려고 그릇에 눈을 넣은 다음, 브룬에게 돌아갔다. 화상 부위를 진정시키는 약을 손으로 바르자 바위처럼 딱딱하게 굳은 족장의 몸에 남아 있던 긴장이 더욱 풀리는 게 느껴졌다. 브룬도 좀 전보다는 편하게 숨을 쉬고 있었다. 화상 부위가 여전히 아프긴 했지만 훨씬 참을 만했다. 그는 만족스럽다는 듯 고개를 끄덕였고, 에일라도 조금은 안심이 되었다.

저 아이가 이자의 치료술을 배우고 있나보군. 브룬은 생각했다. 그리고 여자답게 처신하는 법도 알아가고 있어. 이제 저 아이에게 필요한 것은 여자로 조금 더 성숙하게 자라는 것뿐이겠어. 우바가

다 자라기 전에 이자에게 무슨 일이 생기기라도 한다면 당장 우리 씨족에게는 마땅한 치료사가 없지 않은가. 그러고 보면 이자가 그 아이를 가르친 게 참으로 현명한 일이었군.

얼마 지나지 않아 에브라가 브룬에게 와서 오브라의 아들이 죽은 채로 태어났다고 전했다. 브룬이 알겠다며 고개를 끄덕였다. 그러고는 오브라가 있는 쪽을 힐끗 보더니 고개를 저었다. 게다가 남자아이였다니. 오브라가 상심이 크겠군. 오브라가 이 아기를 얼마나 원했는지 모르는 사람이 없는데 말이야. 다시 수월하게 수태를 하게 된다면 좋으련만. 비버 토템이 그렇게 심하게 싸울지 누가 생각이나 했을까? 족장은 젊은 오브라에게 참으로 안타까운 마음이 들었지만, 누구도 비극적인 일에 대해서는 침묵하는 게 관례였기에 아무 말도 하지 않았다. 하지만 오브라는 며칠 뒤 브룬이 구브의 불터까지 직접 찾아와 '병'에서 회복될 때까지 원하는 만큼 쉬라는 말을 전하러 온 이유를 이해했다. 남자들은 종종 브룬의 불터에서 모였지만 족장이 다른 남자의 불터에 찾아가는 것은 극히 드문 일이었다. 여자에게 말을 거는 것은 더더욱 흔치 않은 일이었다. 오브라는 그의 관심에 고마운 마음을 느꼈지만 그 무엇도 그녀의 고통을 달래줄 수 없었다.

이자는 에일라가 계속 브룬을 치료해야 한다고 고집했다. 뜨거운 죽에 덴 상처가 낫자 사람들은 한층 더 그녀를 씨족의 일원으로 받아들였다. 그 후로 에일라는 족장을 가까이 하는 것이 편해졌다. 그 또한 한 사람의 인간일 뿐이었다.

12

긴 겨울이 끝나가자 비옥한 대지의 땅속에서 빠르게 움직이는 생명의 속도에 맞춰 씨족 사람들의 생활리듬도 속도를 내기 시작했다. 추운 겨울은 진정한 의미에서 동면은 아니었지만 줄어든 활동으로 인해 신진대사에도 변화가 생겼다. 겨울이 되면 그들은 느릿느릿 움직였다. 더 많이 자고 더 많이 먹어 추위로부터 보호해주는 피하지방층을 만들도록 했다. 기온이 오르자 이러한 흐름이 뒤바뀌더니 씨족 사람들은 밖에 나가 움직이고 싶어서 안달이 났다. 그러한 변화는 이자가 만들어준 봄의 강장제 덕분에 더욱 촉진되었다. 이른 봄에 이자는 호밀과 비슷하게 생긴 거친 풀을 캐 오더니 말린 선갈퀴 잎과 철분이 풍부한 노란 소리쟁이 뿌리의 가루를 섞은 강장제를 만들어 남녀노소 할 것 없이 모두가 복용하도록 했다. 덕분에 새롭게 원기가 솟은 사람들은 새로운 계절의 순환에 뛰어들기 위해 동굴 밖으로 쏟아져 나왔다.

동굴에서의 세 번째 겨울은 그들에게 아주 힘들지만은 않았다. 죽은 이는 오브라의 사산한 아기뿐이었는데, 아직 이름을 짓지 않았고 씨족의 일원으로 인정되지도 않은 상태여서 죽은 것으로 여겨지지 않았다. 이자도 배고픈 아기에게 젖을 먹이느라 기운을 쏟을 일이 더 이상 없다 보니 큰 어려움 없이 잘 견뎌냈다. 크렙도 여느 겨울보다는 통증이 덜한 편이었다. 아가와 이카는 다시 아기를 가졌다. 두 여인 모두 전에 순산한 경험이 있어서 씨족 사람들은 구성원이 늘어날 것을 고대했다. 여자들은 처음으로 돋아난 초록의 잎과 새싹, 봉오리를 따 왔다. 남자들은 봄에 열릴 잔치 때 신선한 고기를 올리기 위해 일찍부터 사냥을 계획했다. 새 생명을 깨우는 정령에게 존경하는 마음을 표하고, 또 한 번의 겨울을 잘 나도록 굽어살펴준 씨족의 수호 정령들에게 감사하기 위한 준비였다.

에일라도 토템에게 감사를 드려야 할 특별한 이유가 있었다. 겨울은 고되었지만 흥미진진하기도 했다. 에일라는 브라우드가 훨씬 더 싫어졌지만 그를 대하는 방법을 배우기도 했다. 괴롭힘의 정도가 가장 심해졌을 때도 아이는 태연하게 받아들이는 법을 배웠다. 한편으로는 브라우드가 감히 넘을 수 없는 선이 생기기도 했다. 이자의 치료술을 배우는 것이 도움이 되었던 것이다. 아이는 무엇보다 그 일을 좋아했다. 더 많이 배울수록, 더 많은 것을 알고 싶어졌다. 약초에 대해 더 잘 이해하게 되자 예전에는 도피의 수단으로 식물을 채집하러 갔지만 이제는 약초를 찾는 것 자체가 목적이 되어 열심이었다. 매서운 바람과 살을 에는 눈보라가 몰아치는 내내, 아이는 인내심을 갖고 기다렸다. 그러나 변화의 첫 조짐을 느낀 순간부터 들뜬 기대감이 꿈틀거렸다. 아이는 기억 속에 있는 그 어떤 봄보다 이번 봄을 간절히 기대하고 있었다. 사냥을 배울 때가 온 것이다.

날씨가 풀리자마자 에일라는 숲과 들판으로 나갔다. 아이는 더이상 줄팔매를 비밀 장소 가까이 있는 작은 동굴에 숨겨두지 않았다. 늘 가지고 다니기 위해 두르개 주머니 속에 깊숙이 넣어두거나 채집 바구니 속에 이파리를 가득 넣고 그 안에 숨겨두었다. 홀로 사냥을 배우는 것은 쉬운 일이 아니었다. 짐승들은 빠른 데다 잘 달아났다. 정지한 것보다 움직이는 표적을 맞히는 것이 훨씬 어려웠다. 여자들은 채집을 나갈 때면 어딘가 숨어 있을 동물들에게 겁을 줘 쫓아버리기 위해 늘 소리를 내곤 했다. 에일라는 그런 습관을 버리기가 쉽지 않았다. 조심조심 다가가다가 자신이 낸 소리에 숨을 곳을 찾아 달아나는 짐승을 볼 때면, 그런 경고를 준 자신에게 화가 난 적이 여러 번 있었다. 하지만 마음을 단단히 먹은 아이는 연습을 통해 하나하나 배워나갔다.

아이는 시행착오를 거치면서 짐승의 흔적을 따라가는 방법을 배우고 사냥꾼들 옆에서 주워들은 사냥 지식을 이해하고 적용하기 시작했다. 에일라의 눈은 이미 비슷한 식물을 식별하기 위해 세세한 차이까지 구별하는 것에 훈련되어 있었다. 그러다 보니 많은 것을 말해주는 짐승의 배설물이나 흙에 남겨진 희미한 발자국, 휘어진 풀잎이나 부러진 나뭇가지가 뜻하는 바를 읽는 것은 이미 익힌 기술의 연장선상에 있었다. 아이는 여러 짐승의 발자국을 구분하게 되었고 짐승들의 습관이나 서식지에 대해서도 잘 알게 되었다. 초식동물이 안중에 없었던 것은 아니지만 어디까지나 관심을 집중하고 있는 것은 자신이 선택한 사냥감인 육식동물이었다.

아이는 남자들이 사냥을 하러 떠날 때면 어느 쪽으로 갔는지 꼭 확인했다. 하지만 가장 우려가 되는 이들은 브룬이 이끄는 사냥꾼들이 아니었다. 그들은 대체로 초원을 사냥터로 삼았다. 몸을 숨길 곳이 없는 탁 트인 초원에서 사냥을 한다는 것은 에일라에게 감히 생각할 수조차 없었다. 아이가 가장 걱정하고 있는 사람은 두 노인이었다. 예전에 이자에게 갖다 줄 식물을 캐다가 주그와 도르브를 본 적이 종종 있어서였다. 그들이야말로 같은 영역에서 사냥을 할 가능성이 가장 높았다. 에일라는 그들과 마주치지 않기 위해 늘 경계해야 했다. 그들과 반대방향에서 사냥을 시작했다고 해도 그들이 돌아오다가 손안에 줄팔매를 쥔 자신을 보지 말라는 법은 없었다.

하지만 아이가 소리 없이 움직이는 법을 배우게 되자, 때로는 일부러 그들을 따라가 지켜보며 사냥을 배우기도 했다. 그럴 때면 특히나 조심했다. 두 사냥꾼이 쫓고 있는 사냥감보다 사냥꾼들을 뒤에서 따라가는 것이 아이에게는 더욱 위험했다. 하지만 대단히 좋은 훈련이 되기도 했다. 이제는 동물을 뒤따라갈 때도 남자들을 뒤따라가는 것처럼 소리 없이 움직이는 법을 터득하게 되었다. 혹시라도 누가 아이의 쪽을 흘끗 바라보면 아이는 그림자처럼 주위에 녹아들었다.

에일라는 뒤를 밟는 기술을 익혔고, 몰래 움직이는 법을 배웠다. 또한 위장한 채 숨어 있는 짐승의 형체를 구분할 수 있는 눈을 훈련시키자 작은 동물도 팔매질로 잡을 수 있겠다는 자신감이 생겼다. 한 번씩 줄팔매를 던져 짐승을 잡고 싶은 유혹이 들었지만 육식동물이 아니면 그냥 지나쳤다. 아이는 포식자들만 사냥하기로 결심했었고, 자신의 토템도 오직 포식동물에 한해서만 사냥을 허락했다고 믿었다. 봄에 돋아난 봉오리들이 꽃을 피우고 나무에서는 잎들이 돋아났다. 꽃잎들이 떨어진 자리에 푸르스름한 열매가 맺혀 반쯤 자라 매달려 있을 때까지도 에일라는 아직 짐승 한 마리도 사냥하지 못하고 있었다.

"저리 가! 훠이! 쉿!"
에일라는 무슨 소동이 벌어졌나 보려고 동굴에서 뛰쳐나왔다. 몇몇 아낙들이 팔을 휘두르며 땅딸막한 털북숭이 동물을 쫓아내고 있었다. 오소리였다. 동굴 쪽으로 향하던 오소리는 에일라를 보자 으르렁 이를 드러내고는 방향을 틀었다. 아낙들의 다리 사이를 요리조리 빠져나가더니 고기 한 점을 입에 물고 달아났다.

"고약한 식충이 같으니라고! 고기를 말리려고 막 내놓은 참이었는데."
화가 잔뜩 난 오가가 손짓했다.

"등도 한 번 못 돌리고 계속 지켰는데. 저 녀석이 여름 내내 주위를 어슬렁대고 있어. 날이 갈수록 더 대담해지고. 주그가 저 놈을 잡아버렸으면 좋겠다! 네가 마침 나와서 다행이야, 에일라. 하마터면 동굴 안으로 달려들 뻔했잖아. 동굴로 몰렸다가 고약한 냄새라도 피웠으면 어떡할 뻔했어!"

"**수놈**이 아니라 **암놈**인 것 같아요, 오가. 아마 여기 근처에 오소리가 사는 소굴이 있을 거예요. 지금쯤이면 꽤 큰 배고픈 새끼들까지 여러 마리 거느리고 있을 것 같은데."

"그걸 다 잡아야지! 한꺼번에 전부."

손짓 사이사이에 화가 나서 하는 말들이 간간히 섞여 있었다.

"주그와 도르브가 아침 일찍 보른을 데리고 나갔어. 저 아래 비단털쥐나 뇌조를 잡아오는 대신 저 오소리나 사냥해 오면 좋겠네. 그런 식충이들은 아무 짝에도 쓸모가 없다니까!"

"쓸데가 있긴 해요, 오가. 오소리 모피는 겨울에 입김이 닿아도 성에가 끼지 않아서. 털가죽으로 모자나 망토를 만들면 좋아요."

"저걸 잡아서 가죽을 벗기면 좋겠다!"

에일라는 불터로 발걸음을 옮겼다. 딱히 해야 할 일이 없었다. 그때 이자가 몇 가지 약초가 떨어져가고 있다고 말하는 소리를 들은 에일라는 밖에 나가 오소리 소굴을 찾아봐야겠다고 결심했다. 아이는 혼자 미소를 짓고는 발걸음을 재게 놀렸다. 곧바로 바구니를 들고 동굴을 벗어난 에일라는 오소리가 사라진 곳에서 멀지 않은 숲 속으로 발길을 향했다.

땅을 유심히 훑어보던 에일라는 흙바닥에서 길고 날카로운 발자국을 찾아냈다. 조금 더 가자 휘어진 줄기가 보였다. 에일라는 오소리의 뒤를 밟기 시작했다. 얼마 후 종종걸음 치는 소리가 들렸다. 놀라우리만큼 동굴에서 가까운 곳이었다. 나뭇잎 하나 건드리지 않으며 조용히 다가간 에일라의 눈에 좀 전의 오소리와 반쯤 자란 네 마리의 새끼들이 훔쳐온 고기를 두고 으르렁거리며 싸우고 있는 게 보였다. 에일라는 조심조심 두르개 주머니 속에서 줄팔매를 꺼내 불룩한 부분에 돌을 집어넣었다.

아이는 한 번에 명중시킬 기회를 노리며 가만히 기다렸다. 약삭 빠른 오소리는 갑자기 획 불어온 바람에 실린 낯선 냄새를 맡았다. 오소리가 혹시 모를 위험에 대비해 고개를 들고 공기 중의 냄새를 맡으려고 킁킁댔다. 에일라가 기다려왔던 순간이었다. 오소리가 어떤 움직임을 알아챈 순간, 눈 깜짝할 사이에 아이는 돌을 날렸다. 오소리는 그대로 땅바닥에 털썩 쓰러졌고, 네 마리의 새끼 오소리들은 튀어 오른 돌에 놀라 사방으로 흩어져 도망갔다.

아이는 숨어 있던 덤불에서 나와 오소리를 자세히 들여다보려고 몸을 숙였다. 곰처럼 생긴 족제빗과에 속하는 그 짐승은 코부터 털이 많은 꼬리 끝까지 길이가 세 자쯤 되었고, 거무스름한 갈색 털은 길고 거칠었다. 죽은 동물을 먹고 사는 오소리는 대담하고 공격적이었다. 자기보다 더 큰 육식동물이 잡은 사냥감을 빼앗을 만큼 사납고, 말린 고기처럼 무엇이든 가지고 갈 수 있는 것이면 훔쳐갈 정도로 두려움을 몰랐다. 심지어 식량을 저장해놓는 곳까지 몰래 들어갈 만큼 교활했다. 오소리는 스컹크처럼 악취를 내뿜는 분비샘을 갖고 있어서 씨족 사람들에게는 하이에나보다 더 싫은 골칫거리였다. 하이에나는 썩은 고기를 먹기는 해도 적어도 사람이나 다른 동물이 사냥한 것을 가로채는 데 사활을 걸지는 않았다.

줄팔매에서 날아간 돌은 에일라가 겨냥한 오소리의 눈 위를 정확히 맞혔다. 이제 더 이상 이 오소리가 우리 것을 훔쳐가지 않겠지. 에일라는 희열에 가까운 만족감을 느끼며 생각했다. 처음으로 사냥에 성공해 잡은 짐승이었다. 오소리 가죽을 오가에게 주어야겠다. 에일라는 짐승의 가죽을 벗기기 위해 칼이 있는 쪽으로 손을 뻗으며 생각했다. 오소리가 더 이상 못살게 굴지 않을 거라는 걸 알면 얼마나 기뻐할까. 그러다가 아이는 갑자기 멈칫했다.

내가 지금 무슨 생각을 하고 있는 거야? 나는 오소리 가죽을 오가에게 줄 수 없어. 누구에게도. 내가 가질 수도 없고. 나는 사냥을 하면 안 돼. 내가 이 오소리를 죽인 걸 누가 알게 되면, 내게 어떤 일이 벌어질까. 에일라는 죽은 오소리 옆에 앉아 길고 거친 털을 손으로 쓸었다. 기쁨에 들떴던 감정은 깨끗이 사라지고 없었다.

아이는 처음으로 사냥에 성공했다. 무겁고 날카로운 창으로 거대한 들소를 잡은 것에 비할 바는 아니었지만 보른이 잡은 호저보다는 대단한 것임이 분명했다. 하지만 에일라에게는 사냥꾼의 대열에 들어가는 것을 기념하는 축하 의식도 없을 테고 보른이 자랑스레 작은 사냥감을 뽐낼 때 받은 칭찬이나 축하의 눈길도 없을 것이었다. 에일라가 오소리를 가지고 동굴로 돌아갔을 때 예상할 수 있는 반응은 충격에 찬 표정과 엄중한 벌뿐이었다. 아이가 씨족을 돕고 싶어 한다거나 아이가 사냥을 할 수 있다거나 혹은 사냥에 대한 소질을 보인다는 것은 중요한 문제가 아니었다. 여자들은 사냥을 하지 않았다. 여자들은 짐승을 죽이지 않았다. 그것은 남자들의 일이었다.

아이는 한숨을 내쉬었다. 처음부터 알고 있었잖아. 아이는 혼잣말을 했다. 사냥을 시작하기 전부터, 내가 그 줄팔매를 들어 올리기 전부터, 난 사냥을 하면 안 된다는 걸 알고 있었어. 새끼 오소리 중에 가장 용감한 녀석이 숨어 있던 곳에서 머뭇거리며 나오더니 죽은 어미 몸에 코를 박고 킁킁댔다. 저 어린놈들도 어미만큼이나 골칫덩어리가 되겠지. 에일라는 새끼 오소리들이 거의 다 자랐고 그 중 몇몇은 살아남을 거라 생각했다. 죽은 오소리를 여기서 치우는 게 낫겠어. 멀리 끌어다놓으면 새끼들이 냄새를 맡고 쫓아오겠지. 에일라는 일어나더니 죽은 오소리를 숲 속 깊은 곳으로 끙끙대며 끌어다놓았다. 그러고 나서야 채집해 가야 할 식물들을 찾기 시작했다.

오소리는 시작에 불과했다. 에일라는 줄팔매질로 썩은 고기를 먹는 더 작은 포식동물을 연이어 죽였다. 담비, 밍크, 흰담비, 수달, 족제비, 오소리, 어민, 여우, 회색과 검정색의 얼룩무늬를 한 작은 들고양이들이 재빠르게 날아오는 돌에 만만한 사냥감이 되어주었다. 아이는 깨닫지 못했지만 포식동물을 사냥하기로 결심한 것이 에일라의 실력에 중대한 영향을 미쳤다. 그 덕분에 배우는 과정에 속도가 붙었고 유순한 초식동물을 사냥하는 것보다 훨씬 더 빠르게 기술을 연마했다. 육식동물은 더 빠르고 교활하고 영리할 뿐 아니라 위험했다.

에일라는 자신이 선택한 무기로 얼마 안 돼 보른을 앞질렀다. 보른은 줄팔매를 노인들의 무기로 여기는 데다가 기술을 연마하겠다는 의지도 부족했지만, 무엇보다 그것은 그에게 어려운 무기였다. 그의 신체 조건은 에일라처럼 팔을 앞뒤로 자유롭게 휘두르도록 발달되어 있지 않기 때문에 무언가를 던지는 것에 적합하지 않았다. 하지만 에일라는 팔의 관절을 완전히 활용할 뿐 아니라 손과 눈의 협응력을 훈련한 덕분에 정확하면서도 빠르고 힘 있게 팔매질을 할 수 있었다. 에일라는 더 이상 자신과 보른을 비교하지 않았다. 아이가 머릿속에서 자신의 실력과 견주며 도전해보려는 이는 바로 주그였다. 아이는 어느새 나이 지긋한 사냥꾼의 기술에 가까워지고 있었다. 그것도 아주 빠르게. 그에 따라 에일라는 점점 자만심에 빠져들었다.

여름은 막바지에 다다르고 있었다. 찌는 듯한 더위가 기승을 부리고 천둥번개를 동반한 폭우가 찾아왔다. 그날은 참을 수 없을 정도로 더웠다. 대기 중에는 바람 한 점 불어올 조짐도 없었다. 전날 저녁 불어 닥친 폭풍 때문에 씨족 사람들은 황급히 동굴 속으로 들어갔다. 산마루를 밝히는 번갯불의 번쩍이는 섬광이 장관을 이루고 작은 돌만 한 크기의 우박이 쏟아져 내렸다. 보통 때 같으면 나무 그늘로 시원했을 숲은 습기로 인해 숨이 막힐 만큼 후덥지근했다. 낮아진 수위로 인해 말라가고 있는 개울 후미 주변에는 괴어 있는 못과 녹조가 낀 물웅덩이들이 여기저기 생겨났고, 그 주위를 파리와 모기들이 끊임없이 윙윙댔다.

에일라는 숲 속에 있는 작은 빈터 가장자리 근처의 나무들 사이를 소리 없이 움직이면서 붉은 여우의 자취를 따라가고 있었다. 무더위에 땀으로 범벅이 된 아이는 여우한테 특별히 관심이 있는 것은 아니었다. 아이는 거기서 그만두고 동굴로 돌아가 개울에서 헤엄이나 칠까 생각하는 중이었다. 좀처럼 바닥을 드러내지 않는 돌투성이 개울 바닥을 가로질러 걷다가 물을 마시기 위해 멈춰 섰다. 그곳의 시내는 여전히 막힘없이 흐르고 있었다. 구불구불 흐르는 냇물은 두 개의 커다란 바위 사이에서 발목까지 차는 물웅덩이를 이뤘다.

물을 마시고 일어나며 정면을 바라본 순간, 에일라는 놀라서 숨을 죽였다. 바로 앞 바위에 스라소니 한 마리가 웅크리고 앉아 있었다. 에일라는 스라소니 특유의 둥근 머리통과 귀 끝에 달린 털 다발을 불안한 듯 응시했다. 그 짐승은 짤막한 꼬리를 앞뒤로 흔들며 아이를 경계의 눈초리로 지켜보고 있었다.

몸집이 큰 대다수 고양잇과 동물보다는 작았지만 훗날 북방에서 살게 될 사촌과 마찬가지로 몸이 길고 다리가 짧은 표범과의 스라소니는 한 번에 5미터 가까이 훌쩍 도약할 수 있었다. 주로 산토끼, 들토끼, 커다란 다람쥐와 그 밖에 설치류를 잡아먹고 살았지만 마음만 먹으면 작은 사슴도 거뜬히 쓰러뜨릴 수 있었다. 여덟 살 된 여자아이 하나쯤은 쉽게 공격할 수 있었지만 날은 더웠고 인간은 그가 평소 사냥하는 먹잇감이 아니었다. 녀석은 그냥 아이가 지나가도록 내버려둘 참이었다.

에일라가 처음에 느꼈던 가슴을 죄어오던 두려움이 갑자기 서늘한 흥분으로 변했다. 아이는 꼼짝 않고 자신을 주시하는 짐승을 지켜봤다. 주그가 보른한테 말하길, 팔매질로 스라소니도 잡을 수 있다고 하지 않았어? 그보다 더 큰 동물은 굳이 잡으려고 해서는 안 되지만 줄팔매질로 늑대나 하이에나, 스라소니는 잡을 수 있다고 했지. 그가 **스라소니**라고 했던 게 기억나. 아이는 생각했다. 에일라는 중간 크기의 포식동물을 사냥해본 적이 없었지만 씨족 사람들 가운데 가장 뛰어난 팔매질 사냥꾼이 되고 싶었다. 주그가 스라소니를 죽일 수 있다면 자신도 스라소니를 죽일 수 있다고 아이는 생각했다. 그런데 여기, 바로 눈앞에 완벽한 목표물이 있는 것이다. 아이는 충동적으로 이제 더 큰 사냥감을 목표로 할 때가 왔다고 결정했다.

아이는 천천히 여름에 입는 짧은 두르개 주머니로 손을 뻗었다. 그리고 스라소니에게 눈을 고정한 채 제일 큰 돌을 더듬어 찾았다. 손바닥이 땀으로 축축했다. 아이는 가죽 끈의 양끝을 팽팽하게 단단히 모아 쥐고 가운뎃부분에 돌을 얹었다. 그러고는 용기가 사라지기 전에 재빨리 스라소니의 눈 사이를 겨냥해 돌을 던졌다. 하지만 아이가 팔을 든 순간, 스라소니는 움직임의 의미를 바로 알아차렸다. 아이가 돌을 날렸을 때 녀석은 고개를 돌렸다. 큰 돌멩이가 머리 옆을 스쳐 지나갔다. 가까운 거리에서 날아온 돌에 날카로운 통증을 느꼈지만, 그리 대단한 상처를 입은 것은 아니었다.

에일라가 다른 돌멩이에 손을 뻗기도 전에 녀석의 근육이 단단하게 긴장하는 게 보였다. 약이 오른 스라소니가 자신을 공격한 아이를 향해 훌쩍 뛰어오른 찰나, 아이가 옆으로 몸을 던진 것은 순전히 반사적인 행동이었다. 아이는 개울 근처 진흙탕에 떨어졌을 때, 나뭇잎과 잔가지들이 떨어져 나가고 물이 배어 묵직해진 단단한 나뭇가지가 손에 닿았다. 화가 난 녀석이 송곳니를 드러낸 채 다시 튀어 올랐을 때, 아이는 나뭇가지를 움켜쥔 채 몸을 돌렸다. 아이는 두려움에 사로잡혀 온 힘을 다해 그 굵직한 나뭇가지로 녀석의 머리를 세게 후려갈겼다. 정신이 멍해진 스라소니는 몸을 굴려 잠시 웅크린 채 머리를 흔들더니 조용히 숲 속으로 들어갔다. 머리통에 엄청난 타격을 입은 게 분명했다.

에일라는 몸서리를 치더니 거칠게 숨을 몰아쉬며 일어나 앉았다. 줄팔매를 가지러 일어서는데 무릎에 힘이 빠져 다시 주저앉아야 했다. 주그는 누군가가 단지 줄팔매 하나로, 그것도 도와줄 다른 사냥꾼이나 심지어 다른 무기도 없는 상황에서 위험한 포식동물을 사냥하려 들 것이라고는 상상해본 적이 없었다. 하지만 에일라는 지금껏 목표물을 놓친 적이 거의 없었기 때문에 자신의 기술에 대한 자신감이 넘치는 상태였다. 만약 목표물에서 빗나갈 경우 무슨 일이 생길지 생각해보지 않았다. 동굴로 돌아가는 내내 아이는 엄청난 충격에 휩싸여 있었다. 여우를 추적하려고 하기 전에 숨겨놓았던 채집 바구니를 도로 챙겨가는 것도 잊어버릴 뻔했다.

"에일라! 무슨 일이야? 온통 진흙투성이구나!"

아이를 본 이자가 손짓했다. 아이의 얼굴이 잿빛인 것을 보면 뭔가에 놀란 게 틀림없었다.

에일라는 아무런 대답도 하지 않았다. 그저 고개를 흔들며 동굴로 돌아갔다. 이자는 아이가 숨기는 게 있다는 것을 알았다. 이자는 아이를 더 다그쳐볼까도 생각했지만 아이가 자진해서 말해주길 바라며 마음을 바꿨다. 하지만 이자는 자신이 정말 무슨 일이 있었는지 알고 싶은지 확신할 수 없었다.

에일라가 혼자 밖으로 나갈 때면 이자는 늘 신경이 쓰였다. 하지만 약초가 필요했기 때문에 누군가는 약초를 캐러 나가야 했다. 이자는 나갈 수가 없었고, 우바는 너무 어렸다. 여자들 중에 약초를 구분해 캐는 법을 아는 이가 없었고, 또 배우려고도 하지 않았다. 그러다 보니 에일라를 보내는 수밖에 없었다. 그런데 아이가 겪은 무서운 사건에 대해 말해준다면 이자는 걱정만 더 늘 뿐이었다. 이자는 그저 에일라가 너무 오래 밖에 나가 있지 않기를 바랄 수밖에 없었다.

그날 저녁 내내 에일라는 기분이 가라앉아 있더니 일찍 잠자리에 들었다. 하지만 잠이 오지 않았다. 뜬눈으로 스라소니와 있었던 일을 떠올렸다. 머릿속으로 떠올리자 그 일은 더욱 섬뜩하게 다가왔다. 아이는 이른 아침이 되어서야 겨우 잠이 들었다.

아이가 비명을 지르며 깨어났다.

"에일라! 에일라!"

아이는 이자가 자신을 부드럽게 흔들며 현실로 돌아오도록 이름을 불러주는 소리를 들었다.

"무슨 일이야?"

"꿈에서 작은 동굴 안에 있는데, 동굴사자가 뒤쫓아 왔어요. 이젠 괜찮아요, 이자."

"한동안 악몽을 꾸지 않았는데 어째서 다시 그런 꿈을 꾸게 된 거야? 오늘 무서운 일이 있었던 거니?"

에일라는 고개를 끄덕이더니 머리를 푹 숙였지만 더는 말하지 않았다. 붉은 숯에서 나오는 희미한 빛밖에 없는 동굴의 어둠이 죄책감이 서린 아이의 얼굴을 감춰주었다. 아이는 토템에게서 받은 징표를 발견한 이후, 사냥하는 것에 대해 죄책감을 느끼지 않았다. 하지만 이제 아이는 과연 그것이 징표였을까 의구심이 들었다. 어쩌면 아이 혼자만의 착각인지도 몰랐다. 애초에 사냥을 시작해서는 안 되는 것인지도 모른다. 무엇보다 그토록 위험한 짐승을 사냥하는 일은. 도대체 어쩌자고 한낱 여자아이가 스라소니를 사냥하겠다는 생각을 하게 된 것일까?

　"난 네가 혼자 나가는 게 계속 마음이 쓰였다, 에일라. 게다가 늘 너무 오래 밖에 있고. 가끔씩 네가 혼자 나가 있고 싶어 한다는 것을 안다만 걱정이 되는구나. 여자가 그렇게 오래 혼자 있기를 원하는 것은 자연스러운 일이 아니야. 숲은 위험할 수 있어."

　"그 말씀이 맞아요, 이자. 숲은 위험할 수 있어요."

　에일라가 손짓했다.

　"다음에는 우바를 데리고 갈까봐요. 아니면 이카가 함께 가줄 수도 있고요."

　이자는 에일라가 진심으로 자신의 조언을 받아들인 것 같아 안심했다. 아이는 이제 동굴 주변만을 맴돌았으며 약초를 찾으러 나갔다가도 금세 돌아왔다. 함께 가줄 사람이 없으면 불안해하기까지 했다. 웅크리고 있던 짐승이 금방이라도 뛰어오르는 모습을 보게 될 것 같았다. 그제야 아이는 왜 씨족 여자들이 먹거리를 채집하러 갈 때 혼자 가기를 싫어하는지, 그리고 자신이 혼자 다니고 싶어 한다는 것에 왜 그리 놀랐는지 이해하기 시작했다. 아이는 어린 나머지 위험에 대해 너무도 무지했던 것이다. 하지만 단 한 번의 공격만으로도 아이는 자신을 둘러싼 환경을 보다 경건하게 바라보게 되었다. 대다수 여자들은 적어도 한 번씩은 그런 위험을 느낀 적이 있었다. 날카로운 송곳니를 가진 멧돼지, 단단한 발굽이 있는 말, 묵직한 뿔을 가진 수사슴, 치명적인 뿔이 있는 산양과 염소 등, 화가 나면 심각한 상해를 입힐 수 있는 짐승들이었다. 에일라는 자신이 어쩌다가 감히 사냥할 생각을 하게 되었는지 놀랄 지경이었다. 밖으로 나가는 것마저 두려웠다.

에일라는 그 일을 털어놓을 사람이 없었다. 특히 위험한 사냥감을 쫓을 때, 약간의 두려움이 몸의 감각들을 날카롭게 해준다는 사실을 말해주는 사람도, 두려움이 아이의 손발을 묶기 전에 다시 사냥을 나가야 한다고 격려해주는 사람도 없었다. 남자들은 두려움을 이해하고 있었다. 두려움을 입 밖으로 꺼내 말하지는 않았지만 그들을 남자로 격상시켜주는 첫 번째 사냥을 시작으로 숱한 두려움을 겪으며 두려움에 대해 알아갔다. 작은 짐승은 무기를 이용해 사냥하는 기술을 익히기 위한 연습이었다. 하지만 남자로서의 지위는 두려움을 이해하고 극복한 뒤에야 주어지는 것이었다.

여자들의 경우, 씨족의 안전망을 떠나 홀로 바깥에서 보내야 하는 날들은 사냥처럼 티가 많이 나는 활동은 아니더라도 용감성을 시험하는 일과 다를 바 없었다. 어떤 면에서는 무슨 일이 일어날지도 모르는데 혼자서 며칠씩 밤낮을 보내야 하는 일이 더욱 용기를 필요로 했다. 세상에 태어났을 때부터 여자아이는 늘 자신을 보호해주는 사람들과 함께 살아왔다. 하지만 자신을 보호해줄 무기 하나 없이, 만에 하나 무슨 일이 일어났을 때 자신을 구해줄 남자 하나 없이 통과의례를 겪어야 했다. 남자아이들과 마찬가지로 여자아이들도 두려움과 직면해 그것을 극복한 뒤에야 어른이 되었다.

처음 며칠 동안, 에일라는 동굴에서 멀리 떨어진 곳으로 가고 싶은 마음이 전혀 들지 않았다. 하지만 시간이 흐르자 좀이 쑤시기 시작했다. 겨울 동안에야 어쩔 수 없이 다른 사람들과 함께 동굴에 갇혀 지냈지만, 날이 풀리면 자유롭게 돌아다니는 것이 일상이 되었다. 하지만 상반된 감정이 마음속에서 끊임없이 갈등하고 있었다. 씨족 사람들의 안전한 터전에서 떨어져 혼자 숲에 있을 때면 불안하고 두려운 마음이 들었다. 하지만 동굴 가까이에서 씨족 사람들과 있을 때면 자유롭게 숲을 쏘다니는 혼자만의 시간이 그리웠다.

어느 날 에일라는 혼자 약초를 캐러 나갔다가 결국 자신만의 비밀 장소에서 가까운 풀밭까지 올라가고 말았다. 그곳은 아이의 마음을 차분하게 달래주었다. 그곳은 자신만의 세계, 자신만의 동굴, 자신만의 풀밭이었다. 아이는 거기서 이따금씩 풀을 뜯는 작은 노루 무리도 마치 자기 것인 양 느꼈다. 노루들은 아이에게 상당히 익숙해져서 아이의 손이 거의 닿을 만큼 가까이 다가갔을 때야 껑충껑충 도망가곤 했다. 어디에 짐승이 숨어 있는지 모르는 숲에서와는 달리 탁 트인 풀밭을 보자 아이는 마음이 편안해졌다. 여름 내내 이곳을 들르지 않다가 오랜만에 왔더니 여러 기억들이 물밀듯이 떠올랐다. 이곳은 아이가 처음으로 줄팔매질을 혼자 익혔던 곳이었다. 처음으로 호저를 팔매질로 맞히고, 토템이 준 징표를 발견한 곳이었다.

아이는 줄팔매를 가지고 다녔다. 행여 이자가 발견할까봐 동굴에 놓고 올 수가 없었다. 얼마 후 아이는 돌멩이 몇 개를 집어 연습삼아 던져보았다. 하지만 이제 줄팔매질은 아이에게 너무 익숙해진 놀이라 그리 재미있지 않았다. 아이의 기억은 다시 스라소니와 마주쳤던 때로 돌아갔다.

줄팔매에 돌 하나가 더 끼워져 있었더라면. 아이는 아쉬운 마음이 들었다. 돌이 빗나간 다음에 바로 연이어 던질 수만 있었어도 그놈이 뛰어오르기 전에 맞힐 수 있었을 텐데. 아이는 손에 쥐고 있는 돌멩이 두 개를 바라봤다. 하나를 던지고 바로 연이어 돌을 던지는 방법이 있다면. 주그가 그런 기술에 대해 보른에게 얘기했던가? 아이는 기억해내려고 머릿속을 샅샅이 뒤졌다. 그 얘기를 했다고 해도 내가 없었을 때였나 보다고 아이는 결론지었다. 아이는 그 생각을 계속 밀어붙였다. 첫 번째 돌을 던지고 나서 줄이 내려올 때 멈추지 말고 주머니에 있던 두 번째 돌을 바로 끼우면 줄이 올라갈 때 던질 수 있을 텐데, 그게 가능할지 모르겠네.

아이는 몇 번 시도해보았지만 처음 줄팔매를 사용할 때처럼 서툴게만 느껴졌다. 하지만 얼마 후 동작에 리듬이 붙기 시작했다. 첫 번째 돌을 던지고 줄이 내려올 때 준비했던 돌을 불룩한 부분에 끼운 다음, 두 번째 돌을 던지는 동작이었다. 돌멩이는 자꾸만 떨어졌다. 돌멩이를 어느 정도 날려 보낼 수 있게 된 다음에도, 돌 두 개를 던질 때는 정확성이 떨어졌다. 하지만 할 수 있다는 가능성만으로도 아이는 만족했다. 그 이후로 아이는 매일 비밀 장소에 들러 연습했다. 사냥을 다시 시작한다는 것에 여전히 불안한 마음이 들긴 했지만 새로운 기술을 익혀나간다는 도전정신이 이 무기에 대한 관심에 다시 불을 붙여주었다.

가을이 돌아와 우거진 숲이 단풍으로 불타오를 무렵, 아이는 돌멩이 하나를 던질 때처럼 정확하게 돌멩이 두 개를 연이어 던질 수 있었다. 들판 한가운데 서서 새로 땅에 박아둔 말뚝을 향해 돌을 던진 아이는 돌멩이 두 개가 **탁, 탁**, 연이어 명중하는 만족스러운 소리를 들었을 때, 마음속 깊은 곳에서 올라오는 성취감을 느꼈다.

누구도 아이에게 잇달아 돌멩이 두 개를 빠르게 던지는 일이 불가
능하다고 말하지 않았던 것은 전에 누구도 그런 일을 해본 적이 없
었기 때문이었다. 누구도 그녀에게 할 수 없다고 말하지 않았으므
로, 아이는 스스로 배워 익힌 것이었다.

사냥을 하기로 결심한 지 1년이 다 된 늦가을의 어느 따뜻한 이
른 아침, 에일라는 땅에 떨어진 잘 익은 개암나무 열매를 줍기 위
해 고산지대의 비밀 들판을 오르기로 했다. 거의 다 올라갔을 무
렵, 끅끅대고 킁킁거리는 하이에나의 요란한 소리가 들렸다. 들판
에 당도하니 흉측한 하이에나 한 마리가 늙은 노루의 피 묻은 내장
에 코를 박고 있었다.

그 모습에 아이는 화가 끓어올랐다. 감히 너 같은 고약한 짐승
녀석이 내 들판을 더럽히고 내 노루를 공격해? 아이는 겁을 줘 쫓
아내려고 하이에나를 향해 달려가려다가 더 좋은 생각이 떠올랐
다. 하이에나 또한 발굽이 있는 초식동물의 큼직한 다리뼈를 으스
러뜨릴 만큼 강한 턱을 지닌 포식동물이자, 녀석들이 사냥한 먹잇
감으로부터 쉽게 쫓아낼 수 없는 맹수였다. 아이는 재빨리 등에서
바구니를 내려놓고 바구니 밑바닥에 있는 줄팔매를 꺼내 들었다.
돌을 찾아서 땅을 훑더니 절벽 가까이에 튀어나온 바위로 살금살
금 움직였다. 늙은 수사슴을 반쯤은 먹어치운 하이에나가 무언가
의 움직임을 눈치챘다. 듬성듬성 털이 나 있는 녀석은 스라소니만
큼 덩치도 컸다. 고개를 든 하이에나가 아이의 냄새를 맡고는 아이
가 있는 쪽으로 고개를 돌렸다.

아이는 돌을 던질 자세를 취하고 있었다. 튀어나온 바위 뒤에서

걸어 나와 돌을 날린 뒤, 재빠른 동작으로 연이어 두 번째 돌을 던졌다. 아이는 두 번째 돌을 던질 필요가 없었다는 것을 알지 못했다. 첫 번째 돌이 이미 제 할 일을 끝낸 뒤였다. 하지만 두 번째 돌은 만일의 경우를 대비한 좋은 보호 수단이었다. 에일라는 이미 혹독한 수업을 치른 후였던 것이다. 동굴하이에나는 바로 그 자리에 풀썩 쓰러지더니 움직이지 않았다. 아이는 근처에 또 다른 녀석들이 없는지 주위를 살피고는 여차하면 돌을 던질 수 있도록 준비를 한 채 조심스레 짐승을 향해 다가갔다. 가는 길에 여전히 뻘건 고기가 몇 점 매달려 있는 온전한 다리 뼈 하나를 집어 들었다. 에일라는 그 몽둥이로 두개골이 으스러져라 녀석의 머리통을 내리쳐 다시는 일어나지 못하도록 확실히 해두었다.

아이는 발밑에 죽어 있는 짐승을 보다가 저도 모르게 손에서 몽둥이를 떨어뜨렸다.

자신이 한 행동이 무엇을 의미하는지 서서히 이해되기 시작했다. 내가 하이에나를 죽였어. 커다란 충격에 휩싸인 채 아이는 혼잣말을 했다. 내가 내 줄팔매로 하이에나를 죽였어. 작은 짐승이 아니라, 하이에나를. 나를 죽일 수도 있었던 짐승을. 그렇다면 이제 내가 사냥꾼이라는 뜻일까? 진짜 사냥꾼? 아이가 느끼는 것은 희열이 아니었다. 첫 사냥에 성공한 흥분도, 강력한 힘을 가진 맹수를 이겨냈다는 만족감도 아니었다. 그것은 훨씬 깊고, 더욱 겸허한 감정이었다. 그것은 스스로를 극복했다는 깨달음이었다. 그러한 느낌은 영적인 계시, 신비로운 통찰로 다가왔다. 아이는 마음 깊은 곳에서 우러나는 경외감을 갖고 고대부터 내려오는 동굴곰족의 언어로 자신의 토템 정령을 향해 말했다.

"저는 한낱 여자아이에 지나지 않습니다, 동굴사자시여. 제게
정령들의 뜻은 낯설기만 합니다. 하지만 이제 조금은 이해할 것도
같습니다. 스라소니는 브라우드보다 더 큰 시험이었습니다. 크렙
은 늘 말했지요. 강력한 토템을 가진 이들은 살아가기가 쉽지 않다
고. 하지만 그 안에 토템의 정령이 내리는 가장 큰 선물이 있다는
말은 하지 않았습니다. 마침내 그것을 이해하게 되었을 때 그 느낌
이 어떠한지도 말하지 않았고요. 시험은 단지 어려운 일을 해내야
하는 것만이 아니었습니다. 시험을 통해 자신이 할 수 있는 일을
알게 되는 것이었습니다. 저를 선택해주셔서 감사드립니다, 위대
한 동굴사자시여. 제가 언제나 동굴사자의 정령에 걸맞은 사람이
되기를 기원합니다."

화려하고 다채로운 색으로 아름답던 가을이 그 빛을 잃고, 앙상
한 가지들은 마른 잎들을 떨어뜨릴 무렵, 에일라는 다시 숲으로 들
어갔다. 아이는 사냥하기로 택한 짐승을 추적하며 습성을 연구했
다. 하지만 하나의 생명체로, 또한 위험한 적으로서 훨씬 신중하게
짐승들을 대했다. 또한 돌을 던질 만큼 가까이 다가갔다가도 팔매
질을 하지 않고 바라만 보다가 돌아올 때도 여러 번 있었다. 아이
는 씨족에게 큰 위협이 되지 않고 그 가죽을 자신이 쓸 수도 없는
상황에서 짐승을 죽여봐야 허사라는 생각이 강했다. 하지만 씨족
에서 가장 뛰어난 줄팔매 사냥꾼이 되겠다는 결심에는 변함이 없
었다. 아이는 이미 자신이 가장 뛰어나다는 것을 모르고 있었다.

그러다 보니 아이가 자신의 실력을 향상시키기 위해 계속 할 수 있는 일이라고는 사냥밖에 없었고, 아이의 사냥은 멈추지 않았다.

결국 그 결과물들이 다른 사람의 눈에 띄기 시작했고, 씨족 남자들은 불안해졌다.

"오소리 하나를 또 발견했다. 먹히고 남겨진 것이기 했지만. 연습장에서 멀지 않은 곳이었지."

크루그가 손짓했다.

"털 무더기도 봤습니다. 늑대의 것처럼 보이더군요. 산 중턱의 능선 부근에서요."

구브가 덧붙였다.

"전부 고기를 먹는 짐승들입니다. 여자들 토템이 아닌 강한 짐승들."

브라우드가 말했다.

"그로드는 목우르에게 말해야겠다고 했어요."

"작거나 중간 크기의 짐승들이었어. 한데 큰 고양잇과 짐승은 없었고. 큰 맹수와 늑대와 하이에나가 사슴이나 말, 양, 산양을 사냥하는 것은 늘 있는 일이지만 대체 작은 맹수를 사냥하는 것은 무어란 말인가? 그것도 이렇게 많은 짐승이 한꺼번에 죽어 있는 걸본 적이 없다네."

크루그가 말했다.

"그게 바로 제가 알고 싶은 것입니다. 그것들을 죽인 게 무엇일까요? 이 주위를 돌아다니는 늑대나 하이에나가 줄어든 거야 크게 신경 쓸 일이 아니지만 그걸 죽인 게 우리가 아닌 이상…… 그로드가 목우르에게 말을 전하러 간다고요? 구브는 이게 정령이 한 일이라고 생각하는가?"

브라우드는 두려운 기색을 누르며 물었다.

"정령이 하신 일이라면 우리를 돕는 좋은 정령일까요, 아니면 우리의 토템에게 화가 난 악한 정령일까요?"

구브가 되물었다.

"그러한 질문은 이제 자네 혼자 처리해야지, 구브. 자네는 목우르의 제자가 아닌가. 자네 생각은 어떠한가?"

크루그가 되받았다.

"그 답을 찾기 위해서는 깊은 명상에 들어 정령들께 의논을 드려야 할 것 같습니다."

"벌써 목우르처럼 말을 하는군, 구브. 직접적인 대답은 피하면서 말이지."

브라우드가 빈정거렸다.

"그래, 그렇다면 자네 생각은 어떤가? 더 직접적인 대답을 줄 수 있겠는가? 뭐가 저 짐승들을 죽였단 말인가?"

목우르의 제자가 받아쳤다.

"나야 목우르가 아니지. 목우르가 되려고 가르침을 받는 사람도 아니고. 내게 묻지 말게."

에일라는 근처에서 일을 하다가 입가에 번지는 미소를 참고 있었다. 그럼 이제 내가 정령인 셈이네. 하지만 내가 좋은 정령인지, 나쁜 정령인지는 알아낼 수 없을걸.

목우르는 남자들이 눈치채지 못하게 다가가 그들이 하는 말을 모두 다 보고 있었다.

"내게도 아직 답은 없다, 브라우드."

주술사가 손짓했다.

"깊은 생각을 해봐야 하지. 하지만 이것만은 말하겠네. 이것은 정령들이 뜻을 행하는 일반적인 방법은 아니네."

목우르는 혼자 생각에 잠겼다. 정령들은 날씨를 너무 덥게 하거나 너무 춥게 하거나 많은 비나 눈을 내리거나 사냥감 무리를 쫓아내거나 질병을 가져오거나 천둥번개나 지진을 일으키기는 해도 일개 짐승을 죽이지는 않아. 이 수수께끼 같은 일에서 사람의 손길이 느껴져. 에일라가 일어나 동굴 쪽을 향해 걸어갔다. 주술사의 눈이 아이의 뒷모습을 좇았다. 저 아이에게는 뭔가 달라진 게 있어, 사람이 변했어. 크렙은 문득 그런 생각이 들었다. 그는 브라우드의 눈도 그 아이를 좇고 있다는 것을 발견했다. 브라우드의 눈은 좌절감이 깃든 악의로 가득 차 있었다. 브라우드도 달라진 것을 알아차렸군. 아마도 저 아이가 우리 씨족이 아니라서, 아니면 걸음걸이가 달라서 그렇게 느껴지는지도 모르지. 자라서 그런 것일 수도 있고. 하지만 그게 옳은 답은 아닐 거라는 직감이 그의 한쪽 마음에 집요하게 자리 잡았다.

에일라는 변했다. 사냥 기술이 향상되자 씨족 여자들에게서 찾아볼 수 없는 자신감과 늠름하면서도 우아한 분위기가 감돌았다. 아이는 숙련된 사냥꾼처럼 소리 없이 걸었고, 아이의 혈기왕성한 몸에는 탄탄한 근육이 자리 잡았으며, 반사적인 행동에도 자신감이 붙어 있었다. 브라우드가 아이를 괴롭히기 시작할 때마다 아이의 눈이 희미하게 흐려지면서 마치 그가 보이지 않기라도 하듯 먼 곳을 바라보는 표정이 되었다. 에일라는 브라우드의 명령에 재빨리 일어나긴 했지만 아무리 그가 아이에게 주먹질을 해도 두려워하는 기색을 보이지 않았다.

아이의 침착한 태도와 자신감은 예전보다도 더 뭐라 꼭 집어 말할 수 없는 것이었다. 하지만 브라우드에게도 아이의 달라진 태도가 이전에 드러내놓고 반항을 할 때만큼 분명하게 느껴졌다. 몸을 낮추어 그에게 복종하긴 했지만 마치 그 아이는 자신이 모르는 뭔가를 알고 있는 듯한 태도를 보였다. 그는 그러한 미묘한 변화를 알아내기 위해, 그리고 아이를 꾸짖을 구실을 찾기 위해 눈에 불을 켜고 다녔지만 아무것도 알아내지 못했다.

브라우드는 그 아이가 어떻게 그렇게 하는지 알 수 없었지만, 그 아이 앞에서 자신의 우월성을 과시하려고 할 때마다 어쩐지 자기가 그 아이보다 한 수 아래에 있는 것 같은 열등감을 느꼈다. 그 때문에 그는 좌절하고 분노했다. 하지만 그 아이를 쫓아다니며 괴롭힐수록 그 아이에 대한 통제력을 더욱 상실하는 기분이 들었고, 미움은 더욱 커져만 갔다. 하지만 서서히 에일라를 괴롭히는 횟수가 줄어들고 있었다. 그는 한 번씩 자신의 특권을 드러내야 한다는 사실을 떠올릴 뿐, 심지어 자신이 그 아이를 피하고 있음을 깨달았다. 그 계절이 끝나갈 무렵, 그의 증오심은 더욱 거세졌다. 언젠가 저 계집아이를 꺾어놓겠다고 그는 스스로 다짐했다. 언젠가 저 아이가 내 자존심에 상처를 낸 대가를 톡톡히 치르게 하리라. 오, 그래, 언젠가는 저 계집아이도 후회하게 될 거야.

13

겨울이 오자 계절의 주기를 따르는 모든 살아 있는 것들과 더불어 그들의 활동 역시 줄어들었다. 생명은 여전히 고동치고 있었지만 그 속도는 느려졌다. 처음으로 에일라는 추운 계절을 고대하고 있었다. 바쁘고 활동적인 따듯한 계절에는 이자가 아이에게 치료술을 가르칠 시간이 거의 없었다. 첫눈이 내리자 주술 치료사는 에일라를 다시 가르치기 시작했다. 씨족 사람들의 생활은 별다른 변화 없이 그대로 반복되었고, 어느새 겨울은 또다시 끝을 향해 가고 있었다.

느리게 찾아온 봄은 습했다. 고지대에서 녹아내린 물이 폭우와 만나자 불어난 개울은 세차게 휘몰아치며 둑 위로 넘쳐흘렀다. 물가에서 자라는 나무와 덤불은 거센 물결에 곤두박질쳐진 채 깡그리 바다로 쓸려 내려갔다. 아래로 떠내려가던 통나무더미 때문에 물길이 바뀌면서 개울은 씨족 사람들이 만들어둔 오솔길 중 일부를 덮쳤다. 과일나무 위로 꽃봉오리들이 맺힐 만큼 따듯했던, 일시적으로 지속된 봄기운은 늦봄에 쏟아진 우박으로 뒷걸음쳤다. 우박이 휩쓸고 가자 연약한 꽃봉오리들이 모두 떨어졌고, 풍요로운 수확에 대한 기대감을 꺾어놓았다. 그러더니 돌연 자연은 마음을 바꾸어 앗아간 열매에 대한 보상이라도 하듯, 초여름부터 푸성귀와 뿌리, 여러 열매와 콩들을 풍성히 거두게 해주었다.

그해 봄에는 해마다 연어를 잡으러 바다로 나가는 일을 하지 못했던 터라 브룬이 철갑상어와 대구를 잡으러 떠난다는 말에 모두가 기뻐했다. 씨족 사람들 몇이서 조개를 캐거나 절벽에 둥지를 튼 수많은 새들의 알을 모으러 내해까지 15킬로미터 이상 걸어 다녀오는 일이 종종 있긴 했었다. 하지만 거대한 물고기를 잡는 일은 남녀 모두가 공동으로 힘을 합쳐 해내는 몇 안 되는 활동 중 하나였다.

드루그에게는 바다로 가고 싶은 다른 이유가 있었다. 봄철의 홍수에 떠밀려 고지대의 백악층에서 떨어진 단단한 돌들이 범람원에 흩어져 있었다. 그는 전부터 해변을 훑고 다니며 몇 곳의 충적층을 찾아냈다. 고기잡이 여행은 양질의 돌로 새 도구를 만들어 보충할 수 있는 좋은 기회였다. 무거운 바위를 동굴까지 짊어지고 오는 것보다는 그 자리에서 돌을 깨는 편이 더 쉬웠다. 드루그는 한동안 씨족 사람들을 위해 도구를 만들지 못했다. 사람들은 쪼개지기 쉬운 아끼던 도구가 망가지고 나면, 그들 스스로 대강 도구를 만들어 버티는 수밖에 없었다. 대다수가 쓸 만한 도구를 만들 수는 있었지만 드루그의 솜씨를 따라가는 이는 없었다.

고기잡이를 준비하는 내내 휴가라도 가는 양 다들 기분이 들떴다. 이렇게 씨족 사람들 전체가 한꺼번에 동굴을 떠나는 일은 드물었다. 해변에서 야영을 한다는 새로운 경험에 특히 아이들은 흥분해 있었다. 브룬은 그들이 동굴을 비운 동안 매일 한두 명의 남자를 동굴로 보내 무슨 일이 생기지나 않았는지 확인할 계획이었다. 동굴 근처를 좀처럼 벗어나는 일이 없는 크렙 또한 환경에 일어날 변화를 기대하고 있었다.

여자들은 그물을 손질했다. 약해진 가닥을 수선하거나 그물의 길이를 늘이기 위해 질긴 덩굴식물과 섬유질이 많은 나무껍질, 거친 풀과 동물의 긴 털을 꼬아 만든 끈으로 새로 만든 부분을 원래 그물에 이어 붙였다. 동물의 힘줄은 강하고 질겼지만 그물로 사용하지 않았다. 가죽과 마찬가지로 물에 닿으면 딱딱하고 뻣뻣해지는 데다가 표면을 부드럽게 만드는 기름도 잘 흡수하지 않았기 때문이었다.

거대한 철갑상어는 1년의 대부분을 바다에서 지내다가 초여름이 되면 알을 낳기 위해 개천이나 강 같은 민물로 거슬러왔다. 아주 큰 놈의 경우, 길이는 4미터에 가깝고 몸무게는 1톤이 넘는 것도 있었다. 상어처럼 생긴 고대의 이 물고기는 이빨이 없는 입 아래에 살로 된 더듬이들이 돋아 있어 무시무시한 인상을 줬지만, 주로 물 밑바닥에 사는 무척추동물과 작은 물고기를 먹고 살았다. 그보다 작은 대구는 보통 10킬로그램을 넘지 않았지만 큰 놈 중에는 90킬로그램을 넘는 것도 있었다. 대구도 여름이면 해마다 북쪽의 얕은 물로 거슬러왔다. 주로 강바닥에서 먹이를 구했지만, 이동을 하거나 먹이를 쫓을 때는 한 번씩 수면 근처까지 헤엄쳐 오르거나 강 하구로 들어오기도 했다.

　철갑상어가 산란하는 여름의 14일 동안은 개울이며 강의 어귀가 철갑상어들로 그득했다. 작은 물길을 택한 것들은 큰 강을 거슬러 올라오는 거대한 철갑상어의 크기에 미치지 못했지만, 씨족 사람들이 던진 그물에 잡히는 것들만 해도 뭍으로 끌어 올리기 힘들 정도로 큰 놈들이었다. 물고기들의 이동 시기가 가까워오자, 브룬은 해변으로 매일 사람을 보냈다. 거대한 철갑상어 한 마리가 마침내 개울에서 모습을 드러내자 브룬은 사람들에게 신호를 보냈다. 그들은 다음 날 아침 출발할 예정이었다.

　에일라는 신이 나서 잠에서 깼다. 아이는 아침도 먹기 전에 모든 짐을 싸놓았다. 잠자리 털가죽을 둘둘 말아 묶어놓고, 식량과 조리 기구는 채집 바구니에 담았으며 천막으로 사용할 큼직한 가죽은 바구니 맨 위에 올려놓았다. 이자는 약자루 없이 동굴을 떠나는 법이 없었다. 사람들이 떠날 준비가 되었는지 확인하러 에일라가 동굴 밖으로 달려갔을 때도 이자는 여전히 약자루를 꾸리고 있었다.

　"서둘러요, 이자."

　동굴 안으로 뛰어 들어온 아이가 재촉했다.

　"다들 떠날 준비가 되었어요."

　"진정해라, 애야. 바다가 어디로 가기야 하겠니."

　이자는 약자루의 끈을 꼭 졸라매며 대꾸했다.

　에일라는 등에 채집 바구니를 메고서 우바를 안아 올렸다. 에일라의 뒤를 따르던 이자가 혹시 빠뜨린 게 없나 않은지 뒤를 돌아다보았다. 동굴을 나설 때면 늘 뭔가 빠뜨린 것 같은 기분이 들곤

했다. 중요한 걸 빠뜨렸으면 나중에 에일라에게 가져오라고 하면 되겠지. 이자는 그렇게 생각했다. 모두들 밖에 나와 있었다. 이자가 자신의 자리로 들어서자마자 브룬은 출발 신호를 내렸다. 그들이 길을 나선 지 얼마 안 되어 우바가 꿈틀대며 땅으로 내려오려고 했다.

"우바, 아기 아니야! 나 혼자 걸을래."

우바는 의젓함이 깃든 태도로 손짓했다. 만으로 세 살 반이 된 우바는 어른이나 자신보다 나이가 많은 아이들을 흉내 내기 시작하더니 자신을 아기 취급하는 것에 대해 거부감을 드러냈다. 앞으로 4년쯤 후면 아이는 여인으로 성장할 터였다. 그 짧은 4년이라는 시간 동안, 아이에게는 배울 것이 많았다. 내면에서 이루어지는 빠른 성장을 통해 아이는 곧 자신에게 주어질 가외의 책임에 대해서도 준비를 하는 중이었다.

"그래, 우바."

에일라는 아이를 내려놓으며 손짓했다.

"하지만 내 뒤를 바짝 따라와야 해."

그들은 개울을 따라 산기슭을 내려갔다. 통나무더미 근처에서 물길이 바뀐 터라 원래의 길을 돌아 새롭게 내놓은 오솔길을 걷고 있었다. 동굴로 돌아오는 길은 조금 더 힘들겠지만 바다까지 걸어가는 여행은 어렵지 않아서 정오가 되기도 전에 넓게 펼쳐진 해변에 당도했다. 그들은 떠내려온 나무와 덤불을 가지고 파도가 밀려드는 곳에서 멀찍이 떨어진 곳에 임시 거처를 세웠다. 불을 지핀 다음에는 그물을 점검했다. 다음 날 아침에 고기잡이를 시작할 예

406 The Clan of the Cave Bear: Earth's Children, Book One

정이었다. 야영지가 다 세워지자 에일라는 바다를 향해 걸어갔다.

"물에 들어갔다 올게요, 어머니."

아이가 손짓했다.

"왜 늘 물에 들어가고 싶어 안달이니, 에일라? 바다는 위험해. 그런데 항상 멀리까지 가더구나."

"얼마나 좋은데요, 이자. 조심할게요."

에일라가 헤엄치러 갈 때마다 걱정스러운 이자는 늘 똑같은 잔소리를 늘어놓았다. 에일라만이 헤엄치는 것을 좋아했다. 헤엄을 칠 수 있는 유일한 사람이기도 했다. 씨족 사람들의 뼈는 크고 묵직해서 헤엄치는 것을 어려워했다. 쉽게 물에 뜨지도 않았기 때문에 깊은 물에 대한 공포심도 엄청났다. 그들은 고기를 잡으러 물에 들어갈 때도 허리 이상 물이 차는 곳으로는 절대 들어가지 않았다. 물속은 그들에게 편안한 곳이 아니었다. 에일라가 헤엄치기를 좋아하는 것은 그 아이의 특이한 점 중 하나였다. 물론 특이한 점은 그 밖에도 많았다.

만으로 아홉 살이 된 에일라는 씨족 여자들 중에 키가 제일 컸고, 남자들의 키와 엇비슷했다. 하지만 몸에는 여전히 여자가 되었다는 징조가 나타나지 않았다. 이자는 때때로 아이의 성장이 멈춘 것은 아닌지 걱정이 되었다. 키는 컸지만 여자로서는 성숙할 기미가 보이지 않다 보니 아이의 강한 남자 토템이 여자로 성숙하는 것을 막고 있는 게 아닌지 의구심이 들었다. 그들은 아이가 남자도 아닌, 그렇다고 완전한 여자도 아닌 채 중성적인 존재로 생애를 살아가게 되지 않을까 궁금해했다.

해변으로 걸어가는 에일라를 눈으로 좇고 있던 이자 곁으로 크렙이 절뚝거리며 다가왔다.

아이의 강인하고 호리호리한 몸, 평평하지만 강단 있는 근육, 망아지 다리처럼 길고 깡마른 다리 때문에 아이의 걷는 모양은 어색하고 서툴게 보였다. 하지만 유연한 움직임 덕분에 흐느적거리는 볼품없는 모양새는 눈에 잘 띄지 않았다. 아이는 씨족 여자들 흉내를 내며 구부정하게 종종걸음을 쳐보려고 노력해봤지만 아이의 다리는 짧지도 활처럼 휘어 있지도 않다 보니 생각대로 잘 되지 않았다. 아무리 보폭을 짧게 해서 잰걸음으로 걸어도 아이의 긴 다리는 거의 남자들처럼 성큼성큼 걷는 것처럼 보였다.

그런데 아이를 달라 보이게 하는 것은 긴 다리만이 아니었다. 에일라에게서는 다른 그 어떤 씨족 여자에게서도 느낄 수 없는 자신감이 빛났다. 씨족 남자 중에 에일라보다 줄팔매를 잘 다루는 남자는 없었고, 이제 아이는 그 사실을 알았다. 아이는 스스로 체감하지 못하는 남자들의 우월성에 복종하는 척 가장할 수 없었다. 또한 에일라에게는 씨족 여자들의 매력이라 할 수 있는 헌신에 대한 진심 어린 믿음도 없었다. 그렇다 보니 남자들은 에일라의 길쭉하고 여자의 특징이 결여된 호리호리한 몸에 전혀 매력을 느끼지 못했다. 무의식중에 드러나는 아이의 자신감도 이미 이상하게 생긴 외모를 더욱 못나 보이게 했다. 에일라는 못생겼을 뿐 아니라 여자다운 구석도 없었다.

"크렙."

이자가 손짓했다.

"아바와 아가는 저 애가 앞으로도 여자가 되지 못할 거라고 말해요. 토템이 너무 강하다면서요."

"저 애는 당연히 여자가 될 거야, 이자. 다른 종족도 아이를 낳아 키우고 있지 않더냐? 저 아이를 우리 씨족으로 받아들였다고 해서 저 애의 본질이 바뀌는 것은 아니다. 그 종족의 여자들은 더디게 성숙하는 게 정상일지 모르지. 씨족 아이들 중에도 더러 열 살이 되어서야 여자가 되는 아이들이 있다. 비정상이라고 생각하기 전에 그 정도는 기다려봐야 하지 않겠느냐. 그러니 다 바보 같은 소리다!"

그는 짜증이 난다는 듯 콧방귀를 뀌었다.

이자는 안심이 되긴 했지만 여전히 양녀로 받아들인 딸에게서 여자가 되는 징조가 나타나기를 고대했다. 이자는 물이 허리까지 차는 곳까지 걸어 들어간 에일라가 다리를 차며 물속으로 뛰어 들더니 팔을 크게 저어 앞으로 나아가는 모습을 지켜봤다.

아이는 소금기가 있는 물에서 자유롭게 떠다니는 느낌을 무척 좋아했다. 어떻게 처음 수영을 배웠는지 기억은 나지 않았다. 그냥 처음부터 수영하는 법을 알았던 것처럼 느껴졌다. 발로 몇 차례 물을 더 차자 해안의 얕은 바닥이 돌연 가팔라졌다. 아이는 더 깊어진 바다색과 차가워진 수온으로 물이 깊어진 것을 알아차렸다. 아이는 몸을 뒤집어 한동안 등을 대고 한가로이 물 위에 누워 파도의 움직임에 몸을 맡겼다. 아이는 짠 물을 입안 가득 물고 있다가 얼굴 위로 뿌리더니 다시 몸을 뒤집어 해변을 향해 헤엄쳤다. 썰물인 데다가 개울에서는 물이 흘러나가고 있다 보니 물의 흐름을 거슬러 헤엄치는 것이 쉽지 않았다. 아이는 온 힘을 다해 물을 거슬러 헤엄쳐 마침내 발이 바닥에 닿는 지점에 이르러 해변까지 걸어 나왔다. 개울의 민물로 몸을 헹구면서 다리로 밀려드는 빠른 물살과 발 아래로 불안정한 모래 바닥이 무너지는 것을 느꼈다. 아이는 임시 천막 바깥에 피워놓은 모닥불 가까이에 털썩 주저앉았다. 피곤했지만 기분만은 상쾌했다.

저녁을 먹고 난 에일라는 바다 저 너머에는 무엇이 있을지 궁금해하며 먼 곳을 응시했다. 꽥꽥거리며 우는 바다 새들이 밀려오는 파도 위로 휙 내려오거나 맴을 돌거나 잠수를 하고 있었다. 한때 생명이 깃들어 있던 나무들은 비바람에 시달려 하얗게 바랜 채 비틀린 형상을 하고 있었지만, 밋밋한 모래 해변의 단조로운 분위기에 색다른 느낌을 주기도 했다. 넓게 펼쳐진 회청색 바다는 석양의 긴 햇살을 받으며 반짝였다. 그 풍경에는 뭔가 공허하고 초현실적인, 이 세상 것이 아닌 듯한 느낌이 서려 있었다. 뒤틀린 유목들은 괴기스러운 형상을 드러내다가 달도 뜨지 않은 캄캄한 밤이 되자 어둠 속으로 사라졌다.

이자가 우바를 천막에 눕혀놓고 작은 모닥불 가까이 앉아 있는 에일라와 크렙 곁으로 돌아왔다. 별이 쏟아질 것 같은 하늘 위로 모닥불이 가는 연기를 피어올리고 있었다.

"저것들이 다 뭐예요, 크렙?"

에일라가 위를 가리키며 나직하게 물었다.

"하늘에 있는 불이다. 하나하나가 저세상에 있는 영혼들의 불터란다."

"저렇게 많은 사람들이 있다고요?"

"정령의 세계로 떠난 모든 이들의 불터니까. 또 아직 태어나지 않은 사람들의 불터이기도 하고, 토템의 정령이 사는 불터이기도 하다. 하지만 토템들은 대부분 하나 이상의 불터를 가지고 있다. 저쪽에 있는 것들이 보이지?"

크렙이 가리켰다.

"저것이 위대한 우르수스의 불터란다. 그리고 저것도 보이느냐?"

그가 다른 방향을 가리켰다.

"저것들은 네 토템의 불터이지, 에일라. 동굴사자 말이다."

"하늘에 있는 작은 불들을 볼 수 있게 밖에서 잠을 자면 좋겠어요."

에일라가 말했다.

"바람이 불고 눈까지 내리면, 그리 썩 좋지는 않을 게다."

이자가 말참견을 했다.

"우바도 작은 불 좋아요."

우바가 어둠 속에서 모닥불이 동그랗게 비춰주는 곳으로 나오며 손짓했다.

"자는 줄 알았는데, 우바."

크렙이 말했다.

"아니요. 우바는 에일라와 크렙처럼 작은 불들을 보고 있어요."

"우리 모두 자러 갈 시간이다. 내일은 바쁜 하루가 될 테니."

이자가 손짓했다.

다음 날 아침 일찍, 씨족 사람들은 개울에 그물을 쳤다. 지난해에 잡은 철갑상어의 부레를 조심스레 씻어서 바람에 말려 만든 단단하고 투명한 부낭이 그물을 띄워주었고, 밑에 묶어놓은 돌이 그물추 역할을 했다. 브룬과 드루그가 각각 그물의 한쪽 끝을 잡고 개울 반대편 기슭까지 끌고 갔다. 곧이어 브룬이 신호를 내렸다. 어른과 큰 아이들이 개울로 뛰어들기 시작했다. 우바가 따라왔다.

"안 돼, 우바. 넌 여기 있어. 아직은 어리다."

이자가 손짓했다.

"오나는 돕잖아요."

아이가 애원했다.

"오나는 너보다 나이가 많아, 우바. 나중에 도와주렴. 우리가 물고기를 잡아들인 다음에. 지금 들어가는 건 너무 위험해. 크렙도 물가 근처에 있잖아. 너도 여기 있어라."

"네, 어머니."

우바는 실망한 기색이 역력한 모습으로 손짓했다.

그들은 최대한 소란스럽지 않게 천천히 부채꼴로 퍼져나가 커다란 반원형이 되도록 섰다. 그러고는 그들의 움직임에 휘저어진 모래가 다시 가라앉을 때까지 기다렸다. 에일라는 다리 주변으로 강한 물살이 몰아치는 곳에 다리를 벌린 채 버티고 서 있었다. 신호가 떨어지길 기다리는 아이의 눈은 브룬에게 고정되어 있었다. 아이는 개울의 양 기슭에서 비슷한 거리로 멀리 떨어져 있고, 바다에 가장 가까운 물길의 중간에 서 있었다. 커다랗고 거무스름한 형체가 몇 발짝 떨어진 곳에서 미끄러지듯 지나가는 것이 보였다. 철갑상어들이 개울 쪽으로 거슬러오고 있었다.

브룬이 팔을 들자 모두가 숨을 죽였다. 그가 팔을 내리는 것과 동시에 씨족 사람들이 소리를 지르며 수면을 두드려 물보라를 일으켰다. 물보라가 사방으로 튀어 오르며 일견 소란스럽고 정신없는 소동으로 보였던 것이 곧 의도적인 몰이였음이 드러났다. 씨족 사람들은 반원으로 서 있던 거리를 좁히며 철갑상어를 그물 쪽으로 몰았다. 멀리 기슭에 서 있는 브룬과 드루그가 개울 안으로 들어오며 그물을 둥그렇게 둘러쳤다. 그 사이 씨족 사람들은 물고기들의 혼을 빼놓으려는 듯 소란스레 개울물을 휘저으며 물고기들이 바다로 돌아가지 못하게 막았다. 그물이 서서히 닫히며 팔딱팔딱 퍼덕이는 물고기들을 점점 더 좁은 공간으로 몰아넣었다. 몇몇 큰 녀석들은 그물코에 머리를 박으며 빠져나가려고 버둥거렸다. 이제 더 많은 사람들이 그물에 달려들어 물가 쪽으로 그물을 밀고, 물가에 서 있던 사람들은 그물을 끌어당기면서 퍼덕이는 철갑상어로 가득 찬 그물을 뭍으로 끌어 올리기 위해 일제히 안간힘을 쓰고 있었다.

에일라는 눈을 들었다가 무릎 높이까지 뛰어 오르는 물고기 사이를 헤치며 그물 반대편에서 자기 쪽으로 오고 있는 우바를 봤다.

"우바! 돌아가!"

에일라가 손짓했다.

"에일라! 에일라!"

아이가 소리치더니 바다를 향해 손을 가리켰다.

"오나!"

아이가 비명을 질렀다.

에일라가 고개를 돌려 바다 쪽을 보자 검은 머리가 잠깐 물 위로 솟구쳤다가 수면 아래로 사라지는 모습이 어슴푸레 보였다. 우바보다 겨우 한 살 위인 오나가 발을 헛디뎌 바다로 휩쓸려가고 있었다. 잡은 물고기들을 끌어 올리느라 정신없는 와중에 누구도 오나가 물에 빠진 것을 보지 못했다. 우바만이 저보다 나이가 많은 놀이친구를 물가에서 부러움의 눈길로 지켜보다가 위험한 상황에 빠진 것을 알아차렸다. 우바는 누군가의 주의를 끌어 어떻게든 위급상황을 알리려고 기를 쓰고 있었다.

에일라는 흙탕이 채 가라앉지 않은 개울로 뛰어들어 바다를 향해 헤엄쳐나갔다. 그 어느 때보다 빠른 속도였다. 바다로 빠져나가는 물살 덕분에 도움이 되었지만 또한 그 물살이 같은 힘으로 어린 아이를 바다 속 낭떠러지 쪽으로 끌고 가고 있었다. 오나의 머리가 한 번 더 물 위로 솟구쳤다가 가라앉는 것을 본 에일라는 더욱 속도를 냈다. 아이에게 가까워지고 있었지만 안타깝게도 여전히 손에 닿지 않는 거리였다. 에일라가 아이에게 닿기 전에 오나가 낭떠러지에 이른다면 수면 밑의 강한 저류가 아이를 깊은 물속으로 끌어당길 터였다.

에일라는 물에서 짠맛이 나는 것을 느꼈다. 거무스름한 작은 머리가 몇 발짝 떨어진 곳에서 다시 한 번 떠올랐다 사라졌다. 수온이 차가워진 것을 느낀 에일라는 필사적으로 파도를 헤치고 나아가 사라진 머리를 찾기 위해 물 밑으로 잠수했다. 물결에 흔들리는 머리카락이 손에 닿는 것이 느껴지자 에일라는 아이의 기다란 머리채를 손에 감아 꽉 움켜쥐었다.

잠수하기 전에 깊게 숨을 들이마실 틈이 없었던 에일라는 가슴이 터질 것만 같았다. 자신이 구한 소중한 생명을 끌고 수면 위로 솟구쳐 오른 순간, 정신이 아득해져왔다. 오나의 머리가 물 위로 나오게 받치긴 했지만 아이는 의식을 잃은 상태였다. 에일라는 한 번도 다른 사람을 떠받치고 헤엄을 친 적이 없었다. 하지만 아이의 머리가 물에 가라앉지 않도록 받힌 채 최대한 빠르게 물가로 돌아가야 했다. 한쪽 팔로는 오나를 안고, 나머지 한 팔로만 휘젓는 자세를 잡은 에일라가 힘차게 물가를 향해 헤엄쳤다.

아이의 발이 바닥에 닿을 즈음, 씨족 사람들 모두가 자신을 데리러 물속으로 뛰어드는 게 보였다. 에일라는 오나의 축 늘어진 몸을 물 밖으로 들어 올려 드루그에게 건넸다. 아이는 그 순간까지도 자신이 얼마나 지쳐 있는지 깨닫지 못했다. 크렙이 옆에서 자신을 부축했고 고개를 드니 놀랍게도 반대편에는 브룬이 자신을 부축하고 있었다. 드루그가 앞서 물 밖으로 황급히 걸어 나갔다. 에일라가 물가로 나와 쓰러졌을 때, 이자는 오나를 모래밭에 눕혀 놓고 폐에 들어간 물을 빼내고 있었다.

씨족 사람들 중에 누군가가 물에 빠져 죽을 뻔했던 것이 처음은 아니어서 이자는 어떻게 해야 할지 알고 있었다. 전에도 깊고 차가운 바닷물에 몇몇 사람을 잃은 적이 있었지만 이번에는 바다가 제 물을 놓친 셈이었다. 오나가 콜록대더니 입에서 물을 토해냈고, 곧이어 눈꺼풀이 바르르 떨렸다.

"내 아기! 내 아기!"

아가가 오나를 향해 몸을 내던지듯 달려들며 외쳤다. 제정신이 아닌 어미는 아이를 들어 올려 꼭 안았다.

"죽은 줄 알았다. 죽었다고 생각했어. 오, 내 아기, 내 하나뿐인 딸."

드루그가 어미의 무릎에서 아이를 들어 올려 꼭 안고는 야영지를 향해 발을 옮겼다. 아가는 잃은 줄 알았던 딸을 토닥이고 쓰다듬으며 관습을 어기고 있는 줄도 모른 채 드루그와 나란히 걸었다.

에일라가 지나가자 사람들 모두 아이를 뚫어질 듯 바라봤다. 일단 물에 휩쓸리면 누구도 목숨을 건진 적이 없었다. 물에 빠진 오나를 구한 것은 기적이었다. 브룬이 이끄는 씨족 사람들은 이제 아이가 특이한 행동을 즐긴다고 해서 누구도 다시는 비웃지 못할 터였다. 저 애가 운이 좋아서 그래. 사람들이 말했다. 쟤는 늘 운이 따랐잖아. 동굴을 찾은 사람도 저 애잖아? 물고기들은 개울가에서 배를 드러낸 채 여전히 펄떡이고 있었다. 무슨 일이 일어난 것을 감지한 사람들이 물에 빠져 거의 죽을 뻔 했던 아이를 안고 돌아온 에일라를 맞으러 간 사이에 몇 마리는 용케 개울로 다시 도망쳤지만 많은 물고기들이 여전히 그물 아래 엉켜 있었다. 사람들이 다시 그물을 뭍으로 끌어 올리기 시작했다. 남자들이 곤봉으로 물고기를 내리쳐 기절시키자 여자들이 물고기 손질을 시작했다.

"암컷이다!"

에브라가 엄청나게 큰 철갑상어의 배를 가르며 외쳤다. 모두가 커다란 물고기를 향해 몰려들었다.

"저것 좀 봐요!"

보른이 손짓하더니 자잘한 검은 알을 한 움큼 쥐었다. 신선한 철갑상어 알은 모두가 좋아하는 특별한 먹을거리였다. 처음 잡힌 철갑상어 암컷의 알은 보통 모두들 달려들어 몇 줌씩 실컷 맛보는 것이 관례였다. 나중에 잡힌 것들은 훗날 먹기 위해 소금을 뿌려 저장할 터였지만 바다에서 갓 잡은 신선한 것처럼 맛이 뛰어나지 않았다. 에브라는 입으로 가져가려는 사내아이의 손을 잡더니 에일라에게 손짓했다.

"에일라, 네가 먼저 집어라."

에브라가 손짓했다.

아이는 자신이 관심의 중심에 놓인 것에 당황하며 주위를 둘러봤다.

"그래, 에일라가 먼저다."

다른 사람들도 거들었다.

아이는 브룬을 봤다. 그도 고개를 끄덕였다. 아이는 수줍게 앞으로 걸어가 반짝거리는 검은 알을 한 줌 집어 선 채로 맛을 보았다. 에브라가 신호를 보내자 모두가 달려들어 한 움큼씩 알을 거머쥐었다. 다들 흡족한 표정으로 철갑상어 한 마리를 가운데 두고 별식을 즐겼다. 참사를 피한 터라 다들 마음을 쓸어내리고 있었다. 마치 그날이 축제날처럼 느껴지기도 했다.

에일라는 천천히 거처로 돌아왔다. 사람들이 자신을 대단하게 여기고 있다는 것이 느껴졌다. 철갑상어 알을 조금씩 베어 물며 아이는 그 풍부한 맛과 함께 씨족 사람들에게 받았던 따뜻한 환대를 음미했다. 앞으로도 결코 잊을 수 없을 느낌이었다.

물고기를 뭍에 올려 곤봉으로 내리친 남자들은 늘 그렇듯 한쪽으로 물러나 무리지어 서 있었다. 물고기를 손질하고 저장하는 일은 언제나 여자들의 일이었다. 생선의 배를 가르고 큼직한 물고기의 살을 발라내는 데 쓰는 날카로운 돌칼 외에도 그들에게는 비늘을 벗기는 데 사용하는 특별한 도구가 있었다. 그것은 뒤쪽을 무디게 다듬어 손으로 쉽게 잡을 수 있을 뿐 아니라 힘을 조절할 수 있도록 검지가 놓이는 뾰족한 끝부분에 홈이 패여 있었다. 그 칼로는 생선 껍질이 찢어지지 않게 비늘만 벗길 수 있었다.

씨족 사람들이 끌어 올린 그물에는 철갑상어만 잡힌 게 아니었다. 대구, 민물 잉어, 커다란 송어 몇 마리, 그리고 게나 가재 같은 갑각류도 끌어 올려졌다. 물고기 냄새에 이끌려 모여든 새들이 버려진 내장을 게걸스레 먹다가 틈을 노린 몇몇 새들은 생선살을 훔쳐 날아가기도 했다. 손질한 물고기는 바람에 말리거나 연기에 익혀 늘어놓은 뒤 그 위에 그물을 펼쳐놓았다. 그렇게 하면 그물을 말리면서 수선할 부분을 찾을 수 있고, 사람들이 힘들게 잡은 물고기를 새들이 채가지 못하도록 막을 수도 있었다.

고기잡이가 다 끝나가기도 전에 그들 모두 생선 냄새와 맛에 질리게 되겠지만 첫날 밤만큼은 모두가 생선을 맛있게 먹으며 잔치 분위기를 즐겼다. 그날 밤 잔치를 위해 따로 손질해놓은 생선은 대구였다. 신선할 때 특히 부드럽고 맛 좋은 하얀 대구 살을 싱싱한 풀잎과 커다란 잎으로 싸서 뜨거운 숯 위에 올려놓았다. 겉으로 무슨 이야기가 오간 것은 아니었지만 에일라는 이 잔치가 자신을 위한 것임을 알았다. 여자들이 제일 맛 좋은 부위를 에일라에게 자꾸

권했고, 아가는 특별히 공을 들여 요리한 생선살을 에일라에게 주었다.

해가 서쪽으로 자취를 감추자 대다수가 그들의 천막으로 뿔뿔이 돌아갔다. 이자와 아바는 불길이 잦아들고 있는 커다란 모닥불 한쪽에서 이야기를 나누고 있었고, 에일라와 아가는 말없이 앉아 오나와 우바가 노는 것을 지켜봤다. 아가의 한 살 된 아들 그루브는 따뜻한 젖을 배불리 먹고 난 뒤 어미 품에 안겨 편하게 자고 있었다.

"에일라."

아가가 조금 머뭇거리며 말문을 열었다.

"네가 알아주면 좋겠는 게 있어. 그동안 네게 늘 잘해주지는 못했던 것 같아."

"아가는 늘 친절하게 대해주셨어요."

에일라가 말을 가로막았다.

"잘해주는 것과는 다르지."

아가가 말했다.

"드루그와 얘기를 해봤다. 오나는 내가 첫 번째 짝의 불터에서 낳아 데려온 아이야. 그런데도 드루그는 내 딸을 무척 예뻐해준다. 그는 전에 딸을 키워본 적이 없거든. 드루그가 그러는데, 네가 앞으로 죽 오나 정령의 일부를 나누어 가지게 된다더라. 나는 정령들의 뜻을 완전히 이해는 못 하지만 드루그가 그러더라. 사냥꾼이 다른 사냥꾼의 목숨을 구해주면, 그가 구한 남자의 정령 중 일부를 갖게 된다고. 그래서 그들은 피붙이, 형제 같은 관계가 된다더라.

나는 오나가 여기 이렇게 살아서 그 정령을 너와 나누어 갖게 되어 기쁘다. 내가 혹시 운이 좋아 아이를 또 하나 가질 수 있다면, 그리고 그 애가 딸이라면, 드루그는 그 아이 이름을 에일라로 짓겠다고 했어."

에일라는 정신이 멍해졌다. 뭐라고 말을 해야 할지 어리둥절했다.

"아가, 너무 과분한 영광인걸요. 에일라는 씨족의 이름도 아니잖아요."

"이제는 씨족 이름이지."

아가가 말했다.

여자는 일어나더니 오나에게 손짓했다. 아가는 그들의 거처로 발길을 옮기다 다시 몸을 돌려 말했다.

"나 이제 간다."

그것은 씨족 사람들의 손짓 중에 "잘 있어"라는 말과 가장 가까운 뜻이었다. 하지만 거의 대부분은 생략하기 일쑤였다. 그냥 그 자리를 떠나면 그뿐이었다. 씨족 사람들에게는 "고맙다"라는 말도 없었다. 감사하다는 개념은 알고 있었지만 그 안에 함축된 의미는 달랐다. 그것은 보통 지위가 낮은 사람들이 높은 사람들에게 느끼는 의무적인 감정이었다. 그들이 서로 돕는 것은 삶의 방식이자 의무였고, 생존에 필요했기 때문이었다. 그렇다 보니 굳이 고맙다는 말을 기대하지도 주고받지도 않았다. 특별한 선물이나 호의에는 비슷한 정도로 되돌려줘야 한다는 의무감이 담겨 있었다. 그들에게 고맙다는 개념은 이 정도 선에서 이해되었기 때문에 특별히 감사 표시를 하는 일은 없었다. 오나가 살아 있는 동안, 혹은 오나가 성인이 되기 전까지는 오나의 어머니가 에일라에게 은혜를 갚을 일이 일어나지 않는다면, 그래서 에일라의 정령 중 일부를 나눠 갖는 일이 일어나지 않는다면, 오나는 에일라에게 평생 빚을 지고 살아갈 터였다. 그런 의미에서 아가가 에일라에게 건넨 말은 단순히 의무감에서 나온 말이 아니라 나름대로는 고맙다는 뜻을 전한 것이었다. 딸이 거처로 돌아가자 아바도 바로 일어나 돌아갈 채비를 했다.

"이자는 네가 운이 좋은 아이라고 늘 말했지. 나도 이제 그 말을 믿는다."

노파는 에일라를 지나치며 손짓했다.

아바가 떠나자 에일라는 이자 곁으로 다가와 앉았다.

"이자, 아가가 그러는데, 내가 앞으로 죽 오나 정령의 일부를 간직하고 살아간대요. 하지만 나는 그냥 아이를 물에서 건져냈을 뿐이고, 다시 살려내신 것은 어머니잖아요. 나처럼 어머니도 아이의 목숨을 구했어요. 그러면 어머니도 아이 정령의 일부를 나눠 갖게 되는 게 아닌가요?"

아이가 물었다.

"어머니는 틀림없이 수많은 정령의 일부를 나눠 갖고 있을 거예요. 어머니는 많은 사람들의 목숨을 구했잖아요."

"주술 치료사가 스스로 높은 지위를 갖게 된 이유가 뭐라고 생각하니, 에일라? 그것은 남녀 할 것 없이 씨족 사람들 모두의 정령을 조금씩 나눠 갖고 있기 때문이란다. 자기 씨족 사람들을 통해서 동굴곰족 전체의 정령을 간직하게 된다. 주술 치료사인 여인은 그들이 이 세상에 나올 때 도움을 주고, 또 살아가는 내내 보살펴준단다. 어떤 여인이 주술 치료사가 되면 모든 사람들에게서 정령의 일부를 받는 거란다. 그 사람의 목숨을 구해주지 않았다 해도, 언젠가 그의 목숨을 구할 날이 올지 모르니 말이다."

이자는 계속 말을 이었다.

"어떤 사람이 죽어서 정령의 세계로 가면, 주술 치료사는 자기 정령의 일부를 잃게 되지. 그렇기 때문에 주술 치료사가 아픈 사람을 치료하기 위해 더 열심히 노력해야 한다고 믿지만, 많은 주술 치료사들은 그런 이유와 상관없이 할 수 있는 한 최선을 다한다. 모든 여자가 다 주술 치료사가 될 수 있는 건 아니다. 주술 치료사의 딸이라고 해서 저절로 되는 것도 아니지. 반드시 내면에 사람들을 도와주고 싶은 마음이 있어야 해. 너는 그걸 갖고 있다, 에일라. 그래서 내가 너를 가르치고 있는 것이다. 우바가 태어나고 얼마 안 되어 토끼를 보살펴주고 싶어 하는 너를 보고 처음 알게 되었지. 그리고 네가 오나를 구하러 뛰어들었을 때도 넌 네게 닥칠 위험은 생각하지도 않았다. 오나의 목숨을 구하겠다는 마음뿐이었어. 내 혈통의 주술 치료사 여인들은 가장 높은 지위를 갖고 있다. 네가 주술 치료사가 된다면 말이다, 에일라, 너는 내 혈통을 이어받게 된단다."

"하지만 나는 이자의 친딸이 아니잖아요. 내가 기억하는 유일한 어머니지만 나를 낳아주지는 않으셨어요. 그런데 내가 어떻게 어머니의 혈통이 될 수 있겠어요? 어머니가 갖고 있는 그런 기억도 없는걸요. 그 기억들이 무엇인지도 전혀 이해하지 못하고요."

"내 혈통은 늘 가장 뛰어났기 때문에 가장 높은 지위를 갖게 된 거란다. 내 어머니, 어머니의 어머니, 그리고 내가 기억하는 한 그 이전의 어머니들도 늘 최고셨다. 그 어머니들이 알고 있고 새롭게 배운 것들을 전수해주셨어. 너는 이제 우리 씨족 사람이다, 에일라. 내가 가르치고 있는 내 딸이지. 너는 내가 가르치는 모든 지식을 익히게 될 것이다. 내가 알고 있는 모든 지식이 아닐 수는 있어. 나조차도 내가 얼마나 많은 것을 알고 있는지 모르니까. 하지만 네게는 뭔가 다른 게 있으니 그걸로 충분할 거다. 네게는 재능이 있단다, 에일라. 내 생각에 너는 네 종족의 주술 치료사 혈통을 타고난 게 틀림없다. 너는 언젠가 아주 훌륭한 치료사가 될 거다.

애야, 너에게는 기억이 없지만 너는 생각하는 습성이 있다. 누가 무엇 때문에 아픈지 이해하려는 마음이 있다. 뭣 때문에 아픈지 안다면 도울 수 있어. 어떻게 돕는지도 알고 있으니까. 나는 오가의 실수로 브룬이 화상을 입었을 때, 브룬의 팔에 눈을 가져다 대주라고 말한 적이 없다. 나도 그렇게 했을 테지만 네게 알려준 적은 없지. 너의 재능, 너의 소질이 기억만큼이나 도움이 되는 것 같다. 아니, 기억보다 더 도움이 될지도 모른다. 어쨌든 훌륭한 주술 치료사는 타고나는 것이지. 그게 중요한 거란다. 너는 훌륭한 주술 치료사가 되어 내 혈통을 잇게 될 거다."

씨족 사람들은 다시 일상으로 돌아갔다. 고기잡이는 하루에 한 번뿐이었지만, 그 한 번의 고기잡이만으로도 여자들은 오후 늦게

까지 정신없이 바빴다. 더 이상의 불미스런 사고는 없었지만 오나는 더 이상 고기몰이를 돕지 않았다. 오나는 너무 어리다는 드루그의 판단에 따라 내년이 되어서야 다시 어른들을 돕게 될 터였다. 철갑상어의 이동이 끝나가자 그물에 걸리는 물고기의 양도 줄어서 여자들이 쉴 수 있는 오후 시간이 점점 늘어났다. 물고기 양이 줄어든 게 오히려 다행스러운 일이었다. 잡은 물고기를 말리는 데만 며칠이 걸렸기 때문이다. 모래밭에 죽 늘어놓은 물고기의 줄이 나날이 길어져갔다.

드루그는 산에서 쓸려 내려온 부싯돌 덩어리를 찾아 범람원을 샅샅이 훑어보며 다니더니 몇 개를 야영지로 끌고 왔다. 그 후로 여러 날 동안 오후가 되면 돌을 쪼개 도구를 만드는 그의 모습을 볼 수 있었다. 그들이 떠날 계획을 세우기 얼마 전 어느 오후, 에일라는 드루그가 거처에서 꾸러미를 들고 나와 도구를 만드는 곳 근처에 있는 유목 쪽으로 가는 것을 봤다. 그가 부싯돌로 작업하는 과정을 즐겨 지켜보던 아이는 그를 따라가 고개를 숙인 채 그 앞에 앉았다.

"석공께서 괜찮으시다면 이 소녀가 작업하시는 과정을 보고 싶습니다."

드루그가 아이에게 말을 하도록 허락하자 아이가 손짓했다.

"흐으음."

그가 그렇게 하라며 고개를 끄덕였다. 아이는 통나무 한쪽에 조용히 걸터앉아 지켜보기 시작했다.

아이는 전에도 그가 작업하는 과정을 지켜본 적이 있었다. 드루그는 아이가 도구를 만드는 일에 진지한 관심을 보이고 있으며, 그의 집중을 방해하지 않는다는 것도 알고 있었다. 보른이 저 정도 관심만 보여줘도 좋으련만. 그가 속으로 생각했다. 씨족 아이들 가운데 도구를 만드는 일에 소질이 있는 아이는 없었다. 진정한 솜씨를 지닌 장인이라면 누구나 그렇듯 그도 자신의 기술을 누군가에게 전수해주고 싶은 마음이 간절했다.

어쩌면 그루브가 관심을 보일지도 모르지. 그가 생각을 이어갔다. 그는 오나가 젖을 떼자마자 그의 새 짝이 곧바로 사내아이를 낳자 무척 기뻤다. 드루그는 사람들로 북적이는 불터에서 지낸 적이 없었지만 아가와 두 아이를 맡기로 한 결정에 아무런 불만이 없었다. 아가의 어머니인 아바와 지내는 것도 그리 나쁘지 않았다. 아가가 아기를 돌보느라 바쁘면 아바가 나서서 그의 시중을 들어주었다. 아가는 구브의 어머니처럼 조용하고 이해심 많은 성정이 아니어서 처음에는 그녀를 자신에게 맞추느라 애써야 했다. 하지만 아가는 젊고 건강했으며 아들을 낳아주었다. 드루그는 그 아이가 크면 석공으로 키워야겠다는 꿈에 부풀어 있었다. 그는 어머니의 어머니 짝으로부터 돌을 쪼개어 도구를 만드는 기술을 배웠다. 이제와 돌아보니 그가 아이였을 때 석공 일에 관심을 보이자 노인이 그토록 기뻐했던 모습이 이해되었다.

그런데 에일라는 그 아이가 씨족 사람들과 살게 되었을 때부터 그를 종종 지켜보곤 했었다. 그 역시 아이가 만든 도구를 본 적이 있었다. 에일라에게는 손재간이 있었고, 배운 기술도 잘 활용하곤 했다. 여자아이를 가르치는 것은 그다지 가치 있는 일은 아니었다.

어차피 진정한 의미에서 장인이 되지도 못할 터였다. 하지만 아이는 손재주가 좋아서 쓸 만한 도구를 곧잘 만들어냈다. 견습생이 여자아이라 할지라도 전혀 없는 것보다는 나아서 그는 전에도 한 번씩 아이에게 몇 가지 기술을 가르쳐준 적이 있었다.

석공은 꾸러미를 펼치더니 가죽 위에 연장들을 펼쳐놓았다. 그는 에일라를 보더니 돌에 관한 지식을 아는 게 얼마나 도움이 되는지 설명해주기로 했다. 그는 전날 버렸던 돌 하나를 집어 들었다. 드루그의 선조들은 오랜 세월 시행착오를 겪으면서 부싯돌이 최상의 도구를 만드는 데 가장 적절한 특징을 다 가지고 있음을 터득했다.

에일라는 그가 손짓으로 설명하는 동안, 완전히 몰입한 채 지켜보고 있었다. 먼저 돌은 짐승이나 식물의 여러 질긴 부위를 자르고 긁고 찢을 수 있을 만큼 단단해야 했다. 상당수의 석영계 규산질 광물은 도구를 만드는 데 필요한 단단한 강도를 가지고 있었다. 하지만 부싯돌에는 대다수의 석영계 광물, 그리고 더 무른 광물로 이루어진 돌들이 갖고 있지 않은 특징이 있었다.

즉 부싯돌은 부서지기 쉬운 특성이 있어 압력이나 충격을 가하면 잘 쪼개졌다. 드루그가 실제로 보여주기 위해 흠집이 난 부싯돌을 다른 돌과 맞부딪치게 한 순간, 에일라는 깜짝 놀라 뒤로 물러났다. 돌이 두 쪽으로 쪼개지자 반짝이는 진회색의 부싯돌 중심부에는 다른 성질을 가진 물질이 드러났다.

드루그는 세 번째 특징에 대해서는 어떻게 설명해야 할지 난감했다. 오랜 세월 부싯돌을 가지고 작업하면서 본능적으로 이해하고 있는 특징이었지만 말로 설명하기가 어려웠다. 그가 정교하게 도구를 만들 수 있는 것은 바로 돌이 깨지는 방식, 즉 균질성이라는 특징 덕분이었다. 그것이 바로 부싯돌이 다른 돌과 다른 점이기도 했다.

대다수 광물은 결정 구조와 평행한 평면을 따라 깨지는데 이는 특정 방향으로만 돌이 쪼개지는 것을 의미한다. 석공으로서는 그런 광물을 가지고 특별한 용도에 맞게 모양을 만들 수 없었다. 그 사실을 알게 된 드루그는 다른 광물보다 훨씬 무르기는 해도 화산에서 분출된 검은 유리인 흑요석을 사용할 때도 있었다. 흑요석은 뚜렷한 결정 구조를 이루고 있지 않아서 어떤 방향으로나 균일하게 깨뜨리기가 수월했다.

부싯돌의 결정 구조는 뚜렷하기는 했지만 아주 미세해서 균일한 것이나 다름없었다. 물론 모양을 다듬는 것은 전적으로 석공의 기술에 달려 있었는데, 드루그의 솜씨는 뛰어났다. 거기에다 부싯돌은 단단해서 두꺼운 가죽이나 질긴 섬유질의 식물을 자를 수 있었고, 부서지기 쉬운 성질이 있어 깨진 유리조각처럼 날카로운 날이 서도록 쪼갤 수 있었다. 드루그는 에일라에게 보여주기 위해 흠집이 난 부싯돌 하나를 집더니 뾰족한 날을 가리켰다. 아이는 만져보지 않아도 그 날이 얼마나 날카로운지 알고 있었다. 그 정도로 날카로운 칼들을 수차례 사용해봤던 것이다.

드루그는 부서진 조각을 땅바닥에 떨어뜨리고 무릎 위에 가죽을 펼치며 그간 물려받은 지식을 연마하며 쌓아온 연륜에 대해 생각했다. 훌륭한 석공의 능력은 돌을 선택하는 것에서 시작되었다. 질 좋고 입자가 미세한 부싯돌을 찾기 위해 백악질 표면의 미세한 색깔 차이를 구별하려면 숙련된 눈이 필요했다. 어느 지역의 부싯돌 덩어리가 다른 지역보다 질이 더 좋고, 암벽에서 떨어진 지 오래되지 않았으며, 이물질 함유가 더 적은지 알아볼 수 있는 감각을 키우는 데도 시간이 걸렸다. 어쩌면 그도 언젠가 그러한 미세한 차이를 감식할 수 있는 진정한 견습생을 두게 될지 모를 일이었다.

드루그는 연장을 늘어놓고 면밀하게 돌들을 살피더니 부적을 손에 쥔 채 눈을 감고 조용히 앉아 있었다. 에일라는 자신이 거기에 있다는 것을 그가 잊었다고 생각했다. 그런데 갑자기 그가 손짓으로 말을 하기 시작하자 에일라는 놀라고 말았다.

"내가 만들려는 도구들은 굉장히 중요한 것이다. 브룬이 매머드 사냥을 떠나기로 결정했다. 가을에 나뭇잎 색이 변하고 나면 매머드를 찾으러 멀리 북쪽으로 사냥 여행을 떠날 것이다. 사냥이 성공하려면 운이 아주 좋아야 한다. 정령들의 도움도 필요하다. 내가 지금 만들려는 칼은 사냥에 쓰일 무기와 그 무기를 만들 때 사용할 연장이다. 목우르가 무기에 복을 가지고 올 강력한 주술을 걸겠지만 먼저 연장을 만들어야 한다. 무기를 만들 연장이 잘 만들어지면 그게 좋은 징조가 될 거다."

에일라는 드루그가 자신에게 말하고 있는 것인지, 아니면 작업을 시작하기 전에 몇 가지 것들을 분명하게 해두기 위해 혼잣말을 하는 것인지 알 수 없었다. 그 때문에 아이는 드루그가 작업하는 동안 절대로 방해가 되지 않도록 조용히 있어야겠다고 스스로를 다잡았다. 아이는 그가 만들 도구들이 대단히 중요한 것이라서 그가 자기에게 그만 물러가라고 말할 것이라고 반쯤 예상하고 있었다.

하지만 드루그는 스스로 깨닫고 있지 못할 뿐, 에일라가 브룬에게 동굴을 보여준 이후로 아이가 행운을 불러온다고 믿고 있었다. 오나의 목숨을 구한 일로 그의 믿음은 더욱 굳어졌다. 그는 이상하게 생긴 에일라를 토템으로부터 받아 행운의 징표로 부적에 넣고 다니는 이상하게 생긴 돌이나 이빨처럼 여기고 있었다. 그 아이 자체가 운이 좋은 것인지, 아니면 운을 가지고 오는 것인지 확신하지 못했지만, 그가 이렇게 작업을 하려는 시간에 아이가 와서 작업을 지켜보겠다고 청한 것이 길조로 생각되었다. 첫 번째 덩어리를 집어 들던 그는 곁눈질로 아이가 자신의 부적에 손을 가져다대는 것을 보았다. 정확히 꼭 집어 말할 수는 없었지만 그는 어쩐지 아이의 강력한 토템에 깃든 행운이 그의 수고에 쏟아질 것 같다는 느낌이 들어 아이가 곁에 있는 게 전혀 꺼려지지 않았다.

드루그는 땅바닥에 앉아 가죽을 무릎에 펼쳐놓은 채 왼손으로 부싯돌 덩어리 하나를 집었다. 그러고는 타원처럼 생긴 돌 하나를 집어 손안에서 편안하게 느껴질 때까지 이리저리 돌려 쥐었다. 그는 손에 꼭 맞는 느낌과 탄력을 지닌 돌망치를 오랫동안 찾다가 마침내 발견한 그 돌을 여러 해 동안 줄곧 사용해왔다. 여기저기 난 흠집들이 세월의 흔적을 뚜렷하게 보여주고 있었다. 드루그는 돌망치로 부싯돌 덩어리를 두드려 그 안에 진회색의 부싯돌을 감싸고 있는 백악질의 회색 외피를 깨뜨렸다. 그러더니 동작을 멈추고 외피가 깨지고 드러난 부싯돌을 면밀히 살폈다. 결도 안성맞춤이고 색깔도 좋았으며 불순물도 없었다. 그는 주먹도끼로 기본적인 모양을 다듬기 시작했다. 부싯돌 덩어리에서 떨어져나간 격지는 날카로운 날을 가지고 있어서 떨어진 그대로 절단기구로 사용해도 될 것 같았다. 돌망치에 맞은 격지 끝은 뭉툭했지만 반대쪽 끝으로 갈수록 단면이 좁아졌다. 격지가 떨어져나간 부싯돌 석핵에는 물결 모양의 깊게 파인 자국이 남았다.

드루그는 돌망치를 내려놓고 뼈로 만든 망치 하나를 집었다. 그러더니 조심스럽게 석핵의 물결무늬가 난 예리한 가장자리를 아주 가깝게 겨냥해 내리쳤다. 무르긴 하지만 탄력이 더 강한 뼈망치로 석핵을 내리치자 더 길고 가는 격지가 떨어졌다. 이 격지의 경우, 손으로 쥐는 뭉툭한 부분은 더 평평했고 날은 더 곧게 쭉 뻗었다. 단단한 돌망치로는 이렇게 날카롭고 얇은 날을 만들 수 없었다.

얼마 후 드루그는 완성된 도구를 들어 올렸다. 12센티미터 쯤 되는 길이에 끝이 뾰족한 도구는 칼날이 곧고 단면은 상대적으로 얇았으며, 격지가 떨어져나간 곳에 얕게 깎인 부분만 제외하면 겉면은 매끈했다. 손에 쥐고 사용하는 이 도구로 도끼처럼 나무를 자르거나 자귀처럼 통나무를 오목하게 파내어 나무 주발을 만들거나 매머드의 상아를 자르거나 짐승을 도살할 때 뼈를 자를 수 있었다. 그 밖에도 내리쳐서 날카롭게 절단할 필요가 있는 경우에 두루두루 사용되었다.

그것은 고대의 도구로서 드루그의 선조들은 대대로 그와 비슷한 주먹도끼를 만들어왔다. 지금까지 만들어진 것 중에 가장 초기 도구여서 단순한 형태를 띠고 있지만 여전히 유용했다. 그는 격지 더미를 헤집더니 날이 곧고 넓은 것들을 따로 몇 개 골라냈다. 그것들은 짐승을 도살하거나 질긴 가죽을 자르는 칼로 쓰면 딱 좋았다. 주먹도끼는 연습 삼아 만든 것에 불과했다. 드루그는 다른 부 싯돌 덩어리를 면밀히 살피더니 특히 입자가 고운 덩어리를 골랐 다. 이번에는 좀 더 발전되고 어려운 기술을 활용할 차례였다.

석공은 처음보다는 긴장이 풀린 상태였다. 이제 다음 작업에 임 할 마음의 준비가 되어 있었다. 그는 모루로 사용되는 매머드의 다 리뼈를 그의 다리 사이에 놓고 부싯돌 덩어리를 그 위에 올려놓더 니 단단하게 움켜쥐었다. 그러고는 망치돌을 들어 덩어리를 두드 렸다. 조심스럽게 모양을 다듬어가며 망치를 두드리자 백악질 외 피가 떨어져나가고 대강 납작한 달걀 모양의 석핵만 남았다. 그 석 핵을 옆으로 돌린 뒤 뼈망치로 바꾸어 쥔 다음, 가장자리부터 중심 을 향해 빙 돌아서 격지를 잘라냈다. 그 과정을 다 마쳤을 때는 달 걀 모양의 돌 위에 납작한 타원모양의 윗면이 생겼다.

드루그는 잠시 작업을 멈추더니 손으로 부적을 감싸 쥐고 눈을 감았다. 매우 중요한 다음 단계에서는 기술 못지않게 운도 필요했 다. 그는 팔을 쭉 펴고 손가락을 풀더니 뼈망치를 집었다. 에일라 는 숨을 죽였다. 그는 달걀 모양의 납작한 윗면 한 끝에서 작은 격 지를 떼어낼 작정이었다. 그러기 위해서는 그가 떼어내려는 격지 와 수직을 이루는 표면에 작은 흠집을 내서 뼈망치를 내리칠 자리 를 표시하는 게 우선이었다. 망치를 내리칠 자리를 미리 표시하는 것은 예리한 날을 가진 격지가 깨끗하게 떨어지도록 하기 위해서 였다. 그는 타원 모양의 윗면 양 끝을 살핀 뒤, 칠 곳을 정하고는 조심스레 망치를 겨냥해 강하게 내리쳤다. 작은 조각이 떨어져나 간 순간 그는 숨을 내뱉었다. 드루그는 모루 위에 놓인 원반 모양의 석핵을 단단히 붙잡고 타격할 거리와 위치를 정확하게 계산한 뒤 그가 미리 작게 흠집을 내놓은 부위를 뼈망치로 내리쳤다. 미리 모양을 잡아놓았던 석핵에서 완벽한 형태의 격지가 떼어져 나왔다. 격지는 긴 타원형에 날카로운 날을 가지고 있었다. 바깥쪽은 거의 평평했지만 안쪽은 부드러운 곡선을 그렸다. 타격을 가한 끝부분은 다소 뭉툭했지만 반대편 끝으로 가면서 점점 얇아졌다.

드루그는 석핵을 다시 살펴본 후 옆으로 돌렸다. 앞서 내리친 쪽의 반대편에 작은 흠집을 내 쳐낼 자리를 만들고 망치를 내리치자 두 번째 격지가 떨어져 나왔다. 얼마 되지 않아서 그는 여섯 개의 격지를 잘라내고는 남은 부싯돌 석핵을 버렸다. 격지는 모두 긴 타원형이었고 끝으로 갈수록 좁고 얇아졌다. 그는 격지를 자세히 점검하더니 마무리 손질을 하기 위해 일렬로 늘어놓았다. 그의 손길을 거치고 나면 격지들은 그의 계획에 따라 서로 다른 용도의 도구로 만들어질 것이었다.

우선 드루그는 작고 약간 납작한 둥근 돌로 첫 번째 격지 한 끝의 예리한 날을 부드럽게 다듬어 칼끝의 윤곽을 잡았다. 하지만 더 중요한 것은 사용자가 손잡이가 되는 뒷부분을 잡았을 때 손을 베는 일이 없도록 무디게 하는 것이었다. 마무리 작업은 이미 예리한 칼날을 더욱 날카롭게 만드는 것이 아니라 안전하게 손에 쥘 수 있도록 뒷부분을 무디게 만드는 것에 초점을 두었다. 그는 다듬은 칼을 면밀하게 뜯어보더니 자잘한 부스러기들을 몇 개 더 떼어내고 만족스러운 듯 내려놓았다. 다른 격지를 들어 같은 과정을 반복해 두 번째 칼을 완성했다.

드루그가 선택한 또 다른 격지는 계란 모양 석핵의 중심부에서 가까웠던 제법 큰 조각이었다. 한쪽 면은 거의 곧게 쭉 뻗어 있었다. 그는 격지를 모루 위에 올려놓고 작은 뼈로 날 가장자리를 내리쳐 작은 조각을 하나 떼어내더니 연이어 여러 개의 조각들을 떼어냈다. 그러자 V 모양의 톱니가 달린 도구가 만들어졌다. 그는 작은 이빨이 촘촘히 난 도구의 뒷부분을 무디게 한 후 그가 막 완성한 톱을 다시 한 번 살펴보고는 고개를 끄덕이며 내려놓았다.

그는 앞서 사용했던 작은 뼈를 가지고 다른 것들보다 작고 둥그스름한 격지의 전체 날을 볼록한 형태가 되도록 다듬어 날이 다소 뭉툭하면서 단단한 도구를 만들었다. 이렇게 만든 도구는 나무껍질이나 가죽을 벗길 때 쉽게 부러지지 않았고 살을 벨 염려도 없었다. 다른 격지로는 날에 깊은 V 자 형태의 홈이 생기도록 잘라냈다. 이 도구는 특히 나무창의 끝을 다듬는 데 유용하게 쓰였다. 마지막으로 남은 격지는 가느다랗고 뾰족한 끝에 날은 약간 구불구불했다. 그는 날카로운 끝만 남기고 양날을 무디게 다듬었다. 이 도구는 가죽에 구멍을 내거나 나무나 뼈에 구멍을 뚫는 송곳으로 사용할 수 있었다. 드루그가 만든 도구들은 모두 손에 쥐도록 만들어진 것이었다.

드루그는 그가 만든 도구 한 벌을 다시 한 번 점검했다. 에일라는 넋을 잃은 채 거의 숨도 쉬지 못하면서 전 과정을 지켜보고 있었다. 그는 에일라에게 손짓하더니 아이에게 주먹도끼를 만드는 과정에서 떼어낸 넓고 날카로운 격지 중 하나와 긁개를 건넸다.

"이것들을 가져도 좋다. 네가 매머드 사냥에 우리와 함께 가게 되면, 그게 유용하게 잘 쓰일 것이다."

그가 손짓했다.

에일라의 눈이 반짝거렸다. 아이는 엄청난 선물을 받는 듯 도구들을 건네받았다. 사실 대단히 귀중한 것들이었다. 내가 매머드 사냥에 함께 갈 수 있게 될까? 아이는 궁금했다. 에일라는 아직 나이가 찬 여자가 아니었다. 사냥꾼들과 동행하는 이들은 주로 여자들과 그 여자들에게 딸린 젖먹이 아기들뿐이었다. 하지만 이제 에일라는 여자들 못지않게 컸으며 그해 여름에는 짧게 다녀오는 몇몇 사냥에 따라가기도 했다. 어쩌면 내가 뽑힐지도 몰라. 그러면 좋겠다. 정말로 그렇게 되면 좋겠어.

"이 계집은 매머드 사냥철이 올 때까지 이 도구들을 잘 간직하겠습니다. 제가 사냥꾼들과 함께 가게 된다면, 사냥꾼들이 죽인 매머드를 손질할 때 이 도구를 처음으로 사용하겠습니다."

아이가 말했다.

드루그는 흐음 하는 소리를 내더니 그의 무릎에 펼쳐져 있던 가죽에서 작은 돌 조각과 부스러기들을 털어냈다. 그러고는 가죽 한복판에 매머드 다리로 만든 모루와 돌망치, 뼈망치, 마무리 손질을 할 때 사용했던 뼈와 돌로 만들어진 연장들을 놓고 둘둘 말아서 끈으로 단단히 묶었다. 그리고 새로 만든 도구를 한데 모아 식구들과 함께 쓰고 있는 천막으로 걸어갔다. 그는 아직 오후가 다 지나지 않은 때에 모든 작업을 마무리 지었다. 아주 짧은 시간에 매우 훌륭한 도구를 몇 점 완성한 그는 더 이상 운을 믿고 과욕을 부리고 싶지 않았다.

"이자! 이자! 이거 보세요. 드루그가 이것들을 주었어요. 게다가 만드는 동안에 지켜보는 것도 허락해주었고요."

에일라는 이자를 향해 달려오며 크렙이 하듯 한 손으로 말했다. 다른 한 손으로는 조심스레 도구들을 쥐고 있었다.

"사냥꾼들이 이번 가을에 매머드 사냥을 간대요. 매머드 사냥에 쓸 새 무기를 만들 때 필요한 도구를 만들었어요. 내가 만약 사냥에 따라가게 되면 이 도구들이 유용하게 쓰일 거래요. 나도 사냥에 함께 갈 수 있을까요?"

"그럴지도 모르지, 에일라. 하지만 네가 뭐 때문에 그렇게 흥분하는지 모르겠다. 얼마나 고된 일인데 말이다. 기름을 다 떼어내 손질해야 하고 고기를 말려야 한다. 매머드 한 마리에서 고기와 지방이 얼마나 많이 나오는지 넌 상상도 못 할 거다. 그 먼 길을 가서는 그걸 다 짊어지고 돌아와야 하지."

"오, 얼마나 고되든 상관없어요. 매머드를 본 적이 없거든요. 산마루에서 멀리 있는 것을 한 번 본 것 말고는요. 가고 싶어요. 오, 이자, 갈 수 있으면 좋겠어요."

"매머드는 이렇게 남쪽까지 내려오는 일이 드물다. 추운 곳을 좋아하는데 이곳 여름은 너무 덥단다. 겨울에는 눈이 너무 내리니까 여기에서는 풀을 뜯을 수도 없고. 그래도 매머드 고기만큼 맛있고 부드러운 것도 없긴 하지. 매머드에서 나오는 엄청난 양의 기름은 쓸모가 많기도 하고."

"사냥꾼들이 저를 데리고 갈 것 같으세요, 어머니?"

에일라가 신이 나서 손짓했다.

"브룬은 그의 계획을 내게 말하지 않는다, 에일라. 나는 그들이 매머드 사냥을 간다는 것도 몰랐다. 네가 나보다 더 많이 알고 있구나."

이자가 말했다.

"그렇지만 드루그가 없는 말을 하지는 않았을 것 같구나. 그 사람은 네가 물에 빠져 죽었을지도 모를 오나를 구해줘서 고마워하고 있다. 도구를 준 것이나 사냥에 대해 얘기해준 것은 그런 그의 마음을 전하려던 것 같다. 드루그는 훌륭한 사람이다, 에일라. 그가 만든 도구를 받을 만한 가치가 있는 사람이라고 생각해주다니 너는 운이 좋구나."

"매머드 사냥 때까지 잘 보관해둘 거예요. 내가 가게 되면 그때 처음으로 이 도구들을 쓰겠다고 드루그에게 말했어요."

"좋은 생각이다, 에일라. 그리고 그렇게 말한 것도 참 잘했구나."

.

14

거대한 털북숭이 짐승들이 남쪽으로 이동해오는 이른 가을에 계획된 매머드 사냥은 운이 따라야 간신히 성공할 일이었지만 씨족 사람들 모두가 흥분하고 있었다. 신체가 건강한 이라면 반도가 본토와 만나는 곳에서 가까운 반도 북단으로의 여행에 따라가게 될 터였다. 북쪽으로 이동하고, 사냥한 짐승을 도살해 저장하고, 기름을 정제하고 동굴로 돌아오는 기간 내내 일체의 다른 사냥 활동들은 불가능할 것이었다. 하지만 일단 목적지에 당도한다고 해도 매머드를 찾을 수 있을지 모르고, 찾는다 해도 사냥이 성공하리라는 보장도 없었다. 사냥에 성공할 경우, 거대한 짐승에게서 수개월 동안 씨족을 먹여 살릴 많은 양의 고기뿐 아니라 그들의 생존에 필수적인 기름도 얻을 수 있었다. 그러다 보니 매머드 사냥은 충분히 고려해볼 가치가 있는 일이었다.

사냥꾼들은 초여름에 접어들자 평소 사냥 때보다 훨씬 많은 짐승을 잡아들였다. 아껴 먹기만 한다면 다가오는 겨울을 나기에 충분한 고기를 저장해둔 것이었다. 다가오는 추운 겨울에 대한 채비를 하지 않고서 매머드 사냥이라는 사치스러운 도박에 임할 수는 없었다. 더구나 2년 후에는 씨족 모임이 열릴 예정이었으므로 그해 여름에는 사냥을 거의 못 하게 될 것이었다. 중요한 행사를 여는 씨족의 동굴까지 갔다가 큰 축제에 참여한 뒤 다시 동굴로 돌아오면 그해 여름이 지나갈 터였다. 씨족 모임은 역사가 길어서 브룬은 씨족 모임이 끝나면 찾아오는 겨울을 잘 나기 위해 미리 식량과 필요한 것들을 비축하기 시작해야 함을 잘 알고 있었다. 그가 매머드 사냥을 떠나기로 결정한 것도 바로 이런 이유에서였다. 다가올 겨울에 대비해 충분한 식량을 저장해두고 거기에 매머드 사냥까지 성공한다면, 겨울나기 준비가 시작부터 순조로울 것이었다. 말린 고기, 푸성귀, 과일, 곡물은 제대로 저장하기만 하면 2년은 족히 두고 먹을 수 있었다.

다가오는 사냥에 대한 흥분된 분위기에 더해 사람들 사이에는 온갖 미신이 떠돌고 있었다. 사냥의 성공여부가 워낙 운에 달려 있다 보니 아주 사소한 일에서도 그들은 징조를 찾으려고 했다. 모두가 행동 하나하나를 조심했고 특히 정령과 조금이라도 관련이 있는 일에 대해서는 신중을 기했다. 누구도 정령들을 노하게 해서 불운을 불러들이고 싶지 않았다. 여자들은 요리를 할 때 특히 주의를 기울였다. 탄 음식도 불길한 징조일 수 있었다.

남자들은 매 단계 계획을 세울 때마다 의식을 열어 열렬하게 간청하며 그들 주위에 있는 보이지 않는 힘의 비위를 맞추고자 노력했다. 목우르는 행운을 부르는 주술을 행하고 주로 작은 동굴에 있는 뼈들로 강력한 부적을 만드느라 여념이 없었다. 잘 진행되는 일들은 모두 좋은 징조로 여겨졌고, 조금이라도 문제가 생기면 걱정에 사로잡혔다. 씨족 사람들 모두가 예민해져 있었다. 브룬은 매머드 사냥을 결정한 이후로 한 번도 제대로 자본 적이 없었다. 한 번씩 매머드 사냥을 떠나기로 한 결정을 후회할 때도 있었다.

브룬은 누가 사냥에 함께 갈 것이고 누가 동굴에 남을 것인지 의논하기 위해 모임을 가졌다. 거처인 동굴을 보호하는 것도 중요한 문제였다.

"사냥꾼 중 한 명을 동굴에 남겨두는 것에 대해 생각 중이다."

족장이 말문을 열었다.

"적어도 한 달은 떠나 있을 것이고, 어쩌면 두 달이 걸릴지도 모른다. 무방비 상태로 동굴을 남겨두기에는 긴 시간이다."

사냥꾼들은 브룬의 눈길을 피했다. 누구도 사냥에서 빠지고 싶지 않았다.

"브룬, 자네에게는 사냥꾼들이 모두 필요할 걸세."

주그가 손짓했다.

"내 다리가 매머드 사냥에 나설 만큼 빠르지는 않지만 내 팔은 창을 휘두를 만큼은 힘이 남아 있지. 내가 쓸 수 있는 무기가 줄팔매만 있는 것도 아니고. 도르브의 시력이 나빠지고는 있지만 근육은 약하지 않아. 아직 눈이 먼 것도 아니고. 도르브는 지금도 곤봉이나 창을 쓸 수 있어. 동굴을 지킬 힘은 충분히 된다고 보네. 동굴에 대해서는 걱정하지 않아도 돼. 우리가 동굴을 지킬 수 있다. 매머드 사냥만 생각하더라도 걱정이 이만저만이 아닐 걸세. 결정이야 내가 하는 것은 아니지만 나는 자네가 사냥꾼들을 모두 데려가야 한다고 생각하네."

"나도 동의한다, 브룬."

도르브가 몸을 앞으로 숙이고 눈을 가늘게 뜨며 덧붙였다.

"자네가 떠나 있는 동안 주그와 내가 동굴을 지킬 수 있네."

브룬은 주그와 도르브를 번갈아보더니 다시 주그를 봤다. 그는 사냥꾼 중 누구도 뒤에 남겨두고 싶지 않았다. 성공의 가능성을 최대한 높이고 싶었다.

"주그의 말이 옳습니다."

마침내 브룬이 손짓했다.

"주그와 도르브가 매머드 사냥에 나설 수 없다고 해서 동굴을 지키지 못할 만큼 힘이 없는 것은 아니지요. 두 분이 여전히 이렇게 능력이 있으니 우리 씨족 사람들은 참으로 다행입니다. 우리 곁에 제 선대 족장의 휘하에 있던 부족장이 계셔서 지혜를 나눠주시니 저로서도 다행입니다, 주그."

노인에게 마땅히 감사할 일이었다. 그제야 사냥꾼들은 마음을 놓았다. 이로써 누구도 뒤에 남겨지지 않게 되었다. 그들은 위대한 사냥에 동참하지 못하는 노인들이 안됐지만 한편으로는 동굴을 지키기 위해 남아준 것이 고마웠다. 목우르 또한 오래 걷지 못할 테니 남을 것이었다. 게다가 그는 사냥꾼이 아니었다. 하지만 브룬은 불구의 몸을 한 늙은 주술사가 견고한 지팡이를 힘 있게 휘둘러 자신을 보호하는 모습을 본 적이 있었기 때문에 머릿속으로는 주술사도 동굴을 지켜주는 데 한몫해주리라 생각했다. 셋이 함께라면 사냥꾼 한 명을 남겨두는 것만큼이나 충분히 믿음직스러웠다.

"자, 그러면 여자들 중에는 누구를 데려간다? 에브라는 함께 간다."

브룬이 물음과 동시에 덧붙였다.

"우카도 갑니다."

그로드가 덧붙였다.

"우카는 힘이 좋고 경험이 많습니다. 딸린 아이도 없고요."

"좋다, 우카도 간다."

브룬이 동의했다. 그가 구브를 보며 "오브라도 간다"고 말하자 주술사의 제자인 구브는 알겠다는 뜻으로 고개를 끄덕였다.

"오가는 어떨까요?"

브라우드가 물었다.

"브락은 이제 걸을 수 있고 곧 젖을 떼는 나이이다 보니 오가의 손을 많이 타지 않습니다."

브룬은 잠시 생각했다.

"안 될 이유가 없구나. 다른 아낙들이 브락을 봐줄 수도 있고. 오가는 일을 썩 잘하니 함께 가도록 한다."

브라우드는 기뻐 보였다. 그는 자기 짝이 족장에게 후한 평가를 받는 것이 좋았다. 그것은 자기가 짝을 잘 가르쳤다는 칭찬이나 다름없었다.

"여자들 몇 명은 남아 아이들을 돌봐야 한다."

브룬이 손짓했다.

"아가와 이카는 어떤가. 그루브와 이그라는 먼 여행을 하기에 아직 어리다."

"아바와 이자가 아이들을 봐줄 수 있습니다."

크루그가 나섰다.

"이그라는 이카에게 큰 짐이 되지 않습니다."

남자들은 장기 사냥을 떠날 때면 자기 짝을 데리고 가고 싶어했다. 다른 남자 짝의 손을 빌리지 않고 자기 짝의 시중을 받을 수 있기 때문이었다.

"이카는 잘 모르겠습니다. 하지만 이번에 아가는 동굴에 남는게 좋겠습니다. 아이가 셋이고, 그루브를 데려간다고 해도 오나가 제 어미를 찾을 것입니다. 보른은 가고 싶기는 할 것입니다."

드루그가 말했다.

"아가와 이카는 남는 게 좋겠다."

브룬이 결정을 내렸다.

"보른도 남는다. 그 애가 할 일이 별로 없을뿐더러, 아직 사냥을 할 나이도 아니다. 잔소리하는 어미가 없으니 여자들 일을 적극적으로 도우려고 하지도 않을 것이다. 보른에게는 매머드 사냥에 참여할 기회가 또 있을 것이다."

목우르는 그때까지 아무런 말도 하지 않고 있다가 때가 되었다고 판단했다.

"이자는 쇠약해서 갈 수 없다. 남아서 우바를 봐야 하기도 하고. 하지만 에일라는 못 갈 이유가 없다."

"그 아이는 아직 여자가 되지 않았습니다."

브라우드가 끼어들었다.

"게다가 이상한 아이가 함께 가면 정령들이 좋아하지 않을 겁니다."

"그 애는 성인 여자보다 크고, 힘도 그에 못지않게 강하다."

드루그가 반박하고 나섰다.

"일도 열심히 하고, 손재주도 좋다. 정령들은 그 애를 좋아하고 있다. 동굴을 생각해봐라. 오나는 어떻고? 나는 그 아이가 행운을 가져다줄 거라 생각한다."

"드루그 말이 옳다. 손이 빠르고 성인 여자만큼 힘도 세다. 걱정해야 할 어린애가 있는 것도 아니다. 그리고 치료사가 되는 가르침도 받았다. 이자가 기운이 있다면 이자를 데려가는 게 더 도움이 되겠지만, 그럴 수 없으니 그 애를 데려가는 게 좋겠다. 에일라도 우리와 함께 간다."

브룬이 단호한 손짓으로 말했다.

에일라는 매머드 사냥에 동행하게 되었다는 사실을 알고는 떨듯이 기뻐했다. 너무 좋아 가만히 앉아 있을 수가 없었다. 아이는 무엇을 가져가야 하는지 귀찮을 정도로 질문을 퍼부으며 떠나기 며칠 전부터 몇 번이나 바구니를 쌌다 풀었다 했다.

"짐을 너무 많이 가져가서는 안 돼, 에일라. 사냥에 성공하면 돌아오는 길에 짐이 훨씬 더 무거워질 테니까. 하지만 네가 가져가야 할 것 같아 준비해놓은 게 있다. 막 완성한 참이었다."

에일라는 이자가 건네는 자루를 본 순간, 기쁨의 눈물이 맺혔다. 그 자루는 수달의 모피, 머리, 꼬리, 다리를 온전히 남겨둔 채 수달가죽을 통으로 사용해 만든 것이었다. 이자는 주그에게 수달을 잡아달라고 부탁해 아가와 아바도 모르게 드루그의 불터에 숨겨놓았더랬다.

"이자! 나만의 약자루가 생겼어요!"

에일라는 소리치며 이자를 안았다. 그러고는 그 즉시 자리에 앉아 안에 있는 작은 약낭과 꾸러미를 꺼내 일렬로 늘어놓았다. 이자가 그렇게 하는 모습을 수없이 봐왔던 터였다. 아이는 주머니를 하나하나 열어보며 안에 든 약초 냄새를 맡아보더니 원래 묶여 있던 것과 똑같은 매듭을 지어 묶어놓았다.

위험한 약초의 경우, 실수로 잘못 사용하는 일이 없도록 무해하지만 향이 강한 식물을 섞어놓기도 했다. 하지만 냄새만으로는 수많은 종류의 말린 약초와 뿌리를 구분하기가 어려웠다. 그래서 실제로는 약초를 구분하기 위해 주머니를 묶는 끈의 종류를 달리하거나 여러 가지 복잡한 형태의 매듭을 생각해냈다. 특정 계통의 약초는 말총을 꼬아 만든 끈으로 묶고, 또 다른 약초는 들소의 털을 꼬아 만든 끈으로 묶는 식이었다. 동물의 털은 색과 질감이 달랐기 때문에 제각각 다른 끈을 만드는 게 가능했다. 그 외에도 동물의 힘줄로 만든 끈, 섬유질이 많은 나무껍질이나 덩굴로 만든 끈, 가죽 끈으로 묶은 주머니도 있었다. 특정 식물의 용도를 기억하는 것 못지않게 그 식물을 담은 주머니나 꾸러미를 묶는 데 사용된 끈의 종류와 매듭 모양도 잘 익혀두어야 했다.

에일라는 약이 담긴 주머니들을 약자루에 집어넣었다. 그러고는 감탄스러운 표정으로 약자루를 허리끈에 묶어본 다음 도로 풀어서 채집 바구니 옆에 놓았다. 바구니 옆에는 소원대로 사냥에 성공한다면 매머드 고기를 담아올 커다란 자루들도 있었다. 모든 게 다 준비되었다. 에일라의 유일한 걱정거리는 줄팔매를 어떻게 할 지였다. 줄팔매를 사용할 일은 없겠지만 그렇다고 동굴에 두고 갔다가 이자나 크렙이 보면 안 될 일이었다. 숲에 숨기는 것도 생각해보았지만 뭣 모르는 짐승이 땅을 헤집어놓아 비바람에 노출이라도 되면 완전히 못 쓰게 될 수도 있었다. 결국 아이는 두르개 주머니 속에 잘 숨겨 가져가기로 했다.

사냥꾼들이 출발하는 아침, 씨족 사람들이 잠자리에서 일어났을 때 여전히 주위는 어두웠다. 하늘이 밝아오면서 색색으로 물든 단풍들이 제 빛깔을 뽐내기 시작할 무렵, 일행은 길을 나섰다. 동굴에서 동쪽 방향에 있는 산마루를 넘어갈 쯤에는 태양이 지평선 위로 떠오르며 저 아래 강렬한 황금빛으로 물든 드넓은 초원에 찬란한 빛을 비추었다. 그들은 태양이 낮게 떠 있는 동안, 나무가 우거진 산기슭을 내려가 초원에 다다랐다. 브룬은 남자들끼리 다닐 때와 거의 비슷한 속도로 빠르게 걸었다. 여자들은 짐이 가볍긴 했지만 빠른 속도로 걷는 것에 익숙치 않았기 때문에 남자들을 따라잡기 위해 안간힘을 써야 했다.

그들은 동이 틀 무렵부터 해가 질 때까지 하염없이 걸었다. 새 동굴을 찾아다니던 때보다 훨씬 먼 거리를 하루에 답파하고 있었다. 그들은 차를 마시기 위해 물을 끓이는 것 말고는 따로 음식을 만들지 않았기 때문에 딱히 여자들이 해야 할 일은 없었다. 가는 길에 사냥을 할 수도 없었다. 그들은 남자들이 사냥할 때 가지고 다니는 여행용 식량을 먹었다. 말린 고기를 거칠게 갈아 깨끗하게 정제한 기름과 말린 과일을 섞어 둥글납작한 작은 빵처럼 만든 음식이었다. 영양이 고도로 농축된 음식이었기 때문에 그것만으로도 필요한 영양소를 충분히 섭취할 수 있었다.

바람이 부는 탁 트인 초원의 날씨는 꽤 쌀쌀했다. 북쪽으로 다가갈수록 기온은 급격하게 떨어졌다. 비록 날이 추워지긴 했지만 아침에 길을 나선 지 얼마 지나지 않아 겉에 두른 덮개를 벗어야 했다. 빠르게 걷다 보니 몸에서 열이 났던 것이다. 하지만 휴식을 위해 잠시 걸음을 멈추고 나서야 쌀쌀해진 날씨가 느껴졌다. 처음 며칠 동안, 특히 여자들은 여기저기 근육이 쑤셔왔지만 걷는 것에 자신감이 붙으며 다리가 여행에 익숙해지자 통증도 사라졌다.

반도의 북쪽 지역은 지세가 험준했다. 드넓은 평원이 갑자기 끊기더니 가파른 협곡과 근처에는 깎아지른 절벽이 이어지고 있었다. 지난 지진 때 석회암 층을 뒤흔들며 일어난 엄청난 지각변동의 결과였다. 좁은 협곡들은 삐죽삐죽한 암벽으로 둘러싸여 있고, 암벽이 만나는 막다른 협곡에는 주위의 절벽에서 떨어져 나온 파편들과 날카로운 바위들이 뒤죽박죽 흩어져 있었다. 작은 간헐천에서 물살이 빠른 강에 이르기까지 이따금 물길을 내어주는 계곡들도 있었다. 그나마 물길이 흐르는 계곡 근처에서는 바람에 휘어 자라는 소나무, 낙엽송, 전나무들이 드문드문 서 있고, 관목보다 더 크지 않을 정도로 왜소한 자작나무와 버드나무들이 꽉 들어차 있어서 초원의 단조로운 풍경에 변화를 주고 있었다. 드물게 협곡과 물이 흐르는 계곡이 만나는 곳에서는 세찬 바람이 들이치지 않고 충분한 수분이 공급되는 덕에 침엽수와 입이 작은 나무들이 본래의 키에 가깝게 자라고 있었다.

가는 동안 특별한 사건은 없었다. 꾸준히 빠른 속도로 이동한 지 열흘이 지나서야 브룬은 속도를 줄이며 주변 지역을 살피러 남자들 몇몇을 보내기 시작했다. 그들은 반도의 드넓은 지협에 가까이 와 있었다. 그들이 찾는 매머드가 곧 눈에 띄어야 하는 곳이었다.

사냥꾼 일행은 작은 강가에 멈춰 섰다. 주변을 정찰하러 브라우드와 구브를 오후 일찍 내보낸 브룬은 그들이 떠난 쪽을 보고 있는 다른 이들에게서 조금 떨어진 곳에 홀로 서 있었다. 이 강 근처에서 야영을 할지 아니면 밤이 되기 전에 조금 더 이동할 것일지 결정해야 할 시간이 다가오고 있었다. 늦은 오후의 그림자가 초저녁에 이르면서 길어지고 있었다. 정찰을 보낸 젊은 사냥꾼 둘이 곧 돌아오지 않으면 브룬 혼자서 머물지 떠날지 결정해야 했다. 그는 동쪽에서 불어오는 날카로운 바람을 정면으로 맞으며 눈을 가늘게 뜨고 있었다. 거센 바람에 그가 두른 기다란 모피 덮개가 다리에 감기고, 텁수룩한 수염이 얼굴에 들러붙었다.

저 멀리에서 그는 뭔가 움직이는 것을 본 듯해서 조금 더 기다렸다. 달려오는 두 남자의 모습이 점점 뚜렷해졌다. 돌연 가슴 깊은 곳에서 흥분이 솟아올랐다. 직관이거나 그들이 달려오는 몸짓에서 전해지는 기분을 예민하게 포착한 것일지도 몰랐다.

그들은 혼자 서 있는 브룬을 알아보고는 속도를 높이며 팔을 휘둘렀다. 브룬은 목소리가 들리기 전에 이미 알고 있었다.

"매머드! 매머드!"

두 남자가 일행을 향해 숨이 턱에 차도록 달려오며 외쳤다. 모두가 기뻐서 어쩔 줄 모르는 두 남자 주위로 몰려들었다.

"동쪽 방향으로 큰 무리가 있습니다."

브라우드가 신이 나서 손짓했다.

"얼마나 먼가?"

브룬이 물었다.

구브가 똑바로 위쪽을 가리켰다가 팔을 내려 짧은 호를 그렸다. "몇 시간 떨어진 거리"라는 뜻이었다.

"앞장서라."

브룬이 손짓하더니 다른 이들에게 따라오라는 신호를 보냈다. 아직 해가 떨어지지 않은 때여서 매머드 무리에 더 가까이 다가갈 수 있는 시간이 충분히 있었다. 해가 지평선 아래로 떨어질 무렵, 일행은 멀리서 움직이고 있는 거무스름한 형체를 어렴풋이 보았다. 엄청난 무리구나. 브룬은 멈추라는 신호를 보내며 생각했다. 그날은 전날 쉬었던 곳에서 떠온 물로 그럭저럭 버텨야 할 것이었다. 개울을 찾기에는 너무 어두워진 뒤였다. 아침이 오면 더 좋은 조건의 야영지를 찾을 수 있을 터였다. 무엇보다 중요한 사실은 그들이 매머드 떼를 찾았다는 것이었다. 이제 모든 것은 사냥꾼들에게 달려 있었다.

양쪽 둑에는 듬성듬성 덤불이 자라고 있고, 그 가운데로 구불구불 시내가 흐르고 있는 근처로 야영지를 옮긴 후에 브룬은 여러 가지 가능성을 점쳐보기 위해 사냥꾼들을 불러 모았다. 매머드는 들소처럼 창으로 찔러 쓰러뜨릴 수도, 사냥돌을 던져 넘어뜨릴 수도 없었다. 두툼한 가죽을 가진 털북숭이 짐승을 사냥하려면 다른 전략을 세워야 했다. 브룬과 사냥꾼들은 근처의 산골짜기와 협곡을 돌아다녔다. 브룬은 특정한 지형을 찾고 있었다. 입구에서 반대편까지 좁아지면서 양옆과 끝에 바위들이 쌓여 있는 막다른 협곡이어야 했다. 무엇보다 느릿느릿 이동하고 있는 매머드 떼에서 그리 멀지 않은 곳이어야 했다.

다음 날 아침 일찍, 오가는 고개를 숙인 채 긴장한 표정으로 브룬 앞에 앉았다. 그 뒤로는 오브라와 에일라가 초조하게 기다리고 있었다.

"무슨 할 말이 있느냐, 오가?"

브룬이 오가의 어깨를 두드리며 손짓했다.

"이 계집이 청을 드리고자 합니다."

그녀는 주저하며 입을 열었다.

"그래?"

"이 계집은 매머드를 한 번도 본 적이 없습니다. 오브라와 에일라도 그렇고요. 족장님께서 허락해주신다면 저희들이 더 가까이서 보고 와도 되겠습니까?"

"에브라와 우카는? 그들도 매머드를 보고 싶을 터인데."

"그분들은 이 여행이 끝날 쯤에 매머드를 실컷 보게 될 거라서 가고 싶은 마음이 없다고 했습니다."

오가가 답했다.

"현명한 아낙들이군. 전에 매머드를 본 적이 있기도 할 테지만. 우리는 지금 바람이 부는 방향에 있다. 너무 가까이 다가가거나 매머드 무리를 돌아가서 신경을 거스르게 해서는 안 된다."

"너무 가까이 가지 않겠습니다."

오가가 약속했다.

"한 번 보고 나면 가까이 다가가고 싶은 마음도 안 들 게다. 그래, 가도 좋다."

그가 결정을 내렸다.

젊은 여자들이 잠깐 다녀온다고 해서 큰 문제 될 거야 없겠지. 브룬은 그렇게 생각했다. 지금으로선 당장 할 일도 없으니까. 정령들이 우리에게 호의를 베푸시면 그때가서 바빠질 터이니.

세 여자는 그들만의 모험에 한껏 들떴다. 그들 모두 매머드를 가까이서 보고 싶어 했지만 결정적으로 오가를 부추긴 사람은 에일라였다. 사냥 여행을 통해 그들은 평소 동굴에서 지낼 때보다 훨씬 친밀해졌다. 서로에 대해 더 잘 알 수 있는 기회가 된 것이다. 내성적이고 조용한 성격의 오브라는 에일라를 늘 아이라고 생각해서 친구처럼 지낼 생각을 하지 않았었다. 오가는 에일라에 대한 브라우드의 감정을 알게 된 이후로 가깝게 지낼 생각을 하지 못했다. 또 두 여자 모두 에일라와는 공유할 만한 것들이 별로 없다고 느꼈다. 그들은 짝을 맺은 성인 여자이며, 그들 짝이 꾸리는 불터의 안주인이었다. 하지만 에일라는 그런 책임을 짊어지지 않은 여자아이에 불과했다.

오브라와 오가가 에일라를 아이 이상으로 생각하게 된 것은 에일라가 어른과 비슷한 지위를 가지고 사냥 여행에 따라다니기 시작한 그해 여름이었다. 특히 매머드 여행에 동행하게 되면서 그런 생각이 굳어졌다. 에일라는 다른 여자들보다 키가 커서 겉모습만 보면 어른처럼 보였다. 그리고 사냥꾼들에게도 다 자란 어른 취급을 받고 있었다. 특히 크루그와 드루그는 에일라를 부르는 일이 많았다. 그들의 짝은 동굴에 남아 있었고, 에일라에게는 짝이 없었다. 아무 여인들에게나 사사롭게 시중을 들게 할 수 있다고 해도 에일라가 있으면 다른 남자를 통해 청하거나 허락을 받을 필요가 없었다. 사냥이라는 공통 관심사가 생기면서 세 여자는 더욱 친밀한 사이가 되었다. 에일라는 전에는 이자와 크렙, 우바와 가장 가깝게 지냈지만 이제는 기쁜 마음으로 다른 여자들과 따뜻한 우정을 쌓아갔다.

아침에 남자들이 떠난 직후, 오가는 브락을 에브라와 우카에게 맡기고, 에일라와 오브라와 함께 길을 나섰다. 소풍이라도 가는 듯 들뜬 그들은 곧 열띤 대화를 나눴다. 손이 빠르게 움직이고 가끔 강조하기 위해 소리를 내기도 했다. 하지만 무리가 있는 곳으로 가까이 다가갈수록 대화가 줄어들다가 곧 완전히 끊기고 말았다. 그들은 멈춰 서서 얼이 나간 채 거대한 동물을 바라보았다.

털북숭이 매머드는 혹독한 빙하 지역의 추운 기후에 적응이 잘되어 있었다. 두꺼운 가죽은 빽빽하고 부드러운 속털로 덮여 있고 그 위로는 50센티미터에 이르는 긴 적갈색 털이 텁수룩하게 나 있었다. 7센티미터가 넘는 피하지방층 덕분에 추위를 덜 타기도 했다. 추운 기후는 매머드의 신체 구조에 변화를 가져오기도 했다. 같은 종에 비해 몸집은 작은 편이어서 어깨까지의 키가 대략 3미터 정도였다. 전체적인 몸길이에 비해 대단히 큰, 몸집 길이의 절반을 차지하는 머리는 두 어깨 사이에 뾰족한 돔처럼 높이 솟아 있었다. 귀는 작고 꼬리는 짧았으며, 상대적으로 짧은 코에는 집게 두 개가 위아래 끝에 달려 있었다. 옆에서 보면 반구형의 머리와 높은 혹처럼 지방을 비축한 어깨 융기 사이에 위치한 목덜미가 깊게 파여 있었다. 등은 골반까지 급경사를 이루고 뒷다리는 짧은 편이었다. 하지만 가장 인상적인 부분은 길고 구부러진 엄니였다.

"저것 좀 봐!"

오가가 늙은 수컷 매머드를 가리키며 손짓했다. 그 수컷의 상아색 엄니 두 개는 가까운 곳에서 자라기 시작해 아래쪽으로 급경사를 이루며 내려왔다가 바깥쪽으로 급히 꺾여 올라간 뒤, 다시 안쪽으로 휘어져 머리 앞에서 교차했는데, 그 길이는 거의 5미터에 가까웠다.

그 매머드는 코로 주위에 있는 풀이란 풀은 모두 뜯어내더니 거칠고 마른 풀을 입속에 구겨 넣고 분쇄기처럼 갈아 부수었다. 엄니가 길지 않아 아직은 유용하게 사용할 수 있는 더 젊은 매머드는 낙엽송을 뿌리째 뽑아 잔가지와 껍질을 벗겨내기 시작했다.

"엄청나게 크다!"

오브라가 몸서리를 치며 손짓했다.

"저렇게 거대한 짐승이 있으리라고는 상상도 못 했어. 도대체 저렇게 큰 것을 어떻게 죽인다는 걸까? 창을 가졌어도 가까이 가지는 못할 것 같은데."

"나도 모르겠어."

오가도 두려운 표정을 지으며 말했다.

"그냥 오지 않는 게 나을 뻔했다는 생각이 든다."

오브라가 말했다.

"위험한 사냥이 될 것 같아. 누가 다칠 수도 있어. 구브에게 무슨 일이라도 생기면 어떡해?"

"브룬에게 틀림없이 계획이 있을 거예요."

에일라가 말했다.

"사냥꾼들이 불가능한 사냥에 나섰을 리가 없잖아요. 사냥하는 모습을 볼 수 있으면 좋으련만."

아이가 아쉬운 듯 덧붙였다.

"난 아니야."

오가가 말했다.

"더는 가까이 가고 싶지도 않아. 사냥이 어서 끝나면 좋겠어."

오가는 지진이 나서 어머니를 잃기 전, 어머니의 짝이 사냥에 나갔다가 사고로 죽은 일을 떠올렸다. 아무리 좋은 계획이라도 위험이 따른다는 것을 그녀는 잘 알고 있었다.

"이제 돌아가는 게 좋겠어."

오브라가 말했다.

"브룬이 너무 가까이 가면 안 된다고 하셨잖아. 우린 생각했던 것보다 더 가까이 있어."

세 여자는 발길을 돌렸다. 에일라는 서둘러 야영지로 돌아가는 와중에도 몇 번이나 뒤를 돌아봤다. 돌아가는 길에 그들은 거의 말이 없었다. 각자의 생각에 잠겨 이야기를 나눌 기분이 아니었다.

남자들이 돌아왔다. 브룬은 여자들에게 다음 날 아침 사냥꾼들이 떠나면, 야영지를 헐고 옮기라는 지시를 내렸다. 적당한 위치를 물색해놓은 그는 내일 사냥을 감행할 예정이었다. 여자들이 사냥 장소에서 멀리 떨어진 곳에서 기다리길 원했다. 전날 아침에 그는 그 계곡을 보았다. 이상적인 장소이긴 한데, 매머드 무리에서 아주 멀리 떨어져 있었다. 그런데 다음 날 늦게 매머드 무리가 남서쪽으로 서서히 움직였다. 계획을 실행해도 될 만큼 계곡 가까이로 이동해오자 브룬은 좋은 징조라고 생각했다.

사냥꾼 일행이 따뜻한 털가죽에서 나와 낮게 쳐놓은 천막 밖으로 코를 내밀었을 때, 동쪽에서 불어온 돌풍에 휘날리는 싸락눈이 그들을 맞고 있었다. 대지를 밝히며 타오르는 태양을 감추고 있는 음산한 회색빛 하늘도 그들의 뜨거운 사기를 꺾을 수 없었다. 그날은 매머드를 사냥하기로 예정된 날이었다. 여자들은 급히 차를 만들었지만 사냥꾼들은 최고의 상태로 경기에 임하려는 운동선수처럼 아무것도 입에 대지 않으려고 했다. 그들은 몸을 잡아 늘이고 긴장된 근육을 풀기 위해 허공에 대고 연습 삼아 창을 찌르고 발을 구르며 돌아다녔다. 그들이 내뿜는 긴장이 대기를 흥분으로 가득 메웠다.

그로드는 모닥불에서 벌겋게 타고 있는 숯을 들어 허리에 찬 오록스 뿔 속에 넣어두었다. 구브도 숯 하나를 들어냈다. 그들은 털가죽으로 몸을 단단히 두르고 있었지만 평소에 두르는 묵직한 덮개가 아니라 행동에 방해가 되지 않는 가벼운 차림이었다. 하지만 흥분과 긴장으로 감정이 한껏 고조되어 있어 누구도 추위를 느끼지 못했다. 브룬은 마지막으로 빠르게 계획을 점검했다.

남자들 모두 눈을 감고 부적을 꼭 쥐었다. 그리고 횃불로 쓰기 위해 어젯밤 만들어두었던 장대를 들고 출발했다. 사냥꾼들이 떠나는 모습을 지켜보는 에일라는 따라가고 싶은 마음이 굴뚝같았다. 하지만 여자들에게로 돌아와 야영지를 헐기 전에 불을 피우려고 마른 풀과 짐승의 배설물, 덤불, 나뭇가지를 모으기 시작했다.

남자들은 빠른 속도로 무리에 다가갔다. 밤새 휴식을 취한 매머드 떼는 어느새 이동 중이었다. 브룬이 지나가는 짐승 무리를 살피는 동안, 다른 사냥꾼들은 키가 큰 풀숲에 쭈그리고 앉아 있었다. 브룬은 휘어진 엄니가 거대한 늙은 수컷을 봤다. 저 녀석을 잡으면 굉장하겠군. 브룬은 혼자 그런 생각을 하다가 이내 마음을 돌렸다. 동굴까지 먼 길을 가야 하는데, 거대한 엄니는 쓸데없는 짐만 늘리는 셈이었다. 더 젊은 매머드의 엄니가 옮기기 쉬웠고, 무엇보다 고기도 더 부드러웠다. 거대한 엄니를 과시하는 것보다는 그것이 더 중요했다.

하지만 젊은 수컷은 더 위험하기도 했다. 짧은 엄니는 나무를 뿌리째 뽑는 데 유용할 뿐 아니라 매우 강력한 무기였다. 브룬은 참을성 있게 기다렸다. 그토록 준비를 많이하고 긴 여행을 했는데, 이제 와서 섣불리 달려 나갈 수는 없었다. 그는 자신이 노려야 하는 순간을 알았다. 절호의 기회를 놓치느니 차라리 다음 날 다시 오는 것을 선택했을 터였다. 다른 사냥꾼들도 기다리긴 했으나 모두가 인내심이 많은 것은 아니었다.

떠오르는 태양이 칙칙하게 흐린 하늘을 따뜻하게 밝히며 구름들을 흐트러뜨렸다. 눈발이 그치고 밝은 햇살이 구름 사이로 비쳐

들었다.

"언제 신호를 주려는 걸까?"

브라우드가 조용히 구브에게 손짓했다.

"해가 벌써 얼마나 높이 떴나 보라고. 일찍부터 출발해서는 왜 여기 그냥 앉아만 있는 걸까? 뭘 기다리시는 거야?"

그로드가 브라우드의 손짓을 봤다.

"브룬은 적당한 때를 기다리는 것이다. 기다리느니 그냥 빈손으로 돌아가고 싶은 게냐? 인내심을 가져라, 브라우드. 그리고 배워라. 장차 네가 적당한 때를 결정해야 할 자리에 놓이게 될 거다. 브룬은 훌륭한 족장이자 훌륭한 사냥꾼이다. 그에게 가르침을 받고 있으니 너는 얼마나 운이 좋으냐. 용기만 있다고 해서 족장이 되는 게 아니다."

브라우드는 그로드의 훈계가 마음에 들지 않았다. 내가 족장이 되면 저이는 부족장의 자리에서 내려오게 될 것이다. 그는 그런 생각을 하고 있었다. 어쨌든 저 자는 늙어가고 있어. 젊은 브라우드는 자세를 바꿨다. 강한 바람이 불어오자 몸을 부르르 떨더니 다시 편안히 앉아 기다렸다.

브룬이 마침내 "준비하라"는 신호를 보냈을 때는 해가 중천에 떠 있었다. 사냥꾼들 모두 가슴을 찌르는 것 같은 흥분에 휩싸였다. 새끼를 배어 몸이 무거운 암컷 한 마리가 무리의 끝에 있다가 점점 뒤처졌다. 꽤 젊어 보였지만 엄니의 길이로 보아 첫 번째 임신은 아닌 것 같았다. 무리에서 멀리 떨어진 채 무거운 몸으로 느릿느릿 움직이는 암컷은 다른 녀석들과 달리 빨리 달리지도 행동이 민첩하지도 못할 것이었다. 게다가 배 속에 든 새끼는 덤으로 얻는 별미가 될 터였다.

그 암컷은 다른 매머드들이 지나가지 않은 풀밭을 발견하더니 그쪽으로 향했다. 잠시 암컷은 무리의 보호에서 벗어나 혼자 떨어져 있었다. 그 순간이 바로 브룬이 기다리던 때였다. 그는 신호를 내렸다.

그로드가 뜨거운 숯을 꺼내 장대를 들었다. 브룬이 신호를 내리자마자 숯을 장대에 갖다 대고 불이 붙을 때까지 불었다. 드루그는 첫 번째 횃불의 불을 두 개의 장대에 옮겨 붙여 횃불 하나를 브룬에게 건넸다. 신호를 본 다른 젊은 사냥꾼 셋은 계곡으로 달려 나갔다. 브룬과 그로드는 횃불에 불이 붙자 매머드 뒤로 달려가 초원의 마른 풀에 불을 놓았다.

다 자란 매머드에게는 천적이 없었다. 아주 어린 새끼나 늙은 매머드만이 간혹 육식동물에게 희생되었다. 하지만 인간만은 예외였다. 매머드는 불을 두려워했다. 자연 발화된 불이 며칠 동안 걷잡을 수 없이 퍼지며 초원의 모든 것을 다 집어삼키는 때도 있었다. 인간이 놓은 불이라고 해서 그보다 덜 무서운 것은 아니었다. 매머드 무리는 위험을 감지하자 본능적으로 서로 모여들었다. 불이 빠르게 번지며 암컷이 무리로 돌아가는 것을 막고 있었다. 브룬과 그로드는 암컷과 무리 사이에 있었다. 그들은 어느 쪽에서든 공격을 받을 수 있었고, 거대한 짐승들에게 밟힐 수도 있는 상황이었다.

평화롭게 풀을 뜯던 무리가 연기 냄새를 맡자 일제히 놀라 울부짖었고 일대는 아수라장이 되었다. 암컷 매머드는 무리 쪽으로 방향을 틀었지만 이미 너무 늦고 말았다. 불길이 암컷의 길목을 딱 가로막고 있었다. 암컷은 도움을 청하며 울부짖었지만 세찬 동풍에 불길이 번지면서 무리 쪽으로 거리를 좁혀가고 있었다. 무리는 이미 빠르게 다가오는 불길을 피해 서쪽으로 내달리고 있었다. 초원의 불은 걷잡을 수 없이 번지고 있었지만 사냥꾼들에게는 큰 걱정거리가 아니었다. 닿는 곳마다 죄다 삼켜버리는 불을 몰고 가는 바람은 그들이 있는 곳과 반대 방향으로 불고 있었다.

겁에 질린 암컷은 비명과도 같은 소리를 지르며 동쪽으로 휘청휘청 내달렸다. 드루그는 불길이 번질 때까지 기다렸다가 달려 나갔다. 그는 두려움에 사로잡혀 정신없이 뛰고 있는 짐승을 향해 횃불을 흔들고 소리치며 달렸다. 암컷이 남동쪽으로 방향을 바꾸도록 이끌기 위해서였다.

가장 젊고 빠른 사냥꾼들인 크루그, 브라우드, 구브가 매머드 앞에서 전속력으로 달리고 있었다. 그들이 먼저 출발했다고는 하나 미쳐 날뛰는 매머드가 그들을 앞지르지나 않을까 겁이 났다. 브룬과 그로드, 드루그는 매머드가 방향을 바꾸지 않기를 바라며 뒤에서 쫓아오고 있었다. 그러나 일단 달리기 시작한 거대한 짐승은 무작정 앞으로 질주했다.

젊은 사냥꾼 셋이 먼저 양쪽이 절벽으로 이루어진 깊은 협곡에 도달했다. 크루그는 그 안쪽으로 들어갔고 브라우드와 구브는 남쪽 절벽에 멈춰 섰다. 긴장한 채 숨을 가쁘게 몰아쉬는 구브가 오록스 뿔에 손을 뻗으며 숯의 불이 꺼져 있지 않기를 자신의 토템에게 말없이 빌었다. 불은 살아 있었지만 그들 중 누구도 횃불에 불을 붙일 만큼 숨을 내쉴 수가 없었다. 그때 세찬 바람이 불어와 불이 붙었다. 그들은 불이 붙은 횃불을 하나씩 들고 매머드가 당도할 지점을 가늠하고자 절벽 앞쪽으로 걸어 나왔다. 그들은 오래 기다릴 필요도 없었다. 겁에 질려 발을 쿵쿵 울리며 그들을 향해 거대한 짐승이 다가오는 동안, 토템에게 조용히 기도를 올리던 용맹한 젊은 사냥꾼들이 그들을 향해 돌진하는 매머드 앞으로 연기가 피어오르는 횃불을 휘두르며 달려 나갔다. 그들은 겁에 질린 매머드를 협곡 안으로 몰아넣는 어렵고 위험한 일을 맡고 있었다.

이미 불에 쫓겨 공포에 휩싸인 채 달리고 있던 매머드는 앞에서 연기 냄새가 나자 도망갈 곳을 찾았다. 매머드는 방향을 바꿔 협곡 안쪽으로 돌진했고, 브라우드와 구브가 그 뒤를 따랐다. 우렁찬 소리를 내지르며 어렵게 협곡으로 들어온 거대한 짐승은 점점 좁아지는 골짜기에 이르러서야 자신이 갇혔다는 것을 깨달았다. 앞으로 나갈 수도 비좁은 공간으로 들어갈 수도 없자 암컷 매머드는 절망에 차 울부짖었다.

브라우드와 구브는 숨이 턱에 차도록 전력 질주했다. 브라우드의 손에는 드루그가 공들여 만들고 목우르가 주술을 건 칼이 들려 있었다. 그는 무모하리만큼 재빠르게 매머드의 왼쪽 뒷다리로 달려들어 예리한 칼날로 힘줄을 끊었다. 고통에 찬 날카로운 울음소리가 허공을 갈랐다. 앞으로 나갈 수도 옆으로 방향을 틀 수도 없던 매머드는 이제 뒤로 물러날 수도 없었다. 구브가 브라우드의 뒤를 이어 오른쪽 다리의 힘줄을 끊었다. 그러자 거대한 짐승이 그대로 주저앉았다.

그때 크루그가 커다란 바위 뒤에서 뛰어올라 고통에 찬 비명을 지르며 버둥거리는 매머드 앞에 섰다. 그는 길고 뾰족한 창을 벌어진 입속에 곧바로 찔러 넣었다. 암컷은 이제 무기를 들고 있지 않은 사냥꾼에게 피를 토하며 본능적으로 공격을 하려 들었다. 하지만 다른 창들이 바위 뒤에 꽂혀 있었다. 크루그가 다른 창을 집어든 순간, 브룬과 그로드, 드루그가 협곡에 도착해 막다른 곳을 향해 달려오고 있었다. 그들은 새끼를 밴 거대한 매머드의 양옆에 있는 바위 위로 올라서더니 상처 입은 짐승을 향해 거의 동시에 창을 내리꽂았다. 브룬의 창이 작은 눈을 관통하자 뜨뜻한 선홍색의 피가 그를 향해 솟구쳐 올랐다. 짐승이 한 차례 몸부림을 쳤다. 마지막으로 숨을 한 번 몰아쉬며 거세게 울부짖은 매머드는 마침내 땅으로 고꾸라졌다.

기진맥진한 사냥꾼들은 한동안 사냥에 성공했다는 사실도 실감하지 못한 채 멍하니 있었다. 돌연 고요한 가운데 그들은 서로를 바라봤다. 그들의 심장이 새로운 흥분으로 가득 차며 한층 빨리 뛰기 시작했다. 몸속 깊은 곳에서 형체가 없는 원시적인 욕구가 솟아오르며 그들의 입에서 승리의 함성이 터져 나왔다. 우리가 해냈다! 우리가 거대한 매머드를 죽였다!

그 짐승에 비하면 초라하기 그지없는 몸집과 힘을 가진 여섯 명의 남자가 기술과 지능으로 담대하게 협력하여 그 어떤 맹수도 손댈 수 없는 거대한 짐승을 죽인 것이다. 아무리 빠르고 강하고 영리하더라도 네 발 달린 포식동물들은 그들이 달성한 위업을 따라올 수 없었다. 브라우드가 브룬 옆에 있는 바위로 뛰어올랐다가 쓰러진 짐승 위로 건너뛰었다. 잠시 후 브룬이 그의 곁으로 다가와 따뜻하게 어깨를 두드리고는 매머드의 눈에서 창을 뽑아내 높이 치켜들었다. 다른 네 명의 사냥꾼들도 두 사람 곁으로 다가왔다. 거대한 짐승의 등 위에 올라선 그들은 의기양양하게 뛰어오르며 고동치는 심장 박동에 맞춰 기쁨의 춤을 추었다.

그리고 나서 브룬은 땅으로 뛰어 내려와 좁은 계곡을 거의 꽉 메운 매머드 주위를 돌았다. 누구 하나 다치지 않았어. 그는 생각했다. 누구 하나 할퀸 상처도 없구나. 엄청난 운이 따른 사냥이었다. 토템들이 우리를 마음에 들어 하는 게 틀림없어.

"우리가 감사한 마음을 가지고 있다는 것을 정령들께 알려야 한다."

그가 남자들에게 말했다.

"동굴에 돌아가면 목우르는 매우 특별한 의식을 거행할 것이다. 지금은 간을 꺼내어 한 조각씩 갖고, 주그와 도르브, 목우르 몫의 간도 가져가기로 한다. 남은 간은 매머드의 정령에게 바칠 것이다. 목우르가 지시한 것이기도 하다. 여기 매머드가 쓰러진 자리에 간을 묻을 것이다. 배 속에 있는 새끼 매머드의 간도 함께 묻겠다. 그리고 목우르는 골에 손을 대어서는 안 된다고 했다. 매머드의 정령을 위해서 그대로 두어야 한다. 누가 첫 번째 공격을 했느냐, 브라우드인가, 구브인가?"

"브라우드입니다."

구브가 말했다.

"그렇다면 브라우드가 제일 먼저 간을 받는다. 하지만 사냥에 성공한 것은 우리 모두의 공이다."

브라우드와 구브가 여자들을 데리러 갔다. 한 차례 폭발적인 힘을 쏟아 붓고 나면 남자들의 일은 끝났다. 이제는 여자들이 나설 차례였다. 잡은 짐승을 도살해 저장하는 지루한 작업은 여자들 차지였다. 뒤에 남은 남자들은 여자들이 오기를 기다리는 동안, 거대한 매머드의 내장을 꺼내고 달이 거의 다 찬 새끼도 끄집어냈다. 여자들이 도착하고 나서도 남자들은 가죽 벗기는 일을 도왔다. 워낙 거대한 터라 모두가 달라붙어야 했다. 선별된 맛 좋은 부위는 잘라서 그대로 얼도록 돌무더기 속에 숨겨놓았다. 나머지 부위 주변에는 불을 피워서 얼지 않도록 하는 한편, 피와 생고기 냄새에 이끌리기 마련인 청소동물들을 쫓아냈다.

몸은 지쳤지만 마음만은 가벼운 사냥꾼 일행은 동굴을 떠난 이후로 처음 신선한 고기를 먹은 뒤 감사하는 마음으로 따뜻한 털가죽 잠자리 속에 푹 파묻혔다. 아침이 되자 남자들은 둘러 앉아 흥미진진했던 사냥 장면을 떠올리며 서로의 용맹함을 칭찬했고, 여자들은 일을 하러 떠났다. 가까이에 개울이 있었지만 협곡에서는 꽤 떨어져 있다 보니 불편할 수밖에 없었다. 죽은 짐승을 큰 조각으로 나누어 개울 근처로 옮겨왔다. 아직 살이 붙은 뼈는 땅과 하늘의 청소동물에게 넘겨졌지만 그리 많은 양은 아니었다.

씨족 사람들은 매머드의 모든 부위를 거의 다 사용했다. 질긴 매머드 가죽으로는 다른 어떤 동물의 가죽보다 더 견고하고 오래가는 신발을 만들 수 있었다. 또한 동굴 입구의 바람막이와 요리

솥, 밧줄을 만들 수 있는 튼튼한 가죽 끈, 야외용 천막을 만들었다. 솜털 같은 부드러운 속털은 두들겨서 부드럽고 두꺼운 펠트천 같은 것을 만들었다. 그렇게 만든 천으로 베개 속을 채우거나 잠자리의 깔개, 혹은 아기 강보 속에 깔아 대소변을 흡수하는 용도로 사용했다. 겉에 난 긴 털은 꼬아서 튼튼한 밧줄로 만들었고 힘줄은 끈으로 만들었다. 방광과 위, 창자는 물부대와 죽 그릇, 음식을 저장하는 용기로 쓰였으며 물이 스며들지 않아 비옷으로 만들 수도 있었다. 버릴 게 거의 없었다.

고기와 다른 여러 부위들 외에도 매머드의 지방은 특히 대단히 쓸모가 많았다. 지방은 에너지 필요량을 충족시켜 필요한 열량의 균형을 맞춰주었다. 따뜻한 계절에는 왕성한 활동을 할 수 있도록 열량을 공급하고 겨울에는 신진대사를 촉진시켜 몸을 따뜻하게 해주었다. 또한 그들이 주로 사냥하는 동물들인 사슴, 말, 돌아다니며 풀을 뜯는 오룩스와 들소, 토끼, 새는 본래 기름기가 많지 않았기 때문에 매머드의 지방은 가죽을 손질할 때 먹이는 기름으로 사용되었다. 또한 어둠을 밝히고 주위를 따뜻하게 해주는 석등의 연료가 되었고, 물을 스미지 않게 하거나 고약이나 연고, 피부 연화제를 만들 때 섞어 사용했다. 젖은 나무에 불을 붙여 횃불이 오래 타도록 할 때도 필요했다. 마땅한 연료가 없을 때 음식을 끓이기 위한 연료로도 쓰였다. 지방은 참으로 쓸 곳이 많았다.

여자들은 일을 하는 동안 매일 주의 깊게 하늘을 살폈다. 날씨가 맑고 바람까지 계속해서 불어준다면 고기는 7일 정도면 다 마를 것이었다. 날씨가 워낙 추워 검정파리가 고기를 상하게 할 일도 없었기 때문에 불을 피워 연기를 낼 필요가 없었다. 날씨가 추운 것은 오히려 다행스러운 일이었다. 그들이 머물고 있는 북쪽 초원에는 동굴이 위치한 나무가 우거진 산비탈이나 수많은 나무들이 살아가는 따뜻한 남쪽 초원에 비해 연료로 사용할 땔감이 매우 적었다. 구름이 간간이 끼거나 날씨가 계속 흐리거나 비라도 내리면 얇게 저민 고기가 마르는 데 세 배 이상의 시일이 걸릴 수도 있었다. 돌풍에 몰아치는 싸락눈은 큰 문제가 아니었다. 오히려 철에 맞지 않게 날씨가 따뜻하거나 습하면 모든 작업이 중단될 판이었다. 산더미처럼 쌓인 고기를 동굴까지 짊어지고 갈 수 있는 유일한 방법은 떠나기 전에 말리는 것뿐이었다.

두꺼운 지방과 혈관, 신경, 모낭이 달려 있는 텁수룩하고 묵직한 가죽은 긁개로 깨끗하게 손질했다. 차가운 기온에 딱딱하게 굳은 지방 덩어리는 큰 가죽 부대에 담아 불 위에 올렸다. 그렇게 정제된 지방은 깨끗하게 씻은 창자 속에 넣어 두툼한 소시지처럼 묶어놓았다. 털이 그대로 붙어 있는 가죽은 동굴로 가져가기 편하도록 적당한 크기로 잘라 단단히 말아서 얼게 내버려두었다. 그 가죽은 동굴로 돌아가서 겨울이 되면 털을 제거하고 손질할 것이었다. 엄니는 잘라서 야영지에 보란 듯이 늘어놓았다. 엄니 역시 가지고 돌아갈 터였다.

여자들이 일을 하는 낮 동안, 남자들은 작은 짐승을 사냥하거나 되는 대로 이곳저곳을 감시했다. 개울 가까이에 와서 한 가지 불편은 덜었지만 또 다른 골칫거리가 생겼다. 신선한 고기 냄새를 맡은 청소동물들이 사냥꾼들을 따라온 것이다. 그러다 보니 그들은 밧줄이나 가죽 끈 위에 널린 고기를 계속해서 감시해야 했다. 그중에서도 몸집이 꽤 큰 점박이 하이에나는 유난히 집요했다. 사냥꾼들이 여러 번 쫓아냈지만 그 하이에나는 딱히 죽일 마음 없이 건성으로 쫓아내는 사냥꾼의 눈을 피해 야영지 주변을 계속 맴돌았다. 사납게 생긴 하이에나는 하루에도 몇 번씩 매머드 고기를 물고 갈 만큼 교활했다. 참으로 성가신 놈이었다.

에브라와 오가는 마지막 남은 거대한 고기 덩어리를 얇게 저미느라 바빴다. 우카와 오브라는 기름을 창자 속에 붓고 있었다. 에일라는 개울가에서 또 다른 창자를 씻었다. 개울 가장자리에 살얼음이 끼긴 했지만 물은 여전히 흐르고 있었다. 남자들은 엄니를 모아둔 근처에 서서 줄팔매로 날쥐를 잡을 것인지 의논 중이었다.

브락은 제 어미와 에브라 근처에 앉아 조약돌을 가지고 놀고 있었다. 돌멩이에 싫증이 난 아이는 재미있는 일을 찾아보려고 일어났다. 여자들은 각자 자기 일에 정신이 팔려 있어서 아이가 탁 트인 풀밭 쪽으로 걸어가는 것을 보지 못했다. 하지만 눈 한 쌍이 아이를 쫓고 있었다.

겁에 질린 날카로운 비명 소리에 야영지에 있던 모두가 고개를 돌렸다.

"내 아기!"

오가가 외쳤다.

"하이에나가 내 아기를 물어가요!"

하이에나는 청소동물이면서 포식자이기도 했다. 무방비 상태의 새끼나 힘 빠진 늙은 것만 보면 언제든 달려드는 그 지긋지긋한 짐

승이 힘센 턱으로 브락의 팔을 문 채 작은 아이를 질질 끌며 달아
나고 있었다.

"브락! 브락!"

브라우드가 쫓아가며 소리를 질렀고, 다른 남자들도 그 뒤를 따
랐다. 브라우드는 줄팔매를 손에 쥐고―창은 너무 먼 곳에 있었
다―몸을 숙여 돌을 주운 뒤 놈이 사정거리에서 벗어나기 전에 서
둘러 돌을 던졌다.

"안 돼! 오, 안 돼!"

그가 절망에 차 외쳤다. 돌이 멀리 못 가 떨어지는 사이, 하이에
나는 계속 달아나고 있었다.

"브락! 브라아악!"

갑자기 다른 방향에서 돌 두 개가 빠른 속도로 연달아 날아오더
니 탁, 탁 하는 소리가 들렸다. 돌 두 개는 짐승의 머리를 정통으로
명중시켰고, 하이에나는 그대로 쓰러졌다.

브라우드는 입을 벌린 채 깜짝 놀라 그 자리에 멈춰 섰다. 하지
만 울부짖는 아이에게로 달려가는 에일라를 본 순간, 놀라움은 머
리통을 때리는 충격으로 바뀌었다. 에일라의 손에는 줄팔매와 함께
만약을 대비한 돌멩이 두 개가 들려 있었다. 하이에나는 에일라의
사냥감이었다. 아이는 오래전부터 하이에나를 관찰해왔다. 그들의
습성은 물론 약점을 잘 파악하고 있었고, 하이에나 사냥이 제2의 천
성이 될 때까지 스스로를 훈련해왔다. 아이는 브락의 비명 소리를
듣자 뒷일은 생각지도 않고 줄팔매를 끄집어냈다. 그러고는 재빨리
돌멩이 두 개를 집어 표적을 향해 날렸다. 아이의 머릿속에는 브락

을 끌고 가는 하이에나를 막아야 한다는 생각밖에 없었다.

　브락에게 다가가 죽은 하이에나의 턱에 물린 아이의 팔을 빼고 나서야 에일라는 자기를 응시하는 다른 이들의 눈과 마주쳤다. 그 때서야 자신의 행동이 몰고 올 여파를 깨달았다. 비밀이 탄로 나고 만 것이다. 그것도 사람들 앞에서 스스로 정체를 드러낸 것이다. 에일라는 사냥을 하는 아이였다. 서늘한 두려움의 물결이 아이를 엄습해왔다. 그들이 나를 어떻게 할까? 아이는 속으로 생각했다.

　에일라는 믿지 못하겠다는 사람들의 시선을 피하며 아이를 품에 안아 야영지로 돌아왔다. 제일 먼저 충격에서 벗어난 사람은 오가였다. 그녀는 아이를 안고 있는 에일라에게 달려와 팔을 내밀어 생명의 은인에게서 아기를 고맙게 받아 안았다. 야영지에 도착하자마자 에일라는 아기를 살피기 시작했다. 상처의 정도를 확인하는 것 못지않게 다른 사람들의 눈길을 피하려는 의도도 있었다. 브락의 팔과 어깨에 심한 상처가 나 있었고, 위쪽 팔의 뼈가 부러진 상태였지만 으스러지지는 않고 한군데만 부러진 것으로 보였다.

　아이는 한 번도 팔을 맞춰본 적이 없었지만 이자가 하는 것을 눈여겨본 적이 있었다. 그리고 주술 치료사인 이자가 응급상황이 일어났을 때 해야 할 일들을 소상히 가르쳐준 터였다. 물론 사냥꾼들이 다칠 경우를 염두에 두었을 뿐 아기에게 무슨 일이 일어날 것이라고는 생각지 못했었다. 에일라는 모닥불을 헤집어 물을 끓이기 시작한 뒤, 약자루를 챙겨왔다.

　남자들은 여전히 어안이 벙벙한 듯 아무 말도 하지 못하고 있었다. 그들이 방금 목격한 것을 받아들일 수가 없었고, 받아들이려고도 하지 않았다. 브라우드는 생애 처음으로 에일라에게 고마움을 느꼈다. 그는 자기 짝의 아들이 끔찍하게 죽을 뻔했던 상황에서 목숨을 구했다는 사실에 안도할 뿐, 그 일이 갖는 의미에 대해서는 더 이상 생각하지 못했다. 하지만 브룬은 달랐다.

족장은 그 일에 따르는 결과를 재빨리 파악했다. 그는 바로 그 순간, 자신이 대단히 곤란한 결정을 내려야 하는 처지에 놓였다는 것을 깨달았다. 사실상 씨족의 법이나 다름없는 씨족의 전통에 따르면, 무기를 사용하는 여자에게 내려지는 벌은 다름 아닌 죽음이었다. 그것은 명명백백한 일이었다. 예외적인 상황에 대한 규정은 없었다. 그러한 관습은 아주 오래되고 널리 알려져 있었기 때문에 무수한 세대를 걸쳐 내려오면서 굳이 언급되는 일조차 없었다. 여자들의 무기 사용을 금하는 전통은 남자들이 앗아가기 전에 여자들이 정령의 세계로 들어가는 의식을 지배하던 시절에 관한 전설과 밀접한 관련이 있었다.

그러한 관습은 씨족의 남녀를 구분 짓는 차이를 만들어낸 강력한 요인 중 하나였다. 여자답지 못한 욕망을 품은 여자는 누구도 살아남을 수 없었기 때문이다. 헤아릴 수 없는 오랜 세월 동안, 관습에 알맞은 여자다운 태도와 행동을 보이는 여자들만이 남게 되었다. 그 결과 이들 종족의 적응성—생존 여부를 결정하는 바로 그 특성—은 낮아졌다. 더 이상 관습에서 일탈하는 여자들이 없는데도 불구하고, 그것은 여전히 씨족의 방식, 씨족의 법이었다. 하지만 에일라는 씨족 태생의 아이가 아니었다.

브룬은 브라우드의 짝이 낳은 아들을 사랑했다. 브락만이 족장의 냉엄한 태도를 누그러뜨렸다. 아기는 그에게 무엇이든 할 수 있었다. 수염을 잡아당기고 호기심이 가득한 손가락으로 눈을 찔렀다. 그는 아이의 토사물이 묻어도 전혀 개의치 않았다. 자존심 강하고 완고한 그가 자신의 품에 안겨 편하게 잠든 작은 사내아이를 볼 때만큼 부드럽고 자상해지는 때가 없었다. 그는 에일라가 하이에나를 죽이지 않았다면 브락이 살아남지 못했을 거라고 확신했다. 브락의 목숨을 구해준 아이에게 어떻게 죽음의 저주를 내린단 말인가? 그 아이는 무기를 사용하면 자신의 목숨이 위험해질 수 있는 상황에서 브락을 구해냈다.

어떻게 한 것일까? 브룬은 그것이 궁금했다. 하이에나는 사정거리에서 벗어나 있었고, 아이는 남자들보다 더 멀리 떨어져 있었다. 브룬은 죽은 하이에나가 누워 있는 곳으로 걸어가 치명상을 입은 상처들에서 흘러내리다 말라붙은 피를 만져보았다. 상처들? 두 개의 상처? 그의 눈이 잘못된 게 아니었다. 그는 돌멩이 두 개를 본 듯한 생각이 들었다. 아이는 어떻게 그런 기술을 익힌 것일까? 주그나 그 누구에게서도 줄팔매에 메긴 두 개의 돌을 그토록 빠르게, 그토록 정확하게, 그리고 그토록 힘 있게 던질 수 있다는 말을 들은 적이 없었다. 멀리에서도 하이에나를 죽일 수 있을 만한 엄청난 힘이었다.

어찌 되었든 지금껏 줄팔매를 사용해 하이에나를 죽인 이는 없었다. 그는 처음부터 브라우드가 줄팔매를 꺼내봐야 아무런 소용이 없을 거라고 확신했다. 주그는 늘 줄팔매로 작은 맹수는 잡을 수 있다고 말했지만 사실 브룬은 속으로 자신하지 못했다. 그러면서도 주그의 말에 반박한 적은 없었다. 주그는 여전히 씨족 사람들에게 가치 있는 존재였기 때문에 그의 자존심을 뭉갤 이유가 없었다. 그럼, 주그의 말이 옳다는 게 증명된 셈이군. 그러면 줄팔매로 늑대와 스라소니도 잡을 수 있을까? 주그가 그렇게 강력하게 주장했던 것처럼? 브룬은 생각에 잠겼다. 돌연 그의 눈이 커졌다가 이내 찌푸려졌다. 늑대나 스라소니라고? 그렇다면 오소리, 야생고양이, 흰담비, 하이에나! 브룬의 머릿속이 요동치기 시작했다. 최근에 죽은 채로 발견된 다른 포식동물들도 전부 다?

"그럼 그렇지."

브룬의 손짓은 그의 생각을 강조하고 있었다. 그 애가 한 짓이야! 에일라는 오랫동안 사냥을 해온 거야. 대체 그런 기술은 어떻게 배웠을까? 하지만 그 애는 여자였고, 아이는 여자의 기술을 수월하게 배웠다. 어떻게 사냥하는 법을 배웠지? 그리고 하필 맹수라고? 대체 왜 그토록 위험한 짐승을?

에일라가 남자였다면 아이는 모든 사냥꾼들의 부러움을 샀을 것이다. 하지만 아이는 남자가 아니었다. 에일라는 여자였고, 무기를 사용하면 그 때문에 죽을 운명이었다. 그렇지 않으면 정령들이 화를 낼 터였다. 화라고? 아이는 오래전부터 사냥을 해왔을 것인데, 왜 정령들은 노여워하지 않았던 것일까? 얼마 전만 해도 운이 아주 좋아 누구 하나 다치지 않고 매머드 사냥에 성공하지 않았나. 정령들은 우리에게 화가 난 게 아니라 기뻐하고 계셔.

혼란스러워진 족장은 고개를 흔들었다. 정령! 정령들을 이해 못 하겠다. 목우르가 여기 있으면 좋았을 텐데. 드루그는 저 아이가 행운을 가지고 다닌다고 말했지. 그의 말이 옳다고 반쯤은 생각하지만 우리가 아이를 찾은 이후로 상황이 잘 돌아가기만 한 것은 아니었다. 정령들이 아이에게 그토록 큰 호의를 베풀고 있다면, 아이에게 죽음의 저주가 내려졌을 때 정령들이 싫어하지나 않을까? 하지만 그것이 씨족의 방식이다. 브룬은 고뇌했다. 저 아이는 어째서 우리 씨족에게 발견되었던 것일까? 저 애가 운이 좋을지는 모르겠으나 내가 생각했던 것보다 훨씬 골칫거리로구나. 목우르에게 상의하기 전까지는 결정을 내릴 수 없겠다. 동굴로 돌아가기 전까지 그냥 내버려두어야겠다.

브룬은 야영지로 성큼성큼 돌아왔다. 에일라는 브락에게 진통약을 먹이고 잠을 재운 뒤 상처를 깨끗이 씻고 소독 성분이 있는 연고를 발라주었다. 그러고는 부러진 뼈를 접합시킨 뒤 물에 젖은 자작나무 껍질로 잘 싸맸다. 나무껍질이 말라 딱딱하게 굳으면서 뼈가 제자리에 있도록 고정시켜줄 것이었다. 하지만 혹 다친 부위가 지나치게 부어오르지 않는지 지켜볼 필요가 있다. 에일라는 브룬이 하이에나를 살핀 뒤 돌아온 것을 알아차렸다. 그가 가까이 다가올수록 온몸이 떨려왔다. 하지만 그는 아무런 신호도 보내지 않고, 아이를 완전히 무시한 채 지나쳐갔다. 에일라는 동굴로 돌아가서야 자신의 운명이 결정될 것임을 깨달았다.

《대지의 아이들 1부: 동굴곰족》 2권으로 이어집니다.

THE CLAN OF THE
CAVE BEAR

EARTH'S CHILDREN

옮긴이 정서진

숙명여자대학교에서 독문학을 공부하고 이화여자대학교 통역번역대학원에서 한영번역을 전공했다. 현재 번역가로 활동하고 있다. 옮긴 책으로 《스파이스-향신료에 매혹된 사람들이 만든 욕망의 역사》《미식 쇼쇼쇼》《신이 토끼였을 때》 등이 있다.

대지의 아이들 I
동굴곰족 *1*

2016년 3월 18일 초판 1쇄 인쇄
2016년 3월 24일 초판 1쇄 발행

지은이 | 진 M. 아우얼
발행인 | 이원주
책임편집 | 박윤희
책임마케팅 | 임슬기

발행처 | (주)시공사
출판등록 | 1989년 5월 10일(제3-248호)

주소 | 서울특별시 서초구 사임당로 82(우편번호 137-879)
전화 | 편집 (02)2046-2852 · 영업 (02)2046-2800
팩스 | 편집 (02)585-1755 · 영업 (02)585-0835
홈페이지 | www.sigongsa.com

ISBN 978-89-527-8212-0 04840
     978-89-527-8211-3 (set)